横溝正史少年小説コレクション6

姿なき怪人

横溝正史

日下三蔵［編］

Sugata naki Kaijin

Yokomizo Seishi

柏書房

目　次

まぼろしの怪人……5
姿なき怪人……179
怪盗X・Y・Z……317

巻末資料
角川スニーカー文庫版解説　津守時生／472
スペシャルインタビュー　ＪＥＴ／476

編者解説　日下三蔵／481

横溝正史少年小説コレクション6

姿なき怪人

挿画

石田武雄

まぼろしの怪人

第一話　社長邸《てい》の怪事件

名犬ジュピター

クリスマスを二日あとにひかえた、十二月二十三日のことである。東京ではその冬はじめて雪が降った。

朝の七時ごろから、白いものがちらつきはじめたかと思うと、八時ごろにはほんものの雪になった。東京では年内に雪がふることはめずらしいので、子供たちは大よろこびだったが、十二時ごろまでには二寸《すん》ちかくつもった。と、おもうとまもなく雪がやみ、空が晴れはじめたかとおもうと、一時ごろには日本晴れの上天気《じょう》になった。

「まあ、きれい」

と、日本橋《にほんばし》のたもとで自動車をとめてなかから雪のなかへおりたった由紀子《ゆきこ》さんは、あたりを見まわしながら、おもわず感嘆《かんたん》の声をはなった。

「ちょっと、御子柴《みこしば》さん、ごらんなさいよ」

と、あとから大きなシェパードをつれて、おりてくる少年をふりかえって、

「あたりいちめん銀世界ってこのことよ、ほら、川っぷちのおうちの屋根も、舟のうえも、どこもかしこも雪をかぶって……まるで綿《わた》でできた帽子をかぶってるみたい」

「あっはっは、由紀子さんは詩人ですねえ」

「あら、にくらしい、あんなことといって……それじゃ、御子柴さんはこのけしきを、きれいだと思わない？」

「そりゃあ、いまはきれいだと思いますよ。しかし、

もう一時間もたってごらんなさい。雪がとけて、こねくりかえされてどの道もどろんこのくしゃくしゃ」

「うっふっふ、そういってしまえばそんなものだけど……」

「そんなもんどころじゃありませんよ。こら、ジュピター、そんなに雪をけちらすんじゃない！　お嬢さんにどろがはねっかえるじゃないか」

「あれえ！　ジュピター、かんにんして……」

「ほら、ほら、由紀子さん、これでも雪がきれいだなんて感心しておれますか」

「まあ、にくらしい。御子柴さんがジュピターをけしかけたのね」

「あっはっは、ジュピター、もういいよ。お嬢さんが雪のなかを歩いてみたいなんて、すいきょうをおこすからだね。なんだ、ジュピター、おまえもよろこんでるのかい？　あっはっは」

雪の日本橋をわらいさんざめきながらいくこの少年少女を、どこのだれだかというと、少女の名は池《いけ》上《がみ》由紀子さんといって、東京でも、一二をあらそう大新聞、新日報社《しんにっぽうしゃ》の社長、池上三作《さんさく》氏のたったひとりのお嬢さんである。そして、少年のほうは名前は御子柴進《すすむ》というのだけれど、ふつう探偵小僧でとおっている、新日報社の給仕《きゅうじ》である。

給仕というとたよりないようだが、この御子柴少年、おそろしく頭がいい。それに勇気があり、機略《きりゃく》にも長じており、ことしの春、中学校を卒業して、新日報社へはいったのだけれど、いままでにかずかずのてがらをあらわして、いつのまにやらひと呼んで探偵小僧。池上社長のだいのお気にいりで、ちかごろでは音羽《おとわ》にある池上社長のうちにおいてもらっている。お嬢さんの由紀子さんとも、だいの仲好《なかよ》しである。

きょうは由紀子さんのおともで、日本橋までクリスマスの贈り物をかいにきたのだが、いっしょにつれてきたジュピターというのは、池上三作氏の愛犬である。このジュピターというのが、また、たいそうりこうな犬だが、では、どのようにりこうな犬だか、それはこれからおいおい諸君が読まれるところから、あきらかになっていくだろう。

「しかし、由紀子さん」

「なあに、御子柴さん」

「さっきはあんなこといってごめんなさい」

「あんなことって?」

「いや、雪のことを悪くいってさ。やっぱりクリスマスには雪がつきもの。ことしのクリスマスには雪がどっさり降ればいいですねえ」

「あら、ほんと。ことしのクリスマスはいつもの年のクリスマスとはちがうんですものね」

と、由紀子さんもおもわずしんみりいったが、それにはこういうわけがある。

由紀子さんにはいとこにあたるひとりのおねえさまがある。名前は可奈子《かなこ》さんといって、由紀子さんのおとうさん、池上三作氏のメイになる。学校のか

んけいでながらく由紀子さんの家にいっしょにいたが、ことしの春、女子大を卒業して、来年そうそうお嫁にいくことになっている。だから可奈子おねえさまといっしょに、楽しいクリスマスをすごすのは、ことしで最後ということになる。

「それはそうと、由紀子さん、クリスマスといえば、あのことはどうなってるんです？」

「あのことって？」

「ほら、まぼろしの怪人の脅迫状《きょうはくじょう》……」

「あら、御子柴さんはあんなこと、ほんとだと思ってるの？」

「それじゃ、由紀子さんはほんとだと思わないんですか」

「いいえ、由紀子はまだ子供よ。中学一年生ですものね。でも、おとうさん、あんな手紙、問題じゃないといってらっしゃるわ」

「そうかなあ、社長さんはなんでもそんなにかんたんにかたづけちまうんだけど、ぼく、なんだか心配だなあ」

「じゃ御子柴さんは、まぼろしの怪人のいうとおり、クリスマスの晩に、なにか起《おこ》ると思ってらっしゃるの？」

「うん、ぼくなんだかそんな気がしてならないんですよ」

と、探偵小僧の御子柴くんは、ほんとに心配そうに首をかしげた。

怪人の予告

まぼろしの怪人――

いま、由紀子さんと御子柴くんのあいだで問題になっている、まぼろしの怪人とはいったいどういう人物なのか。そして、また、このふたりとどういう関係があるのだろう。

ああ、まぼろしの怪人――

その名はおよそしるひとが聞けば、かならずふるえあがっておそれおののく。いままで何年間、全国に警察あって、警察なきもののように、日本中をあらしまわって、たくみにひとの財産をうばっていくふしぎの怪賊《かいぞく》。それがまぼろしの怪人である。

あるときはまっ昼間、どうどうとお金持《かねもち》のお屋敷へおしいるかとおもえば、あるときは会議なかばの総理大臣の官邸《かんてい》へのりこんで、あたりにいるおおくの大臣や役人たちをけむにまき、また、あるときは外国からきただいじなお客さまの歓迎会の席へ、とつぜん、すがたをあらわしたかとおもうと、高価な宝石類をうばっていく怪人物。それがまぼろしの怪人なのである。

きょうは東京にいるかとおもえば、あすははや、大阪でしごとをしている。それればかりか大阪じゅうの警官が、総動員されたころには、はやくも東京へまいもどって、ゆうゆうとお芝居《しばい》見物をしているというだいたんさ。

神出鬼没《しんしゅつきぼつ》ということがあるが、このまぼろしの怪人の行動こそ、その言葉のとおり神出鬼没であった。まるで、天馬《てんま》が空をはしるような、その奇怪な行動からして、いつのまにか世間のひとは、この怪賊のことをまぼろしの怪人と呼びならわしていた。

まぼろしとはよくいったものである。

いままでさんざん悪事をはたらきながら、だれひとりとして、その男の正体をつきとめたものはない。また、だれひとりとして、そのかくれがをかぎあてたものもない。いつも、だしぬけにすがたをあらわしたかと思うと、ゆうゆうとして仕事をし、そして、仕事をおわるとまぼろしのようにどこかへ消えてしまうのである。

まぼろしの怪人とはよくいったものではないか。

ところが、そのまぼろしの怪人から、ちかごろ、とつぜん、警視庁の等々力《とどろき》警部へあてて、つぎのようなだいたん不敵《ふてき》な手紙がとどいたのである。


来年の春、お嫁にいかれる新日報社の社長池上三作氏のメイごさん、可奈子嬢のために、あちこちからおくられたお祝いの品《しな》の目録が、このあいだ新日報に掲載されたが、それを読んでわたしはひどく心をうごかされた。なかでも可奈子嬢が大《おお》おばぎみ、もとの白石侯爵《しらいしこうしゃく》夫人より祝われた宝石に関する記事は、とくにわたしの注意をひいた。

こういうりっぱな宝石のたぐいをまだ年若い可奈子嬢のもちものとしておくのは、まことにもったいない話である。また、可奈子嬢としても、こういうりっぱな宝石をもっていて、いつひとにとられはしないかと、たえずびくびくしているのは気のどくなことである。だから、可奈子嬢からこの苦労をとりのぞいてあげるために、じぶんは来《きた》る二十五日の夜、クリスマスのお祝いの席へ参上して、可奈子嬢の宝石るいをいっさいちょうだいするつもりである。このことをあらかじめ、警部さんに予告しておきます。

まぼろしの怪人

まことにひとをばかにした予告ではないか。

しかし、まぼろしの怪人のことをしりすぎるほどよくしっている等々力警部はそれをよむと、あっとばかりに、きもをつぶした。

まぼろしの怪人がこれからやろうとする仕事の、予告をしたことはこんどがはじめてではない。しかも、かれはいままでいちどだって、その約束をたがえたことはなかったし、また、いちどだって失敗したことはないのだ。何月何日、何時ごろ、どこそこへ参上すると予告すれば、かならずその約束をはたした。警官がとえはたえとその家を取りかこんでいても、まぼろしの怪人にとってはもののかずではなかったのだ。

いつでもゆうゆうとかこみを破ってしのびこみ、ゆうゆうと目的のものを手にいれて立ち去っていく。そして、警官たちがそれに気がついて、あれよあれよと立ちさわいでいるころには、風のようにどこかに逃げてしまっているのである。まことにまぼろしの怪人という名にふさわしい怪賊ではないか。


等々力警部はこの手紙をうけとると、ただちに新日報社の三津木《みつぎ》俊助《しゅんすけ》にしらせた。三津木俊助というのは、新日報きっての腕ききで、探偵小僧の御子柴くんが、このうえもなく尊敬している記者である。つまり御子柴くんにとってはそのみちの先生なのだ。

三津木俊助もおどろいて、さっそくこのことを社長の池上三作氏に報告した。

しかし、根《ね》がごうたんな池上社長だ。

「なんだ、まぼろしの怪人、まぼろしの怪人とぎょうさんそうにいうが、やっぱりふつうの人間だろう。まさか、足のないゆうれいでもあるまい。あいてが人間なら、こちらも人間だ。そんなにさわぎたてるほどのことがあるもんか。ようしやってくるもんならきてみろ。きっとひっとらえて警察へつきだしてやる」

と、かえって、まぼろしの怪人のやってくることをよろこんでいるのである。

探偵小僧の御子柴くんは、それを心配しているのである。

「社長さんがああおっしゃるのもあたりまえですが、しかし、あいてがあいてだから、よくよく気をつけなければ……」

「それは、おとうさんだって用心はしてるでしょう。それに三津木さんだっていらっしゃることだし、……いえいえ、だいいち、探偵小僧の御子柴さんがついていてくださるんですものね。うっふっふ」

「いやだなあ、由紀子さん、そんなことといってからかうと、ぼく、ジュピターをつれてかえっちまいますよ」

と、探偵小僧の御子柴くんが、わざとすねたようなふうをみせ、ジュピターのくさりをひっぱったとき、とつぜん、ジュピターが四つ足をふんばって、むこうを見ながら猛烈に吠《ほ》え出した。

「あら、どうしたのかしら」

ジュピターのへんなようすに、由紀子さんも御子柴くんも、いっせいにそのほうへ目をやったが、

「あら、御子柴さん、へんなものが走ってくるわ。あれ、なんでしょう」

ジュピターはいよいよ猛烈に吠えだした。

奇怪なロケ

由紀子さんがおどろいたのもむりはない。ふたりがいま立っているところは、白木屋《しろきや》のまえの交差点のところなのだが京橋《きょうばし》のほうから、なにやらまっ赤《か》なものが、こちらのほうへ走ってくる。あたりいちめん雪げしきだから、赤い色がいっそうはっきり見えるのである。

「由紀子さん、こっちへいらっしゃい。けがをしちゃいけないから」

と、探偵小僧の御子柴くんがジュピターをひっぱって、白木屋のウインドーのまえへひっこむと、由紀子さんもそばへよりそってきた。

むこうを見ると赤いものは雪をけたてて走ってくる。だんだん、そばへちかづいてくるにつれて、どうやら赤いものの正体もはっきりしてきた。

「なあんだ、由紀子さん。あれ、サンタクロースのおじさんじゃないか」

「あら、そうね。でも、あとからあんなにたくさん、追っかけてくるのはどうしたんでしょう」

と、由紀子はあいかわらずまゆをひそめている。それもふしぎではない。まっさきにこちらへ走ってくるのは、赤いとんがり帽に赤い服、大きな袋をせおったサンタクロースのおじさんである。

きっと、どこかのお店のクリスマスの売り出しに、広告がわりにやとわれて、サンタクロースの役をやっているのだろう。それがなぜこちらのほうへ走ってくるのか。それに、あとからあのように、おおぜい追っかけてくるのはどういうわけか。

だんだん、こちらへちかづいてくるにつれて、あとから追っかけてくるひとびとの叫び声がきこえてくる。

「おうい、そいつをつかまえてくれえ……そのサンタクロースをつかまえろ！」

「あら、御子柴さん、サンタクロースをつかまえてくれといってるわ。あのひとなにか悪いことでもしたのかしら」

「悪いことをしたのなら、あのおまわりさんがつかまえますよ。しっ、しっ、ジュピター、おまえの出る幕じゃないんだ。おまえは出なくてもいいんだよ。おまわりさんにまかせとけばいいんだ」

探偵小僧の御子柴くんが、いくらなだめてもジュピターはきかない。くさりもひきちぎらんばかりに足をふんばって、サンタクロースにむかって吠えている。

サンタクロースはだんだんこちらへちかづいてくる。しかも、そのうしろからはおおぜいのやじうまがおっかけてきて、

「おうい。そいつをつかまえろ。そのサンタクロースをつかまえてくれ！」

と、くちぐちにわめきちらしている。

と、このとき、交差点にいた交通巡査がばらばらとサンタクロースのまえへ走りよった。と、同時に二、三人のやじうまが、サンタクロースにとびついた。

と、このとき、サンタクロースがきゅうにみょうなことをいいだした。

「ああ、諸君、じゃまをしないで」

と、やじうまをつきはなすと、

「おうい、自動車、ようし、そこでよろしい。カメラの用意いいな。それから、いまの追っかけのシーン、うまくとれたろうな」

その声にやじうまたちがぎょっとしてふりかえると、なるほど交差点のところから五、六メートルはなれたところに、自動車が一台とまっていて、自動車の窓からカメラのレンズのようなものがのぞいている。

「ようし、それじゃ山崎《やまざき》くん。往《おう》来《らい》だからけいこはなしだ。いきなりぶっつけ本番だぜ、用意はいいな」

「オーケー」

そう叫んだかとおもうと、いきなりおまわりさんはサンタクロースにとびついた。そして、雪のなかをサンタクロースあいてに、組んずほぐれつの大《だい》かくとうだ。

「なあんだ映画の撮影か」

「ロケーションだったんだね」

「それじゃ、あのおまわりさんも映画俳優か」
「こいつはおもしろい、見ていこうよ」
と、いままでおもしろはんぶん、サンタクロースを追跡してきたやじうまは、こんどはロケーション見物にはやがわりした。
と、このとき、またもやひとりの男がやじうまをかきわけて、大かくとうのなかへわりこんだ。しかも、その男のすがたというのがこっけいである。メリヤスのシャツにズボン下《した》いちまいという、雪の

なかとしては、すこぶる珍妙なかっこうなのだ。

この男がなにやらわけのわからぬことをさけびながら、サンタクロースとおまわりさんにとびついたからたまらない。赤い色のサンタクロースと、黒い服の交通巡査と、とび色のメリヤスのシャツと三人が三つどもえになって雪のなかを組んずほぐれつ、大《おお》さわぎだ。見物は腹をかかえてわらいながら、

「こりゃおもしろい。これはきっと喜劇だね」

とおもしろそうに見ていたが、そのうちにやっとかくとうがおわって、メリヤスのシャツはとうとう雪のうえでのびてしまった。

と、そのとたん、むこうに待っていた自動車がするするそばへよってくると、

「やあ、みなさん、すみません。交通のじゃまをしてすみませんでした」

と、交通巡査は帽子をとってあいさつをすると、ひらりと、自動車にとびのった。それにつづいてサンタクロースがのろうとしたときである。さっきからくさりをひきちぎらんばかりに足をふんばっていたジュピターが、御子柴くんの手からはなれると、矢のようにサンタクロースにとびついていった。

「あっ、いけない。ジュピター。ジュピター」

探偵小僧の御子柴くんはあわをくってあとを追っかけると、くさりのはしをひろいあげたが、そのときすでにジュピターは、サンタクロースのおしりにくらいついていた。

「あっ、こら、はなせ！　はなさないか小僧、ど、どうするんだ！」

自動車はもう走りだしている。サンタクロースはそれにしがみついている。そのサンタクロースのおしりには、ジュピターがぶらさがっている。そのジュピターのくさりのはしを、御子柴くんがしっかりにぎりしめて足をふんばっているのである。

一瞬、二瞬！

とうとうサンタクロースのおしりの服がびりびりと引きさけて、ジュピターの口にのこった。と、同時に自動車はフルスピードで走りだし、サンタクロースも交通巡査もいずくともなく立ちさった。

「なんだ、そのワン公《こう》は映画俳優じゃなかったのか」

「それに、そこに倒れているメリヤスのシャツはどうしたんだ。おうい、役者ひとりおいてけぼりにしてどうするんだ」

雪のうえにぐったりのびて気を失っている、メリヤスのシャツの男をとりまいて、やじうまがくちぐちにさわいでいるとき、また、京橋のほうから警官がかけつけてきた。

「きみたち、サンタクロースのなりをしたやつをしらんか。こっちのほうへ逃げてきたはずだが……」

と、いいながら、メリヤスのシャツの男のすがたを見ると、

「あっ、山本《やまもと》くん、ど、どうしたんだ。このすがたはいったいどうしたんだ」

と、そばへかけよって抱きおこした。メリヤスのシャツもやっと気がつき、

「あっ、木村《きむら》くんやられた！　へんなやつにぶんなぐられて、気を失っているうちに、警官の制服をは

ぎとられた……」

あっ！

と、さけんで御子柴くんは、おもわず由紀子さんと顔見合わせた。

「うむ、うむ、それでどうしたんだ」

「それで、ここまでくるとにせ警官が、サンタクロースとかくとうしていた。でぼくがそいつをつかまえようとしたら、あべこべにサンタクロースとふたりで、さんざんぶんなぐられて……」

「御子柴さん！」

と、それをきくと由紀子さんも声をひそめて、

「それじゃ、さっきのは映画の撮影じゃなかったのね」

「どうもそうらしいですね。それじゃ、あのサンタクロースは何者でしょう」

メリヤスのシャツもあとからきた木村巡査にそれをたずねた。それにたいする木村巡査のこたえをきいたとき、探偵小僧も由紀子さんも、おもわずまっさおになってしまった。

「あれか、あのサンタクロースこそゆうめいな大《おお》どろぼう、まぼろしの怪人なんだ。いま天銀堂《てんぎんどう》宝石店で、宝石をしこたまぬすんで逃げだしたところなんだ。きみ、あいつをつかまえてたら、大《おお》てがらだったのになあ」

ああ、こうしてまぼろしの怪人は、にせ警官の部下とともに、映画の撮影にことよせて、まんまとおおぜいの人のまえから逃げ去ったのである。

それを見抜いたのは、ただ一頭のジュピターだけ。

十二月二十五日

日本橋の交差点で、あの大活劇があってから二日のち、すなわち、きょうは十二月二十五日、クリスマスである。

新日報社の社長池上三作氏は、ながくあずかっていたメイの可奈子さんが、いよいよ来年およめにいくというので大《おお》よろこびである。そしてことしが可奈子さんの、このうちのひととしてお祝いするさいごのクリスマスというので、おおぜいのお客さんを招待して、はなばなしく盛大に、クリスマスのお祝いをするはずだったが、それがとつぜん中止になった。

それというのが警視庁の等々力警部から、まぼろしの怪人にねらわれているげんざい、あまりたくさん客をよぶことは、ひかえてほしいという注意があったからである。お客さんがあんまりおおぜい出入《ではい》りをすると、まぼろしの怪人がまぎれこみやすくなるからだ。

さすがごうたんな池上社長も、警視庁からの注意とあっては、むげにしりぞけるわけにもいかない。それに、おとといの日本橋でのできごとをしると、池上社長もたしょうきみわるくなってきたのだ。

まぼろしの怪人は、天銀堂宝石店にやとわれた、サンタクロースの客引きにばけていたのだ。そして、まんまと多くの宝石類をごまかしたのだ。が、まぼろしの怪人としてはめずらしくちょっとした失敗をやらかした。それを店員のひとりに見つかって、日本橋の大通りを、たくさんのひとびとに追跡されるはめになったのだ。

しかし、そこは怪盗まぼろしの怪人である。まんいちのばあいをかんがえて、そこにはちゃんと逃げ道が用意してあったのだ。かれは部下のひとりを交通巡査にへんそうさせて、日本橋の交差点で待機させていたのである。それのみならず、映画のロケーションにことよせて、まんまとおおぜいの目をごまかして、もののみごとに逃走したのだ。

そのあざやかなやりくちを聞きおよんで、さすがごうたんな池上社長も、これはゆだんができないと、さてこそ警部の忠告に、したがう気になったのである。

さて、その日の昼すぎのこと。

「お嬢さんはこんやの会がきゅうに小人数になったので、さびしくはありませんか」

と、そうたずねるのは、探偵小僧の御子柴くんである。探偵小僧の御子柴くんは、こんやの会のしたくのために、新聞社のおつとめは、午前中だけできりあげてきたのである。

「あら、わたしこのほうがいいと思っているのよ。おとうさんと可奈子おねえさま、譲治《じょうじ》おにいさまと三津木さん、それから御子柴さんとこのわたしと、ごくうちわのものばかりで、このほうがよっぽどしっくりしていいわ」

譲治おにいさまというのは、可奈子さんが結婚することになっている東大出《で》の秀才なのだ。

「そのほか等々力警部もくることになってますよ」

「ああ、そうそう。でも、御子柴さん、あなたほんとうにこんや、まぼろしの怪人がくるとおもってらっしゃるの」

「ぼくは、きっとくると思いますね」

「あら、どうして？　だって、警部さんのお話では、このうちのまわりを十何人というおまわりさんで、警戒させるといってたわ。いくらまぼろしの怪人だってそれじゃ……」

「いや、それでもぼくはやっぱりくると思います。いや、もうきているかもしれないんです」

「あら、まあ」

と、由紀子さんはぎょっとしたように肩をすくめて、

「いったい、それはどういうことなの」

と、おそろしそうに声をひそめる。

「それはこうです、お嬢さん、ぼくはまぼろしの怪人の秘密を発見したんです」

と、探偵小僧の御子柴くんは、さすがにいささかとくいになって、鼻をうごめかしているのである。

「まあ、すてき。そして、まぼろしの怪人の秘密ってどんなことなの？」

と、由紀子さんは御子柴くんのほうへすりよってくる。

その由紀子さんの足もとには、愛犬のジュピターがぬくぬくとうずくまっている。おりおり耳をうごかすのは、ふたりの会話をきいているようである。

「それはこうです。おととい日本橋であああいうことがあったでしょう。だから、ぼく、これはいよいよ用心しなきゃいけないと思って、まぼろしの怪人の過去の記録をしらべてみたんです。そしたら……」

「そしたら……？　どうしたんですの？」

「そしたら、こういうことがわかったんです。まぼろしの怪人もいつもいつも犯罪を予告するんじゃないんです。いや、いままでに予告した事件は三度しかないんです。そのほかのばあいは全部、予告なしにやってるんです」

「ええ、ええ、それで……？」

「ところが、予告なしにやった事件では、かえって失敗してるばあいもあるんです。全部が全部成功したわけじゃなく、つかまりこそしなかったが、目的をはたさずに逃げるばあいもあるんです。ところが

「……」

「ところが……？」

「ところが、予告した三度の事件にかぎって、全部まんまと成功してるんです。と、いうことは、ぎゃくにいえば、成功の目算《もくさん》がある事件にかぎって、予告を発したということになりますね。そこになにか秘密がありはしないかと思ったんです」

「そして、その秘密がわかったんですの」

「はい、わかりました」

と、御子柴くんは、いよいよとくいそうである。

探偵小僧の発見

「御子柴さん、それ、それ、どういうことなの？　由紀子におしえて」

と、由紀子さんはいよいよそばへすりよってくる。名犬ジュピターもきき耳を立てている。

「それはこうです。いままで予告した三軒の家と、それにこのお屋敷をあわせて四軒。この四軒だけはなぜまぼろしの怪人が、成功の自信をもっているのか。なにかそこに共通したなにものかがあるのじゃないか。……と、そう考えたとき、ふと思い出したことがあるんです」

「どういうこと……？」

「いや、これは由紀子さんもおぼえていられるかもしれませんが、この家は昭和二十七年に、大和《だいわ》製鉄会社の社長、安藤《あんどう》さんのお世話で、うちの社長が買われたのでしたね」

「ええ、そう、安藤のおじさまのお世話よ。御子柴さんはそれをどうして、ごぞんじなの？」

「いや、それはぼくがこちらへおいていただくようになってからまもなく、安藤さんがあそびにこられて、そんな話をしていられたからです」

「ええ、それで……？」

「ところが、そのとき安藤さんがおっしゃったのに、この家をたてた建築技師は、じぶんの家をたてた技師とおんなじで、その技師が建てた家には、みな表《おもて》玄関のわきにキクのマークがはいっているというんです」

「まあ！　それで……？」

「ところが、お嬢さんはまだ子供だったから、おぼえていらっしゃるかどうか、その安藤さんが四年まえに、まぼろしの怪人にやられているんです。しかも、犯罪を予告された三軒のうちの一軒なんです」

「まあ！」

と、由紀子さんはおもわず胸をだきしめた。まだ中学一年生の由紀子さんだけれど、だんだん御子柴くんの話の意味がわかってきたのだ。

「それで、ひょっとするとぼくは、ほかの二軒もそうじゃないかと思ったんです。さいわい、安藤さんの話によると、その技師の建てた家には、表玄関のかたわきにキクのマークがはいっているという。そこでぼく、一昨年やられた葛城《かつらぎ》もと伯爵《はくしゃく》と、去年やられた映画女優の磯野千鳥《いそのちどり》のうちをそっとしらべてみたんです。そしたら……」

「そしたら、キクのマークがあったんですの」

「はい、ありました。このおうちの玄関にあるのと、そっくりおなじキクの花のマークが……」

由紀子さんはいよいよおどろき、いまは声さえ出ないのである。そして、まじろぎもしないで、一心に、探偵小僧を見つめていたが、やがて息もきれぎれに、

「しかし、……しかし……御子柴さん、それ、いったいどういう意味ですの。おなじ技師が建てた家だからって、それがまぼろしの怪人と、いったいどういう関係があるんですの」

「由紀子さん、まだおわかりになりませんか。この四軒のうちには、きっとどこかに、秘密の抜け穴があるにちがいないんです。四軒のうちをたてた技師が、建築ぬしにもないしょで、そっと、秘密の抜け穴をつくっておいたにちがいないんです」

「まあ、御子柴さん」

と、由紀子さんはさもおそろしそうにあたりを見まわし、

「それじゃ、このおうちにもわたしたちの気のつかない、秘密の出入口があるというの？」

「そうです。ですからぼく、さっきもいったでしょう。まぼろしの怪人はもうきているかもしれないと。……つまり、まぼろしの怪人は秘密の抜け穴をとおって、いつでもここへやってこれるんです。しかも、ゆうべも小手《こて》しらべに、やってきたんじゃないかと思うんです」

「まあ、こわい！」

由紀子さんがだしぬけに、探偵小僧にしがみつい

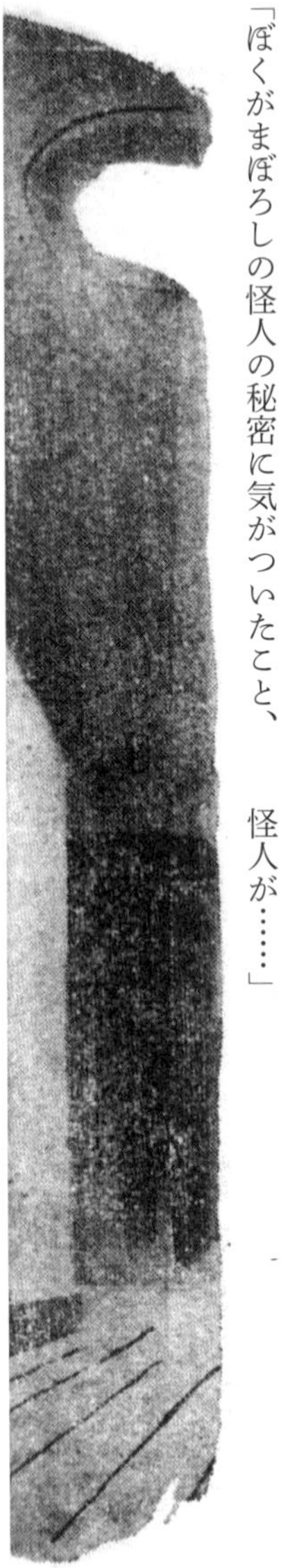

たので、ぬくぬくと床のうえにうずくまっていたジュピターが、びっくりしたように起きなおった。しかし、すぐまたごろりとよこになり、前あしをそろえて、そのうえにながいあごをのっけている。

「御子柴さんはその抜け穴をしってらっしゃるの？　そして、まぼろしの怪人を見たんですの？」

「まさか」

と、探偵小僧は苦笑して、

「むろん、ぼくはゆうべそれとなく、秘密の抜け穴をさがしてみました。しかし、とてもぼくのような子供にわかるようなそんなかんたんなものじゃないでしょう。そこでぼくは一計をあんじて、ゆうべまぼろしの怪人に、ちょっとちょう戦《せん》してみたんです」

「ちょう戦とおっしゃると……？」

「ぼくがまぼろしの怪人の秘密に気がついたこと、すなわち四軒の家の秘密に気がついたこと、したがってこの家へやってくるのは、とても危険だぞということを手紙に書いて、いちばん目につきやすい応接室のドアのうえに、ピンでとめておいたのです。ゆうべの十二時ごろ、みんながねてしまってからのことです。そしたら……」

「そしたら……？」

「けさ五時ごろ起きていってみたら、その手紙がないんです。だれかがもってってしまったのです」

「まあ、でも、それうちの女中《じょちゅう》か書生《しょせい》がとったのでは……？」

「いいえ、ぼく書生さんや、女中さん、それからばあやさんにもきいてみたんですが、だれもしらないというんです」

「まあ、御子柴さん、それじゃやっぱりまぼろしの怪人が……」

と、由紀子さんがおもわず悲鳴をあげたとき、書生の木村《きむら》君がはいってきた。

「ああ、探偵小僧、ここにいたのか。だれかが郵便うけに、きみあての手紙をほうりこんでいったぜ。これ、切手がはってないから郵便できたんじゃないね」

「ええ、ぼくあての手紙……?」

探偵小僧の御子柴くんは、あわてて手紙を開封したが、読みくだしていくにしたがって、みるみるうちにその顔色がかわってきた。

それもそのはず、そこにはつぎのようなことが書いてある。

探偵小僧よ。

わがはいは、君のように頭のよい好敵手をえたことを、このうえもなくうれしく思う。いままでだれも気がつかなかった秘密を、君のような少年が見破ったとは、ほとほと感服《かんぷく》のいたりである。

しかし、残念ながらわがはいは君の忠告にしたがうことはできない。わがはいは約束どおりクリスマスの晩、そちらへ参上するであろう。かえすがえすも、君の親切にそむくことを残念に思っているが、悪《あ》しからず。

まぼろしの怪人より

クリスマスの夜

池上社長邸《てい》におけるその夜のクリスマス・パーティーは、お祝いどころか、まるでお通夜《つや》みたいにいんきであった。

集まったひとたちは、池上社長に由紀子さん、メイの可奈子さんにいいなずけの堀尾《ほりお》譲治君、それに探偵小僧の五人だけである。みんながいちばんたのしみにしていた三津木俊助は、ほかに大事件が突発して、そちらへ出向いていかなければならなくなったので、いっそうパーティーはさびしくなった。

クリスマス・デコレーションが、いかにきらびやかにかざられても、まぼろしの怪人がいつくるかもしれぬとあっては、だれもうきうきしておれないのもむりはない。テーブルをかこんで語りあうひとびとの声も、おのずとしのびやかになる。

しかし、いんきなのはいま五人がテーブルをかこんでいるサロンだけで、ほかのへやはがたがたぴしぴしたいへんである。それというのが御子柴くんの報告で、警視庁からかけつけてきた等々力警部が、部下をうながし、秘密の通路をさがしているからである。

等々力警部がこのうちへやってきたのは、夕方の五時ごろのことである。御子柴くんから話をきくと、警部はすぐに電話をかけて、警視庁から五人の刑事をよびよせた。

五人の刑事が到着すると、警部は池上社長のまえに一列にせいれつさせた。そして、ひとりひとり鼻をつまんだりほっぺたをなでたり、ひげをはやした刑事はひげをひっぱったりした。それというのがまぼろしの怪人はへんそうの名人なのである。だから、刑事にばけてまぎれこんでいはしないかと、用心に用心をかさねるのだ。

こうして刑事をしらべたのち、さいごには池上社長にむかって、じぶんをしらべてくれるようにたのんだ。等々力警部はあからがおの大男で、あざらしのようなひげをはやしている。池上社長はそのひげをひっぱってみたが、べつにつけひげではなかった。

こうして身もと調査がおわるとともに、等々力警部の命令一下《いっか》、刑事たちは手わけをして、抜け穴さがしにとりかかったのである。名犬ジュピターが、ふしぎそうに刑事たちのあとをかぎまわっている。

「どうもおもしろくないね」

と、池上社長がなまあくびをかみころしたのは、もうだいぶん夜もふけたころのことである。へやのすみに立ててある、大きなグランド・ファーザー・クロックの針《はり》が九時三十分をしめしていた。

グランド・ファーザー・クロックというのは、日本語に訳すと祖父の時計という意味で、人間の背のたかさよりも大きな時計で、文字盤のしたにぶらさがっている金色の大きな振子《ふりこ》が、ガラス戸のおくでゆったりと左右にゆれている。

「おじさん、あの宝石類はやっぱり金庫へしまいこまれたらいかがですか」

と、そう注意したのは可奈子さんのいいなずけ、堀尾譲治青年である。

堀尾青年が心配するのもむりはない。サロンのかたすみにはガラスのケースがすえてあり、そのなかには可奈子さんがあちこちから、お祝いにちょうだいした宝石類が、これみよがしに陳列《ちんれつ》してあるのだ。

「なあに、かまわん、かまわん。どうせ家のなかに秘密の通路がある以上、どこへおいといてもおなじことだ。こうしてみんなの眼前に陳列しておくほうが安全というものだ。まぼろしの怪人きたらばきたれというところだ。あっはっは」

池上社長はわらったが、きゅうにいすから立ちあがると、

「なんだかにわかに眠くなってきた。おれはちょっと二階へあがってひとねむりしてくる。由紀子や、もうそろそろ十時がくる。おまえもへやへかえってお休みなさい」

「はい」

と、由紀子さんもすなおに立ちあがる。由紀子さんにはおかあさんがなく、ばあやがいっさいのめんどうをみているのである。

「さあ、さあ、お嬢さん、お休みなさい。ばあやがいっしょにまいりましょう」

「はい。それではおねえさま、おにいさま、おやすみなさい。御子柴さんも……。さあ、ジュピターもいらっしゃい」

と、池上社長と由紀子さんが、ばあやとジュピタ

ーをつれて二階へあがると、あとは堀尾青年と可奈子さん、それに探偵小僧の三人きり。きゅうにひっそりしたサロンのなかに、グランド・ファーザー・クロックの、時刻をきざむ音だけが、みょうにいんきにひびきわたる。

「御子柴さん、あなたやっぱりまぼろしの怪人が、こんや秘密の通路をとおって、ここへやってくるとおもってらっしゃるの？」

と、そうほほえみかけたのは、うつくしい可奈子さんである。

「ええ、ぼくはやっぱりやってくると思います。だから用心したほうがいいのです」

「やってくるなら、はやくきてくれるといいなあ、ぼくは腕がなってるんだから」

こぶしをにぎって力こぶをたたいているのは、柔道五段の堀尾青年。堀尾青年は可奈子さんの目のまえで、勇ましいところを見せようとはりきっているのである。

「あら、あんなことといって、譲治さん、いよいよまぼろしの怪人があらわれたら、腰をぬかすんじゃございません」

「あっはっは、ばかなことをいっちゃいけませんよ。あっ、おじさん、どうしたんです」

みるといま二階へあがっていったばっかりの池上社長が、なにか心配そうなかおをしてサロンのなかへはいってきた。

「いや、いま思い出したことがあるもんだから……、等々力警部はいないかね」

「ああ、ぼくならここにおりますが」

と、となりのへやからかおを出したのは等々力警部だ。

「ああ、警部さん、あんたにいうのを忘れていたが、このうちには表《おもて》と裏の入口のほかに、もうひとつ出《で》入口《いりぐち》があるんだ」

「えっ、そ、それはどこですか」

「いや、この家の地下室に暖房用のボイラーをすえつけたへやがあるんだ。そこからスチームを各《かく》へやへおくっているんだが、その地下室に通風孔《つうふうこう》があって、それが奥庭にひらいているんだ。そこから内部へしのびこもうと思えばしのびこめないことはない」

「あっ、それはたいへんだ。社長、ひとつ案内してください。だいじょうぶかどうかようすを見てきましょう」

「ああ、おやすいご用だ。そのためにおりてきたのだから」

「おじさん、ぼくもいきましょうか」

と、譲治青年が立ちあがるのを、

「いや、いい、君がここをはなれたらたいへんだ。そのケースをよく見張ってもらわなければね。しかし、警部さん」

と、池上社長はふりかえって、

「あらかじめ注意しときますがね。足もとに気をつけてくださいよ。ガラクタ道具がいっぱいつまっておりますからな」

ふたりは地下室へおりていったが、それからまもなく、ガラガラとけたたましい物音がきこえてきた。

「あっ、あれはどうしたんだ！」

と、譲治青年が立ちあがるのを、

「きっと、おじさまか警部さんが、ガラクタ道具につまずいたのよ」

と、そういうものの可奈子さんも、まっさおになって顔をこわばらせている。物音をきいて刑事もふたりへやのなかへとびこんできたが、そこへふうふういいながらかえってきたのは、あざらしひげの警部である。

怪人捕縛《ほばく》

「あっ、警部さん、どうしたんです。こめかみから血がにじんでいますよ」

「なあに、ガラクタ道具につまずいてころんだだけさ。しかし、社長もよっぽどどうかしているよ。あんな小さな窓からひとが出入《しゅつにゅう》できるもんか。あっはっは」

「それで、社長さんはどうしました？」

「ああ、社長は二階へあがっていった。とんだばかをみたよ。君たち、なにをぐずぐずしているんだ。はやく抜け穴のありかをさがさないか」

等々力警部はごきげんななめで、だいぶん鼻息があらいのである。

そのときである。物音をききつけたのだろう。由紀子さんがジュピターをつれてはいってきた。

「いま、なんだかへんな音がしたようだけど、どうかしたんですか」

と由紀子さんの顔色もかわっている。

「いや、なんでもないんだよ。由紀子ちゃん」

と、譲治青年がなぐさめがおに、

「いま、おじさんがおりてきてね」

「えっ？　おとうさんが……？」

と、由紀子さんはぎょっとしたような顔色である。

「ええ、そしてね、由紀子さん、地下の暖房室に、通風孔《つうふうこう》があるとおっしゃって……」

「あら、うそよ、うそよ、おねえさま、そんなこと、うそよ！」

「そんなこと、うそって……？」

「だって、へんな物音がきこえたでしょう。それでわたし心配だったもんだから、おとうさんをおこしにいったのよ。そしたら……」

「そしたら……？」

「おとうさん、ぐうすらぐうすらねてらっしゃるわ。いくら起《おこ》してもおきないで……」

由紀子さんのことばに、一同は、おもわずさっと顔色がかわった。ちょっとのま一同は、不安そうに、たがいに目と目を見かわせていたが、とつぜん、等々力警部が大声でさけんだ。

「あいつだ！　あいつが社長にばけていたんだ。みんな地下室へいってみろ！」

等々力警部の命令で、一同はなだれをうって、サロンから外へとびだした。そして地下室めざしてとんでいく。

だが、サロンの入口で、とつぜん立ちどまった人間がある。等々力警部と探偵小僧の御子柴くんだ。

「由紀子さん、由紀子さん、ちょっとお待ちなさい。ジュピターのようすがへんだから」

探偵小僧のよび声に、由紀子さんもはっと立ちどまると、ジュピターをつれてひきかえしてきた。ジュピターは床のじゅうたんをひっかきながら、等々力警部めがけて、ものすごいうなり声をあげている。

「あっ、このひとは等々力警部じゃない！」

と、御子柴くんが絶叫《ぜっきょう》した。

「わかった！　わかった！　まぼろしの怪人が社長にへんそうしてやってきたのだ。そして警部を地下室へつれだして、そこで警部をたおして、こんどはその警部にへんそうしてきたのだ。由紀子さん、気をつけなさい」

「わっはっは！」

と、腹をゆすって笑いだしたのは、ぶきみなにせものの等々力警部。

「探偵小僧、やっと気がついたようだな」

と、ポケットからとりだしたのは、ピストルである。

「お嬢さん、その犬がかわいいとおもったら、しっかりくさりをにぎっていてくださいよ。とびついてくるとひとうちだからね」

と、そういいながらゆうゆうと、ガラス・ケースの宝石類を、すっかりポケットにねじこむと、

「御子柴くん、それじゃ秘密の抜け穴のありかをおしえてあげよう。ほら、ここだよ」

と、うしろに立っているグランド・ファーザー・クロックのドアをひらくと、時計の内部をさぐっていたが、やがてカチッと小さい物音とともに、なんと時計の背後にポッカリと、人ひとりとおれるくらいの穴があいたではないか。

「あっはっは、それじゃ、探偵小僧、お嬢さん、さようなら！」

と、こちらをむいて、ひとを小《こ》ばかにしたように、うやうやしくおじぎをしたが、そのときである。意外、意外、時計の背後の穴のなかから、つよい、たくましい男の声がきこえてきたではないか。

「まぼろしの怪人、ピストルをすてろ。ピストルをすてないと、うしろからうつぞ！」

「あっ！」

と、さけんでまぼろしの怪人が、ピストルをすてたとたん、由紀子さんがくさりをはなしたからたまらない。ジュピターがもうぜんとして、まぼろしの怪人めがけてとびかかった……。

「あっ、三津木さん！　三津木さんだ、三津木さんだ！　それじゃ、三津木さんは秘密の抜け穴をしってたんですね」

探偵小僧の御子柴くんが、おどりあがってよろこんだのもむりはない。グランド・ファーザー・クロックのなかをくぐって、ピストルかた手《て》にあらわれたのは、新日報社の花形記者、探偵小僧が師匠《ししょう》とたのむ三津木俊助。

「ああ、ジュピター、もうかんにんしてやれ。あっ、警部さん、とんだ災難でしたね」

と、三津木俊助のよび声に、探偵小僧と由紀子さ

んがふりかえると、一同にかいほうされながらはいってきたのは、シャツ一枚の等々力警部だ。

「この野郎、ひどい野郎だ！」

たぶん、さっきの腹いせだろう。床に倒れているまぼろしの怪人を、くつのさきで、いやというほどけとばすと、手ばやく手錠《てじょう》をはめてしまった。

三津木俊助は、探偵小僧よりひとあしさきに、抜け穴の秘密に気がついていたのである。そして池上社長と力をあわせ家中をしらべたあげく、とうとう秘密の抜け穴を発見したのだ。

しかし、それをだれにもしらせないでまんまとまぼろしの怪人をおびきよせることに成功したのだ。

こうして、さしも世間をさわがせたまぼろしの怪人も、とうとう等々力警部につかまってしまったが、しかし、これでおとなしくしているようなまぼろしの怪人だろうか。

なんだかまたひと騒ぎ、おこりそうな予感がするではないか。

第二話　魔の紅玉

怪サンドイッチ・マン

探偵小僧の御子柴《みこしば》くんは、おもわずおやっと首をかしげた。まえをいくサンドイッチ・マンのふしぎな挙動に気がついたからである。

そこは銀座《ぎんざ》の尾張町《おわりちょう》から、すこし新橋《しんばし》へよったところの、東側の歩道である。時刻は夕方の四時ごろだが、きょうは土曜日なので、銀座の歩道は人出《ひとで》で

ごったがえしていた。

　そのサンドイッチ・マンは、片手にプラカードをたかくかかげて、ひょこりひょこりとあひる歩き、チャップリンのような歩きかたで、道いく人をわらわしている。みなりもチャップリンそっくりで、山高帽《やまたかぼう》にせまい上衣《うわぎ》、それにだぶだぶのズボンである。まえへまわってみれば、鼻の下にきっとチャップリンひげをつけているのであろう。

　サンドイッチ・マンは、ひょこりひょこりと、尾張町から新橋のほうへ歩いていく。

　探偵小僧の御子柴くんは、べつにそのサンドイッチ・マンをつけるつもりはなかったけれど、使いにいく方角がちょうどそちらに当たるので、五、六歩うしろから歩いていた。あまり人波がはげしいので、御子柴くんは少しいらいらしていたのである。

　ところが、左側に立っている映画館のまえまできたときである。

　サンドイッチ・マンはふと立ちどまると、映画館のまえに立ててある、ポスターをちょっとみていたが、なに思ったのか、すばやくあたりを見まわすと、ポスターのうえになにやらかいた。そして、そしらぬ顔でまたひょこりひょこりとあひる歩き、人波をおどけたようすでかきわけていく。

　探偵小僧はおやと思った。そして、映画館のまえまでくると、なにげなくポスターのうえに目をやったが、

「はてな」

　というふうに首をかしげた。

　それは、『まぼろしの砂漠』という映画のポスターだったが、そのなかの「まぼろし」という四文字を、赤いはくぼくでくるりとかこってあるのである。

はくぼくのあとの新しさからして、いまサンドイッチ・マンがやったにちがいないが、いったいこれは、なにを意味しているのであろうか。いたずらにしてはおとなげないし、といって、それだけのことにかくべつ意味があろうとはおもえない。

へんだなあと小首《こくび》をかしげながらも御子柴くんはただなんとなく、またぶらぶらと人波をかきわけて歩き出した。プラカードが人の頭からたかくつき出しているので、サンドイッチ・マンのいどころはすぐわかった。なにしろ、ひょこりひょこりとあひる歩き、なかなかはかがいかないから、御子柴くんはすぐそのうしろまで追いついたが、そのときである。

怪しいサンドイッチ・マンが、またぞろ、すばやくあたりを見まわすと、かたわらのお店のかんばんに、なにやら書くのがちらりと見えた。しかも、こんどはその指先に、赤いはくぼくが握られているのまで、はっきりわかった。

サンドイッチ・マンは、お店のかんばんにいたずらをすると、またひょこりひょこりとあひる歩き、すました顔で歩いていく。御子柴くんはおもわずはっとして、店のまえまでいそぎあしでちかよると、それはおもちゃを売る店だったが、そのかんばんの『のんき堂《どう》』とかいた文字のうち、「の」の字のまわりに赤い線でかこいがしてある。

御子柴くんは、いよいよ心のなかで怪しんだ。一度ならず二度まで、こういういたずらをするからには、きっとなにか意味があるにちがいないと、こんどは、注意ぶかく、あやしいサンドイッチ・マンをつけていくと、またぞろ、サンドイッチ・マンの手がのびて、かたわらの壁になにやらかいた。

御子柴くんがいそぎあしにちかよるとそこは建築中のたてものの、板囲いの外だったが、その板囲いの上に、すみくろぐろと、『銀座会館建築地』と、書いてある。

その「会」という字のまわりには、またしても赤いはくぼくのわく。

御子柴くんの胸はいよいよおどった。こうなると、もうたんなるいたずらとは思えない。

これにはなにかきっとふかいわけがあるにちがいない、とするどい目でサンドイッチ・マンの背後をにらみながら、用心ぶかくつけていく。

と、四《よ》たびサンドイッチ・マンの手がのびて、かたわらのかんばんのうえに印をつけた。

御子柴くんがちかよると、それは菓子屋のかんばんで、「人参《にんじん》あめ」と、かいた四文字のうち、「人」という字に赤いわく。

探偵小僧いらっしゃい

御子柴くんは、おもわずぎょっと立ちすくんだ。さいしょが「まぼろし」という字であった。つぎが「のんき堂」の「の」の字である。三度めが「銀座会館」の「会」の字で、そしてこんどが「人参あめ」の「人」である。

これをはじめからつづけてよむと「まぼろしの会人」となるではないか。「まぼろしの会人」すなわち「まぼろしの怪人」ではないか。

ああ、まぼろしの怪人！

風のごとく、神のごとく、文字どおり神出鬼没《しんしゅつきぼつ》の活躍ぶりをみせていた、怪盗「まぼろしの怪人」が、探偵小僧の御子柴くんや三津木俊助《みつぎしゅんすけ》の手によって、しゅびよく捕縛《ほばく》されたのは、去年のクリスマス・イブのことだった。

したがって、まぼろしの怪人はいま、小菅《こすげ》の拘置《こうち》所《しょ》の未決《みけつ》にいるはずなのである。刑がくだれば、おそらく十年以下ではおさまるまいと評判されている。だから、まぼろしの怪人の一味のものが、あらゆる手段をつくして拘置所から、首領をすくいだそうとしていることは、御子柴くんにもうなずけるのである。

このあやしいサンドイッチ・マンもまぼろしの怪人の一味ではあるまいか。そして、なかまとの通信として、こういういたずらめいたことをやっているのではないだろうか。

御子柴くんは、すばやくあたりを見まわした。仲間らしい男は見当たらないかと思ったのである。しかし、この織るような人波のなかから、怪しい男を見つけだすのは困難だった。

御子柴くんはすぐ、仲間を見つけだすことはあきらめた。それより、この怪しいサンドイッチ・マンの行動に、目をつけているほうが秘密をさぐりだすのにちかみちだ。

怪しいサンドイッチ・マンは、新橋までたどりつくと、そこでくるりとふりかえり、またひょこりひょこりとあひる歩き、こちらのほうへやってくる。探偵小僧の御子柴くんは、すばやくかたわらの時計屋の、店頭へちかづいていくと、ショウ・ウインドウのなかをのぞきこんだ。

さいわい、ショウ・ウインドウのおくには一枚の鏡がはってある。その鏡のなかを怪しいサンドイッチ・マンが、あいかわらずひょこりひょこりとあひる歩きおどけたかっこうで通りすぎたが、御子柴くんに気がついたけはいはなかった。

それを五、六歩やりすごして、探偵小僧の御子柴くんは、両手をポケットに入れたまま、ぶらりぶらりとつけていく。

尾行としては、それはずいぶん辛気《しんき》くさい尾行であった。とっとと歩いていくほうが、尾行するには、よほどしやすいのである。ところがサンドイッチ・マンときたら、できるだけのろのろと歩くのが商売である。そのじれったいことといったらなかった。

しかし、御子柴くんは気がついていた。さっき菓子屋のかんばんの人参あめにいたずらをして以来、用事がすんだのかサンドイッチ・マンは、二度といたずらに手を出さないのである。

やがて、右側に松坂屋《まつざかや》が見えてきた。その松坂屋のまえを通りすぎると、サンドイッチ・マンの怪しい使命はおわったのか、きゅうにプラカードをよこに倒すと、それを小《こ》わきにひっかかえて、すたすたと松坂屋の角《かど》をまがっていく。

御子柴くんもいそぎあしで、その四つ角までやってくると、サンドイッチ・マンはやはりプラカードをかかえたまま、すたすたむこうへ歩いていくのである。

探偵小僧の御子柴くんは、またあたりを見まわした。しかし、かくべつ仲間とおぼしい人物も見あたらない。

「よし、それじゃ、ひとついくさきをつきとめてやろう」

御子柴くんはこの冒険に、すっかりこうふんしているのである。

まぼろしの怪人はつかまったが、怪人の仲間はまだひとりもつかまっていないのである。仲間をこのままにしておくと、いついかなる手段で、首領の怪人を拘置所から、うばい出さないともかぎらない。いまや、その仲間のありかがわかりそうになっているのだ。

御子柴くんは胸をどきどきさせながら、あやしいサンドイッチ・マンをつけていく。サンドイッチ・マンは二つ三つ通りをつっきると、やがてまた横町《よこちょう》へまがった。そして、そこにある殺風景《さっぷうけい》なビルのまえまでくると、またすばやくあたりを見まわしたのち、プラカードをかかえたまま、風のようになかへとびこんだ。

御子柴くんが、大《おお》いそぎでそのビルのまえまで走りよると、いましも、正面の階段を、かけのぼっていく男の、かかえたプラカードがちらりと見えた。

御子柴くんもそのあとを追って、ビルのなかへとびこむと、用心ぶかく正面の階段をのぼっていった。二階にはへやが十《とお》ほどある。しかし、サンドイッチ・マンのとびこんだへやはすぐわかった。ドアのまえにプラカードが立てかけてあるからである。

探偵小僧はなにげなく、そのプラカードに目をやって、おもわずぎょっと息をのんだ。

「探偵小僧よ、
いらっしゃい」

妙なまじない

「しまった！　はかられた！」

と、探偵小僧の御子柴くんが、はっとそれに気がついたときはおそかった。

やにわにドアがひらいたかとおもうと、逃げだそうとする御子柴くんの首《くび》っ玉《たま》へ、太い腕がのびてきた。つぎのしゅんかん、へやのなかへひきずりこまれた御子柴くんは、いやというほど床のうえにたたきつけられ、百、千の火花が目からとび出すような思いであった。

「あっ、ごめん、ごめん、こんな手荒《てあ》らなまねをするつもりではなかったが、ついもののはずみでね」

ふとい男の声に御子柴くんが顔をあげると、そこには見おぼえのある顔が立っていた。それはいつぞや日本橋《にほんばし》の交差点で、おまわりさんにばけていた男である。

御子柴くんは床のうえから起きなおると、きょろきょろあたりを見まわしたが、どこにもサンドイッチ・マンのすがたは見えない。

「あっはっは、探偵小僧、なにをきょろきょろしてるんだね。ああ、そうか。さっきのサンドイッチ・マンをさがしているんだね。なあに、あれはわれわれの仲間じゃない。ただきみをここへおびきよせるために、ちょっと道具に使っただけだ。いまごろはこのビルの裏階段から外へ出ていって、また、ひょこりひょこりと歩いているだろう。あっはっは」

御子柴くんはしまった！　しまった！　と思わず心中歯ぎしりをする。少し好奇心が強すぎたし、それにけいそつでもあったと、いまさらくやんでもはじまらない。

探偵小僧の御子柴くんは、うわめづかいにじろじろと、あいてのようすを見守っている。

「いやあ、探偵小僧、きみはなかなかあたまのいい少年だから、このへやのようすをひとめ見ればわかるだろう。ここはげんじゅうに防音装置、すなわち、音が外へもれないような装置がしてある。したがって、きみがいかにわめこうが、叫ぼうが、ぜったいに外へもれっこないんだからな」

「おじさんは、ぼくをどうしようというんです」

「あっはっは、探偵小僧、きみにはこのおれがだれかわかるだろう」

「まぼろしの怪人の手下だろう」

「そう、そのとおり、まさにきみのおっしゃるとおり」

「それで、ぼくをどうしようというんだ」

「いや、きみにね、ちょっとお手つだいをしてもらおうと思ってるんだ」

「なんの手つだい」

「いやね。首領まぼろしの怪人がつかまったというのも、きみのせいだからね。こんどはまぼろしの怪人を、救い出す手つだいをしてもらいたいのだ」

「いやだい、そんなこと！」

御子柴くんはきっと唇《くちびる》をかみしめる。

「いやだといってもしかたがない。このとおりとらわれの身となってはな。それに、なにも手荒らなまねをしてもらおうというんじゃない。ただ、ちょっと、かんたんな文章を朗読してもらえばいいんだから」

「文章を朗読する……？」

御子柴くんはきらりと好奇の目を光らせた。

「ああ、そう、この文章だがね。ちょっと読んでごらん」

　怪人の部下がポケットから取り出したのは、折りたたんだびんせんである。それをひらいて読んでみて、探偵小僧の御子柴くんは、おもわずあきれたような目をあげた。

　そこには、奇妙なおまじないみたいなことが書いてある。


『さあ、起きなさい。起きるんだよ。そして、さっさと制服をつけなさい。いいかね、制服をつけ、帽子もちゃんとかぶるんだ。帽子もかぶったかね。それじゃ、カギをもちなさい。八六号のカギをわすれちゃいかんよ。さあ、カギをもったらまっすぐに、八六号へいくんだ。そして、八六号へいったら、ドアをひらいてなかへはいる。あとは八六号の主人がいいようにしてくれるからね。わかったかね。わかったら、そこでいちど復唱してごらん』

　いったい、これはなんのまじないなのかと探偵小僧は首をひねってかんがえたが、どうしてもわけがわからなかった。

怪人脱走

「あら、御子柴さん、目がさめて?」

　やさしい声に御子柴くんが、ふと目をひらくと、由紀子《ゆきこ》さんの心配そうな顔がのぞきこんでいる。

　なんだかてのひらがくすぐったいので、ふと見ると、ベッドのはしからたれた右手を、ジュピターがペロペロとなめているのである。

「あっ、由紀子さん!」

　御子柴くんがおもわずぎょっと起きなおって、あたりをきょろきょろ見まわすと、そこは池上《いけがみ》社長の邸宅《ていたく》で、御子柴くんにあてがわれているへやのなかである。探偵小僧はきちんとパジャマにきかえていて、ベッドのなかに寝かされている。

「由紀子さん、ぼく、いつここへかえってきたんですか」

「ゆうべ、おそく。親切なおじさまが自動車で、まよ夜中《なか》すぎにおくってきてくださったのよ」

「親切なおじさまが……?」

「ええ、そう銀座うらに倒れているのを見つけたからって。ポケットの名刺入れのなかの名刺から、このところがわかったんですって」

あいつだ！　あのまぼろしの怪人の部下なのだ！

それにしても、じぶんをここまで送りとどけてきたのは紳士的だが、まんまと怪人の一味のわなにひっかかったくやしさが、いまさらのようにむらむらとこみあげてくる。

探偵小僧の御子柴くんは、なんだかふらつく頭をかかえながら、ゆうべのことをもういちど、頭のなかでくりかえしてみる。

御子柴くんがある奇妙なまじないを、まぼろしの怪人の部下のまえで朗読させられたのは、きっちりゆうべの十二時のことだった。

もっとも、それまでになんどもなんども、練習させられた。もっとゆっくり読むようにとか、そこはもっと力をいれろとか、数時間にわたって練習させられた。

そのあいだには晩《ばん》ご飯《はん》として、おいしい洋食をごちそうしてくれた。

そして、いよいよま夜中の十二時になった。

まぼろしの怪人の部下は、御子柴くんを片方の壁のまえへつれていった。そこにはちょうど、御子柴くんの顔の高さのところに、一枚のポスターがはってあった。ポスターの絵はなんでもない風景画だった。

御子柴くんはもうあの文句をそらで、暗唱していたので、まぼろしの怪人の部下のあいずとともに、あの奇妙な文句をささやきはじめた。まえにはってあるポスターに、話しかけるようにしゃべれということだったので、そのとおり、やさしく話しかけた。

まぼろしの怪人の部下は、耳にレシーバーを当て、かたわらのテーブルにむかっていた。

御子柴くんはなにがなにやらわけがわからなかった。まるできつねにつままれたような気もちであった。まじめくさって、レシーバーを耳にあてている男を、ばかか気ちがいとしか思えなかった。

やがて、御子柴くんの朗読がおわると、男はいっそう熱心な顔色で、レシーバーに耳をかたむけていたが、しばらくすると、満足そうな微笑をもらした。

「やあ、ごくろう、ごくろう、探偵小僧これできみの役目はおわったよ。あっはっは」

と、部下はゆかいそうに腹をかかえて笑うと、御子柴くんの方へちかづいてきた。

「さあ、もう用はすんだから、きみのおうちまで送ってあげよう」

そういったかと思うと、御子柴くんを抱きすくめ、いきなり大きなてのひらで、鼻と口をぴったりおさえた。

部下の手には、なにやらしめったガーゼのようなものがにぎられていた。御子柴くんはあまずっぱいにおいのようなものが、鼻へつうんと抜けるのを意識しながら、しばらく手足をバタバタさせていたが、やがてぐったり、気が遠くなってしまったのである……。

御子柴くんにとっては、それはまるで夢のようなできごとであった。御子柴くんはじぶんでも、悪いことをしたとは少しも思っていない。

あんなくだらないおまじないを朗読したところで、いったいそれがなんのやくにたつというのだ。

「由紀子さん、きょうはどうして学校休んだんです」

「あら、きょうは日曜よ。それにしても御子柴さん、ゆうべたいへんなことがあったのよ」

「たいへんなことって」

「まぼろしの怪人が脱走したんですって」

「えっ、まぼろしの怪人が……？」

「ええ、そう、けさまぼろしの怪人のいれられていた八六号をのぞいたら、看守《かんしゅ》のひとがまぼろしの怪人のかわりにはいっていたんですって。そして、かんじんのまぼろしの怪人のすがたが見えないので、たぶん、看守の服をきて、看守にばけて逃げたのだろうって、そういう電話がかかってきたので、おとうさまもびっくりして、御子柴さんのことを心配しながらも、新聞社へ出ていったのよ」

ああ、八六号……それじゃ、ゆうべのあの朗読が、なにかそれに関係があるのではないかと、御子柴くんは思わずいきをはずませた。

怪放送

三時ごろ出たその日の夕刊には、まぼろしの怪人脱走の記事が社会面のトップをしめて、でかでかと大きく報道されていた。

それによると、まぼろしの怪人脱走の手段は、なんともえたいのしれないものだった。

　まぼろしの怪人のいれられていた八六号監房《かんぼう》には、まぼろしの怪人とおなじ服装をした男が、けさもながながと寝ころんでいた。だから、なんども看守《かんしゅ》がそのまえをとおったけれど、だれもべつにあやしまなかった。

　ところが起床の時間になっても、まぼろしの怪人が起きてこないので、看守のひとりがなかへはいってのぞいてみると、なんとそれは怪人ではなく、吹《ふき》田《た》という老看守ではないか。吹田老人はまぼろしの怪人の服をきて、こんこんとねむっているのである。

　そこで大騒ぎになって、吹田老人はたたき起《お》こされたが、ただ、きつねにつままれたようにきょとんとしているだけで、じぶんがいつここへきたのかもしらなかった。

　吹田老人はもう何十年もこの拘置所《こうちしょ》へつとめている模範看守で、ぜったいにひとから買収《ばいしゅう》されるような男ではなかった。かれはただ、ゆうべ十一時ごろ、じぶんのへやで床《とこ》についたが、それからあとはしらないといいはった。

　そこでなにか薬でものまされたのではないかと、吹田老人のへやをしらべたところ、意外なものが発見された。それはまくらもとの木箱のなかにかくされていた、小型の無電装置である。しかも、それはふつうのラジオではなく、ひじょうに精巧《せいこう》にできたしろうと無線の受送信装置だ。

　むろん、それは吹田老人のものではなく、だれかが仕掛けていったにちがいないが、それがいったいなにを意味するのか、だれにも理由がわからなかった。

　ただ、おぼろげながらもその意味をさとったのは、探偵小僧御子柴くんである。

　おそらく吹田老人は、ひじょうに暗示にかかりやすい性質なのだろう。そして、ゆうべのじぶんの朗読は、吹田老人を催眠術《さいみんじゅつ》にかけるための放送だったのではあるまいか。催眠術をかけるためには、あの部下のふとい声では不適当だったので、子供のじぶんがえらばれたのではないか。

「ちくしょう!　ちくしょう!　もし、そうだったら、じぶんもまぼろしの怪人の脱走をたすけた一味になるのだ!」

　探偵小僧の御子柴くんは、目をさらのようにして夕刊を読みおわると、じぶんのへやからとび出した。さいわい、由紀子さんはピアノのけいこにいってるすである。探偵小僧の御子柴くんは、ジュピターをつれだして、とおりかかったタクシーに乗ると、銀座裏へかけつけた。

　きのうのビルはそのままである。御子柴くんは、用心ぶかくジュピターのくさりをひきながら、きのうのへやへいってみた。へやのドアはひらいていた。おそるおそるなかへはいって、あたりを見まわした御子柴くんは、思わずぎょっと息をのんだ。

　かたわらのソファのうえに、看守の制服と制帽が、むぞうさにぬぎすててある。それではやっぱりまぼろしの怪人は、看守にばけてここまできたのだ。

　ねんのために御子柴くんは、制服と制帽をジュピターにかがすと、きのうじぶんが朗読した、壁のまえへいってみた。そして、あの平凡なポスターをはぎとるとはたしてそこはうつろになっている。

　ああ、ここに無線装置がそなえつけてあったのだ。それとはしらずに、じぶんは大《だい》それた指令を朗読したのだ。じぶんの指令によって吹田老人は、なんにもしらずに眠ったまま、まぼろしの怪人の脱走を助けたのにちがいない。

「ちくしょう！　ちくしょう！」

　探偵小僧の御子柴くんは、おもわずくやしさにじだんだふんだが、そのとき、ふと目にうつったのは、床のうえに落ちている一枚の紙である。それは新聞の切り抜きだったが、そこには頭にターバンをまいた、アラビア王子の写真が出ていた。

それはちかごろ来朝された、砂漠の国の王子の写真で、そのターバンの正面にかざられた紅玉《こうぎょく》は、時価一千万円もするとかいう話で、ちかごろ新聞をにぎわしているのである。

探偵小僧の御子柴くんは、おもわずきらりと目を光らせた。

探偵小僧の心配

「ねえ、社長さん、三津木さん」

と、ちかごろ探偵小僧の御子柴くんは池上社長や三津木俊助の顔をみるたびに、おねだりすることをやめないのである。

「ちかいうちに砂《さ》ばくの国の王子さま、アリ殿下《でんか》のパーティーが開かれるんでしょう。そして、社長さんや三津木さんもそのパーティーに招待されているんでしょう」

「なあんだ、探偵小僧、おまえまたそのパーティーへつれてけっていうのかい」

池上社長はからかい顔だが、三津木俊助はまがおになって、

「探偵小僧、きみはなんだってそうしつこく、アリ殿下のパーティーに出たがるんだ。それには、なにかわけがあるのかい」

「ううん、べつにわけってありませんが……ぼく、ちょっと見たいんですよ」

「見たいって、なにが見たいんだ」

「いいえ、ほら、うちの新聞にまででたでしょう。アリ殿下があたまにまいておられるターバンに、ちりばめられている紅玉《ルビー》というのは、日本のお金にすると一千万円もするというじゃありませんか。ぼく、いちどでいいから、そんなりっぱな紅玉《ルビー》、みたいんですよ」

これをきくと池上社長と三津木俊助ははっとしたように顔見合わせた。

「探偵小僧」

と、池上社長はまじめくさった顔になって、

「それは、どういう意味だ。ひょっとするとおまえ

は、れいのまぼろしの怪人がアリ殿下の紅玉《ルビー》をねらっているとでも考えているのではないか」

「ええ、ぼく、なんだかそんな気がしてならないんです」

「しかし、ねえ、探偵小僧」

と、そばから三津木俊助がやさしい声で、

「まぼろしの怪人は、やっときのう脱走したばかりだぜ。しかも、アリ殿下のパーティーはあしたの晩にせまっている。まぼろしの怪人がいかに神出鬼没《しんしゅつきぼつ》とはいえ、たった二日や三日では、それだけ大きなしごとをするのに、とても準備はできなかろうよ」

「でも、三津木さん」

と、探偵小僧はいっしょうけんめいの目つきになって、

「まぼろしの怪人には大《おお》ぜい部下がいます。部下が準備をしておいたかもしれません。部下だってひととおりや、ふたとおりのやつではありません。ああして、もののみごとにまぼろしの怪人を脱走させたではありませんか」

その脱走にじぶんも一役《ひとやく》かったらしいことは、御子柴くんにはいえなかった。それがいえないくらいだから、銀座うらのビルの一室で、新聞の切り抜きをひろったこともいえない御子柴くんなのだ。

砂ばくの国の王子さまが、いま日本にきていられるのは、つぎのような用件なのだ。

アリ殿下のお国にはたくさん石油が産出する。その石油を掘る権利をねらって世界の大きな国々が、やっきとなって運動している。その権利をかくとくするとしないとでは、国の利益に大きなちがいがあるのだ。

ところが、アリ殿下は以前から、たいそう日本に好意をもっておられて、できるなら日本の進んだ科学技術で、石油を掘ってほしいというご希望なのだ。そして、そのためわざわざごじぶんで、日本へやってこられて、外務大臣をはじめとして、お役人たちといろいろ交渉中なのだ。

だから、ここでもしアリ殿下の身辺《しんぺん》にまちがいがあり、殿下が気をわるくされるようなことがあったら、日本にとっても不利である。

さすが新聞社につとめているだけあって、探偵小僧の御子柴くんは、子供ながらもそういうことを心配しているのだ。

「社長さん、これは探偵小僧の心配ももっともかもしれません。なんとかこれは手をうったほうがいいかもしれませんね」

「と、いって、招待されていないものをつれていくわけにもいかないし」

と、池上社長もちょっと思案顔《しあんがお》だったが、そのとき、探偵小僧の御子柴くんが妙案を思いついた。

「社長さん、よいことがあります。社長さんはいまアリ殿下のとまっていられるニッポン・ホテルの支配人の川口《かわぐち》さんとごこんいでしょう。川口さんにたのんであしたの晩だけぼくをホテルのボーイにしてくれませんか。そうすればぼく、できるだけアリ殿下のおそばについていて、まちがいが起《お》こらぬようにできると思うのです」

「ふむ、ふむ、なるほど、それは名案だが……」

「それに、ジュピターもつれていきましょう。ジュピターはまぼろしの怪人をしってますから」

と、池上社長がさんせいしそうなので、探偵小僧の御子柴くんは、もう大《おお》はりきりなのである。

御子柴くんはジュピターに、看守《かんしゅ》の制服と制帽をうんとかがせておいたのだ。あの制服や制帽には、まぼろしの怪人の体臭《たいしゅう》がしみついているはずだから、ひょっとすると、ジュピターのきゅう覚《かく》が、役にたつかもしれないのだ。

探偵小僧のいたずら

アリ殿下のパーティーは、三月二十五日の夜、七時からひらかれることになっていた。

会場はニッポン・ホテルの大広間ときまっていたが、さて、当日となればホテルでは、朝から会場のかざりつけやなんかに大《おお》わらわであった。

なにしろ、主人役というのが砂《さ》ばくの国の王子さまであるうえに、お客さまというのが、外務大臣の藤川善一郎《ふじかわぜんいちろう》氏をはじめとして、日本でも一流のひとたちばかりが三百名というのだから、支配人の川口氏がいろいろ気をつかうのもむりはない。

なお、その上に、ひょっとするとまぼろしの怪人が、アリ殿下の宝石をねらっているかもしれないと、池上三作《さんさく》氏からきかされて、川口支配人の心配は、いよいよ大きくなるばかりである。

「御子柴くん、だいじょうぶかね。きみはまぼろしの怪人のやり方をよく知っているということだが、もし、こんや怪人がやってくるとしたら、どんな方法をつかうだろうね」

と、いまもいまとて、支配人室で川口支配人は、青息吐《あおいきと》息《いき》というかっこうである。

その支配人とむかいあっていすにこしをおろしているのは、探偵小僧の御子柴くんと、いまひとりは意外にも池上三作氏の令嬢、由紀子さんである。由紀子さんのそばには名犬ジュピターが、ピーンと耳を立てている。

御子柴くんも由紀子さんも、ホテルの制服をきて、ホテルの従業員になりすましている。はじめは御子柴くん、ひとりだけのつもりだったのだけれど、ジュピターをつれていくとしたら、由紀子さんもいっしょのほうがいいということになったのである。

「そうですねえ、それにはいろいろなばあいがありますねえ、由紀子さん」

「ええ、そうよ。去年のクリスマスの晩、うちへやってきたときは、おとうさんにへんそうしてたわ」

「なんだ、池上くんにへんそうしてたと？　それでおうちの人が見ても、みわけがつかなかったのかね」

「ええ、ちょっと見ただけではわからなかったんです。それからこんどはとっさのあいだに、等々力《とどろき》警部にへんそうしたんです」

「ふうむ」

と、川口支配人は目をしろくろさせながら、

「かねてから、へんそうの名人だとは聞いていたが、そんなにじょうずにへんそうするとは……それじゃ、こんやはだれにばけてやってくるか、しれたものじゃないな」

「そうです。そうです。だから、ぼく、さっきから心配しているんです」

「さっきから心配してるって、いったいなにを心配してるんだね」

「おじさん、おじさんはほんとに川口さんですか。ひょっとすると、まぼろしの怪人がばけてるんじゃありませんか」

「ば、ば、ばかなことをいいなさい。わたしはここの支配人。しょうしんしょうめいの川口武彦《たけひこ》じゃ」

「おじさん、そんならねんのために、おじさんのひげをひっぱったり、おなかをつついてもいいです

か」

支配人の川口武彦氏は、ビールだるのようなおなかをしていて、頭はたまごのようにつるつるはげている。そのうえに鼻の下にはピーンと八字《はちのじ》ひげをはやしているのである。

「わっはっは、そんなに心配ならさわってみるがいい。つけひげかどうか、ひっぱってごらん」

御子柴くんはわざともったいぶった顔をして、川口支配人のおなかをつついたり、八字ひげをひっぱってみたりしたが、どこにも怪しいところはなかった。

「わかりました。おじさんはしょうしんしょうめいの、川口支配人であることをみとめまあす」

「あたりまえじゃ」

「ほっほっほ」

と、由紀子さんがわらいながら、

「悪い御子柴さんねえ、おじさまにいたずらをして……」

「えっ、なんじゃ、由紀子さん、そのいたずらというのは……？」

「いいえ、おじさま。おじさまがもしにせものなら、とっくの昔にこのジュピターがかみついておりますわ。御子柴さんはちゃんとそれをしっていて、わざとおじさまにいたずらをしたのよ、ほっほっほっ」

「こいつめ、こいつめ、探偵小僧のいたずら小僧め」

こうして、その場は大笑いになったが、やがて、笑いごとでないことが、もちあがってくるのである。

藤川外務大臣

パーティーは七時からはじまることになっている。だから、六時半ごろになると、ぞくぞくとして、お客があつまってきた。定刻の七時になるまで、お客さんは、控室《ひかえしつ》で三々五々《さんさんごご》談笑している。

まえにもいったとおり、客というのは、日本でも一流の名士たちばかりだけれど、そのなかにはそうとうたくさんの婦人もまじっている。だから控室のなかは、まるでうつくしい花が咲いたようであった。

そのお客さんのなかには、池上社長や三津木俊助もまじっている。ふたりはしかつめらしい顔をして、控室へ出たりはいったりするボーイすがたの探偵小僧のすがたをみると、おもわずにやにや顔見あわせた。

探偵小僧の御子柴くんは、まぼろしの怪人がへんそうして、まぎれこんでいやあしないかと、さっきから、うの目たかの目なのである。

やがて、七時五分まえ。

こんやのお客さんでも、いちばんだいじな外務大臣藤川善一郎氏が秘書をつれて到着した。

藤川外務大臣は、雪のように美しい頭髪をもって知られている。しかし、ちかごろの政治家にはめずらしい、口ひげとあごひげをはやしていて、いつもきちんとかりこんでいる。むろん、口ひげもあごひげもまっ白《しろ》である。つのぶちのめがねのおくでは、いつもおだやかな目がまたたいている。小《こ》がらで上品な老紳士である。

ところが、この藤川外務大臣が到着したとき、ちょっとみょうなことがおこったのである。

受付のすぐうしろのへやでは、由紀子さんがジュピターをつれて、待機していたのだ。

人間の目はごまかされても、犬のきゅう覚《かく》はごまかされない。ジュピターはまぼろしの怪人が着てにげた、吹田老看守《かんしゅ》の制服制帽を、さんざんかがされているのである。だから、まぼろしの怪人がいかにたくみにへんそうしてきても、ジュピターの鼻がかぎわけてくれるだろうと、さてこそ、由紀子さんが受付のおくのへやで、ジュピターをつれて待機していたのだ。

ところが藤川外務大臣が、秘書といっしょにやってきたとき、ジュピターが、

「ううう……」

と、ひくくうなって、バリバリゆかのじゅうたんをかきはじめた。これはジュピターのあやしいものを見つけたときにしめすそぶりである。

由紀子さんははっとして、

「ジュピター、どうしたの。あのかたは外務大臣の藤川さんよ。由紀子お目にかかったことはないけど、新聞やテレビでよく知ってるわ。けっしてあやしいかたじゃなくってよ」

と、しきりにジュピターをなだめるのだが、ジュピターはそんなことばも耳にはいらないのか、いよいよはげしくゆかをかき、

「ううう、ううう」

と、藤川外務大臣にむかってうなりつづける。

しかし、藤川外務大臣は、そんなこととはゆめにも知らず、案内のひとにつれられて、控室へはいって行った。

そのうしろすがたを見送って、ジュピターはいよいよつよくうなりはじめる。由紀子さんが手をはなせばそのまま控室へとんでいきそうなけんまくである。

だが、ちょうどさいわい、そこへ探偵小僧の御子柴くんがはいってきた。

「あっ、御子柴くん、ちょっとみょうなことがあるのよ」

と由紀子さんが早口に、いまのできごとを語ってきかせると、探偵小僧は目をかがやかせて、

「しめた！　それじゃ、まぼろしの怪人め、こんやは藤川外務大臣に……」

「うそよ、うそよ、そんなことうそ、まぼろしの怪人がいくらへんそうの名人だって、藤川外務大臣にばけるわけがないわ」

「どうして、由紀子さん、由紀子さんはどうしてそんなことをいうんです」

「だって、うちのパパだって等々力警部さんだって、日本人としてはずい

ぶん大きなほうよ。ふたりとも一メートル七十以上あるわ。そのふたりにばけたまぼろしの怪人は、やっぱり、そのくらいの身長があるのにちがいないわ。ところが藤川さんは一メートル七十なんか、とってもないわ。いかにへんそうの名人だって、身長をけずるわけにはいかないでしょう。でも、へんねえ、ジュピターがあんなにうなるなんて……」

「ようし」

と、探偵小僧は目をいからせて、

「それじゃ、うちの社長や三津木さんは、藤川外務大臣に、なんども会ったことがあるはずだから、ふたりにひとつ鑑定してもらいましょう」

「ああ、それがいいわ。だけど、はじめからにせものだなんてきめてかかって失礼しちゃだめよ」

「だいじょうぶです」

と、探偵小僧の御子柴くんは、いきおいこんで控室のほうへ走って行った。

アリ殿下

控室のなかで三津木俊助は、探偵小僧の御子柴くんから注意をうけると、思わずぎょっとしたように、むこうに立っている藤川外務大臣をふりかえった。

「あの外務大臣がにせものじゃないかというんだね」

と、むろん、探偵小僧も三津木俊助も、あたりをはばかる、ひそひそ声であることはいうまでもない。

「ええ、そうなんです。あのひとがやってくると、とてもジュピターがうなるんです」

「なるほど、そういえばいっしょにきている秘書というのが、いつもの若山《わかやま》さんじゃないようだね。よしそれじゃ、ぼくが行ってちょっとようすをさぐってみよう」

「おねがいします」

ちょうどそのとき、藤川外務大臣は、池上社長をはじめとして、支配人の川口武彦氏や、それから二、三人の紳士にとりかこまれて、なにやら話をしていたが、いつもとちがって、こんやはなんだかぼんやりしている。

「外務大臣閣下《かっか》には……」

と、そばから新しい秘書が注意した。

「お仕事があんまりおいそがしいので少し疲労していられるんです。じつは、こんやの会も、ほんとは欠席したいとおっしゃったんですが、それでは殿下《でんか》にすまないと、むりやりに、こうして出席されたんですから、どうぞ、そのおつもりで……」

「いや、いや、それはごもっともで」

と、外務大臣のいそがしさに、大いに同情したのは川口支配人である。

「それじゃ、別室でお休息をなすったら……もっとも、もうすぐ定刻の七時ですが、それまでのあいだでもちょっとむこうで……」

「ああ、そう、それじゃ、閣下、マネジャーがああいってくれますから、別室でご休息なさいますように」

「ああ、そう、それでは……」

と、藤川外務大臣が、まるで夢でもみているような声でつぶやいたとき、三津木俊助がそばへやってきた。

「ああ、藤川さん、こんばんは……」

「えっ？」

と、藤川外務大臣がはとが豆鉄砲《まめでっぽう》でもくらったように、目をパチクリとさせているときである。場内にけたたましくベルの音が鳴りわたったのは、いよいよ、定刻の七時のきたことを知らせるのである。

「あっ」

と、さけんだ川口支配人。

「これはいけない。いよいよアリ殿下のお出ましだ。

それじゃあ外務大臣閣下、あなたがいちばんたいせつなお客さまですから、まず一番にお席におつきになって。三津木くん、ごあいさつはまたあとにしてくれたまえ」

と、そういうと、さっさと外務大臣をひきつれて、大広間のほうへ、はいって行った。あとでは池上社長と三津木俊助それから探偵小僧の御子柴くんが、ふしぎそうに顔を見あわせている。

それはさておきニッポン・ホテルの大広間には、中央に四角な浅い池がほってある。そしてその池のなかにはいまやスイレンの花がまっさかりであった。

むろん時候《じこう》はまだスイレンの咲くのには早いのだが、この池に咲いているスイレンは、ある特殊な方法で栽培されたもので、光線のかげんで花が開《ひら》いたり、つぼんだりする。つまりある特別の光線をあてると、しぜんと美しい花《か》べんを開き、その光線が消えると自然に花べんを閉じるので、これが川口支配人のごじまんであった。

さて大広間のテーブルは、この池を中心として、長方型にならべられ、正面の席におつきになるのがアリ殿下、そして、殿下とおなじテーブルの正面が藤川外務大臣の席だった。

やがて川口支配人の案内で、三百人という客が、それぞれ定めの席につくとまもなく砂《さ》ばくの国の国歌がかなでられた。

その音楽と万雷《ばんらい》の拍手《はくしゅ》にむかえられて大広間へはいってこられたのは、アリ殿下とふたりの従者《じゅうしゃ》、名《な》まえはモハメットとイブダラー、ふたりとも砂ばくの国の大臣である。

川口支配人の案内で、殿下を中心に砂ばくの国の賓客《ひんきゃく》三人、正面のテーブルに、着席されたが、そのとき人々の目をうばったのは、殿下が頭にまいたターバンの正面にちりばめてある紅玉《ルビー》である。さんさんとあたりがかがやきわたったがこれこそ、多くの伝説と物語をひめている魔の紅玉《ルビー》なのである。

シャンデリヤの怪人

こうして、いよいよ今夜のパーティーの幕が切っておとされることになったのだが、その前に、アリ殿下の短いごあいさつがあった。

それにつづいて答礼のあいさつをするのが、藤川外務大臣の役である。藤川外務大臣は万雷の拍手のうちに立ちあがった。しかし、なんどもいうように、今夜の藤川外務大臣はよっぽどどうかしているのである。

立ちあがったことは立ちあがったものの、なにをいったらよいかわからぬふうで、きょときょとあたりを見まわすばかり。しかも、その目はまるで催眠《さいみん》術《じゅつ》でもかけられた人のように、ぼんやりにごって力がない。

アリ殿下とふたりの大臣は、ふしぎそうに藤川外務大臣の顔を見あげている。そのころには川口支配人と探偵小僧の御子柴くんが、手にあせをにぎってようすをみていた。

やがて、テーブルのあちこちから、ひそひそ話が聞こえてきた。いつもとちがう外務大臣のふしぎな態度に、人々はしだいに、不審の念をいだきはじめたのである。

と、このときだ。

とつぜん、大ホールの電気という電気がいっせいに消えて、あたりはうるしのようなやみに包まれた。おりがおりだけに一同は、

「わっ！」

と、さけんで総立ちになる。

と、このとき、てんじょうにあたって高らかな笑い声が聞《き》こえたので、一同は二度びっくり、ぎょっとして、てんじょうをふりあおぐと、おお、これはなんということだ。

大ホールのてんじょうはずいぶん高く、そのてんじょうの中央に、大きなシャンデリヤがぶらさがっているのだが、そのシャンデリヤの板に、だれやらひとがうずくまっているではないか。

だが、しかし暗《くら》やみのなかでどうしてそれが見えたかというと、そのあやしい人物は、全身から鬼火《おにび》のような光を発散しているのである。その光にうきあがったすがたを見ると、そいつは、サーカスの道《どう》化師《けし》そっくりのかっこうをしている。

頭はつるつるにはげていて、ひたいと両の小《こ》びんにひとにぎりほどの毛がはえている。鼻はまるくて大きくて、顔には、べたべた紅《べに》やおしろいをぬっているらしい。着ているものはだんだらじまの道化服だが全身に夜光塗料をぬっているにちがいない。まっくらがりのなかに、鬼火のような光をはなちなが

ら、しかも、そいつがさるのように、大シャンデリヤの板にしがみついていて、

「うわっはっ、うわっはっは」

と、大声あげてわらったかと思うと、

「これから、いよいよアリ殿下の歓迎会のはじまり、はじまり」

と、ゆっさゆっさと、大シャンデリヤをゆさぶりはじめたからたまらない。

大シャンデリヤには切子《きりこ》ガラスの装飾が、ふさのようにたれている。そのふさとふさとがかちあって、カラカラ、カチカチ音を立てるとやがてふさが切れてガラスの玉が、まっくらがりの大ホールへ、まるであられのように降ってくる。

このふしぎな怪物の出現に、一同はあっけにとられて、しばらくはことばもなかったが、雨あられと降ってくるガラスの玉に、

「わっ！」

「きゃっ！」

と、たいへんなさわぎになり、

「電気をつけろ！　電気をつけろ！」

と、さけぶもの。

「だれか、てんじょううらへいってあのくせ者をとっつかまえろ」

と、どなるもの。大ホールのなかは上を下への大《おお》騒動になったが、それをしり目《め》にかけて大シャンデリヤの怪人は、ひとを小《こ》ばかにしたような礼をすると、するすると、シャンデリヤの板をつたって、ひらりとてんじょううらへすがたをかくした。

気がつくとシャンデリヤの根《ね》もとのところに、一メートル四方ほどのおとしあなみたいなものができていて、道化服の怪人がすがたを消すと同時に、ぴたりと、もとのてんじょうにかえったのである。

と、そのとたん、パッと電気がついてあたりは明《あ》かるくなったが、ただ、大シャンデリヤだけは、いまのさわぎで線が切れたのか、電気は消えたままである。

と、このときである。探偵小僧のさけび声がホールじゅうにひびきわたった。

「あっ、アリ殿下の紅玉《ルビー》がない！　そ、そして、藤川外務大臣は、どこへ行ったのだ」

探偵小僧のさけび声に、一同がはっとふりかえると、なるほどアリ殿下のターバンには、もうかがや

ける紅玉《ルビー》はなかった。

しかも、ホールの中央の池のほとりに、だれやら倒れているではないか。それはどうやら藤川外務大臣らしかった。

吹田老看守

アリ殿下とふたりの従者《じゅうしゃ》、モハメットとイブダラーには、むろん、日本のことばはわからない。

しかし、探偵小僧の御子柴くんが、

「あっ、アリ殿下《でんか》の紅玉《ルビー》がない」

と、大声でさけんで指さした手つきから、はっとそれに気がついたのだろう。殿下はターバンのまえをおさえ、モハメットとイブダラーのふたりは、はじかれたように殿下のほうをふりかえった。

ターバンのまえをおさえた殿下の顔には、さっと怒りの色がもえ、なにやら口走ったことばの意味はわからないにしても、それが不愉快な気持《きもち》をばくはつさせたものであったことはまちがいない。

モハメットとイブダラーのふたりの大臣も、石炭《せきたん》のような目を怒りにふるわせ、殿下のターバンを指さしながら、なにやら大声にわめきたてる。

さあ、たいへんだ。日本のお金のねうちにすると、一千万円はするだろうという、アリ殿下の紅玉《ルビー》がぬすまれて、しかも、そこには藤川外務大臣が倒れているのだ。

大ホールのなかは、いっしゅん、しいんと水をうったようにしずまりかえった。みんな顔を見あわせながら、心配そうにアリ殿下と、床にたおれた藤川外務大臣を見くらべているのである。

そのとき、とつぜん、ホールの外から、

「あっ、いけない！　ジュピター！」

と、かんだかい由紀子さんの声が聞《き》こえてきたかとおもうと、ジャラジャラとくさりの音をさせながら、矢のようにとんできたのはジュピターだ。

床に倒れた藤川外務大臣のそばへとんでくると、

「う、う、う、うう、う、う、う！」

と、ものすごいうなり声をあげながらジュピターは、床をかいたり、その周囲をとびまわったりする。

そのようすがただごとではない。

ああ、そうすると、やっぱり藤川外務大臣が、まぼろしの怪人なのだろうか。

しかし、さっき由紀子さんもいったように、池上社長や等々力警部にへんそうしたまぼろしの怪人は、一メートル七十もある大男だった。それにはんして、そこに倒れている藤川外務大臣は、小《こ》がらでやせぎすなひとではないか。

「う、う、う、うう、う、う、う」

ジュピターがたけりくるったように、藤川外務大臣のまわりをとびまわっているところへ、さっと走りよったのは三津木俊助だ。ジュピターのくさりのはしを手にとると、

「ジュピター、ジュピター、いい子、いい子だ。さあ、おとなしくしておいで」

と、あたりを見まわすと、探偵小僧に目をつけて、

「おい、ボーイくん、なにをぼんやりしているんだ。こっちへきて、ジュピターのくさりをとらないか」

「はい」

ボーイにばけた探偵小僧は、わざとおっかなびっくりみたいなふりをして、三津木俊助のそばへよると、いかにもこわそうにくさりをにぎった。そこへ由紀子さんもやってきて、ふたりでジュピターをなだめにかかる。池上社長もそばへやってきた。

三津木俊助は倒れている藤川外務大臣をだきおこしたが、なんと、そのとたん口ひげとあごひげが、ポロリと顔からおちたではないか。

「あっ！」

と、一同はおもわずいきをのみ、ジュピターがまた前足をふんばってうなった。

三津木俊助は藤川外務大臣の顔から、つのぶちのめがねをはずしたが、ひとめその顔を見ると、おもわず、

「あっ！」

と、おどろきの声をあげた。

「三津木くん、きみ、この男を知ってるのかい」

意外にも藤川外務大臣がにせものだったので、池上社長もおどろきの目を見張っている。

「ええ、知っています」

「だれ……？」

「吹田老看守《かんしゅ》です」

「吹田老看守って？」

「ほら、まぼろしの怪人の逃走をたすけた看守です」

「あっ！」

と、探偵小僧の御子柴くんは、ジュピターのくさりをもった手をにぎりしめる。

ああ、それではジュピターがこの人にむかってほえるのもむりはない。探偵小僧の御子柴くんは、まぼろしの怪人の着てにげた、この人の制服をさんざんジュピターにかがせたのだ。その制服にはまぼろしの怪人より、吹田老看守の体臭《たいしゅう》のほうがつよくうつっていたにちがいない。

道化服の怪人

「ちくしょう、ちくしょう！」

と、探偵小僧はくやしそうに、こぶしをにぎって歯ぎしりをする。

まぼろしの怪人は探偵小僧の御子柴くんが吹田老看守の制服を、ジュピターにかがせているところをみていたにちがいない。そこで吹田老看守をこの席へおびきよせて、ジュピターのきゅう覚《かく》からのがれようとしたにちがいない。

そういえば、さっき、吹田老看守の、催眠術《さいみんじゅつ》でもかけられたような目。……そうだ、そうだ、無電で送られた御子柴くんの声にさえ、暗示にかかる吹田老看守だ。きっと、まぼろしの怪人に催眠術をかけられて、藤川外務大臣にへんそうさせられて、なんにも知らずにこのホテルへやってきたのにちがいない。

「三津木くん、その人は死んでいるのかね」

「いや、死んでいるのではありません。倒れたひょうしに、つよく後頭部をうって、脳しんとうを起《おこ》しているらしいんです。ボーイくん、水をいっぱいくれたまえ」

「はっ！」

ジュピターのくさりを由紀子さんにわたすと、探偵小僧が卓上の水びんから、コップに水をうつしてわたす。三津木俊助がくいしばった歯のあいだから、むりやりに水をなかへたらしこむと、

「ううむ」

と、うなった吹田老看守。

「紅《あか》い……露《つゆ》。……紅い露」

と、みょうなことをふたことつぶやいたかとおもうと、またがっくりと気をうしなった。

「ええ？　なんだと……きみ、きみ、吹田さん、い

ま、なんといったの？」

　三津木俊助ははげしく吹田老人をゆすぶったが、あわれな吹田老人は前後《ぜんご》不覚《ふかく》で、きゅうに高いいびきをかきだした。

「あっ、いけないボーイくん、支配人を呼んでくれたまえ、支配人を……」

　このような病人が、きゅうに高いいびきをかきだすことは、たいていよくない前兆なのである。

　探偵小僧の御子柴くんは、あわててあたりを見まわしたが、支配人のすがたはどこにも見えない。そういえば川口支配人は、電気がついたじぶんから、すがたが見えなかったのである。

「三津木さん、支配人のすがたが見えません。ぼく、ちょっとさがしてきます」

　と、探偵小僧が大ホールからかけだそうとしたときである。ホールのそとがわがにわかにそうぞうしくなったかとおもうと、なんと手《て》じょうをはめられてやってきたのは、さっきの道化服《どうけふく》の怪人ではないか。そばには等々力警部のひきいる警官隊や、ホテルの従業員がおおぜいついている。

「三津木くん、とうとうまぼろしの怪人をつかまえたぞ。われわれはここの支配人にたのまれて、よいから、ひそかにホテルのあちこちに張りこんでいたんだ。そして、支配人のへやへ逃げこもうとしたこの怪人を、まんまととっつかまえたのだ」

　等々力警部は大とくいだが、そばでは道化服の怪人が、いまにも泣きだしそうな顔をして、

「ちがいますよ、ちがいますよ。まぼろしの怪人だなんて、とんでもない。わたしはただ支配人にやとわれて……」

「ば、ばかなことをいっちゃいけない。だれがひとをやとってまで、あんなさわぎをやらかすもんか」

「いいえ、ほんとなんです。ほんとなんです。わたしはサーカスの曲芸師《きょくげいし》なんです。それがきのう、この支配人がお見えになって、アリ殿下歓迎の余興に、ひとつはなれわざをやってくれとたのまれたんです。うそだと思うなら、サーカスの仲間にきいてください。わたしのサーカスはミヤタ・サーカスといって、いま池袋《いけぶくろ》でやってます。わたしはミヤタ・サーカスの道化師《どうけし》で、ヘンリー松崎《まつざき》というもんです」

　道化師の怪人は、手じょうをはめられたままボロ

ボロ涙をこぼしている。

　三津木俊助ははっとしたように、

「ボーイくん、なにをぐずぐずしているんだ。はやく支配人をよんでこないか」

「はあい！」

　と、さけんだ探偵小僧の御子柴くん、すっとぶようにホールを出ると、支配人のへやへやってきたが、ここにも支配人のすがたは見えない。

「川口さん、どこへいったのかな」

　つぶやきながら、へやを出ようとした探偵小僧、とつぜん、ぎょっとしたように立ちすくんだ。

　へやのすみにある洋服ダンスのなかから、なにやらあやしいうめき声。……

二人支配人

　探偵小僧の御子柴くんは、ぎょっとして床のうえでとびあがった。

　聞《きこ》える、聞える。洋服ダンスのなかでガタガタと、なにかが身動きするような音。それにまじって、低い、苦しげなうめき声。

　探偵小僧の御子柴くんも、おもいがけないこととて、いったんはぎょっとおどろいたが、すぐ気をとりなおすと、ぬき足、さし足、そっと洋服ダンスのそばにちかよった。

「だれだ、そこにいるのは！」

　と、御子柴くんが声をかけると、それにこたえるかのように、なかではガタガタとからだをゆすり、うめき声がいよいよたかくなる。

　御子柴くんはドアのハンドルに手をかけると、ぐっと腹の底に力をこめた。それから、ぐいとドアをてまえへひくと、そのとたん、洋服ダンスのなかからころがりでたのは、頭がたまごのようにつるつるはげて、ビールだるのようなおなかをした男、いうまでもなく川口支配人である。

　川口支配人はメリヤスのシャツにズボンというすがたで、たかてこてにいましめられ、ごていねいにさるぐつわまではめられている。

「あっ、川口さん！」

　探偵小僧がかけよって、さるぐつわをはずし、いましめをとくと、

「あっ、ありがとう、探偵小僧！」

と、川口支配人は八字《はちのじ》ひげをつくろいながら、

「ちくしょう、ひどいめにあった」

と、きゅうくつな洋服ダンスのなかに押しこめられていたので、手や足の関節がいたむのか、しきりにてのひらでもんでいる。

「川口さん、あなたはいつごろから、この洋服ダンスのなかにいたんです」

「いつごろからって、夕方の六時ごろだ。そろそろアリ殿下《でんか》の宴会がはじまるというので、このへやへ、きがえにきたところ、だしぬけに、へやのなかにかくれていた悪者におそわれて……」

「あっ、それじゃ、川口さんはアリ殿下の宴会には出なかったんですか」

「出るもんか。きがえをしたところをうしろから、こん棒《ぼう》みたいなものでぶんなぐられて、それきり気をうしなってしまったのだ」

しまった！　しまった！

それじゃ、今夜アリ殿下のそばについていた支配人こそ、まぼろしの怪人だったにちがいない。

探偵小僧の御子柴くんは、それよりちょっとまえにこの支配人のひげをひっぱって、にせものでないことをたしかめたのだが、それからのちに、みごとまぼろしの怪人が、川口支配人にへんそうしたのだ。

川口支配人は洋服ダンスのなかから洋服をだしてきながら、

「それからおれが気がつくと、こんなすがたで洋服ダンスのなかに入れられていたのだ。きみのきようがおそかったら、おれはこのなかでちっそくして死んでいたかもしれない。ありがとう、ありがとう。しかし、探偵小僧、こんや、なにかまちがいがあったのでは……？」

いそがしくネクタイをむすびながら、川口支配人は心配そうである。

「ええ、川口さん、まぼろしの怪人は、あなたにばけていたのです」

「なんだと？　おれにばけていたあ？」

「そうです、そうです。そして、アリ殿下の宝石がぬすまれたんです！」

「なに、アリ殿下の宝石がぬすまれたあ？」

「そればかりではありません。藤川外務大臣がころされかけたのです」

「な、な、なんだって？　藤川外務大臣がころされ

かけたあ？」

「ところが、その藤川外務大臣はにせものだったんです」

「な、な、なにをいってるんだ。探偵小僧、おまえのいってることはさっぱりわからん」

「わからなくても、そのとおりです。ところで、川口さん、あなたミヤタ・サーカスの道化師《どうけし》、ヘンリー松崎というひとを頼んだことがありますか」

「なんだいヘンリー松崎というのは？」

「だから、ミヤタ・サーカスの道化師です」

「ミヤタ・サーカスの道化師とはなんだ」

「あなた、ほんとにそんな人、しらないんですか」

「しらん、しらん、探偵小僧、おまえのいうことはさっぱりわからん。ああ、頭がいたい……」

やっと洋服をきおわった川口支配人は探偵小僧といっしょにホールへ走っていったが、そのすがたをひとめみると道化師の怪人は、

「あっ、この人です。この人です。わたしをやといに、サーカスへきたのは……」

と、手《て》じょうをはめられた手で川口支配人を指さした。

殿下のいかり

「な、な、なんだと？」

だしぬけにみょうな男に指さされて、川口支配人はびっくりしたように、二、三歩うしろへとびのいた。

「おまえはなんだ」

「なんだじゃありませんよ。支配人、ミヤタ・サーカスの道化師、ヘンリー松崎じゃありませんか」

「しらん、しらん、そんな男はしらん」

「そんなことおっしゃらないで、正直にいってください。わたしゃ、いま、つまらない疑いをうけて、こまってるんです。今夜のアリ殿下《でんか》の宴会の余興として、ひとつ曲芸をやってくれって、あなたがわたしをやといにきたんじゃありませんか。そして、さっきもあのてんじょううらへ、わたしをつれていってくれたじゃありませんか」

「しらん！　しらん！　わしはいっさいそんなことしらん！」

「なんだと？」

「わしにはそんなおぼえはない」

「なにを！　やい、このおいぼれ、とうへんぼく、きさま、それじゃこのおれを……」

道化師の怪人が、にわかにあばれだしたので、等々力警部をはじめとして、二、三人の私服の刑事が、あわててそれをだきとめた。

探偵小僧の御子柴くんがあたりを見まわすと、アリ殿下とふたりの大臣のすがたが見えない。それのみならず三津木俊助や池上社長、それから吹田老看《かん》守《しゅ》のすがたもみえなかった。

それに反して、いつやってきたのか、たくさんの警官が、ぐるりと大ホールを包囲して、ひとりものがさじといきごんでいる。包囲されたお客さんたちは、あちこちにひとかたまりになって、不安そうにひかえている。

「警部さん、警部さん」

と、探偵小僧は等々力警部にささやいた。

「まぼろしの怪人は支配人にへんそうしていたんです。さっきここにいた支配人が、まぼろしの怪人だったんです。ほんものの支配人は、洋服ダンスのなかにおしこめられていたんです」

「なんだと……？　探偵小僧、そ、それはほんとうか」

「ほんとうです。ですから、はやくにせものの支配人をさがしてください」

探偵小僧の注意によって、それからただちに、ホテルのなかの大捜索《そうさく》がおこなわれたが、にせものの支配人、すなわちまぼろしの怪人は、とっくの昔に逃げていて、もはやどこにもすがたはみえなかった。

三津木俊助と池上社長は、意識不明の吹田老人を、べつのへやにつれこんで、医者に診察をしてもらったが、医者は心配そうに小首をかしげた。

「死ぬようなことはありますまいが、そうとうひどく後頭部をうっておりますから、ひょっとすると……」

「ひょっとすると……？」

「このまま正気にかえらないかもしれません」

「正気にかえらないかもしれないというと、このまま気がくるってしまうと……？」

「ええ、そう、そのおそれがたぶんにあります。なおるとしても、そうとうひまがかかりましょう」

医者が小首《こくび》をかしげたときだ。

それまで大《おお》いびきをかいていた吹田老人がまたうわごとのようにつぶやいた。

「紅《あか》い露《つゆ》……紅い露……」

それをきくと池上社長と三津木俊助、それからいましもかけつけてきた探偵小僧の御子柴くんと、由紀子さんは、おもわず顔を見あわせた。

「紅い露……紅い露とはなんだろう」

「さっきもそんなことをいいましたね」

四人の男女はふしぎそうに顔見あわせた。

それはさておき、その晩いらい、アリ殿下はたいそうなふきげんだった。それもむりはない。好意をもってやってきた日本で、たいせつな宝石をぬすまれたのだから、おおこりになるのもむりはなかった。

もし、一週間のうちに宝石がかえってこなかったら、石油の採掘権《さいくつけん》はぜったいに日本へわたさぬと、ふんまんのほどをぶちまけられた。

心配したのは藤川外務大臣だ。外務大臣はあの晩、きゅうにほかに重大な用件ができて、出席できぬむねを六時ごろ、川口支配人に電話したのだが、その電話をきいたのはにせ支配人、すなわちまぼろしの怪人だった。

まぼろしの怪人は、これさいわいと、ジュピターのきゅう覚《かく》をごまかすつもりで、とらえておいた吹田老人に催眠術《さいみんじゅつ》をかけ、藤川外務大臣にへんそうさせて、秘書にばけた部下といっしょにやってこさせたのだ。

それよりさき用心ぶかいまぼろしの怪人は、川口支配人にばけて、ミヤタ・サーカスから、道化師のヘンリー松崎をやとっておいたのだ。そして、あの大曲芸《だいきょくげい》のさわぎにまぎれ、まんまと紅玉《ルビー》をぬすみとったのだが……。

紅い露

こんやはアリ殿下の宴会のあった夜からかぞえて、ちょうど一週間目である。

もし、こんやのうちに、あの紅玉《ルビー》がかえってこなければ、アリ殿下はふんぜんとして日本をたち、石油の採掘権は永久に日本の手にはわたらないのだ。

藤川外務大臣をはじめとして、日本政府の心配をしるかしらぬか、あの宴会のあったニッポン・ホテルの大ホールは、いまほの暗いやみのなかにしずかに息づいている。

ホールの中央の池のなかには、水蓮《すいれん》の花がいま花《か》べんをとじて、やすらかな眠りに落ちているよう。池のなかでポチャリと音がしたのは、こいでもはねたのであろうか。

このホールの周囲のかべには、ところどころ、西洋のよろいかぶとが立っていて、まるで、人間がかべにもたれているようである。よろいかぶとは五体あった。

午前二時。

ホテルがしんと寝しずまったころ、とつぜん、西洋のよろいかぶとのひとつがガチャリとうごいた。と、思うと、またガチャリとあやしい音をさせて、そのよろいかぶとのなかからでてきたのは、なんとホテルの従業員の制服をきた男ではないか。

男はきょろきょろあたりを見まわすと足音もなく、小走りにホールをよこぎり、入口のところで、ボタンをおすと、パッとあかりがついたのは、てんじょうの大シャンデリア。あかりがついたのはそれだけで、あとの電気は消えたままである。

大シャンデリアのあかりがつくと、男はまた足音もなく、中央の池のほとりへかえってきた。

そして、このあいだ吹田老人がたおれていた、ゆかのあたりにひざまずくと、じっと池のなかをにらんでいる。

一《いっ》しゅん、二しゅん……ああ、なんといままでしずかな眠りをつづけていた白い水蓮、紅い水蓮の花びらが、しずかにひらきはじめたではないか。

ああ、わかった、わかった。

特殊栽培によるこの水蓮は、てんじょうの大シャンデリアの光線によって、花べんをひらいたり閉じたりするのだ。すなわち、大シャンデリアのあかりがつくと花べんをひらき、それが消えると花べんを閉じるのである。

それはそうとう時間がかかった。閉じるのも開《ひら》くのも、そうとうながくかかるのである。

池のふちにひざまずいたあやしい男は、水蓮の花べんがひらくのを、いかにももどかしそうににらんでいる。そして、おもいだしたように、ときおりきょろきょろあたりを見まわした。しかし、さいわい深夜の二時過ぎ、だれもホールの大シャンデリアが、こうこうとついていることには気がつかぬらしい。

ああ、とうとう、水蓮の花びらがパッとひらいた。

あやしい男は、白い水蓮の花のなかを、ひとつひとつのぞいていたが、とつぜん、うれしそうなさけびをもらした。

ああ、見よ。池のふちにパッとひらいた白い水蓮のなかに、それこそ紅《あか》い露《つゆ》のようにだかれているのは、みごとな大つぶの紅玉《ルビー》

ではないか。よろこびのうめきをあげたくせものが、その水蓮にむかって手をのばそうとしたとき、

「おきのどくさま、まぼろしの怪人」

と、とつぜんうしろで声がした。

「なにを！」

と、ふりかえったくせものの手には、はやピストルがかまえられている。

「あっはっは、その紅玉《ルビー》はにせものだよ。由紀子さんが紅い露ということばのなぞをといたのだ。だから、紅玉《ルビー》は、宴会の晩、ちゃんとアリ殿下にかえっていたのだ。しかし、きみをおびきよせるために、わざと新聞には殿下がおおこりのように書いておいたのだ。あっはっは、さあ、そのピストルをすてたまえ」

　ああ、その声は西洋のよろいのひとつからきこえるではないか。くせものはそれをきくと、一発、二発とピストルをぶっぱなしたが、かたいよろいにピストルのたまもとおらない。

　しかも、ああ、なんということだ。くせもののぬけだしたよろいをのぞいて、あとの四つのよろいが四方から、ガチャリ、ガチャリとこちらのほうへ、あみの目をちぢめるようにせまってくるではないか。

　くせものはむちゅうになって、三発、四発、五発、六発とぶっぱなしたが、とうとうたまがつきてしまった。

　たまがつきたとみるや、ふたつのよろいのなかからとびだしたのは、三津木俊助と等々力警部。逃げようとするくせものを、なんなくふたりがとりおさえたとき、あとから、よろいをぬぎすててとびだしたのは、探偵小僧と川口支配人。

　探偵小僧はひとめくせものの顔をみるや、

「ちがう、ちがう、これはまぼろしの怪人じゃない。まぼろしの怪人の部下のひとりです！」

　その男こそ、いつかサンドイッチ・マンをつかって、探偵小僧をおびきよせ、怪放送をさせた男だっ

た。

こうして、まぼろしの怪人こそとらえそこなったが、アリ殿下の紅玉《ルビー》はとっくの昔に殿下のもとにかえっていたのである。

あの晩、川口支配人にばけた怪人は、電気が消えたくらがりに、ヘンリー松崎があらわれて、一同をおどろかしているすきに、すばやく殿下の紅玉《ルビー》をぬすみとったのだ。そして、逃げるとき、吹田老人を押したおしたが、そのはずみに手にした紅玉《ルビー》がすっとんで白い水蓮の花《か》べんのなかへすべりこんだのだ。

吹田老人は気をうしなう直前に、水蓮のなかにきらきらと、紅い露のように光る紅玉《ルビー》をみたのである。それというのが池の周囲に張りめぐらされた蛍光灯《けいこうとう》は、スイッチを切ってからも、しばらくはほのかな光をたもっているからである。

さすがに由紀子さんは、やさしい少女である。紅い露という吹田老人のうわごとから、水蓮の花を連想した。そして、その夜のうちに大シャンデリアがともされて、水蓮の花がしらべられ、ぶじに殿下のルビーが発見されたのである。

殿下はいたく由紀子さんの機知《きち》をほめられた。そして、ちかく殿下と藤川外務大臣とのあいだに、石油採掘権《さいくつけん》の譲渡について、調印式がおこなわれるはずであるが、その席には、由紀子さんがマスコットとして、つらなるということである。

吹田老人の容態《ようだい》は思いのほかにかるかった。老人が紅い露を見ておいてくれたからこそ、殿下の紅玉《ルビー》がかんたんに取りかえされたのだと、外務大臣から感謝状が送られた。

吹田老人は看守《かんしゅ》をやめ、新日報社の倉庫番として働くことになっている。

それにしても、まぼろしの怪人はこのままおとなしくしているだろうか。つぎは、いったい何をしでかすのか……。

第三話　まぼろしの少年

花火見物

「ああら、きれい！」

「わっ、すてき！」

「光のきょうえん、星のパラダイスというところだわね」

「あっはっは、由紀子《ゆきこ》さんは女流詩人だね」

「光のきょうえん、星のパラダイスはよかったね。あっはっは」

「まあ、憎らしい、おとうさんも三津木《みつぎ》さんも……あたし、もう口をきかないわ」

　ぷっとふくれっつらをしてみせたのは新日報社《しんにっぽうしゃ》の社長、池上三作《いけがみさんさく》氏のひとり娘由紀子さんである。

　こんやは両国《りょうごく》の川開《かわびら》き。江戸時代からながくつづいているこの行事は、いまも昔とかわりなく、毎年盛大におこなわれる。

　ポン、ポンと、いせいよく夜空に花火が花ひらくたびに、両岸からわっとあがる歓声《かんせい》、どよめき、ときの声。この夜の花火見物の群集は、十万をこえたと翌日の新聞に報じられていた。

　それだけに陸には人の山をきずき、川の上には涼《すず》み舟《ぶね》がえんえんとしてつづいていた。

　そのおびただしい舟のなかに池上社長のしたてた屋形船《やかたぶね》が、一《いっ》そうまじっていたのである。場所は両国橋よりちょっと川下《かわしも》、屋形の軒《のき》につるしたぎふちょうちんが、いかにもすずしげである。

　屋形のなかをのぞいてみると、池上社長に三津木俊助《しゅんすけ》、社長の令嬢由紀子さんに、探偵小僧の御子柴《みこしば》くん。おとなはビールをくみかわし、由紀子さんと探偵小僧の御子柴くんは、ジュースのストローをすいながら、心は夜空にはせている。

「ああ、きれいだ、由紀子、ほら、ほら、ごらん、花から花へとひらいていくよ。ほんとに光のきょうえんだよ」

　そのとき、両国の上空では、ポン、ポン、とひっきりなしに花火の音がばくはつして、花火から花火へとれんぞくてきに展開していく。

　由紀子さんはストローを口にしたまま、上目《うわめ》づか

いに花火を見ていたが、

「ふっふっふ」

と、わらったきりでなんにもいわない。さっき口をきかないと宣言したてまえ、うっかりしたことはいえないのである。

「あっはっは、由紀子さんは強情だなあ。ほら、ほら、また、星のパラダイスだよ」

「しらない！　三津木さんの意地《いじ》悪《わる》！」

「あっはっは、とうとう口をきいた、きいた。由紀子さんは案外意志薄弱《いしはくじゃく》ですね」

と探偵小僧がからかえば、池上社長がプッとふきだした。

「あっはっは、口をきかなければ強情だといわれるし、口をきけば意志薄弱だとからかわれるし、これじゃ由紀子もかなわないな」

「そうよ、どうせ三津木さんや御子柴さんにはかないませんよ。プン、プン」

「あっはっは」

と、池上社長の屋形船のなかは、まことに和気《わき》あいあいとしていたが、そのとき、探偵小僧の御子柴くんが、

「あっ、あのさわぎはなんだ！」

と、だしぬけに、舟《ふな》べりからからだをのりだしたので、舟が大きくぐらりとゆれた。

「あら、だめよ、御子柴さん、そんなにらんぼうなまねをしちゃ……」

と、由紀子さんは悲鳴をあげたが、それでも川岸のさわぎに気がついて、

「ほんとうにどうしたんでしょうねえ。けんかかしら」

と、小首《こくび》をかしげた。

しかし、それはけんかではなかった。ありようをいうと、こうである。

さる事件の容疑者をつかまえた刑事が警察へつれていく途中、この花火見物の群集のなかにまぎれこんだのである。この容疑者にはまだ手《て》じょうがはめてなかった。まだ、はっきりと犯人ときめるわけにはいかなかったからである。それに、この群集のなかへまぎれこむまで、容疑者はいたっておとなしかったからである。

ところがこの群集のなかへまぎれこみ、刑事がいっしゅん、空の花火に気をうばわれたすきをみて、

容疑者は捕《ほ》じょうをとった刑事の手をふりほどき、あいてのからだをつきとばすと、いきなり川岸から川岸につないだ舟のなかへとびこんだのである。

「あっ、しまった！　そいつをつかまえてくれ、そいつは重大事件の容疑者なんだ！」

　刑事が川岸からさけんだが、そのときには、すでに体勢を立てなおした容疑者は、うろたえさわぐ舟のなかの客をしりめに、つぎの舟へとびうつっていた。

　なにしろすきまなく並んだ舟の行列である。

　容疑者はつぎからつぎへといなごのように、舟をつたってとんでいく。

ダイヤモンド

「あら、どうしたの。さわぎはだんだんこっちへちかづいてきてよ」

「社長、なにがあったんでしょう。ほらこんどはあの舟がさわぎだした」

「やあ、やあ、おもしろいな、こっちへさわぎがうつってくればいいなあ」

「いやよ、御子柴さん、うすきみわるい。あら、いやよ、いやよ」

　と、由紀子さんが顔をふせたのは、さわぎがとなりの舟までうつってきたからである。さすがに探偵小僧の御子柴くんも、ぎょっとしたようにいきをのんだがそのとたん、バタッと音がして、舟が大きく前後にゆれた。だれかが屋《や》形船《かたぶね》の屋形のそとへとびこんできたのである。

「だれだ！」

　と、三津木俊助の大喝一声《だいかついっせい》、一同が屋形のそとをのぞいてみると、そのとき舳《みよし》からむっくりと起きあがったのは、ギャバのズボンに開襟《かいきん》シャツの男である。

　と、そのとたん、パッと夜空に花火がひらいて、男の顔がくっきりと光のなかにうきあがった。が、みるとそれはまだ十七、八の少年である。

　色白の、上品な顔立ちをした、どこの貴《き》公子《こうし》かとおもわれるばかりの美少年だったが、みると腰に捕じょうがまきついている。

「だれだ！　きみは……」

　三津木俊助が腰をうかしかけたとき、

「ごめんなさい、失礼」

と、かるく一礼したかとおもうと、さっと身をおどらせて、二メートルほどさきにうかんだ舟のなかへとびうつった。

「待てえ！」

と、三津木俊助が、舟べりから身をのりだしたとき、

「あれえ、助けてえ！」

と、となりの舟のさわぎをしりめに、ふしぎな美少年は、はやもうひとつさきの舟へとびうつり、それからさらにいなごのように、舟から舟へとんでいく。

「まあ、いまのひと、なんでしょうねえ」

「腰に捕じょうがまきついていたね」

「護送中の犯人が逃げだしたんでしょうかねえ」

「でも、あのひと、悪いひととは思えないわ。なん

だか悲しそうな目つきをしていたじゃない？」

「そういえばそうだったよ。まちがって容疑者にされたのかもしれんな」

と、池上社長も由紀子さんの説に同意した。

こうして花火もよそに池上社長と三津木俊助、それに由紀子さんの三人が、くちぐちにいまの少年について意見をのべあっているなかにあって、探偵小僧の御子柴くんだけは、なにやら指につまんだ小さなものを、夢中になってながめている。

「探偵小僧、どうしたんだい？　なにをそんなに熱心にみているんだい」

「み、三津木さん！」

と、探偵小僧の御子柴くんは、こうふんにほおをまっかにそめて、

「こ、これ、ダイヤモンドじゃないでしょうかねえ」

「ダ、ダイヤモンド……？」

一同がぎょっとして、探偵小僧の手にしたものに目をやると、

「ええ、いまここに落ちていたんです。ちょっとみてください。これ、ガラスじゃないようです」

「どれ、どれ、ダイヤモンドがまさかこんなところに……」

と、三津木俊助が手にとってみると、それはダイヤとすると、ゆうに二カラットもあろうという、大《おお》つぶのきれいなたまである。

三津木俊助はぎふちょうちんの光にかざして、ながめつ、すがめつしていたが、

「社長、こ、これはやっぱりほんもののダイヤらしいですぜ」

「どれ、どれ、わしにかしてみたまえ。ほんもののダイヤかダイヤでないか、ここでひとつためしてみよう」

池上社長はポケットから、金側《きんがわ》の懐中時計をとりだすと、パチッとふたをひらいた。そしてそのたまを指でつまんで、時計ガラスのうえをつよくなでると、ガラスは線をひいたようにきれた。

「あっ！」

一同はおもわず顔を見合わせて、

「それじゃ、これ、やっぱりほんもののダイヤモンドですね」

「ほんものとすると、これ、たいへんなねうちもんだぜ。ゆうに二カラットはあるからな」

「御子柴さん、これ、どこに落ちていたの」

「ここんところに……さっきの男の子がおとしていったんじゃないでしょうか」

「まさか、捕じょうをかけられているくらいだもの。そのまえに身体検査くらいはされたろうよ」

「しかし、三津木さん、ぼくがそのダイヤをひろったときには、なんだか、ねばねばしたものでぬれていたんです。ですから、口のなかにかくしていたんじゃないでしょうか」

「まあ！」

探偵小僧のことばがほんとするると、やっぱりそうなのかもしれない。

「そういえば、あそこでバッタリうつぶせになったとき、あっと小さくさけんだわね」

「そうだ、そうだ、そのとき口からとびだしたのにちがいない。そうでなければこんなところに、ダイヤが落ちているはずがありませんもの」

探偵小僧のことばはもっともである。

一同はまたぎょっとしたように、顔見合わせずにはいられなかった。

宝石どろぼう

花火がおわって、あのおびただしい見物人もうしおの引いたように散っていくと、さきほどまでのさわぎがさわぎだけに、両国かいわいは、にわかにさびしくなってきた。

おまけにポツリ、ポツリと雨。

浅草蔵前《あさくさくらまえ》にある貸しボート屋の千鳥《ちどり》では、店員がボートのかずを勘定《かんじょう》しながら、

「大将、どうしてもボートが一《いっ》そうたりません。こんなに雨が降ってきたのに、いったいどうしたんで

しょうねえ」

「そうさなあ、まさか乗り逃げはしやあしない。いったい、何号がたりないんだい?」

「こうっと……ああ、十八号ですよ」

「十八号はどんな客だったい?」

「さあ、それがよくおぼえていないんですが……なにしろ、こんやはあのとおりのお客さんでしたから」

しかし、そばから女店員が、

「あら。十八号のお客さんならおぼえてるわ。鳥打《とりう》ち帽《ぼう》に大きな黒めがねをかけ、半そでの開襟《かいきん》シャツに、ゴルフパンツをはいたひとよ。そうそう、マドロス・パイプを口にくわえていたわ」

「ああ、あの客、あれが十八号だったの?」

「ええ、そうよ。こんやのお客さん、みんなふたりづれか三人づれだったのに、あのひとだけがひとりだったのでおぼえてるの。あたし、おひとりですか、ときいたくらいだもの」

「おい、安本《やすもと》、メガホンで呼んでみろ」

安本店員はメガホンを口にあてて、

「おうい、十八号はいませんか。時間がだいぶん超過しましたよう」

と、川にむかってさけんだが、それにたいして応答はなかった。しかも、雨はザアザア本降りになってきた。

貸しボート十八号がかえってこなかったのもむりはない。駒形《こまがた》の川岸につながれてゆらゆら水にゆれていたのである。

貸しボート屋千鳥で、十八号がかえってこないのに気がついたときより半時間ほどまえ、薄暗い両国の川岸をとおりかかったタクシーが黒めがねの男に呼びとめられた。

みると、鳥打ち帽子に黒めがねの男はもうひとりの男を小《こ》わきにかかえこんでいる。

「だんな、どうしたんですか。そのひとは……?」

タクシーの運転手は、うしろの客席のドアをひらきながら、ふしぎそうにたずねた。

「なあに、花火の客によったんだよ。なにしろたいへんな人出《ひとで》だったからな」

「おお、そう、ひとてんかんですか。あっはっは。いや、よくあることですね」

黒めがねの男は小わきにかかえた男をだいて、自

動車に乗りこむと、

「銀座《ぎんざ》まで」

と、かんたんにひとことといった。

黒めがねの男のそばに、ぐったりと気をうしなっているのは、まぎれもなく、さっき舟から舟へとさわがせた、あのふしぎな美少年である。

「ときに、だんな、こんやの川開《かわびら》きにゃたいへんなお景物《けいぶつ》があったてえじゃありませんか」

「お景物ってなんだい？」

「いや、護送中の犯人が刑事をつきとばして川の中へとびこみ、義経《よしつね》の八《はっ》そうとびどころじゃねえ。舟から舟へと、ぴょんぴょこ、ぴょんぴょこ、いなごみたいにとんで逃げたってじゃありませんか」

「ああ、そうか。そういえばなんだかさわいでいたようだな」

と、黒めがねの男は、そばで気絶している、ふしぎな美少年をじろりと横目でみて、

「あれ、護送中の犯人が逃げたのかい」

「ええ、そうだって話ですよ」

「犯人てなんの犯人だい？」

「さあ、それが、よくわからないんですよ。人殺しの犯人だっていうひともあるし、宝石どろぼうだっていうひともいますし……」

「宝石どろぼう……？」

黒めがねの男の目が、黒めがねのおくでギロリと光った。

「ええ、なんだかそんなことをいってますねえ」

「それで、それ、いくつぐらいの男だい？」

「さあ、それがまた、まちまちなんです。四十くらいの男だというやつがいるかとおもうと、いや、もっと年《とし》よりだというのもいる。そうかとおもうと、なあにまだ、ほんの小僧っ子だったといってるひともあるんです」

「そうだな、こんなときにゃ、なにがなんだかわからないもんだ。しかし、宝石どろぼうだとすると小僧っ子ってことはあるまい。もうそうとうの年《ねん》ぱいだろう」

「そうですねえ。人殺しなら小僧っ子でもやりますね。ちかごろは……」

「しかし、人殺しの犯人なら、護送するのに手《て》じょうをはめるだろう」

と、いってから黒めがねの男は、ちょっとあわて

たように、

「それ、手じょうはめてあったの？」

「さあ、そこまでは聞きませんでしたが、手じょうをはめられてちゃ、なんぼなんでも義経の八そう飛びはできませんね」

「そうすると、やっぱり宝石どろぼうのほうかな」

黒めがねの男の目がまたギロリと、黒めがねのおくでするどく光った。

怪人のかくれ家

ふしぎな美少年をつれた、黒めがねの男の行動も、これまたいたってふしぎであった。

銀座うらの薄暗いところでタクシーをおりると、ふしぎな美少年をだいて、小走りにくらい横町《よこちょう》を抜けて、べつの通りへ出たときは、もう、黒めがねもとり、鳥打《とりう》ち帽子《ぼうし》もかぶっていなかった。

ふしぎな少年を小《こ》わきにかかえて、歩道に立っていると、呼びもしないのにタクシーのほうからよってきた。

ふしぎな男は、ふしぎな美少年をだいて、自動車へのりこむと、

「牛込《うしごめ》まで」

と、かんたんに命令する。

自動車はすぐ走りだしたが、

「だんな、そのお子さん、どうかしたんですか。どこかご病気でも……」

運転手がバック・ミラーをのぞきこみながら、ふしぎそうにたずねる。

「なあに、酒に酔っぱらってるんだよ。子供のくせに、したたかウイスキーをあふったもんだからな」

「ああ、そう、なかなかお元気ですね」

「元気はいいが、すこし元気すぎるよ。かえったら、うんとしかってやらなきゃ……」

「あんまりおしかりにならないほうがいいですよ。しかるとかえってぐれますよ」

「そうかなあ。なにしろ、大学の入学試験におちてから、すっかりやけになってね。それに、悪い友だちがいるもんだから」

「それはおかわいそうに。悪い友だちは困りますが、入試に落ちたんならいたわってあげなきゃ……わたしのしりあいのお嬢さんで、入試に落ちて自殺した

のがありますからね」

「自殺されちゃたいへんだ。これでもいなかの兄《あに》きからあずかってる、たいせつなおいごだからな」

と、ふしぎな男は口から出まかせをいっている。

やがて自動車が牛込のお屋敷町につくと、とある門のまえへ自動車をとめておりたが、その門のなかへはいっていくのかとおもっているとそうではない。

ふしぎな美少年をかかえたまま、門柱のベルをおすまねをして立っていたが、タクシーがむこうへいってしまうと、また少年をだいて、すたすた大またに歩きだした。

そして、べつの大《おお》通りへ出ると、またタクシーを呼びとめてのりこんだ。

「池袋《いけぶくろ》へ」

こんどのタクシーの運転手は、すこしうすのろらしく、ふしぎな男がふしぎな少年をひきずるように、

「おい、康雄《やすお》、しっかりしないか。いやにめそめそしやあがって」

と、しかりつけるようにいって、自動車へのりこんでも、べつにふしぎとも思わないらしかった。そして、さっきの二台の運転手とちがって、ふしぎな男に声をかけようともしなかった。

「池袋はどちらへ？」

「立教《りっきょう》の正門のまえだ」

やがて、立教の正門のまえをとおりすぎて、少しいったところを横町へまがると、

「ああ、そこだ、そこだ」

それはそうとうりっぱな洋館の門のまえだった。

そして、こんどはまちがいなく、その洋館の門のなかへはいっていった。

げんかんのベルをおすと、なかからドアをひらいたのは、四十くらいの目つきのするどい男である。

「あっ、大将、その小《こ》せがれはどうしたんです」

「なあに、隅田《すみだ》川《がわ》からひろってきたのよ」

「なんだ、川開《かわびら》きにいってたんですか」

「ああ、そう、あのいまいましい新日報社の社長の一味が、花火見物に出かけるときいて、ちょっとようすを見にいったんだが、おかげでこんないいものをひろってきた」

「なんです？　その小せがれは……？」

「ところが、まだなんだかわからないんだ。あっはっは、とにかく用心しろ」

ふしぎな男はふしぎな少年を、奥の一室にだきこむと、ドアにピンとかぎをかけ、少年のからだをベッドにねかした。

そして、みぞおちのへんを強くおすと、美少年は、ううむとうめいて目をひらいた。

「あっはっは、どうだね、気がついたかね。宝石どろぼうさん」

美少年はさっとおもてに恐怖の色を走らせて、ベッドのうえであとずさりする。

「だ、だれです。あ、あなたは……」

「おれか、おれはいろんな名前をもってるよ。この家では北村哲三《きたむらてつぞう》と名のっているがね。まあ、いちばんわかりやすいのは、まぼろしの怪人という名まえかな。あっはっは！」

ああ、まぼろしの怪人が、あんなにたびたび自動車をのりかえたのは、このかくれ家《が》をしられたくなかったからであろう。

それにしても、このふしぎな美少年はいったい何者だろうか。

血ぞめのくつ跡

まぼろしの怪人がふしぎな美少年を、池袋のかくれ家へつれこんだ時間からかぞえて、一時間ほどまえのことである。

両国付近をとりしまる所轄《しょかつ》警察へやってきたのは、三津木俊助と探偵小僧の御子柴くんだ。高価なダイヤモンドをひろったふたりは、池上社長や由紀子さんとわかれて、警察署へようすをききにきたのである。

ふたりが署長のへやへ、はいっていくと、

「やあ、三津木くんと探偵小僧か。いやに耳がはやいじゃないか」

と、威勢《いせい》よく声をかけたのはおなじみの等々力《とどろき》警部である。

三津木俊助は新聞記者としても有名だけれども、それと同時に名探偵として警察界でもしられている。

「やあ、三津木さん、いらっしゃい。そこにいるその少年が、有名な探偵小僧か」

と、署長の本多《ほんだ》さんもにこにこしながら、こころよくふたりを迎えた。本多署長というひとは、だるまのようにでっぷりふとった、あからがおの大男である。

「いや、耳がはやいというわけじゃありませんが、われわれも社長といっしょに、花火見物としゃれこんでいたものですからね。探偵小僧、こちらが署長の本多さんだ。あいさつしたまえ」

「はっ、ぼく、御子柴進《すすむ》です」

署長から有名なたどといわれたものだから、探偵小僧もいささかかたくなって、てれくさそうに、ペコリとひとつおじぎをした。

「ときに、署長さん、警部さん、いったいなにがあったんです。さっきのさわぎといい、このものものしいふんいきといい……」

と、三津木俊助は、ふしぎそうに署長のへやを見まわした。それもそのはず、そこには大勢の係官が、ものものしくひかえているばかりか、刑事や巡査がこうふんのおももちで、いそがしそうに出たりはいったりしているのである。

「いや、それがねえ。三津木くん」

と、等々力警部が署長にかわって、

「われわれも、さいしょはそれほどの事件と思わなかったんだが、だんだん調べていくうちに、容易ならぬ一大事件だということがわかったので、ぼくも、警視庁からかけつけてきたのだが……」

と、渋面《じゅうめん》をつくって語るところをきくとこうである。

この警察の捜査課にぞくする川北《かわきた》という刑事が、駒形堂《こまがたどう》の付近をあるいていると、だしぬけに暗い横町《よこちょう》から、ひとりの少年がとびだしてきた。

しかも、その少年は刑事のすがたを見つけると、身をひるがえして逃げようとする。そこで川北刑事が怪しんで、あとを追っかけてひっとらえると、いろいろ質問をあびせたが、少年はなにをきかれても、口をつぐんで答えない。

刑事が明《あ》かるいところへつれていき、調べてみるとその少年は、ギャバのズボンに開襟《かいきん》シャツをきて、としは十七、八だろう、上品な顔立ちをした美少年であった。

川北刑事はさっそく身体検査をしてみたが、べつにきょう器《き》やあやしい品《しな》をもっているふうはなかった。ただ、ギャバのズボンのすその折り返しに、血《けっ》こんらしいものがついているので、それを追及してみたが、少年はいぜんとして、口をつぐんで答えないのである。

川北刑事はいよいよ怪しんだ。そこで少年に腰縄《こしなわ》をうち、警察へつれていこうとする途中、川開《かわびら》きのさわぎにまぎれて逃げられてしまったのである。

そこで川北刑事はしかたなく、もういちど少年のとびだしてきた横町までいってみた。そして、その横町へはいっていくと、そこに駒形アパートというのがあり、一階のへやのひとつの窓があけっぱなしになっている。しかも、その窓の下を調べてみると、たしかにだれかその窓から、とびおりてきたらしいくつ跡がついており、おまけにそのくつ跡は血にそまっているのである。

川北刑事はおどろいた。

そこでむりやりに窓をよじのぼり、なかをのぞいてみると、内部は茶の間かなんかになっているらしく、たたみじきの四畳半《よじょうはん》だが、べつにかわったところも見あたらなかった。ただ、どろぐつのあとがべたべたと、たたみのうえについているのである。

どろぼう……？

しかし、あの血のあとが気にかかる。

そこで川北刑事はおもてへまわって、管理人のへやをおとずれた。

管理人も刑事の話をきくとおどろいて、

「そのへやなら矢島謙蔵《やじまけんぞう》さんのへやですが……」

「矢島というのは、なにをする男かね」

「はあ、銀座の宝飾店、天銀堂《てんぎんどう》という店へつとめているひとです。指輪やなんかの細工《さいく》をする職人で、なかなかの名人だというひょうばんです」

「それで、こんや矢島のところへたずねてきた者はないかね」

「さあ」

と、管理人はあたまをかきながら、

「このアパートはどのへやも、ドアにかぎがかかりますから、まあ、独立した家屋《かおく》があつまっているのもおんなじで、そりゃはじめてたずねてきたひとは受付でへやをおたずねになりますが、二度めからは、たいてい直接そのへやへたずねておいでになりますから……」

「それで、矢島というのはひとりものかね……」

「はあ、なかなか変わりもんのじいさんで……」

「とにかく、それじゃそのへやへ案内してくれたまえ」

「承知しました」

管理人に案内されて、矢島のへやのまえまでいくと、ドアにかぎはかかってなかった。

そのドアをひらくと、なかは小さな玄関になっていて、その玄関のおくが、さっき刑事ののぞいた四畳半である。その四畳半についているどろぐつのあとをみると、管理人もあっときもをつぶしたがさらにそのへやをよこぎって、おくの六畳をのぞいたときには、川北刑事も管理人もおもわず、

「わっ、こ、これは……」

と、ばかりに、その場に立ちすくんでしまったのである。

ねこと少女

そのへやも四畳半とおなじく、たたみじきになっているが、矢島謙蔵はそこを仕事場につかっていたらしく、たたみのうえにじゅうたんをしき、大きなデスクのまえにいすがおいてある。デスクのうえには、強烈なライトを放《はな》つ電気スタンドがあり、プンゼン灯《とう》やピンセット、こまかい細工《さいく》につかう虫めがねなど、いろんな道具が雑然とならんでいる。

しかし、川北刑事や管理人のおどろいたのはそのことではない。じゅうたんのうえに男がひとり、あお向けざまにひっくりかえっているのだ。男はもう白髪《はくはつ》の老人だが、ワイシャツとズボンのうえに首から大きな皮の前だれをかけている。それはこまかい細工ものをおとしたときに、ひざのうえでうけとめるための用意らしかった。

それはさておき、その男は背中からぐさりとえぐられたのにちがいない。あお向けざまにひっくりかえったからだの下から、おびただしい血がながれだして、じゅうたんのうえには、大きな血の池ができている。

しかも、なんという気味のわるさだろう。その血をペロペロと一《いっ》ぴきの三毛《みけ》ねこがなめているのである。

「か、管理人くん」

と、川北刑事はおもわず声をふるわせた。

「あれが……あの殺されている老人が、このへやの

あるじの矢島謙蔵という男か」

「は、は、はいさようで……」

と、管理人はガタガタふるえている。

「そして、あのねこは矢島老人の飼いねこなのかね」

「いえ、そ、そうじゃなく、あれはたしかこのとなりのへやの、奥村《おくむら》さんのたくのねこだとおもいますが……」

「ああ、そう、しっ、しっ、あっちへいけ……」

川北刑事がこぶしをふりあげると、三毛ねこは、金色の目をあげて刑事をにらむと、

「ニャーゴ」

と、ひと声、口をひらいたが、その口のまわりにいっぱい血がついているのをみたときには、

「わっ、こ、こいつは……」

と、さすがの川北刑事も、おもわず悲鳴をあげてとびのかずにはいられなかった。一ぴきの小さなねこが、まるで魔物のようにみえたのである。管理人もふすまにつかまり、ブルブル、ガタガタふるえている。

そのとき、四畳半の外の玄関で、

「ミイよ、ミイよ、おじいちゃん、またミイがきていない」

と、かわいい女の子の声がきこえた。

「おとなりの奥村さんのお嬢さんですよ」

と、管理人が小声でささやいたとき、四畳半へ十才くらいの女の子が顔を出して、

「おじいちゃん。あら……」

と、びっくりしたように、

「管理人のおじいちゃん、ミイコをしらない！」

「ミイならそこにいるよ。花《はな》ちゃん。ほら、ほら、ミイ公《こう》、お嬢ちゃんがお呼びだ。はやくいかないか」

三毛ねこはまだ血がなめたりないらしく、金色の目をひからせて、ジロジロふたりの顔をみていたが、それでも、のそのそ四畳半の方へ出ていった。その三毛ねこがあるくたびに、ボタボタとたたみのうえに、梅の花をちらしたようなあとがつくのをみて、管理人はまたゾーッとしたようにからだをふるわせた。

「花ちゃん、そのねこをだいちゃだめだよ。そのねこには血がいっぱい……」

「しっ！」

と、管理人をおさえた川北刑事は、ハンケチを出して、ねこのあしやからだをふいてやると、

「さあ、さあ、お嬢ちゃん、むこうへいってらっしゃいね」

「おじちゃん、ありがとう」

なんにもしらない少女の花子《はなこ》は、いとしそうに三毛ねこをだくと、

「ミイや、もうまい子《ど》になっちゃだめよ。おねえちゃま、さっきからずいぶんさがしていたのよ」

と、人間にいうように話をしながらへやから出ていく。そのうしろすがたを見送って、川北刑事はもういちど、死体のほうへ目をやった。

「管理人くん、この矢島という老人には身寄りのものはないのかね」

「はあ、信州《しんしゅう》のほうにめいがひとりいるという話ですが、東京にはこれといって……」

「十七、八の美少年がここへくるのを見かけたことはないかね」

「さあ、いっこうに。なにしろさっきもいったとおり、受付をとおさずに、直接へやへこれるもんですから」

「ああ、そう」

と、もういちどへやのなかを見まわした川北刑事が、デスクのうえをみると、目ざまし時計が九時を示している。そうすると、刑事がさっき美少年をとらえたのは、八時半ごろのことだろう。

「管理人くん、君、このへやのかぎをもっているの？」

「いえ、わたしはもっておりませんが、かぎなら、そのデスクのうえに……」

「ああ、そう、じゃ、ひとまずこのへやのドアにかぎをかけておいて、それから署のほうへ報告しよう」

こうして花火の夜の美少年逃亡事件はがぜん、奇怪な殺人事件として発展していったのである。

すりかえダイヤ

「なるほど」

と、等々力警部の話をきいた三津木俊助はうなずきながら、

「それで、みなさん、ここでなにを待っていらっしゃるんですか」

「いや、それですがね、三津木さん」

と、だるまのような本多署長が、デスクのうえからからだをのりだし、

「さっき、銀座の天銀堂へ電話をかけたのです。そしたら、支配人の赤池《あかいけ》というのがすぐ行くといってきたのだが、どうもおそいねえ。あれからもう一時間もたつというのに……」

と、そういう署長のことばもおわらぬうちに、刑事が、あわただしくはいってきた。

「ああ署長さん、いま、天銀堂の支配人の赤池という男が、男と女のふたりづれをつれてきましたが……」

「ああ、そう、それじゃどうぞこちらへと……」

一同がきんちょうのおももちで待っていると、ふたりの男とひとりの女がはいってきたが、三人ともひどくとり乱したようすであった。

「ああ、みなさん、わ、わたし天銀堂の支配人の赤池です。それからこちらはうちのおとくいさんの南《みなみ》村良平《むらりょうへい》さんとおくさんの美智子《みちこ》さんで……」

「わたし、南村良平です。どうもとんだことができてしまって……」

と、南村が出してわたした名刺をみると、南村産業株式会社社長と肩書きがついている。としは五十前後であろう。頭髪はもう白くなっているが、いかにも精力家らしいからだつきだ。おくさんの美智子は四十五、六だろうが、ずいぶんわかくみえる上品な美人である。

「とんだこととおっしゃるのは、こんやの殺人事件のことですか」

と、だるまのような本多署長がききとがめた。

「いや、あの、それもそうですが、こっちのほうも大損害で……」

「署長さん、これをみてくださいまし。あたし、赤池さんにすっかりだまされてしまって……」

「いや、いや、おくさん、めっそうもない。わたしがだましたわけじゃありません。矢島のじいさんを信用しすぎたものですから……」

「どっちだっておんなじことですわ。署長さんもみなさんもこれをみてくださいまし」

と、南村夫人がとりだしたのは、細長いビロード

のケースである。本多署長がぱちっとひらくと、なかからあらわれたのは、金《きん》ぐさりのついた胸かざりで、その胸かざりには大《おお》つぶのダイヤが三個ちりばめてある。

「ほほう、これはみごとなものですが、これがどうかしましたか」

「そのダイヤ、みんなにせものなんです。赤池さんがすりかえたんです。そして、ほんものみたいなかおをして、あたしのところへとどけてきたんです」

「おくさん、そんな、そんな……」

「美智子、そうヒステリーを起《おこ》すもんじゃない。赤池くんはなにも悪気があってやったことじゃない。ただ、よくダイヤのめききをしなかったという、けいそつのそしりはまぬがれないが……」

「いいえ。いいえ。赤池さんがすりかえたんです。そして、そして、矢島老人を殺したんです」

「おくさん、そんなむちゃな……」

と、赤池支配人はゆでだこのようなかおをして、ひたいから、ポタポタと滝のように汗をたらしている。

赤池支配人というのは、四十五、六のずんぐりむっくりした人物だが、ひたいはもうそうとうはげあがっている。

「いったい、これはどうしたというのですか。そうてんでばらばらにしゃべられちゃ、いっこう話がわからない。赤池くん、君から話をしてくれたまえ」

「はっ、いや、どうもおそれいります」

と赤池支配人はハンケチで、

ひたいの汗をぬぐいながら、

「じつはここにいらっしゃる南村さんというのは、わたしどもの店の古くからのおとくいさんなんですが、つい先日、この胸かざりのダイヤが三個とも台座からゆるんで、少しぐらぐらしてきたので、なおしてほしいといってもってこられたんです。それでうちの職人の矢島謙蔵に修繕《しゅうぜん》させたんです」

「ふむふむ、なるほどそれで……」

「矢島というのはもう三十年来、つまりわたしどもより以前から、うちへつとめている職人さんですが、いままでにいちどもまちがいを起したことはございません。それで、修繕ができあがりますと、つい、わたしが調べもせずに、おくさんのところへおとどけいたしたようなわけで……」

「なるほど、それでおくさんも調べもせずにお受取《うけとり》になったというわけですか」

と、等々力警部がそばからことばをはさんだ。

「はあ、いえ、あたしはいちおう調べましたの。しかし、これ、とってもよくできた模造品《もぞうひん》ですから、ちょっと見ただけではわかりませんの」

「なるほど、なるほど、赤池君、それからどうしたの」

「はあ、ところがさっきこちらのほうから、お電話がございまして、矢島が殺されているというお知らせがあったものですから、はっと思いましたのが、このおくさんの胸かざりでございます。よく調べもせずにおとどけしたのが、きゅうに気になり出しまして、さっきおたくへあがって拝見したところが、やっぱりこのとおりの模造品で……」

赤池支配人のひたいからは、いぜんとして、滝のような汗が流れている。

「すると、矢島老人が殺されたのは、このダイヤモンドのせいだと、いうのですか」

と、そばから口を出したのは三津木俊助である。探偵小僧の御子柴くんも、好奇心で目をギラギラ光らせている。

「はあ、いままでぜったいにまちがいのなかった男ですが、だれかわるい仲間でもできて、そいつにそそのかされて、ダイヤモンドをすりかえたところが、仲間われかなんかして、そいつに殺されたんじゃないかと……」

「だれか十七、八の美少年をごぞんじじゃありませんか。こんどの事件に関係してるんですが……」

と、そう口を出したのは川北刑事だ。

しかし、南村夫婦も赤池支配人も、きょとんとしたかおをして、そういう少年に心当たりのある人間はなさそうだった。

レイン・コートの男

三津木俊助と探偵小僧が、等々力警部の案内で、駒形アパートへ出向いていったときには、もうすっかり花火もおわって、おもてには、はげしい雨が降っていた。思えばちょうどそのころまぼろしの怪人が、なぞの美少年をつれて、自動車から自動車へとのりついでいたじぶんである。

三津木俊助はかんがえがあって、まだひろったダイヤのことはいわない。

駒形アパートの矢島老人のへやは、刑事や巡査がいっぱいつめかけていて、いま捜査のまっさいちゅうだった。

医者がしらべたところによると、矢島老人は背中から、鋭利《えいり》な刃物で左の肺をつらぬかれていて、おそらく即死だったろうということである。

「なにしろ、こんやの花火でしょう。ポンポンという花火の音で、被害者がたとえ声を出したところで、へやの外まできこえなかったんでしょうねえ」

「それに、このアパートの連中、みんな屋上へ出て見物してたそうですから、犯人にとってはいっそう好都合だったわけです」

等々力警部は刑事たちの報告をきくと、

「それで、問題のねこを飼ってる奥村というのは……？」

「はあ、ところが奥村というのは夫婦ともかせぎで、亭主は自動車の運転手、細君《さいくん》のほうは浅草の映画館で案内人をしているので、花子という十二になる女の子がいつもひとりでるすばんをしているんです。それで、さびしいもんですから、ミイという三毛《みけ》ねこを飼っているんですね」

「それで奥村夫婦はかえっているの？」

「いえ、亭主のほうはまだかえっていません。細君のほうはさっきかえってきました」

「それで、花子というのはもう寝たかしら」

「さあ、こんやの事件でこうふんしたらしく、さっきろうかをうろうろしてましたが、細君がかえってきたから寝かされたかもしれません。ひとつきいてみましょうか」

「そうだね。それじゃかわいそうだが、ひとつ呼んできてくれたまえ。ただし、寝ていたらいいよ」

「承知しました」

「ああ、ちょっと待ちたまえ。なんぼなんでもこのへやじゃかわいそうだ。となりに死骸《しがい》があるようなへやじゃあねえ。ひとつ、管理人のへやでも借りよう」

管理人のへやへ席をうつした等々力警部と三津木俊助、それから探偵小僧の御子柴くんの三人が、待つ間ほどなくやってきたのは、おかあさんに手をひかれた花子である。あいかわらず、三毛ねこをだいじそうにだいている。

「やあ、おくさん、もうおやすみになってたんじゃありませんか」

「いえ、もう、とてもこわくて寝てなんかいられませんわ。それにこの子がとってもこうふんしていまして……」

「それはそうでしょう。となりのへやであんなことがあっちゃねえ」

「それで、この子におたずねというのは……？」

「ああ、そうそう、花子ちゃん、あんたにひとつききたいんだが、なんでも気がついたことがあったら、おじさんにいってくれるんだよ。まず、だいいちに、花子ちゃんはこんや、おとなりの矢島のおじいちゃんのへやへ、だれかやってきたのを見やしなかったかね。見たら見たといっておくれ」

「ええ、見たわ」

と、言下《げんか》に花子が答えるのをきいて、一同はおもわずはっと顔を見合わせた。

「見たって、それ、何時ごろのこと？」

「ちょうど八時よ」

「花ちゃんは、どうしてそんなにはっきり時間をおぼえてるの」

「だって、花子、八時まで宿題をしてたのよ。それから八時になったので、花火を見にいこうと思っておへやを出たら、おじいちゃんのおへやのまえに男のひとが立っていたわ」

「それ、どんなひと？　十七、八のおにいちゃん？」

「ううん、そうじゃないわ。もっととしとったひとだったわ。でも、レイン・コートをきて、レイン・コートのえりを立てて、帽子をとってもふかくかぶっていたから、お顔はよく見えなかったわ」

等々力警部と三津木俊助、それから探偵小僧の三人は、思わず顔を見合わせた。

では今夜矢島老人のへやには、美青年のほかにもうひとりの客があったのか。

「それで、そのレイン・コートのおじさん、どうしたの？」

「おじいさんのおへやへ、はいっていったわ」

「おじいさんが中からドアを開《ひら》いたの？」

「ええ、そうよ。花子がドアのまえをとおりかかったとき、おじいさんがあっとかなんとかいってたわ」

「おじいさん、びっくりしたんだね」

「そうだったらしいわ。それから……」

「それから……？　それからまだあるの？」

「ええ、それから半時間ほどして、花子がうえからおりてきたら、おじいちゃんのへやのまえに、こんどは十七、八のおにいちゃんが立ってたわ」

「おにいちゃんが立ってた？　そして、そのおにいちゃんもへやのなかへはいったの」

「さあ、花子、しらない。そのまえに花子、じぶんのおへやへはいったんですもの。そんとき、おじいちゃんのめざまし時計のオルゴールが鳴ってたわ。だから、きっと八時半ね」

「おじいちゃん、いつも八時半にめざましかけとくの？」

「ええ、そうよ。おじいちゃん、いつも八時半になったらお仕事やめて、お酒のみにいくの。それからかえってねんねするの。ねえ、おかあちゃん」

「はあ、あの、この子のいうとおりでございますの。人生で寝酒《ねざけ》をのむのが、いちばん楽しみだって、いつもおっしゃってましたけれど……」

それでは矢島老人は、いつ殺されたのか。八時にやってきたレイン・コートの男に殺されたのか。それとも八時半にやってきた美少年に殺害されたのか。

それにしても、レイン・コートの男とはいったいだれか。そして、なぞの美少年の正体は……？

さらにまぼろしの怪人は、この事件でいったいなにをやろうとするのであろうか。

怪人のちょう戦《せん》

両国の川開《かわびら》きで、ふしぎなまぼろしの少年が、見物人たちをおどろかしたきり、いずこともなくすがたを消したその翌日の朝刊は、どの新聞もその記事でいっぱいだった。

ふしぎなまぼろしの少年は、たんなるスリやかっぱらいではなく、宝石どろぼうであった。いやいや、宝石どろぼうであるだけではなく、殺人犯人だったかもしれないのだ。

前後の事情からおして、この事件の係官が立てた推理というのは、だいたいつぎのとおりであった。

すなわち、天銀堂の職人、矢島謙蔵は、ふとした悪心から、南村美智子夫人の首飾りの修繕《しゅうぜん》をたのまれたとき、そのなかの大粒のダイヤの三個をにせものとすりかえてしまった。矢島謙蔵を信用している天銀堂の支配人赤池は、ダイヤをくわしくしらべもせず、そのまま南村家へとどけてしまった。南村産業の社長、南村良平氏のおくさん美智子さんも、なにげなくそれを受け取ってしまったのである。

ところが、ここにその秘密をしっていた人物が、ふたりあったらしい。ひとりはレイン・コートをきた男で、その男の顔をみたとき、矢島謙蔵老人はあっとさけんでおどろいたという。しかも、矢島老人がその男をへやのなかへ招《しょう》じいれたところをみると、老人は、なにかその男に、よわいしりをにぎられていたのではないか。

さて、レイン・コートの男が、矢島老人のへやへはいっていったのが八時ごろ。それから、半時間のちの八時半には問題のふしぎな美少年が、矢島老人のへやのまえに立っていたという。そして、そのとき老人のへやのなかから、めざまし時計のオルゴールがきこえてきたというのだ。

レイン・コートの男と、ふしぎな少年。矢島老人を殺して、三個のダイヤをうばったのは、このふたりのうちのひとりにちがいないのだが、それではレイン・コートの男とは何者か。またふしぎな美少年の正体はなにか。……と、いうことになると、かいもく見当《けんとう》がつかないのである。

だから、新日報でもそのとおり、朝刊に出しておいたのだが、ところが、その日の夕方、東都日日《とうとにちにち》の夕刊に世にもおどろくべき記事が出たのである。

東都日日というのは新日報の競争新聞で、いつも新日報が右といえば左、左といえば右というように、ことごとにたてつく新聞だが、あいにくむこうには三津木俊助のようなうでの立つ記者がいないので、こういう事件のばあい、いつも新日報にだしぬかれるのだが、こんどというこんどこそ、さすがの三津木俊助をはじめとして、新日報社の社員一同、おもわずあっとどぎもをぬかれた。

それというのもむりはない。そこに、つぎのような大見出しのもとに、れいれいしく掲載されているのは、なんと、まぼろしの怪人の投書ではないか。

新日報社は泥棒か？
まぼろしの怪人秘密を暴露《ばくろ》す

けさの各新聞をみるといっせいに、昨夜の川開《かわびら》きをさわがせた怪少年の記事でうまっているが、それについて、余《よ》すなわち、まぼろしの怪人も本紙上をかりて、つぎのような見聞記《けんぶんき》を報告したいと思う。

すなわち、余、まぼろしの怪人も昨夜花火見物としゃれこんでいたのであるが、余のボートのすぐそばに一《いっ》そうの屋形船《やかたぶね》がうかんでいた。のぞいてみるとおなじみの新日報社社長、池上三作氏に

令嬢の由紀子さん、さらに余の尊敬する三津木俊助氏と、探偵小僧の御子柴くんの四人がのっていた。

余、かかる名士とともに花火見物のできることを、このうえもなく光栄と思い、それとなく屋形船のなかをうかがいいるに、九時ごろ、とつぜんその舟へとびこんできたのが、いわゆるまぼろしの少年である。まぼろしの少年は、いっしゅん舷側《げんそく》でひれふしていたが、池上社長はじめ一同にとがめられすぐつぎの舟へとびうつった。

ところが、余が見ているに、まぼろしの少年が立ち去ってのち、探偵小僧の御子柴くんが、舟の底よりひろいあげ、花火の光にすかしていたのは、いまから思えば、たしかにダイヤモンドらしかった。

ただし、そのときは余もそれ

とは気がつかず、そのまま、池上氏の屋形船のそばをはなれたのだが、運命の神のいたずらか、それからまもなく、まぼろしの少年は余があやつるモーター・ボートのなかへとびこんできたのである。

だるま署長怒る

まぼろしの怪人、まぼろしの少年を救う

と、このえげつないばくろ記事はまだまだつづくのである。

さて、それからまもなく思いがけなくも、余《よ》、すなわちまぼろしの怪人の操縦《そうじゅう》するモーター・ボートへとびこんできたまぼろしの少年は、いきもたえだえの状態であった。ことわざにもいうとおり、窮鳥《きゅうちょう》ふところに入れば猟師もこれを殺さずと。

……

されば余はまぼろしの少年をあわれんで、そのまま余のかくれ家《が》へつれもどったのである。そして、このあわれな少年の告白をきくにおよんで、余は大いにおどろくと同時に、新日報社諸君のやりかたに、ふんがいをおぼえずにはいられないのである。

すなわち、まぼろしの少年の告白によると、かれは天銀堂嘱託《しょくたく》のかざり職人、矢島謙蔵老人のもとより、たしかにダイヤを一個ぬすみ出したそうである。ところが、途中で刑事につかまったので、あわててそのダイヤを口中にふくんでいた。ところが、池上社長の屋形船《やかたぶね》にとびうつったとき、あっとさけんだひょうしに、思わずもそのダイヤを、船のなかへはき出したというのである。

これ、余、まぼろしの怪人が見聞《けんぶん》したところと、まったく一致しているではないか。すなわち、新日報社の連中は、まぼろしの少年が矢島謙蔵かたよりぬすみだした高価なダイヤを手に入れたのである。それにもかかわらず、けさの新日報を読む

に、ひとこともそのことにふれていないのはどういうわけか。

　いやいや、新聞紙上でふれていないのみならず、警察へもそのことをとどけ出ているけはいはみじんもないのである。

　新日報社はダイヤを横どりするつもりであろうか。新日報社はダイヤどろぼうか。ひごろ、口を開《ひら》けば正義をとなえる新日報社も、ちかごろの不況のあおりをくらって、ついにダイヤどろぼうとだらくしたものとみえる。

　余、すなわちまぼろしの怪人は、ここにいたって決然、意をかためたしだいである。新日報社にしてすでに盗心《とうしん》ありとすれば、余もまた大いに盗心を発揮してよろしかろうと。よっていまもってふん失《しつ》している南村夫人のダイヤのほかの二個は、断然、余がものにしようと決心したしだいである。

　あらかじめ、ここに宣言しておくしだいである。

まぼろしの怪人

読者各位

　これほど読者をあっとばかりにおどろかせた記事はなかった。その晩の東都日日の夕刊はひっぱりだこの売れ行きで、それを読んだひとびとは、多少なりとも新日報のやりかたを、非難しないものはなかった。

　だれも新日報社が、ダイヤ泥棒にだらくしたとは思わない。しかし、重大な証拠を手にいれながら、警察にも提供しないでおさえておくというやりかたは、あまりにも非民主的であると、ごうごうたる非難が集中した。

　なかでも憤慨《ふんがい》したのはこの事件の捜査本部になっている所轄《しょかつ》警察の、あのだるまのような本多署長である。

「もしもし、そちら新日報社かね。こちら本多だが、社長か三津木俊助くんいるかね。なに、ふたりともいない？　それで、そういうきみはいったいだれだい？」

「はあ、わたし、編集局長の山崎《やまざき》ですが……」

「ああ、山崎くんか。いや、きみに聞けばわかるかもしれんが、きょうの東都日日の夕刊に出てる記事はほんとうかね。きみたちのほうで盗まれたダイヤを一個保管しとるちゅうのは？」

「ああ、それはほんとうでございます。社長からおあずかりして、たしかにわたしが保管しております。が、まぼろしの怪人がいうように、決して泥棒根《こん》性《じょう》をおこしたわけじゃありませんからご安心ください」

「それはわかっとる。しかし、そんなことがあったのならあったと、所轄警察の署長のわしに報告してもらわねばこまるじゃないか」

「いや、どうも……三津木くんもついいいそびれていたようで……」

「どちらにしても、すぐそのダイヤをもってこっちへきてくれたまえ。いや、ちょっと待て」

「どうかなさいましたか」

「いや、わしはこんや九時ごろ、もういちど駒形アパートの現場へおもむくつもりだから、三津木くんにそこまでダイヤをもってくるように、いっといてくれたまえ。いいか、わかったね。これ以上インチキをすると、あいてが新聞社だといって、そのままにはせんからそのつもりで……」

ガチャンと受話器をかけるそのけんまくからして、本多署長の怒りのほども察せられようというものである。

怪少年の正体

「あっはっは、だるまさん、だいぶんおかんむりらしいですぜ」

受話器をおいた山崎編集局長は、会議室のなかを見まわすとにやりとわらった。そこにはいないはずの、池上社長や三津木俊助も、ちゃんと顔をそろえているのである。

時刻はちょうど夕方の五時。

新日報社でも、東都日日の記事をよんで、いそいで、対策をねっているところへ、本多署長から、電話がかかってきたという寸法《すんぽう》である。

「それにしても東都日日もすこしおかしいな。こういうばくろ記事をのせるというのは……？」

と、池上社長はまゆをひそめたが、三津木俊助は問題にもせず、

「東都は少しあせってるんです。ちかごろ読者がへるいっぽうだということですから。しかし、社長、

まぼろしの怪人の投書から、ゆうべの少年が怪人につれさられたということがわかりましたが、あの少年ははじめから、怪人の仲間なんでしょうかねえ」

「いや、そうは思えんな。怪人のやつ、たまたま、ゆうべ隅田川にいあわせて、後日なにかの役に立てようと、あの少年を助けてかえったまでのことだと思うな」

「いや、ぼくもそう思うんですが、それにしてもあの少年はなにものでしょう。怪人の投書もその点にはふれておりませんが……」

「それに……」

と、山崎編集局長もからだをのりだし、

「少年はダイヤを一個だけ盗み出したように書いてありますが、そうするとあとの二個のダイヤはどうなったのかな」

「三津木くん、ゆうべ、矢島謙蔵という男のへやは、くまなく捜索《そうさく》したんだろうねえ」

「それはもちろん」

「しかも、ダイヤは見つからなかったんだね」

「はい、どこにも、見当たりませんでしたよ」

「それはきっと……」

と、また山崎編集局長がことばをはさんだ。

「レイン・コートの男が盗んでいったんですぜ。そいつが矢島老人を殺して、ダイヤをふたつ盗んでいった。そのあとへまぼろしの少年がやってきて、残っていたひとつのダイヤを盗んだのじゃ……」

「しかし、それならレイン・コートの男は、なぜひとつだけダイヤを残していったんだね。盗むんなら三個いっしょに盗んでいけばよさそうなもの……」

「それはそうですねえ」

山崎編集局長は、苦笑しながら頭をかいていたが、三津木俊助はなにかほかのことを考えながら、

「それにしても、ふしぎなのはまぼろしの少年だ。いったい、あいつは何者だろう」

と、ぼんやり、つぶやいているときである。ドアを押して、ばったのようにとびこんできたのは、探偵小僧の御子柴くん、それに由紀子さんもいっしょである。ふたりともほっぺたをまっかにこうふんさせて、

「わかりましたよ、わかりましたよ。ゆうべの少年の正体が……由紀子さんが見抜いたんです！」

「なに、まぼろしの少年の正体がわかったと……？」

「由紀子さんがどうしてそんなこと……」

と、おとなたちがいすから総立ちになりそうなのをみて、由紀子はまっかになっててれている。

「まあ、これを見てください。これがゆうべのまぼろしの少年の正体です」

と、探偵小僧の御子柴くんが、はなたかだかと差し出した写真を見て、一同はおもわずあっときもをつぶした。

それはショート・パンツにランニング一枚というでたちの、運動選手の写真ではないか。しかも、その運動選手は、男子ではなく、あきらかに女子選手なのだが、しかも、その女子選手の顔というのが、ゆうべのまぼろしの少年にそっくりだった。

「いったい、これはだれだ！」

「女子陸上競技界のホープといわれる南村日出子《ひでこ》嬢。去年の秋、百メートル競走と、八十メートル・ハードルに新レコードをつくったスポーツ・ウーマン。しかも、ゆうべ三個のダイヤをぬすまれた、南村産業の社長、南村良平氏と、おくさんの美智子さんとのあいだにうまれたたったひとりのお嬢さんです」

「な、な、なんだって！」

「さらにつけくわえるならば、由紀子さんの通学している、K学園のおねえさんですから、南村良平さんがこの事件に関係してるときいたとたん、由紀子さんはあこがれのおねえさまの顔を思い出したというわけです。

なんと社長さんも、山崎さんも、三津木さんも、これはじつに奇々怪々《ききかいかい》な事件ではありませんか」

と、探偵小僧の御子柴くんは、とくいのはなをうごめかしたが、聞いている一同は、しばらくあいた口がふさがらなかった。

ダイヤの使者

きのう殺人のおこなわれた、駒形アパートの一室は、こんやもものものしい警戒である。

三津木俊助は、ゆうべひろったダイヤをもって、きっちり九時にやってきたが、殺人の行われた矢島老人のへやにがんばっているのは、だるま署長ただひとり。なにしろ、まぼろしの怪人がこの事件に関係しているとわかったので、ほかの刑事や警官たちは、へやのなかより、むしろアパートの周囲をとりまいて、これを少し大げさにいえば、十重二十重《とえはたえ》という警戒ぶりである。

「三津木くん、例のダイヤをもってきたかね」

「いや、署長さん、たいへん失礼しました。ゆうべはつい申し上げる機会がなかったのですが、だいぶおかんむりだったようですね」

「なあに、べつに怒ったわけじゃないが、かんじんのことをかくしておかれちゃ、警察の威信《いしん》にかかわるからな。わっはっは」

と、だるま署長は上機嫌《じょうきげん》で、腹をゆすってわらいながら、

「どれどれ、問題のダイヤというのをみせてくれたまえ」

「はあ、ダイヤなら、ここにございますが、もうしばらくお待ちください」

「もうしばらく待てとは……？」

「いや、これがほんとうに南村夫人のダイヤかどうか鑑定してもらおうと思ってるんです。まもなく、ここへ天銀堂の支配人、赤池氏とダイヤの持ち主南村良平氏がくることになっておりますから、それまで少々お待ちください」

「ふうむ」

と目を光らせた本多署長、

「三津木くん、だいじょうぶかね」

「だいじょうぶかとおっしゃると……？」

「いや、まぼろしの怪人というやつは、変装の名人ときいている。むやみにひとを集めて、まぼろしの怪人がまぎれこみやしないか」

「いや、その点はぼくも気をつけますから、署長さんも大きく目をあけていてください。まぼろしの怪人がやってくれれば、それこそもっけのさいわいじゃないですか」

「そうだ。そうだ。それはきみのいうとおりだ。ちくしょう、やってきてみろ、このとおりアリ一匹はいだすすきはないのだから……」

と、だるま署長は意気けんこうと張りきっている。

「それにしても、三津木くん、まぼろしの少年というのは何者じゃね。まぼろしの怪人もその点まではふれてなかったが……」

「いや、それもいまにわかりましょう。南村氏や赤池支配人がやってきたら……ああ、うわさをすればかげとやら、どうやらふたりがやってきたようで

す」

　と、三津木俊助のことばもおわらぬうちに、刑事に案内されてはいってきたのは南村産業の社長、南村良平氏と天銀堂の赤池支配人である。南村社長はなんだか少しぼんやりしていた。三津木俊助はふたりにいすをすすめると、

「やあ、これはこれはようこそ。南村さん、どうかしましたか。少しお顔色がわるいようですが。……」

「いや、あの、ちょっと……」

「いや、いや、よくわかっております。お嬢さんがゆくえ不明になられて、さぞご心配なことでしょう」

「な、な、なんだって?」

　と、だるま署長は目をまるくして、

「南村氏のお嬢さんがゆくえ不明だって?　そして、そのことがこんどの事件となにか関係があるのかね」

「はあ、もちろん、こうなったら南村さん、なにもかもほんとうのことを、おっしゃったらいかがですか。それともぼくより申し上げましょうか」

「三津木くん、きみはいったいなんのことをいっているのかね」

　と、南村社長はまゆをひそめてひややかである。

「ああ、なるほど。あなたのお口からはいいにくいとみえますね。それじゃわたしの口から申し上げましょう。署長さんも赤池さんもきいてください。これがこんどの事件の真相なのです」

　と、三津木俊助はひといきいれると、つぎのように語りだしたのである。

「南村さんはちかごろ事業でちょっと失敗されたので、おくさんのダイヤを売って、なんとかうめあわせをしようと思われたのです。しかし、そんなことをたのんでも、虚栄心《きょえいしん》のつよい奥さんが、承知しそうにありません。そこで矢島老人にたのんで、ダイヤをすりかえてもらうことにしたのです。老人も持ち主のたのみですから、こころよくダイヤをすりかえました。そして、ほんものの三個のダイヤはおくさんにないしょで、南村さんにわたすことになっていましたが、そのダイヤ受け取りの使者にこられたのが、お嬢さんの日出子さんなんです。日出子さんは、おとうさんの同情者で、おとうさんのたのみを受けて、ゆうべここへ三個のダイヤを受け取りにこられたのですが、そのとき日出子さんはひとめをさ

けるために男装《だんそう》していました。それがすなわち問題のまぼろしの少年なのです」

ダイヤのありか

「な、な、なんだって？　それじゃ、まぼろしの少年というのは女の子だったのかい」

「そうです。そうです。まぼろしの少年とは、女子百メートルとハードルの選手権保持者、南村日出子嬢だったのです」

「ふむ、ふむ、それで……？」

「日出子嬢は約束どおり八時半ごろここへきました。ところが、きてみると意外にも矢島老人は殺されている。びっくりした日出子さんは、すぐさま逃げようとしましたが、そのとき、ゆかに落ちたひと粒《つぶ》のダイヤを見つけました。日出子さんはそれをひろいあげると、むちゅうでここから逃げだしましたが、不幸にもとちゅうで川北刑事にとっつかまってしまいました。日出子さんは困りました。ほんとうのことを打ちあけると、南村さんの信用にかかわります。それに、うっかりすると殺人のうたがいをうけるかもしれません。そこで、川北刑事がまだ女の子だと気がつかないのをさいわいに、川のなかへとびこんで逃げたのです。それにはさいわい陸上選手としての運動神経が役に立ち、だれも女の子だとは気がつかなかったのです」

「なるほど、なるほど、それはおもしろい話だが、それじゃ矢島老人を殺したのはだれかね」

「さあ、それですよ、署長さん」

と、三津木俊助はいきをすいこむと、

「天銀堂の支配人ともあろうひとが、ダイヤのすりかえに気がつかなかったというのを、あなたはふしぎにお思いになりませんでしたか。いいや、赤池さんは気がついていたのです。気がついていたからこそ、ゆうべ八時にここへやってきたのです。レイン・コートの男というのは、この赤池支配人だったのです！」

「そ、そ、そんなばかな！」

と、赤池支配人がきっといすから立ちあがったとき、さっとドアをひらいてはいってきたのは、等々力警部とかわいい花子だ。

「ああ、このおじさんよ、ゆうべレイン・コートをきて、このおへやのまえに立っていたのは……矢島のおじいさんがびっくりして、それでもおへやのなかへいれたのよ」

「おのれ！」

と、赤池支配人は鬼のような形相《ぎょうそう》で、かわいい花子におどりかかろうとしたが、

「赤池、神妙《しんみょう》にしろ！」

と、等々力警部の声とともに、支配人の両手には、はや手錠《てじょう》がかかっていた。

「三津木くん、それで、ダイヤは……？　ダイヤはこの赤池がぬすんだのか」

と、あえぐようにさけんだのは南村社長である。

「いいえ、南村さん、ご安心ください。のこりのダイヤはまだこのへやのなかにあります。それをおしえてくれたのはこのかわいい花子ちゃんです。さあ、花子ちゃん、おじちゃんにもういっぺんオルゴールの話をしておくれ」

「ええ、それはこうよ」

と、花子はこうふんして、目玉をパチクリさせながら、

「八時半におにいちゃんのすがたを見たとき、このおへやで、めざまし時計のオルゴールが鳴っていたのよ。いそいで花子、じぶんのおへやへかえってきたんだけど、急におじいちゃんのおへやのオルゴールが途中でとまってしまったのよ」

「それそれ、いまの花子ちゃんの話が、ダイヤのありかを説明しています。すなわち、赤池支配人は矢島老人をおどかして、ダイヤを出させようとしたが、老人がなかなかいうことをきかぬところへ、男装《だんそう》の日出子さんがやってきました。そこで老人をひと突きにつき殺したつもりで、赤池はいったん別室へかくれたのです。ところが老人はまだ死にきってなかったので、かくしていたダイヤをあらためてオルゴールの中へかくしたのです」

と、そういいながら、そこにあっためざまし時計をとりあげて、オルゴールの底ぶたを開くと、なんとそこにさんぜんと光っているのは、二個のダイヤではないか。

「ほら、ごらんなさい。ダイヤがあいだにはさまったので、オルゴールが回転をやめ、そこで、花子ちゃんがきいたように、オルゴールの音が、とちゅうで急にとまったのです。矢島老人は三個ともダイヤ

をかくすつもりだったのでしょうが、みんなはいりきらなかった。二個だけかくして、息がたえたところへ、日出子さんが、はいってこられたというわけです」

「それじゃ、そのとき赤池はまだこのへやのどこかにかくれていたんだな」

「そうです、そうです、署長さん。赤池は、日出子さんが、一個のダイヤをひろって逃げるのを見たんです。それを、三個ぜんぶひろって逃げたとかんちがいして、あとを追っかけたところが、あいにく日出子さんが川北刑事につかまってしまいました。だから、あのとき日出子さんが、刑事につかまったのはこのうえもなくしあわせだったのです。なぜならば、もし刑事につかまらなかったら、赤池に殺されていたかもしれません」

「ああ、ありがとう。それでなにもかも判明した」

と南村良平は感《かん》きわまったおももちで、

「こういうさわぎが起《おこ》ったというのも、もとはといえば、わたしが家内《かない》のダイヤを、利用しようとしたのがいけなかったのです。ダイヤは家内にかえします。三津木くん、三個のダイヤをかえしてください」

と、南村社長が差し出す両手へ、待ってましたとばかりに、ガチャリと手錠をかけたのは等々力警部。

「あ、こ、これは……な、なにをする！」

と、南村社長は憤然《ふんぜん》として、手錠をはめられた両のこぶしをふりあげたが、そのとたん、どやどやとへやのなかへなだれこんできたのは、探偵小僧の御子柴くんと由紀子さん、それからゆうべのまぼろしの少年、すなわち日出子さん、そして、いちばんさいごにはいってきたのは、なんと南村良平氏ではないか。

「あっはっは、まぼろしの怪人。よくききたまえ。まぼろしの少年が南村氏の令嬢日出子さんであることに気がついたのは、由紀子さんだ。と、すれば、きみから南村氏に連絡があるにちがいないと、こっちはこっちで、南村氏を見張っていたのだ。そしたら案のじょう、南村氏を立教《りっきょう》まえのかくれ家《が》へおびきよせ、日出子さんといっしょにとじこめ、きみが南村氏にばけて、ここへやってくることは、探偵小僧の電話によって、さっきからわかっていたんだよ。あっはっは！　あっはっは！」

こうして三津木俊助は、まぼろしの怪人をつかまえたと、とくいになっていたけれど、手錠をはめられて立っているのは、はたして、ほんもののまぼろしの怪人だったろうか。

第四話　ささやく人形

怪人の部屋

「ああ、ちょっと御子柴《みこしば》くん」

と、へんな声でよびとめられて、探偵小僧の御子柴くんは、

「ええ？」

と、おもわずその場に立ちどまった。

そこは新日報《しんにっぽう》主催の防犯展覧会の会場である。

防犯展覧会というのは、犯罪はかくして起《おこ》るものであるから、おたがいに気をつけて、できるだけ犯罪が起らないようにしよう、という主旨《しゅし》の展覧会である。新日報社ではいま、警視庁と力をあわせて、銀座《ぎんざ》の百貨店ほてい屋《や》の八階大広間をかりて、防犯展覧会をひらいているのである。

そういう主旨の展覧会だから、会場はそうとうすきみわるい。有名な大事件の犯人の似顔やあるいは生人形《いきにんぎょう》が、会場のあちこちにかざってある。また、

犯人が人を殺して、その死骸《しがい》をつめてはこんだというトランクなども陳列《ちんれつ》してある。犯人がつかった凶器、すなわち、ピストルやあいくちや出刃庖丁《でばぼうちょう》、その他、さまざまなものすごいものがいっぱいで、気のよわいものには、ちょっとちかよれない展覧会だ。

探偵小僧の御子柴くんが、いまへんな声でよびとめられたのは、その防犯展覧会の一隅《いちぐう》で、そこは「まぼろしの怪人の部屋」である。

「まぼろしの少年」の事件でつかまったのは、やはりまぼろしの怪人そのひとだった。だからいままぼろしの怪人は、刑務所のなかにいるのだが、新日報社主催の防犯展覧会での、いちばんの呼びものは、なんといっても「まぼろしの怪人の部屋」である。

そこには、まぼろしの怪人のやりくちが、写真や人形や説明図で、ことこまかに解説してある。また、まぼろしの怪人が変装したひとびととの、似顔の生人形も陳列してある。

まぼろしの怪人は、ずいぶんいろんなひとに変装している。新日報社の社長、池上三作《いけがみさんさく》氏に変装したかと思うと、つぎのしゅんかんには、等々力《とどろき》警部に変装した。アリ殿下《でんか》の事件では、まんまとホテルの支配人にばけている。「まぼろしの少年」の事件では、南村《みなみむら》産業の社長、南村良平《りょうへい》氏に変装して、とうとう三津木俊助につかまったのだ。

「まぼろしの怪人の部屋」には、そうして、怪人が変装したひとびとの生人形がかざってある。こうしてみると、まぼろしの怪人は、いったいどれがほんとの顔なのかわからない。まったくまぼろしの怪人とは、よくいったものである。

探偵小僧の御子柴くんが、へんな声で呼びとめられたのは、その「まぼろしの怪人の部屋」のまえである。

「ああ、ちょっと御子柴くん」

と、みょうな声で呼びとめられた探偵小僧の御子柴くんは、

「ええ？」

と、あたりを見まわしたが、そばにいるのはこの展覧会の警備にあたっているやぎひげの守衛《しゅえい》がひとり。ほかにはだれのすがたも見あたらない。

「おじいさん。いまなにかいった？」

探偵小僧がたずねると、

「ええ、なに？」

と、やぎひげの守衛のほうがびっくりしたように目をまるくする。この守衛というのは六十くらいのじいさんで、つめえりの服にふちなしの帽子をかぶり「まぼろしの怪人の部屋」のまえの木柵《もくさく》のそばで、まるいいすに腰をおろして、こくりこくりと居眠《いねむ》りをしていたのである。

「おじいさん、いま、ぼくを呼んだ？」

「うんにゃ、だれも呼びやしない」

「そうかな、へんだなあ」

探偵小僧の御子柴くんは、ふしぎそうに小首《こくび》をかしげたが、すぐ気のせいかと思いなおして、二、三歩あるきかけるとまたしても、

「ああ、ちょっと御子柴くん」

と、へんな声が呼びかけた。気のせいではない。たしかにだれかが呼びとめたのだ。

ぎょっとして、御子柴くんがふりかえると、あいかわらずあたりにはだれもいない。やぎひげの守衛のじいさんは、またこっくりこっくり居眠りしている。

「だれ？　ぼくを呼びとめたのは？」

「おれだよ」

「え？」

と、あたりを見まわしたが、あいかわらずあたりに人影はない。

「だれだよ、どこにいるんだよ」

「どこにって、おまえの目のまえにいるんじゃないか」

「目のまえってどこさ」

「まぼろしの怪人の部屋のなかにさ。あっはっは」

うすきみわるい笑い声をきいて、探偵小僧の御子柴くんは、おもわずゾーッと総毛立《そうけだ》つような気もちであった。

怪人の部屋のなかには、さっきもいったとおり、生人形がならんでいる。生人形は四つあって、いずれもふつうの人間とおなじ大きさである。その顔は池上社長に等々力警部、ホテルの支配人と南村良平氏と、かつてまぼろしの怪人が変装したひとたちである。

探偵小僧の胸はあやしくふるえた。

どうさがしてみても、あたりに人影はみえないのである。いや、ただひとり、やぎひげの老守衛がいることはいるが、さっきから、こっくりこっくり舟

をこいでいる。ひょっとすると、あの生人形のなかに、ほんものの人間がまぎれこんでいるのではあるまいか。

そして、もしほんものの人間がいるとすれば、あのようにじょうずに変装できるのは、まぼろしの怪人よりほかにないはずだ。しかしそのまぼろしの怪人は、いま刑務所にいるはずである。

だが……

いつかもまんまと刑務所を、ぬけだしたほどのまぼろしの怪人ではないか。こんどもまたひとしれず脱獄して、この防犯展覧会のなかにまぎれこんでいるのか。

やみからの声

探偵小僧はいつかへっぴりごしの姿勢になっていた。そして、木柵につかまったまま、まじろぎもせずに四つの生人形をにらみながら、

「だれだ！　そこにいるのは……？」

と、あえぐようにたずねると、

「あっはっは、おれか、おれはまぼろしの怪人……」

「なに？」

「の部下」

「まぼろしの怪人の部下？」

「そうだ」

「そして、まぼろしの怪人の部下がぼくになにか用か」

「ああ」

「どういう用だ」

「用というより頼みがある」

「頼みというのはどういう頼みだ」

「こんや十時、両国橋の東《ひがし》づめ、橋より十メートルほど下流へきてほしい」

「両国橋の東づめになにがあるんだ」

「そこに海運丸《かいうんまる》という小さなランチがうかんでいる」

「海運丸という小さなランチだな」

「ああ、そこにあるスーツ・ケースをもっていってほしいんだ」

「スーツ・ケース？　スーツ・ケースはどこにあるんだ」

「ほら、おれの足下にある」

「おれ？　おれとはだれだ」

「等々力警部だよ、あっはっは」

あいかわらず、うすきみわるいキイキイ声だ。

探偵小僧の御子柴くんがぎょっとして、怪人の部屋のなかを見なおすと、なるほど等々力警部の足下に、スーツ・ケースがおいてある。探偵小僧はそれを、やっぱり防犯展覧会の陳列品《ちんれつひん》だとばかり思っていたのだが……

「それで、ぼくが、もし、いやだといったら……？」

「おまえはいやだとはいわないよ」

「どうしてそんなことがいえるんだ」

「だって、おまえがいやだといったら、由紀子《ゆきこ》がどうなるかわからないからな」

「由紀子さん……？」

「そうさ。池上三作の娘の由紀子だ」

「由紀子さんがどうかしたのか」

「学校へ問いあわせてごらん、由紀子はさっき使いのものがむかえにきて、自動車でいっしょにかえったと返事するだろう。その使いの者というのがくせ者でな。うっふっふ」

「あっ！」


と、思わず探偵小僧は小さくさけんだ。

「それじゃ、まぼろしの怪人の部下が、由紀子さんをかどわかしたというのか」

「そうだ、そうだ、察しがいいな。うっふっふ」

「それじゃ、スーツ・ケースをとどければ……」

「由紀子をひきかえにかえしてやる。ただし、このことをひとにしゃべったり、警官をつれてきたりすると、いっさいご破算《はさん》だからそのつもりでいろ」

「畜生《ちくしょう》！」

「いやか、おうか、返事をしろ！」

探偵小僧は歯をくいしばり、しばらくかんがえていたのちに、

「よし、それじゃ、ほうぼう電話をかけてみて、由紀子さんがほんとうに誘《ゆう》かいされているとわかったら、きっとおまえのいうとおりにする」

「よし、それで約束はきまった。あっ」

「どうしたんだ」

「ひとがきた。もう一切《いっさい》口をきくな」

ふしぎな声はそれきりとだえて、あたりはうすきみわるい静けさにとざされたが、そこへひょっこりやってきたのは三津木俊助《みつぎしゅんすけ》である。

「なんだ、探偵小僧、こんなところでなにをぼんやりしてるんだ」

　その俊助の大声に、こっくりこっくり舟をこいでいたやぎひげの守衛《しゅえい》も、はっと目がさめたらしく、眠そうな目をこすっている。

「いえね、三津木さん、ぼくなんだかきみがわるくてしかたがないんです」

「なにがそんなにきみがわるいんだ」

「だって、この人形、あんまりよくできているんで、なんだかなかにひとつぐらい、ほんものの人間がまじってるんじゃないかって……」

「なにをくだらないことをいってるんだ」

「だって、ぼく、気になってしかたがありませんから、三津木さん、ここでみていてください」

「みていてくださいってどうするんだ」

「いえ、ぼく、ちょっとこの柵《さく》をこえてなかへはいってみようと思うんです」

「あっはっは、ばかだな」

「ばかだってかまいません。念のためですから」

「そうか、そういうならここでみていてやろう。だけど、探偵小僧、用心しろ」

「用心しろってなんのこと？」

「なかにほんものの人間、つまりまぼろしの怪人がいて、おまえの首《くび》っ玉《たま》をしめるかもしれんぜ。あっはっは」

「ええ、ですから、三津木さん、ここにいてください。そして、もしそんなことがあったらぼくを助けてくださいよ」

「なんだ、探偵小僧、おまえ本気でそんなことをいっているのか」

　三津木俊助は心配そうな顔色である。ひょっとすると探偵小僧、頭がすこしおかしくなったのではないかと思ったからである。

　そんなことにはおかまいなしに、探偵小僧は柵をこえると、怪人の部屋のなかへはいっていった。そして、ひとつひとつ生人《いき》形をしらべてみたが、どれもこれも、しょうしんしょうめいの人形で、べつに怪しいふしもない。

「どうだ、探偵小僧、ほんものの人間がいたかい？」

「いえ、あの、べつに……」

　しかし、それではさっきの声は、どこからきこえてきたのかと、探偵小僧はまるできつねにつままれたような顔色である。

海運丸

その夜十時、探偵小僧の御子柴くんは、スーツ・ケースをぶらさげて、両国橋の東《ひがし》づめへ、ひとめをしのんでやってきた。

あのふしぎな声がいったのは、みんなほんとうだったのである。

その日の昼過ぎ、生徒たちがおべんとうをたべおわったころ、ひとりの男が由紀子さんの担任の先生をたずねてきた。先生が名刺をみると、神田《かんだ》の大きな病院の名がすってあって、医学士、谷田五郎《たにだごろう》とある。会ってみると、谷田医学士と名のる男は白い手術着をきたままで、ひどくあわてたようすであった。

担任の松井《まつい》ヤス子《こ》先生が用件をきくと、由紀子さんのおとうさんの池上三作氏が、自動車事故で大《おお》けがをして、いまうちの病院へかつぎこまれてきた。そこで、池上氏のたのみをうけて、由紀子さんをむかえにきたというのである。

このとき、松井ヤス子というのが、もうすこしものなれた先生だったらよかったのだけれど、なにしろ、ことし学校を出て、教師になったばかりの松井先生、すっかりあいての態度やことばにだまされて、神田の病院へ電話をかけて、たしかめてみようという分別《ふんべつ》も出なかった。大《おお》いそぎで運動場にいる由紀子さんをさがしだすと、谷田五郎という男にわたしてしまった。谷田五郎というにせ医者は、しめたとばかりに、由紀子さんを自動車にのっけて、どこかへつれさってしまったのである。

こういうことがはっきりわかったのは、探偵小僧が電話をかけてきたからで、それは夕方の四時ごろのことだった。それで、学校のほうもさわぎになれば、学校からのしらせによって、池上三作氏もおどろいた。しかし、それにしても探偵小僧がどうしてそのようなことをしっているのかと、御子柴くんのいどころをさがしたが、御子柴くんは、学校へ電話をかけてたしかめると、それきりゆくえをくらましてしまったのである。もし、池上社長や三津木俊助にとっつかまって、根掘《ねほ》り葉掘《はほ》り、聞かれてはこまると思ったからであろう。

探偵小僧の御子柴くんが、両国橋の東づめ、橋より十メートルほど下流をさがしていると、はたして一《いっ》そうのランチがもやってある。ランチの船尾をみると、そこにあかりがついていて、そのあかりのなかにありありとうきあがったのは、

「海運丸」

と、いう三文字。

探偵小僧の胸はあやしくおどった。

それにしても、この海運丸のなかにいったいだれがいるのか。まぼろしの怪人はいま刑務所につながれているはずである。まえのことがあるから、こんどはげんじゅうな監視のもとにおかれていて、脱獄など思いもよらぬはずなのだが……

海運丸のそばまでいくと、河岸に石段がついている。

探偵小僧の御子柴くんは用心ぶかくあとさきを見まわしたが、むろんあたりはまっくらで、人影とてはさらにない。遠くのほうで空がボーッとあからんでいるのは、たぶん浅草《あさくさ》あたりだろう。

探偵小僧は用心ぶかく、石段を一歩一歩くだっていく。潮《しお》がみちると、この石段は水のなかにかくれるらしく、ぬらぬらとしたこけがいっぱいついていており、どうかすると足ふみすべらしそうになる。

その石段をおりると、石段からランチのカンパンまで小さな橋がかかっている。探偵小僧の御子柴くんが、その橋をわたろうか、わたるまいかとためらっていると、

「探偵小僧か」

と、ランチの中から声がした。キャビンの中にだれかひとがいるのである。

「ああ、そうだよ」

「うむ、よしよし、それでスーツ・ケースはもってきたか」

「ああ、もってきたよ」

「それもよしよしと。それじゃこっちへはいってこい」

探偵小僧はちょっとためらったが、おく病《びょう》ものとわらわれるのはいまいましい。それに、キャビンのなかにいるのがだれなのか、好奇心も手つだって、勇躍《ゆうやく》小さな橋をわたった。

そして、深呼吸《しんこきゅう》いちばん、キャビンのドアをひらくと、ひとりの男がデスクにむかって、むこうむきにすわっている。頭から耳にかけて、無電の受話器

みたいなものをかけているところをみると、無電技師なのだろうか。ずいぶん大きな男である。

探偵小僧の御子柴くんは、すばやくキャビンのなかを見まわしたが、由紀子さんのすがたはどこにも見えない。

「おい、由紀子さんはどこにいるんだ」

探偵小僧がドアのところですると、どくどく

「由紀子はここにいないよ」

と、大男はあいかわらずむこうをむいたままである。

「なに、いない？」

探偵小僧はかっとした。

「それじゃ、約束がちがうじゃないか。そっちがそっちなら、こっちにも考えがあるぞ」

「考えとはどんな考えだ」

「約束をまもってもってきてやったこのスーツ・ケース、川のなかへほうりこんでしまうぞ」

探偵小僧がドアのところから、身をひるがえそうとすると、

「まあ、待て、待て、きさまのような小僧っ子をだますようなおれではない。由紀子をかえすといったらきっとかえす」

そういいながら回転いすをくるりとまわして、こちらをむいた男の顔をみて、探偵小僧は、おもわずあっときもをつぶした。

それは等々力警部……いや、等々力警部にそっくりの男ではないか。しかも、等々力警部がこんなところにいるはずがないとすれば、こんなにじょうずに変装できる人間は、まぼろしの怪人よりほかにいるはずがない。

「わっはっは、探偵小僧、なにをそのようにぼんやりしているんだ。きさまとは切っても切れぬふかい縁《えん》、まぼろしの怪人にあいさつをしないのか」

「ああ、やっぱり……」

と、探偵小僧はおもわずこぶしをにぎりしめた。

またしてもまぼろしの怪人は、みごと刑務所から脱走したのである。

スーツ・ケース

「ごめん、ごめん、探偵小僧」

と、等々力警部にそっくりのまぼろしの怪人は、

白い歯をだしてわらいながら、

「きみをうたがったわけじゃないが、もし、きみがへまをやって、三津木俊助や等々力警部に尾行されると困ると思ったので、由紀子はほかのところへかくしておいた。いま話をさせてあげるからちょっとお待ち」

まぼろしの怪人はくるりとデスクのほうへむきなおると、

「ああ、もし、もし、八木《やぎ》か。こちらはまぼろしの怪人だ。由紀子はそこにいるね。ああ、そう、いま、探偵小僧がやってきたからね、これから由紀子と話をさせてやろう。ああ、そう、いや、スーツ・ケースをもってきたよ。うむ、うむ、そりゃなかみは検査してみるがね。じゃ、とにかく由紀子をそちらへ出してくれ」

ああ、まぼろしの怪人は無線にむかって話をしているのだ。かれが無線についてくわしいことは、いつか探偵小僧をつかって、刑務所の老看守《かんしゅ》に、催眠《さいみん》術《じゅつ》をかけさせたことでもあきらかである。

しばらく、ピイピイという音がきこえていたが、

「ああ、由紀子ちゃんか。しばらく。ええ？　おれをだれだって？　なんだ、おれを忘れたのか。由紀子ちゃんと大《だい》の仲好《なかよ》し、まぼろしの怪人のおじさんじゃないか。わっはっは。いや、それはそれとして、いま由紀子ちゃんの大好きな、探偵小僧のおにいちゃんがやってきたからね。由紀子ちゃんと話をさせてあげよう。それじゃ、おにいちゃんとかわるよ」

まぼろしの怪人は耳から受話器をはずすと、

「さあ、これをかけて話をしてごらん」

と、探偵小僧に席をゆずった。

探偵小僧は受話器を耳にかけると、回転いすに腰をおろした。しかし、スーツ・ケースは用心ぶかくひざのうえにかかえている。

「ああ、もしもし、由紀子さん？」

「ああ、御子柴さんなの」

と、由紀子さんの声がなつかしそうにはずんでいる。

「ああ、そう、由紀子さん、いまどこにいるの？」

「さあ、どこだかわからないの。さっきまで目かくしをされていたんだから……でも、心配しなくてもいいのよ。ちっとも乱暴はしなかったから」

「で、いまは目かくしをはずしているの？」

「ええ」

「それで、由紀子さんのいまいるところ、どんなところ？」

「それもわからないの。だって、由紀子のすわっているデスクのまわりだけあかりがついてて、あとはまっくらなんですもの」

「でも由紀子さんのそばにだれかいるんだろう。それ、どんなひと」

「おじいさんよ。とってもやさしいおじいさんよ。やぎひげをはやしてるわ」

「えっ？」

と、おもわず探偵小僧の御子柴くんは、両方のこぶしをにぎりしめた。

「それに、うちの主催の防犯展覧会のマークのはいった、ふちなし帽子をかぶっていて、それはそれはやさしいのよ」

探偵小僧の御子柴くんは、脳天からぐしゃとひっぱたかれたようなかんじであった。

ああ、それではあの眠そうな顔をしたやぎひげの守衛《しゅえい》が、まぼろしの怪人の部下だったのだ。わかった。わかった。それでなにもかもはっきりした。

あのやぎひげのじいさんは腹話術《ふくわじゅつ》ができるのだ。諸君は腹話術をしっているだろうか。腹話術というのは腹のなかのオーカク膜を震動させて、話をする術である。だから、当人はちっともくちびるをうごかさず、また、腹のなかから出る声は、どこかちがった方角からきこえるようにかんじられるのである。

だから、あのやぎひげの老人は、こっくりこっくり、舟をこぐまねをしながら、腹話術で探偵小僧と話をしていたのである。

「あら御子柴さん、どうなすって？　どうしてだまってておしまいになったの？」

「いや、いや、なんでもないんだ。それで、そのやぎひげのおじいさん、どういってるの」

「いまに御子柴さんがここへむかえにきてくれるから、心配はいらないといってるの。ただし、それにひとつの条件があるんですって」

「条件てどんな条件？」

「御子柴さん、あなたいまスーツ・ケースをもってらっしゃる？」

「ああ、もってますよ」

「そのスーツ・ケースを無条件で、いまそちらにいるひとにわたすの。そうすると、そちらにいるひとが、あたしのいるところをおしえてくれるんですって」

「ああ、そうか、わかりました」

「それじゃ、そのスーツ・ケース、そこにいるひと、……まぼろしの怪人にわたしてちょうだい。そして、あたしのいどころをきいてちょうだい」

「うん、よし」

「それじゃ、おねがい、できるだけはやくむかえにきて」

由紀子さんとの通話はそれできれた。

探偵小僧は回転いすから立ちあがると、

「まぼろしの怪人、さあ」

と、スーツ・ケースをさしだしながら、

「由紀子さんのいどころは？」

「まあ、待て、待て、なかみをあらためてからだ」

むこうむきになって、スーツ・ケースのなかみをしらべていたが、やがてこちらをふりかえると、

「赤坂山王《あかさかさんのう》、ヤマト・ホテル二階七号室、ドアにはカギがかかっていない」

「赤坂山王、ヤマト・ホテル二階七号室だね」

と、探偵小僧はおうむがえしに復《ふく》しょうして、

「よし！」

と、さけんで海運丸からとびだしたが、はたしてかれの行くてには、いったいなにが待ちかまえていたか。そしてまた、探偵小僧のはこんできたスーツ・ケースのなかには、いったいなにがはいっていたのだろうか。

ヤマト・ホテル

赤坂山王にあるヤマト・ホテルというのは中《ちゅう》くらいのホテルである。それだけに一流中の一流ホテルとちがって、気軽にとまれるという便利さがあって、いつもへやはふさがっている。

中くらいのホテルといっても、客種《きゃくだね》までが中くらいというわけではない。一流の名士でも、一流ホテルはきゅうくつでいけないというような人は、気軽にとまれる、ヤマト・ホテルを利用するのである。だから、中くらいのホテルといっても、お客さんのなかには一流のひとがそうとう多いのである。

さて、九月二十五日午後十一時――と、いえば、探偵小僧の御子柴くんが、両国河岸の海運丸をとびだしてから、半時間ほどのちのことである。

ヤマト・ホテルの帳場《ちょうば》で、支配人の権藤《ごんどう》さんが、たいくつそうに夕刊を読んでいると、そこへつめえりの少年がやってきた。

「ちょっと、おたずねしますが……」

「えっ、なに？」

と、ぎくっと夕刊から目をあげた支配人は、少年のすがたをみると、なあんだというような顔をして、

「びっくりさせるじゃないか。いま銀行をおそった白昼強盗の記事を読んでいたところ、だしぬけに声をかけるもんだから、ぎくっとしたぜ。ときになにか用か」

「はあ、このホテルの二階七号室には、いまどういう人がとまってるんですか」

「なに、二階七号室だと……？」

と、支配人は少年のすがたを見なおしたが、つめえりのえりについているバッジに目をとめると、

「なあんだ、おまえ、新日報社の小僧だな。いまごろインタービュー（会見記事のこと）を取りにきたってだめだぜ。何時だと思う。もう十一時を過ぎてるじゃないか」

「はあ、でも、ちょっと……」

「だめだ、だめだ、それに桑野《くわの》さつきさんはさっきここへ電話をかけてきて、今夜は頭痛がするからだれにも会わない。だれがきてもことわってほしいということだった。インタービューしたいんならあしたにでもしな」

『なんだって？　桑野さつきだって？』

と、探偵小僧の御子柴くんは、心のなかでおどろいた。

桑野さつきといえば、日本がうんだ世界的声楽家である。ソプラノ歌手としては、世界でも五本の指におられるくらいで、歌劇の本場イタリアで「お蝶《ちょう》夫人」を歌って絶賛をはくしたばかりか、南欧《なんおう》のある王国の王様のまえで、日本民謡を歌ったところが、いたく王様のお気に召《め》して、ごほうびとして、『地中海の星』と名づけられたダイヤモンドを、ちょうだいしたということが、当時、日本の新聞にも、はなやかにつたえられたのである。

その桑野さつきが、いま日本にかえっているとい

うことは、探偵小僧もしっていたが、そのひとがヤマト・ホテルの、しかも二階七号室の客であるとは……。

探偵小僧の御子柴くんは、にわかに胸《むな》さわぎが大きくなってきた。

まぼろしの怪人がさっきいった場所は、たしかにヤマト・ホテルの二階七号室であった。そこに由紀子さんがやぎひげの守衛《しゅえい》といっしょにいるというのである。ところがそこは桑野さつきのへやだという……。

ひょっとすると、じぶんはまぼろしの怪人にだまされたのではないか。

だが、そのとき探偵小僧のあたまにさっとひらめいたのは、桑野さつきが南欧の王様からいただいたダイヤモンド、『地中海の星』のことである。

まぼろしの怪人といえば、宝石狂といわれるくらいだ。ひょっとすると、桑野さつきになにかまちがいがあるのではないか。

「おじさん、おじさん！」

探偵小僧の御子柴くんがこう奮《ふん》して、おもわず大きな声をあげると、

「なんだ、小僧、おまえまだそこにいたのか」

「おじさんにちょっとおたずねしたいんですが、きょう桑野さんのところへ、十三、四のかわいいお嬢さんが、やぎひげのおじさんといっしょに来ませんでしたか」

「十三、四のお嬢さん……？　うんにゃ、そんなもん来《き》やあしなかったよ」

探偵小僧はちょっと考えたのち、

「それじゃ、おじさん、桑野さんのところへきょう、大きなトランクか支那《シナ》カバンか、なにかそんなものがとどきゃしませんでしたか」

「なんだい、おまえよくしってるな。そうそう、そういえば、やぎひげのじいさんが、きょうの夕方の六時ごろ、大きなトランクをはこんできたっけ。だけど、小僧、今夜はおそいからあしたにしな。おれは銀行強盗の記事を読んでるんだから、あんまりじゃまをしないでくれ」

支配人はくるりと探偵小僧に背中をそむけると、デスクのうえに足をなげだして、また熱心に夕刊の記事を読みはじめた。

「おじさん、どうもありがとう」

探偵小僧もくるりと帳場に背中をむけると、すばやくあたりを見まわした。

ロビー（ひかえ室のこと）には二、三客のすがたもみえたが、みな本を読んだり、手紙を書いたり、だれひとりこちらを見ているものはない。

制服制帽のボーイがひとり、ロビーの入口のテーブルにすわっているが、いいあんばいにこっくり、こっくり舟を漕《こ》いでいる。そのボーイのすぐそばに、二階へあがる階段がある。その階段のうえの壁にかかっている時計を見ると、時刻はまさに十一時半。

探偵小僧はなにくわぬ顔をして、ボーイのまえを通りぬけると、足音をころしてひといきに二階へ階段をかけのぼった。

二階七号室

二階の七号室というのはすぐわかった。階段をあがって廊下をつきあたり、左へまがるととっつきのへやである。

まぼろしの怪人のことばによると、ドアにかぎはかかっていないという。

探偵小僧の御子柴くんは、すばやく廊下のあとさきを見まわしたが、さいわいどこにも人影はない。こころみに七号室のドアのとってをひねってみると、ガチャリと音がして、なんなくドアは手前へひらいた。

へやのなかはまっ暗《くら》である。

探偵小僧はもういちど、廊下のあとさきを見まわしたのち、すばやくへやのなかへすべりこむと、ぴったりうしろのドアをしめた。

一《いっ》しゅん、二しゅん。――

まっ暗なへやのドアのうちがわに立ったまま、探偵小僧が呼吸をととのえていると、暗《くら》がりのなかから、ギチギチいすのきしむ音とともに、ハアハアとあらい息使いがきこえてくる。

「由紀子さん？」

と、探偵小僧が息をひそめて声をかけると、それに応ずるかのようにギチギチといすのきしる音がたかくなり、ううむと押しころされたようなうめき声がきこえてくる。

探偵小僧は暗がりのなかを手さぐりで、壁のうえのスイッチをさがした。さいわいスイッチがすぐ手

にさわったので、カチッとそれをひねるとへやのなかがぱっと明《あ》かるくなり、それと同時に探偵小僧は、

「あ、ゆ、由紀子さん！」

と、おもわずさけんで息をはずませた。

由紀子は身うごきもできないように、高手小手《たかてこて》にしばられて、ソファのうえに寝かされている。しかも、さるぐつわをかまされているので、声を立てることもできないのである。

しかし、由紀子はおそれたり、こわがったりはしていない。さるぐつわをはめられているので、口をきくことはできないけれど、探偵小僧をみている目もとはわらっている。

「由紀子さん！」

探偵小僧はいそいでそばへかけよると、まずさるぐつわをとり、それから、いましめを解《と》きにかかった。

「由紀子さん、やぎひげのじいさんはどうしたの」

「さっき、御子柴さんと無電の連絡がとれるとすぐ出ていったわ」

「そのじじいが由紀子さんをこんなにしていったの」

「ええ、あたしがさけんだり、あばれたりしちゃいけないと思ったからでしょう。あたし、御子柴さんがお迎えにきてくださると信じていたから、おとなしくおじいさんのするままになっていたの」

「由紀子さんはどうして……いや、どういうふうにして、ここへつれてこられたの」

「それがちっともわからないのよ。パパが大《おお》けがをしたといって、お医者さんみたいななりをした若い男のひとが、自動車でお迎えにきたの。それでなにげなく自動車にのったら、いきなりしめったガーゼみたいなもので、鼻や口をふさがれてしまったの。それっきりあとのことがわからなくなってしまって、こんど気がついたらこのへやにいたのよ」

「ねむり薬をかがされたんだね」

そういいながら探偵小僧の御子柴くんは、へやのすみにある大きなトランクに目をやった。由紀子はおそらくそのトランクにつめこまれて、このへやへかつぎこまれたにちがいない。

「ああ、やっと楽になったわ」

探偵小僧にすっかりいましめを解いてもらうと、由紀子はゆかのうえに立って、ラジオ体操のまねを

しながら、

「ああ、そうそう、御子柴さん、パパが大けががをしたというのうそでしょう」

「もちろん、そんなことうそっぱちですよ」

「そう、それで安心したわ。あたし、ちょっとくらいこわい思いをしたからって、パパにけががなかったほうが、どんなにうれしいかもしれないわ」

由紀子はこのとおり勇敢で、また親孝行な少女なのである。

「だけど、由紀子さん」

と、探偵小僧は息をひそめて、

「あなた、ここがだれのへやだかしってる？」

「いいえ、しらないわ、だれのへや？」

「ここへきてから、やぎひげのじじい以外だれにも会わない？」

「いいえ、だれにも……」

と、いってから、由紀子はきゅうに気がついたように、

「ああ、そうそう、あのひと、やぎひげなんかくっつけて、おじいさんに変装してたけれど、ほんとうはまだ若いひとなのよ。きっと三十くらいのとしよ」

「ああ、そう」

と、探偵小僧はそういいながらも、気になるようにじいっとときき耳《みみ》を立てている。このへやはふた間《ま》つづきになっていて、ドアのむこうに寝室があるはずなのだが、その寝室はしいんとしずまりかえっていて、人のいるけはいはさ

らにない。

「御子柴さん、ど、どうかして？」

探偵小僧の顔色をみて、由紀子もにわかに不安になってきたのか、おもわず声をふるわせる。

「由紀子さん、あなたここにじっとしていらっしゃい。ぼく、ちょっととなりのへやを調べてきます」

探偵小僧はそっと寝室のドアのまえまでいくと、

二三度かるくノックしながら、

「もしもし、桑野さん、桑野さつきさんはいらっしゃいますか」

「桑野さつきさんですって！」

由紀子もおもわず大きなさけびをあげかけた。桑野さつきなら由紀子だって名まえをしっている。

「それじゃ、ここ、桑野さつきさんのおへやなの？」

「しっ！」

と、それをおさえて、探偵小僧の御子柴くんは、なおも二三度、桑野さつきの名まえをよんだが、いぜんとしてドアのむこうはしいんとしずまりかえって、なんの返事もないのである。

こころみに探偵小僧がドアのとってをひねってみると、ここも、かぎがかかってなくて、ガチャリという音とともにドアがひらいた。

と、そのとたん、鼻をつままれてもわからぬような暗がりのなかから、つうんと鼻をついたのは異様なにおいだ。

探偵小僧は暗やみのなかに立ったまま、おもわず全身をふるわせた。

それはたしかに血のにおいではないか!

復讐第一号

赤坂山王にあるヤマト・ホテルは、いまや上を下への大《おお》騒動である。

探偵小僧の電話によって、まずいちばんに池上社長と三津木俊助がかけつけてきたときは、ホテルの支配人権藤さんもまだなにごとが起《おこ》ったのかしらなかった。探偵小僧の御子柴くんが、二階の七号室から電話を外線につないでもらって、直接、池上社長のところへ連絡したからである。

ちょうどさいわい、池上社長のところへ三津木俊助もきていたので、探偵小僧の電話をきくと、ふたりが大急ぎでかけつけてきたのである。

「な、な、なんですって! このホテルのなかで人殺しがあったって? そ、そんなばかな! そ、そんなばかなことが!」

と、権藤支配人は頭からポッポと湯気《ゆげ》を立てながら口からつばをはきとばした。人殺しがあったなんてことになると、ホテルの信用にかかわるからだ。

「しかし、たったいまここの二階の七号室から、そういって電話がかかってきたんだ。七号室で人が殺されてるって」

三津木俊助がおだやかにいって聞かせたが、それでも支配人は信用しない。

「いったい、だれが電話をかけたというんです。殺された人間が、わたしはヤマト・ホテルの二階七号室で、殺されましたって電話をかけたというんですかい。それとも殺したやつが、わたしはいま人殺しをしましたから、すぐにつかまえにきてくださいと、わざわざ報告したというんですかい」

「いや、まあ、なんでもよいから……」

と、押《お》し問答《もんどう》をしているところへ、どやどやとかけつけてきたのは警視庁の等々力警部、警視庁でもうでききの刑事を数名ひきつれている。

「やあ、池上社長に三津木俊助くん。いま探偵小僧から電話がかかってきたんだが、人殺しがあったというのはほんとうですか」

「いや、いまそれについて支配人と押し問答をしているんですが、このひと、どうしても信用してくれないんです」

「ああ、そう、それじゃ支配人、うそかほんとうか、とにかくそのへやへ案内してもらおうじゃないか」

警視庁の警部から要請《ようせい》をうければ、支配人といえどもいやとはいえない。

「ばかな……そんなばかなことが……だれかがいたずらをしたにちがいないんだが……」

と、ぶつくさいいながら、みずからさきにたって、二階の七号室へ案内すると、

「おや、ドアがひらいている……」

と、はじめて不安そうな声を出したが、なかをのぞいて、ひとめ探偵小僧のすがたを見ると、

「やっ、きさまはさっきの小僧！　さては、きさまがいたずらを……」

だが、そういうことばもおわらぬうちに、探偵小僧のうしろから、由紀子がとびだしてきて、池上三作氏にだきついたのには目をまるくした。

「パパ！　たいへんよ、たいへんよ。となりのへやで、ソプラノ歌手の桑野さつきさんが……」

由紀子のことばをみなまで聞かず、等々力警部と三津木俊助、それから警部のひきいてきた刑事たちが、なだれをうってとなりの寝室へとびこんだが、とたんにううんとうなってその場に立ちすくんだ。

桑野さつきはことしたしか二十八才である。数年前、東都《とうと》音楽学校の声楽科をトップで卒業し、それからまもなく外遊して、ヨーロッパで大いに技をみがき、ついに世界五大歌手のひとりとまでいわれたほどの女性だが、いまやその名歌手も、つめたい死《し》骸《がい》となって、ベッドのうえによこたわっているのである。

彼女ははでな絹《きぬ》のガウンを着て、あお向けにベッドのうえに倒れているが、そのガウンの胸のあたりが、ぐっしょりと血で染まっている。なにか鋭い刃物でひと突きに、心臓をえぐられたにちがいないが、その刃物はどこにも見あたらなかった。

刺されたとき、さつきは細長いレースの肩掛けをしていたらしく、その肩掛けはいまも彼女の肩にかかっていて、右手でしっかりその肩掛けのはしをに

ぎりしめているのだが、どういうわけかその肩掛けは、まんなかからまっぷたつに切られていて、あとのはんぶんはなくなっていた。

「肩掛けをはんぶんに切って、その切れはしで血に染まった手や、凶器の刃物をぬぐっていったのではないかな」

と、等々力警部がつぶやいたが、あるいはそうかもしれないし、そうでないかもしれなかった。

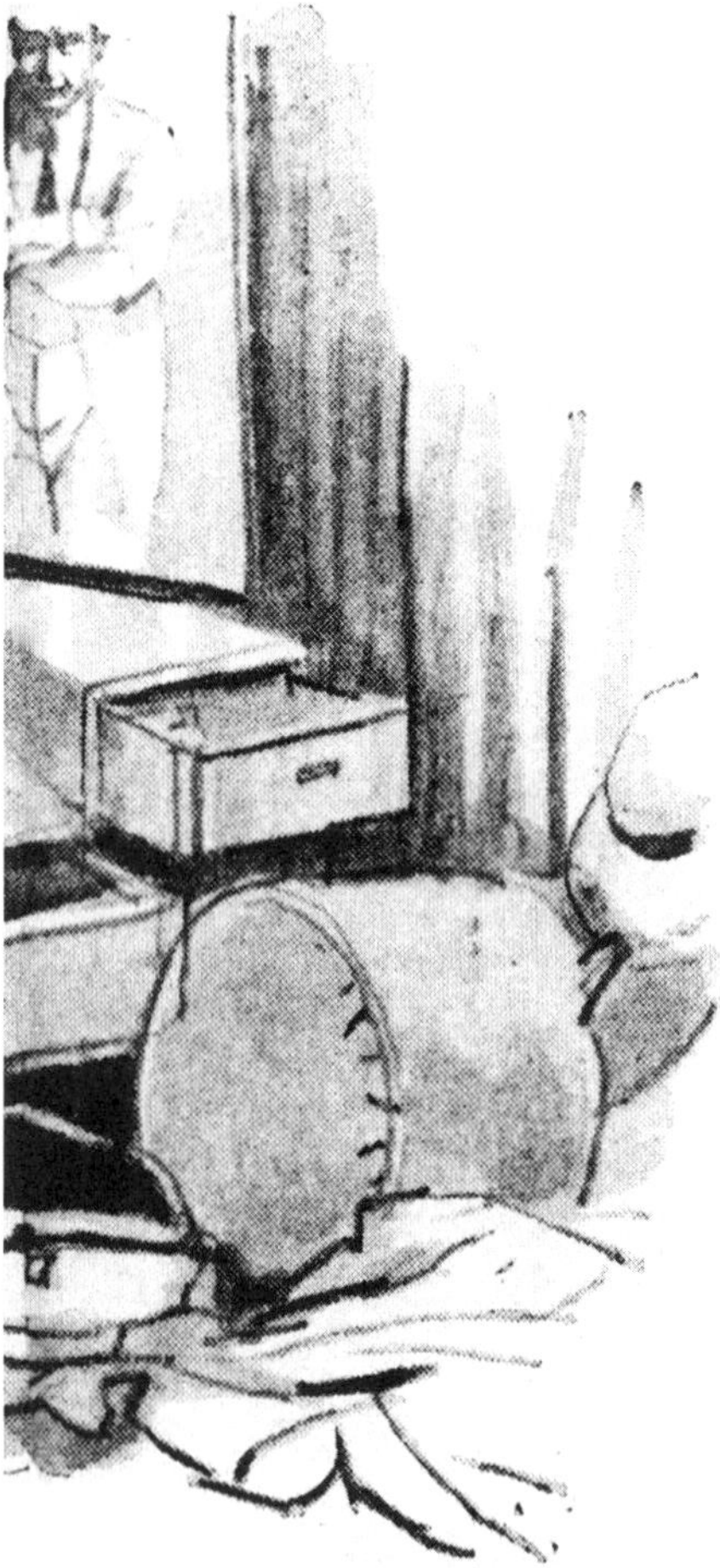

どちらにしても犯人が、なにか探していたらしいことは、へやのなかがてっていてきにかきみだされているのでもわかるのである。
トランクもスーツ・ケースもこじあけられて、なかみが床のうえに散乱している。ベッドのわらぶとんまで引きさかれて、なかみが床のうえにつかみだしてある。
「犯人はあきらかに、桑野さつきの持っている、あの有名なダイヤモンド『地中海の星』をねらっていたんだな」

等々力警部がまたつぶやいたが、そのときである。探偵小僧の御子柴くんがうしろから大声でさけんだ。

「警部さん、それはそうかもしれませんが、しかし、あの鏡のうえの文字はいったいなにを意味しているのでしょう」

その声に一同がぎょっと振り返ると、へやのすみに大きな三面鏡《さんめんきょう》がおいてあるが、その三面鏡のうちの中央のいちまいの鏡のうえに、まっかな血で書いてあるのは、

「復讐《ふくしゅう》第一号」

スーツ・ケースのなぞ

その翌日の新聞は、世間をあっといわせるような

記事でいっぱいだった。

そのだいいちがまぼろしの怪人の脱獄である。しかも、こんどのまぼろしの怪人の脱獄のやりかたときたら、大胆といおうか、乱暴といおうか、筆にもことばにもつくしがたく、ラジオできき、新聞で読んだひとびとのことごとくがあっとばかりに舌をまいて驚嘆《きょうたん》したものである。

すなわち、まぼろしの怪人の一味のものが、刑務所の外部から地下道を掘って、まぼろしの怪人が収容されている独房《どくぼう》まで連絡をつけたのである。

刑務所では九月二十四日の真夜中ごろもっと正確にいえば、二十五日の午前二時ごろ、とつじょ起《お》こったごうぜんたる物音に眠りを破られた。すわなにごとと看守《かんしゅ》たちが、おっ取《と》り刀《がたな》でかけつけたのが、まぼろしの怪人の収容されていた独房である。かけつけたものの独房のなかは、もうもうたる煙が立てこめているばかりではなく、二度、三度とひきつづいて起る爆発のために、あぶなくてだれもちかよれなかった。

やっとその爆発もおさまり、もうもうたる煙もうすれてみると、独房のなかは石やコンクリートの固まりで埋まっていた。外部から地下道を掘ってきて、そこからまぼろしの怪人を、すくいだしたらしいということはわかっていても、その地下道の入口がすっかり埋まってしまっているので、どこへ通じているのか見当《けんとう》もつかなかった。

やっとその爆発物をとりのけて、地下道らしいものをさぐりあてたころには、まぼろしの怪人はとっくの昔に、東京の雑踏《ざっとう》のなかにすがたを消してしまっていたのである。

そのやりくちの大胆にしてめんみつなこと、またその大仕掛けな方法に、刑務所がわはいうにおよばず、世間のひとびとがあっとばかりに驚嘆したのもむりはない。

さて、そのつぎに世間のひとびとをおどろかせたのは、九月二十五日の午後三時半ごろ、銀座裏にある三星《みつぼし》銀行をおそった大胆不敵な白昼強盗の一件である。

午後三時半といえば、そろそろ銀行がしまう時刻で、したがってそうたくさん客もいなかった。銀行のほうでも、そろそろ帳簿《ちょうぼ》をしまいかけていたが、そこへ乗りこんできたのが二人組の強盗である。

ふたりとも西洋のギャング映画まがいに、鳥打帽《とりうちぼう》をまぶかにかぶり、ネッカチーフのようなものでふく面《めん》をしていたので、人相はよくわからなかったが、どちらもまだ年若い男のように見受けられた。

ふたりはまずピストルでもって、行員をおどし、全員を支店長のへやへかんづめにしてしまった。それから電話の線を切り、ひとりが支店長をおどかして、金庫のなかへ案内させた。そして、そこにあった数百万円という札束を、用意してきたスーツ・ケースのなかにつめこむと支店長もほかの行員たちといっしょにかんづめにして、へやの外からかぎをかけてしまった。

ここまでは強盗たちもうまくやったのである。ところがそのあとがいけなかった。強盗たちがゆうゆうと、スーツ・ケースをぶらさげて、銀行から外へ出ようとするところへ、表《おもて》からかえってきたのがこの銀行の給仕《きゅうじ》くんであった。

給仕くんはようすがおかしいと思ったので、すぐに、もよりの交番へとどけた。交番からはおまわりさんが三人、おっとり刀でかけつけてきて、二人組の強盗の追跡がはじまった。

二人組はべつべつになって逃走したが、そのうちのひとり、スーツ・ケースをぶらさげたほうは、おりから新日報社主催の防犯展覧会がひらかれている、ほてい屋百貨店へ逃げこんだのである。いや、ほてい屋百貨店へ逃げこんだらしいと、あとになってからわかってきたのである。

しかし、そのときにはもうほてい屋百貨店はしまっており、したがってひとりも客はいなかった。こうして、大胆不敵な白昼強盗は、三星銀行銀座支店から、まんまと数百万円という金をうばって逃走したのだ。……

と、こういう記事を翌朝の新聞で読んだとき、探偵小僧の御子柴くんは、大きなショックにうたれると同時に、なんとも名状《めいじょう》することのできぬ怒りが、むらむらと腹の底からこみあげてくるのをおさえることができなかった。

わかった！　わかった！

探偵小僧のはこんだスーツ・ケースのなかには、三星銀行から強奪した紙幣《しへい》がぎっちりつまっていたにちがいない。

かれらはあらかじめ、失敗するときのことをおもんばかって、手まわしよく由紀子を誘《ゆう》かいしておいたのだ。そして、二人組の強盗が、おまわりさんの追跡をうけたとき、ひとりがほてい屋百貨店へとびこんで、あの「まぼろしの怪人のへや」のなかへ、なにくわぬ顔をして、スーツ・ケースをおいといたのだ。

それとはしらず探偵小僧の御子柴くんが、わざわざまぼろしの怪人のところまで、運んでやったわけである。探偵小僧はまえにもいちど、まぼろしの怪人に利用されたことがある。それだけに御子柴くんの怒りと腹立ちは、このうえもなく大きかった。

だが、こうして、白昼の銀行強盗もまぼろしの怪人一味のしわざとわかったが、わからないのは桑野さつきの殺人事件である。

さつきのへやはくまなく捜索《そうさく》されたが問題の『地中海の星』はどこからも出てこなかった。だから、その宝石をうばうために、まぼろしの怪人が部下にやらせた仕事とみられないこともないが、それにしては三面鏡《さんめんきょう》のうえに書きのこしてあった、「復讐《ふくしゅう》第一号」の血文字はなにを意味するのだろうか。

八号室の客

赤坂山王にあるヤマト・ホテルの二階七号室で、殺人事件があってから二日のち、もっと正確にいうと八月二十日の夜十一時ごろ、ホテルの正面入口からはいってきたひとりの紳士がある。

年のころは五十五、六、でっぷりふとって背もたかく、いかにも一流の実業家らしいようすで、あとからついてきた運転手がかついでいるトランクに、外国のラベルがいちめんにはりつけてあるところをみると、ちかごろ世界漫遊《まんゆう》からかえってきた人らしい。

紳士はつかつかと帳場《ちょうば》のそばへよると、

「さっき電話でへやを申しこんでおいたものだが……」

「ああ、早川《はやかわ》さんで、いらっしゃいますね」

と、うやうやしく帳場のなかからむかえたのは、権藤支配人である。

「ああ、そう」

と、早川紳士は、おうようにうなずいた。

「たしか二階がご希望のようでしたが……」

「ああ、一階はうるさくてかなわんし、三階以上は、エレベーターがとまったとき、階段のあがりおりが、やっかいだからな」

「とんでもない。当ホテルでは、エレベーターがとまるようなことは、絶対にございませんよ」

「いや、そりゃあそうだろうが、このあいだ、ニューヨークでとても困ったからな」

「ああ、アメリカからのおかえりで？」

と、権藤支配人はトランクにはったラベルに目をやった。

「ああ」

「ニューヨークでお困りになったとおっしゃるのは……？」

「いやね。あいにく、エレベーターの操作がかりのストライキにぶつかってね。わたしはホテルの八階にとまっていたんだが、八階までの階段のあがりおりには難渋《なんじゅう》したよ。だから、こんごいっさい、二階よりうえへはとまらんことにきめたんだ」

「ああ、そうそう、そんなことがこのあいだ新聞にのっておりましたね。そりゃお困りでしたでしょう。ちょうど二階におへやがあいておりましたので、さっきのお電話をうかがってとっておきました。八号室ですがいかがでしょうか」

と、権藤支配人はあいての顔色をうかがっている。八号室といえば、殺人事件のあったへやのとなりである。

「いや、八号だって九号だっていいよ。二階ならね」

と、すましているところをみると、このひとは殺人事件のことはしらないらしい。

「そうですか、それじゃさっそくご案内させましょう」

と、権藤支配人があいずをすると、すぐボーイがとんできた。

「このかたを二階へご案内しなさい。八号室だ」

と、権藤支配人がなにか意味ありげに目くばせしたのは、殺人事件のことはいってはならぬということだろう。

ボーイも心得《こころえ》たもので、

「はあ、それでは……」

と、運転手からトランクを受け取ると紳士が記帳《きちょう》のおわるのを待っている。

紳士が宿泊者名簿に署名したところをみると、名前は早川純蔵《じゅんぞう》といい、年令は五十六才、職業は骨《こっ》とう商《しょう》とある。おそらく日本の骨《こっ》とう品《ひん》を外国へ売りあるく商売なのだろうと、権藤支配人は推量した。

「やあ、ご苦労、ご苦労」

早川紳士は送ってきた運転手に料金を支払ったが、よほどチップをはずんだとみえて、運転手は米つきバッタみたいに、ペコペコしながら立ち去った。

それをみてホテルのボーイも、よきお客ござんなれ、じぶんもチップにありつこうと、トランクをかついで二階の八号室へ案内する。

「ああ、ご苦労だった。トランクはそこへおいといてくれたまえ。ときに両どなりともお客さんがいるんだろうねえ」

「ええ、それが……」

と、ボーイがちょっと返事に困ったのは、七号室は警察の命令で、いまのところあいているのである。しかし、早川紳士はべつにふかい意味があって聞いたのではないらしく、

「じゃ、これを」

と、多額のチップをにぎらせたので、ボーイは平身低頭《へいしんていとう》せんばかり、となりの寝室だのバスだのトイレだの説明して、

「それじゃ、ご用がございましたら、そこのベルを押してください」

「いや、もう今夜は用はないよ。バスにはいってゆっくり寝るだけだ」

「ああ、そう、それではおやすみなさいまし」

と、ボーイが出ていくと、早川紳士は、ドアの内側からかぎをかけ、なにか耳をすましているようすだったが、やがて浴室へはいって湯のせんをひねった。

そして、またへやへかえって、なにか考えごとをしながら、葉巻《はまき》を吸っていたが、やがてバスに湯がいっぱいになったようすに、やおら立ちあがって、また浴室へはいっていった。はたしてバスがいっぱいになっていたので、せんをひねって湯をとめると、そのままはだかになってバスへはいるのかと思いのほか、もういちどへやへとってかえすと、やっこらさと、トランクを肩にかつぎあげた。

いったい、トランクをかついでどこへいくのかと

思っていると、そのまま浴室へはいっていって、なかからガチャリと掛《か》け金《がね》をかけた。

奇妙奇妙。このひとはふろへはいるのにいちいちトランクをかつぎこむのか。それともへやのなかへ残しておいては、盗まれるとでも思っているのか。ドアには内側からかぎがかかっているのに。

押し入れの中

それから半時間ほどのち、ヤマト・ホテル二階八号室の浴室のドアが内側から開いて、そこからヌーッと顔をのぞけたのは、なんと、早川紳士とは似ても似つかぬ男ではないか。

さっきもいったとおり、早川紳士は五十五、六の、でっぷりふとって血色のよい老人で、頭の髪なども銀灰色《ぎんかいしょく》をしていたのに、いま浴室から出てきた男は、やっと三十になるやならずの年ごろの、脊《せ》こそたかいがやせぎすの、鼻もあごもほお骨《ぼね》も、ピーンととがった男である。髪の毛などもくろぐろと、カラスのぬれ羽色《ばいろ》である。それに多少やぶにらみだ。

それでは、この八号室には早川紳士がはいってくるまえに、この男がしのびこんでいたのであろうか。いや、いや、そうでないらしい。やぶにらみの男が出てきたあとの浴室には、だれも残っていないのである。

わかった。わかった、早川紳士は浴室のなかで変装して、やぶにらみの男にかわったのだ。いや、やぶにらみの男が早川紳士に変装していたのかもしれない。いや、いや、早川紳士もやぶにらみも、両方ともだれかの変装かもしれぬ。

ああ、ひょっとするとこの男こそ、まぼろしの怪人ではあるまいか。そうだ、そうだ、まるで人がかわったように、こんなにじょうずに変装できるのは、まぼろしの怪人以外にはないはずだ。おそらくあのトランクのなかには、変装道具がぎっちりつまっているのであろう。

それにしても、まぼろしの怪人はこのホテルに、いったいなんの用事があってきたのだろう。桑野さつきのダイヤモンド、『地中海の星』ならば、怪人の部下がうばったはずなのに。

やぶにらみの男にばけたまぼろしの怪人はいすに腰をおろして、すっぱすっぱと、葉巻をくゆらせている。葉巻をくゆらせながらも、ときどき、ガウンのポケットから、懐中時計を出してみるのは、だれかを待っているのか。それとも夜のふけるのを待っているのではあるまいか。どうやらあとのほうらしい。

とうとう怪人の待っている時間がやってきた。時刻はまさに午前一時。さすが人の出入りのはげしいホテルも、午前一時ともなれば、しいんと静まりかえっている。

やぶにらみの男はいすからすっくと立ちあがると、身にまとっていたながいガウンをぬぎすてた。と、その下に着ているのは、ぴったり身についた総タイツ。しかも上から下までまっ黒である。

まぼろしの怪人はツツーとすり足でドアのそばまでいくと、とってをにぎって、じいっと外のけはいをうかがっている。見ると腰にバンドをまきつけ、そのバンドには皮のサックがぶらさがっている。

まぼろしの怪人はしばらくおなじ姿勢で、外のようすをうかがっていたが、やがて安心したのかかぎをひねって、そろそろドアをひらいて外をのぞいた。廊下には人のすがたはさらにない。

まぼろしの怪人は、ひらりとドアからとびだすと、用心ぶかくあとをしめて、ぴったり壁に背中をくっつけたまま、となりの七号室のほうへにじりよっていった。

七号室のドアにはもちろんかぎがかかっている。しかし、まぼろしの怪人にかかっては、そんなことは問題ではない。腰のサックから取りだした万能《ばんのう》かぎで、しばらくかぎ穴をガチャつかせていたが、ものの一分もたたぬうちに、なんなくドアがひらいて、まぼろしの怪人はすばやくなかへすべりこんだ。

七号室のなかはまっ暗《くら》である。まぼろしの怪人はぴったりドアをしめると、しばらく外のようすをうかがっていたが、やがて、腰のサックから取りだしたのは懐中電灯である。むろん、スイッチをひねれば電気がつくのだけれど、もし、ボーイが通りかかって、あやしまれるのをおそれたのである。

まぼろしの怪人は懐中電灯の光でへやのなかを見まわすと、やがてつぎのドアへすすんでいった。そのドアにもかぎがかかっていたが、まぼろしの怪人の手にかかると、これまたぞうさなく開いた。

そのドアのおくは桑野さつきの殺されていたへや

である。

まぼろしの怪人は、そのへやへはいると、懐中電灯の光で、ずらりとあたりを見まわしたが、やがてベッドのそばへすすんでいった。

そして、わらぶとんをめくってみたり、頭部やあしもとの金具をたたいてみたり、さてはベッドのあしを一本一本、調べてみたりしているところをみると、どうやらダイヤモンドをさがしているらしい。

そうすると、まぼろしの怪人の部下は、ダイヤモンドを盗みそこなったのであろうか。はたして、

「ほんとにばかなやつだ。あいつが人殺しをしようとは思わなかったよ。人殺しをしたうえに、ダイヤモンドを手に入れそこなうなんて、なんてとんまなやつだろう」

ぶつくさと口のうちで、つぶやきながら、こんどは備えつけの化粧《けしょう》ダンスをしらべはじめる。

「警視庁に手をまわして調べたところでは、警察でもダイヤモンドは手に入れておらんのだ。そうすると、たしかにこのへやにあるはずなんだが、あの女め、どこにダイヤモンドをかくしおったのか」

化粧ダンスのなかにもダイヤモンドはなかった。

まぼろしの怪人は思案顔《しあんがお》で寝室のなかを懐中電灯で見まわしていたが、ふと目についたのはへやの一隅《いちぐう》にある押し入れである。

まぼろしの怪人は足音もなく、その押し入れのまえへちかよると、そっとドアをひらいたが、とたんにあっと叫んで立ちすくんだ。押し入れのなかからまっ正面にうけた懐中電灯の強い光に、いっしゅん目がくらんだのである。

「うぬ、だれだ！」

と、まぼろしの怪人もさっと押し入れのなかへ懐中電灯の光をむけたが、なんとそこに立っているのは探偵小僧の御子柴くん。

探偵小僧は左手に懐中電灯、右手にピストルをにぎっている。

「お、おのれ！　探偵小僧！」

と、まぼろしの怪人はおもわず歯ぎしりをして、するどく叫んだ。

非常ベル

「あっはっは、まぼろしの怪人さん。やっぱりこの

へやへたずねておいでなすったね」

　探偵小僧の御子柴くんは、白い歯を出してにこにこ笑った。

　とうとう、このまぼろしの怪人をとりおさえた探偵小僧は、うれしくてうれしくてたまらないのである。しかし、あいての神出鬼没《しんしゅつきぼつ》の活躍ぶりを、だれよりもよくしっている探偵小僧は、

けっしてゆだんはしていない。手錠《てじょう》をはめてしまうまでは、ぜったいに気を許すことのできないあいてであることを、探偵小僧はよくしっている。

「まぼろしの怪人、手をあげたまま三歩うしろへさがってください」

「ううむ」

　と、やぶにらみのまぼろしの怪人は、くやしそうにやぶにらみの目で、探偵小僧をにらみつけたが、飛び道具にはかなわない。両手をうえにさしあげたまま、いわれるとおり、三歩うしろへあとずさりした。

「それにしても探偵小僧、きさま

どうしておれがここへくることをしっていたのだ」

「ゆうべだれかがこのへやへしのびこんで、そこらをひっかきまわしていったのでね」

「なに？」

「さっき、あなたはひとりごとをいってましたね。あいつが人殺しをしようとは思わなかった。人殺しをしたうえに、ダイヤモンドを手に入れそこなうなんて、なんてとんまなやつだろうって……。きっと、そのとんまなやつがもういちど、このへやのなかをさがしにきたのでしょう。と、いうことは、まぼろしの怪人は、まだダイヤモンドを手に入れていないということを意味しています。とすれば、いまにきっと首領のあなたが、じきじきご出馬とくるにちがいないと思ったんです」

「なるほど、きさまなかなか頭がいい。それでおれをどうする気だ」

「いや、これから非常ベルを鳴らします。そうすればホテル中のひとびとがここへ集まってきます。そうなれば、いくらあなたがまぼろしの怪人だって、逃げだすことはできますまい」

さては三津木俊助や等々力警部、また警官たちはきていないのかと、まぼろしの怪人は心のなかでにやりとわらった。
探偵小僧はゆだんなく、あいてのからだに懐中電灯の光を向けたまま、じりじりと壁のほうへよっていく。探偵小僧の御子柴くんはあらかじめ非常ベルの位置をしらべておいた。それはへやのすみにそなえつけてあり、そこからひもがぶらさがっているのである。
しかし、へやのなかがこう暗くては、ひもをさがすのにやっかいである。うっかり懐中電灯の光を、まぼろしの怪人から、ほかへうつすと、そのすきに、あいてがなにをやらかすかわからない。
探偵小僧の御子柴くんとまぼろしの怪人は、にらみあったへやのなかでじりじりと半円をえがいた。いまや探偵小僧の御子柴くんは寝室のドアのところに立っている。電気のスイッチはそのドアの、すぐ右のところにとりつけてある。

探偵小僧の御子柴くんは、ぴったり壁に背中をくっつけて、スイッチの位置をさがしたが、すぐにボタンの突起が背中にさわった。そのボタンを背中でつよくぐいと押すと、カチっと音がして、パッとへやのなかに電気がついた。

探偵小僧は総タイツのまぼろしの怪人をみると、白い歯を出してにやりとわらった。

「あっはっは、まぼろしの怪人さん、まるで外国の映画みたいなすがたですね」

そういいながら、怪人が腰にまいた皮のバンドに目をつけると、

「怪人さん、そのバンドをはずしてベッドのうえへ投げだしてください。ただし、そのサックのほうへ手をやると、ズドンと一発うちますよ」

そのサックのなかにはピストルがはいっているのである。

「ち、ちくしょう」

まぼろしの怪人はくやしそうに歯ぎしりしながら、バンドをはずして、ベッドのうえに投げだした。

「ありがとう、怪人さん、それじゃもういちど位置をかえましょう。非常ベルのひもはベッドのそばにぶらさがっているのですから」

怪人はベッドのまくらもとから、五十センチほどはなれたところにぶらさがっているひもを見ると、またくやしそうに歯ぎしりをした。

「おい、探偵小僧、ものは相談というが、ここでひとつ取引《とりひき》をしないか」

「どんな取引ですか」

「おれをこのまま逃がしてくれたら、桑野さつきを殺した犯人を、おまえに引きわたしてやる」

「あなたは部下をうらぎろうというのですか。じぶんの命がたすかりたいばっかりに……」

まぼろしの怪人はぐっとつまったが、

「しかし、探偵小僧、そいつはとても危険なやつなんだぜ。桑野さつきのほかにもうふたり、女を殺そうとたくらんでいるんだ」

「復讐《ふくしゅう》第二号と第三号ですか」

「そうだ、そうだ。その女たちを助けようと思えば、桑野さつきを殺した犯人をいっこくもはやく、つかまえるより方法はない。それにはおれを見のがしてくれれば……」

「それはだれですか。ねらわれているふたりという

のは？」

「それはいえない」

「そう、それではぼくもその相談にのるのはよしましょう」

「おい、探偵小僧！」

まぼろしの怪人はおもわず声を出してさけんだが、じりじりと半円をえがいてもういちど、ふたりの位置をかえた。探偵小僧は、そのときすでに非常ベルの下に立っていた。探偵小僧はまぼろしの怪人の胸《むな》板《いた》にピタリとピストルの銃口をむけたまま、左手で非常ベルのひものはしをにぎりしめた。

「おい、た、探偵小僧！」

と、まぼろしの怪人は絶叫《ぜっきょう》したが、探偵小僧がようしゃなく、非常ベルのひもをひいたからたまらない。たからかに鳴りわたる非常ベルの音が、ホテルいっぱいにとどろきわたった。

やぶにらみの客

「おのれ！」

と、まぼろしの怪人は歯ぎしりしたが、かれもまたさるものである。非常ベルの下から長方型のじゅうたんが、押入《おしい》れのまえまでつづいているのを、いちはやくみてとっていたのである。

非常ベルのひもをひくとき、探偵小僧はそのじゅうたんのはしに立っていた。まぼろしの怪人は、左足をじゅうたんの外の床におき、右足だけをじゅうたんのはしにおいていたが、探偵小僧が非常ベルのひもをひいたとき、右足でじゅうたんをひっかくように、つよくこちらへけったのである。

まぼろしの怪人の足の力はすばらしかった。だしぬけに足もとのじゅうたんをむこうへ引かれて、探偵小僧はおもわずよろめいた。そのしゅんかん、さっと身をかがめたまぼろしの怪人が両手でつよくじゅうたんをひっぱったからたまらない。探偵小僧はあおむけざまにひっくりかえった。

まぼろしの怪人は両手ににぎったじゅうたんのはしを、パッと探偵小僧のからだにかぶせて飛鳥《ひちょう》のごとく身をひるがえすと、ドアをひらいて表《おもて》のへやへ、——さらにそこから廊下へとびだすと、さいわい廊下にはまだ人影はみえなかった。まぼろしの怪人がとなりの八号室へとびこんだしゅんかん、

「七号室だ！　七号室だ！　また二階の七号室でなにかあったのだ！」

わめきながら、階段をあがってきたのは、宿直《しゅくちょく》のボーイや事務員たちだ。それからあちこちのドアがひらいて、宿泊客が不安そうな顔を出したが、それは非常ベルが鳴りだしてから、かなり時が経過していた。

それというのもむりはない。時刻はまさに一時半。いちばん熟睡《じゅくすい》しているころである。

あおむけざまにひっくりかえった探偵小僧の御子柴くんは、顔のうえからパッとじゅうたんをかけられたひょうしに、目の中へゴミがはいって、

「ちくしょう、ちくしょう！」

と、じだんだふんでくやしがったが、目がひらかないのではしかたない。

やっと目のなかのほこりがとれて、

「おのれ、まぼろしの怪人！」

と、さけびながら表のへやへととびだしたところへ、夜勤《やきん》のボーイや宿直の事務員がなだれこんできた。

「あっ、き、きさまはだれだ！」

「やあ、こいつはおとといの晩もこのへやへしのびこんでいた小僧ではないか」

「かえすがえすも怪しいやつだ」

「ちがいます。ちがいます。ぼくは新聞社の給仕《きゅうじ》です。いまここへまぼろしの怪人がしのびこんできたんです。やぶにらみの男にばけていますからさがしてください」

「なに、やぶにらみの男……？」

と、あとからかけてきた二階つきのボーイが、

「それじゃ六号室の客が……」

「えっ？　じゃ、となりの六号室に、やぶにらみの客が、泊まっているんですか」

と、探偵小僧がせきこんでききかえしているところへ、支配人の権藤さんがかけつけてきた。

「ああ、御子柴くん、またなにかあったのかね」

「ああ、マネジャー、まぼろしの怪人がやぶにらみの男に変装して、またこのへやへしのびこんできたんです。そして、となりのへやにやぶにらみの客が泊まっているというのです」

「ああ、そう、それじゃ川本《かわもと》君、警視庁の等々力警部に電話をしたまえ。すぐにこちらへくるようにっ

て」

「はっ！」

と、こたえて川本事務員はすぐに階下へ走っていったが、ほかのボーイがふしぎそうに、

「支配人さん、しかし、この小僧は……？」

「なあに、これは新日報社の探偵小僧といって、なかなか勇敢な少年なんだ。ぜひひと晩、だれにもないしょでこのへやへ、泊めてくれというので泊めてあげたんだ。どうせ警察の命令で、当分だれも泊めることのできないこのへやだからね」

「支配人さん、そんなことよりとなりの六号室を調べてみましょう」

「ああ、そうだ」

一同は七号室を出て、となりの六号室のまえまできたが、ドアはぴったりしまっていて、

「もしもし、お客さん、ちょっと起きてください。もしもし、お客さん」

と、ボーイがノックをして声をかけても、なかからはなんの返事もない。

「ボーイさん、そのやぶにらみの客というのは、いったいどんな人相でした」

ボーイがかようしかじかと答える人相は、たしかにさっきのまぼろしの怪人にちがいない。

「それじゃ、やっぱりそいつです。もっと強くドアをたたいてください」

ボーイがどんどんドアをたたいてさけんでいると、さっきまぼろしの怪人の逃げこんだ八号室のドアがひらいて、顔を出したのはちかごろアメリカからかえってきたと自称する、骨《こっ》とう商《しょう》の早川純蔵氏である。

「いったいどうしたんですか、この騒ぎは……？さっきの非常ベルといい……そうぞうしくて寝られませんが」

「ああ、どうもすみません。ちょっとしたまちがいが起《おこ》りまして……もうこれ以上の騒ぎは起しませんから、どうぞごゆっくりとおやすみください」

「頼むよ、ほんとうに。わたしはつかれているのだから」

なかから八号室のドアをとじた早川純蔵氏は、にやりと笑って電気を消した。

昔々あるところに

警視庁の等々力警部が、数名の部下をひきつれ、どやどやとかけつけてきたのは、それから三十分ほどのちのことである。

「おお、探偵小僧、おまえこんなところでなにをしているのだ」

「ああ、警部さん、じつは……」

と、探偵小僧はいちぶしじゅうを説明すると、

「だから、まぼろしの怪人がやぶにらみの客に化《ば》けて、この六号室へ泊まりこみ夜のふけるのを待って、七号室へしのびこんできたんです。それをもう少しのところで逃がしてしまって……」

「それで、この六号室を、調べてみたのか」

「そういうわけにはいきません。ちゃんと宿泊料もちょうだいしているので、みだりにお客さんのへやへふみこむわけにはいきませんからね」

と、そばから口を出したのは支配人の権藤さんである。

「よし、それじゃぼくが命令する。いまただちにこのドアをあけたまえ」

「はっ、承知しました」

ホテルでは客にかぎをわたすと同時に合いかぎを帳場《ちょうば》で用意している。客がかぎを紛失《ふんしつ》したら困るからである。

権藤さんがドアをひらくとなかはまっ暗《くら》である。スイッチをひねると。パッと電気がついたが、もちろんへやのなかにはだれもいない。おくの寝室をのぞいてみると、裏庭に面した窓があいている。

「あっ、この窓から逃げた」

探偵小僧は、窓のそばへかけよって、外をのぞいたが、むろん、だれのすがたもみえなかった。

「おい、探偵小僧、まぼろしの怪人の着ていた総タイツというのはこれではないか」

と、等々力警部が、ベッドのうえからつまみあげた、まっ黒な総タイツをみて、

「あっ、これです、これです。ちくしょう。ぼくがまごまごしているあいだに、怪人め、このへやへ逃げこんで、なかからドアにかぎをかけ、いそいで総タイツをぬいで、洋服に着かえ、この窓から雨《あま》どいをつたって逃げだしたんです」

なるほど、探偵小僧のいうことはほんとうらしかった。刑事が調べたところによると、雨どいのといのつぎめに、茶色の服地のきれはしが、ひっかかっていたが、それはあきらかに、やぶにらみの客のきていた洋服とおなじきじらしかった。また、その窓の下から、点々とくつの跡がつづいていたが、そのくつ跡はひとけのない裏《うら》べいのところできれている。しかも、だれかがそのへいをのりこえたらしいことは、なすくったようについている土の跡でもうかがわれるのである。

宿帳《やどちょう》にしるされたやぶにらみの客の名前を調べてみると、橋住小澄《はしずみこすむ》となっており、職業は著述業とあったが、そんなことはでたらめにちがいない。権藤支配人の話によると、やぶにらみの橋住小澄がやってきたのは、十時ごろのことだという。かれは六号室へ案内されると、それきりそこにとじこもっていたらしくだれもすがたを見たものはないが、おそらく深夜の一時ごろまでそこでチャンスをうかがっていたのだろう、ということになった。

こうして探偵小僧の御子柴くんは、せっかくまぼろしの怪人をわなにかけながら、わずかのゆだんで取りにがしたそのくやしさ、残念さ、腹の底がにえかえるようであった。

「なるほど、そうすると、まぼろしの怪人の話では、桑野さつきを殺した犯人はあともうふたり女をねらっているというんだね」

と、そこは新日報社の会議室である。探偵小僧がまぼろしの怪人を取りにがしたその翌日の昼過ぎのこと、会議室には社長の池上三作氏と山崎編集局長、それから三津木俊助と探偵小僧の御子柴進がひたいをあつめて密議《みつぎ》をこらしているのである。

「はあ、怪人は、たしかにそういいました」

「しかし、ねらわれている女の名前はいわなかったんだね」

「ええ、三津木さん、いまからかんがえると、ぼくくやしくてしかたがありません。あのとき、ぼくがもう少しうまくやれば、怪人はその名前をいったかもしれないんです。ぼくがすこし功《こう》をいそぎすぎたもんですから」

「これは容易ならんことだが、しかし、正体不明の復讐鬼《ふくしゅうき》が、もうふたり女をねらっているということが、わかっただけでも役に立つ。探偵小僧、そう気を落《おと》さなくともよい」

と、なぐさめているのは池上社長。

「しかし、探偵小僧、まぼろしの怪人はそうすると、まだ『地中海の星』を手に入れていないらしいんだね」

「そうらしいんです。おとといの晩も、だれかが七号室をひっかきまわしていったという話を、支配人の権藤さんからきいたので、さてはと思ってぼく、ゆうべ七号室であみを張っていたんですが……」

探偵小僧がいまさらのように、くちびるをかみしめているとき、ドアをノックしてはいってきたのは、探偵小僧とおなじ給仕《きゅうじ》である。

「御子柴くん、いま変なじいさんが大至急この手紙を、君にわたしてくれとおいていったぜ」

「ぼくに手紙を？」

と、探偵小僧が手にとって、差出人《さしだしにん》の名前をみると、なんと橋住小澄とあるではないか。橋住小澄とは、ゆうべのやぶにらみの客がつかった名前である。

探偵小僧はいそいで封《ふう》を切って、なかみに目を走らせていたが、おわりまで読むと、

「ちくしょう、ちくしょう、まぼろしの怪人め！」

と、おもわず両のこぶしをふりまわした。探偵小僧がくやしがるのもむりはない。そこにはこんなことが書いてあるのだ。


昔々あるところに、まぼろしの怪人というかしこい人がおりました。まぼろしの怪人はまずやぶにらみに変装して、夜の十時ごろヤマト・ホテルに出向いていって、二階六号室をかりました。かしこいまぼろしの怪人は、六号室へはいると、なかからドアにかぎをかけ、まっ黒な総タイツをベッドのうえへ投げだしておき、窓から雨どいをつたって下へおり、へいをのり越えてホテルの外へ出ました。そのときわざと雨《あま》どいのつぎめに、洋服のきじの一部分をひっかけておいたのです。

それから一時間のち、まぼろしの怪人は五十五、六の紳士に変装して、ふたたびヤマト・ホテルへやってきました。そしてこんどは二階の八号室をかりうけると、そこでもういちど、やぶにらみの男に変装すると、六号室のベッドのうえに投げだしておいたとおなじ総タイツに身をやつし、七号室へしのびこみました。

しかし、そこには探偵小僧というかしこい少年が待ち伏せしていました。まぼろしの怪人はまったくあぶなかったのですが、やっとのことで七号室をにげだすと、すばやく八号室へにげてかえって、また、五十五、六の老紳士に変装しました。

それとはしらぬ探偵小僧は、まぼろしの怪人は六号室の窓から逃げたものだとばかり思いこんで、それ以上ホテルの客を調べようとはしませんでした。おかげでまぼろしの怪人は、朝までぐっすりよく眠って、つぎの朝ゆうゆうとホテルを出ていったのです。

なお、やぶにらみの男の名《な》のっていた名前のわきに、番号をふっておきますから、番号の順によんでごらんなさい。

④③⑤①②⑥⑦
はしずみこすむ

なんと、おもしろいお話ではありませんか。めでたし、めでたし。

うりふたつ

そこがどこだかわからない。とにかく窓もなにもない四角なへやで、コンクリートの壁がむきだしになっており、なにひとつ装飾もないところをみると、どこかの地下室かもしれぬ。そういえば外部からなんの音響もきこえてこない。

このへやの一隅《いちぐう》に、アーム・チェアがおいてあり、そのアーム・チェアに、男がひとり腰かけている。その男は両手をいすの腕木《うでぎ》において、まっすぐからだをおこし、大きな目を開《ひら》いてまっ正面をみつめている。まっかなセーターを着てズボンはマンボ・スタイルである。としは三十五、六だろうか、ひげむしゃで、鼻があぐらをかいており、おそろしく出《で》っ歯《ぱ》である。おまけにとがった右のほお骨《ぼね》のうえに大きなほくろがひとつある。そしてひたいに細い鉢巻《はちまき》をしている。

それにしてもその男は、さっきから身動きひとつしなければ、まばたきさえもしないのである。まるで人形のように、からだをかたくしているが、死んでいるのでない証拠には、すこし荒《あ》らい息使いの音がきこえるのである。

わかった、わかった、この男はある特殊な眠り薬で眠らされているのだ。目を見開いたまま眠りこけているのだ。そして、背中に通した棒にひたいをしばりつけられているので、いやでもしゃんとすわっていなければならないのだ。ひたいの鉢巻とみえたのは、棒にゆわえつけられたひもである。

さて、その男のそばに散髪屋《さんぱつや》でつかうようないすがあり、そのいすのうえに男がひとりあお向きに寝ている。そして、まるで散髪屋の職人が、客のひげをそるようなかっこうで、寝《ね》いすの男の顔をいじっているのは、なんとヤマト・ホテルへやってきた早川純蔵という老紳士、すなわちまぼろしの怪人である。

まぼろしの怪人はなにをしているのか、かたわらのアーム・チェアの男の顔をながめては、寝いすの男の顔を、いじっている。そして、ときどき、二、三歩うしろへさがっては、アーム・チェアの男と、寝いすの男の顔を見くらべていたが、一時間ほどするとやっと満足がいったのか、

「おい、仲代君《なかしろ》、でき上がったぜ」

と、そういいながらまぼろしの怪人が、ギーッと寝いすを起《おこ》してやると、なんとそこに起きなおったのは、かたわらのアーム・チェアで眠っている男と、そっくりおなじ顔をした男ではないか。

ひげむしゃで、鼻があぐらをかいているところといい、おそろしく出っ歯であるところといい、とがったほお骨のうえに大きなほくろがあるところといい、なにからなにまで気味悪いほど、そっくりおなじ顔である。

「さあ、この鏡を見てごらん」

まぼろしの怪人にわたされた手鏡のなかをみて、仲代とよばれた男は、おもわずううむと口のなかでうなった。そして、なんどもなんどもアーム・チェアの男の顔と見くらべていたが、

「先生、ありがとうございます。これでぼくはアサヒ映画、多摩川《たまがわ》撮影所のライト係、古沼光二《ふるぬまこうじ》というわけですね」

「そうだ、そうだ、そこに寝ている男のセーターとマンボ・ズボンを借用すれば、君はライト係の古沼光二として、自由にアサヒ映画のスタジオへ出入り

をすることができるのだ」

「そして、そして、あのにっくき大スター衣川《きぬがわ》はるみに接近することができるのだ！」

と、古沼に変装した仲代が目をいからせて、バリバリと歯がみをすれば、

「おっといけない、仲代君、そんな表情をすればばけの皮がはげるぜ。古沼光二というのは、仕事の腕はたしかだが、無口なかわりもので、のっそりとうあだ名《な》があるくらいだからな」

「承知しました。そんならこんな調子ではどうですか」

　寝いすから立ちあがった仲代が、ゴリラのようなかっこうで、のそりのそりと歩いてみせると、

「その調子、その調子」

と、まぼろしの怪人は両手をうってかっさいした。

　それにしても、まぼろしの怪人と仲代青年は、いったいなにをたくらんでいるのか。ひょっとすると、いまをときめく人気スター、衣川はるみの身辺に、いまや危険がおよぼうとしているのではあるまいか。

「人魚の涙」

「まあ、これが有名な『人魚の涙』という名の首飾りなのね。まあ、なんてすてきなんでしょう」

と、おもわず、感嘆《かんたん》の声をはなったのは、いまをときめく大スター、アサヒ映画のトップ女優衣川はるみである。

　そこはアサヒ映画、多摩川スタジオの楽屋である。楽屋といっても、アサヒ映画の人気を、一身にせおって立つほどの衣川はるみのへやだから、そのぜいたくなことは、ちょっとした高級アパートくらいのねうちはある。

　そのぜいたくな楽屋のなかの、三面鏡《さんめんきょう》のまえにこしをおろして、いましもはるみがほれぼれと見とれているのは、世にもみごとな真珠《しんじゅ》の首飾りである。それは粒《つぶ》よりの真珠をつらねたもので、その高貴な光沢《こうたく》といい、なめらかなはだざわりといい、衣川はるみのような女性に、ためいきをつかせるには十分の魅力をもっている。

「これ、銀座の天銀堂《てんぎんどう》にございましたのね」

「ああ、そう、もとは有島伯爵家《ありしまはくしゃく》の家宝だったんだが、ちかごろ天銀堂を通じて売りに出てるんだ。しかし、なにしろ一千万円というのじゃ、ちょっと買い手がつかないやね」

「まあ、一千万円」

と、はるみはほっとため息をついて、

「でも、これだけの首飾りなら一千万円といわれても、なるほどそうかと思うわね。それで、これ、天銀堂から借りてきてくだすったのね」

「ああ、そう、なにしろ石田《いしだ》監督ときたらこり性《しょう》だからね。こんどの映画で君が身につける宝石類なども、まがいものじゃぜったいにいやだというんだ。ことにあの舞踏会のシーンは、いちばんたいせつなところだから、ぜんぶほんものの宝石を身につけさせろというもんだから、しかたなしに天銀堂にたのんで、この『人魚の涙』を借りてきたんだ。だから君も気をつけて、紛失《ふんしつ》しないようにしてくれなきゃこまるぜ」

「まあ、こわいみたいだわね。でも、本多《ほんだ》さん、万一……ほんとに万一のことですけれど、これが紛失したばあいはどうなるんですの」

「いや、そういうばあいにそなえて、一千万円の盗難保険はつけてあるが、保険がつけてあるからって、かりそめにも粗末《そまつ》にしてくれちゃこまるぜ。金銭の問題よりも信用の問題だからね。万一、これが紛失でもしてみろ、アサヒ映画の信用ゼロになるからね」

「承知しました。それじゃ、命にかえてもだいじにしますわ。ほっほっほ、たいへんなことになってきたものね」

と、衣川はるみはいかにもだいじそうに『人魚の涙』にほおずりしながら笑ったが、あいての男は笑わなかった。ただむっつりとくちびるをむすんで、いかにも心配そうにはるみの手にした真珠の首飾りを見まもっている。

この男は本多達雄《たつお》といって、アサヒ映画社でもいちばんのうできといわれるプロデューサーなのだ。プロデューサーというのは、映画の企画をたてて、出演俳優の交渉から、監督の選択、その他いっさいひきうけてやる、一種の総監督みたいなもので、一本の映画をつくりあげて会社にひきわたすまでは、いっさいプロデューサーの責任になっている。

こんど本多プロデューサーがつくろうという映画は、国際スパイをえがいた作品で、この映画の女主人公、すなわち、女スパイに扮装《ふんそう》する衣川はるみは、ふんだんに宝石を身につけて出演することになっている。
ところがこの映画の監督にえらばれた石田治郎《じろう》というひとは、ふだんからこり性で有名な監督だが、ことにこんどの企画が気にいって、映画のなかにうんとぜいたくなふんいきを出したいというのである。それには女主人公の身につける宝石類なども、まがいものじゃいやだというので、さてこそ本多プロデューサーが銀座の宝飾店、天銀堂に交渉して、時価一千万円という真珠の首飾り『人魚の涙』という名《な》まえまでついている有名な宝石を借りてきたのである。
「衣川君、ほんとにじょうだんじゃないぜ。もし、その首飾りに万一のことでもあってみろ。おれは切腹《せっぷく》ものだぜ」
本多プロデューサーは、心配そうに、はあはあと肩でいきをしている。このひとの年令は五十前後で、頭はだいぶん白くなっているが、身長もゆたかに、あごが二重にくびれるほどもふとっているが、すこしふとりすぎのところがあって、なにか心配ごとがあると息ぎれがするのである。

「だいじょうぶよ、本多さん、撮影がすむまで、きっとあたしがだいじに保管しておきます」

「なにぶんたのむよ。なお念のためにいっとくがね。衣川くん」

「はあ」

「きみ、まぼろしの怪人って大《おお》どろぼうがいるの知ってるだろう」

「はあ、あの、それは……」

まぼろしの怪人ときくと、衣川はるみは、なぜかくちびるの色までまっさおになった。しかし、本多プロデューサーはそれをふかい意味にもとらずに、

「なんでも、その怪人が『人魚の涙』をねらっているという、うわさがあるんだ。だからなおのこと、気をつけてくれなきゃいかんぜ」

「はあ、あの、承知しました」

口ではあっさり答えたものの、本多プロデューサーが出ていったあと、衣川はるみはなんとなく、心細そうに真珠の首飾りを見ていたが、そこへはるみ専用の電話がかかってきた。

「はあはあ、こちら衣川はるみでございますけれど……ああ、新日報社の三津木俊助さま……はあはあ、お名まえはうけたまわっております。えっ、それから探偵小僧の御子柴さん……ええ、ええ、こないだ新聞でお名まえを拝見いたしました。ええ？　なんですって？　まぼろしの怪人のことについて、ぜひ聞きたいことがあるとおっしゃるんでございますか。あらまあ、ちょうどさいわい、こちらのほうでもそれについて、ぜひお話し申し上げたいことがございますのよ。はあはあ、それじゃこれから一時間ほどして、こちらへおいでくださいますのね。承知しました。では門衛《もんえい》にそう申しておきますから、ぜひぜひおいでくださいますように。ではのちほど……」

ガチャンと受話器をおいた衣川はるみは、ほっとしたようにひたいの汗をふいていたが、なに思ったのか、急にはっとしたように、へやをよこぎり、さっとばかりにドアを開いた。

と、そこに立っているのは、まっかなセーターにマンボ・ズボンをはいた男である。鼻があぐらをかいて、おそろしく出《で》っ歯《ぱ》のうえに、とがったほお骨《ぼね》

のうえに大きなほくろがあるのが印象的であった。

「なんだ、古沼の光《こう》ちゃんじゃないの、こんなところでなにしてるの？」

「うんにゃ、べつに……」

古沼の光ちゃんとよばれた男は、口のなかでなにやらもぐもぐいいながら、まるでゴリラのようなかっこうで、のそりのそりとむこうのほうへ歩いていった。

これがこのスタジオの名物男、ライト係の古沼光二なのだが……？

仲よし三人組

「やあ、はじめまして、ぼく三津木俊助です。こちらが有名な探偵小僧の御子柴進くん……」

「いやだなあ、三津木さん、有名だなんて……ぼく、ちっとも有名なんかじゃありませんよ」

「あら、まあ、でもこないだのヤマト・ホテルのお働き、新聞で拝見いたしましたわ。もう少しのところでまぼろしの怪人をお逃がしになったって、ほんとに残念でございましたわねえ」

三津木俊助から有名と紹介され、衣川はるみからおせじをいわれて、探偵小僧の御子柴くんは、すっかりてれきっている。

衣川はるみが本多プロデューサーから『人魚の涙』をあずかってから一時間ほどのちのこと、用心ぶかくドアをしめきったはるみの楽屋で、いまはるみとむかいあっているのは、いうまでもなく新日報社のうできき記者三津木俊助と、有名なる探偵小僧の御子柴くん。御子柴くんがヤマト・ホテルで、まぼろしの怪人をつかまえそこなってから、三日のちのことである。

「それで、さっきのお電話では、まぼろしの怪人のことについて、なにか、お話があるということでございましたけれど……」

「はあ、それについてちょっとおたずねしたいことがあってきたんですが、いま撮影は……？」

「いえ、撮影はあしたから始まることになっておりますの。打ち合わせもだいたいすみましたし、きょう一日はひまですから、どうぞごゆっくりと……」

と、さすがに人気商売だけあって、衣川はるみはおあいそがいい。

「ああ、そうですか、それでは……じつはおたずね申し上げたいというのはほかでもありません。先日ヤマト・ホテルで殺害された、桑野さつきさんのことですがねえ」

「はあ……」

と、答えた衣川はるみは、三津木俊助や探偵小僧とむかいあったテーブルの下で、ハンケチを八《や》つざきにせんばかりにもんでいる。

「実は、こちらのほうで調べたところが、あなたはトキワ音楽学校で、桑野さつきさんと同期生でいらっしゃいますね」

「はあ」

「しかも、同期生でいらしたのみならず、とても親友でいらしたと、うかがっているんですが……」

「そうですわね。仲が悪いほうではありませんでしたわねえ」

「ところで、そこまではわれわれも調査ができたのですが、ひょっとするとここにもうひとり、仲よしのひとがいたんじゃないかと、じつはそれについておたずねにあがったんですけれどね」

「三津木先生」

と、衣川はるみはきっと三津木俊助の顔を見て、

「しかし、どうしてそのようなことを調べておいでになるんですの。桑野さつきさんがああいう災難におあいになったのは、『地中海の星』のせいだと思っておりましたけれど、……つまり、まぼろしの怪人が『地中海の星』を盗もうとして、桑野さんを殺害したんだと思っておりましたけれど、そのことと、むかしのあたしどもの友情とのあいだに、なにか関係があるんでございましょうか」

衣川はるみの質問は、まことにもっともである。しかし、三津木俊助としても、まぼろしの怪人の部下のものが、宝石とはべつにもうふたり、女を殺そうとしているらしいなどとはいえなかった。そんなことをいえばただいたずらに、あいてをおびえさせるばかりかもしれないのである。

「いや、そのごふしんはごもっともですが、ここでは、ただ、ぼくの質問にだけ答えていただきたいんですが……あなたのほかにもうひとり、桑野さんに親友があったんじゃありませんか。それをお話し願いたいんですが……」

「なんのためにそんなご質問があるのか存じません

けれど、そうおっしゃれば、いま舞台に立って、ミュージカルの女王とうたわれていらっしゃる雪小路《ゆきこうじ》京子《きょうこ》さん、あのかたと桑野さんとあたしの三人が、仲よし三人組と、よくみなさんに、からかわれたものでございますの。しかし、そのことがなにか……？」

はるみはふしぎそうにまゆをひそめたが、それを聞くと三津木俊助は、

「なるほど、なるほど」

と、探偵小僧に目くばせをして、

「それでは、たいへん失礼なことをおたずねするようですが、その三人のかたがだれかにひどくうらまれていらっしゃる……と、そういうふうなおぼえはございませんでしょうか」

それを聞くと衣川はるみはさっといすから立ちあがった。見るとその顔は、まっさおになり、くちびるまでわなわなふるえていたが、それでも気位《きぐらい》の高い衣川はるみは弱身をみせじと、きっといたけだかにあいてを見おろし、

「まあ、なんて失礼なことを、そのような失礼な質問には、お答えすることはできません。あなたがたはあたしを侮辱《ぶじょく》するためにいらしたのですか。さあ、もう帰ってちょうだい！」

と、にわかにプンプンしだしたのは、なにか痛いところへさわられたのにちがいない。

ああ、このとき衣川はるみがすなおに俊助のことばを聞いて、昔の話をしておいたら、あのような災難にあわずにすんだであろうのに……。

黒衣の女王

石田治郎監督の国際スパイ映画「黒衣の女王」の撮影は、いよいよその翌日から開始された。

諸君もご存じのとおり、映画というものは、筋《すじ》をおってじゅんぐりに撮影されるものではない。セットやロケーションのつごうで、あとの場面をさきにとったり、いちばんはじめのシーンが、いちばんおしまいに撮影されたりするものである。

石田監督の「黒衣の女王」は、この映画の眼目《がんもく》ともいうべき舞踏会のシーンから、撮影が開始されることになった。

場面は東京ずい一《いち》といわれる大ホテルの宴会場である。ときの外務大臣が某国の使節団を招待して、

歓迎舞踏会をひらくのだが、その席に衣川はるみふんするところの女スパイが、もと公爵《こうしゃく》の姫君《ひめぎみ》にばけて登場し、外国使節団に接近していき、そこになぞの殺人事件がおこるという、この映画のなかでいちばんのヤマ場《ば》である。

むろんホテルの宴会場はぜんぶスタジオ内に組まれたセットだが、なにぶんこり性《しょう》の石田監督のことだから、ほんものそっくりの豪華なセットができあがっており、その場に登場する俳優は、数名の外人俳優をもくわえて、二百人をこえるという、ぜいたくなものである。

「衣川君、だいじょうぶだろうねえ。『人魚の涙』によもやまちがいはあるまいね」

と、さっきから衣川はるみの楽屋のなかで、しきりに気をもんでいるのは、プロデューサーの本多達雄である。

「だいじょうぶよう、本多さん、そんなにご心配なら、なぜこんなだいじな首飾りをかりていらしたの」

「そりゃ、石田君の希望だからしかたがなかったんだ。とにかくこの撮影がおわったら、すぐさま天銀堂へかえすことになっているんだから、それまでは、くれぐれも気をつけてくれなくちゃこまるぜ」

「それはもちろん気をつけますけれど、本多さんは、どうしてそんなに神経質になっていらっしゃいますの。いくらまぼろしの怪人だって、こんなにおおぜい人がいるなかで、めったなことはできないじゃありません

か」

「いや、いや、こんなにおおぜいいることが心配なんだ。なかには気心《きごころ》もしれぬエキストラもおおぜいまじっているからな。そのなかにひょっとするとまぼろしの怪人が変装して……」

「ほっほっほ、本多さんはまぼろしの怪人恐怖症にかかっていらっしゃるのね。あんまり心配なさるとまた血圧がたかくなりますわよ」

口ではあざわらうようにいったものの衣川はるみも内心では、少なからず不安なおもいでいるのである。
きのういったんの怒りにまかせて、三津木俊助と探偵小僧の御子柴くんを、剣《けん》もホロロに追っぱらってしまったけれど、こんなことなら、なにもかも正直にうちあけて、保護をもとめればよかったのにと、後悔してもあとの祭《まつり》である。ああして強がってみせたてまえ、いまさら電話もかけられない。
「とにかくだいじょうぶですけれど、そんなにご心配なら本多さん、撮影ちゅうあたしのそばにつきっきりでいてちょうだい」
「ああ、そりゃあもういうまでもないことだ」

と、ふたりがこんな押《お》し問答《もんどう》をしているところへ、ドアの外からノックして、顔をのぞかせたのは黒めがねの青年である。

「衣川さん、出番ですよ。石田先生がセットのほうでお待ちかねです」

そういう声にふとふりかえった本多プロデューサーは、たちまち疑いぶかそうな目を見張って、

「や、や、おまえはだれだ。ついぞこのスタジオで見たことのない顔だが……」

「ええ、ぼくこんどここの撮影所長、立花《たちばな》さんの紹介で、石田先生の助監督にしていただいた三杉健介《みすぎけんすけ》というものです。どうぞよろしく」

どことなく聞きおぼえのあるその声に三面鏡《さんめんきょう》にむかって化粧《けしょう》をしていた衣川はるみは、はっとしたように鏡にうつる男の顔を見なおしたが、そのとたん、

「あら!」

と、おもわずさけびそうになるのを、あわててハンケチで口をおさえた。

はでなジャンバーにベレーをかぶり、黒めがねをかけているその男は、まぎれもなく三津木俊助ではないか。俊助がここにいるからには、探偵小僧もどこかそのへんにいるにちがいないと、衣川はるみは感謝のおもいでいっぱいになった。

三津木さんも探偵小僧の御子柴さんも、あたしの無礼にたいして腹も立てずに、こうして守ってくださるのだわ……

そう思うと、衣川はるみも、急に気が強くなったか、にっこり俊助に微笑をむけると、

「ええ、すぐまいりますけれど、三杉さん、それじゃあなた、あたしにつきそっていってちょうだい」

と、そういいながら、鏡台《きょうだい》のかぎのかかるひきだしからとりだしたのは、大きな革《かわ》のケースである。そのケースをひらくと、なかからさんぜんとあらわれたのは、いうまでもなく時価一千万円もするという真珠《しんじゅ》の首飾り『人魚の涙』である。

それを首にかけると、はるみはにっこりわらって、

「本多さん、あなたそれほどこの首飾りのことがご心配なら、エキストラになってあたしのそばにつきそっていらっしゃるがいいわ。それじゃ、三杉さん、あたしの手をとって、セットへつれていってちょうだい」

はるみの胸にかがやく首飾りをみて、三津木俊助

と本多プロデューサーは、おもいおもいに目を光らせた。

やみのスタジオ

「さあ、それじゃ、本番始めますよ。ＯＫ」

臨時助監督三杉健介こと三津木俊助の合図とともに、いよいよ国際スパイ映画「黒衣の女王」の撮影が、豪華なセットのなかで開始された。

カメラはいまそのセットを見おろすような位置にすえられて、カメラのそばには石田監督と三津木俊助が目を光らせている。

石田監督が目を光らせているのは、俳優たちの演技にまちがいはないかと気をくばっているのだが、三津木俊助のは意味がちがっている。どこかにまぼろしの怪人がまぎれこんでいはしないか。また桑野さつきを殺したのみならず、あとふたりの女をねらっているという、正体不明の殺人鬼が、どこからか衣川はるみをねらっているのではないかと、さてこそ、うの目たかの目で、あたりを物色《ぶっしょく》しているのである。


ああ、その正体不明の殺人鬼は、三津木俊助のすぐそばにひかえていたのである。かれはまぼろしの怪人の手によってライト係の古沼光二になりすまし、三津木俊助からわずか三メートルほどのところから、衣川はるみの一挙一動《いっきょいちどう》を見守っているのだ。

まだ、映画の撮影というものをよくご存じのない読者のために、ここでいちおう説明しておくと、たかいところから下を撮影する場合には、カメラはクレーンのうえにすえられる。クレーンというのは、ちょうど起重機《きじゅうき》みたいなかたちで、自由にのびちぢみができるし、また左右に回転することもできるのである。だから、いま石田監督と三津木俊助は、クレーンのうえにいるわけだ。

ところが映画の撮影には、強烈な照明が必要である。だから、たくさんの照明灯がカメラのなかにはいらない場所にすえつけてあるのがふつうである。

いま撮影している舞踏会のシーンではスタジオのてんじょうちかくにたなをつりめぐらせ、そこに十幾《いく》つの強烈なライトがすえつけてあるのだが、そのたなの上をサルのようにはいまわりながら、光線のぐあいを調節しているのが、このスタジオの名物男、古沼光二にばけた復讐鬼《ふくしゅうき》である。

桑野さつきを殺害したこの正体不明の殺人鬼は、いままた衣川はるみの命をねらって、たかいとこからじろんらんと、怪しい目を光らせている。

そんなこととは夢にも知らぬ衣川はるみは、あの一千万円という高価な首飾りを胸にかがやかせ、いましも外国使節にふん装《そう》した外人俳優と手に手をとってダンスをしている。そのはるみの周囲にはいずれも正装をこらした男優と女優が、いかにも楽しげにおどっているが、そのなかにひとり、エキストラをかってでた本多プロデューサーが、いかにも不安そうにはるみのあとを追いまわしているのが、なんとなくこっけいである。

撮影は順調にすすんでいった。

ダンスのシーンがおわると、こんどははるみの女スパイと、外国使節がシュロの葉影《はかげ》で、ひとめをさけて語りあう場面である。このシーンもクレーンのうえから、望遠レンズで撮影されるのだ。

「いかん、いかん!」

とつぜん、クレーンのうえから、石田監督が、かんしゃくを起《おこ》したようにどなりつけた。

「本多さん、あなたもっとうしろへよっていてください。そんなところに立っていたら、カメラのなかにはいってしまうじゃありませんか。ここはふたりだけのシーンなんですからね」

「いやあ、ごめん、ごめん」

さすがに本多プロデューサーもあやまりながら、はるみのそばから、五、六歩うしろへさがったが、そのときである。つかつかとそばへよってきたのは、ホテルのボーイのふん装をした少年である。

少年は本多プロデューサーのまえに立ちはだかると、まっ正面からプロデューサーの顔をゆびさして、

「ちがう、ちがう、こいつは本多プロデューサーじゃない!」

と、金切《かなき》り声《ごえ》をはりあげたから、おどろいたのはクレーンのうえの監督だ。

「だれだ、きさまは! 撮影のじゃまをすると承知せんぞ」

「いいえ、監督さん、撮影どころのさわぎじゃありません。ほんものの本多プロデューサーは、ねむり薬をかがされて、むこうで眠っているんです。ここにいるのはにせものです。こいつはまぼろしの怪人

にちがいありません！」

声たからかにさけんだのは、いうまでもなく探偵小僧の御子柴くん。

「ようし、探偵小僧、いまいくぞ！」

クレーンのうえから三津木俊助、さけびながらすべるようにおりていく。

これを聞いてスタジオのなかは、わっとばかりに浮き足だって、うえを下への大《おお》さわぎになったが、そのときだ。

にせ本多プロデューサーが、ピーッとひと声口笛を吹いたかと思うと、スタジオのライトというライトが、ぜんぶ消えてしまって、あたりは鼻をつままれてもわからぬような暗《くら》やみとなってしまった。

「しまった！　怪人の仲間がいるぞ、気をつけろ！」

三津木俊助がさけんだけれど、なにしろ、二百人というエキストラがひしめいているやみのスタジオ、なにがなにやらわからぬ大《おお》騒動のなかに、ひと声高く、

「ひいっ！」

と、悲鳴がとどろきわたったのは、たしかに衣川はるみのようである。

暗やみの殺人

さすがの三津木俊助も、まぼろしの怪人の部下の復讐鬼《ふくしゅうき》が、照明係に変装してはいりこんでいるとは気づかなかった。

照明係にばけていた復讐鬼は、電気にかんする知識をもっていたにちがいない。照明灯のひとつに、不自然につよい電流を通ずることによって、スタジオ内の電源装置に故障を起させたのだ。

スタジオ内の電源装置に故障がおこってはたまらない。電気という電気がいっせいに消えてしまって、さすが不夜城《ふやじょう》をほこっていた豪華セットも、いっしゅんにして地獄のようなまっくらがり。

やみというものはいつでもひとの心理に、不安と恐怖をあたえるものだ。ましてやいままでの明《あ》かるさが明かるさだけに、いっそう明暗がはっきりして、ただそれだけでも一同がわっと不安にわき立っているところへ、

「しまった！　しまった！　気をつけろ！　まぼろしの怪人と怪人の部下がまぎれこんでいるぞお！」

と、おもわず三津木俊助が叫んだからたまらない。それがかえって逆効果になって、

「キャーッ！　助けてえ！」

「ひとごろしい！」

と、セットのなかは上を下への大騒ぎ。

それがこのスタジオ専属のひとたちだけならまだよかったのだけれど、そこには撮影所の勝手に通じぬエキストラが、百人以上もまじっていて、そのひとたちがむやみにおびえて騒ぎ立てたものだから、暗《くら》やみのなかの混乱はいよいよおおごとになったのだが、その大騒動のさなかにひと声たかく、

「ひいっ！」

と、悲鳴がとどろきわたるのを聞いたとき、三津木俊助はおもわず、暗やみのなかに立ちすくんだ。いまのはたしかに衣川はるみの声のようだった！

そう思うと三津木俊助は暗やみのなかで思わず足ががくがくふるえた。のどがからからにかわいて、全身からあせがふきだした。

「衣川さん！　衣川さん！　衣川さんはどこにいるんです」

大混乱のなかで、ひときわたかくさけんだが、返事がないのは聞《きこ》えないのか。それともいまの悲鳴は衣川はるみに、なにかまちがいがあったことを示しているのか……。そういえば電気が消えたしゅんかん、本多プロデューサーに変装した、まぼろしの怪人が、はるみのちかくに立っていたが……

「衣川さん！　衣川さん！　探偵小僧はおらんか！」

ふたたび三津木俊助が大声でさけんだとき、暗やみのなかから答えたのは、探偵小僧の御子柴くんだが、そのさけび声をきいたとき、またしてもダーク・ステージのなかは大混乱におちいった。

「三津木さん、たいへんです！　たいへんです！　血が……血が……」

「なに、血が……？」

「衣川さんが倒れています！　衣川さんが刺されています。血だ！　血だ！」

これでまたもやダーク・ステージは、わっとハチの巣をついたような騒ぎになったが、そのときクレーンのうえから、怒りにみちたさけび声を張りあげたのは、石田監督である。

「みんななにボヤボヤしているんだ。だれか電源室へいって、はやく電気をつけるようにいってこん

か」

「あっ、ちょっと待ってください、監督さん、ここで衣川君が刺されているというのです。むやみに出ていっちゃ困ります。近藤《こんどう》さん、近藤さん、江口《えぐち》さん」

と、さけびながら、三津木俊助がライターをつけてふりまわすと、

「はい、三津木さん」

と、近藤と江口がそばへよってきた。このふたりがほんものの助監督なのである。

「近藤さん、あなた電源室へいって、大至急故障を修理するようにいってください。それから江口さん」

「はい」

「あなた、このダーク・ステージからひとりも出さないように、見張っていてください」

「だけど、三津木君」

と、クレーンのうえから声をかけたのは石田監督である。

「ぼくここから見ていたが、もうだれかここからとび出していったやつがあるぜ」

「それはやむをえません。とにかく念には念をいれましょう。近藤さん、江口さん、頼みます」

「承知しました」

言下《げんか》にふたりはダーク・ステージの入口へ走った。

ダーク・ステージというのは、たいていかまぼこ型の建物になっていて、撮影が開始されると、金属製のとびらがぴったりとしめられることになっている。ここでは天然光線はぜったいに禁物《きんもつ》で撮影は万事《ばんじ》人工光線によっておこなわれるのだ。それだけに撮影がはじまると人の出入りはげんじゅうになっている。

こうしてふたりに命令を下した三津木俊助が、ライターをかざして探偵小僧のほうへ歩みよりながら、

「探偵小僧、まぼろしの怪人はどうした」

「ぼく、電気が消えたときまぼろしの怪人を逃がさぬように、上衣《うわぎ》のすそをつかんでいたんです。そしたら、そのうちに衣川さんの悲鳴が聞えたので、思わず手をはなしたらそのすきに、まぼろしの怪人がどこかへまぎれこんでしまったんです」

探偵小僧はいかにもくやしそうだったが、この大混乱のなかではそれもやむをえなかったであろう。

三津木俊助がそばへちかよると、もうそのじぶんにはてんでにライターやマッチをともしたひとびとが、ひとかたまりになって、さも恐ろしそうにゆかのうえを見つめていた。

そのゆかのうえにかっと目をみひらいたまま倒れているのは衣川はるみだが、その目はもうガラス玉のように生気をうしなっていた。その衣川はるみの心臓の上に、メスのように鋭い刃物がふかぶかと突っ立っていて、そこからあわのような血が吹き出している。

首にかけていた時価一千万円の首飾りは、むろん影も形もなかったのである。

皮肉なもので、そのときパッと明かるくライトがついたが、そのしゅんかん、三津木俊助がなにげなくうえのほうをふりあおぐと、てんじょうたかくつったライトのたなのうえに、サルのようにうずくまって、じいっとこちらを見ているのは古沼光二である。

むろん三津木俊助は、その男が復讐鬼だとはゆめにもしらない。

血だ！　血だ！

「三津木君、衣川はるみが殺害されたんだって？」

警視庁から等々力警部をせんとうに、おおぜいの係官がかけつけてきたのは、それから一時間ほどのちのことだった。むろんそれまでには、すでにこの土地の警察から、刑事や警官がおおぜいつめかけていて、スタジオの内外はげんじゅうに警戒されているのである。

事件のあったダーク・ステージはあれ以来、助監督の江口によって閉鎖《へいさ》され、だれひとり外へ出ることは許されず、はるみの死体でさえも、まだそのままゆかのうえによこたわっている。そしてそれを遠巻きにして、二百人になんなんとするひとびとが、不安そうに呼吸をこらしているのだ。

警視庁からかけつけてきた医者が、はるみの死体をしらべているあいだに、三津木俊助は等々力警部を、ダーク・ステージのすみへつれていき、だいたいの事情を説明したのち、

「警部さん」

と、あたりをはばかるように声をひそめて、

「ひょっとすると、衣川はるみを殺した犯人は、まだこのステージのなかにいるかもしれないんですよ」

「えっ？」

と、等々力警部はおどろいたように、

「まぼろしの怪人は逃げてしまったと、たったいまいったじゃないか」

「そうです、そうです。ところがちょうどさいわい、このダーク・ステージのとびらの外には、電気が消えるまえから道具方《どうぐかた》がふたり、たばこを吸いながらひなたぼっこをしていたんです。するとそこへあたふたと、本多プロデューサーが出てきたそうです。ふたりともそれをほんものの本多プロデューサーだと思ったんですね。このにせ本多プロデューサーは電気が消えたからなんとかせにゃ……とかなんとかいいながら、むこうへいってしまったんです。ところが、それからまもなく江口助監督が出てきて、ぴったり入口をしめてしまうまで、だれもここから出たものはなかったそうです。だからけっきょく事件が起《おこ》ってからいままでのあいだに、ここから姿を消したのはまぼろしの怪人だけなんです」

「しかし、そのまぼろしの怪人がやったんじゃ……」

「だけど、まぼろしの怪人というやつはいままで部下に殺人をやらせても、じぶんではめったにやらなかったもんです。それに……そうそう、探偵小僧、おまえここへきて説明してあげたまえ」

「はっ」

と、探偵小僧が警部のまえへすすみ出て、

「ライトが消えたとき、ぼく、まぼろしの怪人のすぐそばに立っていたんです。だから、逃がしちゃたいへんと、いそいでコートのすそをにぎったんです、ところが、そのとき衣川はるみさんは、ぼくたちから四メートルほどはなれたところに立っていたんです。だから、いかにまぼろしの怪人が手がながいといったところで、じぶんで衣川さんを刺し殺すのはぜったいにむりです」

「それで、君は、いつ手をはなしたんだね」

「はい、ぼく、衣川さん……はっきり衣川さんだったかどうか、そのときはわからなかったんですけれど、衣川さんの立っていたへんで、ひいっと、とても気味のわるい悲鳴が聞《きこ》えたので、思わずはっと手

をはなしたんです。そしたら、そのとたんまぼろしの怪人が、ピシャッとぼくの目をたたいたんです。それでぼく、ちょっと目がくらんで、そこらをまごまごしているうちに、なにかにつまずいたら、それが衣川はるみさんの死体で、暗《くら》やみのなかでさぐっていると、血らしいものが手にさわったので、それでびっくりして大声でさけんだんです。そのときはもう、真珠《しんじゅ》の首飾りはなかったようです」

「すると、そのときだれかまぼろしの怪人の仲間のものが、衣川はるみのすぐそばにいて、電気が消えたのをさいわい、暗やみのなかで刺し殺したというんだね」

「ええ、まあ、そういうことになります」

「それじゃ、そのときはるみのいちばんちかくに立っていたのは……？」

「それが外人なんです。外国の大使にふん装《そう》していた外人俳優で、名前は、ジョン・サンフォードというんです。むろんエキストラですがね」

「外人……？」

と、等々力警部はまゆをひそめて、

「そいつはやっかいだな。外人をうっかり罪人扱いにすると国際問題だからな。それからその男のほかには……？」

「助監督の江口君……それからこの映画の主役の野《の》口浩二《ぐちこうじ》君に脇役《わきやく》の本郷一郎《ほんごういちろう》氏……。

それから少しはなれたところに、まぼろしの怪人とぼくが立っていたんです」

と、探偵小僧がつけくわえたが、ちょうどそこへこの土地の警察の捜査主任、月岡《つきおか》警部補がやってきて、

「どうも警部さん、困りました」

と、顔をしかめて、

「なにしろ、このとおりおおぜいの人間を、一時間以上もかんづめにしてあるでしょう。ところがきょうの百人あまりのエキストラのたいはんが学生なんです。そいつらが文句をいいましてね。罪もないわれわれを、一時間以上もかんづめにするとは、人権じゅうりんではないかといきまくんです。いったい、どうしたもんでしょう」

これには等々力警部もよわったが、しかし、学生のいいぶんも、もっともである。そこでいろいろ協議をした結果、電気が消えたとき、はるみから五メ

ートル以内にいたもの以外は、身体検査をしたうえいちおうダーク・ステージから外へ出ることを許可するということになったが、こうしてステージから出ていったもののなかに、にせ古沼光二がいたというのも、まことにやむをえなかった。

「光ちゃん、君なら身体検査はいらないよ。あんな高いところにいたんだからな」

助監督たちはわらったが、それでもにせ古沼光二はいちおう身体検査をうけたうえ、じろりと係官をしり目《め》にかけて、のそりのそりとダーク・ステージから出ていった。

飛来の短剣

「ええ、……その男、……天銀堂の店員と名のってきたんです。名前は早川純蔵といってましたが、そうとうの年輩の男でした」

と、ほんものの本多プロデューサーは、まだねむり薬がさめやらぬ顔色である。頭がいたむのか顔をしかめて、からだもふらふらしているようだ。そこは本多プロデューサーのへやである。かれはじぶんのへやの書類などがいっぱいつまっている押し入れのなかで、大きないびきをかいて寝ているところを、探偵小僧の御子柴くんに発見されたのである。

そして、医者の注射や介抱《かいほう》で、目をさますまでには、三時間以上もかかっていた。

「本多さん、それじゃ天銀堂の店員だといってきた男は、早川純蔵と名《な》のったんですね」

と、探偵小僧の御子柴くんは、おもわず等々力警部や三津木俊助と目をみかわせる。

早川純蔵といえば赤坂山王のヤマト・ホテルで、まぼろしの怪人が名のった名前ではないか。

「ああ、そうだよ、御子柴くん、君、早川純蔵という男しってるの？」

「いや、いいです、いいです。それよりあとを話してあげてください」

「ああ、そう、それでその男をこのへやへとおして話をしていたんです。そのとき給仕《きゅうじ》に命じて紅茶をとりよせ、ふたりでそれをのんだんですが、そのうちにどういうわけかねむくなっちまって……」

「それじゃ、紅茶のなかへねむり薬をまぜたんだな」

と、等々力警部は目を光らせる。

「本多さん、その男があなたの紅茶に、ねむり薬をまぜるようなチャンスがありましたか」

と、いう三津木俊助の質問にたいし、

「そういえば、わたしが紅茶をのもうとすると、その男がパイプをゆかにおとしたんです。それがわたしの足下にころがってきたものだから、かがんで拾ってあげたんだが……」

「それだ！　そのときすばやく紅茶にさいくをしやがったんだな」

「しかし……それにしても警部さん、その男はわたしをねむらせておいて、いったいなにを……」

と、いいかけて、とつぜんはっと気がついたように本多プロデューサーはいすからとびあがった。

「ああ、ひょっとすると……ああ、ひょっとすると、あの『人魚の涙』に目をつけて……」

「お気のどくですがねえ、本多さん、その『人魚の涙』はうばわれましたよ。まぼろしの怪人のために……」

三津木俊助は、できるだけ、あいてをおどろかさないように、いったつもりだが、それでもそれを聞いたしゅんかん、本多プロデューサーはどしんと大きな音を立てて、いすのうえにしりもちをついて、

「な、な、なんですって？　あの『人魚の涙』がぬすまれたって？　衣川はるみはいったいなにをしているんだ。衣川はるみにあんなに念をおしておいたのに」

「ところがねえ、本多さん、お気のどくですが、その衣川君が殺されたんです」

「な、な、なんだと？」

「いや、だから、衣川君が殺されて『人魚の涙』がぬすまれたんです」

「そ、そ、そんなばかな！　これだけおおぜいの人間がはたらいているところで……」

本多プロデューサーは信じかねるというふうに、デスクをたたいていきまいた。

「いや、いや、ところがほんとうなんです。それでこうして警部さんが出張してこられたんですが……」

と、そこで三津木俊助が、衣川はるみが殺害された前後の事情をかたってきかせたのち、

「そういうわけで、衣川君のちかくにいた人物があやしいというので、いまむこうで月岡警部補が、近

藤、江口の両助監督や、ジョン・サンフォード、それから野口君と本郷一郎氏などを、ひとりひとり調べているところなんです」

「だからねえ、本多君」

と、等々力警部もそばから口を出して、

「衣川君を殺した犯人がだれであるにしろ、それはいまにわかると思うんだ。しかし、真珠《しんじゅ》の首飾りだけは、まぼろしの怪人がもって逃げたらしいんで、このほうはあきらめてもらわなきゃ……もちろん、こっちでも十分手をつくすつもりだがな」

本多プロデューサーがううむとうめいて、両手で頭をかかえこんだところへ、血相《けっそう》かえて、はいってきたのは月岡警部補。

「け、警部さん、ちょっと妙なことがあります」

「妙なことって?」

「古沼君、こっちへきて話したまえ」

「へえ……」

と、答えてはいってきたのは、これこそ本物の古沼光二だ。

「じつはわたしにもさっぱりわけがわからないんですが……」

と、そうまえおきをして古沼光二が、おどおどしながら語るところによると、一昨日の夜おそく、かれはここからのかえりがけ、多摩川べりでふたりの暴漢におそわれて、目かくしをされたまま自動車でどこかへつれていかれた。そして、そこでねむり薬かなにかをのまされて、わけがわからなくなったというのである。

「それから、どのくらいねむっていたのかしりませんが、目がさめてみるとサルぐつわをかまされて、たかてこてにしばられて、まっくらなへやにとじこめられていたんです。ところがさっきふたりの男がやってきて、またわたしに目かくしをして、自動車にのっけて多摩川べりまでつれてきて、そこへおっぽり出していったんです。それでやっとのことでここまできてみると、なんと、わたしとそっくりの男がわたしのかわりに、さっきまで、むこうのダーク・ステージではたらいていたというんです。わたしゃまるでキツネにつままれたような気もちなんですが……」

この意外な話をきいて、三津木俊助がおもわず叫んだ。

「しまった！　しまった！　それじゃ、そいつが復讐鬼《しゅうき》だったんだ！　そういえば君とそっくりの男が、天井《てんじょう》につったたなのうえにいるのを見たよ」

「しかし、三津木君、復讐鬼があの場にいたとしても、あんなたかいところから、衣川はるみを刺し殺すわけにゃいかんじゃないか。しかもライトも消えたくらがりのなかで……」

　等々力警部の疑問はしごくもっともだったが、そのしゅんかん、あっと叫んでふたたびいすからとびあがったのは、本多プロデューサーである。

「しまった！　しまった！」

「ど、どうしたんだね、本多君」

「ああ、しまった！　しまった！　わたしがあまり用心しすぎて……わたし、暗《くら》やみのなかでもしものことがあるといけないと思ったものだから、あの真珠の首飾りのうち、いちばん大きな真珠に夜光塗料をぬっておいたんです」

「な、な、なんだと……夜光塗料を……？」

「そうです、そうです。万一ライトが消えるようなことがあっても……暗がりのなかでもはっきり見えるようにと思って……しかも、そのことを早川純蔵という男に話したんです」

「あっ、わかった、わかった。それじゃ復讐鬼はその光を目印に、たなのうえからあのナイフを投げつけたんだ」

　ああ、これで暗やみの殺人のなぞはとけたがそれにしても、これでは本多プロデューサーが、みずからまぼろしの怪人と復讐鬼のために、お膳立《ぜんだ》てをしてやったようなものではないか。過ぎたるは及ばざるがごとしとは、こういうことをいうのであろう。

恐怖の電話

「まあ、それじゃ、桑野さつきさんも衣川はるみさんも、宝石のために殺されたのじゃなくて、復讐鬼のために復讐されたとおっしゃるんでございますの」

　そこは丸の内にある東洋《とうよう》劇場の楽屋である。三津木俊助と探偵小僧の訪問をうけて、くわしい話をきいたミュージカルの女王、雪小路京子はくちびるの色までまっさおだった。

「はあ、その点について、なにかお心当たりがございますか。復讐鬼はもうひとりねらっているらしいんですが……」

「それが、わたしだとおっしゃるんですね」

「いや、そうはっきりしたことはわからないんですが、万一ってことがございますから……」

「でも、でも、あたし、そんなおぼえは……ひとさまから復讐をされるなんて、そんなおぼえは……」

「ないとおっしゃるんですか」

「ああ、あたし、どうしよう、そんな、そんなひどいこと……」

雪小路京子はすっかりおびえきっていながらも、なにかを打ちあけかねているらしい。

「ねえ、雪小路さん」

三津木俊助はそれをなぐさめるように、

「人間にはだれでも過失というものがあるもんです。じぶんではそれほどひどいと思わずやったことで、案外あいてのにくしみをかっているばあいだってあります。なんでしたら、わたしどもに打ちあけてくださいませんか。われわれは、けっしてひとにしゃべるようなことはいたしませんから。ぜったいにあなたの秘密はお守りしますから」

「はあ、でも、あたし……」

と、京子はまるでからだがねじきれるように身もだえしながら、

「そ、そ、そんなおぼえは……」

「ないとおっしゃるんですか」

「は、はい……」

「でも、ねえ、雪小路さん、ここのところをよく考えてください。衣川君のばあいでも、あのひとがはっきりうちあけてくれていたら、われわれも警察と連絡をとって、もっとしんけんにあのひとを守ってあげることができたんです。ところがそれをあのひとが拒否したものですから、われわれとしても復讐鬼にねらわれているのがあのひとだという、はっきりとした確信をもつことができなかった。確信がないから警察にも連絡ができなかった。その結果、ああいう悲劇が起《お》こったのです。ですからあなたのばあいでも、あなたが打ちあけてくださらないからって、われわれはほっときません。われわれはできるだけあなたをお守りするようにいたします。しかし、こういうことはやっぱり警察の手をかりなくちゃ……」

「いいえ、いいえ、警察なんて、とんでもない！」

三津木俊助は、しばらくじっと恐怖におののく京子の顔を見つめていたが、やがてかるく頭をさげると、

「そうですか、それではやむをえません。探偵小僧、かえろう」

出ようとすると、ちょうどそこへけたたましく電話のベルが鳴りだした。

雪小路京子はなにげなく受話器をとりあげると、

「はあ、はあ、こちら雪小路京子でございますが……な、な、なんですって。復……讐

……鬼……こんどはおまえの番だって……？」

と、京子は受話器を耳にあてたまま、そこまであいての言葉を復誦《ふくしょう》したが、なおふたこと三《み》ことあいてのいうことをきいているうちに、とつぜん受話器を手からおとすと、

「あっ、あぶない！」

と、かけよった三津木俊助の腕のなかへ、くずれるように倒れかかった。

肩掛けの半分

「なるほど、それじゃ、三津木君」

と、等々力警部は、デスクのうえから身をのりだして、

「赤坂山王のヤマト・ホテルで殺された桑野さつきと、アサヒ映画の多摩川撮影所で殺害された衣川はるみ、それから目下《もっか》、丸の内の東洋劇場に出演している雪小路京子と、この三人は、かつてトキワ音楽学校の同期生だったというんだね」

「そうです、そうです、警部さん。三人は昭和二十七年にいっしょにトキワ音楽学校を卒業しているんです。そして桑野さつきはすぐその年に外遊してむこうで技をみがき、衣川はるみはその美《び》ぼうと美声に目をつけられて映画界へはいり、さいごのひとり雪小路京子はミュージカルに身を投じて、げんざいのミュージカルの女王としての地位を、きずいていったんですね」

そこは警視庁の捜査一課第五調室《しらべしつ》、すなわち、等々力警部担当のへやである。いまそこで警部とむかいあって話しているのは、いうまでもなく、三津木俊助と探偵小僧の御子柴くん、ふたりはいま東洋劇場からの帰りを、警視庁へ立ちよったのである。

「なるほど、しかし、その三人が復讐鬼にねらわれるのは……？」

「いや、それはこういう事情なんです。さっきやっと雪小路京子が話してくれたんですがね」

と、俊助はたばこに火をつけると、

「この三人の同期生に仲代二三代《ふみよ》という女性がいたそうですが、これが抜群《ばつぐん》の成績だったそうです。声量もゆたかだし、声の質もよく、また技巧にもすぐれていたんですね。それで、先生がたにも愛され、同期生のなかでは、いちばん将来をしょくぼうされ

ていたそうです」

「ふむ、ふむ、なるほど」

「ところが、この仲代二三代というのが卒業をまえにして、とつぜんのどがつぶれてしまったんです。それで医者にみてもらったところが、だれかに水銀《すいぎん》をのまされたんじゃないかというんですね」

「なるほど、芸能界ではよくあることだね。水銀をのませると声が出なくなるって……」

「そうです、そうです。しかも、もうそののどは不治《ふち》である。つまり、一生なおらないと医者から宣告をうけたんですね。これは当人としてはひじょうなショックだったんでしょう。それからまもなく自殺したんですが、その遺書《いしょ》のなかに水銀をのませた犯人として、さっき申し上げた三人の名前があげてあったそうです」

「あっ、なるほど」

「雪小路京子はそのことについて、自分に関するかぎりはぬれぎぬである。自分にはそんなおぼえはないといいはっていましたが、あのおびえようをみると、やっぱり、そんなことがあったんじゃないかと思うんです」

「なるほど、それで復讐者というのは……?」

「はあ、二三代の兄に仲代不二雄《ふじお》という男がいたそうですが、二三代が自殺した昭和二十七年ごろには、まだシベリアに抑留《よくりゅう》されていたんですが、それが去年あたり内地《ないち》へ送還されてきたんですね。そいつがさっき京子のところへ電話をかけてきたんです。こんどはおまえの番だって」

「な、な、なんですって!」

と、警部はおどろいていすからとびあがると、

「そ、それじゃ殺人を予告してきたのかね」

「そうです。そうです。それで京子がふるえあがって、いままでひたかくしにかくしていた、秘密を打ちあけてくれたわけですね」

等々力警部はいらいらとへやの中を歩きまわりながら、

「しかし、三津木君、その仲代不二雄という男と、まぼろしの怪人とはいったいどういう関係があるんだろうねえ」

「いや、それはおそらくまぼろしの怪人としては、桑野さつきのもっていた『地中海の星』をねらっていたところへ、桑野の生命《いのち》をねらっている仲代不二

雄とあい知った。そこで同気相求《どうきあいもと》むというのか、仲代に復讐をとげさせてやるかわりに、宝石を自分のものにしようというわけでしょうが、ただ、わたしにわからないのは、まぼろしの怪人がまだ『地中海の星』を手に入れていないらしいことなんですがねえ」

「ああ、いや、三津木君、それについてちかごろ妙なことを発見したんだよ」

と、等々力警部がデスクのひきだしから取りだしたのは、桑野さつきの死体がにぎっていた、レースの肩掛けの半分である。いつかもいったとおり、桑野さつきは細長いレースの肩掛けをしていたが、どういうわけかその肩掛けは、まんなかからまっぷたつに切られていて、あとの半分はなくなっていたのである。だからおそらく犯人は、その切れはしで血に染まった手や、兇器《きょうき》の刃物をぬぐっていったのではないかと、いわれていたのだが……。

「ところがねえ、三津木君、探偵小僧もよく見たまえ。この肩掛けにはふさがついていて、ほら、どのふさにもじゅず玉みたいな結びこぶができているだろう。ところがこの結びこぶのなかに……」

と、等々力警部がふさのひとつの結びこぶをほぐしていくと、なんとなかから出てきたのは、象牙《ぞうげ》で作った小さなビリケンすなわち西洋の福の神の像である。

「あっ!」

と、三津木俊助と探偵小僧の御子柴君は、それをみると思わず両手をにぎりしめた。

「だから、わたしは思うんだが、犯人が持ち去った肩掛けのあとの半分のふさのひとつに、『地中海の星』がかくしてあるのではないかと……」

「そうです、そうです。警部さん! それだからこそ桑野さつきは、あの肩掛けをはだみはなさず、身につけていたんですね」

「しかも、警部さん、肩掛けの半分を持ち去った犯人は、そのなかに宝石がかくしてあることに、まだ気がついていないんですね」

三津木俊助と探偵小僧の御子柴君は、こうふんのあまり絶叫《ぜっきょう》したが、それにしても肩掛けのその半分はいまいずこに……?

雪小路京子はここ数日、生きた心地《ここち》もないのである。彼女の身辺《しんぺん》はげんじゅうに、私服の刑事によって警戒されている。

しかし、彼女の生命をねらう復讐鬼《ふくしゅうき》には、変装の名人といわれるまぼろしの怪人がついているのだ。現に衣川はるみが殺害されたとき、復讐鬼は古沼光二とうり二《ふた》つの男に変装していたではないか。ひょっとするとまたこんども、顔見知りのだれかに変装して、自分に接近してくるのではないか。

そう考えるとせんせんきょうきょう、京子が生きた心地もないほどに、おびえきっているのもむりはない。そうなると刑事でさえが信用できない。いや、いや刑事ばかりではない。等々力警部や三津木俊助さえ、ひょっとするとまぼろしの怪人か、あるいは仲代不二雄の変装ではないかと、京子はいちいちきもをひやすのである。

だから、彼女がちかごろいちばん信用しているのは、探偵小僧の御子柴君である。まぼろしの怪人がいかに変装の名人とはいえ、まさかおとなが子供にばけることはできないだろう。だから、ちかごろ彼女の身辺につききっているのが探偵小僧で、京子が人に会うときには、かならず探偵小僧の御子柴君が、あらかじめ相手を調べることになっている。

「すみません。御子柴さん、あなたにこんなにご迷惑をおかけして……」

と、きょうも楽屋で舞台化粧《げしょう》をしながら、京子はしみじみとした口調である。

こんな危険にさらされながらも、京子は舞台を休むことができないのだ。ミュージカルの女王が舞台を休めば、ミュージカルがなりたたないからである。

「いいえ、いいですよ。これもぼくのつとめですから……」

「ほんとうにねえ。でもねえ、御子柴さん、あたしを信じてちょうだい。あたし仲代二三代さんの水銀《すいぎん》事件には、ぜったいに関係がなかったんですのよ。それはあたし仲代さんの才能や素質をうらやましくは思っていました。いくらか嫉妬《しっと》していたかもしれません。でも、そのために水銀をのませるなんて……あたしには絶対におぼえのないことですの」

「そうすると、さきに殺されたふたりがやったことだというんですか」

「さあ、それはあたしにもわかりません。ひょっとするとあの事件は、自殺した仲代二三代さんの幻想じゃないかと思うんです」

「幻想というと……？」

「いいえ、仲代さんは素質と才能にめぐまれていました。それだけに自信も大きかったのです。そういう自信がとつじょとして素質と才能をうばわれてしまった……。となるとその悲嘆《ひたん》と絶望が、人一倍深刻だったということはおわかりでしょう。そこで運命の神様をのろうのあまり、ありもしない幻想をいだいて、それを競争者であったあたしたちのせいのように、思いこんだんじゃないでしょうか」

「そうすると、悲嘆と絶望のあまり、いくらか気が変になっていたというんですか」

「そうです、そうです。あたしにはそうとしか思えません。桑野さんだって衣川さんだって、そんな卑《ひ》劣《れつ》な人とは思えませんから」

「そうすると、これは誤解による復讐ということになりますね」

「そのとおりなんです。だからあたし仲代不二雄さんという人に会って、とっくりと当時の事情を話しあってみたいのですけれど、いまとなっては無理ですわねえ」

その仲代不二雄はいまや殺人犯人として、きびしく警察から追われる身となっているのだ。

「御子柴さん」

と、京子がなおも話しつづけようとして口をひらいたとき、京子の女《おんな》でしがドアをノックしてはいってきた。

「先生、出番ですけれど……」

「ああ、そう、それじゃ御子柴さん、ちょっと行ってきます」

「雪小路さんあれの用意はいいですね」

「ええ、だいじょうぶ、ちゃんとここに……」

と、京子は胸をたたいてにっこり笑ったが、きょとんと立っている女でしに気がつくと、御子柴君に目くばせをして、

「それじゃ……」

と、楽屋から出て行った。京子の楽屋から舞台まで、女の子以外は絶対に近寄れないようになってい

る。

東洋劇場は今夜も満員の盛況《せいきょう》だ。いつだれの口からもれたのか、桑野さつきや衣川はるみを殺した犯人が、こんどは雪小路京子を殺すのではないかといううわさがもれたからたまらない。

人間の好奇心はざんこくである。ことあれかしのやじうまが、今夜こそなにごとかが起《おこ》るのではないかとばかりに、毎晩毎晩おおぜいの客がおし寄せてくるのである。

京子はこんどのだしもの「森の中の湖」では七つの役をやるのだが、いま開《ひら》いたばかりの第三幕目では、黒衣の妖精として活躍する。

幕があくとそこは森の中の湖のほとりで、森の小鬼とかわいい妖精《ようせい》たちがたわむれている。と、とつじょ、夕立《ゆうだち》のまえぶれか、舞台いちめんまっ暗《くら》となり、そこへ黒衣の妖精の雪小路京子が、総タイツ姿でさっそうと、舞台の上手《かみて》からおどりだしてきた。

総タイツというのは全身にぴったり食いいるような衣装のことで、曲芸師《きょくげいし》などが着ているあれである。しかも、この総タイツには

夜光塗料がぬりこんであるとみえて、まっ暗がりの中で京子のからだだけが、きらきらとあやしい光を放《はな》って浮き上がっている。
ああ、危い、危い！
これでは、まるで犯人に、襲撃のまとを与えるようなものではないか。

復讐鬼の最期《さいご》

雪小路京子殺害を予想し、その身辺を警戒している警察の人びとがいちばん困ったのは、復讐鬼《ふくしゅうき》仲代

不二雄という男の人相がわからないことである。

　たとえ人相がわかっていても、まぼろしの怪人のたくみな変装術にかかっては、なんにもならないかもしれないけれど、それでもわからないよりましである。ことに楽屋の方へはぜったいに、怪しい人間が近づけないようになっているだけに、見物席をげんじゅうに警戒しなければならない。それには犯人の人相がわかっているとよいのだが……。

　だが、そんなことをいっている場合ではないから、ここ数日、東洋劇場の見物席には、毎日のように私服の刑事が張りこんでいるのである。そのなかに三津木俊助や等々力警部がまじっていることはいうまでもない。

　さて、いまや舞台では黒暗々《こくあんあん》たるやみのなかに、雪小路京子の黒衣の妖精が、全身から鬼火《おにび》のような炎をはなって、ただひとりで踊りくるっている。しかもその京子はコマのようにくるくる旋回《せんかい》しながら、しだいにエプロン・ステージへ出てくるのだ。エプ

ロン・ステージというのは、舞台から観客席のほうへ張り出している、花道のような廊下舞台である。

むろん電灯が消えているのは、舞台ばかりではない。見物席もまっ暗《くら》で、この暗やみのなかで何百何千という観客が、なにごとかが起《おこ》るのを予想して、手に汗にぎって息をこらしているのである。

とうとう京子はエプロン・ステージのまん中までやってきた。そこで彼女は立ちどまると、体をゆすりながらひとくさりのうたをうたうのである。京子は顔にも夜光化粧《げしょう》をしているとみえて、お能《のう》の面のようなその顔が、あやしい光を放って、うるしのやみにうきあがっている。

満場水《まんじょう》をうったようなしずけさのなかに、京子のうたの一節がおわった。そして、第二節目へうつろうとして、彼女が体で調子をとっているとき、とつぜん、暗やみのなかからとんできたのは飛来《ひらい》の短剣だ。ねらいたがわず京子の胸へあたったと思うしゅんかん、

「キャーッ」

と、叫んであおむけざまに、京子がうしろのオーケストラ・ボックスのなかへ、落ちていったからたまらない。

わっと観客は総立ちになり、

「人殺しだ！　人殺しだ！」

「とうとう京子が殺されたぞ！」

「電気をつけろ！　電気をつけろ！」

口ぐちにわめき、叫び、おめきながらわれがちに劇場から逃げだそうとするものと、はんたいに京子のようすをみようとして、舞台のほうへ突進するものとで、見物席は大混乱。

「あれえ、助けてえ。つぶれてしまう」

「電気をつけんか。はやく電気をつけんと犯人が逃げてしまうぞ！」

まるでイモを洗うような混雑のなかから、女の悲鳴に男の怒号《どごう》。――そのうちにやっとあかりがついたので、一同はまたしてもわっと歓声《かんせい》をあげたが、そのときである。見物席からひらりとひとり、エプロン・ステージへとびあがったものがある。

「待てえ！　神妙《しんみょう》にしろ！」

と、その男のあとを追って、バラバラとエプロン・ステージの下へかけよったのは、おそらく私服刑事のひとりだろう。

「こいつだ！　こいつだ！　こいつが雪小路京子をねらったのだ！　こいつが復讐鬼の仲代不二雄にちがいない！」

私服の叫びにあちこちから、私服刑事がとびだしてくる。

いまエプロン・ステージに立っている男は、オーバーのえりをふかく立て、鳥打帽子《とりうちぼうし》をまぶかにかぶり、大きな黒眼鏡《くろめがね》をかけているが、その形相《ぎょうそう》のものすごさ。ステッキのようなものを大上段《だいじょうだん》にふりかぶって、寄らば切るぞというかまえである。その左右からエプロン・ステージづたいに、刑事がじりじりとせまってくる。

と、このときだ。

仲代不二雄の鼻の下へ立ったのは警視庁の等々力警部。きっと上を仰《あお》ぎながら、

「仲代不二雄」

と、一段と声を張りあげて、

「君のしごとはおわったのだ。君は三人の女性にみごと復讐した。見ろ、うしろのオーケストラ・ボックスのなかを……」

警部のことばに復讐鬼仲代不二雄が、ふとふりかえってオーケストラ・ボックスのなかを見おろすと、いつのまにやってきたのか、三津木俊助と探偵小僧の御子柴君にかかえられ、雪小路京子はぐったりとあおむけにのびている。しかも左の胸につっ立った飛来の短剣をにぎりしめた京子の手の下からは、まっかな血が吹き出しているのである。

それをみると、とつぜん復讐鬼仲代不二雄は両手をたかくさしあげて絶叫《ぜっきょう》した。

「おお、妹よ、二三代よ。これでおまえのカタキは完全にうってやったぞ。三人ともこのおれの手で殺してやったぞ」

そう叫んだかと思うと、つぎのしゅんかん、すばやく右手でなにやら口の中へ放りこんだ。

「あっ、しまった！　しまった！　なにやら口へはこんだぞ。はき出させろ！　はき出させろ！」

等々力警部が舞台の下から、やっきとなって叫んだが、そのときはもう遅かった。エプロン・ステージのうえからまっさかさまに、復讐鬼仲代不二雄の体が大手《おおで》をひろげた刑事の腕のなかへ落ちこんできたのである。

浮足《うきあし》立った見物たちも、これをみるとほっと安《あん》ど

のといきをもらしたが、つぎのしゅんかん、ふたたびぎょっと息をのみこんだ。

なんと死んだと思った雪小路京子が、三津木俊助と探偵小僧の御子柴君に、左右からかかえられるようにして、エプロン・ステージにすがたをあらわしたではないか。

怪人捕縛《ほばく》

それは復讐鬼仲代不二雄が、しゅびよく復讐《ふくしゅう》を完遂《かんすい》したものと思いあやまり、みずから毒をあふって死んでから、三日目の夜ふけのことである。

赤坂の山王様の境内《けいだい》へ、そっとしのびこんできたひとつの影がある。うす暗いのでよくわからないが、すがたかたちからみると、中年か初老の男のようだ。男はそれとなくあたりのようすをうかがいながら、しだいに拝殿《はいでん》のほうへちかづいていく。

と、とつぜんどこかでけたたましく犬がほえはじめた。男はぎょっとしたように鳥居《とりい》のかげに身をかくす。その鳥居のすぐちかくに、常夜灯《じょうやとう》が立っているのでその光のなかに男の姿がうきあがったが、なんとそれはヤマト・ホテルへ早川純蔵と名乗って宿泊した人物、すなわちまぼろしの怪人ではないか。

犬のほえる声はすぐやんだので、怪人はほっと安心したように、ポケットからその日の夕刊を取りだすと、常夜灯のそばへよって読みはじめた。

そこにはこんな記事が出ているのである。

地中海の星よいずこに？
まぼろしの怪人もまだ知らず

過日ヤマト・ホテルで殺害された桑野さつきが、『地中海の星』という稀代《きだい》の宝石を所持していたことは有名だが、その宝石は桑野さつきが殺害されたと同時に紛失《ふんしつ》してしまった。捜査当局ははじめのうちその宝石は、この事件をあやつっているまぼろしの怪人の手中におちたものと思っていたが、どうもそうではないらしい。ところが最近わかったところでは、桑野さつきの肩掛けのふさのなかに、その宝石がかくされていたらしいのである。しかるにその宝石のかくされている肩掛けのはしを、桑野さつきの殺人犯人、仲代不二雄がそれとはしらずに持ち去った形跡があるのだ。したがって当局では仲代不二雄を逮捕すれば、その口から肩掛けのゆくえもわかるだろうと楽観していたところ、仲代がああいう最期《さいご》をとげたので、『地中海の星』のゆくえはまたわからなくなってしまった。ああ、名玉《めいぎょく》、地中海の星よ、いずこに……。

まぼろしの怪人はその記事を、もういちど常夜灯の光で読みなおすと、そのまま新聞をポケットにつっこみ、あたりを見まわしてにっこりわらった。

まぼろしの怪人も仲代不二雄から、その肩掛けをどう処分したか聞いていないのである。しかし、仲代不二雄がどう処分したにしろ、あの肩掛けのことは当時新聞にも出したのだから、だれかが見つけていたら警察へとどけて出たはずである。

それがいまだにゆくえ不明となっているのは、だれにも気づかれないところにその肩掛けのはんぶんは、いまでもかくされていることになる。いったい、仲代不二雄はその肩掛けをどこへかくしたのか……。

それには、当時の仲代不二雄の気持ちになってみることである。

仲代不二雄はあの晩、この山王様のすぐ下にあるヤマト・ホテルから、桑野さつきを殺して逃げだしたのだ。そのときには手の血をぬぐうために、まだ肩掛けのはんぶんをもっていたにちがいない。

そういう殺人犯人のつねとして、にぎやかなほうへ逃げていく気づかいはない。さびしいほう、さびしいほうへと逃げていって、そのあいだに気持《きもち》を落ちつかせようとしたであろう。それにはこの山王様の境内こそ、くっきょうの場所ではないか。

まぼろしの怪人は常夜灯のそばをはなれて、そっとあたりを見まわしていたがやがて目をつけたのは拝殿のまえにあるサイセン箱だ。

まぼろしの怪人はいつかなにかで読んだことがある。サイセン箱というものは月に一回ひらかれるのだと。……もし、そうだとすると桑野さつき殺しから、まだ一か月とはたっていないのだから、ひょっとすると肩掛けの半分はまだサイセン箱のなかにあるのではないか。

まぼろしの怪人はサイセン箱のそばへよると、そっとあたりを見まわしたのちポケットから取りだしたのは、そうとう太い針金《はりがね》のまいたやつである。それをのばしてサイセン箱のふかさにあわせると、そのさきをつり針のようにまげた。

それから、それをサイセン箱のなかにつっこむと、あちこち底をさぐっていたが、やがて、

「あった！」

という、低い叫び声がくちびるからもれ、満面によろこびの色が走った。

あいてがレースの肩掛けだけに、つりあげるのはそうむずかしいことではない。やがてサイセン箱のさんのあいだから、レースの肩掛けが顔を出したが、そのとたん、

「まぼろしの怪人、ご苦労、ご苦労！」

と、耳もとで声がしたかと思うと、はやガチャンと音がして、針金をもった怪人の両手に、がんじょうな手錠《てじょう》がはまっていた。

「あっ！」

と、ふりかえった怪人の鼻先に立っているのは、なんと等々力警部に三津木俊助、二、三名の刑事のほかに、探偵小僧の御子柴君もにこにこ笑っているではないか。

それをみたとたんまぼろしの怪人は、こんどこそ完全に敗《ま》けたと思ったのだろう。まるで骨を抜かれでもしたように、ヘタヘタとその場にへたばってしまったのである。


こうして、さすがのまぼろしの怪人もまんまと等々力警部や三津木俊助のもうけておいたわなにおちてしまったのだ。警察にしろ刑務所にしろ、こんどこそ怪人を逃がすようなことはないだろう。

それにしても仲代不二雄の復讐が誤解によるものであったか、それとも二三代はほんとうに水銀《すいぎん》を飲まされたのか、いまとなってはしるよしもないが、なににしてもさいごのひとり、雪小路京子が助かったのはめでたかった。

彼女は総タイツの下にうすい鋼《はがね》の防弾チョッキを着ていたのだが、これまた仲代不二雄をひきだすためのわなだったことはいうまでもない。

姿なき怪人

第一話　電話の声

あごに傷のある男

「君、そんなことをいうけれどね、あの娘は、わたしにとってはだいじな旧友の娘だ。君みたいな道楽《どうらく》者《もの》と結婚させることは、ぜったいにできん！」

と、怒りにふるえる声とともに、どしんとテーブルをたたくような音をきいて新日報社《しんにっぽうしゃ》の三津木俊助《みつぎしゅんすけ》と探偵小僧の御子柴《みこしば》くんは、おもわず、はっとドアのまえで立ちどまった。

いまのはたしかに板垣《いながき》博士の声である。三津木俊助と探偵小僧の御子柴くんは、板垣博士とそうとう長いつきあいだけれど、温厚な博士があのようにこう奮《ふん》してひとをののしるのをきいたのは、いまがはじめてである。

「三津木さん、だれかお客さまのようですね」

「ふむ、困ったね」

三津木俊助はドアをノックしようとした手をとめて、探偵小僧と顔見あわせたが、そのときだった、またしてもへやのなかから板垣博士の怒りにふるえる声がきこえてきた。

「いかん、いかん。ぜったいにそんなことは許せん。君はおおかた早苗《さなえ》の財産をねらってるんだろう。早苗もちかごろそれに気がついて、君をこわがっているんだ。こんどぜったいにあの娘にちかよることは許さん！」

雲行きがいよいよ険悪になってきたので、三津木俊助はとほうにくれたようにあごをなでていた。そのときへやのなかから、いままでおさえにおさえていた怒りがばくはつしたような、若い男の声がきこえてきた。

「ようし、わかりました。先生！」

若い男は声をふるわせて、

「先生はわたしを誤解していらっしゃるんだ。なるほどぼくは道楽者だった。しかし、早苗さんによって、ぼくは立ちなおろうと思っていたんだ。それを、それを先生はじゃまなすった。いまにどんなことが起《おこ》るかおぼえていらっしゃい」

「な、な、なんだと……？　君、木塚《きづか》君、君まさか無分別《むふんべつ》なまねを……」

と、そういう板垣博士の声はいくらか不安にふるえている。

「いいじゃありませんか。ぼくが無分別なまねをしたって。ぼくは悪魔にたましいを売ってやる。そして……そして、だんことして、あなたと戦ってやる。そのときになってほえづらかいたって、ぼくのしったことじゃありませんぜ。じゃ、先生さようなら、永遠にさようならだ。あばよ、じいちゃん」

若い男の声がせせらわらうような調子になったかと思うと、つかつかと足音がこちらへちかづいてきた。三津木俊助と探偵小僧のふたりが、姿をかくすひまもなく、さっとなかからドアがひらいた。

「あっ！」

さすがにその男も思いがけなく、ドアの外にひとが立っていたので、ぎょっとしたように立ちすくんだ。

としは三十前後だろう。身長は五尺《しゃく》七寸《すん》くらい、色白のいい男ぶりだが、あごのところに傷あとがあるのと、いま口論したばかりのところとて、いっそう人相がけわしくみえる。

その男はすごい目をして、ギロリとふたりをにらみすえると、オーバーを腕にかけたまま、ふたりのあいだをかきわけるようにして、すたすたと廊下をむこうへ立ち去ったが、あとから思えば、三津木俊助と探偵小僧の御子柴くんは、このとき、もっと注意ぶかくこの男を観察しておくべきだったのだ。

なぜといってこの男、木塚陽介《ようすけ》というこの男こそ、のちに世間をふるえあがらせた姿なき怪人そのひとであろうと目《もく》された、奇々《きき》怪々《かいかい》な人物なのだから。

それはさておき、板垣博士も、ドアの外に立っている三津木俊助と探偵小僧の姿を見ると、

「ああ、三津木くんと探偵小僧……」

と、ちょっとおどろいたように、

「君たち、さっきからそこにいたの」

「はあ、先生、まことにもうしわけございませんが、いまの口論、思わず立ちぎきしてしまいました」

「ああ、いいよ、いいよ、かえってそのほうがいいかもしれん。まあ、いいからこっちへはいりたまえ」

そこはX大学の構内にある、板垣博士の研究室で、へやのなかにはギッチリ本がつまっている。四方の壁が本でうずまっているのみならず、へやの中央にある大きなデスクのうえにも本棚《ほんだな》があり、そこにも本がつまっている。

板垣博士は停年《ていねん》でX大学の教授の地位から去ったものの、名誉教授としてまだこの大学内に、研究室をもっているのである。板垣博士は日本法医学界の権威である。

板垣博士

諸君も法医学というのをしっているだろう。殺人事件などが起《おこ》ったばあい、死体を解剖《かいぼう》して毒をのんでいるかどうかを検査したり、死後の経過時間を推定したり、あるいは血液型をしらべたり、つまり、法を守るための学問である。

板垣博士はいまもいったとおり、その法医学の権威で、三津木俊助などもいままでたびたび、むずかしい事件のばあい相談にのってもらっているのである。さいきんもある事件の証拠品の鑑定を依頼してあったのだが、その結果をききにきたところが、はからずも木塚陽介との口論を立ちぎくことになったのだ。

「先生、梶原《かじわら》さんは……？」

と、三津木俊助はへやのなかを見まわしながらたずねた。梶原というのは博士の助手である。

このへやのおくには、もうひとつへやがあって、そこがほんとうの研究室になっていて、医療器械やら薬品やら、死体を解剖するベッドやら、その他さまざまシロウトの目からみたら薄気味《うすきみ》悪い品々が、ぎっちりつまっているのだが、そこへは博士と梶原助手以外にはいれないことになっていて、いまもぴったりドアがしまっている。

「いや、いまの男がやってきたので、梶原はそとへ使いにだしたんだ」

「いったい、いまの男はどういう人物ですか。悪魔にたましいを売るなんて、キザなことをいってましたが……」

「なあに、メリケン・ゴロとおっしゃると……」

「メリケン・ゴロだよ」

「いや、まあ、それはいつか話そう。それより君から鑑定をたのまれていた品《しな》だが……ちょっと待ってくれたまえ、いま持ってくるから」

博士はとなりのへやへはいっていくと用心ぶかくむこうからぴったりドアをしめたが、そのとたん俊助のそばにある卓上電話のベルが鳴りだした。

「ああ、先生、先生」

と、俊助はドアにむかって叫んだが、研究室には防音装置がほどこされているので、むこうの物音も聞《きこ》えないかわり、こちらの声もドアのむこうには聞えないことになっている。やむなく俊助が受話器を取り上げた。

「ああ、もしもし、板垣のおじさまでいらっしゃいますか。こちら早苗ですけれど……」

受話器をとおして聞えてくる、きれいな女の声を聞いて三津木俊助ははっとした。

早苗といえばたしかさっき話題になっていた女性、すなわち板垣博士の旧友の娘で、さっきの男が結婚をのぞんでいる女性である。

「ああ、もしもし、こちら板垣先生のおへやですが、先生はいま研究室です。すぐお呼びしますから、少々お待ちください」

三津木俊助は受話器を耳にあてたまま送話器を手でおさえて、

「探偵小僧、そこのドアをノックして、先生にお電話だといってこい」

「はい」

探偵小僧が立ちあがると、三津木俊助はふたたび送話器にむかって、

「少々お待ちください。いま呼びにまいりましたから、先生はすぐお見えになります。モシモシ、モシモシ、お嬢さん……」

三津木俊助は送話器にむかって二、三度呼んだが、どういうものか、むこうからはなんの返事もない。

「モシモシ、お嬢さん、どうかなすったんですか。

モシモシ、モシモシ……」

　俊助が送話器にむかって叫んでいるととつぜん電話のむこうから、たまぎえるような女の悲鳴が聞えてきた。

「あれえ、あなた、あなた！　助けてえ。あの男がやってきたのよ！　あの男がやってきたわ！　ああ、すぐそこへやってきたわ！」

　それは恐怖のために気がくるったような女の声である。三津木俊助はぎょっとして、

「お嬢さん、ど、どうしたんですか。だれがそこへやってきたんですか。あの男とはだれのことですか」

　しかし、電話のむこうでは、そういう三津木俊助のことばも耳にはいらないらしく、

「ああ、助けてえ！　助けてえ！　いやよ！　いやよ！　この首飾りはあげられないわ。これは命よりだいじなあたしの宝よ。あれ！　助けてえ！　助けてえ」

「お嬢さん、お嬢さん、もし、お嬢さん！」

　俊助がやっきとなって叫んでいるときとなりのへやから板垣博士が出てきた。

「ああ、先生、たいへんです。早苗さんというかたが……」

「なに？　たいへんとは……？」

　板垣博士はふしぎそうに受話器をとって、

「早苗、どうしたんだね。こちらは板垣だが……早苗！　早苗！　あっ！」

　板垣博士は受話器を耳におしあてたまま、しばらくそこにぼう立ちになっている。

　三津木俊助が腕時計に目をやると、時刻はちょうど午後四時である。

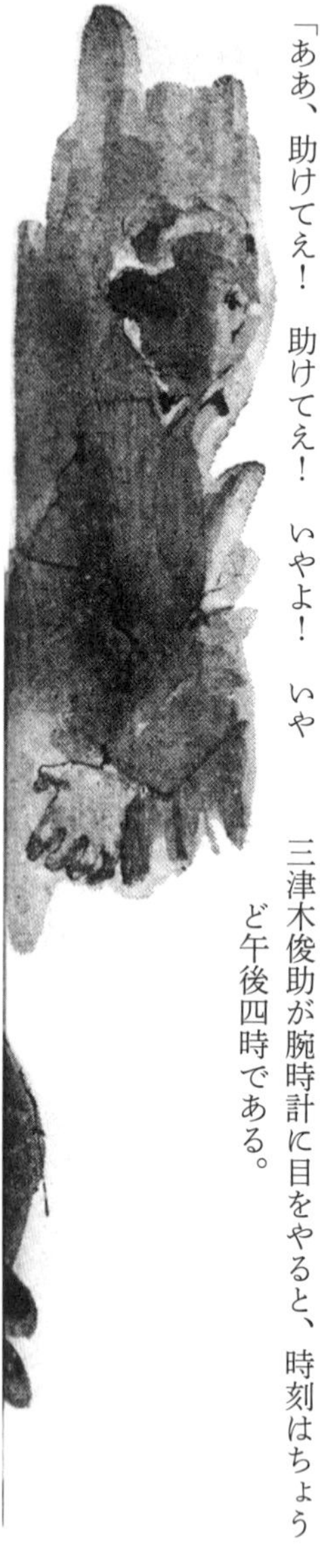

あの男

自動車のハンドルをにぎった板垣博士の双眼《そうがん》は、えものをねらうタカのように、らんらんとかがやいている。

板垣博士はとし六十三、老年ではあるが身長五尺《しゃく》七寸《すん》のからだは、壮健《そうけん》そのもので、雪のような頭髪をふさふさとうしろになでつけ、くちびるのまわりをふちどる口ひげ、あごひげも、頭髪とおなじようにまっ白《しろ》である。いつも黒っぽい洋服を身だしなみよく着て、愛用のひもネクタイが、博士のしゃれた趣味をあらわしている。

「三津木君、それで、早苗はあの男がきた、助けてえといったというんだね」

「そうです、そうです。なんでもその男というのが、早苗さんの首飾りをねらっているふうでした」

板垣博士は、いま愛用の自動車をかって、電話で救いを求めてきた、早苗という女性のもとへ急いでいるのである。助手台に三津木俊助、うしろの席には探偵小僧の御子柴くんが乗っていて、みんな不安な思いをいだいている。

「それで、先生が電話をお聞きになったとき、早苗さんというお嬢さんはなんといったんですか」

「いや、それが……ただ、キャッ！　というような、悲鳴がきこえて、それからなにかが倒れるような音がしたきり……」

博士の目は不安そうにくもっている。

「いったい、その早苗さんというかたはどういう女性なんですか。先生の旧友のお嬢さんだとかいうお話でしたが……」

「ああ、君もしってるだろう。吾妻《あづま》早苗といって、去年アメリカからかえってきたシャンソン歌手……」

「あっ！」

と、うしろの座席で話をきいていた探偵小僧の御子柴くんも、思わずおどろきのさけびをもらした。

吾妻早苗といえば、戦後シャンソンの本場といわれるパリーでも、一流のシャンソン歌手とみとめられ、ながらくヨーロッパに滞在していたが、去年アメリカ経由でかえってきて目下《もっか》人気絶頂の女性である。

「そうそう、そういえば、早苗さんのおとうさんは弁護士だったとか……」

「そうなんだ、吾妻俊造《しゅんぞう》といってぼくの中学時代以来の親友だったんだ。それが戦後ガンでなくなった。だが、そのときぼくが早苗の後見《こうけん》をまかされたんだ」

「あなたはさっきの男に、早苗さんの財産をねらっているとか、おっしゃってましたが……」

「吾妻……早苗のおやじは財産家だったからな」

「早苗さんにはほかに身寄りは……？」

「ひとりもない。だからぼくが後見をまかされて、財産の管理いっさいをやっているんだ」

「それで、さっきの男というのは……」

「ああ、あれか。あれは、木塚陽介といって、早苗がアメリカにいるじぶんしりあった男なんだ。むこうでなにをしていた男かしれたもんじゃないが、早苗のあとを追っかけて、この日本へかえってくると、しつこくあれをつけまわしているんでね。それでぼくがさっきああして引導《いんどう》をわたしてやったんだ」

「早苗さんの身に、もしなにかまちがいがあるとして、その木塚陽介という男に関係があるとお思いですか」

「さあ、それだよ」

と、板垣博士はまゆ根《ね》をくもらせて、

「早苗はあの男がやってきたといったというが、早苗があの男とよぶのは、木塚陽介以外にないように思うね。しかし、あの電話がかかってきたのは、あの男、木塚がぼくのへやを出ていってから、二、三分しかたっていなかったね。それだとどうも……」

「早苗さんのすまいは……？」

「渋谷《しぶや》の高級アパートにいるんだが……たぶん、そこからかけてきたと思うが……」

板垣博士の研究室のある大学は本郷《ほんごう》にある。本郷から渋谷まで、わずか二、三分でとんでいくというのは、とても人間わざではできない。

「そうすると、早苗さんがあの男とおっしゃったのは、またべつの男ということになりますね。そういう人物に心あたりは……?」

「いや、早苗がたんにあの男といったとすると、木塚のことにちがいない。早苗ははじめあの男にだまされて、心をひかれていたんだ。ところがあいつの正体がわかってからは、ゲジゲジのようにきらって、名まえをいうのさえけがらわしいと、あの男としかいわなくなったんだ。ほかの男ならだれそれというはずだからね」

しかし、その木塚陽介という男なら、電話がかかってくる、わずか二、三分まえに三津木俊助もあっているのである。

三津木俊助はバック・ミラーにうつっている、探偵小僧とおもわず目を見かわした。

写真とナイフ

聚楽《じゅらく》会館というのは、渋谷松濤《しょうとう》にある高級アパートである。

シャンソン歌手の吾妻早苗は、この聚楽会館の三階のフラットに住んでいる。そのフラットのドアのまえに立って、ベルを押そうとした板垣博士は、おもわずあっとひくくさけんで、うしろにひかえた三津木俊助と探偵小僧をふりかえった。

「三津木くん、あれ……」

「えっ?」

と、三津木俊助と探偵小僧が板垣博士の指さすところをみると、ドアの下にハンケチが一枚ひっかかっているが、そのハンケチにぐっしょりとドスぐろいしみがついている。三人はいっせいに、そのハンケチのうえにかがみこんだが、思わずぎょっと顔見あわせると、

「血だ!」

「血ですね」

板垣博士はすぐにからだをシャンと起《おこ》すと、いそ

いでベルを押したが、なかからはなんの返事もない。

「早苗！　早苗！　おれだ、わたしだ、板垣だよ。ここちょっとあけておくれ」

ドンドン、ドアをたたいたが、依然《いぜん》としてなかから返事はなかった。

「先生、そのドア、カギがかかっているんですか」

三津木俊助に注意をされて、

「ああ、そう」

と、博士は、はじめて気がついたように、ドアの取手《とって》をひねったが、ドアにカギがかかっていなかったらしく、なんなく開いた。

一同が顔見あわせながら、なかへはいっていくと、そこは、小げんかんになっており、右手がせまい応接室、左手が台所、正面が居間《いま》になっていて、居間のおくが寝室になっている。

「早苗……早苗……早苗はいないか」

と、板垣博士は呼びながら居間のなかへはいってきたが、おもわず、そこでぎょっとばかりに立ちすくんだ。

居間のすみの小卓のうえに卓上電話がおいてあるが、その受話器がはずれたまま、だらりと小卓から垂《た》れている。そして、その小卓のそばのじゅうたんを、ドスぐろくいろどっているのは、ひとかたまりの血である。しかもその血だまりのそばに妙なものが落ちている。

それは果物などをむくナイフだが、そのナイフにへんなものがささっている。三津木俊助がのぞいてみると、それはブロマイドのような写真で、写真のぬしは見おぼえのある吾妻早苗らしかったが、その写真のうらがぐっしょりと血にぬれているのである。むろん、ナイフのきっさきが血にそまっていることはいうまでもない。

それにしても早苗は……？

「早苗！　早苗！　早苗はどうした…？」

日ごろ冷静な板垣博士も、この目をそむけたくなるような情景をみると、とつぜん気がくるったようにさけびながら、寝室のドアをひらいたが、しかし、そこにも早苗の姿はみえないのである。

「み、三津木くん」

と、板垣博士は声をふるわせて、

「さ、早苗はどうしたんだろう。早苗は……」

「先生、どちらにしても警察へ電話をかけたほうがよさそうですね。これだけ血が流されているのですから……」

そういいながら俊助は足もとの血と、さっきドアのところでひろってきたハンケチの血を見くらべている。そのハンケチは、どうやら早苗のものらしかったが犯人が殺人ののちに手をふいていったものらしい。

「み、三津木くん、いっさいは君にまかす。わたしには、どうしてよいかわからない。おお、早苗！　かわいそうな早苗……」

さすが法医学の権威者も、じぶんの身辺《しんぺん》に起った事件だけに、どうしてよいかわからないらしい。

「承知しました」

三津木俊助は、はずれている受話器から、指紋を消さぬように用心しながら、受話器をもとの卓上電話のうえにおくと、もういちど受話器をはずして、一一〇番へダイアルをまわしかけたが、そのときだった。

げんかんのドアがひらく音がして、だれかこっちへはいってくる。

三津木俊助は、ダイヤルをまわしかけた手をやめて、はっと板垣博士と顔見あわせたが、そのとき居間のドアを細目にひらいて、そっとなかをのぞいたのは、なんと、さっき出あった木塚陽介。

「あっ、き、きさま！」

木塚はひとめで、その場のようすをみると、バタンと居間のドアをしめ、あいにくそのカギあなにさしてあったカギでガチャリ！　とドアにじょうをおろした。そして、一同がそのドアにぶつかっていったとき、げんかんから外へとびだして、足早《あしばや》にろうかを走っていく足音がする。

ああ、それにしても、吾妻早苗はどうしたのだろうか。もし、殺されたとしたら、その死体はいったいどうなったのであろうか。

これこそ、こんどかずかずの怪事件をひきおこす、姿なき怪人のさいしょの一ページであった、とのちになって思いあわされたのである。

三津木俊助の推理

はからずも、血にぬれた吾妻早苗のへやにとじこめられた三人、すなわち三津木俊助と探偵小僧の御子柴くん、それから法医学者板垣博士の三人が、かけつけてきた所轄《しょかつ》警察の係官によってすくいだされたのは、それから約三十分のちのことであった。

ここであらかじめことわっておくが、早苗のへやの電話は、聚楽会館の交換台を通じて外部と連絡するのではなく、ふつうの家庭の電話のように、直接交換局を通じてほかと話ができるようになっているのである。

したがって聚楽会館の管理人と電話で話をするためには、管理人のへやの電話番号をしっていなければならない。

だからへやのなかへとじこめられた三津木俊助は、大急ぎで電話帳をさがしてみたのだが、あいにくすぐに見つからなかったので、やむなく一一〇番へ電話して、かけつけてきた警察のひとから管理人に話してもらって、やっとドアをひらいてもらったのである。

「三津木くん、なにか殺人事件があったんだって?」

所轄警察のひとびとから、ひとあしおくれてかけつけてきたのは警視庁の等々力《とどろき》警部。俊助の顔をみるなり、どなりつけるようにたずねたが、そばにいる板垣博士に気がつくと、

「あっ、これは板垣先生、先生がどうしてここに……?」

とちょっと意外そうな顔色である。

等々力警部もいままでたびたび、板垣博士のやっかいになっているので、博士のことはよくしっているのである。

「いや、警部さん、いまも所轄のひとたちに話していたんですが、ひょっとすると殺されているんじゃないかと思われるのは、板垣先生の旧友のお嬢さんで、先生にとっては被後見人《ひこうけんにん》になるひとなんですよ」

「ほほう」

と、等々力警部は目をまるくして、

「いまこのへやへはいるとき、ドアのそばにかかっている表札を見たんだが、吾妻早苗さんというのは、ひょっとするとあの有名なシャンソン歌手では……?」

「そうです、そうです。その吾妻早苗さんのおとうさんの、吾妻俊造さんというもと弁護士だったひとが、中学時代以来の板垣先生の親友だったそうで

……」

「ああ、それは、それは……先生、とんだことでした」

「ああ、いや、等々力くん」

と、板垣博士は目をしばたたいて、

「君にそういわれてもわしにはなんとも返事ができん。わしは早苗が殺されたとは思いたくないんじゃ。あれはどこかで生きている。これはなにかのまちがいなのじゃ。そうとも、まちがいにきまっとる！」

博士はだんこといいはなったが、だがそういいながらも目をうるませているところを見ると、博士も心の中では早苗が殺されたのではないかと、ひそかに心配しているのにちがいない。

どんなに大犯罪に直面しても、顔色ひとつかえたことのない、いつも冷静な博士だけれど、事件が親友のお嬢さんに関するだけに、やはり心が動揺しているのであろう。

そこで三津木俊助がさっきの電話のいきさつを語ってきかせると、等々力警部をはじめとして、そこにいあわせた係官一同が驚いて、

「すると、早苗さんというひとが板垣先生に電話をかけてきた、ところがその最中に犯人がやってきたので、早苗さんは電話で板垣先生にすくいをもとめたが、そのうちに犯人にやられた……と、こういうことになるのかね、三津木くん」

「はあ、警部さん、だいたいそういうことになるんですが……」

「それで、早苗さんは犯人の名前をいわなかったのかね、どこのだれとか……」

「いや、ところが早苗さんはただあの男としかいわなかったんです。このあの男についてはあとでお話ししますが、ぼくにはどうも、もうひとつふに落ちないところがあるんです」

「ふに落ちないところというのは？」

「ほら、その凶器のナイフです。そのナイフに早苗さんの写真がつきさしてあるでしょう。これがぼくの聞いた早苗さんの電話とむじゅんするように思うんです」

「むじゅんとは、どういうむじゅん……？」

「いや、そのナイフに早苗さんの写真をつきさしてあるところから、ぼくはこう判断するんです。つまりある男が早苗さんに結婚をせまるとする。早苗さ

んがそれを拒絶する。そこでその男がおこってぼくと結婚してくれなければ、このとおりだとナイフで写真をつきさしておどろかす。それでも早苗さんが承知しないので、とうとう早苗さんをつきさした……と、こう考えると、ナイフに早苗さんの写真がつきさっている理由も、説明がつくと思うんです」

なるほど、なるほど、というように板垣博士はうなずいている。三津木俊助のその説にたいそう感心しているのである。

「しかし、三津木くん」

と、等々力警部は考えながら、

「君のその説と電話とべつにむじゅんすることはないじゃないか。早苗さんが電話をかけているのを、犯人がもぎとって、改めていま君がいったように、早苗さんをきょうはくしたんじゃないか」

「いや、ところがぼくは電話をしまいまで聞いていないんです。途中で板垣先生にわたしたんですが、板垣先生のおっしゃるのに、先生が受話器をとりあげるとすぐ、キャッという女の悲鳴が聞《きこ》えて、なにかバターンとものが倒れたような音が聞えたとおっしゃるんです。先生、そうでしたねえ」

板垣博士は、無言のままうなずいている。

「だから、そのとき早苗さんがさされたのだとしたら、犯人はいつ、なんのために早苗さんの写真をナイフで突きさしたのか、それがぼくにはふに落ちないのです」

「なるほど」

と、等々力警部も思《し》案顔《あんがお》だったが、

「しかし、どちらにしても、これは早苗さんの死体を発見するのが先決《せんけつ》問題だよ。こういうことをいうと、板垣先生にすみませんが……」

「いや、いや、等々力君、もし早苗が殺されたものだとすれば、一刻《いっこく》もはやく調査してもらわねばならん。およばずながら、わしも協力するつもりじゃが……」

「いや、ありがとうございます。それじゃ三津木くん、こんどはあの男について話してくれたまえ。それからだれが君たち三人を、このへやにとじこめたのかということも……」

と、等々力警部は、あらためて三津木俊助のほうへむきなおった。

恐怖のトランク

その晩の九時ごろのことである。本郷三丁目にある医療器具店S・S商会へ、ふしぎな客がやってきた。

「ああ、ちょっとおたずねするがね、X大学の法医学教室へ医療器具をおさめているS・S商会というのはこちらだね」

その声に店頭で将棋をさしていた支配人と店員が、ひょいと顔をあげると、店先に立っていたのがその男であった。

あとで支配人と店員

が口をそろえて述べたてたその男の人相書きをここに記しておくと、身長は一メートル七十二くらい、長いレイン・コートを着て、頭からすっぽりフードをかぶっていた。そして大きな黒めがねと感冒《かんぼう》よけのマスクをかけ、レイン・コートの襟《えり》をふかぶかと立てていたので、顔はほとんどわからなかった……と、いうのである。

「へえへえ、X大学の板垣先生にはいつもごひいきになっておりますが……」

と、支配人が将棋をやめて店先へ出てくると、

「ああ、そう、それじゃすまないが、あしたの朝まで、この支那《シナ》かばんをあずかっておいてくれないか」

と、そういわれて支配人が足下をみると、いつの間にかつぎこんだのか、ショー・ウィンドウのそばに大きな支那かばんがおいてあった。

「へえ、この支那かばんは……？」

と、支配人がふしぎそうに客の顔をみると、

「いや、じつは板垣君にたのまれて、この支那かばんを、いまの研究室へもっていったところが、研究室はもうしまっているんだ。そこでさっき板垣君の自宅へ電話をかけて相談したところが、そんな重いものをあちこち持ち運ぶのはめんどうだろうから、本郷三丁目のS・S商会という医療器具店へあずけておいてくれ。そうすればあした学校へいくとちゅう、じぶんがよって引き取るから……とこう板垣君がいうんだがね」

「ああ、さようで。それはおやすいご用で。おい、山本《やまもと》君、ちょっとこっちへきて手伝ってくれたまえ。店の中へいれておこう」

「いや、どうも、手数をかけてすまないね」

「とんでもございません。板垣先生には昔から、いろいろごひいきやらご指導にあずかっておりますんで、なに、これしきのこと……おっと、これはずいぶん重《おも》うございますね」

「ああ、電気器具だからね。狂うといけないから、そうっと運んでくれたまえよ」

「承知しました」

支配人と山本店員のふたりで、やっとその支那かばんを店のすみへかたづけるのをみて、

「それじゃ、すまないが、あしたの朝まで頼んだよ」

「あの、失礼ですがお名前は……？」

「いや、名前はいわなくても板垣君がよく承知している。さっき電話をかけておいたんだから」

「ああ、さようで、それではたしかにおあずかりいたしました」

と、支配人が店先まで送って出ると、ふしぎな客は、表《おもて》に待たせてあった自動車を、じぶんで運転して立ち去った。

ところが、その翌朝の十二時ごろのことである。

「坂崎《さかざき》さん、坂崎さん、ちょっと……」

と、山本店員から声をかけられて、坂崎支配人は、

「なんだい、山本君」

と、読んでいた朝の新聞から顔をあげた。

「あの……ゆうべおあずかりした支那かばんですが……」

「ああ、板垣先生が取りにお見えになったのかい」

「いえ、そうじゃないんですが、ちょっと妙なことがあるんです」

「妙なことってなんのこと？」

「いえ、まあ、こっちへきてみてください」

「どうしたんだい、顔色かえて……この支那かばんがどうかしたというのかい」

支配人がふしぎそうに支那かばんのそばへやってくると、

「坂崎さん、ほら、その支那かばんの底からにじみだしている黒いししみ、そ、それ、血じゃありませんか」

「な、な、なんだって！」

坂崎支配人もびっくりしたように、支那かばんのそばへかがみこんだ。

そこは土間《どま》のすみっこの、昼でも小暗《おぐら》いところなので、いままでだれも気がつかなかったのだが、いま山本店員に注意をされてよくみると、この支那かばんの底にはどこかきずがあって、そこからにじみでたものか、土間にくろいシミができている。

支配人が指でちょっとさわってみると、ねばねばとしたその液体は、まだ生《なま》かわきで少しぬれている。

支配人はその指をそっと目さきへもっていったが、

「あっ、や、山本君、こ、こりゃあたしかに血だ！」

「さ、さ、坂崎さん、ひょっとするとけさの新聞にのっていた、吾妻早苗さんの死体じゃ……」

「あっ！」

と、坂崎支配人はふたたび驚いて、

「そ、そ、そうだ、いや、そうかもしれん。吾妻早苗というのは板垣先生の被後見人《ひこうけんにん》だと新聞に出ていたね。き、君、さっそく板垣先生に電話をかけたまえ。いや、ぼ、ぼくがかけよう」

坂崎支配人の電話がかかってきたとき、ちょうどさいわい、研究室には、等々力警部、三津木俊助、探偵小僧の三人がきあわせていた。きのう早苗のアパートで発見された、血液鑑定の結果をききにきていたのである。

それから十五分ののち、取るものも取りあえずかけつけてきた一同が、むりやりにじょうをこわしてトランクをひらくと、なかから現われたのはまぎれもなく、吾妻早苗の死体であった。早苗はもののみごとに心臓をえぐられているのである。

探偵小僧の発見

どうもふしぎな事件であった。

すべての事情が木塚陽介を、犯人として指さしているように思われる。

木塚は早苗と結婚したがっていた。これは板垣博士の説のみならず、げんに三津木俊助や探偵小僧の御子柴くんも、ドアの外の立ちぎきで、だいたいそれと察していたのだ。

いや、いや、三津木俊助や探偵小僧のことばをまつまでもなく、木塚や早苗の友人はみんなそのことをしっていた。いちじ早苗も木塚に心がかたむいていた。いつかふたりは結婚するのではないかといわれていた。

だから、三津木俊助の推理のとおり、木塚が早苗に結婚をせまったが、早苗が承知しなかったので、早苗の写真をナイフで突きさしておどかしたが、それでもなおかつ早苗が承服《しょうふく》しなかったので、とうとう写真ごと早苗をつきさしたのではないかという説は、いかにも、もっとものように思われるのである。

また、早苗があの男とよぶような人物も、木塚のほかには思いあたらなかったし、それに第一、木塚という人物の正体がはなはだあいまいなのである。

フランスで人気をはくしたシャンソン歌手の吾妻早苗が、アメリカ経由で日本へかえるとちゅう、アメリカで親しくなって、早苗のあとを追うように、日本へまいもどってきた男……と、ただそれだけしかわかっていない。

しかも、早苗の周囲にはどう考えても彼女を殺害しそうな男は見当たらないのである。

あの電話のことさえなかったら、早苗はぜんぜん見しらぬ強盗に、殺されたのかもしれぬといえるだろう。

しかし、早苗はげんに俊助にむかって、あの男がやってきたのよ！　あの男がやってきたわ！　と、絶叫《ぜっきょう》しているのである。あの男というからには、かねてから早苗のしっている男にちがいない。そして、まえにもいったように、板垣博士の説によると、早苗はちかごろ木塚の名前を口にするさえいやがって、いつもあの男としかいわなかったという。

こう考えてくると、木塚陽介以外に早苗を殺した犯人はないと思われるのに、しかも木塚陽介にはハッキリとしたアリバイがある。

あの電話がかかってきたのは、木塚陽介が板垣博士の研究室をとびだしていってから、わずか三分ほどのちのことである。いかに機械文明の発達している現在でも、わずか三分で本郷から渋谷までいくことはできないだろう。だから、あの電話がかかってきたとき、木塚陽介はまだX大学の付近をうろうろしていたはずである！

だから、木塚陽介は早苗を殺すことは不可能である！

だが、それにもかかわらず、三津木俊助をはじめとして、等々力警部やその他警察のひとびとは、やはり木塚陽介をあやしまずにはいられなかった。なぜならば、早苗が殺されたその日以来、木塚はゆくえをくらましているのである。

木塚は日本へまいもどって以来、丸の内のNホテルにとまっていたのだが、あの日昼すぎホテルを出て、それから夕方の六時ごろいちどかえってきたが、ちょうどそこへどこからか電話がかかってきて、また、ホテルをとびだして、それきりゆくえがわからなくなっているのである。

逃亡こそもっとも雄弁《ゆうべん》な犯行の告白である——と、いう言葉もあるではないか。そうすると、やっぱり犯人は木塚陽介なのだろうか。

「ふしぎですねえ、どうもぼくにはこの事件がよくわかりませんねえ」

事件があってからもう五日になる。それにもかかわらず、木塚のゆくえはまだわからないのだ。

　きょうもきょうとて、大学の板垣博士の研究室へ集まったのは、三津木俊助と等々力警部、それから探偵小僧の三人である。

「三津木くん、なにが、わからないんだね」

「だって、警部さん、犯人はなんだって早苗さんの死体を、板垣先生のところへ送りとどけようとしたんです？」

「そりゃあ、先生にうらみがあるから、これみよがしに送ってきたんだろう」

「と、いうことは犯人は木塚だということですね。だけど、それだとしたら木塚はなぜ現場へまいもどってきたんです。われわれをあのへやへとじこめていったのは、たしかに木塚陽介でしたよ」

「そりゃあ、おおかたなにか忘れものがあったんだろうよ」

「そう、そうかもしれませんが……」

　と……三津木俊助はしばらく考えこんでいたが、きゅうに思いだしたように、

「先生、板垣先生」

「なあに、三津木くん」

「いま、ふっと思いだしたんですが、早苗さんはなにか高価な首飾りをもっていたんですか。命にかえてもだいじにしなければならないような……」

「三津木くん、それ、どういう意味？」

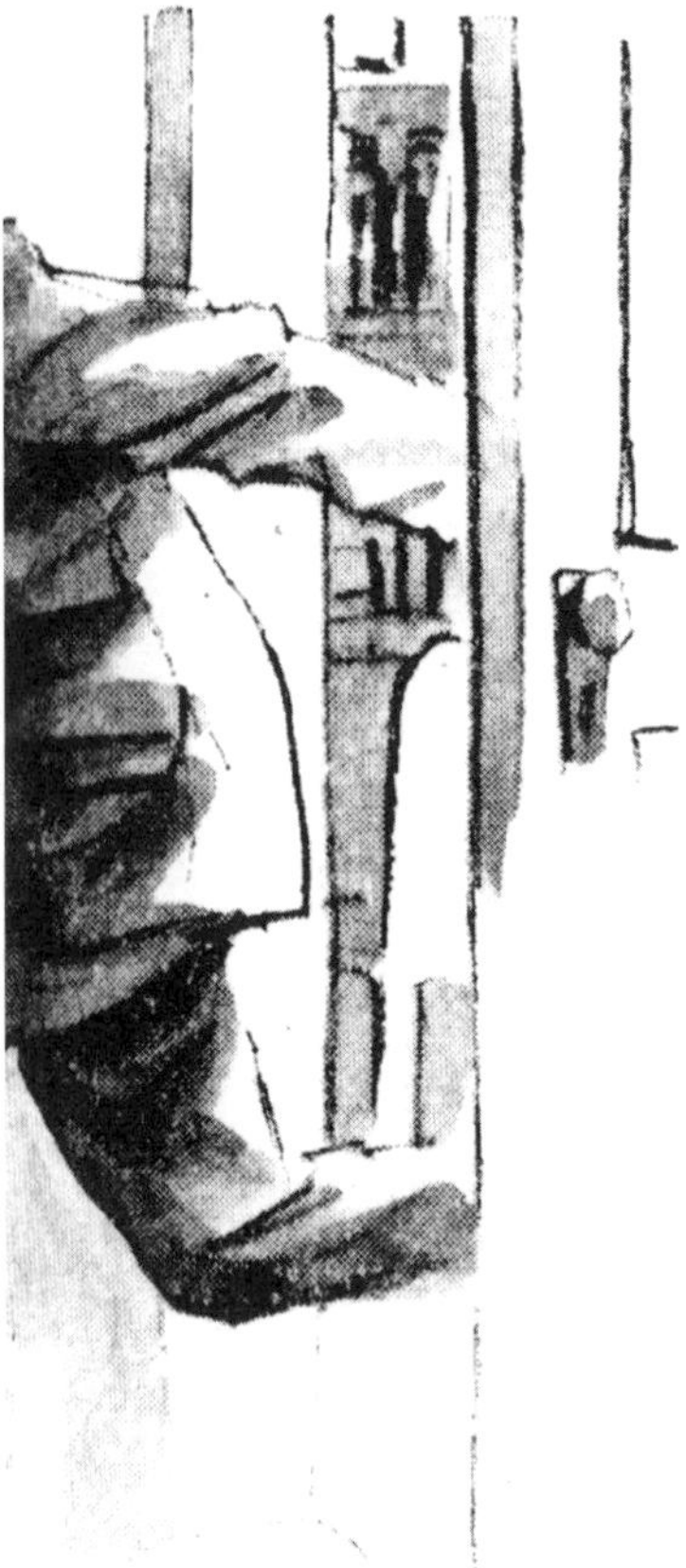

と、板垣博士はふしぎそうにまゆをひそめる。

「いや、これはいまふっと思い出したんですが、あのとき早苗さんはこんなことをいってましたよ。ああ、助けてえ！　助けてえ！　いやよ！　いやよ！　この首飾りはあげられないわ。これは命よりだいじなあたしの宝よ。あれ、助けてえ！　助けてえ！……と」

「な、な、なんですって？　三津木さん」

と、床からとびあがったのは探偵小僧の御子柴くんだ。

「三津木さん、もういっぺんいってみてください。いまの言葉をもういっぺんいってみてください」

「探偵小僧、どうしたんだ。いまの言葉がなにか……？」

「いいから、もういっぺんいってみてください」
「そりゃあ、いえというならなんべんでもくりかえすがね」
三津木俊助がおなじ言葉をくりかえすのを、探偵小僧の御子柴くんはわなわなからだをふるわせながらきいていたが、
「わかった！　わかった！　それでなにもかもわか

った！　みなさん、しばらくここで待っていてください。あとで、ぼくここへ電話をかけてきますから、どこへもいかずに、ここで待っていてください！」

そう叫んだかと思うと御子柴くんは、まるで、はやてのようにそのへやをとびだしていった。

いったい、探偵小僧はなにを発見したのであろうか。

あっぱれ探偵小僧

「探偵小僧のやつ、いったい、なにを発見したというんだろうねえ」

「なにか早苗の電話の声について、心当たりがあったようだな」

と、等々力警部と板垣博士はふしぎそうな顔色である。

探偵小僧がX大学の法医学教室を、とびだしていってから、もう半時間になるが、約束の電話はまだかかってこないのである。

板垣博士と等々力警部、それに三津木俊助の三人は、さっきから手持ちぶさたのように、時計とにらめっこをしていたが、やがて三津木俊助が思いだしたように、

「それはそうと板垣先生」

「はあ」

「早苗さんは、そんなに高価な首飾りをもっていたんですか。命よりだいじな首飾りというようなものを……」

「いや、三津木くん、わたしもそれをふしぎに思っていたんだ。早苗はほんとにそんなことをいいましたか」

「はあ、たしかにそういいましたよ。いやよ！　いやよ！　この首飾りはあげられないわ。これは命よりだいじなあたしの宝よ。あれ、助けてえ……と」

「妙ですねえ、早苗は親ゆずりの財産をもっていたし、それに外国がえりだから、首飾りも、そりゃ、いろいろ持っていたろうが、命よりだいじな宝というようなものをもっていたかどうか。それにあれはまだ昼間のことだったろう。昼間から、しかも、じぶんのへやで、そんなだいじな首飾りをつけていたというのはふしぎだね。たとえ早苗が命よりだいじな首飾りをもっていたとしてもだね」

「そうなんです。それをぼくもふしぎに思っているんですが……」

「だけど、早苗さんはたしかにそういったというんだね。これはわたしの命よりだいじな宝だと……」

と、そばから等々力警部が念をおしたとき、だしぬけに卓上電話のベルがけたたましく鳴りだした。

板垣博士は受話器をとりあげると、

「ああ、御子柴くんか。君、いまどこにいるの？　ええ？　ああ、もちろん三津木くんも等々力警部もここにいるよ。三津木くんにかわろうか。ええ？　なに？　われわれみんなに聞いてほしいって？　ああ、そう、では受話器に拡声装置をつけるから、ちょっと待ってくれたまえ。そのあとで三津木くんに出てもらうからね」

板垣博士は受話器をおくと、

「三津木くん、いまお聞きのとおり、探偵小僧が妙なことをいってるぜ。ちょっと準備をするから待ってくれたまえ」

板垣博士は受話器に拡声装置をほどこしたあとで、三津木俊助がそれをとりあげた。

「ああ、探偵小僧か。こちら三津木だ。なにかわれわれに聞かせたいことがあるって？」

「ええ、三津木さん」

と、そういう探偵小僧の声は、拡声装置のために、へやいっぱいにひろがるのである。

「ぼく、いまほかのひとと交代しますから、そのひとの声を注意ぶかく聞いていてください」

「ほかのひとってだれだい？」

「いいえ、聞いてればわかります。それじゃ交代しますから」

しばらくしいんとしていたが、とつぜん聞《きこ》えてきたのは、たまげるような女の金《かな》切《き》り声《ごえ》である。

「あれえ、あなた、あなた！　助けてえ！　あの男がやってきたのよ！　あの男がやってきたわ！　ああ、すぐそこへやってきたわ！」

一同はぎょっとして息をのんだ。それはどうやら、いつか三津木俊助が聞いた電話の声とおなじらしかった。

一同がなおも耳をすましていると、またひきつづいて女の声が聞えてきた。

「ああ、助けてえ！　助けてえ！　いやよ！　いやよ！　この首飾りはあげられないわ。これは命よりだいじなあたしの宝よ。あれ！　助けてえ！　助けてえ！」

それからまたちょっとまをおいて、

「キャッ！」

と、いう悲鳴が聞えたかと思うと、やがてドスーンとものの倒れるようなにぶい物音が聞えてきた。

一同がシーンと、顔を見合わせていると、やがてまた探偵小僧の声にかわって、

「三津木さん、いまのをお聞きになりましたか」

「ああ、聞いたよ、聞いたよ、探偵小僧！」

と、俊助は興奮した声をしずめながら、

「しかし、いまの声はいったいどうしたんだ」

「いや、それをお話しするまえに、いつか三津木さんのお聞きになった電話の声というのは、いまの声じゃありませんでしたか」

「ああ、そっくりだよ。だからびっくりしているんだ。おわりのほうのキャッというさけび声と、ドスンとものの倒れる音もそっくりだったと、板垣先生もいっていらっしゃる。いったい、ど、どうしたんだ」

「テレビ映画ですよ。三津木さん」

「テ、テレビ映画……？」

「ぼくいまヤマト・テレビのスタジオにいるんです。そして、ここの局長さんにお願いして、『夜の紳士』と、いうテレビ映画の録音の一部分を、いま電話口でかけてもらったんです。ぼくまえにそのテレビを見ていて、そういうことばがあったことを思いだしたものですから……みなさん、すぐにこちらへきて、もういちど、このテレビを見てください！」

それから三十分ののち、ヤマト・テレビのスタジオへかけつけた三人は、局長の好意によって『夜の紳士』をみせてもらって、おもわず手に汗をにぎりしめたのである。

『夜の紳士』というのは連続物で、一同が見せてもらったのは、『夜の紳士』のなかの『真珠《しんじゅ》の首飾り』という三十分もののテレビ映画であった。

その筋《すじ》をいうと、ある金持ちの夫人が外出している夫と電話で話をしているところへ、『夜の紳士』というあだ名《な》で知られている紳士強盗が、夫人の身につけている首飾りをうばいにやってくるのである。

そこで夫人は電話にむかって救いをもとめるのだが、やがて紳士強盗に首をしめられ、キャッとさけ

んで倒れるのであった。

しかも、この映画は再放送されたというから、まえに放送されたときに見たものなら、だいたいの筋はわかっていたはずである。だから、二度目に放送されたとき、あらかじめテレビのまえにテープ・レコーダーを用意しておいて、必要な声の部分だけ録音することができたのである。

「だから、そのまえに、本物の早苗さんの電話の声を録音しておいて、そのあとへこれをつないで電話口でかければ、いかにも早苗さんが電話をかけている最中に、殺されたように思われます。犯人はそうしてアリバイをつくったんじゃないでしょうか」

ねこ背の男

ああ、なんという推理力！

もし、三津木俊助や板垣博士の聞いた電話の声が、録音された声だったとしたら――どうやらそれはもうまちがいないらしいのだが――犯人はいくらでもアリバイがつくれるはずである。

かりに犯人を木塚陽介と仮定してみよう。木塚はわざとX大学へやってきて、板垣博士とけんかして出ていった。そして大学の近所の公衆電話から、博士のへやを呼び出して、だれかひとが出ると、電話口でテープ・レコーダーをかけるのである。

あのとき三津木俊助は、電話がおわると同時にうで時計に目をやったが、時刻はちょうど四時だった。だから三津木俊助のみならず、板垣博士も等々力警部も、早苗が殺されたのは四時ちょっとまえだとばかり思っていた。

しかし、じっさい早苗が殺されたのは、それよりもっとまえだったのだ。犯人がアリバイをつくるために、テープ・レコーダーをトリックに使ったのだ。

こう考えてくると犯人が、なぜ早苗の死体をトランク詰めにして、運びだしたかという理由もうなずける。

電話をきいた板垣博士がすぐにアパートへかけつけたとき、そこに早苗の死体があったとしたら、そこは法医学の最高権威といわれる博士のことだ。早苗の死体をみて、これはいま殺されたばかりではない。もっと以前に殺されたのではないか、という疑いをもつだろう。だから死体の発見を、できるだけおくらせようとしたにちがいない。

死体というものは時間がたてばたつほど、いつごろ死亡したのか、ハッキリきめることがむずかしくなるのである。犯人はそこをねらったのだが、それにしてもなにからなにまで、なんというういやりくちだろう。

だが、こうなると木塚陽介のアリバイは完全にやぶれた。そこで警察ではあらためて、板垣博士から聞いた木塚陽介の人相書きやからだつきを発表して、いっぱん市民の協力をあおぐことになったのである。

それによると。――

年令は三十前後。色白にしてややすご味《み》のある好男子。あごのところにななめに薄赤き傷あり。身長は一メートル七十二くらい。ややねこ背《ぜ》にして、ふだんは目だたざるも、急いで歩くとき左足をひきずるくせあり。……

こういう木塚の特徴のほか、板垣博士をはじめとして、木塚を知っているひとびと――アメリカがえりの木塚には、知人といってもすごく少数しかいなかったが――それらのひとびとの意見を参考として作られた、モンタージュ写真が新聞に発表されて、ひろくいっぱんの協力が求められたが、それにもかかわらず木塚のゆくえはようとしてわからなかった。

こうして、一週間たち、十日とすぎたある日のこと、探偵小僧の御子柴くんは、三津木俊助にたのまれて、板垣博士のお宅を訪れた。

板垣博士のお宅は、小石川《こいしかわ》の小日向台町《こひなただいまち》というところにあるのだが、博士は先年奥さんにさきだたれたうえに、夫婦のあいだに子どももなかったので、いまでは年とったばあやとふたりきりのやもめ暮しである。

ところがあいにく探偵小僧が訪れた日は、博士は地方へ出張旅行中とやらでるすだった。しかたなしに探偵小僧は、げんかんからひきかえして門から外へ出ようとしたせつな、おもわずぎょっと息をのみこんだ。

門の外に立って博士邸《てい》のようすをうかがっていたらしいひとりの男が、だしぬけにとびだしてきた探偵小僧のすがたをみて、あわてて顔をそむけると、ぶらぶらとむこうのほうへ歩きだしたからである。

しかも、顔をそむけるいっしゅんに、探偵小僧の目にうつったのは大きな黒めがねに感冒《かんぼう》よけの白いマスク、それにレイン・コートのえりをふかぶかと立てたすがたである。それはいつぞや木郷三丁目の医療器具店、S・S商会へあらわれた、木塚陽介とおぼしい人物にそっくりではないか。

ひょっとすると木塚陽介が、ひそかに板垣博士のようすをうかがいにきたのではないか。……

そう考えると、探偵小僧の胸はおどった。心臓がガンガンと早鐘《はやがね》をうつように鳴りだした。ひそかにあとをつけながら、目分量《めぶんりょう》で測定すると、身長は一メートル七十二、ねこ背であることも一致する。歩きかたにはべつにかわりはなかったけれど、ふだんのときは気がつかないていどのびっこだったと博士もいっていた。

よし、それじゃひとつ、このねこ背の男をつけてやろう。……

探偵小僧がそう決心したことに、気がついたのかつかないのか、ねこ背の男はにわかに足をはやめはじめた。と、そのとき探偵小僧の御子柴くんは、はっきりそれと気がついたのだ。ねこ背の男はあきらかに左足をひきずっている。

そう気がついたとたん、ねこ背の男は小日向台町の坂をくだった。と、そこに止まっているのは一台の自動車である。ねこ背の男は運転台にとび乗ると、みずからハンドルをにぎって、たそがれの町を走りだした。

「しまった!」

と、口のうちでさけんだ、御子柴くんが、あたりを見まわしているところへ、あたかもよし、通りかかったのは一台の空車である。御子柴くんはそれを呼びとめてとびのると、

「君、むこうへいく自動車のあとをつけてくれたまえ。はやく、はやく!」

と、せきたてた。

テープ・レコーダー

ねこ背の男は、あとから自動車がつけてくると、気がついているのかいないのか、それから半時間のちやってきたのは、隅田川《すみだがわ》をむこうへわたった、とある工場街のいっかくである。

うちつづくちかごろの不況のために、工場もいまのところ操業を中止しているのか、あたりはがらん

として人影もない。黒いトタンべいのつづく工場街は、ちょっと廃虚《はいきょ》のようなかんじである。にょきにょきとそびえる煙突《えんとつ》も、煙をはくことを忘れたように、夕やみのなかで沈黙している。

ねこ背の男が自動車をのりいれたのは、そういう工場のひとつであった。

それとみると探偵小僧の御子柴くんも自動車を町角《まちかど》にとめてとびおりた。

「運転手さん、ありがとう。もうかえってもいいよ」

と、自動車をかえすと探偵小僧の御子柴くん、黒いトタンべいぞいに門のまえまでちかよった。門にかかっている古びた木札《きふだ》をみると、

「隅田アルミ加工場」

と、いう札があがっている。もちろんあまり大きな工場ではなく、どこかの大工場の下《した》うけ工場にちがいない。

通りすがりになかをのぞいてみると、あけっぴろげた門のなかはがらんとしていて、事務所らしい建物にたったひとつあかりがついているきりである。

探偵小僧の御子柴くんは、いったんそこを通りすぎたが、またひきかえしてくると、すばやくあたりを見まわしたのち、なにくわぬ顔をして工場のなかへはいっていった。

ひとに見つかってとがめられたら、なんとかごまかすつもりなのだ。

あかりのついている事務所をのぞいてみたが、だれもひとはいなかった。事務所の壁にかかっている時計をみると、針《はり》は五時半を示していて、あたりはもううすぐらくなりかけている。

それにしてもさっきの自動車はどこへいったのか

と、事務所の建物のかどを曲《まが》ると、むこうの工場の入口に、見おぼえのある自動車がとまっている。

自動車のすぐそばにある入口があいているところをみると、ねこ背の男はそのなかへはいっていったにちがいない。あいかわらず人影はどこにも見当たらなかった。

探偵小僧の御子柴くんは、さすがにドキドキ胸を鳴らしながら、その工場へとちかづいた。

工場のなかをのぞいてみると、なにに使う機械なのか、歯車がいちめんにかみあっていて、ベルトが歯車から歯車へとわたっている。

ねこ背の男はどこにいるのか、あたりはシーンとしずまりかえっていたが、そのうちに御子柴くんが気がついたのは、この工場のすみっこに小さな事務室がついていることである。

ねこ背の男は、その事務室のなかにいるのではあるまいか。だが、それにしても、そうとうあたりが薄暗くなりかけているのに、そこにもあかりはついていないのである。

探偵小僧は思いきって、工場のなかへふみこむと、事務室のほうへちかよった。すりガラスをはめた事務室のドアはしまっていたが、かたわらのガラス窓からなかをのぞくと、はたしてへやのなかにはだれもいない。

探偵小僧の御子柴くんは失望して、窓のそばをはなれようとしたが、そのときふっと目をとらえたものがある。

それはデスクのうえにおいてある四角な箱で、大きさからいってポータブルの蓄音器《ちくおんき》ぐらいであった。ひょっとすると、テープ・レコーダーではあるまいか。

そう気がつくと探偵小僧は、にわかに心臓がドキドキしてきた。あたりを見まわしたが、さいわい人影はどこにもみえない。

ええい、ままよ、見つかったら見つかったときのことだとばかりに、探偵小僧はへやのなかへふみこんだ。デスクのそばへちかよって、ボックスをひらいてみると、はたしてそれはテープ・レコーダーであった。

探偵小僧は心臓がドキドキするのをおさえることができなかった。ひょっとすると、このなかに電話の声が吹きこんであるのではないか。

探偵小僧はそのテープ・レコーダーを、かけてみたいという誘惑をおさえかねたが、しかし、声が出ればひとに気づかれるにきまっている。テープ・レコーダーを見つめたまま、探偵小僧はそこに立ちつくしていたが、そのときだ。

だしぬけにパッと室内の電気がついたので、あっとさけんで探偵小僧がうしろをふりかえると、ドアのところに立っているのは、さっきのねこ背の男ではないか。

「探偵小僧、どうしたんだ。どうしてそのテープ・レコーダーをかけてみないのだ」

ねこ背の男は大きな黒めがねのおくから、探偵小僧の顔をみながら、にやにやするような声でいった。マスクをかけているので、妙に不明瞭《ふめいりょう》な声だったが、さっきとちがってレイン・コートのえりを折っているので、きれいにそったあごがはっきり見える。

そのあごにうっすら残っているのは、薄もも色の傷のあと、ああ、やっぱりあの男なのだ！　木塚陽介！

そう考えると探偵小僧の御子柴くんは、全身にぐっしょり汗が吹きだしてきた。舌がうわあごにくっついて、ひざがしらががくがくふるえた。

しかし、ねこ背の男は探偵小僧にたいして、かくべつ害意はないらしく、うちくつろいだ態度で、

「じつはね、探偵小僧、君にちょっと用事があって、わざわざここまできてもらったんだ。だから、べつに心配することはないんだよ」

「ぼ、ぼくに用事ってなんです」

「いや、ほかでもないがこのテープ・レコーダーだ。こいつを板垣のおやじのところへとどけてもらいたいんだが。そのまえにちょっと声を聞いてくれたまえ」

と、つかつかとデスクのそばにちかよったねこ背の男が、テープ・レコーダーにスイッチを入れると、たちまち聞《きこ》えてきたのは女の声である。

「ああ、もしもし、板垣のおじさまでいらっしゃいますか。こちら早苗ですけれど……」

それからしばらく間をおいて、

「あれえ、あなた、あなた！　助けてえ。あの男がやってきたのよ！　あの男がやってきたわ！　ああ、すぐそこへやってきたわ！」

それからまたちょっとあいだがあって、

「ああ、助けてえ！　助けてえ！　いやよ！　いやよ！　この首飾りはあげられないわ。これは命よりだいじなあたしの宝よ。あれ！　助けてえ！　助けてえ！」

それからまたちょっと間をおいて、キャッ！　と、さけんでドスンという物音が聞えてくるのは、あのテレビ映画とおなじである。

「探偵小僧」

と、ねこ背の男はマスクのおくから、

「そのテープ・レコーダーにはもう少しつづきがあるんだ。よく聞いてくれ」

そのことばもおわらぬうちに、こんどは太い男の声が聞えてきた。

「やい、板垣のおやじ。おまえのおかげでおれはとうとう、早苗さんを殺してしまった。この復讐《ふくしゅう》はきっとするぞ。おれはこれから姿なき怪人となって、人殺しでもなんでも好きなことをやってのけるんだ。ひとつきさまとうでくらべといこうじゃないか。うわっはっは、うわっはっは、うわっはっは！」

テープ・レコーダーよりもれる薄気味《うすきみ》悪いその声は、がらんとした工場内にひびきわたって、まるで悪魔の雄《お》たけびのようであった。

探偵小僧はおもわずひたいの汗をぬぐったが、そのとき工場の外で自動車のエンジンの音が聞えたので、はっとしてあたりを見まわすと、そこにはもうねこ背の男の姿はなかった。

第二話　怪屋《かいおく》の怪

野中の一軒家

「御子柴《みこしば》くん、ちょっと困ったことがあるんだがね」

そこはX大学の法医学教室、板垣《いたがき》博士の研究室である。三津木俊助《みつぎしゅんすけ》のつかいでやってきた探偵小僧の御子柴くんをつかまえて、板垣博士はいかにも困ったような顔色である。

「先生、なにがそんなにお困りなんですか」

と、探偵小僧がたずねると、

「いや、それより君はこれからどうするの。まだなにか用事があるのかい？」

「いいえ、べつに……先生のほうのご用がすんだら、そのままうちへかえってもいいっていわれてきたんですけれど……先生、なにか……？」

「ああ、そう、ところで御子柴くんとこはたしか吉祥寺《きちじょうじ》だったね」

「はあ、そうです」

「線路の北っかわ？　南っかわ？」

「北っかわです。駅から成蹊《せいけい》学園へいくちょうど中間くらいですけれど……」

「ああ、そう、それじゃひとつぼくに頼まれてくれないか。この品《しな》をね、吉祥寺の、あるうちへとどけてもらいたいんだが……」

「ああ、そうですか。そんなことならぞうさないです。どういううちへおとどけすればいいんですか」

「ああ、そうか、そうか、いや、ありがとう。おかげで助かったよ。こんやきっちり八時にとどけるという約束だったんだがね。きゅうにほかに用事ができて、困っているところへ君がきてくれたわけだ。いま地図を書くからちょっと待ってくれたまえ」

と、板垣博士の書いた地図をみると、あいての家というのは、成蹊学園よりだいぶおくの、吉祥寺のはずれにあたっており、人家《じんか》もまばらなそうとうさびしいところらしい。あて名に太田《おおた》垣三造《がきさんぞう》となっている。

「先生、この太田垣三造さんというのはどういうかたなんですか」

「なあに、ぼくのいとこなんだよ。ちょっと変わりもんでね。ちょくちょく収集品の鑑定をたのまれることがあるんだ。こんどもまた鑑定をたのまれて、それをこんや八時にとどける約束になっていたんだが、それがつまりこれなんだがね」

と、板垣博士の出してわたした品というのは、石《せっ》けん箱くらいの小さな箱で、ハトロン紙でつつんで、ていねいに封印がほどこしてある。

「先生、収集って、そのかたは、なにを収集していらっしゃるんですか」

「いや、それはまたいつか話そう。それじゃ御子柴くん、すまないがこんやご飯《はん》でもすんだら、ぶらぶら出かけてとどけてくれたまえ。ああ、そうそう、それから忘れないように、その品を受け取ったというしるしに、なにか一筆受取《いっぴつうけとり》を書いてもらってきてくれたまえ」

「はあ、承知しました。それじゃあしたでもその受取を、ここへとどけにまいります」

「ああ、そう、そうしてもらえばありがたい。じゃ、ひとつ、よろしく頼む」

と、以上のようないきさつから、探偵小僧の御子柴くんが、板垣博士から小さな包みをことづかったのが、六月二十日の午後五時ごろのことである。

探偵小僧の御子柴くんはその足で、吉祥寺の自宅へかえると、晩ご飯を食べ、七時半ごろ家を出た。御子柴くんのうちから地図にある太田垣三造氏の家までは、ぶらぶら歩いても二十分くらいの距離らしいが、少しはやめに家を出たのだ。

六月二十日といえばまだつゆのさいちゅうである。きょうはさいわい一日天気がもったが、御子柴くんが家を出るころから、またベショベショといんきな雨が降りはじめていた。

だから御子柴くんはレイン・コートにフードをかぶり、足には長ぐつをはいていた。吉祥寺も太田垣三造氏の家のあるあたりにくると、道路がまだ舗装《ほそう》されていないかもしれないのである。

成蹊学園のへいにそって、五日市《いつかいち》街道をよこへそれると、あたりはにわかにさびしくなり、さらにそれをおくへ進んでいくと、まだたぶんに武蔵野《むさしの》のおもかげをたたえている。

探偵小僧の御子柴くんも中学生時分には、よくこのへんへセミをとりにきたものだが、一昨年の春、新日報社《しんにっぽうしゃ》へはいってからは、いちどもこのへんへきたことがない。だいぶ家が建ったようだが、それもあちらにポツリ、こちらにポツリである。

探偵小僧の御子柴くんが、板垣博士に書いてもらった地図を、なんども懐中電灯の光で調べながら、太田垣氏の家をさがしていると、雨がきゅうにはげしくなってきた。

御子柴くんはなんだか心細くなってくる。夜道にはじめてのうちをさがしていくというのは、かってのわからないものだが、ことに町のまんなかとちがって郊外《こうがい》では、道がまがりくねったりしているので、いっそうわかりにくいものである。そこへもってきて板垣博士の地図というのが、あんまり正確とはいえないらしい。

御子柴くんは、とつぜん大きな雑木林《ぞうきばやし》のそばへ出た。このへんの農家は昔からからっ風《かぜ》を防ぐために、家の周囲へ植林する風習があるのだが、いまでもそういう防風林があちこちになごりをとどめている。

その雑木林のうえに音を立てて雨が降っている。あたりはもちろんまっくらで、どうかするとどろんこ道に、ゴムの長ぐつをすいとられそうになる。もちろん人っ子ひとり通らない。

御子柴くんは少し来すぎたのではないかと思った。しかし、念のためにと、その雑木林のはずれまでいってみると、むこうに二階建ての洋館が見えた。

あれではないかと御子柴くんが、足をはやめて家のまえまでくると、大谷石《おおやいし》の門柱にははたして、

「太田垣三造」

と、出ていた。

ほっとした御子柴くんが門のなかへはいろうとすると、げんかんからだれかとびだしてきた。若い女のひとのようだった。

四角なへや

「もしもし……」

御子柴くんが声をかけると、げんかんへ出てきた女は、はっとしたような顔をそむけて、あわててハンカチで鼻のうえをおさえた。

探偵小僧の御子柴くんとおなじように、レイン・コートを着て、頭からすっぽりとフードをまぶかにかぶっている。


「もしもし……ちょっとおたずねしますが……」

と、御子柴くんがもういちど声をかけてちかづいていくと、だしぬけに女のひとが走りだした。そして、あっというまもなく御子柴くんのそばをかけぬけると、門から外へとびだして、一目散《いちもくさん》に雨の降りしきるやみのかなたへ走り去ってしまった。

あっけにとられたのは探偵小僧の御子柴くんである。ぼう然《ぜん》としてそこに立ちすくんでいたが、ふとふりかえると、げんかんのドアがあけっぱなしになっている。

「へんだなあ、あのひと、どうしたんだろう」

つぶやきながら、御子柴くんはげんかんのベルを押した。家のおくのほうでベルの鳴る音が聞《きこ》えたが、だれもげんかんへ出てこない。

御子柴くんは二度三度とベルを押したが、家の中はしいんとしずまりかえって人のけはいはさらにない。うで時計をみると八時五分。家をさがすのにてまどって、約束の時間より五分おくれたが、まだ寝こんでしまうという時刻ではなく、げんにいま女のひとが出てきたくらいである。

御子柴くんはもういちどベルを押した。おくのほ

うでけたたましいベルの音が鳴りつづけているのに、あいかわらず人のけはいはさらにない。

御子柴くんはとほうにくれた。とほうにくれると同時に、はげしい胸《むな》さわぎを感じはじめた。

さっきの女のひとの態度といい、このしずまりかえった家の中のようすといい、なにか変わったことでもあったのではないか。

「太田垣さん、太田垣さん」

と、御子柴くんは、開いているドアのすきまから顔をのぞけて、

「板垣先生のお使いでまいりました。もうおやすみでございますか」

と、声をかけたがいぜんとして返事はない。

探偵小僧の御子柴くんは、いよいよはげしい胸さわぎを感じながら、げんかんの中を見まわした。

見るとげんかんのすぐ右手に、応接室らしいへやがあって、ドアが細目にあいており、ドアのすきまからチラチラとあかりがもれている。げんかんの正面左側には二階へあがる階段がついていた。

「太田垣さん、太田垣さん、板垣先生のお使いでまいりました。おるすですか。どなたもいらっしゃらないんですか」

探偵小僧の御子柴くんは念のために、もういちど声をかけてみたが、あいかわらず家の中はしいんとしずまりかえって返事はない。

探偵小僧の御子柴くんはいよいよはげしい胸さわぎを感じながら、右手のドアのすきまからもれている、チラチラするあかりを見つめていた。

そのあかりが明滅《めいめつ》するように、チラチラしているところをみると、電気の光ではないらしい。そのことがまた御子柴くんの気になった。

「太田垣さん、太田垣さん」

と、御子柴くんは声をかけながら、とうとうくつをぬいで板の間《いたま》のげんかんへあがりこんだ。

そして細目にあいているドアのすきまからそっと右手のへやをのぞいてみた。そして、すぐあかりがチラチラ明滅する理由がわかった。

そのへやには電気がなくて、しゃれた古風な西洋ランプがてんじょうからぶらさがっており、そのランプのしんがチラチラと明滅しているのである。

さっき板垣博士もいとこのことを、変わりものだといっていたが、なるほどと探偵小僧もうなずいた。

いまどき電気をつかわずに、ランプでしんぼうするとは、よほど変わった人にちがいない。それでいてげんかんやげんかんの外には、電気がついているのである。

それにしても、こうしてランプがついているからには、だれかいるにちがいないのに……と、探偵小僧の御子柴くんは少しドアを大きく開いて、へやの中へ首をつっこんだ。

そこは箱のようにまっ四角なへやで、窓もあることはあるけれど、いまはぴったりと鉄のとびらがしまっている。

てんじょうからぶらさがっているランプの下は、大きなデスクがおいてあるが、そのデスクもデパートなどで売っているようなしろものではなくて、西洋の古いゆいしょのあるものらしい。そういえば、うす暗いのでよくわからぬけれど、いすにしろ、壁にかかっている布の壁掛けにしろ、またかざりだなにかざってあるつぼにしろ、みんななにかゆいしょのある、こった品《しな》らしいのである。

さっき板垣博士は太田垣氏のことを、収集家だといってたけれど、それでは西洋のそういうゆいしょあるコットウ品《ひん》を集めているのであろうか。

だが、それにしても御子柴くんは困ってしまった。板垣博士のことばによれば、いま御子柴くんの上衣《うわぎ》のポケットにある小包《こづつ》みは、どうしてもこんやのうちに、太田垣氏に渡さなければならぬ品らしいのである。

「太田垣さん、太田垣さん」

念のために御子柴くんはもういちど、へやの中へむかって声をかけた。

「板垣先生のお使いでまいりました。どなたもいらっしゃらない……」

そこまでいって、とつぜん御子柴くんの声は、口のなかでこおりついてしまったのである。

うす暗いのでいままで気がつかなかったけれど、デスクのかげからのぞいているのは、ズボンとスリッパをはいた男の足ではないか。

だれかがデスクのむこうに倒れているのだ。

夢かまぼろしか

探偵小僧の御子柴くんは、つめたいせんりつがチリチリと背筋《せすじ》をつらぬいて走るのをおぼえた。

さっきからあんなにたびたびベルを押したり、声をかけたりしているのだ。このへやの中にいて、それが聞《きこ》えぬというはずはない。それが聞えぬというのは、あそこに倒れている人が、ふつうの状態でないことを意味しているのではあるまいか。

探偵小僧の御子柴くんは、そのとき、はっとさっきの女の人のことを思い出した。あのひとがあんなにあわてていたというのも、ここでこういうできごとがあったからではないか。

殺人事件……？　そして、あの女のひとが犯人なのだろうか……？

御子柴くんの心臓はいまにも破れそうなほど、ガンガンはげしく鳴りだした。それは恐怖のためばかりではない。たとえ給仕《きゅうじ》とはいえ、御子柴くんも新聞社につとめてもう二年、しかも、探偵小僧という名誉あるアダ名《な》までちょうだいしている身分なのだ。

御子柴くんの背筋をつらぬいて走るせんりつには、武者《むしゃ》ぶるいに似たものがまじっているのである。

探偵小僧の御子柴くんはポケットからハンカチを取りだすと、それを右手にまいてそっとドアのはしに手をかけた。年少とはいえ新聞社につとめている探偵小僧、現場をかきまわしてはならぬということくらいは知っている。

さいわいドアは細目にあいていたので、とっ手《て》に手をかける必要はなかった。とっ手には犯人の指紋がのこっているかもしれないのだ。

ドアを開くと探偵小僧はゆっくりへやの中を見まわした。

太田垣三造氏は陶器の収集家とみえて、壁のいっぽうにあるかざりだなには、つぼだの皿だのがたくさんかざりつけてある。へやの中にはべつだんとり乱したところはなかった。

それだけ見定めておいて、探偵小僧の御子柴くんは、そっとへやの中へふみこんだ。ゆかには厚ぼったいじゅうたんが敷きつめてある。じゅうたんはくすんだ色のサラサ模様だ。

探偵小僧の御子柴くんは、精巧《せいこう》な彫刻のほどこしてある大きなデスクをまわって、そのむこうに倒れている人のうえからのぞきこんだ。

その人は、ズボンとワイシャツのうえに、へや着《ぎ》のガウンを着て、じゅうたんのうえにうつぶせに倒れている。うつぶせに倒れているので顔はよく見えなかったが、髪ははんぶん白くなっている。

探偵小僧の御子柴くんはその人の顔をのぞきこもうとして、かがみこんだひょうしに、思わずぎょっと息をのみこんだ。胸かどこかをえぐられているのにちがいない。じゅうたんのうえに大きな血だまりができている。そして、そのそばに血にそまったナイフが落ちていた。

うつぶせになった顔はよくわからなかったが、どこか板垣博士に似ているような気がする。板垣博士が口のまわりに、ふさふさとしたひげをたくわえているのに反して、この人はきれいに顔をそっている。しかし、なんとなく似ているような気がした。

倒れたひょうしに顔からとんだのか、めがねがふたつゆかのうえにころんでいた。ふつうの老眼鏡らしいのと、べっ甲《こう》ぶちの大きな黒めがねである。それではこの人は二重にめがねをかけていたのか。

どちらにしてもこの人が、この家の主人で、板垣博士のいとこにあたる太田垣三造氏にちがいない。

探偵小僧の御子柴くんは、おそるおそるその人の左手をとって脈を見た。むろん脈はなかったが、からだにまだぬくもりが残っているところをみると、殺されてから、まだそれほど時間はたっていないのだ。

それではやっぱり、さっきここをとびだしていった、あの女の人が犯人なのだろうか。

そこで御子柴くんはあらためて、さっきの女を思い出してみようとこころみたが、顔はほとんど見ていないのである。レイン・コートのフードをふかぶかとかぶっていたし、それに御子柴くんが声をかけたせつな、はっとハンカチで顔をかくしてしまったからだ。

ただ、すれちがったとき、プーンと香水のにおいがしたのと、あざやかなピンクのレイン・コートの色が印象的だった。どちらにしても、まだ若い女の人だったにちがいない。

探偵小僧の御子柴くんはもういちど、へやの中を見まわした。かれはそこに倒れている人物の左手の脈をとってみただけで、ほかのなににもさわらなかった。

探偵小僧の御子柴くんは、それからそっとドアの外へすべり出すと、大急ぎでげんかんから雨の中へ

とびだしていった。

　あとから思えば、探偵小僧の御子柴くんは、そのとき大きなヘマをやらかしたのだ。太田垣氏の家には電話がついていたのである。その電話が階段の裏がわにそなえつけてあったので、御子柴くんは気がつかなかったのだ。もし電話があることを知っていたら、一一〇番へ報告すればよいことくらいは、御子柴くんも知っていたのである。

　それはさておき、雨の中へとびだしていった御子柴くんが、おまわりさんといっしょに引き返してくるまでには、十五分くらいもかかったろうか。

　若いおまわりさんの佐々木《ささき》巡査は、御子柴くんの話をきいて、半信半疑《はんしんはんぎ》の気《き》持《もち》ながら、それでもおおいに興奮していた。

「それじゃ、この家の中で人が殺されているというのだな」

「そうです、そうです。この右手の

へやなんです」

「しかし、君」

と、佐々木巡査はげんかんのドアに目をやって、

「このドアはしまっているじゃないか。君がしめたのかね」

「さあ」

げんかんをとびだすとき、ドアをぴったりしめたかしめなかったか、御子柴くんもはっきりとした記憶がなかった。こころみにドアのとっ手に手をかけると、中から掛けがねをおろしたのか、それともかぎをかけたのか、ドアはぴったりしまっている。

「あっ！」

「君、なにかまちがいじゃないか」

と、佐々木巡査はうさんくさい目で、探偵小僧の顔を見まもりながら、

「とにかく、ベルを鳴らしてみよう」

佐々木巡査がベルを押すと、応接間のドアがひらく音がして、

「だれ、新日報社の御子柴進くんかね」

御子柴くんはその声をきいたとたん、頭から冷《つ》めたい水をぶっかけられたようなショックを感じた。

五里霧中《ごりむちゅう》

ガチャガチャとげんかんのかぎをまわす音がして、中からドアを開いたのは、五十くらいの、頭がはんぶん白くなった老紳士。

ズボンとワイシャツのうえにへや着《ぎ》のガウンをゆったり着ていて、老眼鏡のうえにべっ甲《こう》ぶちのめがねを二重にかけている。きれいにひげをそっているが、どこか板垣博士に似たところがある。

あっけにとられたような顔をして、ぼう然《ぜん》と立ちすくんでいる御子柴くんの横顔を、佐々木巡査はにやにや見ながら、

「失礼しました。あなたここのご主人ですか」

「ああ、そう、わたし太田垣三造だが……なにかありましたか」

と、太田垣老人は二重めがねのおくから、ふしぎそうに佐々木巡査と御子柴くんの顔を見くらべている。

「いや、じつはこの子がみょうなことをいってきたものですから」

「みょうなことというと……？」

「いや、じつはおたくの……応接室ですが、その右手にあるへや……そこで人が殺されている、太田垣さんらしい人が殺されていると、いまこの少年がとどけてきたものですから」

「な、な、なんだって？　わたしが殺されてるって……？　そ、そんなばかな！　わたしはこのとおり、げんにぴんぴん生きているじゃないか」

「あっはっは、いや、どうも失礼いたしました。この少年、なにか夢でも見たんでしょう」

「いいえ！　いいえ！　そんなことはありません。ぼくはげんにその人にさわってみたんです。その死体にさわってみたんです」

「ほほう」と、太田垣老人はいたずらっぽく目をまるくして、

「そして、その死体がこのわたしだったというのかね、あっはっは」

「いいえ、あなただったかどうか、うつぶせに倒れていたので、顔ははっきり見えなかったんです。でも、あなたによく似た人でした」

「あっはっは、こいつはますますおもしろくなってきたね。この家に男といえばわたしだけしかいないのだが……ばあやがひとりいるんだが、こんやはめいのところへとまりがけでいってるんでね。ときに、君はだれ？」

「ぼく、新日報社の御子柴進《すすむ》です」

「ああ、そうか、やっぱり……、君のことはきょうの夕方、X大の板垣から電話をかけてきたので聞いていた。君、探偵小僧というアダ名《な》があるそうだが、あんまり探偵小説を読みすぎて、錯覚《さっかく》でも起《おこ》したんじゃないかね。あっはっは」

「それじゃ、太田垣さんはこの少年をご存じなんですね」

「いや、会ったことはないんだが、わたしのいとこがX大にいてね、有名な法医学者なんだ。板垣というんだが……その男にある品《しな》の鑑定をたのんでおいたところが、こんやそれをもってきてくれることになっていたんだ。ところがきゅうに用事ができていけなくなったから、これこれこういう少年にことづけたと、きょうの夕方電話がかかってきたので、さっきから心待ちにしていたところだ。いや、立ち話もなんだから、とにかくあがってくれたまえ。御子

柴くん、死体がころがっているかどうか、それじゃもういちど君の目で見てもらおう」

太田垣老人の案内で、さっきのへやへはいっていった探偵小僧の御子柴くんはそこでまたもやぼう然としてしまった。

御子柴くんがこのへやをとびだしてから、ひきかえすまで、その間十五分。それだけの時間があれば死体はなんとかかくすことができるだろう。が、ゆかのじゅうたんにしみついていた血は……？

それはいかにぬぐっても洗っても、完全にそのしみを消し去ることは不可能である。それにもかかわらず御子柴くんが、目を皿のようにして調べてみても、どこにも血《けっ》こんらしいものはなく、といって洗い去ったあともない。じゅうたんは完全にかわいているのである。

それじゃ、じゅうたんをしきかえたのではないか。

しかし、それも不可能だった。そのじゅうたんはへやいっぱいにしきつめてあり、そのうえに大きなデスクやいすやかざりだななどが、ごたごたとおいてあるのだ。じゅうたんをしきかえようとすれば、それらの道具をいったんへやの外へはこび出さねばならない。

いかにおおぜい人をやとってきたとしても、わずか十五分や二十分のあいだにそんなことができるはずがない。だいいちかざりだなのうえにかざってある、陶器《とうき》のつぼや皿をかたづけるにさえ、そうとう時間がかかるはずなのだ。

御子柴くんは、夢でも見ているのではないかと、自分で自分のからだをつねってみたが、夢を見ているのでもなかった。

「あっはっは、御子柴くん、疑いが晴れたかね。いや、おまわりさんもご苦労さんでした」

「ああ、いや、とんだ人さわがせを……」

「まあ、いい、まあ、いい。これも一興《いっきょう》だ。それじゃ御子柴くん、板垣からことづかってきたものをもらおうか。板垣の電話で受取《うけとり》はここへ用意しておいたが」

もし、そのとき御子柴くんがあの石《せっ》けん箱ほどの大きさの包みのなかに、いったいなにがはいっているかを知っていたら、あんなにやすやすと渡すのじゃなかったのだが……

狂気か？　正気か？

「探偵小僧、なにをそんなにぼんやりしているんだね」

その翌朝、すなわち、六月二十一日の朝のことである。

新日報社の編集室のかたすみで、ぼんやりデスクにむかっていた探偵小僧の御子柴くんは、いやというほど背中をたたかれて、はっとばかりに、われにかえると、そこに立ってにこにこ笑っているのは、新日報社の至宝とまでいわれるうできき記者の三津木俊助である。

「あっ、三津木さん」

と、口走ったとたん、探偵小僧の御子柴くんは、いまにも涙が出そうになった。

「おや、探偵小僧、どうしたんだ。どこか気分でも悪いのかい」

と、三津木俊助は心配そうに、デスクに両手をついて御子柴くんの顔をのぞきこむ。三津木俊助はこの御子柴くんを、ほんとの弟のようにかわいがっているのである。

「ええ、三津木さん、ぼく、よっぽどどうかしているんです。ひょっとすると、ぼく、気ちがいになるのかもしれないんです」

「あっはっは、なにをばかなことをいってるんだい。しっかりしろ、しかし……」

と、俊助は心配そうに御子柴くんの顔を見まもりながら、

「そういえば、なんだか顔色が悪いようだが、さいきんなにか変わったことでもあったのかい」

「はい、ぼく、ゆうべたいへんなヘマをやらかしてしまったんです。だけど、ぼく、ふしぎでふしぎで、たまらないんです。死体はどこかへかくしたとしても、血のあとが完全に消えてしまうなんて、やっぱり、ぼく、夢を見てたんです。きっとこのつゆで、ぼくの頭、へんてこりんになってしまったんです。ぼく、いまに気ちがいになるかもしれないんです」

ほんとにばかか気ちがいみたいに、くどくどしゃべっている御子柴くんの顔をのぞきこんで、俊助はいよいよ心配そうにまゆをひそめた。

「おい、おい、探偵小僧、なにをくどくどいってる

んだい。おまえが気ちがいになるなんてこと絶対なし。それはおれが保証する。よし、それじゃおれが話を聞こう」

と、ほかからいすをもってきて、御子柴くんのまえにどっかとすわると、

「さあ、話を聞こう。おまえいま死体をかくすとか、血のあとがどうかしたとかいってたが、それはいったいどういうことだ。いいからおれに話してごらん」

「はい、それじゃお話ししますから聞いてください。そしてぼくの頭がへんになっているのかどうか教えてください」

探偵小僧の御子柴くんにとっては、ゆうべのことがふしぎでたまらないのである。いや、ふしぎというよりくやしいのだ。

御子柴くんはたしかにその目で死体をみたのだ。いや、見たのみならずさわってみたのだ。手をとって脈もみたのだ。その男はたしかに脈がとまっていた。しかも、じゅうたんのうえにはべっとりと、大きな血だまりができていたのだ。

それにもかかわらず、十五分ののちにひきかえしてくると、死体はおろか血のあとまでも消えていた。だからあれが事実とすると御子柴くんは、じぶんの頭がへんになっているとしか思えないのだ。

「なるほど、なるほど」

と、三津木俊助は、心配そうに探偵小僧の顔をのぞきこみながら、

「それで、きみは太田垣さんというひとに、板垣先生からことづかった、小包《こづつみ》というのをわたしたんだね」

「はい、ここにその受取《うけとり》があります。ぼく、お昼休みにでもX大学へ行って、板垣先生にお渡ししようと思っているんですが、ぼく、なんだか、じぶんでじぶんが信用できなくなってしまって……」

御子柴くんが、ポケットから取りだした封筒を見ると、げんじゅうに封がしてあって、表には板垣祐《ゆう》輔《すけ》殿としかつめらしいかい書《しょ》で書いてあり、裏面には太田垣三造というゴム印が押してある。

「それで、御子柴くん、きみがみた死体というのと、きみが小包をわたした太田垣老人とはおなじ人間だったの」

「いえ、それがよくわからないんです。死体はうつ

ぶせに倒れていたので、顔ははっきり見えなかったんです。しかし、よく似ていたように思うんですけれど」

「そうすると、きみがさいしょ見たとき、なにかのつごうで死んでいたように見せかけていて、二度目にひきかえしてきたとき、起きなおっていたのじゃ……」

「しかし、それなら三津木さん、じゅうたんの血《けっ》こんが消えてしまったのは、どう説明するんです。さいしょぼくがそのへやへはいって行ったときには、じゅうたんのうえにべっとりと、血がたまっていたんですよ」

「なるほど」

と、三津木俊助は心配そうに御子柴くんの顔を見まもっている。

「三津木さん、そんなにぼくの顔を見ないでください。そして、ぼくに教えてください。ぼく発狂の一歩手前にいるんですか」

「まあ、まあ、御子柴くん、そう興奮することはない。これにはなにかわけがあるにちがいない。いま何時だい」

時計を見ると十時である。

「よし、それじゃこれから板垣先生のところへ行って、ようすを聞いてみようじゃないか。先生いま研究室にいらっしゃるかどうか……」

三津木俊助が受話器を取りあげようとするところへ、ぎゃくにけたたましく電話のベルが鳴りだした。板垣博士からだった。

「ああ、板垣先生ですか。じつはいまこちらからお電話しようとしていたところです。ええ、御子柴くんはここにいますが、なにか……？　え、え、なんですって。太田垣三造氏が殺されてるんですって？はあ、はあ、わかりました。それじゃこれからすぐ、探偵小僧といっしょにいきます」

ダイヤの指輪

ああ、探偵小僧の御子柴くんは気が狂ったのでも、頭が変になったのでもなかったのだ。

「探偵小僧、やはりおまえのいうとおりだ。太田垣三造氏は、殺されているそうだ」

と、三津木俊助は受話器をおくと、興奮の色をおもてに走らせている。

「板垣先生はいまどこにいるんですか」

「いや、まだ学校にいるんだが、太田垣さんのうちには、ばあやがいるのかい」

「はい、なんでもゆうべは、メイのところへとまりに行ってるとか、いってましたが……」

「ああ、そう、そのばあやが、けさ帰ってみると、太田垣さんが殺されているので、びっくりして学校へ電話をかけてきたんだ。それで先生がようすを聞こうと思って、きみに電話をかけてきたんだ。先生もいまむこうを出発するそうだから、われわれもこれから出かけようじゃないか」

殺人事件と聞いて、社内はにわかに色めき立った。三津木俊助と御子柴くん、ほかにわかい記者ふたりに写真班と、すしづめの自動車を走らせると、とちゅうの五日市街道で板垣博士の自動車に追いついた。

三津木俊助は御子柴くんとともに、その自動車へ乗りうつると、

「先生、太田垣さんというひとが殺されているというのはどういう……?」

「いや、じぶんもさっき電話を聞いたばかりでくわしい話はわからない。なんでもばあやのお直《なお》というのが、ゆうべひと晩ひまをもらって、親《しん》せきのうちへとまってきたそうだが、けさ九時ごろに帰ってくると、どこにも主人の姿が見えない。しかし、元来、太田垣というのが変わりもんなので、たいして気にもとめずにいたところが、さっき応接室をそうじしようとはいっていくと、そこに太田垣が倒れていたというのだ」

「先生、それじゃやっぱり応接室に倒れていたんですか」

と、探偵小僧は目を見張った。

「ああ、ばあやの話によるとそうなんだが、御子柴くん、きみが行ったときは、どんなふうだった? いや、それよりきみ、あれをとどけに行ってくれたんだろうねえ」

「いや、先生」

と、三津木俊助がそばからひきとり、

「それについて探偵小僧は、じぶんの頭がへんになってるんじゃないかと、ゆうべから心配しているんです」

と、さっき御子柴くんから聞いた話を取りつぐと、

板垣博士もおどろきの目を見張って、

「それじゃ、いったん死体も血《けっ》こんも消えてしまったというのかね」

「先生、そのなぞについて、どういう解釈をおくだしになりますか」

「さあ」

と、板垣博士はふさふさとしたあごひげをまさぐりながら、

「ぼくにもなんともいえない。太田垣という男は変わりもんで、ひとの意表をつくようなことをしてよろこんでいる男だが、まさか、じぶんの命を犠牲《ぎせい》にしてまで、いたずらをしようとは思えない。そうそう、御子柴くん」

「はあ」

「それで、きみ、あの小包《こづつみ》をわたした受取《うけとり》というのをそこにもっているかね」

「はあ、ここに……」

と、御子柴くんがとりだす封筒を、取る手おそしと開封した板垣博士は、ひとめなかみに目を走らせると、

「あっ、み、三津木くん!」

「せ、先生、どうかしましたか」

「こ、これを見たまえ」

探偵小僧もよこからそれをのぞいてみて、おもわず、あっと口のなかでさけんだ。そこにはつぎのようなことが書いてある。

拝啓。目下梅雨《ばいう》期とていやな毎日がつづきおりますが、先生にはお元気にてなによりと存じます。さて、本日は高価なるダイヤの指輪をわざわざおとどけくださいまして、まことにありがとう存じます。せっかくのご好意ゆえ、遠慮なくちょうだいすることにいたしました。

草々頓首《そうそうとんしゅ》

姿なき怪人

板垣祐輔先生

「先生、先生、三津木さん！」

と、探偵小僧はいきをはずませ、

「それじゃ、ゆうべぼくが小包をわたした男は、木塚陽介《きづかようすけ》だったんですか」

「探偵小僧、きみにはそれがわからなかったのかね」

「だって、だって、そのひと先生に似ているように思ったので、てっきりいとこのひとだと思っていたんです。だけど、そういえば……」

「だけど、そういえば……？　どうしたんだ」

「はい、そのひとめがねを二重にかけていたんです。ふつうの老眼鏡のうえからもうひとつ黒めがねを……それに、それに……」

「それに……？　探偵小僧、そう興奮せずに落ち着いて話したまえ」

「はい、それにこの暑いのに、えり巻《まき》みたいなものを首にまいていたんです。あれはきっと、あごの傷をかくすためだったに、ちがいありません。先生、すみません。だいじなものを悪者にとられてしまって……」

「いや、いや、それはきみのせいじゃないが……」

「先生、すると先生は太田垣さんからダイヤの鑑定をたのまれていたんですか」

「ああ、そう、ところがそのダイヤというのは、まだ、太田垣のものじゃないのだ。じつは……」

と、いいかけて板垣博士はきゅうにぎょっとしたように、探偵小僧をふりかえった。

「御子柴くん、御子柴くん、きみ、げんかんのところで、若い女にあったといったね」

「はい」

「先生、そのご婦人になにかお心当たりでも……」

「いや、いや、そういうわけでもないが……」

板垣博士はどうしたのか、きゅうにだまりこんでしまったので、探偵小僧の御子柴くんは、おもわず三津木俊助と顔見合わせた。

板垣博士はその婦人になにか心当たりがあるにちがいない。

怪また怪

探偵小僧の御子柴くんは、またしても、きつねにつままれたようにぼうぜんとした。

太田垣三造氏のうちのげんかんをはいって、右手にあるドアのなかへはいっていくと、そこにはゆうべ二度おとずれた応接室がある。

その応接室の中央にあるデスクのむこうに、ゆうべの男が、ゆうべの姿勢のままで倒れているのだ。

その人は、ズボンとワイシャツのうえに、へや着《ぎ》のガウンを着て、じゅうたんのうえにうつぶせに倒れている。うつぶせに倒れているので、顔はよく見えないが、髪ははんぶん白くなっている。

そして、そのひとの胸のあたりのじゅうたんが、ぐっしょりと血を吸ってかわいており、そのそばにこれまた血を吸ったナイフが落ちている。

なにもかもゆうべ御子柴くんが、さいしょこのへやへはいってきたときのとおりである。ただちがっているのは、血がかわいていることと、ランプのあかりが消えていることだけである。ランプのあかりが消えているのは、油が切れてしぜんに消えたのか、それとも犯人が吹き消したのか。

「御子柴くん、きみが二度目にやってきたときには、この死体も血《けっ》こんもなかったというのだね」

「はい、三津木さん。そのことならおまわりさんに聞いてください。たしか佐々木さんという警官でした」

ばあやのお直は、板垣博士に電話をかけただけで、まだ警察へはしらせてなかったので、警察たちはきていなかった。

「御子柴くん」

と、板垣博士はいとこの脈を調べながら、

「二度目に、きみがひきかえしてきたとき、犯人はこの死体をどこかへかくして、この血こんをなにかでおおっておいたのではないかね」

「いいえ、先生、そんなことは絶対にありません。それに、先生、そのときまだ血がかわいていなかったんですから、死体を動かせば、もっと血があちこちに散るはずじゃありませんか」

なるほど、これは御子柴くんのいうとおりである。そこに倒れている死体は刺されて倒れたときのままの状態らしく、あとから動かしたような形跡はみじんもない。

「なるほど」

と、板垣博士は困ったようにあごひげをしごきながら、

「三津木くん、きみは、それをどう思うね」

「さあ」

と、三津木俊助も顔をしかめて、

「御子柴くん、まさか家をまちがえたんじゃあるまいね。二度目にひきかえしてきたうちというのも、たしかにこのうちだったろうね」

「三津木さん、それは絶対にまちがいありません。なんでしたら、それも佐々木巡査に聞いてください」

「なるほど」

と、三津木俊助も首をかしげて、

「これじゃ、まるで怪談ですね。とにかく、それじゃ、先生、警察へおとどけになったら！　警察より先われわれが手をつけちゃいけないでしょう」

「ああ、そう」

三人はそのへやを出ると、板垣博士が警察へ電話

をかけた。

「三津木くん、警察からひとがくるまえに、ちょっとこの家を調べてみようじゃないか。ぼくはまだこの家の二階へは、いちどもあがったことがないのだが……」

「はあ、お供《とも》しましょう」

まえにもいったように、この家はげんかん正面左側に階段がついており、居間《いま》だの寝室だの台所だの、日常生活に必要なへやは、全部げんかんの左側にある。そして、げんかんから裏へつきぬけているろうかの右側にあるへやといったら、あの応接室しかないのである。

三人はいちおう階下のへやを調べたあげく、二階への階段をあがって行った。二階はふた間《ま》になっているが、階段の左側のへやには畳《たたみ》がしいてあり、ちゃぶ台や座ぶとんもおいてあるのに、応接室のよこてに当たる右側のへやはがらんとして、ただ四角い空間があるだけで、なにひとつ道具もおいてない。

「これはまた妙なへやですね。いったいここは、なにに使っていたんでしょうねえ」

「さあ」

と、板垣博士もまゆをひそめて、

「太田垣は、絵を書くのが好きだったから、ここをアトリエがわりにでも使っていたんじゃないかね」

しかし、アトリエとしてはあかりとりの窓が小さかった。しかもその窓にはげんじゅうに、鉄のとびらがしまっている。

「ときに、板垣先生」

と、もういちど階下へおりてくると、三津木俊助が板垣博士をふりかえった。

「さっきの話の婦人ですがねえ、探偵小僧がげんかんの外で出会ったというその婦人について、ご存じのことがあったら、おっしゃってくださいませんか。これは重大なことですから……」

「ところがねえ、三津木くん、ぼくにはそれがどこのどういう婦人なのかわからないのだ。

ただ、ひょっとするとそのひとが、ダイヤの指輪のほんとの持ち主じゃないかと思うのだが……

ああ、警察からやってきたようだ。それじゃ、あとで話すことにしよう」

第二の殺人

太田垣家の応接室の死体をみて、おどろいたのは探偵小僧ばかりではない。佐々木巡査も目をまるくした。

「ええ、佐々木さん、この少年があなたをおつれしたのは、たしかに、このへやでしたか」

「ええ、もちろんこのへやでしたよ。しかし……」

と、佐々木巡査はソファのうえにあおむけにねかされた、太田垣老人の死体に目をやると、

「そのとき、わたしの会ったのはこのひとではありませんでした。年《とし》かっこうは似ていますが、たしかに、べつの男でした」

「三津木くん」

と、そばから口を出したのはたったいま警視庁からかけつけてきたばかりの等々力《とどろき》警部である。

「それじゃ三津木くん、この事件は探偵小僧や佐々木くんが、この家を出てからのことじゃないのか。木塚陽介が太田垣老人にばけていてふたりをだまし、板垣先生からとどけてきたダイヤの指輪を横どりして、さて、そのあとで本物の太田垣さんを殺したのじゃ……」

「警部さん、それだと話は単純なんですがね。じつは……」

と、三津木俊助が御子柴くんの話をすると、等々力警部も目をまるくしておどろいた。

「そ、それじゃ、いちじ死体も血《けっ》こんも消えていたというのかね」

「そうです。そうです。そこに姿なき怪人の仕掛けておいた、この事件の重大ななぞがあるんです。あっ警部さん、刑事さんが呼んでいますよ」

「ああ、新井《あらい》くん、なにか……？」

「はあ、警部さん、いまあの押し入れのなかで、こんなものを発見したんですが」

新井刑事がひろげてみせたてのひらには、真珠《しんじゅ》をちりばめた耳かざりのかたっぽうがのっかっている。

「あっ、その耳かざりなら、たしかにゆうべの女のひとが、つけていましたよ。すれちがうときに、ぼく見たんです」

それを聞くと俊助は、つかつかとへやをよこぎり、押し入れのなかをのぞいてみた。それは半間《はんげん》の押し

入れで、ドアのなかには、がらくた道具がつまっているが、たしかにだれかそこにかくれていたと思われるふしがある。

「わかりました。どういう理由でか女がひとりここにかくれていた。そしてかたっぽうの耳かざりをひとつ落《おと》していったのに気がつかず、事件の直後にここからとびだし、御子柴くんに出会ったのです」

「と、すると、その女は殺人の現場を目撃したかもしれんというのだね」

「そうです、そうです。しかも板垣先生はその婦人をご存じなんです。ひとつ板垣先生のお話を聞かせていただこうじゃありませんか。先生、ひとつ、どうぞ」

「ああ、そう、それじゃむこうの居間《いま》へ行こう。探偵小僧、きみもきたまえ」

階段の左側には洋風の居間がある。そこへはいると板垣博士はぴったりとドアをしめ、

「三津木くん、この話は当分新聞にも書かないでくれたまえ。そうでないと、その婦人が迷惑をするかもしれないから」

と、そう前置きをしておいて、板垣博士が打ち明けたのは、つぎのような話である。

「太田垣がそのダイヤの指輪をもってきたとき話したのは、こういう話なんだ。なんでもどこかの奥さんが、ご主人がアメリカへ行っているるすに、株に手を出したんだそうだ。ところが、それがものの みごとに損をして、三百万円ほどあなをあけてしまった。しかも、ご主人はちかくアメリカからかえってくることになっている。それまであなうめをしておかなければならないから、このダイヤをだれにもないしょで、買ってくれないかというんだそうだ」

「しかし、ご主人が帰ってきて、ダイヤの指輪のことをたずねたら、どうするつもりだったんでしょう」

「いや、太田垣もそれをたずねると、その心配はない。主人はダイヤのことなどわかるひとではないから、まがいのダイヤで、ごまかしておくといったそうだ」

「それで、先生、その婦人の名まえはご存じないんですか」

「ああ、それはそういう事情だから、太田垣もわざと名まえはいわなかった。しかし、それは、いずれ

わかるのじゃないか」

「と、おっしゃると……？」

「いや、太田垣はその婦人にX大学の板垣に鑑定させて、もしそれだけのねうちのあるものなら、三百万円で引きとろうと約束したというんだ。だから、いずれぼくのところに、問い合わせがあるのじゃないかと思う」

「しめた！　先生、そのときはぜひ警視庁のほうへ知らせてください」

「それはもちろん」

「しかし、先生」

と、探偵小僧はふしぎそうに、

「姿なき怪人はどうしてそんなことを知っていたんでしょう。太田垣さんがダイヤをあずかっているということを……」

「御子柴くん」

と、板垣博士もしんけんな目つきで、

「ぼくも、いまそれを考えていたところだ。ひょっとするとぼくの身辺《しんぺん》には、木塚のやつが電波の網《あみ》でも張っているのかもしれん。いちどくわしくぼくの家や、学校の研究室を調べてみよう」

「先生、とにかくその婦人の身分がわかったら、すぐにしらせてください」

「それは、等々力くん、いうまでもない」

板垣博士はかたく約束したのだが、その約束ははたされなかった。

その翌日、新日報社の三津木俊助にかかってきた、等々力警部の電話にまるで怒りがばくはつしているようだった。

「三津木くん、すぐきたまえ、姿なき怪人がまた人殺しをやりやがった。しかも被害者は太田垣老人に指輪を売ろうとした婦人らしいのだ。板垣博士もくることになっているから、きみも探偵小僧をつれてきてくれたまえ、いま、ところをいうから……」

電話を聞きながら住所氏名をメモする俊助の手は、興奮のためにわなわなふるえた。

香水のにおい

小田急《おだきゅう》沿線にある成城《せいじょう》というところは成城学園という幼稚園から大学までをふくむ、大きな総合学園を中心として発展した町だけあって、落ち着いて、

ものしずかな高級住宅地である。その成城でもとくにしずかな町はずれに、和洋せっちゅうの家があり、大谷石《おおやいし》の門柱には、

「荒木重雄《あらきしげお》」

と、いう表札がかかっているが、この荒木家こそ、この事件における第二の殺人現場であり、被害者というのは荒木夫人の泰子《やすこ》さんというひとであった。

等々力警部の電話によって新日報社から、三津木俊助と探偵小僧の御子柴くん、ほかに若い社会部記者や写真班の連中が自動車でかけつけると、日ごろしずかなそのへんも、右往左往《うおうさおう》する白バイやあごひもかけたおまわりさん、さては押しかけてきた各社の報道班員などを中心に、やじうまがおおぜいむらがっていて、いかにも事件のあった直後らしくいろめき立っていた。

大谷石のまえで三津木俊助と探偵小僧の御子柴くんが自動車をおりると、門のなかから出てきた新井刑事が探偵小僧の姿を見つけて、

「おお、探偵小僧、よくきた。警部さんがお待ちかねだ。君にぜひ被害者の顔を見てもらおうと思ってるんだ」

「新井さん」

と、よこから三津木俊助が口を出して、

「被害者が吉祥寺の事件と関係のある婦人らしいって、いったいどうしてわかったんですか」

「いや、三津木くん、その話なら警部さんに会って聞いてください。さあ、どうぞ」

大谷石の門をはいると、げんかんまでかざりレンガがしきつめてあるので、もし犯人がこの門からはいってきたのだとしたら、足跡を採取するのはむずかしい。

げんかんをはいるとすぐ左側が、ひろい応接室になっているが、そこが殺人の現場らしく係官がおおぜいつめかけている。その係官のなかから等々力警部がふたりの姿を見つけて、

「やあ、三津木くん、探偵小僧もよくきたな。ひとつこの死体を君によく見てもらいたいんだが……」

応接室は十二畳《じょう》じきくらいもあろうか、ピアノのほかにりっぱな家具調度の類がそろっているが、見ると片すみのソファのうえに、はでなワンピースをきた三十前後の女の死体がよこたわっている。心臓を鋭利な刃物でえぐられたとみえて、ぐっしょりと

そこが血にそまっていた。

探偵小僧の御子柴くんはおそるおそるソファのそばへより、死体の顔をのぞきこんでいたが、きゅうにはげしく身ぶるいをすると、

「ああ、このひとです。……いや、このひとだったように思います」

「探偵小僧、まちがいないだろうね」

「はい、あのときはレイン・コートのフードをふかぶかとかぶっていましたし、それにぼくの姿に気がつくと、すぐハンケチで鼻をおさえてしまったので、はっきりとは見えなかったんですけれど、でも、ぼくのすぐ目のまえを通りすぎたんですから。……それに、この香水のにおい……」

探偵小僧の御子柴くんは鼻をひくひくさせながら、

「レイン・コートの女のひとが、ぼくのまえを通りすぎたとき、ぼくはプーンと香水のにおいをかいだんですが、それはたしかにこれとおなじにおいでしたよ」

「ああ、そう、それじゃだいたいまちがいないようだね」

と、等々力警部は三津木俊助をふりかえり、

「ひどいことをやったもんだね。うしろから被害者をだきすくめ、左手で口をおさえておいて、右手に鋭利な刃物を逆手《さかて》ににぎって、そいつでぐさりとやったらしいんだ」

「警部さん、どうしてそれがわかりますか」

「いや、被害者の口中にかみきられた革《かわ》手袋のはしがのこっていたんだ。それとえぐられた傷口の角度からして、そう判断されるんだが……」

「それで、殺人の現場は、ここなんですか」

等々力警部は無言のまま、ソファの背後の床を指さした。見るとなるほどそこにぐっしょりと血のあとがついている。

「それで、犯行の時刻は……？」

「だいたい、ゆうべの九時から十時半までのあいだということになっている」

「それで死体が発見されたのは……？」

「けさのことなんだ。けさ女中《じょちゅう》の白崎《しらさき》タマ子《こ》が十時ごろ、やっと気がついたんだ。それでびっくりして警察へとどけて出たというわけだ」

「それで、警部さん、この事件が吉祥寺の事件と関係があるということが、どうしておわかりになった

んですか」

「いや、それは君じしん直接白崎タマ子からきいてみたまえ。さっきX大学のほうへも電話をしておいたから、おっつけ板垣先生もお見えになるだろう。そのまえにこの家の家族について説明しておくと、おもての表札に出ているご主人の荒木重雄さんというひとは、Z自動車会社の販売係で、目下《もっか》社用でアメリカへいっていらっしゃる。そこに死体となってよこたわっていらっしゃるのは奥さんの泰子さん。夫婦のあいだに子供はなく、奥さんが白崎タマ子という女中とふたりきりで、ご主人のるすをまもっていらっしゃるあいだのできごとなんだ。ああちょうどいい。板垣先生もいらっしゃった」

　ちょうどそのとき、門前で自動車をおりた板垣博士が、れいによって口のまわりをふちどった、ゆたかなひげをまさぐりながら、興奮の色をおもてに走らせて、せかせかとはいってくるのが応接室の窓からみえた。

替玉電話

「あれはちょうどきのうの夕方の五時ごろのことでございました」

　そこは応接間のおくの日本座敷である。ちゃぶ台をとりまいてすわっているのは、板垣博士に三津木俊助、探偵小僧の御子柴くんのほかに等々力警部もひかえている。

　この四人の視線をいっせいにあびて、女中の白崎タマ子はあがっているのかおびえているのか、おどおどと度《ど》をうしなって、しきりにハンケチでひたいの汗をおさえている。タマ子は、やっと二十になったかならぬ年ごろである。

「ふむ、ふむ、夕方の五時ごろにどうしたの」

　と、聞き役は主として三津木俊助がつとめるのである。タマ子としても、いかめしい制服の警察官よりも、私服の俊助のほうが話しやすいのだ。板垣博士はあいかわらずあごひげや口ひげをまさぐりながら、だまってタマ子の話をきいている。

「はい、夕方の五時ごろ、奥さまのところへお電話がかかってまいりました。あいてはX大学の板垣さまというかたでした」

「ああ、ちょっと」

と、三津木俊助は板垣博士がびっくりしたように目を見張っているのを横目に見て、

「タマ子くんはそれまでに、X大学の板垣さんというひとをしっていた？」

「いいえ、そのとき電話でお名まえをきいたのがはじめてでした」

「ああ、するとその電話にはタマ子くんが出たんだね」

「はい」

「それで、奥さんはどうだろう。奥さんはX大学の板垣さんて名まえしってらしたようだったかね」

「はい、奥さんはご存じのようでした」

「で、奥さん、すぐに電話に出られたんだね」

「いえ、ところがあいこくそのとき奥さん、おるすだったんですの。それでそのことを電話で申し上げますと、それじゃ、奥さんがおかえりになったら、すぐに電話をかけてくださるようにと、局番と電話番号をおしえてくれました」

三津木俊助は、はっと板垣博士をふりかえり、

「タマ子くんはその番号をおぼえていますか」

「はあ、それはメモにとっておきましたから、さっき警部さんに差し上げておきました」

「ああ、そう、それではその話はあとで警部さんにうかがうとして、それから……？」

「はあ、六時ごろ奥さんがおかえりになりましたので、電話のことを申し上げました」

「そのとき、奥さんのようすはどうでした。驚かれたようなふうはなかったですか」

「はあ、ちょっと……でも、なんだかよろこんでいらっしゃるようでした」

「ああ、そう、それでさっそく奥さんは電話をおかけになったの」

「はい」

「どんな内容の電話だった？」

「いえ、それが……あたしすぐ台所へひっこんでしまいましたから、きれぎれにしか聞かなかったのですけれど……でも、それでは今夜お待ちしておりますとおっしゃってました」

「それで、板垣さんというひとゆうべいらっしゃっ

たのかね」

「いえ、それがよくわからないんですけれど……」

「わからないというのはどういうわけだね。君はゆうべこのうちにいたんじゃないのか」

「はあ、それはこうなんです。このおうちのおふろ、二、三日まえからこわれておりましてたけないんですの。それで九時ちょっとまえ、奥さんがおふろへいってらっしゃいとふろ銭《せん》をくださいましたの。そのときあたしがお客さんがいらっしゃるんじゃありませんかとお聞きしたら、そんなことかまわないから、いっておいでとおっしゃいます。なんだかそれ

が、あたしがいるとごつごうが悪いんじゃないかと、そんな気がしたものですから、奥さんのおっしゃるとおりおふろへいったんです」

「なるほど、それが九時ごろのことだね。で、かえってきたのは何時ごろ……?」

「十時半ごろでした。ふろ屋までちょっと遠いものですから」

「それでかえってきたときなにも気がつかなかったの」

「はい」

と、白崎タマ子は、いまにも泣き出しそうな顔をして、

「応接間のひは消えてましたし、げんかんにお客さんのくつもございません。ですからお客さんがいらしたとしても、もうおかえりになったんだろうと思ったんです。それで奥さんのお寝間《ねま》のまえまでいきましたけれど、そこもひが消えております。二、三度声をかけましたけれどご返事もございません。奥さんちかごろ眠れないとおっしゃって、よく睡眠薬をのんでいらっしゃいましたから、もしそれなら起《おこ》しちゃかえって悪いと思って、そのまま戸締《とじま》りをし

て寝てしまったんです。まさか……まさかあんな恐ろしいことになっていようなんて、あたし……あたし……」

白崎タマ子はそこまで話すと、とうとうこらえかねたように、わっと声をあげて泣き出した。

けさ目がさめたときタマ子はまだ、奥さんが殺されていようとはゆめにも気がつかなかった。九時になっても奥さんが起きてこないので、ふしぎに思って寝室をのぞいてみると、もぬけのからで、寝《ね》床《どこ》もしいてなかった。しかも、戸締りという戸締りは全部なかからしてあるので、いよいよふしぎに思って応接室をのぞいてみると、壁ぎわにおいたソファのうしろから、くつ下をはいた足がのぞいている。びっくりしてのぞいてみると、そこに泰子が死体となって横たわっていたというわけである。

「そうすると、犯人は奥さんを殺して、応接室のソファのうしろに死体をかくしていったというわけですか」

と、三津木俊助は犯人のあまりのだいたんさに、おもわず舌をまいておどろいた。

床の血文字

「まあ、そういうことになりますね。おそらく犯人にとってはこの家を出て、東京のどこかへまぎれこむまで、事件が発見されなければそれでよかったんでしょうな」

泣きむせぶ白崎タマ子を立ち去らせたのち、等々力警部は考えぶかい調子で、つぶやいた。そのそばから、もどかしそうに口を出したのは、板垣博士である。

「それはそうと、等々力くん。ぼくの名前をかたって電話をかけてきた男について、調査をすすめているかね。女中《じょちゅう》に電話番号をいいおいたということだが……」

「おお、そうそう」

と、等々力警部はポケットから手帳を取り出すと、一枚の卓上メモを取りあげて、

「これが白崎タマ子のひかえておいた電話番号なんですが……」

板垣博士はちらとその番号を見ただけで、

「ちがうね。これはぼくの自宅でもないし、大学の研究室でもない」

「警部さん、それでこの電話番号の所有者を調べてごらんになりましたか」

「もちろん調べてみましたよ。これ、本郷初音町《ほんごうはつねちょう》にある松濤館《しょうとうかん》というちょっと高級な旅館なんです。いまそちらのほうへ古川《ふるかわ》刑事を派遣《はけん》して調べさせているんだがね」

「すると、これはこういうことになるね」

と、板垣博士はれいによって口のまわりをふちどっている、ふさふさとしたひげをまさぐりながら、

「だれかがぼくの名をかたって松濤館へ投宿した。そして、そこから夕方の五時ごろ、このうちへ電話をかけてきた。ところが、そのときここの奥さんが不在だったので、松濤館の電話番号をしらせておいた。それから約一時間のちに帰宅した奥さんが、女中から話をきいて、松濤館へ電話をかけた。そして、訪問の時間をうちあわせておいて、九時ごろ女中がふろへいったるすに、ぼくのにせものがやってきた……と、だいたい以上のように考えていいね」

「そうです、そうです。こちらの奥さんとしても、

いまアメリカにいるご主人にないしょで、ダイヤのしまつをしようとしていたんですから、女中にしれるとつごうが悪いので、わざとふろへやったんでしょうね」

「しかし、そうすると板垣先生」

と、三津木俊助が身を乗りだして、

「先生のほうではダイヤの持ち主をご存じなかったが、こちらの奥さんのほうでは先生のことをしっていたんですね」

「そりゃあそうだろうよ。太田垣はダイヤをあずかるとき、X大学の板垣教授がじぶんのいとこだから、その男に鑑定させて、その結果によってはっきりねだんをきめようと、そのダイヤの持ち主にいっておいたと、ダイヤを研究室へもってきたとき、太田垣はそういっていたからね」

「そうすると、ゆうべの先生のにせものは、ダイヤはまだじぶんの手もとにあるから、だれにもないしょでこっそりお返ししたいとか、なんとかいってこちらの奥さんをよろこばせたんでしょうな」

「しかし……」

と、そのときそばから、おずおず口を出したのは、探偵小僧の御子柴くんである。御子柴くんはなんとなく、ふしぎそうな顔色だ。

「しかし……？　御子柴くん、どうしたの」

と、板垣博士がたずねると、

「木塚陽介はどうしてここへやってきたんでしょう。なぜまたここの奥さんを殺したんでしょう。ダイヤはもうじぶんの手にはいっているんですから、そんな必要はなさそうに思うんですが……」

「いや、それはこうだよ、探偵小僧」

と、三津木俊助がその質問をひきとって、

「こちらの奥さんは、押し入れのなかから、姿なき怪人の木塚陽介が太田垣さんを殺すところをみていたんだ。いや、見ていたのみならず、木塚にとってつごうの悪いことを立ちぎきしていたかもしれない。それをあとになって木塚が気づいたんだ。それで生かしておいちゃ破滅のもとと、板垣先生にばけてここへやってきたんだろう。それにしても、木塚陽介は、なんという恐ろしいやつだろう。あいつはまるで鬼畜《きちく》のようなやつだ。あいつには血も涙もないのだ、邪魔だと思う人間があったら、かたっぱしから殺してしまうんだ」

いまさらのように三津木俊助が、恐ろしそうに身ぶるいをしたとき、等々力警部が思い出したように口を開いた。

「それはそうと板垣先生。先生は調べてごらんになりましたか。お宅や研究室のほうを」

「ああ、調べてみた。助手の梶原《かじわら》くんにも手伝ってもらったんだ」

「それで結果は……？」

「盗聴器がそなえつけてあったよ。小日向台町《こひなただいまち》の自宅のほうにも、大学の研究室のほうにも。しかもどちらも電話のすぐそばにそなえつけてあったんだ。だから室内の対談はいうにおよばず、ほかからかかってくる電話なども、全部盗みぎきされていたらしい」

「それで、その盗聴器はどこへ連絡しているかわかりませんか」

「それはいまのところ、調べようがないが、ひょっとすると……」

「ひょっとすると……？」

「本郷初音町の松濤館じゃないかな」

「あっ！」

と、思わず一同が驚きの声を放ったとき、古川刑事があわただしくかえってきた。

「ああ警部さん、松濤館へいってきました」

「ああ、それでどうだった。結果は…」

「はあ、なんでもひと月《つき》ほどまえから、板垣健造《けんぞう》という名前でへやを借りていた男があるそうです」

「板垣健造……？　板垣祐輔ではないんだね」

「はあ、名前だけはわざと変えていたんですね。なんでもふつうのめがねのうえに黒めがねをかけた男で、ひげはなく、こちらの板垣先生とはまるで人相がちがっています。しかも、そいつはそこに住んでいたわけではなく、勉強のためだとかいって、ときどきやってきて、へやのなかにとじこもっていたそうです。そこでそのへやを調べてみると、こんなものが机のうえにおいてありましたよ」

と、古川刑事が取りだしたのは、なんと盗聴器のレシーバーではないか。

「畜生《ちくしょう》！　畜生！　それじゃやっぱり松濤館で……」

一同が思わず顔を見合わせたとき、応接室のほうから、けたたましい新井刑事の声がきこえてきた。

「警部さん警部さん、ちょっときてください。妙なものがありますよ」

「妙なもの……？」

一同がなだれをうって応接室へはいっていくと、新井刑事がゆかのうえをゆびさしながら、

「ほら、ゆかのじゅうたんのうえをごらんなさい。血でなにか書いてあります。あれ、被害者が息をひきとるまえに、じぶんの指に血をつけて書いたんじゃありませんか」

一同がぎょっとしてのぞきこむと、なるほどそこにはみみずのたくるような字で、くねくねとなにか書いてある。それは片《かた》かなで、

「エレベーター」と、いう字らしかった。

「エレベーター……？　エレベーターとはなんのことだろう」

一同がふしぎそうに顔見合わせたときである。とつぜん探偵小僧の御子柴くんが、小《こ》おどりせんばかりにしてさけんだのだ。

「わかった！　わかった！　太田垣さんの死体がいちじ消えてしまって、また出てきたわけがわかった。板垣先生、三津木さん、警部さんもいきましょう。吉祥寺の太田垣さんの家へいきましょう」

さけんだかと思うと、御子柴くんは、はやそのへやをとび出していた。

ああ、奇想天外

「探偵小僧、君はいったいなにがわかったというんだい」

そこは吉祥寺にある太田垣三造氏の家の、げんかんわきにあるあの四角な応接室である。成城からかけつけてきた板垣博士と等々力警部、三津木俊助の三人は、ふしぎそうに探偵小僧を取りまいている。

探偵小僧の御子柴くんは、ズボンのポケットに両手をつっこんだまま、しさいらしく首をひねって、へやのなかを見まわしていたが、やがててんじょうからぶらさがっている西洋ランプを指さすと、

「三津木さん、あなたはあのランプをふしぎだとは思いませんか」

「あのランプがふしぎだとは……？」

「なるほど、板垣先生のお話では太田垣さんというひとは、変わりものだということでしたね。しかし、いかに変わりものの太田垣さんでも、ほかのへやや

座敷には、ちゃんと電気をひいていらっしゃいます。それだのにこのへやだけはなぜ電気をひかずに、不自由なランプでしんぼうしていたんでしょう」

「ふむふむ、なぜ不自由なランプでしんぼうしていたんだね」

と、板垣先生もふしぎそうな顔色だ。

「それは、電気をひくには、電線をひっぱらなければなりません。電線をひっぱるとへやを移動させるのにつごうが悪いからじゃありませんか」

「へやを移動させる……？　へやを移動させるとはどういうことだね」

と、等々力警部もおどろいたように探偵小僧の顔を見なおした。

「いいえ、板垣先生も三津木さんも、このへやのうえには、ちょうどこのへやがすっぽりはいりそうな空間があるのをおぼえていらっしゃるでしょう。板垣先生は太田垣さんがアトリエにでも使っていたんじゃないかと、いってらっしゃいましたが……」

「ふむ、ふむ、それがなにか……？」

「それに、ぼく、聞いたんです。おとといの晩、太田垣さんの死体が、ここにころがっているのを見て、あわててこの家をとびだしていったとき、家のなかからなにかゴーッというような音がきこえたんです。それから、ちょっと地《じ》ひびきがするような音を……だから、このへや、エレベーターみたいになっているんじゃないかと思うんです」

「エレベーター……？」

一同は思わずあきれて目を見張った。

「そうです、そうです。そして、このへやの真下には、これとそっくりおなじ装飾をほどこしたへやがもうひとつあるんじゃないかと思うんです。ああ、あった、あった、ここにボタンがあります。これをひとつ押してみましょう」

探偵小僧の御子柴くんがデスクのはしについているボタンを押すと、ゴーッとかすかな音が地ひびきを立てたかと思うと、ああ、なんと内へ開いたドアの外の廊下や階段が、しだいに下へめりこんでいくではないか。いやいや、廊下や階段がめりこんでいくのではない。このへやがエレベーターのように上へあがっていくのである。

「出ましょう。廊下へ出ましょう。下からせりあがってくるへやをみましょう」

板垣博士と等々力警部、三津木俊助の三人は、あっけにとられてぼうぜんと、そこに立ちすくんでいたが、探偵小僧にうながされ、あわてて廊下へとびおりた。

と、いままで一同が立っていたへやが、かれらの眼前で上へ上へとせりあがっていったかと思うと、その下からしだいにうかびあがってくるのは、なんと上のへやとそっくり同じへやではないか。

探偵小僧の御子柴くんは興奮に声をふるわせて、

「変わりもんの太田垣さんはこういう仕掛けで、いつかだれかをびっくりさせるつもりでいたんでしょう。それを姿なき怪人の木塚陽介がかぎつけて、人殺しに利用したんです。ほら、このへやへはいってみましょう」

やがて下からあがってきたへやが一同のまえでぴったり静止したので、四人がどやどやとなかへはいっていくと、

「ほら、ほら、ここのじゅうたんには血のあとがありません。だから、さいしょぼくがはいっていって死体を見つけたのは、いま上にあるへやなんです。ところがぼくがおまわりさんを呼びにいったあいだに、エレベーター仕掛けでこのへやをせりあげておいたのです。そして、ぼくが姿なき怪人にだまされてかえったあとで、木塚陽介はふたたび上のへやを、下へせりさげておいたのです」

ああ、あまりにも奇想天外《きそうてんがい》なこの仕掛けに、一同がきつねにつままれたように顔見合わせているときだった。とつぜん、へやのすみから大声がひびいてきた。

「わっはっは！　わっはっは！　これ、おやじ、板垣のおやじ、おどろいたか。変わりもんの太田垣三造が、こんな仕掛けをしておいたのを、いとこのおまえがしらぬとは、なんという大《おお》たわけだ。まぬけもんだ。わっはっは！　わっはっは！　おかげでおれはダイヤをもらったぞ。これからもまだまだ悪事を働いて、おまえにちょう戦《せん》してやるのだ。つかまるものならつかまえてみろ。姿なき怪人はとてもきさまにはつかまらぬ。わっはっは！　わっはっは！　わっはっは……」

一同があっとさけんで声の出所《でどころ》をしらべてみると、それは時限装置のテープ・レコーダーだった。

第三話　ふたごの運命

深夜の電話

台風第七号が関東一円をあらしまわって、裏日本へ抜け去った昭和三十四年八月十四日の深夜の十二時、正確にいえば八月十五日の午前零時《れいじ》ごろのことである。

各地からはいってくる台風の被害情報に、てんやわんやの騒ぎを演じている新日報社《しんにっぽうしゃ》の編集室の一隅《いちぐう》、探偵小僧御子柴《みこしば》くんのデスクのうえの卓上電話が、とつじょけたたましく鳴りだした。

探偵小僧の御子柴くんは、すぐに受話器をとりあげて、

「ああ、こちら新日報社の編集室ですが……ええ、ぼく、御子柴進《すすむ》です。ああ、板垣《いたがき》先生ですか。あっ、せ、先生、板垣先生、どうかなすったのですか」

探偵小僧の御子柴くんは、おもわず送話器にしがみついた。電話のむこうから板垣博士の苦しそうなうめき声が、とぎれとぎれに聞《きこ》えてきたからだ。

「ああ、探偵小僧か……み、三津木《みつぎ》くんはいるかね。……いや、三津木くんが見つからなかったら、君でもいい。……すぐに、すぐにかけつけてきてくれ」

「はあ、それじゃ三津木さんを捜《さが》しだして、すぐにまいりますが、先生、いまどちらにいらっしゃるんですか」

「だ、大学の研究室だ……」

「先生、こんなにおそくまで研究室にいらっしゃるんですか」

「いいや、だから、閉じこめられてしまったんだ。き、木塚陽介《きづかようすけ》のために閉じこめられてしまったんだ」

「な、なんですって？　木塚陽介のために……」

探偵小僧の御子柴くんは、体がジーンとしびれるような気がして、おもわず受話器を強くにぎりしめた。

「先生！　先生！　それでおけがは……」

「いいや、さいわいけがはない。……ただ、身動きできないようにされている。だから、君でもだれでもいい。すぐにここへやってきて、ぼくのいましめ

をといてくれたまえ……大急ぎだ……大急ぎだ……一刻《いっこく》を争う場合なんだ」

「しょ、承知いたしました。それではこれからすぐに……」

「あっ、ちょ、ちょっと待ちたまえ」

「はあ、まだ、なにかご用ですか」

「木塚のやつがドアに鍵《かぎ》をかけていってしまった。だからドアを打ち破るつもりできてくれたまえ」

「はっ、承知しました。それじゃぼくこれからさっそく三津木さんを捜します。さっきまでたしかいたようですから、ああ、それから警視庁の等々力《とどろき》警部にも電話しておきましょうか」

「ああ、そうしてくれたまえ。大事件だ、大事件なんだ。ふたりの人間の生命に関する大事件が起こりそうなんだ」

「わ、わかりました」

電話を切った御子柴くんが、社内を捜してみると、さいわい三津木俊助《しゅんすけ》はすぐ見つかった。三津木俊助も探偵小僧の御子柴くんから、電話のおもむきを聞くと顔色をかえて、

「そ、それじゃ先生、いま研究室へとじこめられていらっしゃるんだね」

「ええ、どうやらしばりあげられているらしいんです」

「よし、それじゃぼくはこれからさっそく出かける準備をするから、そのまに君は警視庁へ電話をかけて、等々力警部にしらせておけ」

「承知しました」

さいわい、等々力警部も警視庁にいた。

「なんだと、それじゃまた、木塚陽介があらわれたというのか」

と、等々力警部は電話のむこうでわめいている。

「はあ、しかも、板垣先生のことばではふたりの人命に関する大事件が起こりそうだから、すぐかけつけてくるようにとのことでした」

「ようし、それじゃすぐに出かける」

御子柴くんが電話をかけおわったころには、三津木俊助が準備万端《ばんたん》ととのえて自動車にのって待っていた。

台風は裏日本へ去ったとはいうものの、雲行きはまだあわただしく、ときおり強い南風が吹く。

「三津木さん、木塚陽介はこんどはなにをたくらん

でいるんでしょう」

「さあ、なんだかわからんが、先生はふたりの人命にかかわる一大事件とおっしゃったんだね」

「はあ、たしかにそう聞《きこ》えましたが……」

「とにかく、先生によく事情をきかなきゃ……」

さいわいX大学のまえで警視庁の自動車と落ち合った。御子柴くんの要請《ようせい》で、等々力警部は鍵や、錠前《まえ》などに精通している、係のものをつれてきていた。

板垣博士の研究室はいつかもいったとおりふたへやになっていて、廊下からはいったとっつきのへやは、書籍などがぎっちりつまった読書室兼応接間になっていて、そのへやのおくに博士のほんとうの研究室がある。

警視庁からきた錠前係が、廊下のドアの錠をこわしたので、一同がなかへはいってみると、そこには博士のすがたはみえず、奥の研究室からうめき声がきこえてくる。

「先生、先生、大丈夫《だいじょうぶ》ですか、こちら三津木俊助です」

研究室のドアの外から声をかけると、

「ああ、三津木くん、はやくそのドアをこわして、なかへはいってきてくれたまえ。大急ぎだ！　大急ぎだ！」

「承知しました」

警視庁の錠前係が、ドアをこわすのを待ちかねて、一同が研究室のなかへなだれこむと、板垣博士はいすにしばられたまま床にころがっている。やっと猿《さる》ぐつわをあごまではずした板垣博士は口にえんぴつをくわえている。そしてそのそばに卓上電話が、受話器のはずれたままころがっているところをみると、博士は口をくわえたえんぴつで、ダイヤルをまわしたらしく、さっきの電話をかけるのに、博士がいかに悪戦苦闘したかがわかるのだ。

運命のふたご

「先生、いったい、どうしたんです」

等々力警部と三津木俊助、それに探偵小僧の御子柴くんも手伝って、板垣博士のいましめを解《と》きはなったが、博士がやっと自由になると、俊助の質問に答えもせず、そばにころがっている卓上電話をとりあげた。

そして、いったん受話器をかけるとまたはずして、いそがしくダイヤルをまわしていたが、やがてむこうが出たらしく、

「ああ、もしもし、そちら東京国際空港ですか。国際空港のロビーですね。それじゃちょっとおたずねいたしますが、台風七号をさけてウエーキ島に待機していた、サンフランシスコ発の日航機《にっこう》はもう着きましたか。えっ？　もう着いた？　予定より十三時間おくれて、きょうの午後九時に到着した……？　それで旅客たちはどうしました？　ええ？　税関の査証《さしょう》もおわって、それぞれ出発してしまった、……？　ひょっとするとそのへんにまだ、メリー望月《もちづき》にヘレン望月という、アメリカうまれのふたごのきょうだいが、まごまごしていやあしまいか？　え？　そんなことはわかりかねる？　ああ、そう、失敬《しっけい》、失敬、それではまた」

ガチャンと受話器をおいた板垣博士は、

「ああ」

と、絶望的なうめきをあげて、いすに身を投げだすと、デスクのうえにつっぷして、両手で頭をかかえこんでしまった。

「先生！　先生！　ど、どうしたんですか」

「メリー望月とヘレン望月という、アメリカうまれのふたごのきょうだいが、どうしたというんですか」

三津木俊助と等々力警部のふたりが、左右からやさしく板垣博士にたずねているあいだに、探偵小僧の御子柴くんは、ものめずらしげに研究室のなかを見まわしていた。

御子柴くんもとなりの読書室兼応接室まではいままでたびたびきたことがあるけれど、この研究室へはいったのは、こんやがはじめてなのである。

そこは死体を解剖《かいぼう》したり、血液を調べたり、恐ろしい殺人事件が起こった場合警察当局の依頼によって、博士が重大な学問上の調査をする場所なのだ。

そう思ってみると、そこにある解剖台のうえに、つめたいはだかの死体がよこたわっていて、そこここに血痕《けっこん》がとびちっているような気がして、さすがの御子柴くんもおもわずゾーッと気味悪くなってくる。

いや、いや、そう思ってみなくても、そこにはうすきみ悪いものがいろいろかざってあるのだ。アル

コールづけにした人間の眼球だの、頭蓋骨《ずがいこつ》だの、また、むこうのガラスのケースのなかには、五体そろった人間のがい骨《こつ》が、ぶきみな白さをみせてぶらさがっている。

御子柴くんはおもわずゾーッと肩をすぼめて、それらのうす気味悪いものから目をそらした。

「先生！　先生！　ほんとにどうなすったんですか。ヘレンとメリーというアメリカうまれのふたごとは、どういうひとなんですか」

「そして、また木塚陽介とはどういう関係があるんですか」

と、三津木俊助と等々力警部のふたりに左右から背中をゆすぶられて、板恒博士はがばとばかりに体を起こすと、まるで気ちがいのようにふたりの手をとってふりまわし、

「おお、三津木くん、等々力警部、なんとかしてふたりを救ってやってくれたまえ。木塚のやつが……木塚のやつが……ひょっとすると、ふたごのきょうだいを殺してしまうかもしれないのだ」

板垣博士は、みごとに口のまわりをかざっている、あの特徴のあるあごひげと口ひげをふるわせながら、またもや両手でひしと顔をおおうた。

「先生、しっかりしてください。そして、もっと落《お》ち着《つ》いて、くわしい事情をきかせてください。そのヘレン望月とメリー望月というのは、いったい、どういうひとなんですか」

三津木俊助がやさしく、力づけるようにたずねると、博士もじぶんの取り乱した態度に気がついたのか、きまり悪げに顔をしかめて、

「ああ、いや、これはぼくが悪かった。学者のくせに、われを忘れてしまうなんて醜態《しゅうたい》だった。三津木くんも等々力警部も、まあ、聞いてくれたまえ」

と、博士はやっと落着きをとりもどして、

「いまいった、メリー望月とヘレン望月というのは、じつはぼくにとってはかわいいメイなんだ」

「なんですって？　先生のメイごさんなんですって？」

「そうなんだ。そうそう、写真があるからちょっとみてやってくれたまえ」

板垣博士は立ちあがって、となりの読書室へ出ていったが、すぐまたかえってきたところをみると、手に一枚の写真をもっている。

「さあ、この写真を見てやってくれたまえ」

板垣博士のさしだした写真には、四人の男女がうつっていた。

そこはどこかの牧場の一部らしく、ゆたかにしげった牧草のうえに毛布をしいていて、四人の男女がピクニックのおべんとうをひらいているところらしかった。

四人ともむろん洋装だが、ふたりならんで肩をくんでいる十くらいの少女は、それこそうりふたつといっていいくらいよく似ている。そして、その背後にいるのが両親だろう。両親とも日本人であった。

「先生、このふたごのごきょうだいが、先生のメイごさんとおっしゃると…?」

「ふむ、そこに写っているふたごの母親というのが、ぼくにとってはしんじつの妹なんだ。まあ、聞いてくれたまえ。こういうわけだ」

と、板垣博士の話すところによるとこうである。

ふたごゆうかい

板垣博士にはフミ子《こ》さんという妹がひとりあったが、終戦後日本へ進駐《しんちゅう》していた二世の将校ヘンリー望月と結婚して、昭和二十二年にアメリカへ渡っていった。そして、その翌年の二十三年にうまれたのが、メリーとヘレンのふたごである。

ヘンリー望月の両親は大正のはじめごろ渡米して、カリフォルニアで牧場を経営し、日本人としては成功者のほうである。ヘンリー望月はその広大な牧場を相続して、いたってゆたかに暮らしていた。

だから、このまま順調にいけば、メリーとヘレンのふたごも、幸福に成長したはずである。

ところが、好事魔《こうじま》多しとはこのことだろうか。ことしの春、ヘンリー望月と奥さんのフミ子さんは、不幸な交通事故のために、同時に死亡してしまったのである。そして、ことし満十一才になるメリーとヘレンのふたごは、とつぜんみなし児《ご》になってしまった。

「なにしろ、ヘンリー望月というのがひとりっ子で、しかも、両親もすでに死亡しているので、メリーとヘレンの肉親といえば、この世で、ぼくひとりということになってしまったのだ」

「なるほど、なるほど、それはお気のどくですね」

と、三津木俊助と等々力警部、探偵小僧の三人は、またあらためて、いたましそうにふたごの写真に目をやった。

「ふむ、それでむこうにいる弁護士といろいろ相談した結果、ぼくがふたりのメイをひきとって、養育することになったんだね」

「なるほど、ところで、先生」

と、三津木俊助はからだを乗りだし、

「そのメリーさんとヘレンさんのおとうさん、ヘンリー望月というひとは、かなり広大な牧場のもちぬしだということでしたが、ふたりの財産はどうなっているんですか」

「さあ、それだよ、三津木くん」

と、板垣博士はくやしそうに口ひげをふるわせながら、

「木塚のやつが目をつけたのも、その財産なんだ。どうせむこうにはひとりも親類がいないのだから、弁護士にたのんでいっさいの財産を金にかえてもらったんだ。するといっさいがっさい清算した結果、あとにのこったのが十万ドルとちょっと、邦貨《ほうか》に換算すると四千万円ほどある。これをメリーとヘレンのふたりに等分に分配しても、まあ、日本なら安楽《あんらく》にくらせるからね。そこで、このあいだからそういう手つづきをとっているのを、昔、メリケン・ゴロだった木塚のやつがかぎつけたらしい」

「そして、きょう木塚陽介がここへやってきたのですか」

「そうなんだ。じつはきょう午前八時にメリーとヘレンが日航機で、国際空港へつく予定になっていたのだ。ところが台風のために十二三時間おくれるだろうということなので、夜になってから空港へ迎えにいってやるつもりのところ、六時ごろここへ、丸《まる》善《ぜん》の洋書部のものだと名のってやってきたものがある。ああ、これだ、これだ」

と、板垣博士が上衣《うわぎ》のポケットから取り出した名刺をみると、
丸善洋書部　片桐《かたぎり》四郎《しろう》
と、刷ってある。

「ところが、それがたくみに変装しているものだから、こちらは木塚とはゆめにも気がつかなかった。それでなにげなく応待していると、だしぬけにアッパー・カットをくらって……」

と、板垣博士は思いだしたようにあごをなでたが、見ればなるほどそこにくろぐろとしたあざができている。

「ふむ、ふむ、それでどうしました?」

「どうしたもこうしたもない。むこうはまだ若いのだし、腕力もつよい。おまけにふいをつかれたのだからひとたまりもない。いくじない話だが、こうしていすにしばりあげられ猿《さる》ぐつわまでかまされてしまった。そのあとで木塚のやつ、ゆうゆうと片桐四郎の変装をといて、また改めて変装したんだが、いったいだれに化《ば》けたと思う」

「だれに化けたんですか」

「このわしに化けたんだ。いすにしばりつけられているわしの顔を手本にして、つけひげやあごひげをつけ、まんまとわしに化けおった!」

「そ、そして、先生の身がわりになって国際空港へ、ふたごのごきょうだいを迎えにいったとおっしゃるんですか」

「そうだ、じぶんでそういっていた。ふたごのきょうだいを誘拐《ゆうかい》して、おまえに復讐《ふくしゅう》してやるんだといっていた」

「そうすると、ふたごのごきょうだいは、先生の顔をご存じなんですか」

「それはしっているはずだ。写真を送っておいたからな」

「そして、木塚陽介は先生そっくりに化けたんですか」

「そっくりというわけではない。ふたりならんでみればちがいがわかるだろう。しかし、写真でしかわしをしらぬメリーとヘレンには、きっと見わけがつかなかったのにちがいない」

そう語りおわると板垣博士は、また両手で頭をかかえこんで、かすかにすすり泣きをはじめる。それもむりはないのである。

たとえ両親の故国とはいえ、はじめてふんだ異郷の地で、いきなり木塚陽介のような、姿なき怪人にかどわかされたとすると、この幼いふたごの運命は、いったい、どういうことになるのだろうか。

「先生、ここでくどくどいっても、はじまりません。ぼくこれから国際空港へいってみます。ひょっとするとメリーさんもヘレンさんも、まだロビーにいるかもしれません。もしまた、木塚にかどわかされたにしろ、なにか手がかりがあるかもしれない」

「おお、三津木くん、いってくれるか」

「いや、それじゃぼくもいこう」

「三津木さん、ぼくもいきます」

　新聞記者や警察官にとっては、深夜も早朝もないのである。それからただちに四人そろって自動車を国際空港へ走らせたが、万事はあとの祭《まつり》であった。

　メリーとヘレンのふたごのきょうだいは、たしかに日航機から国際空港へおりたっていた。しかし、迎えにきた板垣博士と名乗る怪人物のために、いずこともなく連れ去られてしまったのである。

あわれふたご

　ヘレンとメリーのふたごのきょうだいは、真《ま》っ暗《くら》なへやのなかで、抱きあったままひと晩明かした。

　ふたりともまだじぶんたちが、世にも恐ろしい運命におかれているとは気がつかないのだ。しかし、子どもごころにもなんだかようすがへんだくらいはわかっている。ふたりがひと晩あかしたへやというのは、窓ひとつない、四角なコンクリートづくりの部屋で、ベッドといっても、かたい木製の粗末《そまつ》なベッドがひとつあるきり、わらぶとんはしんがはみだし、うえにかかっている毛布というのも、よごれて、あかじんで、しかもところどころすりきれている。

　ふたりがおじだと信じている男は、ゆうべ国際空港から自動車でふたりをここまでつれてくると、

「さあ、ふたりともここでよくねるんだよ。あしたの朝になったら、またきてやるからな」

　そういって、へやを出るとそこからピンとかぎをかけていってしまった。

　ふたりはなんとなく当てがはずれて、あっけにとられたような、気持《きもち》だった。両親を同時にうしなって、そうでなくても心細いこのふたごのきょうだいは、もっともっとあたたかい歓迎を、おじさんから期待していたのである。

「ヘレン、あたしおなかがすいたわ」

「メリー、わたしもよ。おじさんはいったいどうしたのかしら」

　ふたりのかわす会話は、むろん英語である。ふたりとも両親にしこまれて、かなりじょうずに日本語もしゃべれるのだが、ふたりだけで話すときは、な

れた英語のほうが便利なのだ。

「メリー、あのおじさん、なんだかへんだと思わない」

「そうねえ、なんだかおそろしいひとねえ。でも、学者だというから、変人なのよ、きっと」

「そうかしら、でも、もっとやさしくしてくれてもよさそうに思うわ」

「そういえば、そうねえ。それにこのへやもへんねえ。さいわい、トイレも洗面所もついているからいいけれど、なんだか箱みたいなへやねえ」

「日本のおうちってみんなこんなかしら」

「そうじゃないと思うわ。パパもママもいってたじゃない。日本のおうちってみんな紙と木とでできてるんだって。そして、タタミというもののうえでねるんだって」

「ほんとにそうだったわねえ」

「いったいどうしたんでしょう」

「どうしたんでしょうねえ」

ふたごとはいえ、メリーとヘレンはよく似ている。なにからなにまでうりふたつで、しかも、お人形のようにかわいらしいのだ。


ふたりはなおも、幼い知恵をふりしぼって、じぶんたちのうえにおそいかかってきた、このふしぎな運命について語りあっていたが、とつぜんひとりがとびあがった。

「ああ、だれかきた！　きっとおじさまよ」

「おじさま！　おじさま！」

かれんなふたりがベッドのはしからとびあがって、ドアのそばまでかけよったとき、ガチャリと鍵《かぎ》をまわす音がして、あついドアが外からひらいた。

と、そこに立っているのは板垣博士……いや、板垣博士とそっくりの怪人物である。あごひげも口ひげも、また頭の髪のかりかたなども、板垣博士にそっくりだが、ただこのひとはめがねを二重にかけている。ふつうのめがねのうえに、黒めがねをかけているところが、なんとなくうさんくさいかんじなのだ。

「おじさま！」

「いらっしゃい！」

ふたりの少女は左右から、怪人物にとびつこうとしたが、なんとなくつめたいあいての態度と、それから手にしたふしぎなものに気がついて、おもわず二三歩あとじさりした。

板垣博士によくにたその怪人物は、右手に乗馬むちをもっているのだ。

メリーとヘレンが、おびえたように手をとりあって、たじたじとあとじさりをするのを見ると、怪人物はにやりとわらった。それからていねいにドアをしめるとかぎをかけ、あらためてふたりのほうへむきなおると、「おい、メリーとヘレン」と、つめたい声で呼びかけた。

「は、はい……」

「このわしが、おまえたちのおじに見えるかい。おまえたちのおじに似ているかい」

「ええっ！」

と、メリーとヘレンは顔を見合わせ、

「それじゃ、あなたはおじさんじゃなかったんですか」

「なにが、おじなもんか。よし、わしのほんとの顔を見せてやろうか」

と、左手で口ひげとあごひげをむしりとると、あ

ごのところにありありみえるのは、まぎれもなく大きなきずのあとである。そして、それこそ姿なき怪人木塚陽介の目印なのだ。

「あれえッ!」と、だきあったメリーとヘレンのそばへちかよりながら、怪人はびしびしとむちで床をたたいて、

「わしは、おまえたちのおじとは敵どうしなのだ。おまえたちのおじの板垣博士には、ふかいふかいうらみがあるのだ。だから、こうしておまえたちをいじめてやるのだ!」

二重めがねのおくで、怪人の目は怪しく恐ろしく光っている。

怪トラック

メリー望月とヘレン望月のふたごのきょうだいが、羽田《はねだ》の国際空港から、いわゆる姿なき怪人のために誘《ゆう》かいされてから、十日とたち、二十日とたち、もうきょうは九月の七日にもなっているのに、いまだに、ふたごのゆくえはようとしてわからない。

いかに法医学の権威とはいえ、なんのいとぐちもないところから、事件を解決するわけにはいかないのだ。ちかごろの板垣博士は、傷心《しょうしん》の極《きょく》にたっしているかのごとく、げっそりとおもやつれがしてみえる。

三津木俊助と探偵小僧の御子柴くんはそういう博士に同情して、やっきとなって羽田の国際空港を立ち去ってからのちの、姿なき怪人の足どりをつかもうとするのだが、よほどうまく立ちまわったとみえて、いまだにしっぽがつかめないのだ。
こういうことは時日が経過すればするほど、探索《たんさく》するほうのがわにとって不利だと思わねばならない。二十日以上もたってわからないとなると、もう、そのほうからの探索は断念しなければならなかった。
警視庁は警視庁で、等々力警部を中心として、八《はっ》方《ぽう》手をつくして聞きこみに全力をあげた。聞きこみというのは、どこかでメリー望月とヘレン望月に似た少女を、見たものはないかと、刑事たちがこれは

と思う場所を、聞いて歩くことである。また、新聞は新聞で、板垣博士の所持していた写真から、メリーとヘレンの顔の部分だけを拡大して、いっせいに掲載すると同時に、もしこういう少女を発見したら、すぐもよりの警察なり交番なり、あるいは新聞社なりへ報告するようにと、大々的に書き立てたが、九月七日げんざいでは、まだどこからも、これはと思う反響はないのであった。

こうして板垣博士はいうまでもなく、東京都民の全体が、メリーとヘレンのふたごの運命にたいして、ふかい憂色《ゆうしょく》につつまれていた九月七日の夕《ゆう》まぐれ、ついに、ふたごのかたわれらしい少女の死体が発見されて、ここに改めて姿なき怪人の残酷《ざんこく》さに、東京都民は恐怖のどん底にたたきこまれたのであった。

その日、探偵小僧の御子柴くんは社用をおびて、自転車で霞《かすみ》ケ関《せき》のほうへ出向いていた。さいわい社用もぶじに果《はた》したので、口笛もかろやかに自転車を走らせていたが、ふと見ると、まえを行くトラックの後部のワクがはずれていて、上にのっけた白木《しらき》の箱が、いまにも自動車からずり落ちそうになっている。

「おじさん、おじさん、トラックのおじさん」

と、探偵小僧の御子柴くんは、思わず背後から声をかけた。

「あぶないよ、あぶないよ。トラックから箱が落ちそうになっているよ」

大声でうしろから声をかけたが、なにしろ都会の雑音のなかである。少々大声をあげたくらいでは、運転手の耳までとどかないのか、トラックはあいかわらずあぶなっかしい疾走《しっそう》をつづけている。車体がバウンドをするたびに、白木の箱が少しずつ、後部のほうへずれてきて、ハラハラするようなあぶなっかしさである。

「おじさん、おじさん、トラックのおじさんたら!」

探偵小僧の御子柴くんは、声をからして連呼しながら、フル・スピードで自転車を走らせると、やっとトラックの運転台のそばまで追いついた。

「おじさん、おじさん、トラックのおじさんたら!」

「えっ」

トラックの運転手ははじめてきがついたのか、運転台からふりかえると、

「小僧、どうしたんだい。おれになにか用事かい」

あとから探偵小僧の御子柴くんが、じだんだふんでくやしがったのは、その運転手の顔を、もっとよく見なかったことである。その運転手は大きなちりよけめがねをかけ、ほこりよけのマスクをかけていたのだが、それを怪しいと思わなかったじぶんのうかつさが御子柴くんには、あとになってくやしくてたまらなかったのである。

「どうしたも、こうしたもないよ。トラックのうしろのわくがはずれているよ。そして、トラックにのっけた白木の箱がいまにもずり落ちそうになっているよ」

「えっ」

と、うしろをふりかえった怪運転手はたった一つ積んだ荷物が、いまにもずり落ちそうになっているのを見ても、かくべつおどろいたふうもなく、

「なあに、心配するな。小僧、ひとのことに気をもんでいると、子供のくせに頭がはげるぜ、あっはっは！」

「だって、おじさん」

せっかく、ひとが親切に忠告してやっているのにと思うと、探偵小僧もむっとして、

「このままじゃ、いまにトラックからずり落ちるぜ。ころげ落ちてからあわてたってぼく知らないぜ」

「よけいなおせっかいは無用にしな。こっちにはこっちの考えがあるんだ」

「ヘエン、トラックから荷物をふるい落《おと》そうという考えかい」

「ご名察《めいさつ》。ほら、どうだ」

とつぜん、運転手がハンドルを大きくまわすと、トラックは道を急カーブして警視庁のほうへまがったが、そのとたん車体が大きくバウンドをして、ガラガラドシンと、白木の箱がとうとうトラックからすべり落ちた。

「それ、見な、おじさん、とうとう箱がすべり落ちてしまったじゃないか」

だが、トラックの運転手は、それに気がついているのかいないのか、そのまま警視庁のほうへ疾走していく。

「おじさん、おじさん、荷物が落ちたんだよ。このまま捨てていってもいいのかい！」

探偵小僧の御子柴くんは、背後から大声で叫んだが、それが聞《きこ》えたのか聞えないのか、トラックはみ

るみる遠ざかって、おりからのラッシュ・アワーの雑踏《ざっとう》の中へまぎれこんでしまった。

箱の中

「へんだなあ、あのおじさん、荷物をすてていってもいいのかしら」

ブツブツつぶやきながら御子柴くんが路上にころがっている白木《しらき》の箱のほうへとってかえそうとしていると、とつぜん急カーブでまがってきた自動車が、路上にある障害物に気がついて、

「あっ、あぶない!」

と、運転手がいそいでブレーキをかけたが、もうおそかった。

メリメリと板のさける音がして、自動車のまえのタイヤのいっぽうが、はんぶん白木の箱をおしつぶしていた。

「だれだ、こんなところへこんなものをおいていったのは?」

自動車の運転台から首をのぞけた運転手は、横で探偵小僧がいたずらでもしたように、目をひんむいてどなりつけた。

「ぼくじゃないよ。いまむこうへ逃げていったトラックが、そこにふるい落《おと》していったんだ」

「ちくしょう!」

運転手はハンドルをにぎって、二、三メートルほど車を後退させる。

探偵小僧は自転車からおりると、なにげなく白木の箱のほうへ歩みよった。自動車のなかから運転手もおりてきて、

「トラックがふるい落していったんだって?」

「ええ、そうなんです。トラックからいまにもずり落ちそうになっていたので、ぼく、なんども注意したんだが聞かないんです。とうとうここへふるい落していったんです」

「へんだなあ、なんだろう」

「なんでしょうねえ」

それは長さ二メートル、巾《はば》が七十センチに厚さが五十センチほどの長方形の箱である。

「まるで、おそうしきに使う寝棺《ねかん》みたいじゃないか」

「いやだなあ。きみの悪いことをいわないでくださ

いよ。トラックが寝棺を落していってたまるもんですか」

その寝棺みたいな白木の箱は、ちょうど中央部がおしへしゃがれて、そこからなにやら白いものがのぞいている。

自動車の運転手がまず、そこからのぞいていたが、とつぜん、わっと叫んで、二、三歩うしろへとびのくと、

「死体だ！　死体だ！　やっぱり死体がはいっている」

「えっ！」

と、叫んで探偵小僧の御子柴くんも、おそるおそる板の割れめから中をのぞいて、注意ぶかくその白いものを眺《なが》めていたが、やがて腹をかかえて笑い出した。

「なんだ、運転手さん。あんたおとなのくせに臆病《おくびょう》ですね。あれ、人間の死体じゃありませんぜ。ほら、マネキンの人形かなんかじゃありませんか」

「なんだ、マネキン人形……？」

運転手は帽子をとって、いま吹きだした顔の汗をぬぐいながら、もういちど、箱の中をのぞいて、しげしげ白いものを眺めていたが、

「ちぇっ、なあんだ、人形の腕か。おれは本物の人間の腕とまちがえたよ。ええいばかばかしい」

いまいましそうに運転手が、くつのつま先《さき》でドシンと強く箱をけったが、そのとたん、こんどは探偵小僧の御子柴くんが、

「あっ」

と、叫ぶと、なにを思ったのか身をかがめて、箱の上をのぞきこんだ。

「おい、どうしたんだい、小僧。どこかそのへんの道ばたへでもころがしておこうじゃないか。いまにトラックが取りにくるだろう」

「あっ、おじさん、ちょっと待って！」

「待ってって、こんなところへおいといちゃじゃまにならあ。さあ、おまえも手伝うんだ。……おや……」

身をかがめて白木の箱に手をかけた運転手は、とつぜん顔をしかめると、

「おい、こ、小僧、こりゃなんのにおいだい？　まるで、魚のくさったようなにおいがするじゃないか」

「おじさん、あ、あれ……」

「な、なに……」

御子柴くんがふるえているのを見て、それが伝染したように、運転手も不安そうに大きく目をみはると、

「小僧、ど、どうしたんだい」

「ほ、ほら、いまおじさんがくつで箱をけったひょうしに、箱の中からなんだかネバネバしたものが……」

「ネバネバしたもの……」

運転手はハンケチを出して鼻をおさえながら、箱の上に身をかがめたが、見るとなるほど箱のさけめから、なにやらドスぐろいものがにじみ出して、それがアスファルトで塗装した、道路の上に流れている。

「おい、こ、こ、小僧！　こ、こ、これ、ち、ち、血じゃないか」

「お、おじさん、そ、そ、それにこ、こ、このにおい……」

ツーンと鼻をつく異臭《いしゅう》はたしかに、ただのにおいではない。

探偵小僧の御子柴くんも、ハンケチで鼻をおおうと、もういちど箱の割れめからのぞいている、マネキン人形の腕を見なおしたが、とつぜん、わっと叫んで二、三歩うしろへとびのいた。

「ど、ど、どうした、小僧！」

「おじさん、おじさん、たいへんだよ。たいへんだよ、このマネキン人形の中には、人間のからだがとじこめられている」

死体かり置場

警視庁の地下室、うすきみ悪い死体かり置場《おきば》は、いま、しいんとした重っくるしい空気につつまれている。

つめたい鉄製の台の上には、裸《はだか》にされたマネキン人形が横たわっていて――その周囲には数名の人々が、石のように押しだまったまま、マネキン人形にほどこされている、きみの悪い施術《せじゅつ》を見ているのだ。

そのマネキン人形は、いうまでもなく、さっき三宅《みやけ》坂《ざか》の付近で怪トラックからふるい落《お》とされた、白木《しらき》の箱の中から発見されたものである。

それはフランス人形のように、ひだの多いスカートをはいた等身大の少女の人形だったのだが、いまは着ていたまっかな夜会服をぬがされたうえ、ていねいに蠟《ろう》をはがされているところだった。その蠟の下に人間が……十二、三の少女の死体が封じこまれていることは、いまはもう、うたがいもない事実となっている。

　この恐ろしい人形をとりまいて、いきをのんでいる人々の中には、板垣博士もいた。等々力警部もいた。三津木俊助もいた。そして、探偵小僧の御子柴くんがいることはいうまでもない。

　白い手術着にマスクをかけ、ゴムの手袋をはめた医者の手で、すこしずつ蠟がはがされていくにしたがって、一同のくちびるから、恐怖のうめき声がほとばしる。とつぜん、板垣博士が押しへしゃがれたような声でつぶやいた。

「このぶんでは、蠟を落してしまったところで、顔かたちはよくわかるまいな」

　シーンとした死体かり置場に板垣博士の声が、みょうに陰気《いんき》にひびいたので、そばに立っていた探偵小僧の御子柴くんは、おもわず、ゾーッと身をふるわせた。蠟は蠟だけとれて[redacted]しない。ふらんした少女の体の肉やひふが、蠟といっしょ[redacted]しずつ、もぎとられていくその恐ろしさ、きみ悪さ。

　探偵小僧の御子柴くんは、もういちどゾ[redacted]と体をふるわせた。

「先生……板垣先生……」

　と、施術している若い医者も[redacted]んきな声で、

「できるだけ、慎重にやる[redacted]もりですが顔をもとどおり復原《ふくげん》することは不[redacted]能ですね。もうこのとおり、腐敗の度がすすんで[redacted]るのですし、こう、蠟が密着していちゃあね[redacted]

「おお、かわ[redacted]そうなヘレンとメリー」

　板垣博士[redacted]クックッとのどを鳴らせておえつの声をのみこ[redacted]た。

「三津木[redacted]ん」

　と、[redacted]々力警部はそばに立っている三津木俊助をふりか[redacted]ると、

「こ[redacted]メリーさんかヘレンさんのどちらかだろうねえ」

「年ごろからいって、そういうことになりましょうね。ほかにこの年ごろの少女の失《しっ》そうとどけが出て

いますか」

「いや、それをいま調べてきたんだが、ここひと月《つき》ほどのあいだに、この年ごろの少女で失そうしたというとどけは出ていないのだが……」

「じゃ、やっぱり……板垣先生にはおきのどくですが……」

それを聞くと板垣博士は、またクックッとのどを鳴らして、おえつの声をのみこむと、

「かわいそうなヘレンとメリー…。それにしてもにくいやつは木塚のやつだ。姿なき怪人などとぬかしおって……」

にぎりしめた板垣博士の両のこぶしがくやしそうに、ぶるぶるふるえている。

「三津木くん」

と、また等々力警部は三津木俊助をふりかえると、

「これがヘレンさんかメリーさんかわからないが、こうしてひとりがやられている以上、もうひとりのほうも、やっぱりやられているとみなきゃならんだろう」

「はあ、おきのどくながら……問題はその死体がいつどこから、発見されるかということでしょうねえ」

「ちくしょう。ちくしょう。木塚のやつめ！……姿なき怪人のやつめ……」

板垣博士が、またくやしそうに歯ぎしりをする。

やがて、蠟はすっかりはぎ落されたがはたして板垣博士が予想したように、顔のみわけはつかなかった。

「かわいそうに。これではメリーだかヘレンだかわからない。もっとも、顔がふつうであったとしても、わたしにはふたごのみわけはつかないが……」

板垣博士はまた、なげいたが、しかしそこは日本一の法医学者である。すぐ学者の冷静さを取りもどして、

「きみ、きみ、外傷はないようだね」

「はい、どこにも致命傷《ちめいしょう》と思われるような傷はありません」

と、若い医者はこの法医学の大家《たいか》にたいして、うやうやしさを失わなかった。

「こう殺《さつ》、あるいはやく殺《さつ》したようなあともないな」

「はっ、それもありません」

「すると、結局、毒物死ということになるんだよ」

「たぶん、そうだと思います。先生ごじしんで解《かい》ぼうなさいますか」

「むろん」

と、板垣博士は力強く、

「等々力くん」

「はっ」

「この死体をいますぐ、ぼくの研究室まで運んでくれたまえ」

「今夜、すぐに解ぼうなさいますか」

博士はちらと腕時計に目をやった。時間は午後十時になんなんとしている。

「いや、解ぼうはあすということになるだろうが、いちおう今夜のうちに、解ぼうまえの処置をしておきたいから……」

「承知いたしました」

「わたしは助手の梶原《かじわら》に電話をしておこう」

こうして、死体はX大学の板垣博士の研究室へ送られて、梶原助手の手伝いで夜があけたらいつでも、解ぼうできるような処置がとられたのだが……。

怪サンタ・クロース

その夜のま夜中《よなか》過ぎ……。

正確にいえば、九月八日の午前一時過ぎのことである。

X大学の構内にある板垣博士の研究室の前へ、一台の自動車がきてとまった。大学には夜勤《やきん》の公務員がいることはいるが、その詰所《つめしょ》はずっと遠くはなれている。公務員は二時間おきに、大学の構内を巡察しておくことになっているが、いまがちょうど中間の時刻にあたっている。

そういうところから察すると、この自動車のぬしは、よくよくこの大学の事情にくわしい人間と思われる。

自動車のぬしはふつうのめがねの上へ大きな黒めがねをかさねてかけた怪人物で、小《こ》わきになにやら袋のようなものをかかえている。二重めがねの怪紳士は、自動車からおりると、きょときょととしばらくあたりを見まわしていたが、やがて目の前にある建物の中へかけこんだ。その建物の中に、板垣博士の研究室があるのだ。

建物をはいってろうかを右へまがると三つめが板垣博士の研究室だ。

二重めがねの怪紳士はそのへやの前に立つと、折れまがった針金《はりがね》のようなものを取りだして、それでかぎあなをいじっていたが、しばらくするとガチャリと音がして、なんなくドアのじょうがはずれた。

二重めがねの怪紳士は、ろうかのあとさきを見回すと、すばやくドアの中へすべりこみ、うしろ手にぴったりドアをしめ、しばらくあたりのようすをうかがっている。しかし、だれもこの怪紳士の侵入に気がついたものはいないらしい。

あたりはシーンとしずまりかえって、遠くのほうで秋の虫の音《ね》が聞《きこ》える。

「うっふっふ。なんてぞうさないんだろう」

怪人物はクスクスのどの奥で笑うと、こんどはへやをつっきって、第二のドアの横でたちどまった。その奥が板垣博士のほんとうの研究室で、そこには不幸なふたごのかたわれが、死体となってよこたわっているのである。

二重めがねの怪人物はまた、折れまがった針金のようなもので、ガチャガチャとかぎあなをいじっていたが、これまたなんのぞうさもなく、ガチャリと音がしてじょうがはずれた。

「しめ、しめ！　うまくいったぞ、うっふっふ！」

ドアを開くと二重めがねは、折りたたんだ袋のようなものを小わきにかかえて奥の研究室にはいっていった。

それにしてもこの怪人物は、いったいなんの用があって、このま夜中にこんなうすきみ悪いところへ、しのびこんだのだろう。

こんなところに金《かね》めのものがあろうはずがなく、そこにあるのは、ふらんしたふたごのかたわれの死体だけだのに……奥の研究室からちらちらと、懐中電灯の光がもれた。そしてなにをしているのか怪人物の身動きをするけはいが聞えていたが、およそ五分ほどしてドアの中から出てきたところをみると、まるでサンタ・クロースのように大きな袋をかついでいる。

わかった、わかった。

二重めがねの怪人物が小わきにかかえていたのは、折りたたんだスリーピング・バッグだったのだ。スリーピング・バッグというのは、登山家などが野営をするとき、中へはいって寝る袋で、表《おもて》は皮で裏には防寒用の毛皮などがついている。その中へはいって、首だけだして寝るのである。

それにしても二重めがねの怪紳士が、板垣博士の研究室から、かつぎだしたスリーピング・バッグの中には、いったいなにがはいっているのであろうか。なんだか人間の形をしているようだが……

二重めがねの怪紳士は重そうにスリーピング・バッグを肩にかつぐと、よちよちとへやを横ぎり、ろうかへ出るドアの内側で、ちょっと外のようすをうかがっていた。

だれもこの奇怪な侵入者が、板垣博士の研究室から、なにかへんなものをかつぎ出したことに気がつかない。

あいかわらず、あたりはしいんとしずまりかえって、遠くのほうで虫の音が、かすかにチロチロ聞えてくる。

二重めがねの怪紳士は、暗《くら》がりのなかで白い歯を出してニヤリと笑うと、そっとドアを開いてろうかへ出た。

ろうかにも人の姿はない。

二重めがねの怪紳士はサンタ・クロースのように袋をかついで、すばやくろうかから玄関へはいると、そこでまたちょっと立ちどまって、あたりのようすをうかがっていた。

しかし、だいたいが人がうろうろしているような場所でもなければ、時刻でもない。

二重めがねの怪紳士は自動車のそばへ近寄ると、後部のトランクのふたを開いた。そして、その中へドサリとスリーピング・バッグを投げこむと、静かにふたをしてかぎをかけた。

それから前へ回って運転台へとびのると、いずこともなく立ち去ってしまったのである。

それから七時間ののち。

すなわち九月八日の午前八時ごろ、板垣博士の研究室へやってきた梶原助手はドアを開こうとして、かぎあなにかぎをさしこんだが、

「おや」

と、口のうちでつぶやくと、いそいでかぎをぬき、ドアのとってに手をかけた。じょうがこわれていて、ドアはなんなく開いた。見ると奥の研究室のドアが

開いている。

「どうしたんだろう。いったい……」

ふしぎそうにつぶやきながら、梶原助手は奥のドアを開いて中をのぞいたが、そのとたん雷にでもうたれたように、大きく体をふるわせて、ドアのそばで立ちすくんだ。

解《かい》ぼう台の上から、ふたごのかたわれの死体が、煙のように消えているのである。

探偵小僧の討論

板垣博士の研究室から、少女の死体をぬすみ出していったのは、姿なき怪人なのだろうか。もし、そうだとすれば、怪人は、なんだって死体をぬすみだしたのだろうか。そこにはなにかふかい意味があるのだろうか。

そうなのだ。そこには世にもおどろくべき理由があったのだ。では、その理由とはどういうことなのか。それはこの物語を終わりまでお読みになれば、諸君にもおわかりになるだろう。そして、おそらく諸君も、当時世間のひとがおどろいたと同様に、きもをつぶしてびっくりされるにちがいない。

それはさておき、蠟人形《ろうにんぎょう》のなかに封じこめられていた少女の死体が、その夜のうちに板垣博士の研究室から消えたという事件ほど、当時世間に大きなショックをあたえた報道はなかった。

死体をぬすむということだけでも、それは、すでに世にも異常なできごとである。しかも、ぬすまれた死体というのがふつうの死体ではない。殺されたのかどうか、まだはっきりとはしていないが、蠟人形のなかに封じこまれて、世にも奇怪な現われかたをした死体なのだ。しかもそれはもうはんぶん以上ふらんした、世にもうす気味悪い少女の死体。

いったい、そんなものをぬすみだして犯人はなにをやらかすつもりなのかという疑問が、いっそうこの事件に薄気味《うすきみ》悪い疑惑の影を投げかけていた。

「ねえ、三津木さん」

それは板垣博士の研究室から、少女の死体がぬすみだされたということが、決定的な事実となった九月八日の夕まぐれ、新日報社の編集室の一隅《いちぐう》では、探偵小僧の御子柴くんが、三津木俊助をつかまえて、世にも深刻な顔をしていた。

「いったい、犯人が死体をぬすみだした理由として、どういうことが考えられるのでしょうね」

「そうだねえ、こいつはむずかしい問題だよ」

こういう事件に関しては敏腕《びんわん》のほまれのたかい俊助も、こんどばかりは困じはてたように小首《こくび》をかしげて、

「どうもぼくにはよくわからんが、板垣博士に解剖《かいぼう》されると、犯人にとってなにか不利になるような、証拠でもでてくるおそれがあったんじゃないかな」

「たとえばどういう……？」

「たとえば……いや、これはほんとにたとえばだよ。こういう場合が考えられるね。あの死体がひじょうに特殊な毒物を使った他殺死体だった場合だね。板垣博士の解剖によって、その毒物の特殊性が解剖された場合、捜査の範囲がひじょうにせばめられてくる。そうすると犯人にとってはあきらかに不利になってくるからね」

「ああ、なるほど、そうですね」

と、探偵小僧の御子柴くんも、いちおうは感心したようにうなずいたが、しかし、すぐまたそこによこたわる矛盾《むじゅん》に気がついたように、考えぶかい目つきになって、

「しかし、ねえ、三津木さん」

「ああ、なに……？　探偵小僧、おまえになにか考えがあるのかい」

「ええ、三津木さんはあのときの状態……つまりあの怪トラックが白木《しらき》の箱をふるい落としていったときの状態を、じっさいその目で見ていらっしゃらないのでそういう仮定をお考えになったんでしょうが、ぼくにはどうしてもあの怪トラックは、わざとあの箱をふるい落としていったとしか思えないのです。と、いうことは……？」

「ふむ、ふむ、と、いうことは……？」

「あの怪トラックのぬしは、死体を世間のまえへさらしものにしたかったということになります。死体を世間のまえにさらしものにしてしまえば、解剖されることはわかりきった事実です。その解剖をおそれるならば、なぜあのときぼくの注意をきいて、トラックをとめ、白木の箱をすべり落ちないように、トラックのなかに積みなおさなかったのか……それがぼくにはふしぎでしようがないんです」

探偵小僧のなやましげな目を、三津木俊助はまじ

まじとのぞきこみながら、

「探偵小僧」

「はい」

「きみはしきりに怪トラックは、わざと白木の箱をふるい落としていったと主張しているが、きみはほんとにそう信じているのかね」

「はい」

探偵小僧は目をあげて、真正面から俊助の顔を見かえしながら、キッパリとそういいきった。

「しかし、探偵小僧」

「はい」

「犯人は死体を蠟人形のなかに封じこめておいたんだよ。と、いうことは犯人は死体を世間の目からかくそうという希望をもっていたということになるんだ。それをわざとトラックからふるい落として世間の目にふれるようにしむけたというのはおかしいじゃないか。そこに矛盾があると思わないか」

「思います。だからぼくはふしぎなんです」

と、探偵小僧は熱《ねつ》っぽい目つきをして、

「三津木さんも、いまおっしゃったように、犯人は死体を蠟人形のなかに封じこめて、世間からかくそうとしました。それでいてあの怪トラックは、たしかに死体をわざとふるい落としていったのです。そうしておきながら、またひじょうな危険をおかして、その死体をぬすみだしていきました。だからぼくの考えでは、この事件は徹頭徹尾《てっとうてつび》、矛盾だらけです。

しかし……」

「しかし……？」

「はあ、つまり、ぼくたちの目から見れば、矛盾だらけの事件ですが、しかし、犯人にとってはそうしなければならぬ、なにか重大な理由があったにちがいありません。その理由とはなにか……」

探偵小僧はそこでまた、なやましげな目をして考えこんだが、あとから思えば探偵小僧のこの疑問のなかにこそ、事件のなぞをとく重大なカギが秘められていたのである。

霧の中の怪異

こうして板垣博士の研究室から、少女の死体紛失《ふんしつ》の報が、世間をふるえあがらせてから、なか一日おいた九月十日の夜、またしても奇怪な事件がもちあがって、ふたたびみたび、あっとばかりに世間のひとをふるえあがらせたのである。

それはそういう季節にありがちな、猛烈に霧のふかい晩のことだった。日が暮れるとまもなく江東方《こうとう》面からはいだしてきた霧は、またたくまに隅田川《すみだがわ》をのりこえて、東京都いったいを濃いヴェールのなかにくるんでしまった。

ことにその霧のいちばん濃かったのは、隅田川のいったいで、時刻にすると夜の十一時から十二時ごろまでのあいだであった。

その夜、警視庁の等々力警部は、江東方面に麻薬《まやく》密売の巣窟《そうくつ》があるという聞きこみをもととして、夜の十一時ごろおおぜいの部下を指揮して、その巣窟を急襲した。

この急襲は大成功で、ひさしく警視庁をなやませている麻薬密売の首魁《しゅかい》をとりおさえたばかりか、おびただしい麻薬を押収《おうしゅう》したのだが、それはこの事件と直接関係のないことだから、ここでは省略することにしよう。

問題はその検挙のかえりに起こったのである。

等々力警部は、一《いっ》そうのランチに乗って、隅田川を横切ろうとしていた。そのランチにはこんやの急襲をかぎつけて、現場付近に張り込んでいた三津木俊助も同乗していた。ほかに三人の刑事も乗りこんでいた。

そのランチが永代橋《えいたいばし》の中央を、ななめにくぐって築地《つきじ》のほうへむかっていたときである。

「おや」

と、とつぜん三津木俊助が霧をすかして上流のほうへ目をやった。

時刻は十一時四十分。その夜のうちでももっとも霧のふかかった時刻である。

「三津木くん、どうしたんだね」

等々力警部が、ふしぎそうに振り返ると、

「警部さん、なんでしょう、あの鈴の音」

「えっ？　鈴の音……？」

「ほら、上手《かみて》のほうから、リーン、リーンと鈴の音がきこえてくるじゃありませんか。だんだん、こちらのほうへちかづいてくるようすですよ」

三津木俊助のことばに等々力警部はいうにおよばず、同乗してた三人の刑事も船室から甲板《かんぱん》のほうへとび出してきた。

隅田川はいままっ白《しろ》な霧につつまれていて、五メートルさきはもう見わけがつかない。そのなかを徐行していく船のなかから、しきりに霧《む》笛《てき》の音がきこえてくる。

その霧笛の音にまじって、なるほどきこえてくるのは、リーン、リーンという鈴の音である。それは聞くもののはらの底までしみとおりそうなほど、いんきで、気のめいりそうな音だった。

「警部さん、なんでしょうねえ。あの音」

と、刑事のひとりもいきをのむ。

「おーい、運転手、方向転換だ。それからサーチ・ライトを照らしてみろ」

「オー・ケー」

言下《げんか》にランチは鈴の音のきこえるほうへ方向を転換した。サーチ・ライトの光がさっと白い霧のなか

に末広《すえひろ》がりのしまをつくった。

鈴の音はあいかわらず、リーン、リーンといんきなひびきをふりまきながら、しだいしだいにこちらのほうへちかよってくる。

やがて、サーチ・ライトの光のなかへしずかに姿をあらわしたのは、一そうのボートのへさきである。鈴の音はそのボートのなかからきこえるらしい。

「おい、だれかそのボートに乗っているのか」

等々力警部が声をかけたが、霧のなかのボートから返事はなくて、返事のかわりにあいかわらず、リーン、リーンと鈴の音だけがきこえてくる。

「警部さん、あのボートにゃだれも乗っておりませんぜ」

三津木俊助のことばのあとから、

「あっ、警部さん、ごらんなさい。あのボートのなかには、大きな箱がつんである！」

ボートとランチの距離はいま三メートル、見るとなるほどボートのなかには、大きな長方形の白木《しらき》の箱がつんである。その箱のかたちが俊助に、さっとある不吉な事件を連想させた。

それは九月七日の午後、軽トラックからふるい落とされた、あのいまわしい白木の箱にそっくりではないか。

「警部さん、ひとつあの箱を調べてみようじゃありませんか」

「ようし！」

等々力警部もおなじことを考えていたのにちがいない。

「おい、ランチをもっとあのボートにちかづけろ」

「オーライ」

ボートとランチの距離はいまや一メートル弱、まずいちばんにボートにとびうつったのは三津木俊助。等々力警部もあとにつづいた。

「警部さん、この綱を……」

と、ランチに残った刑事のひとりが、さっと綱を投げてわたす。

「よし」

と、その綱をすばやくボートのへさきに結びつけた等々力警部が三津木俊助とともにあらためて、白木の箱を見なおすと、箱のうえには十文字《じゅうもんじ》に、鉄の鎖《くさり》がかけてあり、その鎖のさきにぶらさがっている鈴が、ボートの動揺するのにつれてリーン、リーンとさえた音をたてているのである。

しかも、ボートのなかからにおってくるのは、ヘドでも出そうな、なんともいいようのない異臭《いしゅう》である。

「け、警部さん！」

「み、三津木くん！」

ふたりははっと顔見合わせていたが、そのとき、ランチに残った刑事のひとりが、

「警部さん、これを……」

と、投げてよこしたのはスパナである。

「うん、よし」

三津木俊助と等々力警部は、すばやく鎖をときはなつと、スパナをつかってメリメリと白木の箱のふたをひらいたが、そのとたん、懐中電灯の光でなかをのぞいたふたりは、おもわずあっと声を放《はな》った。

箱のなかによこたわっているのは、フランス人形のように、ひだの多いスカートをはいた、等身大の少女の蠟人形《ろうにんぎょう》である。このあいだの蠟人形はまっかな夜会服を着ていたが、こんやの蠟人形の着ているのは、まっくろな夜会服である。

そして、その蠟人形のなかに少女のふらん死体が封じこめられていたことはいうまでもない。そうすると、このあいだのがヘレン望月とすると、この死体はふたごのかたわれ、メリー望月なのだろうか。あるいはこのあいだのがメリーとすると、これはヘレンということになるのであろうか。

こっぱみじん

「三津木くん、たいへんだ。これでヘレンもメリーもふたりとも、殺されたということになるんだね」

「まあ、そういうことでしょうねえ」

三津木俊助と等々力警部のふたりは、沈痛《ちんつう》なおもちをして、しばらく箱のなかを眺《なが》めていたが、どちらにしてもたえがたいのはその臭気《しゅうき》だ。

「とにかく、警部さん。このボートを曳航《えいこう》していって、また蠟をはぎおとし、こんどこそ板垣博士に解《かい》剖《ぼう》してもらおうじゃありませんか」

「うん、そうしましょう」

ふたりはふたたび白木の箱にふたをして、もとのランチへ乗りうつった。

「おい、ランチは前進、既定の場所へ着けてくれ」

「オーライ」

ランチはふたたび霧をついて、ダ、ダ、ダとエンジンの音をひびかせながら、隅田の流れをななめに切って前進する。そのランチの五メートルほどうしろから、綱につながれた無人のボートが、ゆらり、ゆらりと曳《ひ》かれていく。

「それにしても、三津木くん、姿なき怪人というやつは恐ろしいやつだな」

等々力警部は怒りにみちた顔色だったが、それに反して俊助はなにかふかく考えこんでいる。いまにして三津木俊助には、このあいだ探偵小僧の吐《は》いたことばに思いあたるのだ。

探偵小僧のことばによると、このあいだの怪トラックは、わざと白木の箱をふるい落としていったという。

ところがこんやはこのボートだ。ボートを流した犯人は、なんだって鈴のついた鎖《くさり》をつかったのであろう。あの鈴の音さえなかったら、このランチはボートに気づかずに、いきすぎてしまったことだろう。

と、いうことは、ぎゃくにいえば、だれかにこのボートを発見してもらいたいがために、わざと鈴をつけておいたようなものではないか。ボートを発見してもらいたいということは、とりもなおさず死体を発見してほしいということである。

それはなぜだろう。

第一の事件といい、第二の事件といい、犯人は死体をかくすように見せかけて、そのじつ死体を発見してもらいたいようである。それはいったいどういうことなのだろうか。

しかし、三津木俊助には、どう考えてもこの謎《なぞ》は解けなかった。

「ねえ、警部さん」

考えあぐねた俊助はなやましげな目をあげて、霧のなかを見つめながら、

「それにしても木塚陽介はなんだって、ヘレンとメリーを殺したんでしょう。ふたりを殺したところで木塚陽介は、一文《いちもん》のとくにもならないじゃありませんか」

「いや、木塚のやっていることは、損だのとくだのという問題じゃないのだろう。ただ板垣博士がにくいばかりに、博士に復讐《ふくしゅう》しているのだろう」

「そうでしょうか。それにしても変ですねえ」

「変というと……？　三津木くん、なにが変なんだね」

「ああ、いや」

なにを考えていたのか俊助は、とつぜん霧にぬれそぼれた肩をふるわせて、ゾーッとしたように首をすくめた。

霧はまだいっこう薄らぐけはいはなく、あちらでもこちらでも、ボーッ、ボーッと霧笛《むてき》の音が鳴りかわす。そのなかを、あの、ぶきみなボートを曳航したランチが、あいかわらず、ダ、ダ、ダと単調なエンジンの音をひびかせながら、白い波をけたてて進行していく。

やがていくてにあたって点々と、築地河岸《がし》のあかりが見えてきた。そのあかりは濃い霧ににじんでぼやけて、まるでホタル火《び》のように明滅《めいめつ》している。

と、このときだ。

世にもおどろくべきことがそこに起こって、三津木俊助や等々力警部はいうにおよばず、ランチに乗っていた一同の魂《たましい》をそれこそ根《ね》こそぎゆすぶったのである。

とつじょとして、ランチの後方から、ドカーンと大きな爆発音が起こったかと思うと、おお、なんということだ。ボートに乗っけてあった白木の箱が、こっぱみじんと砕《くだ》けて散って、霧の空たかくまいあがったではないか。

いやいや、こっぱみじんと砕けて散ったのは、白木の箱ばかりではない。ボートがさっとあお白いほのおをふいたかと思うと、曳航していた綱ももえ切れて、ボートはみるみるうちにズブズブと、隅田川のなかへ沈んでしまった。

ああ、あの白木の箱のなかには、時限爆弾が仕掛けてあったのにちがいない。

しかし、それはなぜだろう。

ただここでいえることは、第二の事件も第一の事件とおなじ結果になったということだ。犯人はかくすと見せて死体を発見させながら、その死体がくわしく調査されることを恐れているかのようである。

しかし、それはなぜだろう。

意外なる死体

隅田川上における蠟人形の死体発見のてんまつと、

さらにそのあとにつづいた死体爆発事件ほど、世間をおどろかせた事件はない。

なにしろ、犯人の気持《きもち》がどこにあるのか、それがわからないだけにいっそう奇怪で、いっそう気味が悪いのである。

こういう場合、世間の非難の的《まと》となるのはいうまでもなく捜査当局である。いまや世論はごうごうとして捜査当局のうかつさと手ぬるさを非難しはじめた。

そこで警視庁では改めて、捜査方針をねりなおすため、重大な捜査会議が開かれたが、さいしょからのいきがかりじょう、その席には板垣博士をはじめとして三津木俊助と探偵小僧の御子柴くんも、列席することを許された。

それはあの隅田川上で死体爆発事件があってから、三日のち、すなわち九月十三日の午後のことである。三時間にわたって一同は、この事件についていろいろ討議をかさねていたが、午後四時ごろのこと、給仕《きゅうじ》がはいってきて等々力警部の耳になにやらささやいた。

等々力警部はぎくっとしたように眉《まゆ》を動かしたが、すぐ一同のほうへむきなおって、

「ああ、ちょっとみなさんに申し上げます。いまここへQ大学の法医学の教授、古橋《ふるはし》博士がお見えになって、こんどの事件について、なにかわれわれの耳に入れたいことがおありとのことですが……」

「ほほう!」

と、板垣博士はくちびるのはたをふちどっている。真《ま》っ白《しろ》な口ひげとあごひげをまさぐりながら、

「古橋くんならわたしも、よくしっている。それはぜひ意見を聞かせてもらおうじゃないか」

「ああ、そう、それでは古橋先生をこちらへ通してくれたまえ」

「はっ、承知いたしました」

給仕がひきさがるのと入れちがいに、へやのなかへはいってきたのは、板垣博士とおなじとしごろの、いかにも学者らしい風格の古橋博士である。古橋博士は板垣博士とちがって、口ひげもあごひげもはやしてなく、いかにも温厚そうな紳士である。

古橋博士は板垣博士をはじめとして、一同に、ていねいなあいさつをすると、

「とつぜん参上して、たいへん失礼ですが、じつは

わたしのほうにちょっと心当たりがありますので、九月七日に発見された死体の写真がありましたら、見せていただきたいと思うのですが……」

「ああ、それはおやすいことです」

身許《みもと》のわからない変死体があると、警視庁ではいつも写真にとって保存しておくのである。その写真を等々力警部が出してわたすと、古橋博士はしげしげそれを眺《なが》めていたが、

「なるほど、これでは顔はほとんどわかりませんねえ。しかし……」

「しかし……？」

「いや、いや、それではわたしが持ってきた死体の写真と、ひとつ見くらべてくださいませんか。そうすると興味ある事実に気がおつきになるでしょう」

と、古橋博士がポケットから取出《とりだ》したのはハガキ大の写真である。それは十二、三のかわいい少女の死体を、ベッドのうえにねかせて上からとった写真だが、腰のまわりをのぞいては裸体《らたい》であった。そして、そのポーズは警視庁に保存してあったふらんした少女の写真と、ほとんどおなじポーズである。

「警部さん、この二枚の写真の少女の左右の足の中指によく注意してください。すっかりおなじだと思いませんか」

なるほど見ればこの少女たちの足の中指はふつうの人間にくらべると、ひと関節ほどながいのだ。いや、いや、その足の指のみならず、あらゆる体のとくちょうが、すっかり共通しているのである。

二枚の写真はつぎからつぎへと、一同の手にまわされたが、だれの目にもふたりの少女は、おなじ人間のように思われた。

「古橋先生！」

と、等々力警部はこうふんして、

「いったいこの少女はだれなんです？」

「うちの病院で死亡した矢田《やだ》キミ子《こ》という少女なんです。死因は肝臓《かんぞう》の病気でした。わたしは両親の許可をえて死体を解剖《かいぼう》することになっていたのです。ところが、先月の二十八日の夜、その死体が病院からぬすまれたのです」

それを聞いたせつな、末席《まっせき》のほうからおどりあがって叫んだのは、探偵小僧の御子柴くんだ。

「わかった！　わかった！　七日の夕方ぼくが発見したのは、その死体なんだ。あれはヘレン望月でも、

メリー望月でもなかったんだ。また殺された死体でもなかったんだ。だから犯人は板垣博士に解剖されることを恐れたんだ。解剖されると肝臓の病気で死んだことがわかるからだ！」

「探偵小僧！」

と、三津木俊助が鋭い声で、

「しかし、それでは十日の晩、隅田川で発見された死体は……？」

「それもやっぱり矢田キミ子さんの死体だったのだ。犯人は板垣博士の研究室から、キミ子さんの死体をぬすみだし、もういちど蠟で塗りかためておいたのだ。だから、その蠟人形がくわしく調査されることを恐れて、爆破してしまったんだ。くわしく調査されると、まえの死体とおなじ死体であることがわかるかもしれないからだ」

「しかし、御子柴くん」

と、板垣博士が落ちつきはらった口調で、

「犯人はなんだってそんなややこしいことをやったんだね」

「それは……それは……」

と、探偵小僧は口ごもった、がやがてキッパリといいはなった。

「犯人はヘレンとメリーが殺されてしまったように、世間のひとに信じさせたかったんだ。そのほうが犯人にとってはつごうがよかったんだ。そのわけは……そのわけは……」

だが、そのあとはさすがに探偵小僧もいえなかった。

では、なぜ姿なき怪人はヘレンとメリーが殺害されたように思わせたかったのか、いや、いや、それより姿なき怪人とはいったいだれなのか。世間で信じているように木塚陽介なのだろうか。

諸君、いままで起《おこ》った三つの事件をふりかえって、もういちどよく考えてみてくれたまえ。

第四話　黒衣婦人

怪電話

「ああ、もしもし、そちら新日報社《しんにっぽうしゃ》でいらっしゃいますか」

受話器をとおして聞こえてくるのは、よくすきとおった若い婦人の声である。

探偵小僧の御子柴《みこしば》くんは、編集室の受付で、受話器を耳におしあてて、

「はあはあ、こちら新日報社の編集室でございますが……」

「ああ、そう、それじゃそちらに三津木俊助《みつぎしゅんすけ》さまはいらっしゃいませんでしょうか。いらしたらちょっとお電話口まで……」

「はあ、はあ、あなたさまはどなたさまで……?」

「いえ、それは……三津木さまがおいでになってから申し上げます」

「ああ、そう、それでは少々お待ちください」

探偵小僧の御小柴くんは、ひとめで編集室を見わたしたが、三津木俊助の姿はどこにも見えなかった。

「ああ、お待たせいたしました。三津木さんは、ただいまおるすです。いま思い出したんですが、三津木さんついさっき出かけられて、七時ごろまでにはかえってくるというお話でしたが、なんでしたらおことづけをうかがっておきましょうか」

「あら、そう……」

と、電話の女はちょっと当惑《とうわく》したように、しばらくことばが途切れたが、

「ああ、もしもし、たいへん失礼申し上げました。それでは御子柴進《すすむ》さんてかたはいらっしゃいませんか」

「ああ、その御子柴進ならぼくですが……」

「あら、うれしい。あなたほんとうに御子柴さんなんでしょうね?」

「はあ、ぼく、正真正銘《しょうしんしょうめい》の御子柴進ですが、あなたはどなたさまで……?」

「いえ、それは申し上げるわけにはいきませんの。黒衣の女とでも呼んでください。ただ申し上げておきますが、わたくし姿なき怪人とたたかっているも

のでございます」

「えっ？」

と、探偵小僧の御子柴くんは、思わずすっとんきょうな声をあげると、送話器にしがみつくようにして、

「いま、なんとおっしゃいました」

「はあ、わたくし姿なき怪人とたたかっているものでございます。これはぜひご信用くださいますように。ところがわたくしいま姿なき怪人のわなに落ちて、窮地《きゅうち》におちいっているんでございますの。それでぜひ三津木俊助さまなり、探偵小僧……いえ、あの、失礼。御子柴進さまなりに救っていただきたいと思って、こうしてお電話申し上げたんですの」

「はあはあ、それは、あの、どういうことでございましょうか」

　探偵小僧の御子柴くんは、全身がキーンと緊張するのをおぼえ、思わずいきをはずませた。

「はあ、あの……これからわたくしがお願い申し上げるとおりに行動していただきたいんですの。わけをお聞きにならないで……わけをお聞きになってもわたくし、申し上げるわけにはまいりませんから」

「ああ、そう」

と、御子柴くんはちょっと小首《こくび》をかしげたが、

「どういうことだか、とにかくおっしゃってみてくださいませんか。ご返事はそのうえで申し上げましょう」

「はあ、承知いたしました」

と、電話のむこうで女はちょっと息をととのえて、

「それでは申し上げますから、よくお聞きになってください。都電赤坂《あかさか》のS町停留場から、ちょっと東へまがったところに公衆電話がございます。その公衆電話のボックスへおはいりになりますと、ドアのうちがわのかもいのうえに、かぎがひとつおいてございます」

「ああ、もしもし、少々お待ちになってください。都電赤坂S町の停留場……東へまがったところに公衆電話……そのボックスのなかのドアのかもいのうえにひとつのかぎ……そうでしたね」

「はあ、さようでございます。そのかぎをもって赤坂のQホテルへおいでください。赤坂のQホテル……ごぞんじでございましょうか」

「はあ、ぞんじております」

「そのかぎはQホテルの二階七号室のかぎでございますから、それをもって七号室へおはいりください。七号室はふたへやになっておりますが、おくの寝室のベッドのそばの、小さなテーブルのうえに、ショールダー・バッグがおいてございます。それをとってきていただきたいのでございますけれど……」

「少々お待ちください。もういちど復《ふく》しょうしてみますから……つまり、赤坂S町の公衆電話のボックス内にあるかぎをもって、Qホテルへおもむくのですね」

「はい、さようでございます」

「そして、二階の七号室のおくのベッド・ルームへはいっていくと、ベッドのそばの小さなテーブルのうえに、ショールダー・バッグがおいてある。それをとってくればよろしいのですね」

「はあ、さようでございます」

「そして、そのショールダー・バッグをどうすればよろしいのでしょうか」

「はあ、日比谷《ひびや》公園内の噴水のそばまでもってきてくださいません。わたくしあなたのお顔は、いつか新聞で拝見しておりますから存じております。ですからわたくしのほうから声をおかけしますから……時間は今夜の八時といたしましょう」

探偵小僧はちょっと思案《しあん》をしたのち、

「ああ、ちょっと……」

「はあ」

「わけを聞くなとおっしゃいましたから、それはお聞きしませんが、このことと姿なき怪人とは、いったいどういう関係があるんですか」

女はちょっと考えたのち、

「そのことは、日比谷でお目にかかったときに申し上げましょう。いかがでしょうか。お聞きくださいますでしょうか」

「承知いたしました」

探偵小僧の御子柴くんが、言下《げんか》にキッパリ答えると、女は二三度礼をくりかえし、それからガチャリと電話をきった。

七号室の死体

事件が起こると警視庁や新聞社に、情報を提供すると称して、いろんな投書があったり、電話がかかってきたりするものである。

　しかし、それらの投書や電話の情報が、役に立つということはめったになく、なかにははじめから故意のいたずらなのも少なくない。

　探偵小僧はいま電話を聞きながら、卓上にとったメモを見つめて、これもひょっとすると、たちの悪いいたずらではないかと考えた。

　しかし、いたずらにしては少し事情がこみいっている。それにいたずらの場合は、かえってもっともらしいことをいうものだ。このメモは、まるで探偵小説を地《じ》でいくような要請《ようせい》ではないか。

　ひょっとすると、なにかのわなではないかとも考えた。しかし、三津木俊助ならともかく、じぶんのような小僧をわなにかけてもはじまらない話だ。それに場所がQホテル。Qホテルといえば東京でも一流のホテルである。そこに危険が待ちかまえていようとは思えない。

「よし、決行だ！」

　探偵小僧は口のうちで小さく叫ぶと、いまとったメモを封筒におさめた。そして封筒に封《ふう》をすると、そのうえにつぎのごとく書きつけた。

> ただいま、女の声でなかみのような電話がかかってきました。ぼくはこのメモのとおり行動します。
>
> 御子柴　進
>
> 三津木俊助様

　そう書いてから時計をみると、時刻はちょうど六時である。

　そこで封筒の余白に赤インキで「午後六時」と、書きつけると、探偵小僧の御子柴くんは、そのまま新日報社をとびだした。御子柴くんにとってさいわいなことには、ちょうど昼夜交代の時間だったのだ。

　都電を、赤坂のS停留場に乗りすてると、すぐむこうに公衆電話のあかりが見える。

　季節はもう秋もなかばを過ぎた十一月の十日、六時を過ぎると、もうそろそろうす暗いのである。

　探偵小僧の御子柴くんは、ちょっとあたりを見まわしたのち、電話のボックスのなかへはいっていった。ちらとドアのうえのかもいに目を走らせたが、かぎらしいものは見あたらなかった。

しかし、これはとうぜんだろう。すぐ見えるようなところにおいてあったら、だれかに持ち去られるかもしれないからである。

探偵小僧の御子柴くんは、公衆電話へはいったついでに、三津木俊助に電話をかけてみようと思った。そのほうがもしだれかに見られているにしても、怪しまれないですむと思ったからだ。しかし、あいにく三津木俊助は、まだ社へかえっていなかった。

探偵小僧の御子柴くんは、電話のボックスを出るとき、あくびをするような顔をして、両手をうんとうえへのばすと、すばやくかもいのうえをさぐったが、あった！　かぎはたしかに、ほこりのつもったかもいのうえにおいてあったのだ。

御子柴くんはそれをてのひらに握りしめると、なにくわぬ顔をして公衆電話のボックスを出た。外に出るとポケットからハンケチを出して、てのひらのほこりをぬぐうと同時に、ハンケチにかぎをくるんでポケットへつっこんだ。

そこから赤坂のQホテルまでは歩いて十分くらいの距離である。さっきの女はQホテルを出てから、二階の七号室にショールダー・バッグを忘れてきたことを思い出したのだろう。しかし、それではなぜじぶんでとりにかえらなかったのか、かぎをもっているくらいだから、そのへやを借りている客にちがいない。

それにもかかわらず、女はあの公衆電話までやってきて、そこから新日報社へ電話をかけてきたのだ。そして、そのことと姿なき怪人とは、いったいどういう関係があるのだろう。

それにしてもQホテルへ、いったいどういう口実ではいっていったらいいかしら。あいにく女は名まえを名のらなかったから、それをたずねていくわけにもいかない。

だが、Qホテルの門をはいっていくと、その悩みもすぐ解決された。

いまは結婚シーズンなのである。Qホテルでも、こんやいく組かの結婚式があるとみえて、玄関はごったがえすような混雑である。探偵小僧の御子柴くんはその混雑にまぎれてまんまとホテルのなかへはいりこんだ。

二階の七号室というのもすぐ見つかった。

ポケットからかぎを出してかぎ穴へはめてみると、

ぴったりと合ったので、ガチャリとひねるとじょうが開いた。

　探偵小僧は胸をドキドキさせながら、ドアを開くとそっとなかをのぞいてみる。へやのなかはまっくらだったが、探偵小僧はすばやくドアのなかへすべりこむと、うしろ手にぴったりそれをしめ、それから壁のうえをさぐってスウィッチをひねった。

　パッと電気のついたそのへやは、さすがに一流のホテルらしいぜいたくさだが、いまはだれも泊《とま》り客がないらしく、荷物らしいものはどこにもない。

　探偵小僧の御子柴くんは、つかつかとそのへやをよこぎって、寝室のドアに手をかけた。このドアに

はかぎがかかってなくてすぐ開いた。

　また壁のうえをさぐってスウィッチをひねると、電気がついて、ベッドの下に落ちているかわのショールダー・バッグがすぐ目についた。

　女はテーブルのうえにおいてあるといったが、それは思いちがいで床のうえに落ちているのである。

　探偵小僧の御子柴くんはへやへはいって、そのショールダー・バッグに手をかけたが、そのとたん全身の毛穴から、さっと冷たい汗が吹きだすのをおぼえた。

　ベッドのうえに男がひとり、大の字になって倒れているのだ。しかも、男のワイシャツのうえから、ナイフが一本ぐさりと突っ立っているではないか。

死者からの手紙

　男はごま塩の頭をキチンと左わけにして、グレーの背広《せびろ》にネクタイを結び、なかなか身だしなみのよいふうさいである。くつをはいたままベッドのうえにあお向けに倒れているのだが、そのくつもぴかぴかと光っている。そのくつのうらに、ほとんど泥のあとが見えないところをみると、自家用車をもっているのかもしれない。

　年令は五十前後である。

　そして、男の胸にふかぶかと突っ立っているのは、どこにでもあるようなくだものナイフらしかった。

　血はほとんど出ていない。

　探偵小僧の御子柴くんは、また全身でふるえあがった。

　わなか……？　じぶんに罪をきせるためか……？

　だが、そうは思えなかった。あいてはぜんぜん見ず知らずの人物である。それは多少はうたがわれるかもしれないけれど、じぶんの身分素性《すじょう》をうちあければ、疑いを晴らすことくらいはぞうさもない。

　それにしても犯人は、さっきの電話の女であろうか。男を殺して逃げだすひょうしに、ショールダー・バッグを取り落とした。そして、ホテルをとびだしてからそれに気がついたが取りにかえるのが恐ろしいので、新日報社へ電話をかけてきたのではないか。

　しかし、さっき女はこういったではないか。

「姿なき怪人のわなにおちて、いま窮地《きゅうち》におちいっているのです」……と。

それではこれは、姿なき怪人のしわざなのか。そして、電話の女はぬれぎぬをきせられることをおそれて、ここから逃げだしていったのではないか。

だが、いずれにしても日比谷公園へ出向いていけば、八時にはその女にあえるのだ。

そう気がつくと探偵小僧の御子柴くんは、いそいで床からショールダー・バッグを取りあげた。

ここでなかみを調べてみようか。……だが、いまの探偵小僧には、とてもそれだけのよゆうはなかった。

かれはそのショールダー・バッグを小《こ》わきにかかえると、ベッドルームを出、それから注意ぶかくろうかの足音に耳をすましたのち、すばやくドアの外にとびだした。

探偵小僧の御子柴くんは、そのドアにかぎをかけようとしたが、ふと思いついてそれを中止した。

それから十分ののち、探偵小僧の御子柴くんは、さっきの公衆電話から新日報社へ電話をかけていた。

こんどは三津木俊助もデスクにいた。

「ああ、三津木さんですか、ぼく御子柴です」

「ああ、探偵小僧か。きみ、いまどこにいるんだ」

「ぼく、さっきメモに書いておいた公衆電話のなかにいるんです。三津木さん、メモを見てくれましたか」

「ああ、見たよ。それでショールダー・バッグはあったのかい」

「ええ、ありました。それで三津木さん、そこにメモしておいたへやへ、これからすぐに出向いてくれませんか」

「赤坂Qホテルの二階七号室へかい」

「ええ、ぼくわざとドアにかぎをかけずにきましたから」

「Qホテルの二階七号室に、なにかあるのかい」

「ええ、それは……」

と、いいかけたが、ふと気がつくと電話のボックスの外にだれかいる。

「三津木さん、それはここではいえません。とにかくすぐにメモのところへいってください」

探偵小僧のその声音《こわね》から、三津木俊助もなにかさとったらしく、

「よし、じゃすぐいく。だけど、きみはこれからど

うするんだ」

「ぼくはメモのとおり行動します」

「ああ、そうか、日比谷へいくんだな。だけど、きみ、ショールダー・バッグのなかを調べてみたか」

「いいえ、まだ……とてもそんなよゆうはなかったんです」

「ああ、そうか。よし、それじゃきみ、タクシーを拾って日比谷へいきたまえ。そして、タクシーのなかでショールダー・バッグのなかみをよく調べるんだ。わかったね」

「はい、わかりました」

「よし、それじゃあとでまた連絡しよう」

受話器をおいて探偵小僧が外を見るといかにも待ちくたびれたように男がひとり、背中を見せて肩を左右にゆすっている。

「お待ちどおさま」

探偵小僧がドアを出ると、

「ああ、いや」

と、いいながら、背中を見せた男はそのまま道ばたで立ち小便をはじめた。

ああ、そのとき探偵小僧がもっと注意ぶかく、この男の挙動《きょどう》に気をくばっていたら、これからのべるようなことは起こらなかったのだが……

S町の都電の通りへ出てタクシーを拾うと、探偵小僧はさっそくショールダー・バッグをひらいてみた。

なかから出てきたのはコンパクト、つめみがきのケース、ルージュ、ハンケチ、ポケット日記、紙入れにドル入れ……、いかにも女の持物《もちもの》らしいものばかりだ。そのなかに手紙が一通はいっていた。

見るとあて名は横文字になっていて、
Miss Tamami Nakagawa
と、あり、住所はパリである。

探偵小僧の御子柴くんは、それを見ると思わずぎょっといきをのんだ。

中川珠実《なかがわたまみ》といえば、ちかごろフランスから帰朝《きちょう》した、有名なシャンソン歌手ではないか。

はっと思って裏をかえすと、差出人《さしだしにん》は日本からで、なんと吾妻《あづま》早苗《さなえ》とある。

ああ、吾妻早苗といえば、この「姿なき怪人」の第一話「電話の声」で殺された、板垣博士の被後見《ひこうけん》人《にん》だった女ではないか。

日付けを見ると吾妻早苗が殺される数日まえに、日本から発送されているのである。

探偵小僧の奇禍《きか》

探偵小僧の御子柴くんは、はげしい胸《むな》さわぎをおぼえずにはいられなかった。

この物語のさいしょの犠牲者《ぎせいしゃ》、吾妻早苗は、殺害される数日まえ、パリにいる中川珠実にいったいなにを書いたのであろう。ひょっとするとそこには、姿なき怪人の正体をあきらかにするような、なにごとかが書いてあるのではないか。

もちろん封《ふう》は切ってあった。

探偵小僧の御子柴くんは、その手紙を読んでみたいという誘惑に、胸がやかれるようであった。

しかし、他人の信書《しんしょ》をみだりに読んではならぬということくらいは、探偵小僧も心得《こころえ》ている。それに黒衣の女と名のったのが中川珠実で、しんじつ姿なき怪人とたたかっているのだとしたら、ここで無断で読まなくとも、手紙の内容を話してくれるにちがいない。もし、それが姿なき怪人に関係があるのだとしたら……

そう考えた探偵小僧は、やっとはやる心をおさえて、手紙をショールダー・バッグのなかにもどすと、パチンと音をさせて口をしめた。

探偵小僧の御子柴くんが、約束の場所へ到着したのは、八時十分まえだった。

むろん、時候《じこう》が時候だから、日比谷公園のその他のはたには、人影とてほとんどなかった。ときおり公園を抜けて近道をするひとが、通りすぎるくらいである。

「少しはや過ぎたかな」

探偵小僧の御子柴くんは口のうちで、つぶやきながら、ぶらぶらと池のはたを歩きまわる。もし、二十分もはやかったのなら、探偵小僧もいったんそこを離れたかもしれない。ところがわずか十分だったので、かれはそのままそこで待つ気になった。そして、それが災難のもとだったのである。

八時五分まえごろむこうから男がひとりやってきた。探偵小僧の御子柴くんは、例によって通り抜けの人だろうと、べつに気にもとめなかった。

その男はいったん探偵小僧のそばを通りすぎたが、

すぐ二三歩ひきかえしてくると、

「きみ、きみ、むこうに見えるの、あれ、なんだろうねえ」

男の声があまり真剣だったので、探偵小僧の御子柴くんは、思わず、

「え……？」

と、男の指さすほうをふりかえった。

と、そのとたんうしろから男の腕がのびて、左手で探偵小僧を抱きすくめると、右手でぴったり鼻孔《びこう》をおおった。その右手にはしめったガーゼのようなものがにぎられていて、それがぴったり鼻孔をおおったとたん、探偵小僧はなにやら甘ずっぱいにおいが、ツーンと鼻から頭へ吹き抜けるのをかんじた。

「な、なにをする……」

探偵小僧はちょっと手足をばたつかせたが、すぐ動作が緩慢《かんまん》となり、やがてぐったり気をうしなっていったが、その直前に、

「ああ、さっき公衆電話のボックスのまえで、立ち小便をしていた男だ。ぼくはなんという間抜《まぬ》けだろう……」

もやのかかったような頭のなかで、そんな考えがひらめいたが、それきりかれは意識をうしなったのである。

それから十五分ほどのちのこと、赤坂ホテルの二階七号室では、三津木俊助が卓上電話をとりあげていた。

「ああ。もしもし、等々力《とどろき》警部ですか。こちら新日報社の三津木俊助……いま、赤坂Qホテルの二階七号室にいるんですが、すぐ、鑑識《かんしき》の連中やなんかつれてきてください。……ええ、ここで殺人がおこなわれているんです。……ええ。いや探偵小僧の御子柴くんが発見して、電話でしらせてきたんですがね。はあ、はあ、いや、くわしい事情はお目にかかってお話しします。ええ？　板垣博士がそこにきてらっしゃるんですって？　それはちょうどさいわい、ごいっしょにきてください。またしても、姿なき怪人に関係があるらしいんです。はあ、はあ……ああ、そうそう、ホテルではまだだれもしらないんです。ええ、そう、赤坂Qホテルの二階七号室……ああ、ちょっと待って」

と、受話器を耳におしあてたまま、三津木俊助が腕時計を見ると、時刻はまさに八時十分。

「ああ、それから探偵小僧はいま日比谷公園の池のはたにいるはずなんです。いや、もういないかもしれませんが、念のためにひとをやって、ようすをたしかめてくださいませんか。黒衣の女と名のる婦人と、八時にそこで会見することになってるんですが、ちょっと気がかりなことがあるもんですから……おたくから日比谷公園まではすぐですからね。じゃ、お待ちしています」

受話器をおくと三津木俊助は、ねっとりとてのひらににじんだ汗を、ハンケチでぬぐった。

それからもういちどおくのベッドルームへはいっていくと、そこによこたわっている男の死体に目をやった。

三津木俊助の胸の底から、いまどすぐろい怒りがこみあげている。

探偵小僧の御子柴くんは、その男をしらなかったが、三津木俊助はしっているのである。

それはいまでこそ隠退《いんたい》しているが、かつては敏腕《びんわん》のほまれのたかかった私立探偵、辺見重蔵《へんみじゅうぞう》という人物で、三津木俊助もしばしばそのひとの協力を仰《あお》いだことがある。

三十分ののちこの七号室へ、等々力警部や板垣博士をはじめとして、係官がおおぜいかけつけてきた。

きみょうなトランプ

「あっ、こ、これは……？」

と、へやのなかへはいってきた等々力警部も、ベッドのうえに横たわっているつめたい死体の顔をみると、おどろいたようにあとずさりして、

「私立探偵の辺見重蔵氏じゃありませんか」

「な、な、なんだって？　辺見重蔵君だって？」

と、等々力警部の背後から、おどろきの声を放《はな》ってのぞきこんだのは、法医学者の板垣博士だ。板垣博士もそこに横たわっている死体の顔に眼《め》をやると、

「ああ、ほんとだ、ほんとだ、これは辺見重蔵君だ。辺見君がどうしてまた……」

と、板垣博士はとうてい信じられないといわんばかりに、ぼうぜんとして眼をみはっている。あいかわらず口のまわりをふちどった白いひげが、銀色に光ってうつくしい。

「ああ、先生」

と、三津木俊助はそのほうをふりかえって、

「先生も辺見重蔵氏をごぞんじでしたか」

「しるもしらぬも、きのう会ったばかりなんだ」

「きのうお会いになったって？」

と、等々力警部もおどろいたように板垣博士をふりかえり、

「どこで……？　どういうご用で？」

「いや、いや、じつは……」

と、板垣博士はまだおどろきのさめやらぬ顔色で、額《ひたい》ににじみ出た汗をハンケチでぬぐいながら、

「辺見君とは、辺見君がまだ私立探偵を開業していたじぶん、ちょくちょく会ったことがあるんだ。法医学的なことについて、よくわたしのところへ意見をききにきていたんだ。ところが数年まえに引退してから、ぷっつり縁《えん》が切れて、それ以来会ったことはなかったんだ。それがきのう、ひょっこり学校のほうへやってきたんだ」

「先生の研究室へ訪ねてきたんですね」

「ええ、そう」

「で、その用件は……？」

「いや、その用件というのが、『姿なき怪人』について目下《もっか》調査中だが、それについてわたしの意見を聞かせてほしいといってきたんだがね」

「へえ……？」

と、等々力警部と三津木俊助は眼をみはって、

「辺見氏は探偵界から引退してるはずだのに、なんだってまた……？」

「いや、それが、だれかに調査を依頼されたらしいんだよ。依頼人については語らなかったが……」

「で、先生はどういうお話をなすったんですか？」

「どういう話って、君たちのしってるような話ばかりだ。木塚陽介《きづかようすけ》というアメリカゴロが、吾妻早苗との恋にやぶれてやけくそになり、早苗を殺してトランクづめにしたばかりか、わたしのいとこの太田垣《おおたがき》三造《さんぞう》や荒木《あらき》夫人を殺してダイヤを奪ったり、また、わたしのめいのヘレンとメリー望月《もちづき》のふたりを誘拐《ゆうかい》してしまったり……、そういう木塚の悪事のかずかずを、まあ、ひととおり話してきかせたのだが……」

「そのとき、辺見氏は『姿なき怪人』について、なにか心当たりがあるようでしたか」

そうたずねたのは等々力警部だ。

「いや、それはまだ、もちろんなかったんだろうよ。

第一、心当たりがあったらべつにわたしのところへ意見をききにくる必要もないことだからね」

「それで、依頼人のことはいわなかったんですね」

「ああ、わたしもそうとうしつこく聞いてみたんだが、これは依頼人の秘密だからって、いわずにかえったんだ」

「いったい、このへやの宿泊人はどういう人物だろう。まさか辺見氏がホテルに泊《とま》っているはずはないと思うが……」

三津木俊助があたりを見まわしていると、そのとき警官たちの背後から、

「ああ、それは……」

と、声をかけて乗りだしたのは、ずんぐりとふとった、このQホテルのマネージャーで、名前は前田《まえだ》繁次《しげじ》という男である。

「このへやのお客様と申しますのは、パリがえりのシャンソン歌手で、中川珠実さんてかたなんです」

「なに中川珠実って、あの有名な……」

「そうです、そうです。一週間ほどまえにパリから羽田空港へお着きになって、空港からまっすぐにこちらへおいでになったんです。なんでも日本に重大な用件がおありでかえっていらしたんだそうですが、用件がすみしだい、またパリへ立つつもりだとかおっしゃって、だいたい一カ月くらいのご予定で、このへやをおとりになったんです」

「それで、その日本における重大な用件というのは、どういうことだかいわなかったかね」

そうたずねたのは等々力警部である。

「はあ、そこまではおうかがいしておりません」

「それで、中川女史はこのホテルをひきはらっていったのかい?」

「いいえ、まだ……そうそう、そういえばきょう夕方の五時半ごろ、外出先からかえっていらっしゃいましたが、しばらくすると、スーツ・ケースをぶらさげてまた表《おもて》へとびだしていらっしゃいました。いまから思えば、とてもあわてていらしたようですが……」

時間からいうと中川珠実は、そのときこのホテルからとびだしてから、ショールダー・バッグを忘れてきたことに気がついて、S町の公衆電話から探偵小僧の御子柴君に電話をかけたのにちがいない。

「中川女史は、スーツ・ケースひとつしか荷物をも

っていなかったの」

「いいえ、そんなことはありません。ほかに中《ちゅう》くらいのトランクをおもちでしたが……」

前田支配人が寝室のすみにある押入《おしい》れをひらくと、はたしてなかに中くらいのトランクが一個おいてある。そのトランクには、いかにも外国を旅行してきた婦人らしく、各国のホテルのラベルがベタベタとはってあった。

と、そのときだ。

辺見重蔵の死体を調べていた刑事のひとりが、とつぜん、すっとん狂《きょう》な声をはりあげた。

「おや、おや、この男、みょうなものをもってるぜ。警部さん、警部さん、いったいこれはなんでしょうねえ」

等々力警部をはじめとし、一同がハッとそのほうをふりかえると、刑事が手にもっているのは、トランプのカードのようである。

トランプのなぞ

それはまったく、きみょうなトランプであった。

一枚はスペードのキングなのだが、その裏側にはジョーカーが、背中合わせにはりつけてある。スペードのキングは白い口ひげとあごひげをはやしており、裏にはったジョーカーは、全身にまっ黒なタイツを着て、頭には丸い房《ふさ》のついた三角形のトンガリ帽子をかぶっていて、いかにも、いたずら者らしいかっこうである。

さて、もう一枚のカードというのは、ダイヤのクイーンであったが、それがまんなかからななめにキッチリ、ふたつに切ってあり、したがって二枚に切りわけてあるのだ。

諸君もしっていられるであろうが、トランプの絵《え》札《ふだ》というのはどの札でも、おなじ形が上下にさかさまに描いてある。いま刑事が見つけだしたダイヤのクイーンももちろんそのとおりだが、それが二枚に切りはなしてあるのだった。

等々力警部は眉《まゆ》をひそめて、そのトランプを改めながら、

「新井《あらい》君、いったいこのトランプはどこから出てきたんだい」

「はあ、このポケット日記のうら表紙の裏側に封じ

こめてあったんです」

　新井刑事が出してみせたのは、Ｈ社発行のポケット日記だが、見るとそのうら表紙の裏側の紙が少しはがれている。

「このポケット日記は、どこにあったの？」

「被害者の上衣《うわぎ》のポケットにはいっていたんです。ぼく、この日記になにか書いてありはしないかと思って調べていたんですが、そのうちに、おもて表紙とうら表紙の厚さが少しちがうことに気がついたんです。ふしぎに思ってうら表紙をおさえてみると、なかになにかはいっているようすです。それでうら表紙の裏側の紙をはがしてみると、こんなものが出てきたんです」

　と、新井刑事が出してみせたのは、うすっぺらな透明の紙である。見るとちょうどトランプの大きさに折目《おりめ》がついている。

「ふうむ」

　と、等々力警部はその紙をとると、

「このなかにトランプがつつんであったのかね」

「はあ、ふたつに切ったダイヤのクイーンはこの透明紙につつんでありました。しかし、スペードのキングとジョーカーをはり合わせたほうは、この透明紙の外にあったんです」

「どれどれ」

　三津木俊助が、そのうすっぺらな透明紙を手にとってみると、その紙のうえには、赤と紫《むらさき》で魚のかたちが三匹印刷してある。

「新井さん、このふたつに切ったダイヤのクイーンは、この紙のなかにつつんであったんですね」

「はあ……」

「それにもかかわらず、このジョーカーとスペードのキングのはりあわせは、この紙につつんでなかったんですね」

「はあ、そのほうはむきだしのまま、この紙包みといっしょに、うら表紙の裏側に封じこんであったんです」

「ふうむ」

　と、三津木俊助はうめくように鼻を鳴らすと、とつぜん板垣博士のほうへむきなおった。

「先生、いったいこれはどういう意味でしょうねえ。辺見重蔵さんほどの名探偵が、こうして意味ありげに手帳のなかへかくしておいたとすると、これにはなにか重大な意味があると思うんですが、先生はどうおかんがえですか」

「そうだねえ」

と、板垣博士はまっしろなあごひげをしごきながら、

「しかし、それにしても少し子どもだましみたいじゃないか。それならそれと、手帳のなかに書きつけておけばよいものを……」

「いや、手帳のなかに書きつけておいたばあいは、『姿なき怪人』に見つかって破りすてられるおそれがあります。だから、こうしてトランプで、いわんとするところをなぞにして、かくしておいたんだと思うんです」

「三津木君」

と、等々力警部はするどく俊助の顔をみて、

「それじゃ、このトランプは『姿なき怪人』のなぞを示しているというのかね」

「そうです、そうです。このジョーカーはすなわち、『姿なき怪人』を意味しているんだと思うんです」

「しかし、そのジョーカーがスペードのキングと背中合わせにはりあわせてあるのは……？」

「それは『姿なき怪人』とは、スペードのキングとおなじ人物であるということを意味しているんじゃないでしょうか」

「ふうむ、それじゃスペードのキングというのはだれのことだい」

板垣博士はからかうような口ぶりだ。

「さあ……それは……ぼくにもまだハッキリとはわかりませんが……」

「ふふん」

と、板垣博士は意地《いじ》わるそうに鼻を鳴らして、

「それじゃ、ついでにうかがうが、ふたつに切ったダイヤのクイーンはなにを意味しているのかね」

「はあ……ダイヤは財産を意味しています。だから切りはなされたダイヤのクイーンは、ばく大《だい》な財産をもった双生児、すなわちメリーとヘレン望月を意味してるのじゃないでしょうか」

「なるほど、それはおもしろい解釈だが、しかし、それだけじゃ意味ないね。事件を解釈するかぎに、なりそうにないじゃないか」

「だから……だから……このトランプだけが、この透明な薄い紙につつんであったところになにか重大

な意妹があるんじゃないかと思うんです。ひょっとするとこれによって、ヘレンとメリーのいどころを示しているんじゃないでしょうか」

そういいながら俊助は、そのうすい透明紙のうえに印刷してある、三匹の赤と紫の魚のかたちを、悩ましそうな目でみつめていた。

トランクの中

それからどのくらいたったのか。

さっき日比谷公園の池の端《はた》で、なにものともしれぬ男に麻酔薬《ますいやく》をかがされた探偵小僧の御子柴君は、それきりこん睡《すい》してしまったので、それからどれくらい時間がたったのかわからない。

ふと気がつくとどこやらまっ暗《くら》なところに押しこめられている。しかも、空気がこもって息がつまりそうである。

まだはっきりとしない頭で、御子柴君はモゾモゾ、からだを動かしていたが、手足をのばすとなにやら固い壁にぶつかった。ハッとして起きなおろうとすると、ゴツンと頭をぶっつけた。

そのひょうしに、ハッキリ意識をとりもどした探偵小僧の御子柴君は、おそるおそる手さぐりで、じぶんのまわりをさぐってみると、そこはやっとからだひとつ、はいるかはいらないくらいの狭い場所で、周囲をとりまいているのは、なにやら固い金属のようである。

探偵小僧の御子柴君は、きゅうに心臓がドキドキしてきた。額《ひたい》からねっとりと油っこい汁が吹きだしてくる。

御子柴君は、まだ少しズキズキいたむ頭をかかえこみながら、さっきの日比谷公園のできごとを思い出していた。

そうだ。じぶんはだれかに麻酔薬をかがされたのだ。そして、こん睡しているあいだにこのような、狭いところへ押しこめられたにちがいない。ああ、苦しい。息がつまりそうだ。

だが、それにしてもここはいったいどこだろう。

……

と、考えこんでいるとたん、ガクンとあたりが大きくゆれて、探偵小僧の御子柴君は、ゴツンと天じ《てん》ょうに頭をぶっつけた。

「あっ！」

と、思わず御子柴君が、口のうちで叫んだとき、
ブー、ブー、ブー
と、はげしく鳴らす警笛《けいてき》の音が、狭いところへ閉じこめられた御子柴君の腹の底までしみとおったかと思うと、またしてもあたり全体がはげしくゆれた。

地震なのか……？

いや、そうではなかった。あたりは絶えず動いているらしいうえに、ガソリンのにおいと排気ガスの臭気《しゅうき》で、むっと胸が悪くなるようである。しかも、またしても、
ブー、ブー、ブー
と、いう警笛の音が腹の底にしみわたる。

ああ、わかった、わかった。探偵小僧の御子柴君にも、やっとじぶんがいまどこに、閉じこめられているのかわかったのである。

そこはどうやら自動車の後尾《こうび》トランクのなからしい。

そうとわかると、探偵小僧の御子柴君はとつぜん、全身の毛穴という毛穴がさかだつような恐怖をおぼえた。麻酔薬をかがせて眠らせて、自動車の後尾トランクへ詰めこんで、いったいこれからじぶんを、どこへつれていこうというのだろう。

御子柴君は、きゅうくつな体をもじもじさせながら、ふたがあかないかと押しあげてみたが、かぎがかかっているとみえてびくともしない。それでも、こういう狭いところへ押しこめられていながら、いままで窒息《ちっそく》せずにすんだのは、かぎ穴からわずかながらも外気が通っているせいらしい。

じたばたしてもだめだとわかると、御子柴君は観念して、いまじぶんがおかれている立場について考えてみた。

麻酔薬をかがせた男……たぶん、それが『姿なき怪人』なのだろうが……怪人がじぶんをしばりもせず、またさるぐつわをかませもしないで、自動車のトランクのなかへほうりこんだところをみると、怪人は麻酔薬のききめに十分自信をもっていたのだろう。

ところが、その麻酔薬のききめが案外はやく切れてしまって、じぶんはいまこうして意識を恢復《かいふく》してしまった。

では、これからさきどうしたらいいのか。そうだ。

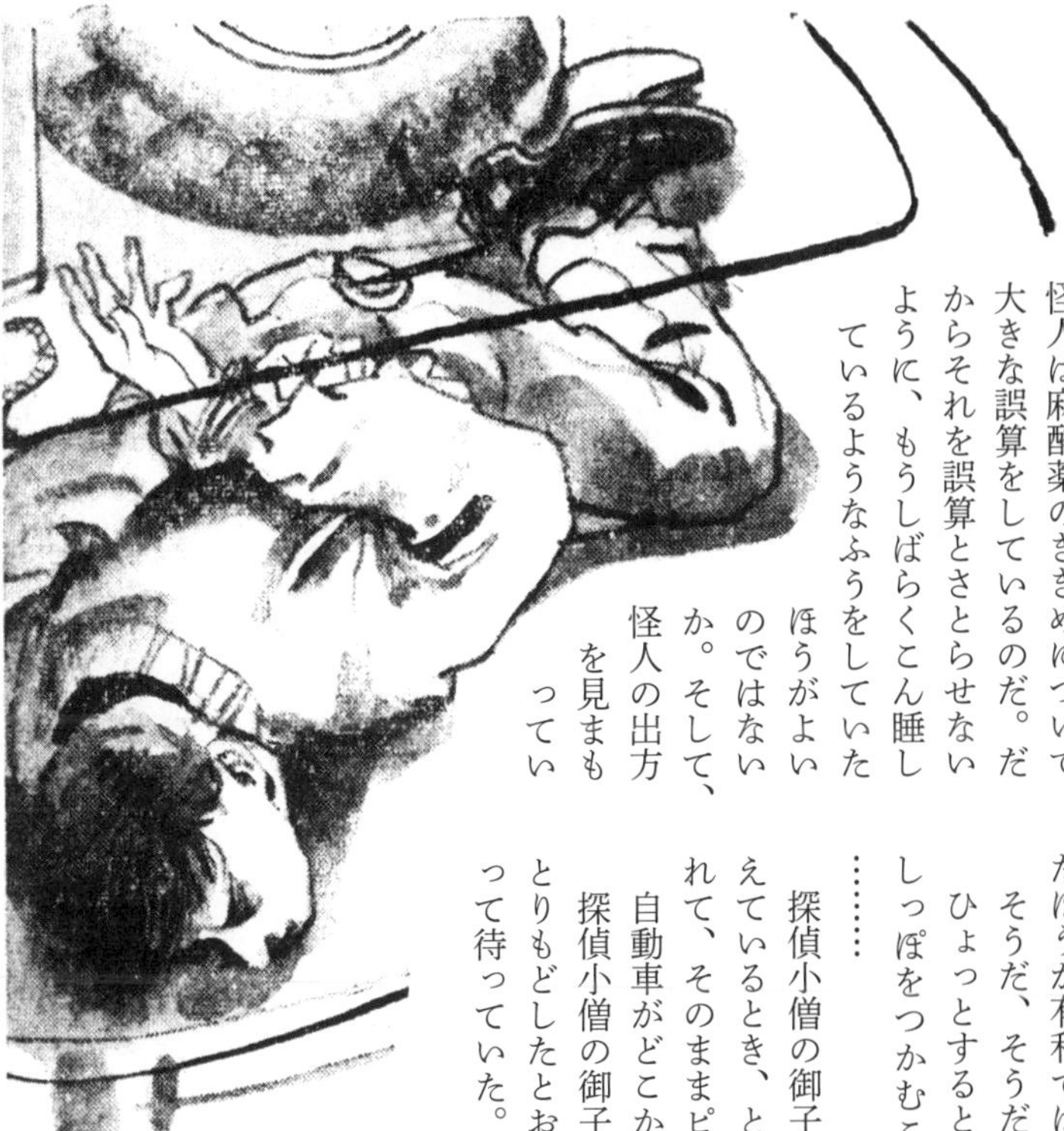

怪人は麻酔薬のききめについて大きな誤算をしているのだ。だからそれを誤算とさとらせないように、もうしばらくこん睡しているようなふうをしていたほうがよいのではないか。そして、怪人の出方を見まもっていたほうが有利ではないか。

そうだ、そうだ。

ひょっとすると、そうすることによって、怪人のしっぽをつかむことができるかもしれないのだ。

……

探偵小僧の御子柴君が頭のなかでそんなことを考えているとき、とつぜんガクンとあたりが大きくゆれて、そのままピタッと静止したようである。

自動車がどこかへとまったらしい。

探偵小僧の御子柴君は、あわてて、さっき意識をとりもどしたとおなじ姿勢で、ぐったりと目をつむって待っていた。

ナイロンのくつ下

目をつむった探偵小僧の御子柴君は、全身の神経を緊張させて、トランクの外のようすをうかがっている。

自動車からだれかがおりていったらしく、バターンとドアのしまる音がして、それからコツコツと足早に遠ざかっていく、くつの音がかすかに聞こえた。

そのくつ音がきこえなくなるのを待って、探偵小僧の御子柴君は、もういちどトランクのふたを押してみた。しかし、あいかわらずかぎがかかっているので、びくともしない。

探偵小僧の御子柴君ががっかりしているところへ、またコツコツとくつの音が近づいてきた。御子柴君はギョッとして、またこん睡《すい》しているふりをする。

くつ音は自動車のそばまでかえってくると、ガチャガチャと、トランクのかぎをあける音がする。いよいよふたを開くのだ。

探偵小僧の御子柴君は、いっそうかたく目を閉じて、いかにも薬がきいていそうなふりをしている。

やがてトランクのふたが開いて、さっと冷たい風が吹きこんできた。

御子柴君には、麻酔薬《まますいやく》をかがされてから、どれくらい時間がたっているのかわからないのだけれど、どうやらあたりはまだ真《ま》っ暗《くら》なようである。

とつぜん、その御子柴君のまぶたの外があかるくなったのは、懐中電灯の光をさしむけられたらしいのだ。懐中電灯のぬしは、トランクのなかの御子柴君のかっこうを、注意ぶかく見まわしているようすだったが、やがて、

「うっふっふ、まだ薬がきいているらしい。よく眠っているな」

と、口のうちで小さくつぶやくと、やがて懐中電灯を消したらしく、まぶたの外はまた真っ暗になってしまった。

と、思うと怪人がぐっと二本の腕をのばして、御子柴君を抱きにかかる。御子柴君はわざと、からだをぐんにゃりさせて、怪人のなすがままにまかせている。

怪人は、御子柴君のからだをズルズルと、トランクのなかからひきずりだすと、かるがると両腕で抱きあげた。

御子柴君は体重五十キロあまり、それをかるがる抱きあげる怪人は、そうとうの力である。

御子柴君を両腕に抱きあげた怪人は、あたりのようすをうかがいながら、スタスタと大またに歩きはじめた。

御子柴君は眼《め》をあけて、怪人の顔を見たいと思う

のだが、うっかりあいてにそれをさとられると、どんなことになるかもしれないのだ。なにしろあいては人を殺すことくらい、へとも思っていない怪物なのだ。

怪人は御子柴君を抱いたまま、古ぼけたビルのなかへはいっていった。ビルのなかはがらんとして、どこにもひとの気配はなく、まるで、化物屋敷《ばけもの》のようである。

怪人はそのビルの階段をあがりはじめた。一歩一歩、あたりに気をくばっているらしいのは、その歩きかたでもわかるのである。

むっ……と、カビくさい匂《にお》いがかおをつくのは、あまりひとの出入りをしないビルらしい。

怪人は二階まで御子柴君を抱きあげると、三メートルほど廊下を歩いた。

御子柴君はあいかわらず、かたく目をつむったきりだが、それでもまぶたの外がときどき明るくなったり、暗くなったりするのはどういうわけだろう。

わかった、わかった。このビルのどこかちかくに、ネオン・ライトの広告が取りつけてあるのにちがいない。まぶたの外が規則的に、明るくなったり、暗くなったりするのがその証拠だ。

やがて、怪人は立ちどまった。そしてくつのつま先《さき》でドアをひらくと、パッと御子柴君のまぶたの外が明るくなった。へやのなかに電灯がついているせいだろう。

怪人は御子柴君を抱いたまま、片手でぴったりドアを閉めた。そして二、三歩、へやのなかを歩きかけたが、そのとたん、ガチャリと音がして床のうえになにやら落ちた。しかも、そのうえを怪人がくつで踏んだのか、ガリガリとなにかがくだける音がした。

怪人は、びっくりしたように飛びのいて、床のうえをのぞいていたが、

「なんだ、懐中電灯か」

と、口のうちで小さくつぶやいた。

御子柴君のポケットから、万年筆型の懐中電灯がすべり落ちたのを、なにげなく怪人のくつが踏みくだいたのだ。

そのとたん、御子柴君ははじめて薄目《うすめ》を開いて、下からそっと怪人の顔を見たが、すぐまたハッと目を閉じた。

あの男だ！
「怪屋《かいおく》の怪」の事件で、太田垣三造老人の家で会ったことのある男――ふつうの眼鏡《めがね》のうえに黒めがねをかけた怪紳士、二重めがねの男である。しかもあごのところにありありと、三《み》カ月型《づき》のきずがあるのが、探偵小僧の目にハッキリ残った。

怪人は御子柴君をへやのすみまで抱いていくと、ベッドのうえにそっとおろした。目をつむっているのでハッキリとはわからないが、ベッドのうえには、だれやらひとが寝ているようすである。

怪人は御子柴君をベッドにおろすと、やおらそのからだをうつぶせにした。うつぶせにされたので、目を開いてもわからないだろうと、そっと御子柴君が目をひらくと、おお、なんということだ！

御子柴君のからだの下に、女がひとりあお向けに寝ているではないか。それは真っ黒なスーツをきた、二十七～八の女だったが、その女の首にはナイロンのくつ下がまきついている。

御子柴君は、あやうく声を立てそうになるのを、あわててのどのおくでかみ殺した。

怪人は御子柴君の両手をとって、女の首にまきついた、ナイロンのくつ下の両端をにぎらせた。

「うっふっふ、これでよしよし。新日報社の探偵小僧、シャンソン歌手をナイロンのくつ下でしめころす……か。うっふっふ」

そうつぶやきながら怪人はうしろから、また、しめったガーゼのようなものを、御子柴君の鼻孔《びこう》にぴったり押しつけた。

「ううむ！」

御子柴君はちょっと、体をけいれんさせたが、そのまま……ナイロンのくつ下の両端をにぎりしめたまま、ふたたびこんこんとして、眠りにおちていったのである。

地図の三重丸

「警部さん、なにか重大な証拠が見つかったそうですね」

そこは警視庁の第五調室《しらべしつ》、等々力警部のへやである。

ドアを開くなり、勢いこんで声をかけたのは新日報社の三津木俊助。俊助は目をくぼませ、ほおもげっそりこけている。

それもそのはず、俊助にとってはかわいい弟分、探偵小僧の御子柴くんが、ゆうべからきょうにいたるまで、いまだにゆくえがわからないのだ。

探偵小僧の御子柴くんはきのうの夕方、赤坂S町の公衆電話のボックスから、新日報社の三津木俊助に電話をかけてきた。そのとき、探偵小僧はこれから日比谷公園の、噴水《ふんすい》のそばへ出向いていくといっていた。

八時十分ごろ、赤坂Qホテルの二階七号室で、もと私立探偵辺見重蔵氏の死体を発見した三津木俊助は、すぐ警視庁へ電話をかけたが、そのときついでに、警視庁とはすぐ目とはなのあいだにある、日比谷公園へひとをやって、探偵小僧をさがすようにとたのんでおいた。

等々力警部はその電話にしたがって、私服を、ふたり見にやったのだが、探偵小僧のすがたはどこにも見えなかった。そして、きょうももうそろそろ日が暮れようとしているのに、探偵小僧の消息は、どこからも聞こえてこないのだ。

三津木俊助がげっそりおもやつれするほど、心配しているのもむりはない。

「ああ、三津木くん、探偵小僧はまだかえってこないそうだね」

と、さっき電話で話した等々力警部も心配らしく眉《まゆ》をひそめている。

「ええ、なにかまちがいがなければよいがと思っているんですが……」

と、三津木俊助はしょんぼり肩を落としたが、すぐまた思いなおしたように、

「あいつのことだから、なんとかうまく切り抜けてきますよ。それとも、あやしいやつを見つけて、深追いしているのかもしれません」

「しかし、それならあの少年のことだから、なんとか電話をかけてきそうなものじゃないか」

「さあ、それなんですよ。社でもみんなが心配しているのは……」

と、三津木俊助はまた心配そうに眉《まゆ》をくもらせたが、すぐ頭を強く左右にふった。ともすれば、こみあげてくる不安をはらい落とそうとするかのように……。

「それより、警部さん、さっきの電話の重大な証拠

というのは……？」

「ああ、そのことだがね」

と、等々力警部はデスクのひきだしから、一枚の地図をとりだすとそこにひろげて、

「きのう、Qホテルの二階七号室で殺された辺見重蔵氏の書斎《しょさい》を、おくさんに頼んで調べさせてもらったんだ。そしたらこの地図だけが一枚べつになっていたんだね」

それは、東京都全区の区分地図のうち、世《せ》田谷《たがや》区の部分である。

三津木俊助もこれとおなじ地図をもっているが、各区ごとに一枚の地図になっており、それがひとつのボール紙のツツにはいっている。

「辺見氏というひとはひじょうにきちょうめんなひとで、地図なども調べおわると、すぐもとのツツにしまうのがくせだったそうだ。ところがこの地図だけがツツの外に出ていたところを見ると、まだまだ、この地図が必要だったのではないか。したがって、世田谷区に、なにか用事があったのではないかというんだ。ところが、ほら、ここにこうしてところどころ、赤インクで二重丸がつけてあるだろう」

なるほど、世田谷区の地図のうえに三か所、二重丸がついている。しかも、それはみんな小田急《おだきゅう》沿線で、豪徳寺《ごうとくじ》と経堂《きょうどう》、もうひとつは成城《せいじょう》である。

「この地図が、こんどの事件に関係があるとすると、辺見氏はこのへんになにかクサイにおいをかいだのじゃないか。そして、この三か所について調べていたんじゃないかと思うんだ」

「おくさんの話によると、ちかごろしょっちゅう、出むいていたというからね」

「なるほど、なるほど、それで……」

「いや、それで、いまおくさんから辺見氏の写真を数枚借りて、部下をこの三か所へ派遣《はけん》したところだ。だれか辺見氏を見かけたものがありはしないか。また辺見氏がなにかを訪ねるために、交番へ立ちよってはいないかと、それを調べさせているんだがね」

「なるほど、それはまわりくどいようですけれど、いちばん適切な方法でしょうねえ」

「君もそう思ってくれるかね」

「はあ、ことにこの赤インキの跡がまだまあたらしいところを見るとね」

「そうなんだ。それなんだ。しかもおくさんの話に

よると、ほかにべつに、辺見氏がこのへんに興味をもつ理由は思いあたらないといってるんだ。しかも、この三か所付近にこれといって、ふかいつきあいのある人物は住んでいないと、おくさんはいうんだが……」

「警部さん、ぼくにも辺見氏の写真かしてくれませんか。新聞に発表して、いっぱん民衆の協力を求めたらいかがでしょう」

「ああ、しかし、辺見氏がこの三か所に目をつけていたということは、犯人にはしられたくないんだが……」

「いや、それはなんとかうまくやります。社のほうでも手をつくして……」

と、いいかけた三津木俊助のことばのとちゅうで、とつぜん卓上電話のベルがけたたましく鳴りだした。

等々力警部は受話器をとりあげると、

「はあはあ、こちら、警視庁第五調室ですが……はあ、わたし、等々力警部です。なにっ……」

受話器をつかんだ警部の指に、きゅうに力がこもってきたかと思うと、かっと大きく目が見ひらかれた。

「ああ、ちょっと待ってください。いまメモを取りますから……はあ、はあ……日比谷公園の東側……この警視庁のすぐ裏がわにあるＸ・Ｙ・Ｚビルの二階十三号室……そ、そこに女がしめころされている……しかも、それが赤坂Ｑホテルの二階七号室に宿泊していた女だというんですね。……はあはあ、それであなたはいったいどなたですか。……な、なにっ？　す、す、姿なき怪人……？」

そのとたん、受話器をとおってきこえてくる、悪魔のようなわらい声が、たからかに三津木俊助の耳にもきこえてきた。

等々力警部がガチャンと受話器をおいたとき、三津木俊助はすでにもう、席を立っていた。

Ｙ・Ｋ商会

Ｘ・Ｙ・Ｚビルというのは戦争中、いちどほのおにつつまれて、内部はだいぶん焼かれたが、外側がのこっていたので、持主《もちぬし》が修理して、貸事務所としてつかっている。

しかし、修理といってもほんの応急修理だから、いまでも、ところどころ煙にまかれた跡がのこっており、ちかごろのように新しいビルがぞくぞくと建つ時代には、いかにも時代おくれの建物である。

しかし、場所がよいので四階建てのそのビルは、いつもへやがふさがっている。

その二階、十三号室のドアのすりガラスには、Y・K商事という金《きん》文字がはいっており、管理人の話によると、木村陽二《きむらようじ》という男がY・K商事の経営者だということである。

「それで、いまでもこのY・K商事というのはやっているのかい」

「はあ、それが……」

と、このビルの管理人は顔をしかめて、

「どうも事業の内容というのが、もうひとつふに落ちませんので……ひょっとしたら麻薬《まやく》の密輸でもしているのではないかと、このビルの持主が心配しまして、だいぶんまえからたちのきをお願いしていたんです」

「麻薬の密輸……？」

と、等々力警部と三津木俊助は顔を見合わせると、

「ふむ、ふむ、それで……」

「ところが木村陽二というひとが、なかなかひと筋《すじ》なわでいかぬかたで、たちのくならたちのき料をよこせなんておっしゃって、それもずいぶん大きな金額をふっかけていらしたんです。それでスッタモンダとやってたんですが、二三日まえにやっと話がついて、たちのいていただいたばかりなんです」

「それで……」

と、そばから三津木俊助がことばをはさんで、

「その木村陽二というのは、どういう人物だったね、人相風態《ふうてい》は……？」

「はあ、そのかたはめったに顔は出さなかったんですが、だいぶん目の性《しょう》がお悪いとみえて、いつもふつうの眼鏡《めがね》のうえに、黒眼鏡をかけていらっしゃいました」

三津木俊助と等々力警部は、またハッとしたように顔を見合わせた。

姿なき怪人なのだ。そういえば木塚陽介と木村陽二……。

ああ、なんと、そいつは警視庁のすぐそばに事務所をもっていて、なにかよからぬ事業をやっていたのだ。あいつならば、麻薬の密輸もやりかねない。

「とにかく、それじゃドアをひらいてなかを見せてもらおうか」

「はあ、しかし……」

と、管理人はおどおどしながら、

「もうなかはからっぽで、なんにもないと思うんですけれど……」

「まあ、いいからドアをひらいてくれたまえ」

「はあ、そうですか。それでは……」

管理人はかぎをひねってドアを開いたが、窓にカーテンがしまっているので、へやのなかはうす暗い。

管理人は壁のうえをさぐって、カチッとスイッチを鳴らしたが、そのとたん、一同のくちびるから、おもわず、

「あっ！」

と、いう叫びがもれた。

がらんとしたへやの一隅《いちぐう》に、大きな木のから箱がふたつならべておいてあり、そのうえに黒いスーツをきた女が、あお向けに寝ているのだが、その首には薄桃色《うすももいろ》のくつ下が、へびのように巻きついている。

しかも、そのから箱にもたれるように片手にナイロンのくつ下をにぎったまま、両足をひろげてまえに投げ出し、がっくりと首をうなだれているのは、探偵小僧の御子柴くんではないか。

「あっ！　た、探偵小僧！」

ここに探偵小僧がいるとは意外であった。三津木俊助はあわててかけより、探偵小僧のからだにさわってみたが、

「ありがたい！」

と、思わず大声で叫んだ。

「生きているの？」

「生きています」

と、三津木俊助は探偵小僧のまぶたをひらいてみて、

「瞳孔《どうこう》がおそろしくひろがっているところをみると、麻酔薬《ますいやく》をのまされたか、かがされたのにちがいない。警部さん、そして、女のほうは……？」

「死んでいる！」

と、等々力警部がうめくように、

「このくつ下でしめころされたらしい。それにしてもそのくつ下のはしを、探偵小僧ににぎらせておくなんて、なんという悪いやつだろう」

探偵小僧が、ただ眠っているだけとわかって、三津木俊助も安心してからだを起こすと、そこに横たわっている黒衣の女の顔を見た。

「ああ、警部さん、やっぱりこれは中川珠実ですね」

「ちがいありませんか」

「ちがいありません。外遊するまえにはぼくは二三度、このひとのリサイタルをきいたことがあります。それにしてもどうしてこのひとが、姿なき怪人にねらわれたのだろう！」

三津木俊助と等々力警部が、この不幸な婦人の顔をしげしげ見ているところへ、

「ああ、等々力君、ここにいたのかね。いま警視庁へいってきいてきたのだが」

と、はいってきたのは板垣博士、あいかわらず口のまわりをふちどったひげが美しい。

だが、姿なき怪人が片付けたのか、怪人によってふみくだかれた探偵小僧の懐中電灯は、へやのどこからも発見されなかった。

吾妻水族館

目をさました探偵小僧の話により、なぜ中川珠実が、姿なき怪人にねらわれたか、だいたいの想像はつくようだった。

中川珠実のショールダー・バッグのなかには、姿なき怪人の最初の犠牲者《ぎせいしゃ》、吾妻早苗の手紙があったという。しかも、それは、早苗が殺される直前に、パリにいる珠実に書き送ったものだという。

ひょっとすると、早苗はじぶんにおそいかかってくる、不吉な運命をあらかじめ知っていて、そのことをパリにいる親友、中川珠実に書き送ったのではないか。

しかも、早苗がその手紙のとおりの運命におちいったので、珠実は親友のかたきをうつつもりで日本へかえってきて、事件の調査を、もと私立探偵の辺見重蔵氏に依頼したのではないか。

もし、そうだとすると早苗の手紙には、そうとう具体的なことが書いてあったにちがいない。辺見重蔵氏はそれを土台として調査をすすめ、あるていど、姿なき怪人の秘密をかぎつけたのではないか。そして、そのためにかえって怪人に先手をうたれ、Qホテル二階七号室の珠実のところへ、報告にいったところを殺されたのではあるまいか。

そう考えると、なにもかもつじつまがあってくる。ただわからないのは、早苗の手紙にどんなことが書いてあったか、また、それを土台として辺見重蔵氏が、いったいなにを探りだしたのかということである。

こうなってくると、辺見重蔵氏が地図にかいておいた、あの赤インキの二重丸だけがたよりになってくる。小田急沿線のあの三か所で、辺見重蔵氏はなにを探ろうとしていたのだろうか。

それはさておき、医者の手当てによって覚《かく》せいした探偵小僧の御子柴くんは、二日もたつと、もうすっかり元気になっていた。

「三津木さん、ぼく三津木さんにおたずねしたいことがあるんですが……」

「どういうことだね」

「ぼくがX・Y・Zビルの二階でたおれているのを見つけてくださったのは、三津木さんと等々力警部さんなんですね」

「ああ、そう、ひとあしおくれて板垣博士がやってきたんだ」

「そのとき、そのへやの床にぼくの懐中電灯が落ちてやぁしませんでしたか」

「いいや、そんなものなかったよ」

「三津木さんや警部さんはそのへやを、くまなく捜査されたんでしょうねえ」

「そりゃもちろん。なにか証拠はないかと思って探したさ」

「それでも、懐中電灯は見つからなかったんですね」

「ああ、なかったよ。探偵小僧、おまえどこかほかの場所で落としたのじゃないか」

「いいえ、ぼくたしかにあのへやで落としたんです。ぼくそのときは、目がさめていたんです」

「と、怪人がそれを片付けたことになるが、なぜそんなことをしたんだろう」

「さあ、ぼくにもよくわかりませんが……」

しかし、探偵小僧の御子柴くんは、はっきりおぼえているのである。探偵小僧のポケットから、懐中電灯が床に落ちたのを、怪人があやまってガリガリと、ふみくだいたのを……。

「しかし……」

と、三津木俊助がなにかいいかけたとき、とつぜん卓上の電話のベルが鳴りだした。

「はあはあ、こちら三津木俊助ですが……ああ、警部さんですね。ええっ、辺見重蔵氏が目をつけていたらしい場所が見つかったって……？ ええ、いますぐいきます。ちょっと場所をいってください。はあはあ、なるほど。えっ？……ああ、そうですか。わかりました。ええ、探偵小僧もここにおります。ああ、板垣先生もいらっしゃるんですね。じゃ、すぐこれから出発します」

三津木俊助が受話器をおいたとき、探偵小僧の御子柴くんは、まっかにほっぺたをかがやかせて、もう、いすから立ちあがっていた。

それから五十分ののち、三津木俊助と探偵小僧をのっけた車が横づけになったのは、小田急沿線の成城町。町はずれにある、かなりりっぱな洋館のまえである。

ふたりがなかへはいっていくと、ひとあしさきに板垣博士も到着していて、等々力警部とともに出迎えた。

「三津木くん」

と、板垣博士はふしぎそうにまゆをひそめて、

「辺見くんがなぜこの家に目をつけていたのか、わしにはいっこう、わけがわからないね。これはわしの親友だった、吾妻俊造の邸宅《ていたく》なんだよ」

「えっ、そ、それじゃ早苗さんのおとうさんの……」

「ああ、そう、わしは吾妻から早苗の後見人《こうけんにん》に指定されていたので、この家なんかも管理していたんだがね。モッともわしじしん、めったにやってくることはないがね」

「警部さん」

と、三津木俊助は等々力警部をふりかえり、

「辺見氏が、ここに目をつけていたということがどうしてわかりました」

「いやね。いろいろ調べたところ、吾妻俊造氏は、さいしょ豪徳寺に住んでいた。それから経堂へうつり、さいごにここへ引っ越してこられたのだ。だからこの三か所に関係のあるのは故吾妻氏ではないかということになったんだ。そこでここの交番の警官に辺見氏の写真を見せたらよくおぼえていて、この家の付近をうろついているのを見たことがあるというんだ。しかも、ちょっとこっちへきたまえ」

広いホールからおくへはいると、三津木俊助と探偵小僧は、思わずあっとさけんで立止《たちど》まると、目をまるくしてあたりを見まわした。

タイル張りのそのへやの左右には、大きな水槽《すいそう》がならんでいて、そのなかにはさまざまな熱帯魚が泳いでいる。そして、そのへやの正面にかかった額《がく》には、「吾妻水族館」と書いてある。

探偵小僧はぼうぜんとして、この珍しい熱帯魚をながめていたが、そのときなにを見つけたのか、はっと大きく目を見張った。

さっきから、なにやらキーキーとかすかな音がすると思ったら、板垣博士が歩くたびに、床のタイルに小さなきずがつくのである。博士のくつの裏になにかささっているにちがいない。

意外また意外

「わかった、わかった。メリーとヘレン望月のふた

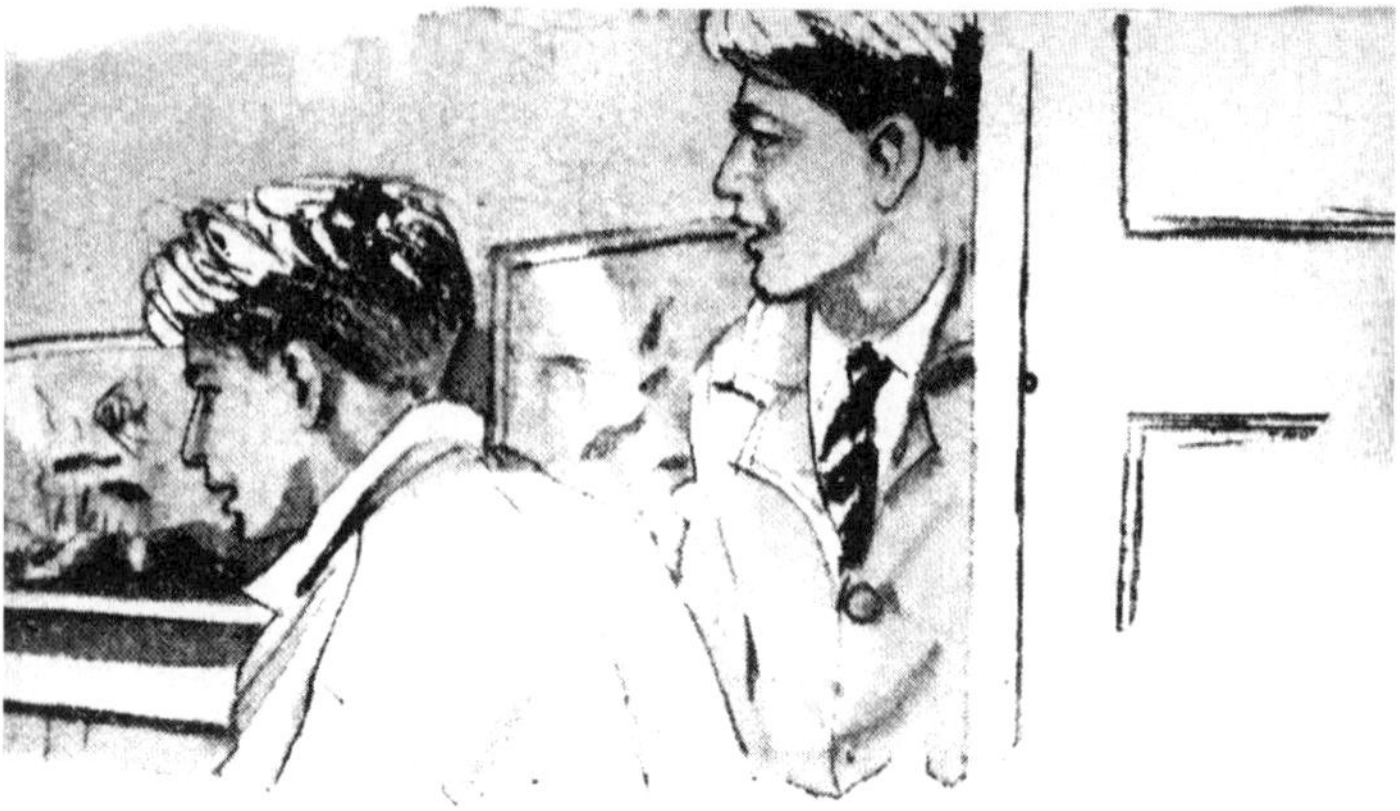

ごのきょうだいは、この水族館のどこかに押し込められているにちがいない。それを暗示するために、辺見重蔵氏はダイヤのクイーンをふたつに切って、魚の模様のはいった紙のなかにつつんでおいたのだ！」

三津木俊助は、こおどりせんばかりに叫んだが、はっと気がついたように板垣博士のほうをふりかえった。

板垣博士は平然として、三津木俊助の顔をにらんでいる。なにかしら切迫《せっぱく》した空気がその場にながれて、等々力警部は思わずゴクリと息をのんだ。

やがて、板垣博士はにやりとわらうと、

「なるほど、すると木塚のやつ、わしに罪をきせるつもりで、ここへふたごを押込《おしこ》めたか……あっ、な、なにをする！」

そのときどこから持ち出したのか、探偵小僧が釣《つり》竿《ざお》を手にもって、博士の顔のまわりをふりまわしていたが、やがてねらいたがわず釣針《つりばり》が、博士の白いあごひげにひっかかったからたまらない。

「た、探偵小僧！　なにをする！」

板垣博士が怒りにふるえる声を張りあげたとたん、

探偵小僧がさっと釣竿をひいたかと思うと、ああ、なんとしたことだ！　板垣博士のあの口のまわりをふちどっている、美しいひげが、釣針とともにすっぽりはがれたではないか。

「ああ、警部さん、三津木さん、姿なき怪人とは板垣博士だったのです。その証拠には博士のくつの裏を調べてください。ぼくの懐中電灯をふみつけたとき、レンズがこわれて、そのレンズのかけらがくつの裏にささっているにちがいありません」

　そのときの板垣博士の、ものすさまじい形相《ぎょうそう》といったらなかった。それはもうあの温厚な学者の相ではなく、人を殺すことをへとも思わぬ悪鬼の形相そのものだった。

　いっしゅん、板垣博士対探偵小僧、三津木俊助と等々力警部の三人は物すごい目をしてにらみあっていたが、とつぜん博士のからだがよろめいたかと思うと、がっくりとタイルのうえに膝《ひざ》をついた。

「あっ、板垣博士！」

　と三津木俊助がそばへかけようとするのを、等々力警部がいそいでとめて、

「博士！　博士！　ヘレンとメリーのふたごはどこ

に……ふたごのきょうだいはどこにいるんだ！」

それを聞くと、板垣博士はひざまずいたまま、かたわらの水槽《すいそう》にはいよった。そして、片手で水槽の台の一部分にある、かくしボタンを強く押すと、水槽が一メートルほど後退して、そこにポッカリ黒い穴が口をのぞけた。

板垣博士はその穴からがっくり半身を乗りだしたが、それが博士のさいごだった。物すごいけいれんが、博士の全身をおそったかと思うと、やがてがっくりと息がたえたのである。

板垣博士の右手はポケットのなかで、小さなゴムまりを握っていた。ゴムまりは強く握ると、なかからするどい針《はり》がとびだす仕掛けになっており、その針にはいっしゅんにして、ひとの命をうばう毒薬がぬってあったのだ。

姿なき怪人が板垣博士だったということほど、そのころ世間をおどろかせた事件はなかった。

博士は多くの犯罪者を扱っているうちに、みずから精神に異状《いじょう》をきたして、物欲《ぶつよく》のとりこになったにちがいない。かれはまず早苗を殺して、その財産を奪おうと考えたのだ。おそらく早苗はそれに気がついて、パリの中川珠実にしらせたのにちがいない。

この物語の第一話、「電話の声」の事件では、早苗から博士のへやへ電話がかかってきたが、のちにそれはテープ・レコーダーにとられた声だと判明した。

それによって木塚が、アリバイをつくりあげたのだろうと博士はいったが、アリバイをつくったのは博士じしんだったのだ。

博士の実験室はふたへやになっていて、三津木俊助が図書室でその電話の声をきいたとき、博士はおくの実験室のなかにいて、あいだのドアはぴったりしまっていた。しかも、おくの実験室にも、電話がそなえつけてあった。

博士はそこから隣りのへやへ電話をかけたのだが、あいだのドアに、防音装置がほどこしてあったので、三津木俊助も探偵小僧の御子柴くんも気がつかなかったのだ。

博士がいとこの太田垣三造を殺したのは、鑑定を依頼された荒木夫人のダイヤがほしかったからだろう。あるいは、いとこを殺すことによって、太田垣三造老人の財産を相続することができたからかもしれない。

　ヘレンとメリーのふたごを、いかにも殺されたように見せかけたのも、やはりその財産がほしかったのであろう。しかし、鬼畜《きちく》のごとき板垣博士も、さすがにかれんなふたりは殺さなかったとみえ、かえ玉をつかってふたりが死んだようにみせかけたのだ。

　ヘレンとメリーは、吾妻水族館の穴ぐらのなかに幽閉されていた。しかし、もうしばらく発見がおくれたら、こんどはほんとうに餓死《がし》していたかもしれないのだ。

「それにしても、三津木さん、木塚陽介はどうしたんでしょう。木塚はどこにいるんです」

　探偵小僧のその質問にたいして、三津木俊助はしばらくだまっていたのちに、やっとしわがれた声で答えた。

「板垣博士の実験室には、人間の白首《しらくび》だの、ぶきみな人間のめだまだのの標本がおいてあったろう。

　あれが木塚陽介だよ。むろん博士が殺したのだ」

　そういって三津木俊助は、いかにも恐ろしそうに肩をふるわした。

怪盗X・Y・Z

第一話　消えた怪盗

ぶつかった外人

　探偵小僧の御子柴《みこしば》くんは、かずかずの怪事件難事件に関係して、世間ではすっかり有名になっているが、新日報社《しんにっぽうしゃ》における地位は、あいかわらず給仕《きゅうじ》にすぎない。だから、ときどき原稿とりにやらされるのである。

　その日……すなわち昭和三十×年五月二十五日の夜九時ごろ、文化部長川北《かわきた》さんの命令で、探偵小僧の御子柴くんが、原稿をもらいにいったのは、画家の永利俊哉《ながとしとしや》氏のところである。

　永利俊哉氏はちかごろヨーロッパから帰朝《きちょう》したばかりの有名な画家で、新日報社の文化欄では、永利氏のヨーロッパ漫遊記《まんゆうき》というような随筆を十五回という約束で連載している。

　いつもは文化部の係《かか》りの記者が原稿をもらいにいくのだが、きょうはあいにくその記者が、病気で寝ているところへもってきて、ほかの記者諸君もそれぞれいそがしい仕事をもっているので、探偵小僧の御子柴くんのところへ、原稿とりのおはちがまわってきたというわけだ。

　永利俊哉氏の住居は小田急《おだきゅう》沿線の成城《せいじょう》というところにある。成城の町を南北にわけて東西に立っている、小田急の成城駅をおりて北側の出口を出ると、そこから歩いて十五分あまり、成城の町の北はずれに当たっていて、ずいぶんさびしい場所である。

　探偵小僧の御子柴くんは、川北さんに書いてもらった略図をたよりに、駅から足をいそがせたが、五月二十五日といえばもうつゆもまぢかである。空模様のかわりやすい季節とて、いまにもポツリポツリと降ってきそうな天候になってきた。

御子柴くんはあいにく雨具をもってきていないので、降られぬうちにと、ときどき懐中電灯の光で略図を調べながら、舗装《ほそう》道路をいそいでいた。

略図を見ると成城駅の北口を出て、舗装道路をまっすぐに、十分ほど北へ歩いたのちに、二三度曲がることになっているが、目印は永利俊哉氏のうちの、すぐとなりにあるカトリックの教会だ。

教会の屋根にはとがった塔があり、そのとがった塔のてっぺんに十字架が立っているから、それを目印にしていけば、すぐわかるだろうと、文化部長の川北さんはおしえてくれた。

教えられたみちをまっすぐに歩いて、さて、それから略図にしたがって道を二度まがると、はたしてくもった夜空にとがった塔と、とがった塔のうえに立っている十字架がむこうにみえた。

「ああ、あれだ、あれだ!」

探偵小僧の御子柴くんは、ほっとした気持ちでつぶやいた。

昼間でもはじめて訪ねていくうちというのは、なかなかわかりにくいことがある。ましてや夜にはいって訪ねていって、はたしてかんたんにわかるかしらと心配していたのに、あんがいかんたんにさがしあてたので、御子柴くんはほっと安心したのである。

略図をみるとその教会のかどをまがったところが、永利俊哉氏の住居なのだが、あたりを見まわすとそのへんには、もうほとんど家というものがない。林や竹やぶや畑ばかりで教会というのも戦後建ったものらしくまだまあたらしい。

その教会のへいの外に、あかりを消した自動車が一台とまっていた。

通りがかりに御子柴くんがなにげなく、自動車のなかをのぞくと、だれも乗っていなかった。

そのそばを通りすぎて、御子柴くんが教会の角《かど》をまがろうとしたときである。まがり角のむこうから走ってきた男が、ましょうめんからぶつかったので、御子柴くんはおもわず五、六歩うしろへたじろいだ。

おそろしく大きな男だと思ったら、ふたこと、みことなにやら口のうちでつぶやいたことばを聞くと、どうやら外国人らしい。ことばは英語のようであった。

外人はそのままいそぎあしで角をまがると、そこに待たせてあった自動車にとびのって、いずこともなく立ち去った。

「ずいぶん失敬《しっけい》な外人だなあ」

御子柴くんは二、三歩あともどりして、疾走していく自動車のあとを見送っていたが、なにやら指さきがにちゃつくので、おやと思って目を落とすと、懐中電灯をにぎった手さきに、くろいものがついている。

「おや」

と、口のうちでつぶやきながら、御子柴くんがあらためて、懐中電灯でしらべてみると、指さきについているのは血のようである。

それではさっきあの外人にぶつかったとき、指のどこかをけがしたのかと、調べてみたがべつにどこにも異状《いじょう》はない。

と、すると、この血はさっきの外人にぶつかったとき、ついたものにちがいないが、それではあの外人が、どこかにけがでもしていたんだろうか。

探偵小僧の御子柴くんは、きゅうに不安をおぼえたので、もういちど外人の立ち去ったほうへ目をやったが、もうそこには自動車のかげもかたちもみえなかった。

「へんだなあ、あの外人、なにをあのようにあわてていたんだろうなあ」

もういちどまがり角をまがってあたりを見まわし、御子柴くんはおもわずはっとした。

その教会の角をまがったむこうには、家が一軒あるきりである。しかも、その家にアトリエらしいものがついているところをみると、それが永利俊哉氏の住居にちがいない。

それではさっきの外人は、永利氏のところから出てきたのか。ちかごろ外国からかえってきたばかりの永利氏のところへ、外人の訪問客があるのはべつにふしぎではないが、しかし、この血はどうしたのか……。

探偵小僧の御子柴くんは、みょうに胸《むな》さわぎをおぼえたが、こんなところに立って思案《しあん》をしていてもはじまらない。

アトリエのある家の表《おもて》までくると、はたして門柱の表札に、

「永利俊哉」と、書いてあった。

さいわい門がひらいていたので、れんがじきの道をはいっていくと、左正面にアトリエが見え、アトリエにはあかあかと電気がついている。そして、御子柴くんが門をはいっていったとき、アトリエの大きな窓にうつった影は、たしかに洋服をきた女のようであった。

鳴りやむオルゴール

永利家の玄関はアトリエの右側の、二メートルほどおくまったところについている。

御子柴くんがその玄関に立ってベルをおすと、アトリエのなかから、

「あっ！」

と、いうような女の声がきこえた。たぶん、いま窓にうつっていた影の女だろう。アトリエは玄関のすぐ左側にあるのだ。

御子柴くんはベルをおしてしばらく待っていたが、だれも出てくるものはない。家のなかはシーンとしずまりかえっている。

しかし、アトリエのなかにだれかがいることは、さっきの影でもたしかである。影ばかりではなく、たしかにひとのうごめくけはいがしている。それにもかかわらず、だれも出てこないのはどうしたことだろう。

永利氏は新日報社から使いがくることはしっているはずなのに……

御子柴くんはもういちどベルをおした。こんどはかなり長いあいだ押していた。すると、左側のアトリエのドアが開く音がして、だれかが玄関へ出てくると、

「だれだい、いまごろ……」

「はあ、新日報社から原稿をちょうだいにまいりました」

玄関のなかではしばらくだまっていたが、

「ああ、そう、はいりたまえ。かぎはかかっていない」

「はい」

ドアを開くと玄関に、大きな黒めがねをかけた男がつっ立っていた。黒っぽい洋服をきた男で、身長は一メートル七十くらいである。

「永利先生ですか。新日報社から原稿をちょうだいにあがったのですけれど……」

そのとき、アトリエのなかから微妙な音楽がきこえてきた。黒めがねの男はそれをきくと、ぎょっとしたように腕時計に目をおとした。それにつられて御子柴くんも、じぶんの腕時計に目をおとすと、時刻はちょうど九時である。

「なあんだ、オルゴールか」

と、黒めがねの男は口のうちでつぶやくと、

「とにかく、こっちへあがりたまえ」

「いえ、先生、ここでけっこうです。原稿をいただいたら、すぐかえりたいと思っていますから」

「いや、それがね……。まあ、いいからあがりたまえ。ちょっと話があるんだ」

玄関をあがった右側、すなわちアトリエとははんたい側のところに小さな応接室がある。黒めがねの男が御子柴くんをその応接室へみちびきいれたとき、アトリエのほうで鳴っていたオルゴールが、とつぜんはたと鳴りやんだ。それは鳴りおわったのではなく、とちゅうできゅうに鳴りやんだのだ。

御子柴くんはちょっとみょうに思ったが黒めがねの男はべつに気もつかず、

「まあ、そこへかけたまえ」

「はあ、ありがとうございます」

「じつはねえ、君。そうそう、君、名前をなんというの？」

「はあ、ぼく御子柴といいます」

「ああ、そう、御子柴くん、じつは、たいへん申しわけないんだが、原稿はまだできていないんだ」

「先生、そ、それはこまります。あれ、つづきものですから、一回でもやすまれるとこまるんです」

「いや、いや、まあ、聞きたまえ」

と、黒めがねの男は落ち着きはらって、

「べつにやすむといやあしないよ。書いておくつもりだったんだが、つい客があったもんだからね。で、どうだろう、あしたの朝まで待ってもらえないか。そうすれば書いておくが……」

「先生、それじゃこまります」

と、御子柴くんはやっきとなって、

「あれ、夕刊の第一版からはいりますから、あしたの朝はやく工場へいれなければなりません。先生、ぼくここでお待ちしておりますから、これからすぐ

に書いてください。先生、お願いです。お願いです」

「そうだねえ。しかし、なんだか君に気の毒だなあ」

「いいえ、そんなことかまいません。あれ、四百字づめ原稿用紙にして六枚でしょう。先生は筆がはやいとうかがっております。一時間……いや、二時間みておけばだいじょうぶでしょう。いま九時七分ですから、十一時までにはおできになるでしょう。先生、お願いです。お願いです。ぜひ書いてくださ い」

「ああ、そうかね。君がそんなにいうなら……」

と、黒めがねの男はあまり気乗りしないようらしかったが、それでも、いまにも泣きだしそうな御子柴くんの顔色をみると、やっと決心がついたのか、

「いや、じつはあしたの朝、改めてもういちどきてもらうつもりだったんだが、それじゃかえって迷惑かもしれない。じゃ、君、すまないがここで待っていてくれたまえ。こんやはうちにだれもいないので、お茶も出せなくて気の毒だが……」

「先生、そんなことかまいません。ぼく原稿さえいただけたら、それでいいんです」

「よし、それじゃ書こう」

と、黒めがねの男はいすから立ちあがると、応接室を出て、玄関をよこぎるとアトリエのドアのなかへはいっていった。そして、なかからドアをしめたのが、九時十分ごろのことだったが……。

血にそまった原稿

アトリエのなかはひっそりとしている。応接室でもひっそりと、探偵小僧の御子柴くんが、持ってきた本を読んでいた。

とうとう雨が降りだして、かなりはげしい雨が、屋根がわらや木々のこずえをたたいている。

家の内も外もしずまりかえって、いかにも郊外《こうがい》の住宅地の、しかもそのはずれらしいさびしさである。

十時が過ぎて十時半。十一時もすぎたがアトリエのなかからはまだなんの音沙汰《おとさた》もない。

やがて、そろそろ十一時半。

一時間に四百字づめの原稿紙三枚のスピードとしても、もう二時間以上になるのだから、もうそろそろできあがるはずなのだが、それにもかかわらず、

永利氏はまだアトリエのなかから出てこない。

　かっきり十一時半になったので、とうとうたまりかねて御子柴くんは、応接室を出てアトリエのドアをノックした。

「先生、先生、永利先生、さいそくしてすみませんが、原稿まだできないでしょうか。ぼく、電車がなくなるとこまるんですが……」

　しかし、なかからはなんの応答もない。

「先生、先生……」

　御子柴くんはつづけさまにノックをし、先生、先生と声をかけたが、アトリエのなかはしいんとしずまりかえって、うんともすんとも答えがないのだ。

「いやだなあ、先生、居眠《いねむ》りでもしてるんじゃないかなあ。先生、先生」

　御子柴くんはしだいにノックを強くしていったが、返事のないことは依然《いぜん》としておなじである。

　御子柴くんはたまりかねて、かぎ穴からなかをのぞいてみた。

　ひとの家へきて、こんな失礼なまねをしちゃいけないくらいのことは、御子柴くんもよくしっている。しかし、背に腹はかえられないのだ。

かぎ穴からではアトリエのなかは、ごく一小部分しかみえなかった。
　それでもあちこちと目の角度をかえているうちに、やっと隅《すみ》っこのほうにあるデスクを、視線のなかにとらえることができた。
　はたして永利俊哉氏は、デスクにうつぶせになって居眠りをしていた。

「なあんだ、先生ったらだらしがないなあ。ひとを待たせておいて居眠りをするなんて……先生、先生、起きてくださいよう！」

御子柴くんはたまりかねて、いよいよはげしくノックした。先生、先生と声をかけた。

しかし、永利氏はいっこう目がさめるけはいがなく、かぎ穴からのぞいてみると、あいかわらずデスクにうつぶせになっている。

探偵小僧の御子柴くんは、とうとうたまりかねてドアのとっ手《て》に手をかけた。さいわいかぎはかかってなくて、とっ手をまわすとガチャリと音がしてドアが開いた。

「先生、先生、起きてください、先生」

御子柴くんは上半身をドアのなかに入れて声をかけたが、永利氏はいぜんとして、デスクのうえにうつぶせになったままである。

探偵小僧の御子柴くんは、ふっと胸《むな》さわぎをおぼえて、あわててあたりを見まわした。

アトリエというのはふつう十二つぼが標準だということを、御子柴くんはいつか聞いたことがある。十二つぼといえばたたみが二十四枚しけるわけである。そのだだっぴろいアトリエは乱雑をきわめていて、わくにはまったカンバスが、そこらいちめんに立てかけてある。あちこちに石膏《せっこう》の首や、外国みやげらしいお面がかざってある。

「先生、先生」

と、探偵小僧の御子柴くんは、ドアのところに立ったまま、もういちど声をかけた。

「うたた寝をしているとかぜをひきますよ。起きてください、先生」

探偵小僧の御子柴くんはおそるおそるアトリエのなかへふみこんだ。そして、うたた寝をしている永利氏の背後から、デスクのうえをのぞいたが、そのとたん頭のてっぺんからぐわんと一撃、強打をくらったようなショックをかんじた。

デスクのうえには、

「ヨーロッパ飛《と》びある記《き》」

と、題のついた原稿がこよりでとじてあったが、それがぐっしょり血にそまっている。いや、原稿だけではない。デスクのうえにはおそろしい血だまりができているのだ。

としのわりには、犯罪事件になれている御子柴くんだったが、一《いっ》しゅん、ことの意外に、ぼうぜんとしてそこに立ちすくんでいた。

御子柴くんはさっきから、二時間あまりも応接室で待っていたのである。いかにドアがしめてあったとはいえ、……いや、応接室のドアはあいていたのだ……玄関ひとつへだてたきりのこのアトリエで、このような恐ろしい事件があったのを、どうして気がつかなかったのか。

御子柴くんはおそるおそる、デスクのうえにつっぷした、永利氏の顔をのぞいてみた。

ちがっていた！

さっき玄関へ出てきた男ではなかった。そこに死んでいる……あるいは殺されている男は、画家がきるような長いブラウスをきていて、顔を見ると、としもだいぶふけている。

御子柴くんはとつぜんさっきの外人のことを思い出した。そして、あわてて指をぬぐったハンケチを取り出してみた。

そうだ、このひとがほんとうの永利俊哉氏なのだ。そして、このひとはじぶんがここへくるまえに、殺されていたにちがいない。しかし、それではさっきの黒めがねの男は？　それにもうひとり、この窓にうつっていた影の女は？

御子柴くんはあわててあたりを見まわしたが、このアトリエには玄関へ出るドアしか出入り口はない。しかし、庭に面した窓がひとつあいていた。

じぶんを応接室へ待たせておいて、ふたりはそこから逃げだしたのだ。

御子柴くんは玄関のよこに電話があったのを思いだした。いそいでデスクのそばをはなれた御子柴くんは、そのときなにかにつまずいた。見ると、オルゴールつきの目ざまし時計が床のうえにころがっていて、そこにも、ぐっしょりと血がたまっている。

御子柴くんは身をかがめて、そのオルゴールをひろおうとしたが、きゅうに気がついて手をひっこめた。

捜査当局がやってくるまで犯罪現場にあるものに、いっさい手をつけてはならないという捜査上の鉄則を、そのとき思いだしたからだ。

御子柴くんは玄関へ出て、電話のダイヤルを一一〇番にまわした。そして、そのあとで新日報社へも電話をかけた。新日報社にはさいわい三津木俊助《みつぎしゅんすけ》がいあわせた。

血の記号

警視庁から等々力《とどろき》警部、新日報社から三津木俊助が、それぞれかけつけてきたのは、真夜中も一時をとっくにすぎたころだった。むろんそのじぶんには、所轄《しょかつ》の成城署からは、おおぜい係官がつめかけていた。

「警部さん、あなた、この少年をごぞんじですか」

所轄成城署の捜査主任、高橋《たかはし》警部補は探偵小僧をしらなかったので、その申立《もうした》てを、たぶんにうさんくさく思っていたのだが、

「ああ、よくしっているよ。まだ子供だがなかなか度胸《どきょう》のいい、また頭のよい少年なんだ。あだ名《な》は探偵小僧だ」

と、いう等々力警部のことばをきいて、やっとうたがいをはらしたもようである。

「それにしても、探偵小僧」

とそばから三津木俊助がいたわるように、

「君、またえらいところへぶつかってきたじゃないか。君がこんや、こちらへ原稿取りにきたことはしっていたがね」

「探偵小僧」

と、等々力警部もやさしく御子柴くんの肩に手をかけて、

「さあ、もういちどこんやのことを話してくれたまえ。君がこんや、ここにやってきたときのことからね」

「はい」

と、そこで探偵小僧の御子柴くんは、となりの教会のまえに自動車が一台とまっていたこと。あやしい外人にぶつかったら手に血がついたこと。この家の門をはいったとき、アトリエの窓に女の影がうつっていたこと。玄関のベルを押すと女の小さい叫び声がきこえたこと。しばらくして黒めがねをかけた男が玄関へ出てきたこと。じぶんはそのひとを永利氏だとばかり思いあやまっていたことなどを、要領よく語ってきかせると、

「そうすると……」

と等々力警部は眉《まゆ》をひそめて、

「その外人がここからとびだしたとすると、こんやこの家には殺された永利氏のほかに、三人いたわけだな。外人と影の女と黒めがねの男が……」

「そうです、そうです。あの外人はたしかにここからとびだしたのにちがいありません。このへんにはここよりほかに家はありませんから……」

「ふむ、ふむ、しかし、その外人は君がここへくるまでに、ここを飛び出している。しかし、あとのふたりは君がここへきたとき、げんにこのアトリエにいたんだね」

「はあ、そうです。だから、ぼく、あとで気がついたのですが、黒めがねの男がぼくを応接室へひっぱりこんだのは、影の女に逃げるすきをあたえたんじゃないかと思うんです。ぼくが玄関でがんばってたら、窓からとびだす音がきこえるかもしれませんからね」

「ところが、警部さん、おかしなことがあるんですよ」

と、そばからくちばしをはさんだのは、所轄の捜査主任、高橋警部補であった。

「この少年の申立てによって、家のまわりをくわしく調べさせたんです。なにしろこの天候ですからね。ひとが出はいりをすれば足跡がのこるはずです。ところが窓の下には、たしかに女が飛びおりたらしいくつ跡があるんです。ところが黒めがねの男にそうとうする足跡が、どこにも発見されないのです」

「足跡がない……？」

「はあ、外人らしい大きなくつの跡は玄関から出入りしています。それから窓の下にあるのとおなじくつ跡も門から玄関へはいっています。それからこの少年のくつ跡がのこっています。ところがもうひとりの男、この少年のいわゆる黒めがねの男にそうとうするくつあとだけは、家のまわりのどこをさがしても見当たらないんです。そいつは空から飛んできてまた空へ飛んでかえったとでもいうんでしょうかねえ」

高橋警部補がこうしてひにくをいいたくなるのは、探偵小僧にたいするうたがいが、まだハッキリとけていない証拠だろう。

「しかし……しかし、黒めがねの男がたしかにここにいたんです。このアトリエへはいったきり、外へ出てこなかったんです」

「それじゃ、どうしてこのアトリエから出ていったんだね。空へとんだか、それとも煙のように消えてしまったのかね。おかしいじゃないか」

「まあ、まあ高橋さん」

と、三津木俊助がふたりのあいだにわってはいると、

「それより、永利氏の死因は……？　刺し殺されたんですね」

「そうです。そうです。パレット・ナイフで心臓をひと突きにやられています。だから、被害者は床に倒れていたらしいのを、だれかがだきおこしていすにかけさせ、デスクにもたせかけておいたんです」

「それはきっとぼくがのぞいたとき、仕事をしているように見せかけようと、あの黒めがねの男がやったことにちがいありません」

探偵小僧の御子柴くんは、やっきとなって説明した。

そのとき、アトリエのなかを調べていた刑事のひとりが、とつぜん大きな叫び声をあげたので、一同ははっと、そのほうをふりかえった。

「木村《きむら》君、いったいどうしたんだ」

「高橋さん、こ、これを……」

木村刑事が指さしたのは二百号ばかりの大きなカンバスで、カンバスのうえには南欧《なんおう》らしい風景が、八分《ぶ》どおりできあがっている。木村刑事がそのカンバスをくるりと裏返しにしたとき、一同はおもわずあっと息をのんだ。

なんということだ。そこには、なまなましい血潮の文字で、
X・Y・Z
と、大きくなぐり書きがしてあるではないか。

ああ、X・Y・Z……それはいま捜査当局をなやましつづけている紳士盗賊《とうぞく》、神出鬼没《しんしゅつきぼつ》の怪盗が、事件のあとへかならずのこしておくサインであった。

壁の抜け穴

ああ、怪盗X・Y・Z！

それこそはいま東京の警視庁のみならず、日本全国の警察をなやましつづけている前代未《ぜんだいみ》もんの紳士強盗なのである。

きのう東京にあらわれて一流ホテルを荒らしたか

と思うと、きょうは、大阪の宝石商からダイヤモンドをうばい去り、さらにあすは福岡に出現して、富豪の邸宅《ていたく》を襲うというありさまで、もじどおり神出《しんしゅつ》鬼没《きぼつ》というのはこの怪盗のことであった。

しかも、目撃者の談話によると、いつもその人相がかわっているのだ。東京の一流ホテルを荒らしたときは、白髪《はくはつ》の老人姿であったのに、大阪の宝石商からダイヤモンドをうばった賊《ぞく》は、でっぷりとふとった中年の紳士だったという。また福岡で富豪の夫人をおそって、真珠《しんじゅ》の首飾りをうばったときは、ボクシングの選手のようなかっこうだったという。

これで見ると、よほど変装術にたけているらしく、したがってどれが素顔なのかいっこうわからず、ある新聞では顔のない男、とまで書いてあったくらいである。

ただこの怪盗のとくちょうとしてあげられるのは、いつも犯罪の現場にX・Y・Zという署名をのこしていくことで、いつか、新聞・ラジオ・テレビでは、この賊のことを怪盗X・Y・Zとよんでいた。

その怪盗がいまこのアトリエに出現したのだ。等々力警部をはじめとして捜査陣の一行が、さっと緊張したのもむりはない。

「怪盗X・Y・Zなら足跡ものこさず、このアトリエへはいってきて、また足跡ものこさず、このアトリエから立ち去ることも不可能でないかもしれない」

三津木俊助がひそかにつぶやくのを耳にして、高橋警部補は憤然《ふんぜん》たる顔をそのほうにふりむけた。

「三津木くん、それじゃX・Y・Zには背中に羽がはえていて、空をとぶことができるとでもいうのかい」

「いえ、そういう意味ではありません」

「じゃ、いったいどういう意味なんだ。どうして足跡ものこさず、このアトリエへはいってきて、また、足跡ものこさずに、このアトリエから立ち去ることができるというのだい」

と、高橋警部補はまるで食ってかかるような調子である。

「いや、それは……」

と、三津木俊助がためらっているすぐうしろから、大声で叫んだのは探偵小僧の御子柴くんだ。

「このアトリエにはきっと抜け穴があるんです。怪盗Ｘ・Ｙ・Ｚはその抜け穴からやってきて、またその抜け穴からかえっていったんです」

「なに、抜け穴……？」

と、高橋警部補は大きく目玉をひんむいて、

「そ、そんなばかな！　それじゃ、ここの主人の永利俊哉が、わざわざＸ・Ｙ・Ｚのために、抜け穴をこさえておいてやったというのかい」

「ああ、いや、そういえば……」

と、そのときそばからおずおずと言葉をはさんだのは、このへんいったいを受持《うけもち》区域にしている辻村《つじむら》巡査である。

「辻村くん、どうかしたのかい」

「はい。このアトリエは以前から永利さんのものだったんです。しかし永利さんは一年ほど洋行していて、つい三カ月ほどまえに帰朝《きちょう》してきたばかりなんです。その留守《るす》ちゅう古川三平《ふるかわさんぺい》というえたいのしれぬ人物が、ここに、住んでいたんです」

「えたいのしれぬ人物というのは、どういうのだ」

「はあ、自分では著述業と名乗っていました。しかし、なにを書いているのかいっこうわからず、しかも女中《じょちゅう》も奉公人《ほうこうにん》もひとりもおらず、それでいて、しょっちゅう家をあけて旅行をするんです。ですから、それでは無用心だから、だれか、留守番をおくようにと注意したことが二三度あるんです。なんでも永利さんの友人だとかいってましたがね」

「それで、そいつはいったいどういう人相の男だったんだ」

「さあ、それが……いっこうとくちょうのない顔でしたね。それに、あるときはふとっているようにみえるかと思うと、あるときはやせているようにみえ、みょうな男だと思っていたんです」

「そいつだ、そいつだ。そいつが怪盗Ｘ・Ｙ・Ｚなんだ。そして、ここに住んでいるあいだに、きっと抜け穴をつくったにちがいない！」

そうさけんだのは、探偵小僧の御子柴くんだ。

「よし、それじゃみんなで手わけをしてその抜け穴の入り口をさがしてみようじゃないか」

等々力警部の命令で、一同はさっそくアトリエのなかをしらみつぶしに調べはじめた。

このアトリエのかたすみには、ベッドが一台すえてあるが、このベッドは外国のアパートやなんかにあるように、上へははねあげると、壁のなかへたたみ

こまれるようになっている。

いま、ベッドはゆかの上におかれているが、壁のくぼみのそのおくは、洋服ダンスみたいになっていて、洋服やオーバーやレイン・コートが、むぞうさというよりは、いとも乱雑にかけてある。

探偵小僧の御子柴くんは、ベッドの上へはいあがり、壁のくぼみのおくをさぐっていたが、なにやらボタンのようなものが手にさわった。

御子柴くんがなにげなく、そのボタンを押してみると、くぼみのおくのその壁が、洋服やオーバーやレイン・コートをかけたまま、音もなくむこうへはねかえって、まっ暗《くら》な穴のおくから、さっとつめたい風が吹きこんできた。

ふしぎな穴

「ああ、あった、あった。やっぱり抜け穴があったんだ」

探偵小僧のさけび声に、ほかを調べていたひとたちも、あっとさけんで、ばらばらとベッドのまわりに集まってきた。

探偵小僧の御子柴くんは、懐中電灯の光で抜け穴のなかを照らしてみて、

「ああ、ここに階段がついています。これを降りてみましょうか」

「探偵小僧、おまえはこちらへ降りてこい。だれか懐中電灯をもっていないか」

「はっ、ここにあります」

辻村巡査から懐中電灯をうけとると、等々力警部もベッドの上へとびあがって抜け穴のなかを調べながら、

「高橋くん、君はいっしょにきたまえ。三津木くん、君もくるか」

「もちろん、ぼくもいきます」

「警部さん、ぼくも、いっていいでしょう。その抜け穴はぼくが発見したんですから」

「そうだよ。おまえがいちばんの功労者だ。それじゃいっしょにきたまえ。ほかの連中はここに残って、なお念のためによく警戒する。いいな、わかったな」

「はい、承知しました」

等々力警部はてきぱきと、部下に命令をくだすと、

左手に懐中電灯、右手にピストルを握りしめて、まっ暗な階段にふみこんだ。

その階段はコンクリートでかためてあり、ゆるやかな勾配《こうばい》をつくって、下のやみのなかへおりている。

等々力警部はあたりのようすに気をくばりながら、一歩一歩、その階段をくだっていく。警部の背後から高橋警部補、さらにその背後から三津木俊助と探偵小僧の御子柴くんが、用心ぶかく降りていく。

階段は全部で十七段あった。

階段をおりきると、そこから地下道がはじまっている。

この成城という町は丘陵《きゅうりょう》地帯になっているので、かなり深く掘っても水は出てこない。だからこういう地下道をつくるのには、うってつけの場所なのだ。

地下道はおとなが立って歩けるくらいのよゆうがあり、幅は約二メートル、かなりゆったりとしたトンネルで、周囲もゆかも天《てん》じょうも、コンクリートでかためてあった。秘密にはこんだ工事としては、なかなかいきとどいている。

「いったい、こりゃ、どこへ抜けているんだろう」

「警部さん、とにかくいけるところまでいってみようじゃありませんか」

「よし」

と、等々力警部は五、六歩あるいたがなにかにつまずいて大きくおよいだ。

と、同時に警部の足下で、ガラガラと大きな音がして空気のこもったトンネル内に、ものすさまじくひびきわたった。

「け、警部さん、だ、だいじょうぶですか」

うしろから高橋警部補が心配そうに声をかけると、警部はやっと姿勢を立てなおして、

「こんなところに、なにがおいてあるんだ！」

と、腹立たしそうに懐中電灯であたりを見まわすと、そこにあるのはセメントだるがひとつ、それにセメントをぬるコテが二、三本、土にそまったシャベルがひとつ、ほかにバケツがひとつころがっている。警部がいまつまずいたのはバケツであった。

「あっ、警部さん、こんなところに穴が掘ってありますよ」

探偵小僧が懐中電灯の光をむけたので、一同がさっとそのほうをふりかえると、なるほどむかって右側の壁の一部分に、コンクリートがこわしてあり、

人間ひとりもぐりこめるくらいに土がえぐってある。

「いったい、こりゃ、なにをやらかすつもりだったんだろう」

探偵小僧はシャベルについた土にさわってみて、

「三津木さん、こりゃ、さいきん掘りくりかえしたんですぜ。ほら、この土はまだしめっています」

三津木俊助があたりを見まわすと、セメントだるのそばに、土がそうとうつもっているが、穴の大きさにくらべると量が少なく、しかも、コンクリートのかけらはどこにも見当たらなかった。

「どうもへんだよ。コンクリートのかけらや、それからもう少し土があったはずだが……」

「ああ、そうそう、そういえば……」

と、高橋警部補が思い出したように、

「永利家の庭のすみに、コンクリートのかけらやねん土《ど》のかたまりが、山のようにつんでありましたよ。いったいどこを掘った土だろうと思っていたんだが……」

それを聞いて等々力警部と三津木俊助、探偵小僧の三人は、おもわずシーンと顔を見合わせた。

「そうすると、この壁に穴を掘ったのは、永利氏じしんなのかな」

「もし、そうだとすると永利氏も、この抜け穴の存在をしっていたということになるな」

「よし、それはばあやがかえってきたら聞いてみましょう。永利氏が掘ったとしたら、ばあやもしっているはずですから」

戸口調査の結果によると永利俊哉氏は、木原梅子《きはらうめこ》というばあやとふたりで住んでいたと、辻村巡査が話していた。そのばあやは、こんやはるすのようである。

「永利氏がこれを掘ったとしても、いったいこれはなんのためでしょうねえ」

つぶやきながら、三津木俊助がセメントだるのなかをのぞくと、そこにはいっぱいのセメントがつまっている。

「永利さんはここへなにかを埋めて、またあとで、セメントでぬりつぶしておくつもりだったんじゃないですか」

「探偵小僧、永利氏はそれじゃなにを埋めるつもりだったんだい」

「さあ、そこまではぼくにもわかりません」

「警部さん、それよりこの抜け穴のむこうの出口を、探検しようじゃありませんか」

「ふむ、そうしよう」

そのトンネルは約五十メートルほどあり、その出口は、さっきから探偵小僧が想像していたとおり、裏手にある教会の尖塔《せんとう》の底部にあいていた。

オルゴール時計

永利俊哉の殺人事件は、いろんな意味で報道機関をさわがせた。

新聞は連日、この事件で社会面のトップをかざっていた。なにしろ、ちかごろ評判の怪盗X・Y・Zが関係しているのである。それだけでも評判になるねうちは十分だのに、この事件にはいろいろわからないことが多かった。

だいいち、殺人の動機からして不明であった。

永利氏は画家として有名だったが、べつにこれといって敵はなかったという。だいいち、ヨーロッパからかえってきてからわずか三カ月、殺害されるほど深刻なうらみをかうような、いきさつがあったろうとは思われぬ。

それでは怪盗のしわざであろうか。しかし、翌日、帰宅したばあやの木原梅子の話によると、べつにこれといって紛失《ふんしつ》しているものはないという。

探偵小僧の御子柴くんは、三人の人物を永利氏の殺害前後に目撃している。だいいちは自動車で逃走した怪外人、第二は窓にうつっていた洋装の女、それから第三は永利俊哉として、探偵小僧に応待した黒めがねの怪人である。

第三の人物が怪盗X・Y・Zとしても、第一と第二の人物は、いったい永利氏とどういう関係があるのだろうか。捜査当局はやっきとなって、そのふたりの人物の割り出しにほんそうしているが、いまのところまだ雲をつかむようにわかっていない。

ただ、あの抜け穴については、つぎのようなことが判明した。

あの教会は永利氏の外遊中に竣工《しゅんこう》したものである。したがって、永利氏の家には古川三平という、えたいのしれぬ人物が住んでいた時代のことなのだ。

しかも、教会建設の工事をひきうけたのは、立川《たちかわ》組《ぐみ》という土建会社だったが、そのとうじ立川組にいた技師で、教会建設の任にあたった古田三郎《ふるたさぶろう》というのが、その後、ゆくえをくらましているのである。

古田三郎と古川三平、ひょっとするとおなじ人物だったのではなかろうか。立川組のひとたちの話す古田三郎と、辻村巡査の申立てによる古川三平とでは、まるで人相がちがっているが、なにしろあいては変装の名人、神出鬼没《しんしゅつきぼつ》の怪盗X・Y・Zのことだ。ひとの目をあざむくくらいは、なんでもないことだったのではなかったか。

それにしても、ばあやの木原梅子の話によると、あの抜け穴の壁に穴を掘ったのは、どうやら永利俊哉氏じしんらしいのである。

そうすると、永利氏もあの抜け穴を知っていたことになり、ひょっとすると怪盗X・Y・Zと、おなじ穴のむじなではないかといわれたが、それにしてもその永利氏が、なぜ抜け穴のなかにあのような穴を掘ったのか、その理由はわからなかった。

こうして捜査が暗礁《あんしょう》にのりあげたまま、十日とたち、二十日とすぎて、きょうは六月の十五日。きびしかった警察の警戒もようやくとけて、ちかごろでは永利氏のアトリエには、だれも見張っているものはない。ばあやの木原梅子もきみわるがって、ひまをとっていったので、永利氏のアトリエは、ちかごろではもう空屋《あきや》もどうようである。

さて、六月十五日の夜の九時すぎ。そっとこのアトリエへしのびよった影がある。探偵小僧の御子柴くんだ。

御子柴くんは警戒のないのを見すますと、アトリエの窓の下に忍びよった。さいわいアトリエの外に手ごろの石ころがあったので、それを窓の下に押しころがしてくると、そっと、その上にはいあがった。これで窓の敷居《しきい》が胸のたかさになり、御子柴くんの仕事もしやすくなった。

探偵小僧はポケットから、用意の七つ道具を取り出して、ふなれなどろぼうのように窓をいじくりまわしていたが、それでも十分ほどすると、やっとガラス戸をひらくことに成功した。

身軽なことにかけては、探偵小僧は自信がある。ガラス戸をひらくと御子柴くんは、ひらりとなかへとびこんだ。

むろんアトリエのなかはまっくらである。御子柴くんは注意ぶかく窓をしめると、そっと懐中電灯のあかりをつけた。

　アトリエのなかは永利俊哉氏が殺害された夜と、そっくりそのままにしてあった。ただ、ちがうのはそこに死体がないことと、血がふきとられていることだけである。

　探偵小僧の御子柴くんは、懐中電灯をてらしながら、そっとデスクのそばにちかよった。

　デスクの上もだいたいこのあいだとおなじで、そこに血に染まった原稿のつづりがないだけである。

　探偵小僧の御子柴くんは、懐中電灯の光でデスクの上をさがしていたが、とつぜん、

「あった！」

　と、小さく口のうちでさけんだかと思うと、そこにあったオルゴールつきの目ざまし時計に手をのばした。それは水車小屋のかたちをした置時計だが、探偵小僧の御子柴くんには、そのオルゴールがとちゅうで鳴りやんだのが、ふしぎでたまらないのである。

　探偵小僧は、その時計をじっと見つめていたが、やがてポケットからドライバーをとりだして、目ざまし時計の裏側のねじくぎをはずしにかかったが、そのとき、忍びやかにこのアトリエへ、ちかづいてくる足音がきこえてきた。

「だれかきた！」

　探偵小僧はすばやくあたりを見まわしたが、目についたのはあの抜け穴の入り口の壁である。御子柴くんは目ざまし時計を持ったまま、足音もなくベッドのそばにちかよると、ボタンを押して壁をひらいた。

　そして、抜け穴の入り口へもぐりこみ懐中電灯の光を消したとたん、アトリエの窓の下に足音がきてとまった。

トランクの中

　抜け穴の入り口を細めにひらき、そこからアトリエをのぞいている、探偵小僧の御子柴くんは、心臓がガンガン鳴って、いまにものどからとびだしそうであった。全身からぐっしょり汗がふきだしている。

　窓の下に立ちどまった足音は、それきりしいんとしずまりかえって、物音ひとつ立てなかった。おそらくあたりのようすをうかがっているのであろう。

やがて窓ガラスに、ボーッとあかりがさしてきた。懐中電灯の光である。それを見ると探偵小僧は、いよいよ心臓がおどるのだ。全身からつめたい汗がしたたり落ちる。

懐中電灯で照らしている窓は、さっき御子柴くんがこじあけた、あのおなじ窓である。

窓の外の人物は、そこにある石ころをあやしみはしないだろうか。またぞうさなく開く窓に、ふしんの念をもたないだろうか。……そう考えると探偵小僧の御子柴くんは、舌がからからにかわいてきた。

それにしても、いったいそれは何者なのか。怪人X・Y・Zであろうか。それとも影の女か、怪外人か……?

やがて、窓ガラスをゆすぶるかすかな物音がきこえてきたが、とつぜんバターンと音がして、ガラス戸が開いたようすである。

そのとたん、懐中電灯の光が消えたのは、やっぱり、あんまりぞうさなく開いたので、あやしんだらしいのだ。

窓の外でその人物は、しばらく呼吸をこらしているようすだったが、べつになんの反応も起こらないので、どうやら安心したらしい。

また、ボーッと懐中電灯の光が窓の外からさしてきた。

そして、みしみしという音をさせて、窓を乗りこえてはいってきたのは、ああこのあいだの怪外人ではないか。

怪外人は窓のうちがわにつったったまま、懐中電灯で用心ぶかく、アトリエのすみずみを調べている。光がぎゃくになっているので、顔ははっきりわからないが、外人としてはそれほど大きいほうではない。身長一メートル七十五センチというところか。

怪外人は懐中電灯で、ひととおりアトリエのなかを調べると、異状《いじょう》なしと見たのか、ほっとしたようなため息をもらした。

それから、もういちど窓から外をうかがうと、注意ぶかくガラス戸をなかからしめた。

それにしてもこの怪人は、いったいアトリエのなかのなにをねらっているのであろうか。

一どならず二どまでも、こうして、忍びこんできたところをみると、よほど重大な用件があるにちがいない。

　外人は窓をしめると、壁のいっぽうに立てかけてあるカンバスのほうへちかよった。

　そこには、まえにものべたとおり大小さまざまな大きさのカンバスが、いとも乱雑に立てかけてある。それは描きあげたのもあり、まだ未完成のもあった。

　怪外人は、そのカンバスのそばへよると、一枚一枚、懐中電灯の光でカンバスを調べはじめた。

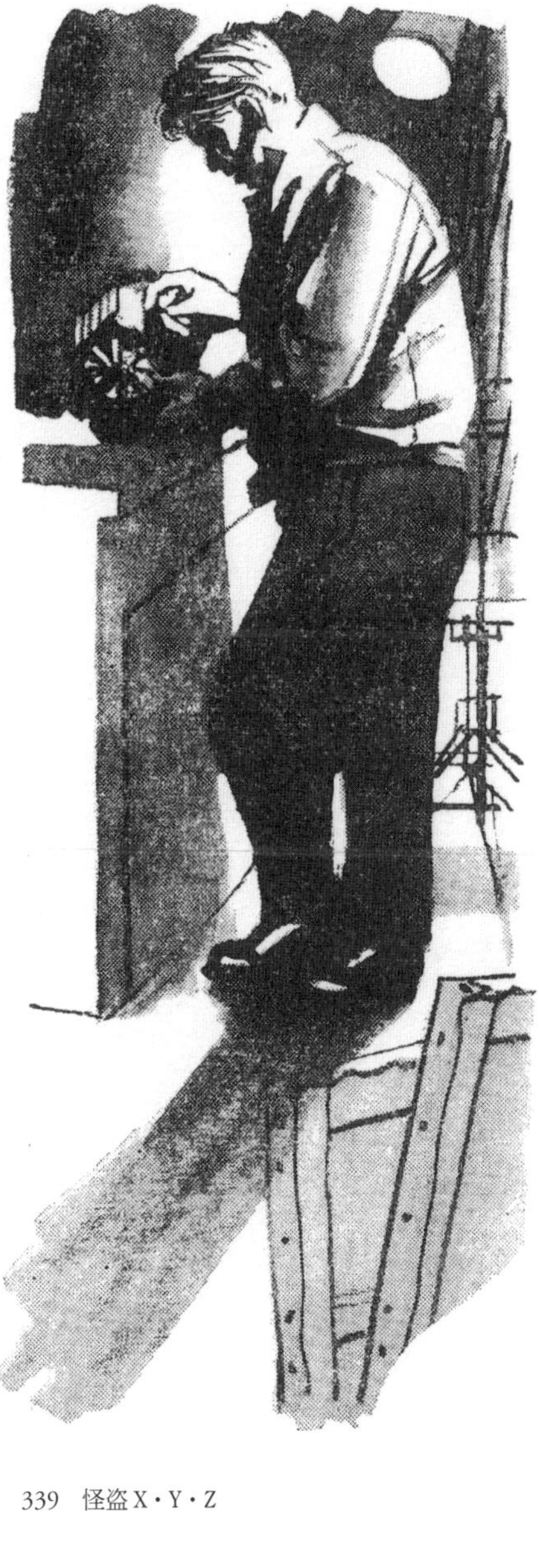

　それではこの怪外人は、永利俊哉氏の油絵を盗みにきたのであろうか。
　いや、いや、それにしてはその調べかたがおかしかった。外人は表《おもて》から懐中電灯の光をあてると、裏から入念に眺《なが》めているのだ。いったい油絵をみるのに、このようなへんてこな見方ってあるものだろうか。
　この外人は、抜け穴のことはてんで知っていないのだ。と、いうことは日本語が読めなくて、したがって新聞も読んでいないのだろう。

そう気がつくと、御子柴くんはだんだん落着《おちつ》きをとりもどしてきたが、その反対に怪外人は、しだいに息使いがあらくなってくる。

ときどき口のなかで、腹立たしそうなことばをはくが、それはどうやら英語ではないらしい。御子柴くんにはよくわからないが、フランス語かイタリア語らしかった。

怪外人は、何十枚とあるカンバスを、いとも入念に一枚ずつ、表から懐中電灯をてらしては、裏から注意ぶかく調べている。

探偵小僧の御子柴くんは、そのときはっと気がついた。

この外人はもとめるものが手にはいると、また自動車で立ち去るだろう。ここにこうして待っていては、みすみす取りにがすばかりである。

と、いって警察へ電話をかけるわけにもいかなかった。

このアトリエの電話がまだ通じるとしても、それは玄関に取りつけてある。外人のそばを通らなければ、電話のそばへはちかよれない。

そのとき、御子柴くんの頭にはっとひらめいたのは、ここが抜け穴のなかだということだ。

そうだ、抜け穴をとおって教会から外へとびだし、さきまわりして外人のやつを待ちぶせしてやろう。

そう気がつくと御子柴くんは、いままで右手でおさえていた、バネ仕掛けのかくし戸を、音のしないようにそっと閉ざした。

それから、懐中電灯をともしながら、一歩一歩、足音に用心しながら、コンクリートの階段をおりていった。

さいわい、抜け穴はまだ閉ざされてはいなかった。いつか怪盗X・Y・Zが、またこの抜け穴からやってきはしないかと、警察では教会にたのんで、抜け穴の入り口はそのままにしてあるのだ。

五分ののち、しゅびよく抜け穴の外へはいだした御子柴くんが、教会の外にとびだすと、はたしてそこに自動車がおいてある。

とっさに思案《しあん》をきめた御子柴くんは、自動車の後部についている、トランクに手をかけた。さいわい、かぎはかかっていなかった。

御子柴くんが、すばやくトランクのなかへすべりこみ、ふたをしめようとしたとたん、永利氏のアトリエのほうから、足ばやにやってくる足音がきこえてきた。

トランクのふたを細めにひらいてみていると、足音のぬしは怪外人だったが、見ると小《こ》わきにカンバスをまるめてもっている。

それでは目的の絵が見つかったのか……？

怪外人が運転台にとびのると、すぐ自動車は走り出した。

尾行三つどもえ

怪外人はもちろん、自動車のうしろのトランクに、探偵小僧の御子柴くんが、かくれていようなどとはゆめにもしらない。

自動車は、そのまま成城の町を南下して、小田急の踏切をつっきると、東宝《とうほう》のスタジオのほうへすすんでいく。怪外人のそばには、永利俊哉氏のアトリエからぬすみだしてきたカンバスが、円筒《えんとう》型にまるめたうえ、ていねいに、ゴム・バンドでとめたのが、後生《ごしょう》だいじにおいてある。

怪外人の運転する自動車は、東宝のスタジオのまえを通りすぎると、渋谷《しぶや》方面へむけて疾走《しっそう》していく。

トランクのなかにひそんでいる御子柴くんは、かぎ穴からさしこんでくる光線によって、いま自動車がどのようなところを走っているか、だいたい見当《けんとう》がつくのである。にぎやかな場所を走っているときは、かぎ穴から明るい光線がさしこんでくるし、さびしいところを通るときは、かぎ穴の外もまっくらなのだ。

東宝スタジオへさしかかるまえ、御子柴くんはいちど、そっとトランクのふたを開《ひら》いて、あたりのようすを見まわしたが、そのときふと目についたのは、百メートルほど後方から、こちらへむけて走ってくる一台の自動車であった。

そのときは探偵小僧の御子柴くんも、それほどその自動車を気にもとめずに、深呼吸をしてすぐトランクのふたをしめたが、それから五分ほどして、またトランクのふたを開くと、あいかわらず百メートルほど後方から、一台の自動車がやってくる。しかもそれはどうやら、さっき見た自動車とおなじらしかった。

御子柴くんはおもわずはっと息をのんだ。ひょっとするとあの自動車、怪外人を尾行しているのではあるまいか。

それからのち、御子柴くんはさびしい場所へさしかかるごとに、トランクのふたを細目にひらいて、うしろのほうへ目をやったが、いぜんとしておなじ自動車が、おなじ間隔をおいて走ってくるのだ。

それはなんでもないことかもしれなかった。成城から渋谷方面へ出るには、この道を通るよりほかはないのだから、ぐうぜん、いま二台の自動車が、成城から渋谷へむかっているのかもしれなかった。しかし、気にかかるのは、いつ見てもものさしではかったように、百メートルほどの間隔をたもっていることである。

やっぱりあの自動車は、怪外人のあとを尾行しているのではあるまいか。尾行しているとすれば何者だろう。警察関係のひとたちか。いや、いや、警察関係のひとたちなら、怪外人がアトリエから出てきたところを取りおさえるはずである。

警察関係でないとすれば、いったいあの車のぬしはどういう人物だろう。

やがて怪外人を乗せた自動車は三軒茶屋《さんげんぢゃや》へさしかかった。

そのへんからしだいに町がにぎやかになってくるので、御子柴くんもむやみに、トランクのふたをあけるわけにはいかなかった。

空気を導入するために、細目にふたを開くとしても、外をのぞくほどうえへあげるわけにはいかなかった。そんなことをすると通りがかりのひとに見つかるうれいがあるからだ。

それに三軒茶屋あたりから、自動車のかずもしだいにふえて、トランクからのぞいたとしても、もう目的の自動車は見つからなかったかもしれない。

だが……

御子柴くんの疑惑はやっぱり正しかったのだ。うしろからくる自動車は、怪外人のくるまをつけているのだ。その自動車は怪外人の自動車がとまっていたところから、五十メートルほどはなれたうす暗いところに停車していて、怪外人の自動車が成城の町を南下しはじめると、百メートルの間隔をおいて、ひそかに尾行をはじめたのである。

その自動車はいまも怪外人の自動車を尾行している。渋谷がちかくなるにつれてしだいに雑踏《ざっとう》がはげしくなってきたので距離はだいぶんちぢまって、かれとわれとの間隔は三十メートル。

その自動車を運転しているのは、世にも奇妙な服装の人物だった。

シルク・ハットに燕尾服《えんびふく》、目に片《かた》めがねをかけているので、ちょっと顔がいびつに見える。ハンドルを握る手には白い夏の手ぶくろをはめており、かたわらにはいきなステッキがおいてある。

まるでアルセーヌ・ルパンみたいなだて紳士。としは四十前後とみえるが、すっきりとしてスマートな人物である。

このふしぎな人物は、ハンドルをにぎったまま、怪外人の自動車から目をはなさない。

渋谷がちかくなるにつれ、交通量はしだいにふえ、いろんな自動車がふたつの車のあいだにわってはいる。

しかし、この怪紳士はたくみにハンドルをあやつって、つかず、はなれずまえの車をつけていく。

怪外人の自動車は渋谷から赤坂のほうへ走っていく。環状線《かんじょうせん》のなかへはいったので、交通量はいよいよふえてきた。

怪外人もたくみにハンドルをあやつるとやってきたのは赤坂のQホテル。門をはいると玄関から、わざとはなれたところに車をとめたのは、すぐまた外出するつもりで、ほかの車のじゃまにならぬところへ停車したのだろう。

だが、このことは探偵小僧の御子柴くんにとって、まことにさいわいだったというべきである。玄関さきへ横づけされたら、御子柴くんもはいだすことができなかったろう。

御子柴くんがトランクのふたを細目にあけて、あたりのようすをうかがっていると、そこへ門からはいってきた自動車がある。その自動車を見ると、御子柴くんはおもわず、ぎょっといきをのんだ。

成城からつけてきたあの自動車だ。その自動車は、御子柴くんのすぐ鼻さきへきてとまった。その自動車からおりてきた、シルク・ハットに燕尾服、片めがねをかけて、いきなステッキを小《こ》わきにかかえた怪紳士のすがたに、探偵小僧の御子柴くんは、おもわずぎょっと息をのみこんだ。いつか永利俊哉氏のアトリエで、永利氏になりすまし、探偵小僧をあざむいたあの怪人物にどこやら似ているではないか。

怪フランス人

いきな片《かた》めがねの怪紳士は、回転ドアをおしてまっすぐに、フロントのほうへ歩いていった。ちょうどそのとき怪外人が、左がわの階段を足ばやにのぼっていくうしろ姿が、ほんのちらりと見えた。

「こんやここへ泊《とま》りたいのだが、へやはあるかね」

「はあ、ございます。おひとりさんですか」

と、頭のはげた支配人が帳簿《ちょうぼ》と万年筆をさしだしながら、この、荷物もなにも持っていない客を、ふしぎそうな顔で見まもっている。

「ああ、ひとりだ。こんやひと晩だけでいいんだが……」

と、支配人から万年筆をうけとると、帳簿をとりよせ、おもむろに万年筆のキャップをとろうとした。

「おや、おや、このキャップ、なかなか抜けないぞ」

「おや、これは失礼いたしました。ではわたしが抜きましょう」

「じゃ、頼む」

と、怪紳士は支配人に万年筆を渡そうとしたが、どうしたはずみか手がすべって、万年筆はカウンターのむこうに落ちた。

「やっ、こいつはしっけい」

「いえ、いえ、だいじょうぶでございます」

と、支配人が万年筆をひろおうとして身をかがめたとたん、怪紳士はなにげないようすで、帳簿のページをくりはじめた。

万年筆がなかなか見つからなかったので、怪紳士はゆうゆうとして帳簿のページをひっくりかえすことができた。

見ると五月二十三日にジャン・フローベルというフランス人が、二階の八号室に泊っている。五月二十三日といえば、永利俊哉氏が殺害された晩から二日まえということになる。

支配人がやっと万年筆をさがしだして立ちあがったときには、怪紳士は帳簿のページをもとにもどして、すました顔であたりを見まわしていた。

「いや、どうもしっけいした」

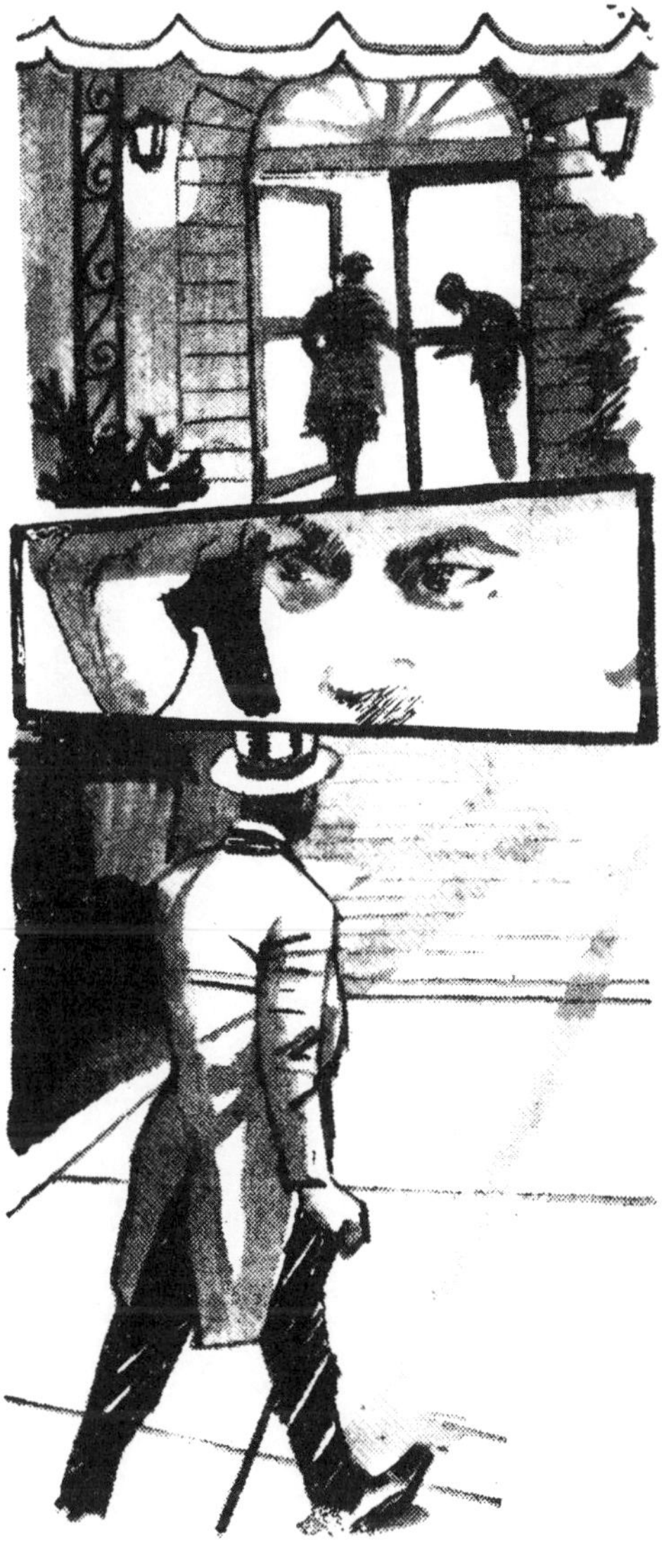

と、怪紳士は万年筆をとりあげると、

「ときに、マネジャーくん、ぼくはへやのナンバーに注文があるんだが……」

「注文とおっしゃいますと……」

「ぼくは八という数字がすきなんだが、できたら二階の八号室にしてもらえないか」

「いや、ところがあいにくとその八号室には先月からひきつづき、フランス人のお客さんがお泊りなんですが……」

「ああ、そう、いや、ふさがってるならいい。むりにとはいわないんだ」

「まことにどうも申しわけございません。それじゃ八号室のとなりの七号室にしていただけませんか」

「ああ、いいとも。八号室がふさがっているのなら、あとはどこでもおなじことだ」

と、万年筆をとりあげて帳簿にしるした名まえを見ると、青田信彦《あおたのぶひこ》、神戸《こうべ》から上京してきた美術商というふれこみだが、どうせ、そんなことはうそっぱちにきまっている。

やがて、ボーイに案内された怪紳士は二階七号室へはいると、しばらくようすをうかがったのち、ドアを開いて廊下へ出た。

さいわい廊下に人影は見当たらなかった。怪紳士はすばやくあたりを見まわすと、となりの八号室のドアをノックする。

「ダレ？」

鼻にかかった声ではあるが、わりにはっきりとした日本語である。

「ボーイでございます。お手紙がきておりましたのを、つい支配人が忘れておりまして……」

「手紙……？　ワタシに……？」

ガチャリとかぎをまわす音がして、ドアが開いたとたん、怪紳士はすばやくなかへすべりこんだ。

「ダ、ダ、ダレダ、アナタハ……？」

「だれでもよろしい。しいていえば永利俊哉くんの友人ということにしとこうか」

「ナ、ナ、ナガトシトシヤノ友人……？」

ジャン・フローベルの顔色は、さっと紫《むらさき》色に変わった。

いそいでポケットへ手をやるとたん、怪紳士のステッキがとんだかと思うと、ピストルがくるくる宙《ちゅう》におどって、ガチャリと床のうえにすっとんだ。それをひろおうとする怪フランス人の胸にひとつき、怪紳士のステッキがのびたかと思うと、ジャン・フローベルはあおむけに、床のうえにひっくりかえった。

怪紳士はすばやくピストルをひろいあげると、あいての胸に銃口をむけて、

「こんなものを持っているところを見ると、おまえもただのねずみじゃないな」

と、いいながら、へやのなかを見まわすと、スーツケースとトランクが荷造りがしてあり、すぐにも旅行に出る用意ができている。

そして、デスクのうえにひろげられているのは、二十号ばかりの油絵で、見たところ平凡な風景画である。

「やい、ジャン・フローベル」

と、怪紳士はきっとあいてをにらみすえ、

「きさまはなぜこんなものに目をつけるんだ。なるほど、永利はちょっとした画家だった。しかし、一度ならず二度までも、危険をおかしてまで盗みだすほどの画家じゃない、いや、永利の絵がほしいのなら、もっとよいのがいろいろたくさんあったはずだ。それだのに、きさまはなぜこんな平凡な、風景画を盗み出したのだ。やい、ジャン・フローベル、そのわけをいえ、そのわけを！」

怪紳士の舌端《ぜったん》は、まるで火を吹くようにはげしかった。

ルーベンスの絵

「やい、ジャン・フローベル。いわないか。なぜきさまがこの絵をねらったのかわけをいわないか」

怪紳士が二階八号室へはいりこんでから、すでに三十分は経過している。

奇怪なフランス人ジャン・フローベルは、高手小手《たかてこて》にいましめられて、ベッドのうえに投げ出されている。そのまえにどっかといすに馬乗りになり、いすの背にあごをのっけたまま、怪フランス人に自供を強要しているのは、片《かた》めがねの怪紳士、いうまでもなく怪盗X・Y・Zである。

しかし、ジャン・フローベルもさるものだった。いかに責められ、迫られてもがんとして口をわろうとしなかった。なぜあの平凡な永利俊哉の風景画に、こうまで強い執心《しゅうしん》を示すのか、絶対にかたろうとしなかった。

「ようし、いわぬな。あくまでシラを切ってとおすつもりだな。だが、そうはさせぬ。おれは元来、血を見ることのきらいな男だ。あまり残《ざん》こくなことはやらぬ男だ。しかし、きさまがあくまで強情張るなら、このままではひきさがれない。ここでうんと痛い目をしてもらうぜ」

高手小手にいましめられたジャン・フローベルの目の色には、さっと恐怖の色が走った。怪盗X・Y・Zの声の調子がいままでとはがらりとかわって、なんともいえない冷酷《れいこく》なひびきをおびてきたからだ。

怪盗X・Y・Zはポケットから、小さい皮のサックをとりだすと、そのなかからつまみだしたのは、細いきりのようなものである。そのきりには、ゾウゲのえがついていて、きりの長さは五センチくらい、きりというより針《はり》のように細く、鋭くとがっている。

それを見るとジャン・フローベルの目には、また改めて恐怖の色がふかくなった。

怪盗X・Y・Zはゆうゆうと、フローベルの上衣《うわぎ》とワイシャツのまえをはだけると、毛むくじゃらの胸をむきだしにした。フローベルの心臓は、まるであらしにあった海のように、大きく、はげしく波立っている。

怪盗X・Y・Zはその波立っている心臓のうえに左手をおいた。そして、右手にもった鋭いきりのきっさきを、チクリと左手の指のあいだから、心臓のうえにあてがった。

ジャン・フローベルは絶望的な目で、へやのなかを見まわした。声を立ててもむだなことを、ジャン・フローベルはだれよりもよくしっている。このへやは完全に防音装置がほどこされているので、ちょっとやそっと声を立てたところで、外部へもれる気づかいはない。

鋭いきりのきっさきが、チクリと心臓のうえを刺す。うっかりあばれることもできない。あばれたら、じぶんのほうから心臓を、あの鋭いきりのきっさきで貫《つらぬ》かれようとするのもおなじことなのだ。

土気色《つちけいろ》をしたジャン・フローベルの顔には、いっぱい汗がうかんでいる。そのフローベルに馬乗りになり、うえからじっとその顔を見おろしている片めがねの怪紳士の顔は、鋼鉄のように冷酷そのものである。そこには一片《いっぺん》の情《なさけ》ようしゃも見られなかった。

チクリ!

きりが心臓のうえを刺す。このまま強情を張っていたら、あいてはほんとうにじぶんを殺すだろう。

「いう……」

ジャン・フローベルは大きくあえいで口からあわを吹きだした。

「よし、いえ、あの絵はなんだ」

「フランスのルーブル博物館から盗み出した、ルーベンスの絵なんだ」

「ルーベンスの絵……? あれが……?」

「そうだ、永利がルーベンスの絵を模写したんだ。それをおれが本物とすりかえたんだ。

模写はひじょうにうまくできているので、博物館ではまだ気がついていないようだ。本物はアメリカへもっていって売りとばし、金は永利と山分けにするつもりだったんだ。それを永利がおれを出しぬいて、ルーベンスの絵をもったまま日本へかえってしまったんだ。そして、ルーベンスの絵とわからないように、洗えばすぐ落ちる絵具で、あんな風景画をかいておいたんだ」

「それ、ほんとうか」

怪盗X・Y・Zの顔には、ふかい驚きがあらわれている。

「ほんとうだ。光線にすかしてみればすぐわかる」

「よし」

怪盗X・Y・Zは、ジャン・フローベルからはなれると、デスクのうえにある風景画をとりあげて、これを光線にすかしてみた。と、ありありと浮きあがったのは、貴婦人の肖像画である。

「ちくしょう、永利の悪党め！」

怪盗X・Y・Zが口のなかでつぶやいたとき、ドアをノックする音がきこえた。つづいてかぎ穴に口をいれ、支配人の呼びかける声がきこえた。

「フローベルさん、フローベルさん、警察のかたがお見えです。お許しがなくともこのドアをあけますよ」

「しまった！」

と、口のうちで叫んだ怪盗X・Y・Zは、ルーベンスの絵をくるくるまいて、それを小脇《こわき》にかかえると、ひとっとびに窓のほうへとんでいった。

それから三分ののち、支配人にドアを開かせ、等々力警部に三津木俊助、ほかに警官たちがドヤドヤと、このへやのなかになだれこんできたときには、怪盗X・Y・Zのすがたは、もうそこには見えなかった。

等々力警部や三津木俊助は、探偵小僧の電話によって、このホテルへかけつけてきたのだが、それにしても探偵小僧はいったいどこへいったのだろう。ホテルの周囲には見当たらなかった。

怪紳士対探偵小僧

警官隊と入れちがいに、Qホテルを出た怪盗X・Y・Zの自動車が、それから半時間ののち着いたのは、小石川小日向台町《こいしかわこひなただいまち》にある、中《ちゅう》くらいの家庭の表《おもて》で、表札に川田《かわだ》春子《はるこ》と女の名まえが出ていた。

門から玄関へはいって、怪盗X・Y・Zがベルをおすと、なかからばあやが顔を出して、「おや青田先生じゃございませんか」

「ああ、青田だが、奥さんはまだ起きていらっしゃるかね」

「いえ、ついいましがた寝室へおはいりになりましたが……」

「ああ、そう、それじゃすまないがちょっと起こしてもらえないか。至急お話ししたいことがあるんだが……」

「はあ」

ばあやはちょっとためらっていたが、それでも仕方なさそうに、

「それではどうぞ」

と、怪盗X・Y・Zを応接室へ通すといったん奥へしりぞいたが、すぐ血相《けっそう》かえてとびだしてくると、

「先生、たいへんでございます。たいへんでございます。奥さまのようすがなんだかへんで……」

「なに」

さっと立ちあがって、ばあやのあとからついていった怪紳士が、寝室のかぎ穴からなかをのぞくと、ベッドのうえに身をよこたえたこの家の女あるじ、川田春子のようすがただごとではない。

はっと、顔色をかえた怪紳士は、いそいでポケットからかぎ束《たば》を取りだすと、二、三度あれかこれかとためしていたがやがてガチャリと音がして、ドアが開いた。この怪紳士は、どんなドアでも開くかぎをもっているらしい。

いそいでベッドのそばへちかよると、からっぽになった睡眠剤の箱が投げ出してある。川田春子は睡眠剤で、服毒自殺をはかったのだ。

怪紳士は女あるじの脈をとり、まぶたをひらいて調べていたが、

「ばあや、まだまにあう。いそいで医者へ電話をかけなさい」

「いいえ、ところが電話も売り払ってしまいまして……」

「ちっ、それじゃ仕方がない。おまえいって医者を呼んできなさい。早く、早く……」

「は、はい……」

ばあやがあたふたと出ていったあと、怪紳士はポ

ケットから、小さいケースを取り出した。なかには注射器と薬のアンプレーがはいっている、アンプレーは強心剤《きょうしんざい》だった。それをすばやく川田春子に注射をすると、

「ふむ、これで医者がくるまで持つだろう。あっ、だれだ！」

振り返った怪紳士の目にうつったのはドアの外に立っている探偵小僧のすがたである。

「なんだ、君か、探偵小僧か」

と、おだやかな微笑をうかべると、

「君、どうしてここへきたんだ」

「あなたの自動車のトランクのなかにかくれて、Qホテルからここまでいっしょにきたんです」

「なんだ、Qホテルから……」

と、怪紳士は目をみはって、

「しかし、Qホテルへはどうしていったんだね」

「成城からジャン・フローベルの自動車のトランクのなかにかくれていったんです」

「あっはっは、こいつはおどろいた。探偵小僧、握手をしよう」

あいてになんの害意もなさそうなので探偵小僧が握手をすると、

「探偵小僧、君、よいところへきた。この婦人はとても気のどくなひとなんだ」

「いったい、どういうひとですか」

「永利俊哉を殺した犯人なのだ」

「えっ？」

「いや、そう驚くことはない。この奥さん、正当防衛《せいとうぼうえい》だったんだ。悪いやつは永利で、あいつはこの奥さんのなくなったご主人の友人だった。あいつは宝石の鑑定ができるので、奥さんは、時価八百万円もするダイヤを、あいつにあずけたんだ。

永利はそのダイヤを横どりするつもりで、この奥さんを殺そうとしたんだ。君もおぼえているだろう。あの抜け穴のなかに穴が掘ってあったのを。永利はこの、奥さんを殺して、あの穴のなかへかくし、ダイヤを横領《おうりょう》するつもりだったんだ。あの晩、永利はこの奥さんをしめ殺そうとした。奥さんは、そこにあったパレット・ナイフで永利の心臓をついたんだ。ちょうどそこへこのぼくがいきあわせたというわけだ」

「あなたはなんのために、あのアトリエへいったん

です」

「あっはっは、探偵小僧、君はぼくがだれだかしってるはずだ」

「怪盗X・Y・Zですね」

「そうだ。ぼくはあの抜け穴へぼくの盗んだ宝石類をかくしておいたんだ。それを永利がかぎつけて横領しようとした。だから、あいつをこらしめにいったところが、ちょうどこの奥さんが、永利を刺し殺したところだったんだ」

これで、なにもかもわかったような気がした。

怪盗X・Y・Zは、真実を語っているにちがいない。

「それで、探偵小僧、君に頼みたいことがある」

「頼みたいこととは……？」

「ぼくはいつまでも、ここにいるわけにはいかない。また、この奥さんのために証人になってあげるわけにもいかない。だから、ばんじ、君に依頼する。いまに医者がくるから、君、先生に手伝ってこの奥さんの命を助けてあげてくれたまえ。

それから、正当防衛の証人になってあげるんだ。

それから、奥さんのダイヤはまだあのアトリエにあるはずだから、それを捜《さが》して奥さんに返してあげてくれたまえ。そのかわり、お礼としてこれをあげよう」

怪盗X・Y・Zが差し出したのは、カンバスだ。

「なんです。これは……」

「ルーベンスの絵、永利の悪党がジャン・フローベルと共謀《きょうぼう》して、ルーブル博物館から盗み出してきたものなんだ。日本人の名誉のために、君の手からフランス大使館へ返還してくれたまえ。あっ、医者がきた……あとは頼んだぞ」

「あっ、ちょっと待って」

だが、探偵小僧の手をふりはらった怪盗X・Y・Zは、へやからとびだし、風のように川田家のまえから消え去っていった。

　川田春子はぶじに命をとりとめた。

　そして、探偵小僧の証言によって、正当防衛とみとめられ、無罪をもうし渡された。

　川田春子のダイヤは、オルゴールつきの目ざまし時計のなかにかくしてあった。

　探偵小僧がそれを見つけて、川田春子にかえしたとき、彼女がどんなによろこんだかいうまでもない。

ルーベンスの絵は探偵小僧の手から、ぶじにフランス大使に返還された。

　このことについて、フランス人全体がいかに感謝したかは、いまさらここにくだくだしく述べるまでもあるまい。

　花も実もある怪盗X・Y・Zの活躍については、またお話しする機会もあろうと思う。

第二話　なぞの十円玉

サングラスの男

六月十二日の夜十時過ぎ。うしおのような雑踏《ざっとう》に、もまれもまれて後楽園《こうらくえん》スタジアムを出た、探偵小僧の御子柴《みこしば》くんは、しごくご満《まん》えつのていだった。

ひいきの巨人軍が勝ったからである。しかも再起さえあやぶまれていた、藤田《ふじた》投手の好投で、完投シャット・アウト勝ちである。

今シーズンのジャイアンツの、あぶなっかしい試合ぶりに、ハラハラしていた巨人ファンの御子柴くんも、これでいくらか見通しもあかるくなったと、まるでジャイアンツの監督にでもなったような気で、胸がふくらむのをおぼえずにはいられなかった。

その日は日曜日にあたっていた。ふだんならば定《てい》時制《じせい》の高校にかよっている探偵小僧の御子柴くんなのだが、きょうは学校も休みである。しかし、学校は休みでも勤《つと》めさきの新聞社は、休みでないばあいがしばしばある。

きょうの日曜日も御子柴くんは、業務多忙《たぼう》とあって朝からかりだされていたのだが、そのごほうびというわけでもないが、運動記者のSさんが、後楽園へつれていってくれたのである。

四万を越えたというその夜の大観衆の大半は、ゲームがおわると後楽園から、水道橋《すいどうばし》をわたって中央線の水道橋駅へむかうのだから、その混雑といったらたいへんである。しかし、それらの客の大半は、巨人ファンなのだから、その夜のジャイアンツの会心の勝利に、みんなゴキゲンだった。

くちぐちに藤田がどうの、長嶋《ながしま》がどうのと品定《しなさだ》めをしているのを聞くと、探偵小僧もおのずから、心がはずむのをおぼえずにはいられなかった。

ギャバのズボンに開《かい》きんシャツという探偵小僧の御子柴くんは、両手をポケットにつっこんだまま、水道橋のうえを人波に押されるように歩いていた。

その御子柴くんのズボンの右ポケットには、百円玉と十円玉あわせて十枚ばかりがジャラジャラ、ジャラついているのである。Sさんに連れていってもらったので、入場料はロハだったが、スタンドでジュースを一本のんだので、その釣銭《つりせん》がいま、ポケットのなかでジャラついている。

五百円の紙《し》へいを出して、四十円のジュースを一本。その残りの四百六十円なりが、二十五日の月給日までの、御子柴くんの全財産なのだ。御子柴くんは無意識のうちにポケットのなかで、四枚の百円玉と六枚の十円玉をまさぐっていた。

諸君もおぼえがあるだろう。ポケットのなかで百円玉や十円玉をまさぐるときいつか硬貨のふちのギザギザを、親指のつめでひっかくようにさぐっているのを……。

雑踏にもまれもまれて、水道橋をわたっていくとき、探偵小僧の御子柴くんも、いつか硬貨のギザギザを、ポケットのなかでひっかいていたが、そのうちにおやと心のなかでつぶやいた。

さっきもいったとおり、御子柴くんの右のポケットには、百円玉が四枚と十円玉が六枚、つごう十枚の硬貨がジャラついている。探偵小僧の御子柴くんは無意識のうちにその十枚を一枚ずつ、親指のつめでひっかいていたのだが、そのうちに一枚だけ、周囲にギザギザのないのがまざっているのに気がついたのだ。

まちがって、貨《か》へいでない、おもちゃのようなものでも受け取ったのか……。もし、それが百円玉とまちがったのだとすると、いまの探偵小僧にとっては大損害なのだ。なにしろ二十五日の月給日まではは、四百六十円というのが探偵小僧にとっては全財産なのだから。

御子柴くんはあわててポケットのなかから、ギザギザのない硬貨を取りだしてみた。しかし、水道橋のうえのそのへんでは、あたりがうす暗くてよくわからない。

それに御子柴くんが立ちどまると、すぐに人の流れに故障が起きた。

「おい、こんなところでなにをしてるんだ。さっさと歩かないか」

うしろからうながすような声をかけられて、

「すみません」

と、探偵小僧がふりかえってみると、黒いサングラスをかけたあから顔の大男が、うえからジロジロ見おろしている。まるでギャングのボスみたいに、黒いジャンパーを着た男だ。

探偵小僧は手にしていた硬貨を、あわててポケットへつっこむと、うしろから押されるように歩きだした。

やがて橋をわたって水道橋駅の構内へはいっていくと、そこにも人があふれていて、どの切符売場も長蛇《ちょうだ》の列である。しかし、中央線の吉祥寺《きちじょうじ》に住んでいて、毎日、この電車で有楽町《ゆうらくちょう》までかよっている探偵小僧の御子柴くんは、定期乗車券をもっている。だから切符売場にならぶ必要はないわけだ。

駅の構内はあかるかった。

探偵小僧の御子柴くんは売店のまえへいって、ポケットから十枚の硬貨をつかみだした。百円玉は四枚あった。御子柴くんはほっと胸をなでおろしながら、残りの六枚を調べてみると、みんな十円玉は十円玉だった。

ただそのなかの一枚だけが、どういうわけか周囲のギザギザがなくなっている。貨幣を鋳造《ちゅうぞう》するときに、まちがってギザギザのないのができたのだろうか。

いや、いや、そうではないらしい。ギザギザはたしかにあったのを、だれかがヤスリかなんかでそぎ落としてしまったらしいのである。

探偵小僧の御子柴くんが、ふしぎそうにその十円玉のうら表《おもて》を調べてみると、それは昭和二十八年できの硬貨であった。そして、稲穂《いなほ》のようなもように取りかこまれて、大きく10と浮きあがっている数字のうえに、SとKという字がふかぶかと彫りこんであるのである。

「へんだなあ、だれかのいたずらかしら」

と、御子柴くんがふしぎそうにつぶやいたとき、うしろからずっしりと肩をおさえたものがある。

「小僧、その十円玉がどうかしたのか」

ズボンの手

探偵小僧の御子柴くんが、はっとしたようにふりかえると、そこに立っているのは、さっき水道橋のうえで、うしろから声をかけたあのサングラスの男——。まるでギャングのボスみたいなかんじの男だ。

探偵小僧の御子柴くんは、思わずハッとそのふしぎな十円硬貨をにぎりしめると、

「いえ、べつに……」

と、うさんくさそうにあいての姿を見なおした。

さっきもいったように、あから顔の大男で、顔に大きなサングラスをかけ、首のぴったりしまったジャンパーを着て、ズボンはまっ黒なのである。この黒ずくめの服装がなんとなく、探偵小僧の御子柴くんに、ギャングのボスを連想させたのだ。

「おい、なにもかくさなくてもいいじゃないか」

と、サングラスの男はにやりと笑うと

「その十円玉が気にいらないなら、おれが取りかえてやってもいいぜ。ほら、この百円玉とどうだ」

男がつきだしたてのひらには、銀色の百円玉が光っている。

探偵小僧はあきれたように、あいての顔を見なおしていたが、やがておこったように肩をそびやかすと、すばやく十円玉をにぎった右手を、ポケットのなかにつっこんで、

「いいえ、いりません。おことわりいたします」

「なに、ことわる……?」

黒いサングラスのおくで、ギロリと光った男の目がすごかった。

「ええ、ぼく、みだりに人からほどこしをうけるのは大きらいです。ぼく、この十円玉をお守りにするつもりですから」

「おい、小僧、待て！」

サングラスの男が声をかけたとき、探偵小僧の御子柴くんは、もうすでにごったがえすような雑踏《ざっとう》のなかにまぎれこんでいた。

逃げるように改札口からなかへはいると、大急ぎでコンクリートの階段をのぼっていった。そこにも人があふれんばかりにむらがっている、中央線下りホームへのぼっていくと、ちょうどさいわい立川《たちかわ》行きの下り電車がはいってきた。

探偵小僧の御子柴くんは、サングラスの男があとを追ってきはせぬかと、階段のほうへ気をくばっていたが、幸か不幸かそれらしい姿は見当たらなかった。

あのまま、あきらめてしまったのか、それともこのプラットフォームにいるのだけれど、ひとごみにまぎれて目につかないのか……？

やがて、立川行きが目のまえにとまったので、やっとそれに乗りこんだ御子柴くんは、心臓がドキド

キ波立って、ポケットのなかであの十円玉が、焼けつくようなかんじだった。

立《りっ》すいの余地もないほどこみあう電車の窓から、探偵小僧の御子柴くんは、プラットホームをにらんでいたが、発車のベルが鳴って、ドアがぴったりしまるまで、とうとうサングラスの男は姿を見せなかった。

探偵小僧の御子柴くんは電車が動きだすのを待って、ほっと安《あん》どのためいきをもらしたが、しかしまだまだ、ゆだんはできなかった。ひょっとするとこの大混雑にまぎれて、べつのドアから、おなじこの車に乗っていないともかぎらないからだ。

探偵小僧の御子柴くんは、つり革《かわ》にぶらさがったまま、あたりを見まわしてみるのだけれど、なにしろはちきれそうにふくれあがった満員電車のなかなのだ。あたりを見まわすというそのことさえ、やっとのことなのである。

それにしても、あの男はじょうだんにあんなことをいったのか。それともいまじぶんのポケットにある、あのみょうな十円玉に、なにかとくべつの意味でもあるのか……?

探偵小僧の考えかたは、しだいに後者にかたむいてくる。

それというのがサングラスの男を、探偵小僧の御子柴くんは、後楽園のスタンドで見かけたことを思い出したのだ。

あの男は御子柴くんのすぐうしろの席にいた。そして、七回のうら表《おもて》がおわったところへ、売子《うりこ》がジュースを売りにきたときに、あの男がまず売子を呼びとめて、ジュースを一本買ったのだ。そのときあの男は、十円玉を四つわたしたようである。

探偵小僧の御子柴くんは、すぐそのあとでジュースをかったのだが、あいにく五百円紙《し》へいを一枚しかもっていなかったので、四百六十円、釣銭《つりせん》をもらったのである。

ひょっとすると、いまじぶんのポケットにあるみょうな十円玉は、あの男が売子にはらったものだったかもしれない。あの男はまちがってこの十円玉を売子にわたしてしまった。そして、それが釣銭としてじぶんに払われたのに気がついてあとをつけてきたのではなかろうか。

しかし、それならなぜそのように、正直にうちあけて、取りかえそうとしないのだ。事情さえわかればすなおにかえしてあげたのに……。

満員電車のなかでゆられながら、探偵小僧の御子柴くんは、しばらくの間、そんなことを考えていたが、とつぜん、全身からさっとつめたい汗が吹きだしてきた。

だれかが、探偵小僧のズボンの右のポケットをさぐっている。はじめはさりげなくうえからさぐっていたが、やがてその手は、その指は、まるで昆虫の触角《しょっかく》のように、ズボンのなかへはいこんでくる。

不思議な紳士

探偵小僧ははっとして、そのほうへ手をやろうとするのだけれど、なにしろ身うごきひとつできないくらい、こみあう電車のなかだ。かろうじてつり革にぶらさがっていた右手をはなしたものの、その手をズボンのところへもっていくのさえ容易ではない。

しかも、あいてはそれを承知のうえとみえ、そろそろとポケットのなかへ手はのびていく。

探偵小僧の御子柴くんは、いそいであたりを見まわした。

かれの右には、くたびれたような顔色の、サラリーマンふうの男が、やっとつり革にぶらさがって、スポーツ紙かなんか読んでいる。左がわには事務員ふうの若い婦人が、うつろな目で窓外《そうがい》を見まもっている。うしろを見ると、人、人、人、人の背中ばかりである。

いま、じぶんのポケットへのびている手が、そのなかのだれのものだか、かいもく見当《けんとう》もつかないのである。しかも、そうしているうちにも、不敵な手はそろそろとポケットのなかにしのびこんでくるのである。

探偵小僧の御子柴くんは、声をあげてなにか叫ぼうとしたが、そのときだった、とつぜん、だれかがくつのつま先《さき》をかるくふんだ。しかも、そのふみかたがただごとではない。なにかの合図をするように、コツ、コツ、コツとリズムをきざんでいる。

探偵小僧ははっとして、その足のぬしを見直した。そのひとはかれのまえの座席に坐《すわ》っているひとなのだが、そのひとと探偵小僧のあいだにもうひとり、背のたかいおとなが立ちはだかっているので、はっきり姿はわからない。でも、このむし暑い季節にもかかわらず、キチンと上衣《うわぎ》を着た紳士ふうの人物である。ちかごろめずらしく、中折れ帽子をかぶっていて、うつむいて雑誌かなんかを読んでいるので、顔はてんで見えないのである。

そのひとは、右手で雑誌をもっているが、左手には管絃楽団《かんげんがくだん》の指揮者がもっている、指揮棒を長くしたようなステッキをもっていて、その指揮棒が、その人と探偵小僧のあいだに立ちはだかっているおとなのそばを通りこえて、探偵小僧のズボンの右ポケットへのびてきた。

と、思ったしゅんかん。

「あっ！」

と、いうような低い、鋭い悲鳴が、探偵小僧のななめうしろできこえたかと思うと、いままでポケットにつっこまれていた手が、あわてて外へひきぬかれた。ふしぎな紳士のステッキで、したたか腕をつかれたらしいのである。

探偵小僧の御子柴くんは、またいそいであたりを見まわした。しかし、そこにいるひとたちのうちだれひとりとして、いまここでこのような小《こ》ぜりあいが演じられたとは気がつかないらしい。みんな放心したようにポカンとした顔色で、満員電車にゆられている。

探偵小僧はうしろをふりかえってみたが、いま小さな叫びをあげたのがだれだったか、ハッキリ見当もつきかねた。それほど、電車のなかはこんでいるのである。

探偵小僧の御子柴くんは、また改めてまえの座席に坐っている、紳士ふうの男に目をやった。しかし、その人はまるでなにごともなかったようにステッキを小脇《こわき》にかかえたまま、雑誌に読みふけっている。

それからあとは、何事も起こらなかった。いくつかの駅に停車するごとに、少しずつだが乗客のかずも少なくなって、探偵小僧もやっと、じぶんのポケットに手をやることができるようなよゆうができた。

ポケットのなかに手をつっこんで、硬貨のかずをかぞえてみると、ぶじに十枚そろっていて、あのギザギザのない十円玉もぶじだった。

探偵小僧の御子柴くんは、じぶんを救ってくれたふしぎな紳士に、礼をいうべきかどうかと迷ったが、あいてはあいかわらずうつむいたきり、雑誌に熱中しているらしいので、探偵小僧も無言のままでひかえていた。

やがて電車は新宿駅《しんじゅく》のプラットホームにすべりこんでいった。ここで中央線の乗客と山手線《やまて》の客の乗りかえがおこなわれる。そうとう大勢の人がどやどやと、電車からプラットホームへ出ていったが、あのふしぎな紳士もここで降りるつもりらしく、雑誌をとじて、やおら席から立ちあがった。

見るとべっ甲《こう》ぶちのめがねをかけ、口のまわりに白い口ひげとあごひげをたくわえた、大学教授といったタイプの老紳士である。

老紳士はじぶんの顔を見まもっている探偵小僧の御子柴くんにむかって、やさしい微笑をふりむけると、

「探偵小僧、おまえはポケットになにをもっているんだ」

「えっ？」

あいてがじぶんをしっていたので、おどろいて顔を見なおすと、

「あなたはだれです」

と、思わず早口に聞きかえした。

しかし、あいてはそれには答えず、

「さっき、君のポケットをねらったのはスリのなかでも、一流の男なんだ。ああいうベテランが、君みたいな少年をねらうというのはおかしい。あとをつけて、事情をきいてやる。とにかく、君は気をつけてかえりたまえ」

ふしぎな老紳士も早口に、それだけのことを御子柴くんの耳にささやくと、そそくさと電車から出ていった。

「ちょっと待ってください。あなたはいったいだれなんです」

探偵小僧の御子柴くんも、電車の出口まで追っていったが、そのとき乗りこんできた大勢の乗客のため、ふたりのあいだはへだてられて……。

まもなく電車が発車したとき、とつぜん探偵小僧の御子柴くんの頭の中に、さっとひらめいたものがあり、思わず両手をにぎりしめた。

あの老紳士――ひょっとすると怪盗X・Y・Zの変装ではなかったか……？

つれの女

　電車が吉祥寺へついたとき、乗客はもうだいぶん少なくなっていた。それでもそこで電車をおりたのは二十人くらいもいたろうか。

　探偵小僧の御子柴くんが、吉祥寺駅の北口から外へ出ようとすると、

「ああ、ちょっと」

　と、女の声がうしろから呼びとめた。

「えっ？」

　と、ふりかえった御子柴くんは、あいての顔を見ると、内心ハッとしたのを、やっとのことでおさえると、

「なにかご用ですか」

　と、わざとさりげなく聞いてみた。

「はあ、あの、失礼ですけれど、あなたどちらのほうへおかえりでございましょうか」

「はあ」

と、探偵小僧の御子柴君は、わざとふしぎそうにあいての顔を見なおしながら、

「どうして、そんなことをおたずねになるんですか」

と、ぶっきらぼうにたずねてみた。

「はあ、あの、たいへん失礼なんですけれど、ちかごろ夜になっての女のひとり歩きは、とてもぶっそうでございましょう。もし、なんでしたら、途中まででもごいっしょにねがえたらと思って……」

「それで、あなたはどちらのほうへ？」

「はあ、あの、それより、あなたさまはどちらのほうへ……？　もし、方角がちがってましたらあきらめますけれど……」

女はちょっと、鼻白《はなじろ》んだようないいかただった。

「ああ、そう」

探偵小僧の御子柴くんは、また改めて女の顔を見なおしながら、心のなかでせせらわらった。

「あなたは成蹊《せいけい》学園をごぞんじですか」

「はあ、それはもちろんぞんじております」

「ぼくのうち……といっても、アパートなんですが、成蹊とこの駅を結ぶ直線コースのちょうど中間にあるんです」

「あら、まあ」

と、女はうれしそうにほほえむと、

「それじゃ、ちょうどよろしゅうございましたわ。あたしのうちというのが成蹊のすぐそばなんですの。お宅のそばまででも、ごいっしょねがえません？」

「ええ、いいですとも。ぼくだってつれのあるほうがいいですから」

と、探偵小僧の御子柴くんは、また心のなかでせせらわらいながら、それでもうわべだけはさりげなく答えた。

「ほんとにありがとうございます。ちかごろは夜道があぶのうございますからねえ」

「まったくぶっそうな世の中ですね。若い女の人は、ことに気をつけなければいけません」

「ほんとにそうですわねえ」

と、女は探偵小僧の御子柴くんと、肩をならべて歩きながら、

「失礼ですが、アパートにお住まいですの」

「はあ、『武蔵野荘《むさしのそう》』というアパートなんですよ。個人経営の小さなアパートなんですがね」

「それで、ご両親さまとごいっしょでいらっしゃいますの」

「いや、両親はいないんです。戦災でなくなったんです。いまでは姉とふたりきりなんです」

「あら、まあ、そうお」

と、女はちらりと探偵小僧の横顔をうかがいながら、

「それで、学校は……？」

「学校なんかいけませんよ。姉が働きながら中学までは出してくれたんですけれどね」

「じゃ、どこかへお勤《つと》めですの」

「はあ、新日報《しんにっぽう》の給仕《きゅうじ》なんです」

「あら、まあ」

と、女はちょっとがっくりしたようにまた探偵小僧の横顔へ目をやったが、

「おえらいんですのね。そのお年で働いてらっしゃるなんて……それで、いままで新聞社にいらしたんですの」

なにをいやあがる、このタヌキめ！……と、探偵小僧の御子柴くんは、腹のなかでせせらわらいながら、

「いや、こんやはそうじゃないんです。こんやは後楽園です。きょうのゲーム、おもしろかったですよ。あなたプロ野球は……？」

「はあ、あの、あたし野球のことはよくわかりませんの。プロ野球っていちども見たことございませんのよ」

ウソつけ！　と、どなってやりたいのを、探偵小僧は、やっとのことでじぶんをおさえた。

御子柴くんはこの女をおぼえているのである。きょう、後楽園のスタンドのかれのすぐうしろの席に、さっきのサングラスの男とならんで観戦していたのを、はっきり記憶しているのである。

しかし、そのときはサングラスの男のつれとは、ぜんぜん気がついていなかった。

それというのがサングラスの男の、ギャングのボスみたいないやな感じなのに反して、この女はどう見てもそうとうよい家庭の、そだちのよいお嬢さんとしか見えない。

しかし、後楽園からこうしてじぶんを尾行してきて、家までつきとめようとしているところを見ると、やっぱりサングラスの男の仲間なのだろうか。

「それはそうと、お嬢さん、さっき電車のなかで、おもしろいことがあったんですよ」

「おもしろいってどんなことですの」

「スリがね。ぼくのポケットへ手をつっこんだんです。ぼくみたいな子どものポケットへね。あっはっは」

「まあ！」

と、女はびっくりしたように立ちどまると、いかにも心配そうにまゆをひそめて、

「それで、なにかとられたものはありませんでしたか？」

「いや、ところがとられるったって、いまぼくのポケットにあるのは百円玉が四枚と十円玉が六枚……、ぼくにとっては貴重な全財産なんですが、一流のスリともあろうものが、どうしてそんなものをねらったんでしょうねえ」

「さあ……」

と、女はちょっと口ごもったが、

「それで、いかがでしたの？　あなたのその全財産は……？」

「いや、おかげでだいじょうぶでした。ぼくがはやく気がついたものですから。……ああ、これがぼくのアパートなんですが、なんでしたら、お宅までお送りいたしましょうか」

「いえ、あの、それには及びません。どうもありがとうございました。それじゃおやすみなさいませ」

女はちらとアパートの建物に目をやると、そのまま足早にいきすぎた。

しかし、探偵小僧の御子柴くんが、玄関のなかから、ようすをうかがっていると、女はまたこっそりひきかえしてきてアパートの電話番号をひかえると、また駅のほうへいそぎあしで立ち去った。

御子柴くんの姉さんは、銀座《ぎんざ》の服飾店へつとめているので、いつも十二時ごろでないとかえらない。

人気《ひとけ》のないアパートの一室で、机のうえに、あの奇妙な十円玉をおいて眺《なが》めているとき、この硬貨の背後に、いったいいかなる秘密がかくされているのかと、探偵小僧の空想ははてしもなくひろがっていくのであった。

電柱のかげ

探偵小僧のねえさんは、美智子《みちこ》といってことし二十二才である。学校は中学を出たきりだが、とても頭のいい、器用なうまれで、いま銀座の服飾店、〝ミネルバ〟という店に勤《つと》めている。

いまの仕事はミシンを踏むだけなのだが、いくいくはデザイナーとして立ちたい気持ちを持っている。さいわい〝ミネルバ〟のマダムにもかわいがられていて、仕事の余暇《よか》に、フランス語の勉強もさせてもらっている。

〝ミネルバ〟の店をしめるのは、毎晩九時ごろのことなのだが、ミシンを踏む仕事は十時ごろまでつづけられる。それからあと一時間ほど、マダムにフランス語の勉強をしてもらったり、デザイナーとしての講習をうけたりすると、どうしても店を出るのは十一時前後になる。

それから有楽町の駅へかけつけ、東京駅で乗りかえて、吉祥寺で電車をおりるのは、どうしても十二時……どうかすると、十二時を過ぎることとさえめずらしくない。

さいわい、きょうだいそろって健康にめぐまれているのでよいようなものの、弱いからだでは、とうていつづかないだろう。

その夜六月十二日の夜、美智子が吉祥寺の駅の改札口から外へ出たのは、十二時十分まえだった。

さっきの女もいったように、ちかごろの女の夜道のひとり歩きは、なにかにつけてぶっそうである。もうそのころには駅のよこの商店街も、すっかり店をしめてしまって、ただ、街灯だけがひっそりとして明るかった。

しかし、美智子の弟の探偵小僧とふたりで住んでいる武蔵野荘までは、明るい道ばかりとはかぎらない。いや、いや、駅のまえの通りを左へまがると、まもなくさびしい住宅街になってしまう。

むろん、住宅街にもところどころ街灯がついているけれど、街灯と街灯のあいだはそうとう距離があり、その中間はまっくらといってもよかった。

弟の探偵小僧の御子柴くんは、駅のまえの自動電話から、電話をかけてくれれば、いつでも迎えにいくといってくれるけれど、弟もはたらいているからだである。しかも、新聞社の仕事といえば、時間的にも不規則だし、肉体的にもそうとうの重労働なのだ。かわいそうでとても駅まで呼び出せるものではない。

吉祥寺駅から武蔵野荘まで、歩いて十二、三分。いちばん暗い難所を小走りに走りぬけて、ポストのある町かどを右へまがると、五十メートルほどむこうの左側に、武蔵野荘の門灯が見える。

武蔵野荘の隣近所は、みんな中流の小住宅だから、この時刻にはむろん、もうねしずまっている。それでも美智子はポストのある町かどをまがると、いつも、ほっとするのである。

武蔵野荘のちかくまできて二階を見ると、左から二番めのへやの窓に、あかりがあかあかとついている。コツコツとアスファルトの舗道《ほどう》にきざむ足音をきいて、その窓のガラス戸がひらいたかと思うと、

「ねえさん……？」

と、顔を出したのは探偵小僧の御子柴くんである。

「ええ、ただいま」

と、美智子がことば少なに返事をしたのは、アパートの住人の眠りをさまたげたくないからである。

「おかえりなさい」

と、探偵小僧の御子柴くんも、足音のぬしが美智子として安心したのか、そのままそっとガラス戸をしめた。

美智子はその窓の下をとおりすぎ、門からなかへはいろうとしたが、おもわずぎょっと立ちどまった。五メートルほどむこうの電柱のかげに、だれやら人が立っている。

その電柱には街灯が取りつけてあるのだが、街灯の光は道へむかって放射されている。その街灯のじょうごがたの光の外のくらやみに、だれやら人が立っているのだ。鳥打帽子《とりうちぼうし》をまぶかにかぶり、レイン・コートかダスター・コートのえりをふかぶかと立てている。

美智子はゾーッと全身に、鳥はだがあわ立つのをおぼえ、いっしゅん、そこに立ちすくんだ。

それを見ると電柱のかげの男は、鳥打帽子をかぶりなおして、二、三歩電柱のかげから踏みだした。鳥打帽子のひさしの下から、へびのような両眼《りょうがん》が、ギロリと光ってすごかった。

「…………」

美智子はなにか叫ぼうとしたが、舌がうわあごへくっついたまま、のどから声も出ないのである。ひざがしらががくがくふるえて、まるで金《かな》しばりにあったように動けない。

しかし、さいわい鳥打帽子の男は、ギロリと鋭いいちべつを、美智子のほうへくれたきり、ぐいと肩をそびやかして、スタスタとむこうのほうへ歩きだした。

美智子はほっと全身から、緊張の気がほぐれていくのをおぼえ、ちょっとめまいがするようなかんじであった。気がつくと、両手にぐっしょりと汗をにぎりしめている。

鳥打帽子の男のうしろすがたが、暗闇《くらやみ》のなかにのみこまれるのを見送って、美智子はあわてて門のなかへかけこんだ。

玄関のガラス戸には、かぎがかかっていた。ここの宿泊人はみなひとりずつ、玄関のかぎをもっている。ふるえる指でかぎ穴へかぎをさしこむのに、美智子はちょっとてまどった。

やっとドアをあけてなかへとびこみ、ドアをしめてかぎをかけると、美智子はやっと安心した。くつをげた箱へしまいこんで、階段へあがっていくとき、美智子はまだ足がふらついているのをおぼえて、手すりでやっとからだをささえた。

二階の二号室のドアを開いてはいっていくと、机のまえにすわっていた探偵小僧の御子柴くんがふりかえって、

「ねえさん、どうしたんです。顔色がまっさおですよ」

にせ金づくり

美智子は、用心ぶかくドアにかぎをかけ、いそいで台所へかけこむと、コップに水をいっぱいくんできて、

「ああ、こわかったわ」

と、ぐったり、そこに横ずわりになると、息をもつかずにコップの水をのみほした。

「ねえさん、こわかったって、だれかへんなやつでもつけてきたんですか」

「いいえ、つけてきたんじゃないのよ。そこの電柱のかげに、へんな男の人が立っていたのよ」

「その電柱のかげに……？」

「ええ、すじむかいの大塚《おおつか》さんのまえに電柱が立ってるでしょう。その電柱のかげにへんな男の人が……」

すぐに探偵小僧の御子柴くんは、窓をひらいて外をのぞいてみたが、もうそれらしい男のすがたは見当たらなかった。

「ねえさん、だれもいませんよ」

「ええ、すごい目をしてあたしをにらむと、大通りのほうへ歩いていったわ。そのまえに、二、三歩あたしのほうへちかよってこようとしたときのこわかったことったら……」

「ねえさん、それ、あから顔の大男じゃなかったですか。サングラスをかけた……？」

「あから顔だかどうだかわからなかったけれど、サングラスはかけてなかったようよ。それに大男というほどでもなかったわ。そうそう、鳥打帽子をまぶかにかぶって、色はわからなかったけれど、レイン・コートを着ていたようよ」

それではサングラスの男とはちがっている。しかも、さっきここまでつけてきた令嬢ふうの女でもないとすると、まだそのほかにも、このふしぎな十円玉をねらっているやつがあるのだろうか。

そう考えると、探偵小僧の御子柴くんは、いまさらのように心がはずむのだ。

「ねえさん。そして、そいつはこのアパートをねらっていたんですね」

「まあ！」

と、美智子はつぶらの目を見張って、

「進《すすむ》さん、あたし、なんにもそんなことはいわなくってよ」

「でも……」

「でも……って、どうしたの」

「だって、そいつはぼくがこの窓から顔を出して、ねえさんに声をかけたのを見たり、聞いたりしたんでしょうねえ」

「進さん！」

美智子はきゅうに真顔《まがお》になり、不安そうにひざをすすめると、

「あなたさっき、サングラスをかけたあから顔の大男が、どうのこうのといってたけど、だれかにねらわれるようなことをしているの」

「ねえさん、なんにも心配することはありませんよ」

「いいえ、それがあなたのお仕事ですから、仕方がないとは思っています。しかし、やっぱり心配せずにはいられません。あなたはまだ子どもなのですし、新日報社には、大《おお》ぜいりっぱな記者さんがいらっしゃるんでしょう。あんまり危険な事件にはちかよらないように」

「ええ、そりゃ、ぼくもそう思うんですが、事件のほうからちかよってくるのだから仕方がありませんよ」

探偵小僧の御子柴くんは、のんきなことをいっていたが、きゅうに思い出したように、

「そうそう、ねえさん、あなたそこに十円玉をもっていませんか」

「十円玉をどうするの」

「なんでもいいから、あったらちょっとぼくに見させてください」

「そうお、十円玉、あることはあると思うんだけど」

美智子は、ポケットからさいふを取り出して、たたみのうえに硬貨をぶちまけると、

「一枚、二枚、三枚、四枚、五枚……ああ、ちょうど五十円あるわ。どうするの？」

「いいえ、ちょっと、ぼくに見せてください」

探偵小僧の御子柴くんは五枚の十円玉をてのひらにのせて、一枚一枚調べていたが、

「あった！　あった！」

と、思わずよろこびの声をあげた。

「あったって、なにがあったの？」

「いいえ、いいです、いいです。ねえさん、この十円玉、ぼくに貸してください。月末にはかえしますから」

「十円くらいあげてもいいけど、ほんとにどうしたというの」

「いいえ、なんでもありませんよ」

と、四枚の十円玉を姉にかえして、探偵小僧の御子柴くんが、机のうえにのこした一枚というのは、昭和二十八年発行の十円硬貨である。

探偵小僧はあらかじめ用意しておいたヤスリを使って、その十円玉のふちのギザギザをそり落としにかかった。

「まあ、進さん、あなたいったいなにをするの。たいせつなお金にいたずらをして……」

「いいんです、いいんです。ぼく、ちょっと考えがあるんです。それよりねえさん、あなたはねなさい。ぼく、あしたは正午までに出ればいいんですから……」

と、探偵小僧はわきめもふらずに一心不乱《いっしんふらん》に、十円玉のギザギザを落としている。

「へんなひとねえ。あなた、ほんとに危い仕事にちかよるんじゃありませんよ」

と、美智子は立って窓のそばへちかよると、さっき探偵小僧が開いたガラス戸のすきまから、そっと外をのぞいたが、

「あっ！」

と、思わず、低い、小さな叫び声をあげた。

「ね、ねえさん、ど、どうした……？」

「電気を消して……そして、ここへきてのぞいてごらん」

探偵小僧が机のうえの電気スタンドを消して、そっと窓から外をのぞくと、大塚さんの垣根《かきね》のまえの電柱のそばに、男がひとり、ポケットに両手をつっこんだまま、こちらの窓をうかがっている。

それはさっき美智子をおびやかした、鳥打帽子にレイン・コートの男ではなかった。

後楽園スタジアムから、探偵小僧の御子柴くんを、水道橋の駅まで追ってきた、ギャングのボスみたいなサングラスの大男である。

窓外の影

午前二時。

まっくらな探偵小僧のへやの机のうえに、置時計の夜光塗料をぬった二本の針《はり》が、深夜の二時を示している。

武蔵野荘で探偵小僧と姉の美智子が、借りているへやは台所をのぞいてふた間《ま》ある。街灯に面している四《よ》じょう半《はん》が、探偵小僧の勉強べや兼寝室である。そしてそのおくの六じょうが、美智子の寝室兼茶の間になっている。

美智子も探偵小僧の御子柴くんも、それぞれのへやの寝床《ねどこ》で、いますやすやと眠っている。午前二時といえばぞくにいう草木《くさき》も眠る丑満時《うしみつどき》。そうでなく

とも都心をはなれたこの郊外《こうがい》都市は、いま、しいんと静まりかえって、ときどき遠くでイヌの遠ぼえがきこえるくらいのものである。

探偵小僧の御子柴くんは、窓の雨戸《あまど》をしめ忘れたと見えて、ガラス戸と緑色のカーテン越しに、にぶい外光がさしこんでいて、あお向けに眠った御子柴くんの顔面を、草の葉色にそめている。

とつぜん、窓の外でガタリとかすかな物音がした。その物音に眠りの波をゆすぶられたのか、

「むうむ！」

と、かすかにつぶやいて、探偵小僧はドタリと寝床のうえで寝返《ねがえ》りをうつ。だが、それきり、またすやすやと眠ってしまったようすである。

窓の外の物音は、いちどきりでしばらくとだえていたが、しばらくしてから、またガタリと、かすかな音がしたかと思うと、こんどは連続的にミシミシと、もののうごめくけはいである。

屋上をネコでも歩いているのだろうか。

いや、いや、そうではなかった。とつぜん窓の外に黒い影があらわれて、なかのけはいをうかがっているようすである。

窓とは反対のほうへ顔をむけて寝ている探偵小僧の御子柴くんは、かすかにいびきを立てはじめる。いかにも、こころよさそうないびきである。

そのいびきをしばらく聞いていたらしい窓外《そうがい》の影が、やがてなにやらガサゴソやりはじめたかと思うと、とつぜん、ピシリとするどい物音が、しずかなへやのなかにひびきわたった。ガラスのわれる音である。

わかった！　わかった！　怪しい影はドライバーを使って、窓ガラスの一部分をわったのだ。そして、われたガラスの破片をそっとしずかに取りのけると、そのすきまから手をさしいれて、しずかにさしこみじょうをまわしはじめる。

外から光がさしこんでいるので、それらのようすがいっさい緑色のカーテンにうつるのだ。

とつぜん、探偵小僧のいびきがやんだので、怪しい影は、はっとばかりに手をひっこめて、窓の外に姿勢をひくくしてうずくまる。

しかし、探偵小僧は目をさましたわけではないらしく、また、かすかないびきがもれはじめた。

規則ただしいいびきの声は、しだいに高くなって

くる。

窓外の影は安心したのか、またそろそろと鎌首《かまくび》をもちあげると、ガラスのわれめから手をさしこんで、さし込みじょうをまわしはじめる。

まもなくさしこみじょうは、安全にはずれた。

怪しい影はまたじっと、へやのなかのようすをうかがっているけはいだったが、やがて心をきめたのか、ガラス戸に手をかけて、そろりそろりと開きはじめる。

五センチばかり開いたところで、とつぜんガラス戸が、ガタッと大きな音を立てた。とたんに、探偵小僧のいびきの声がとまったので、窓の外では、またはっと、息をひそめて身をちぢめる。

しかし、探偵小僧はいま寝入りばならしく、しばらくすると、またすこやかないびきの音がもれはじめた。

それを聞いて安心したのか、窓外の影は、またそろそろと、ガラス戸を開きはじめる。やがて半分ばかりガラス戸が開いたかと思うと、さっと一陣の風が吹きこんできて、緑色のカーテンが、大きくあふられた。

窓外の影はあわててカーテンのすそをつかんでおさえると、片手でカチッと懐中電灯のボタンを押した。やがて懐中電灯の光の輪が、カーテンのむこうから机のうえへはってくる。光の輪は机のうえをしずかにはいまわっていたが、やがてある一点に停止したかと思うと、カーテンのむこうで、ゴクリとつばをのむ音がした。

その光の輪のなかに散らばっているのは、洋銀《ようぎん》色の百円玉と赤銅《しゃくどう》色をした十円玉である。百円玉は四枚あり、十円玉は六枚あって、むぞうさにそこに散らばっている。

やがて黒い手袋をはめた手が、カーテンのむこうからのびてきたかと思うと、百円玉には目もくれず、十円玉をひとつずつ、つぎからつぎへと手にとって、懐中電灯で調べている。

「あった!」

ひくい、小さなよろこびの声が、カーテンのむこうできこえたかと思うと、黒い手袋をはめた手は、目的の硬貨をにぎったままスーッとうしろへひっこんだ。

やがて、カーテンにうつっていた影が下へ沈んだかと思うと、ドタッと路上へとびおりる音。どこかでイヌがはげしくほえはじめた。

そのとたん、まくらからむっくと頭をもちあげたのは、探偵小僧の御子柴くんだ。アスファルトの道を、ひそかに走っていく足音に、しばらく耳をかたむけていたが、やがてにったり笑うと起きあがって机のそばへやってきた。

そして、電気スタンドのあかりをつけて、机のうえの硬貨のかずを調べていたが、十円玉が一枚紛失《ふんしつ》しているのに気がつくと、探偵小僧の御子柴くんは、またにったりとほおえんだ。

「どうしたの、進さん、まだ起きているの」

ふすまのむこうから姉の美智子が、眠そうな声でとがめるようにいう。

「ええ、ねえさん、あんまり暑いもんだから、ちょっと風を入れていたんです」

「だめよ。はやくねなきゃ……」

「ええ、いまねるところです」

「さっき、なにか音がしやあしなかった？」

「ぼくがガラス戸をあけたんです」

「そうお。そんならいいけど……」

探偵小僧は改めて雨戸をしめると窓ガラスをしめ、電気スタンドのあかりを消して、寝床のなかへもぐりこんだ。

そして、こんどは朝までなんにもしらずに、ぐっすり眠りこんだのである。

二階十五号室

「ああ、もしもし、はあ、こちら御子柴進ですが……ええ？　ゆうべのお嬢さん……？　はあ、はあ、吉祥寺駅からぼくのアパートまでごいっしょでした……？」

受話器をにぎった、探偵小僧の指先に、ぎゅっとばかりに力がこもる。

六月十三日午後八時。正午出勤の探偵小僧の御子柴くんは、そろそろ退出の時刻がちかづいてきたので、編集部のすみにあるデスクのうえを、整理しかけているところへ、電話のベルが鳴ったのである。

「ええ？　後楽園？　はあ、はあ、ぼく、ゆうべ後楽園へいきましたよ。はあ、はあ、そういえばジュースを一本のみました。だけどお嬢さんはどうしてそんなことご存じなんですか。あなたプロ野球はきらいだとおっしゃってましたが……」

と、探偵小僧は意地悪《いじわる》そうに、送話器のこちらでにやにや笑っている。

「はあ、はあ、いや失礼いたしました。ええ、そういえば、ぼく、五百円札一枚しかもってなかったので、四百六十円ツリをもらいましたよ。それがなにか……？　ええ、それはそのままそっくり持ってます。これが目下《もっか》のぼくの全財産なんですから。……いいえ、ゆうべからぼく、一文《いちもん》だって使いやしません。はあ、はあ、そのツリ銭《せん》がどうかしたんですか。ええ？　麻布《あざぶ》のクイーン・ホテル……？　そこへそのツリ銭をそっくりもっていけばお礼を下さる……？　はあ、はあ、それ、ほんとうですか。えっ？　一万円……？　四百六十円とひきかえに、一万円くださるとおっしゃるんですか。いったい、それ、どういう……？　ええ？　不服なら二万円……？　な、なんですって？　ご、五万円でもいいんですって。お嬢さん、お嬢さん、ちょ、ちょっと待ってください」

と、探偵小僧の御子柴くんは、送話器に手をあてがうと、あわててあたりを見まわした。さいわいガランとした編集室には、そのときだれもいなかった。

「ああ、もしもし、お嬢さん、だ、大丈夫《だいじょうぶ》です。いまここにはだれもいません。はあ、はあ、ああ、そうですか。それじゃ、ともかくそちらへいってお話をうかがいましょう。ええ、そりゃ……だって、いまもいったじゃありませんか。これがぼくの全財産だって、ええ、ええ？　ええ、ええ、じゃ、こうしましょう。ここから車を呼んで、車代は社で払ってもらうことにしますから……、そうしたらぼくの全財産にはぜったいに手がつきません。はあ、はあ、ちょっと待ってください。いま、メモをとりますから……」

と、卓上にあるメモとえんぴつをとりあげて、

「さあ、どうぞ。麻布のクイーン・ホテル……二階十五号室……新宮《にいみや》タマ子《こ》さま……麻布のクイーン・ホテル、二階十五号室の新宮タマ子さまとたずねていけばよろしいんですね。承知しました。ええ、そりゃだれにもいいません。じゃ、いずれのちほど……」

ガチャンと音を立てて受話器をおいた探偵小僧の

御子柴くんは、べっとりとひたいににじんだ汗をぬぐいながら、それでも、こうふんに目を光らせている。

こいつは、いよいよおもしろくなってきたぞ、と、いわんばかりの目つきである。

電話で自動車をよんでもらって、探偵小僧の御子柴くんが、編集室を出ようとするところへ、外からかえってきたのは新日報社の敏腕《びんわん》記者、探偵小僧にとっては大先輩の三津木俊助《みつぎしゅんすけ》。

「おや、探偵小僧、どこへいくんだい。いやにこうふんしてるじゃないか」

「あっ、三津木さん」

探偵小僧は立ちどまって、なにかいおうとしたけれど、すぐまた思いなおしたように、

「ぼく、こんやはいそぎますから……三津木さんは何時ごろまでここに……？」

「九時ごろまでいる。どうかしたの？」

「ああ、そう、それじゃ、それまでに電話をかけてくるかもしれません。でも、九時までに電話をかけてこなかったら、なにごともなかったと思ってください。さよなら」

探偵小僧の御子柴くんは、だっとのごとく二階の階段をおりていったが、それから三十分ののち、麻布のクイーン・ホテル、二階十五号室のまえで、かれはしきりにドアをノックしていた。

「新宮さん、新宮さん、ぼくです。新日報社の御子柴です。……新宮さん、新宮さん」

五分あまりもノックをつづけているのに、なかから、うんともすんとも返事はない。

「変だなあ、どうしたんだろう」

つぶやきながらドアをにぎって、とってをひねると、ドアはなんなくうちへ開いた。

「新宮さん、新宮さん、おるすですか」

と、いいながら、あかあかと電気のついたへやのなかを見まわしていた探偵小僧の御子柴くんは、とつぜん、ぎょっと息をうちへ吸いこんだ。

へやの一隅《いちぐう》にあるソファのむこうからくつをはいたズボンの足が二本、にょっきりのぞいている。

だれかがソファのむこうに倒れているのだ。

しかも、ソファの下からヌラヌラと、こちらへ流れ出してくる黒いシミは……？

ああ、それは血ではないか。

探偵小僧が思わず、シーンと立ちすくんでいるとき、だれかがうしろから力強くかたをつかんだ。

十円玉をにぎった死体

探偵小僧の御子柴くんは、五万円という金に目がくらんで、わざわざここまできたわけではない。あのギザギザのない十円玉に、なにかふかい秘密があるにちがいないと、それを調査にやってきたのだ。

しかし、たかが十円玉のことである。まさかひとの命にかかわるような、重大事件がおころうとは、ゆめにも思っていなかったのだが……。

しかし、あれ見よ。ソファのうしろからにょっきり突きだしている二本の足……しかも、ソファの下からヌラヌラと、こちらへ流れ出してくるシミはたしかに赤黒い血ではないか。

いっしゅんシーンと、からだがしびれたように立ちすくんでいた、探偵小僧の御子柴くんは、だしぬけにうしろから肩をだかれて、ギョッとしたようにふりかえった。

「あっ、三津木さん」

そこに立っているのが三津木俊助だと気がつくと、探偵小僧の御子柴くんは、耳のつけねまでまっかになった。まるでいたずらを見つかった、いたずら小僧みたいに、まっかになってもじもじした。

「探偵小僧、どうしたんだ。さっき君のようすがおかしかったし、それにへんなメモがデスクのうえにのこっていたので心配してここまでやってきたのだ」

「メモ……？」

と、探偵小僧はふしぎそうにまゆをひそめて、

「でも、ぼく、メモした紙はひきちぎって、ここに持ってきましたが……」

「はっはっは、探偵小僧、えんぴつでメモをとるときには、もっとかるく書くもんだ。おまえみたいに力をいれて書くと下の紙にあとがのこるぜ。あっ！」

そのときはじめて三津木俊助は、ソファのうしろからのぞいている、二本の足に気がついた。つかつかとそばへよってソファのうしろに目をやると、さっと探偵小僧をふりかえった。

「探偵小僧、君はこの男をしっているのか」

探偵小僧の御子柴くんも、そっとそばへよってみ

たが、それはぜんぜん見おぼえのない男であった。としは三十前後であろうか。G《ジー》・I《アイ》がりにはでなアロハを着ていて、ちょっとグレンタイみたいな男である。

「いいえ、ぼく、しりません。こんなひと……」

と、いいかけたが、とちゅうではっとしたように、息を中へ吸いこんだ。その男の頭のほうに、くるくるまるめたレイン・コートと、鳥打帽子《とりうちぼうし》が投げだしてある。

ひょっとすると、ゆうべ姉の美智子が見たという、電柱のかげの男ではあるまいか。

三津木俊助は、できるだけ現場をみださぬように気をつけながら、鋭い目つきであたりを見まわしながら、

「見たまえ、探偵小僧。このソファの背にぐっしょりと血がついている。しかも仰向《あおむ》けに寝かされた男の下から、血が流れだしているところを見ると、この男はソファにすわっているところを、うしろからうたれたか、刺されたか。ピストルだと音がするから、おそらく鋭い刃物で刺されたのだろう。そして、そのあとでこのソファのうしろへひきずりこまれたにちがいない。それにしても……」

と、三津木俊助はもういちど、死体のうえにかがみこんだが、

「探偵小僧、ちょっと見たまえ。この男なんだか妙なものをにぎっているじゃないか」

「はあ、なんですか」

「あれ、硬貨じゃないか。十円玉とちがうかな」

「えっ？　十円玉……？」

探偵小僧の御子柴くんは思わず息をはずませた。なるほどかたくにぎりしめた男の指のあいだから、かすかにのぞいているのはたしかに十円玉である。

「あっ、あれはぼくの作った……」

「えっ、なんだと？」

と、三津木俊助は鋭いまなざしで探偵小僧をふりかえると、

「ぼくの作った……？　ぼくが作ったというのはどういうんだ。おまえは、十円玉を作るのかい。おまえ、にせ金《がね》作りかい」

探偵小僧の御子柴くんが、答えるのにちょっとまごついていると、

「あっはっは、いいよいいよ。いまに泥をはかせて

やる。だけど、探偵小僧」

「はい」

「これはいったいだれのへやなんだい。メモのえんぴつのあとでは、タマ子とだけしか読めなかったが……」

「新宮タマ子というひとです。階下のフロントでも新宮タマ子さんときいたら、二階の十五号室だといったんです。うそではありません」

「その新宮タマ子さんというのは、どういうひとなんだ」

「それがぼくにもわからないんです。ほんとです。ぼくにもさっぱりわけがわからないんです」

「ふうむ」

三津木俊助は、わざと意地悪《いじわる》そうな目で、ジロジロと探偵小僧の顔を見ていたが、

「だけど、その新宮タマ子さんというご婦人は、いったいどこにいらっしゃるんだ」

「それはぼくにもわかりません。いくら呼んでも返事がないので、たまりかねてドアをひらくと、この足がソファのかげからのぞいているのが……あっ……」

「ど、どうしたんだ！ 探偵小僧、なにがあったんだ！」

だが、探偵小僧はそれにはこたえず、一心《いっしん》ふらんにひとみをこらして、まっかなじゅうたんのうえを見つめている。

「おい、探偵小僧……いったい、ど、ど……」

と、いいかけて三津木俊助もハッとしたように思わず、息をうちへ吸いこんだ。

赤いじゅうたんが保護色になって、いままで三津木俊助も探偵小僧も気がつかなかったのだけれど、血だまりのうえをふんだのち、じゅうたんのうえを歩いたようなスリッパのあとが、点々として血をちらしながら、おくのドアのところまでつづいている。

三津木俊助はその血のあとをふまぬように、隣室のさかいまでいくと、ハンケチを出してかるくドアのとってをくるんだ。指紋を消さぬ用心である。

そして、ハンケチのうえからとってをにぎると、用心ぶかくドアをひらいたが、そのとたん、三津木俊助と探偵小僧の御子柴くんは、思わずギョッと目をみはった。

そこはベッド・ルームになっているのだが、ベッ

ドの下のゆかのうえに、女がひとり倒れている。しかも、その女は右手に、血にそまった鋭い刃物をもっているではないか。

しかも、その女こそゆうべ後楽園から吉祥寺まで、探偵小僧の御子柴くんを尾行してきた女……そして、さっき新宮タマ子の名前を名乗って、御子柴くんをここまで呼びよせた女なのである。

注射のあと

「探偵小僧、君はこの女をしっているんだな」

三津木俊助は、ゆかのうえにひざまずいて、女のからだを調べながら、例によってわざと意地悪《いじわる》そうな目つきでジロジロと探偵小僧の顔を見ている。

「はあ、いちど会ったことはあります。しかし、どこのどういうひとだかしりません」

「だけど、いま新宮タマ子といったじゃないか」

「でも、それはほんとうの名前じゃないかもしれません。しかし、三津木さん、このひと大丈夫《だいじょうぶ》なんでしょう。死んでるんじゃないでしょう」

「そりゃ、大丈夫だ。心臓もしっかり脈打っている。しかし、おかしいな。気をうしなっているにしちゃ……」

三津木俊助は女のまぶたをひらいてみて、

「ああ。わかった。おそろしく瞳孔《どうこう》

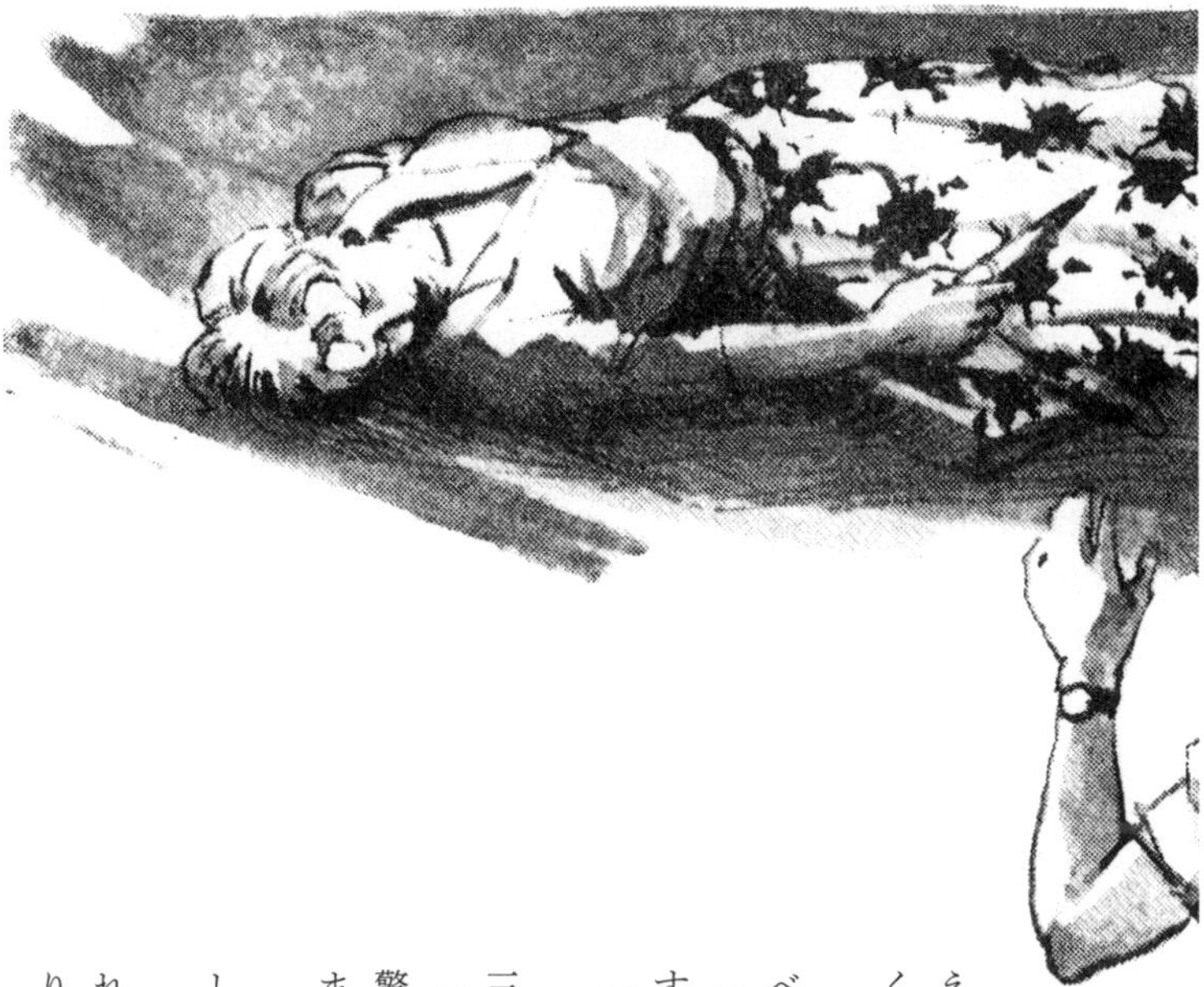

がひらいているところをみると、眠り薬をのまされたか、注射されたかしたんだろう、探偵小僧、どこかに注射のあとがないか調べてみろ」

あいてがわかい女のひとだけに、三津木俊助にはえんりょがあった。そこへいくと探偵小僧の御子柴くんは、まだ子どもだからかまわない。

探偵小僧の御子柴くんは、女のひとの左腕をしらべてみて、

「ああ、三津木さん、あなたのおっしゃるとおりです。ここに注射のあとがあります」

「ああ、そう。じゃ、すぐそこをかくしたまえ」

探偵小僧がそのひとの左の腕をかくすのを待って、三津木俊助はそむけた顔をこちらへむけると、

「探偵小僧、これはどうしたもんだろうな。すぐに警察へとどけるべきか、それともこのひとが目をさますのを待って、話をきいてからにしようか」

すぐに警察へとどけてしまうと、ほかの新聞社へしれてしまう。

それでは新日報社のとくだねにならないのだ。それかといって、警察へのとどけいでがおくれたばかりに、犯人をとりにがして、迷宮入《めいきゅうい》りをするばあい

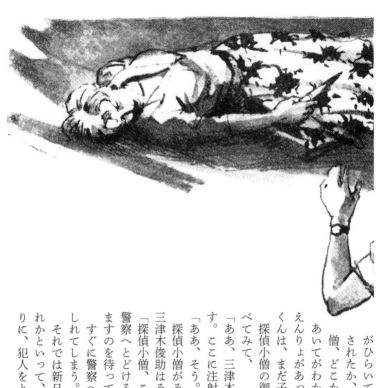

もあり、それでは市民としての義務にそむくわけである。

「三津木さん、それじゃこうしたらどうでしょう。ホテルのほうへはまだしらさずに、等々力《とどろき》警部さんに、こっそり、ここへきていただいたら……そしたら、ほかの新聞社にもしれずにすむのではありませんか？」

「ああ、そうだ。それがいい。そして、警部がくるまでに君の話をきかせてもらおう」

「承知しました。三津木さん、警部さんにいって、医者をこちらへよこしてもらったら……」

「おっと、よし、よし」

さいわい、このホテルはへやごとに室内電話がそなえつけてある。それを外線につないでもらって、警視庁をよびだすと、いいあんばいに等々力警部がいあわせた。

こうして手配をおわったあとで、三津木俊助は、きっと探偵小僧のほうへむきなおって、

「さあ、聞こう。いったい君はどんな事件にまきこまれているんだ」

「はあ、それじゃ、三津木さん、聞いてください。ぼくもまるで、きつねにつままれたような気持ちなんです」

と、昨夜からのいきさつを、あますところなく語ってきかせると、三津木俊助もあきれたように目を見張って、

「そうすると、探偵小僧、はからずも後楽園で手にいれたギザギザのない十円玉を、いろんな人間がねらっているというんだな」

「そうです、そうです。さいしょがサングラスの男です。つぎが国電《こくでん》のなかでポケットへ手をつっこんだスリ。ぼくには顔も見えませんでしたが、怪盗X・Y・Z……らしい人物は、そのスリをしっているらしいんです」

「ふむ、ふむ。それからこの女が後楽園から、君のアパートまでつけてきたというんだな」

「そうです、そうです。それでぼくの名前や勤《つと》めさきをしって、さっき電話をかけにきたにちがいありません」

「それから、もうひとり君のねえさんがあったという、鳥打帽子《とりうちぼうし》にレイン・コートの男……それがあそこに殺されている男じゃないかというんだな」

「そうじゃないかと思うんです。姉はきっとおぼえておりましょう。なんならあとで警部さんと相談して、ねえさんにここへきてもらってもいいんですけれど……」

「ふむ、それはそういうことになるかもしれない。すると、あの男のにぎっている十円玉は……？」

「きっと、ゆうべぼくの作ったにせものにちがいありません。すると、ゆうべの泥ぼうは、きっとあの男だったにちがいない」

「探偵小僧‼」

三津木俊助はまるでおりのなかのとらかライオンみたいに、へやのなかを歩きまわりながら、

「いったい、ギザギザのない十円玉に、どのようなねうちがあるというんだい。なんにんもの人間が、ねらっているうえに、こうして人殺しまで起こるというのは……？」

「それはぼくにもわかりません。でも、よほど重大な秘密とねうちがあるにちがいありません」

「ふむ、それはそうだろう。で、君、その十円玉はいまここにもってるのかい」

「いいえ、さっき山崎《やまざき》さんにお願いして社の金庫へ保管してもらいました」

「おお、それはよいところへ気がついたが、それにしてもこの事件に怪盗X・Y・Zが関係しているとしたら……」

三津木俊助がつぶやいたとき、ドアをノックする音がきこえた。

等々力警部が医者をつれてやってきたのだ。

〝ミネルバ〟の客

医者の検死によるとソファの背後に倒れていた男は、さっき三津木俊助もいったとおり、うしろから鋭い刃物でえぐられていて、その傷は左肺部から心臓までたっしているから、おそらくたったひと突きで、ほとんど声も立てずにこと切れたろうということである。

しかも、その傷口は新宮タマ子がにぎっていた刃物と、ぴったり一致するという。

「そうすると、警部さん」

と、探偵小僧の御子柴くんは、ベッドのうえでこんこんと眠っている、女のほうを心配そうに見やり

ながら、

「やっぱり、あのひとが犯人だという見こみですか」

「さあ、そいつはちょっと疑問だな。ひとを殺しておいてから、その刃物を手ににぎったまま、睡眠剤を注射してねむってしまうというのはどうかな」

「そうです、そうです。警部さん」

と、探偵小僧も警部の言葉に力をえたのか、

「このひとはなんにもしらないんです。だれかに眠り薬の注射をされて、なにもしらずに眠ってしまった。そのあとであの事件が起こったんです。犯人はあの女のひとに罪をきせるつもりで、女のひとのスリッパをはき、わざと血のあとをふんでおいたあとで、そのスリッパを女のひとにはかせると同時に、血染めのナイフを、その手ににぎらせておいたにちがいありません」

「探偵小僧」

と、三津木俊助はあいかわらず、わざと意地悪《いじわる》そうにニヤニヤわらいをしながら、

「君、いやにその女のひいきをするじゃないか」

「ばく、べつに、このひとのひいきをするわけじゃありませんけれど……」

探偵小僧はちょっと顔をあからめた。

こういう事件のさい、先入観をもつということは、いけないことだとはしっていながら、ゆうべ吉祥寺の駅から、武蔵野荘まで十二、三分、いっしょに歩きながら話をした印象では、けっして悪いひととは思えなかった。

育ちもしつけもよいお嬢さんとしか思えなかった。だからつい、かばう気になるのである。

「なあ、探偵小僧、ひとは見かけによらぬものということがあるぜ。このお嬢さんがそうだというわけじゃないけどさ。ひょっとするとこのお嬢さん、いま君がいったように思ってもらおうと、あの男を殺したあとで、わざとじぶんで注射をしたのかもしれないぜ」

「そんな……そんな……」

と、探偵小僧はやっきとなって、

「それじゃ、注射針《ばり》はどこにあるんです。注射液のはいっていたガラスの容器はどうしたんです」

「だから、共犯者がいたのさ」

「共犯者とはだれです」

「サングラスの男さ」

「そんな……そんな……」

「そんなとはどんなさ。君、探偵小僧くん、君はさっきこの女とサングラスの男が仲よくならんで、野球を見ていたといったじゃないか」

「仲よくなんていいませんよ。ただ、ならんですわっていたといっただけなんです。あとから考えると、ふたりはけっして仲よしじゃなかったんです。

むしろ、その反対のかたき同士みたいだったんです。このひとは悪いひとじゃありません。悪いのはサングラスの男です」

探偵小僧の御子柴くんが、おもわず、声をつよめたとき、

「ああ、君、君」

女のひとの介抱《かいほう》をしていた医者がふりかえって、

「ちょっと、静かにしてくれたまえ。いま、このひと、目がさめかけているんだ」

その一言に、三津木俊助と探偵小僧の討論も、いっぺんに吹きとんでしまったかたちである。

見ると、ベッドのうえの、新宮タマ子(?)は大きく呼吸をはずませている。

そして、なにかに抵抗するかのようにしきりに、からだをくねくねさせていたが、やがて、あえぐような息使いをすると、きれぎれな言葉で次のようなことをつぶやいた。

「ああ……いや、いや、注射はいや！　眠るのはいや！　あたし、いま、だいじなひとを待っている……かんにんして……注射はかんにんして……X・Y・Zさん！」

さいごのことばをきいたとたん、等々力警部と三津木俊助、探偵小僧の三人はおもわず、ギョッと顔を見合わせた。

それでは、この女を注射でねむらせたのは、ほかならぬ怪盗X・Y・Zであったのか……。

ちょうどそのころ、銀座にある服飾店〝ミネルバ〟の店先へはいってきた人物がある。

頭も口ひげもあごひげも、雪のようにきれいな老紳士で、小《こ》わきに管絃楽団《かんげんがくだん》の指揮者がもつ指揮棒のような、イキなステッキをかかえている。

「いらっしゃいまし、なににいたしましょうか」

「ああ、じつは、あすが孫娘の誕生日でな。お祝いになにかアクセサリーでも贈ってやろうと思うのだ

が、どんなものがよいだろうかな」

「おとしはおいくつでいらっしゃいますか」

「あすがたしか、十五回目の誕生日じゃったと思うが……」

「ああ、そう、それでは……」

と、店員が応待をしているところへ、表《おもて》の車道に、自動車が一台やってきてとまった。

見ると自動車のせんとうには、〝新日報社〟の社旗がひるがえっている。

自動車のなかから若い男がとびだしてきて、あわただしく〝ミネルバ〟の店へはいってくると、

「ちょっとおたずねします。こちらに、御子柴美智子さんというひとがおりますか？」

御子柴美智子という名前をきいて、老紳士ははっとしたようだったが、それでもさりげなく、アクセサリーを撰択《せんたく》している。

「はあ、御子柴美智子ならこの店におりますが」

「ああ、それじゃすぐにここへくるようにいってください。いま弟の御子柴進くんが大《おお》けがをして、病院へかつぎこまれたんです。はやく、はやく……ああ、そうそう、いい忘れたが、ぼく、新日報社のもので、ほら、ああして、社の車で美智子さんを迎えにきたんです。はやく、はやく……」

みずから新聞記者と名乗る若い男が、はやくはやくと、せきたてるのを聞きながら、老紳士はニヤリとしぶい微笑をうかべた。

交換条件

「あら、御子柴さん、お電話ですよ」

麻布のクイーン・ホテルで、新宮タマ子なる女性が目をさましてから二時間ののち、あとはいっさい等々力警部や三津木俊助にまかせて、探偵小僧の御子柴くんが、吉祥寺の武蔵野荘へかえってくると、玄関わきの電話口で、電話をきいていた管理人の山《やま》口《ぐち》さんの奥さんが、受話器を耳にあてたままふりかえった。

「電話……？　どこから……？」

「いいえ、それがねえ」

と、山口さんの奥さんは、送話器を片手でおさえて声を落とすと、

「さっきからこれで三度めなんです。けれど、いく

ら聞いても名前をいいませんの。そして、変なことをいってるのよ」

「変なことって?」

「ギザギザのない十円玉がどうのこうのって……」

はっと思った探偵小僧の御子柴くんはあわててくつをぬいで上へあがると、

「奥さん。すみません。それじゃぼくが出ます」

山口さんの奥さんから、ひったくるように受話器を受け取ると、

「もしもし、もしもし、こちら御子柴ですけれど、あなた、どなた……?」

と送話器にしがみつかんばかりである。

「ああ、探偵小僧か、いやにおそかったじゃないか。おまえいままでどこにいたんだ」

声を聞いて御子柴くんはまたはっとした。その声はたしかにゆうべ水道橋で話しかけてきた、あのサングラスの男の声である。ドスのきいたさびのある声に特色がある。

「どこでもいいです。それよりぼくになにか用でもあるんですか」

「そうとも、用があるとも、おおありだ。おまえ、ギザギザのない十円玉をどうした」

「それはいえません。ぜったい安全な所に保管を依頼してあります」

「ぜったい安全な所か、あっはっは」

と、あいてはふとい声であざけるようにわらうと、

「ところがよ、探偵小僧、おれにゃ、ぜったい安全なところにあるその十円玉がぜったい必要というわけだ。だからあした、ぜったい安全なその場所から、十円玉を受け出してきて、おれのいうところへもってきてもらいたいのだ。だけど、にせものはまっぴらだぜ」

探偵小僧は、またはっとした。

この男は、じぶんがにせものを作ったことをしっている。ということは、さっきクイーン・ホテルで殺された鳥打帽《とりうちぼう》の男がにぎっていたのが、にせものだということをしっているのではないか。さらにそれから推理をすすめていけば、この電話のぬしこそ、あの男を殺した犯人なのではないか。

探偵小僧がだまっているので、あいてもじぶんの失言に気がついたのか、少しあわてた早口で、

「おい、おい、探偵小僧、きさま、なんだってだま

っているんだ」

「おじさん、あなただれだかしらないが少し虫がよすぎると思いませんか。それともなにか交換条件があるんですか」

「あるとも、あるとも、おおありさ」

「どんな交換条件です」

「きさまの姉の美智子さ」

「ええっ！」

「あっはっは、おどろいた、おどろいた、おどろいた。どうだ、探偵小僧、これ以上の交換条件はあるまいが」

「悪党！　悪党！　きさま、ねえさんをどうしたんだ」

「なにさ、おれの部下のわかいもんが、新日報社の記者の名まえをかたって、おまえのねえさんをミネルバからひっぱりだしたんだ。御子柴進くんが大《おお》けがをしたといつわってな」

「悪党！　悪党！　そして、そのねえさんはどこにいるんだ」

「いま、おれのそばにころがっているよ。さるぐつわをはめられて、がんじがらめにしばられてな。わっはっは！」

「そして……、そして、そこはいったいどこなんだ」

「それを聞いてどうするんだ。警察のやつらにふみこませようというのかい。その手は〝桑名《くわな》のやきはまぐり〟ということばをしっているかな」

探偵小僧は歯ぎしりをした。くやしさと心配のために思わず涙がにじみ出た。

「おじさん、どうすればいいんです」

「あっはっは、いやに神妙《しんみょう》になったな。よしよし、その調子、その調子。子どもがおとなの問題に、頭をつっこむもんじゃないよ」

「そんなことはどうでもいいです。それよりどうすればいいんです」

「よし、よし、それじゃおれの命令にしたがうんだぞ。まず、おまえは例の十円玉を、ぜったい安全な場所からとりだしてきて、あしたの午前十時きっかりに、上野《うえの》の西郷《さいごう》さんの銅像のそばへもってくる。西郷さんの銅像の正面のすぐ下に、おれが目立たないように小さなあなを掘っておく。あなの底には目じるしに赤い羽根を落としておく。そのあなのなかへ問題の十円玉をおいていくんだ。かっきりあしたの午前十時だぞ。いいか、わかったか」

「そして、そして、ねえさんはどうしてくれるんです」

「その十円玉がおれの手にはいって、しかもにせものでないとわかったら、ねえさんをぶじにかえしてやる。しかし、ちょっとでも変なまねをしたら……警察や新聞社の連中に話したりしたら、ねえさんの命はないものと思え」

探偵小僧の御子柴くんは、さっきクイーン・ホテルで見た男の死体を思い出して、ゾッと、鳥はだの立つのをおぼえずにはいられなかった。

「わかりました。きっと命令どおりにします。そのかわりねえさんはぶじに返してください」

「だいじょうぶ、だいじょうぶ。そちらが約束を守りさえすれば、美智子は安全だと思いな。それじゃ、これで電話を切るぜ。わっはっは！」

さいごのわっはっはという笑い声が、いたいほど耳のこまくをつらぬいて、探偵小僧は、おもわずつよく歯をくいしばった。

X・Y・Z出現

「いいえ、あたしは、なんにもしりません。はい、なんとも申し上げるわけにはまいりません」

新宮タマ子はゆうべから、おなじことばをなんべんくり返したかわからない。

そこは麻布のクイーン・ホテルの二階十五号室。等々力警部や三津木俊助に、かわるがわる質問されても、新宮タマ子はおなじことばを、おうむのようにくり返すばかりである。

等々力警部と三津木俊助も、もううんざりとした顔色だ。ふたりはゆうべあれから、交代でねたとはいうものの、寝不足の目をギラギラさせて、すっかり落ち着きをうしなっている。

ふたりが、いらいらするのもむりはない。新宮タマ子と名のるこの女、それが本名なのかどうか、それすらもまだわからないのである。

「しかし、きみは……」

と、等々力警部はまるでかみつきそうな顔色で、

「目がさめるとき、X・Y・Zさん……という名前

を口走ったよ。注射はいやだ注射はかんにんしてほしい、Ｘ・Ｙ・Ｚさん……と、いうようなことばを口走ったよ。とすると、きみを注射で眠らせたのは怪盗Ｘ・Ｙ・Ｚではなかったのか」

「いいえ、いいえ、しりません。怪盗Ｘ・Ｙ・Ｚなんてしりません。ああ、あたしはこのまま死んでしまいたい」

「死んでしまいたい……？」

　等々力警部はギョッとしたように、三津木俊助と顔を見合わせると、

「きみはいったい、なにをわれわれにかくしているんだ。死んでしまいたいなどというところをみると、となりのへやで死んでいる男は、やっぱりきみが殺したのか」

「と、とんでもございません。あたし人殺しなどいたしません。あたしはただあの十円玉が……」

　と、いいかけて、新宮タマ子と名のる婦人は、思わずはっとしたように、呼吸をうちへのみこんだ。

「十円玉……？」

　と、三津木俊助がききとがめて、

「十円玉がどうしたんです。きみがいま十円玉といったのは、となりのへやで殺されている男がにぎっている、あのギザギザのない十円玉のことなのか。新宮さん、あなたに罪がないのなら、なぜもっとハッキリいわないんだ」

「ああ、もう、あたし死んでしまいたい。おとうさま、おとうさま……？」

「なに？　おとうさま……」

　等々力警部と三津木俊助は、はっとしたように顔を見合わせた。

「おとうさんがどうかしたのかね。おとうさんとこの事件と、いったいどういう関係があるというんだね」

　だが、ふたりがいくら責め問うても、新宮タマ子と名のる女は、ただ、おとうさま、おとうさまを連呼して、はげしく泣きむせぶばかりである。

　等々力警部と三津木俊助は、もてあましたように顔を見合わせていたが、ちょうどそのとき、ドアをノックする音がきこえた。ふたりはちょっと困ったように顔をしかめた。

　それというのがこの事件、まだホテルにもしらせてないのだ。したがって、そこにある死体を見られ

ては困るのである。

三津木俊助はすばやくドアのそばへとんでいくと、そっと細めにドアをひらいた。見ると。そこに立っているのは四十くらいのボーイである。ピーンといきな八字《はちのじ》ひげをはねあげている。

「なにか用かい」

「いいえ、あの、いまこちらのおへやから呼びりんが鳴ったようですが……」

と、そういってからボーイはふしぎそうな顔色で、三津木俊助の顔をジロジロ見ながら、

「このおへやは、新宮タマ子さまのおへやだと思っておりましたが……」

「ええ、新宮タマ子ならここにおりますよ」

新宮タマ子もこの事件をしられたくないとみえて、とっさにうまくバツをあわせた。

「はあ、なにかご用で……?」

と、ボーイがなかへはいってきそうにするのを、三津木俊助はあわてて外へ押しかえした。

「いいえ、はいってこなくてもいいのよ。いま、ふたりお客さまがいらっしゃいますの。さっきベルを押したのは、朝のお食事がほしかったからなの。トーストと半熟たまごと、あついコーヒー、それからくだものを、三人まえもってきてちょうだい」

「はっ、承知しました」

タマ子がうまくバツをあわせてくれたので、ボーイはべつにあやしみもせず、そのままドアのまえから立ち去った。

そういえばもう朝の八時である。警部も三津木俊助も、きゅうに空腹をおぼえてきた。

それから七分ほどたって、さっきのボーイが大きな銀ぼんをかかえてやってきた。三津木俊助と等々力警部はそのあいだに、ソファをそっと動かして、死体を見えないように取りつくろった。

ボーイはなにも気がつかないのか、テーブルのうえに三人前の食事をならべると、

「コーヒーにミルクをお入れしましょうか」

「ああ、入れてくれたまえ」

と、等々力警部と三津木俊助が異口同音《いくどうおん》に答えた。

「お嬢さんは……?」

「いいえ、あたしはなんにもほしくないの」

「それでは、ここへミルクをおいときますから」

ボーイはそのままへやを立ち去った。そのあとで、

三津木俊助はトーストをパクつきながら、等々力警部をふりかえって、

「このコーヒー、いやににがいじゃないか」

「なあに、にがいところがコーヒーのねうちさ。新宮くん、きみはどうして食事に手をつけないの」

「あたし、けさは食《しょく》よくがなくて……」

「そりゃ、いけないね。人間だれでも秘密をもっていると、食うものも食えなくなる。なにもかも打ちあけて、うんと食事をとるんだね。おや、どうしたんだ。なんだか急に……」

　等々力警部と三津木俊助はすっかり食事をたいらげたが、ああ、なんということだ。急にコックリ、コックリ、舟をこぎはじめたかと思うと、まもなくふたりともいすからずり落ちんばかりのかっこうで、ぐっすり眠りこんでしまったではないか。

「あら……」

新宮タマ子はおどろいて、思わずいすから立ちあがったが、そのときドアがしずかにひらいたかと思うと、ヌーッと顔を出したのは、八字ひげをピーンとはねあげた、さっきのボーイである。

新宮タマ子はあきれたように、にやりにやりとわらっている、そのボーイの顔を見ていたが、急にギョッと身をすくめると、

「ああ！　あなたはゆうべの怪盗X・Y・Z！」

くるった老人

「おや！」

と、探偵小僧の御子柴くんは、クイーン・ホテルの入口で、思わずはっと立ちどまった。

いま目のまえを通りすぎて、ホテルから外へ走り去った自動車に乗っていたのは、新宮タマ子ではなかったか。しかし、新宮タマ子なら、三津木俊助や等々力警部といっしょにいるはずなのだ。ひとりでかってに外出できるはずはない。

探偵小僧の御子柴くんは、ふっと怪しい胸《むな》さわぎをおぼえた。とっさにポケットから手帳を出すと、走り去る自動車のナンバーを、すらすらとえんぴつで走り書きをした。

それから、ホテルへはいっていくと、フロントにいる事務員にむかって、

「新宮タマ子さんはいらっしゃいますか？」

「新宮タマ子さんなら、たったいまお立ちになりました」

「ええ、お立ちになった……？」

「はあ、お知り合いのかたが自動車でお迎えにこられて、ぜんぶ精算してお立ちになりました」

しまった！　しまった！　それじゃ、やっぱりいまの自動車がそうなのだ。しかし、三津木俊助や等々力警部はどうしたのか……？

「ああ、ちょっと、ちょっと……」

と、探偵小僧の御子柴くんはせきこんで、

「新宮タマ子さんのおへやは二階の十五号室でしたね。ぼくにそのへやを見せてくださいませんか」

「どうしたんです。なぜ、そんなことをいうんです」

「いや、いや、見せてくだされはいいんです。じつ

は……そのへやで人殺しがあったんです」

「人殺し……？　そ、そ、そんなばかな！」

「いいえ、ほんとうです。ほんとうです。うそだと思うなら、ちょっとそのへやを調べてください。調べるくらいなんのぞうさもないじゃありませんか」

「ああ、きみ、きみ、木村《きむら》くん」

フロントの奥で話をきいていた、マネージャーらしいのが出てきて、

「この少年のいうとおりだ。調べるくらいはなんのぞうさもない。二階十五号室のかぎをかしたまえ。この少年といっしょにいって調べてくる」

支配人はかぎをとって、御子柴くんといっしょに二階へあがっていったが、十五号室のドアをひらくなり、ぎょっとばかりに立ちすくんだ。

「あっ、こ、これは……」

支配人が立ちすくんだのもむりはない。そこには三津木俊助と等々力警部がこんこんとして、眠りこけているのである。しかも、ソファのむこうには、死体がころがっているではないか。

探偵小僧の御子柴くんは、それを見るより室内電話にとびついた。そして、外線につないでもらって警視庁を呼びだすと、手みじかにことのいきさつを報告し、さっきの自動車のナンバーをつげ、大至急手くばりをするように注意した。

さていっぽう、新宮タマ子を乗せた自動車がやってきたのは、東中野《ひがしなかの》の、とあるしゃれたかまえの洋館である。タマ子よりひと足さきに降りたったのは、ゆうべ銀座の服飾店〝ミネルバ〟へ、孫のおくり物を買いにきていた老紳士、さらにさかのぼっていえば、おとといの晩、電車のなかで、探偵小僧をスリから救った人物である。

自動車から降りたタマ子が家のなかへはいろうとして、表札を見ると、

「理学博士、工藤英介《くどうえいすけ》」

と、書いてある。

「あの……」

タマ子は、ちょっとためらって、

「父はほんとうに、この家にいるのでございましょうか」

「まだお疑いかな。さっきおとうさんの手紙をお見せしたではないか」

「はい……」

タマ子は顔色をあおざめて、よろよろしながら工藤老紳士に手をとられ、玄関の階段をあがっていった。

工藤老紳士が玄関のドアをひらくと、はるか奥のほうからきこえてきたのは、なにかしら、物に狂ったような男の声である。

「タマ子……タマ子……タマ子はどこじゃ……ギザギザのない十円玉はどこにある……」

「あっ、おとうさま！」

タマ子は、足早《あしばや》にろう下《か》を走って、声のきこえるへやへとびこんだが、そのとたん、思わず目から涙があふれた。

アーム・チェアーに腰をおろして、まっ白《しろ》なかみの毛をかきむしりながら、タマ子、タマ子と名を呼びつづけているのは、つるのようにやせ細った老人である。そして、そのそばにひざまずいて、老人をなぐさめている女のひとを、タマ子はだれとも知らなかったが、それこそ探偵小僧のねえさんの美智子であった。

怪盗X・Y・Zはゆうベミネルバから、美智子をさらっていった悪者をつけ、悪者のかくれ家《が》に押しこめられていた、この老人を美智子とともに救いだしてきたのである。

「ああ、おとうさま！　おとうさま」

タマ子は老人の胸にとりすがったが、しかし、その老人にはタマ子がわからなかったらしい。ああ、この老人は気が狂っているのだ。

十円玉の秘密

上野竹《たけ》の台《だい》の西郷さんの銅像の付近には、いつも浮《ふ》浪者《ろうしゃ》がふたりか三人、生気《せいき》のない顔をしてゴロゴロしている。

その日の午前十時。銅像のまえのベンチには、ふたりの浮浪者が腰をおろしていた。ひとりは四十くらいの年令で、顔じゅういっぱい、ひげをはやし、頭にはしょうゆで煮しめたような手ぬぐいをかぶり、身にはつづれのあたったボロボロの作業服をきている。

もうひとりは六十くらいの白髪《はくはつ》のじいさんで、もじゃもじゃの白髪のうえに、くちゃくちゃに形のくずれたお釜帽《かまぼう》をかぶっていて、身についているものといえば、まえの男にまさるとも劣《おと》らぬほどのオンボロである。

手ぬぐいでほおかぶりをした男は、腕ぐみをしたまま、さっきからコックリ、コックリいねむりをしている。またお釜帽の老人は、えびのようにからだをねじまげ、ひじをまくらにグーグーと、さっきから白河夜舟《しらかわよふね》のたかいびきである。

午前十時。

むこうからぶらぶらやってきたのは、新日報社の探偵小僧、御子柴進くんである。御子柴くんはまるで、おのぼりさんのような顔をして、西郷さんの銅像をふりあおぎながら、ぶらりぶらりと台座のまわりをひとまわりした。

御子柴くんが台座のまわりをひとまわりしたとき、手ぬぐいのほおかむりをして、いねむりをしていたルンペンが、ベンチのまえに落ちている、新聞紙のきれはしを、足のつまさきでかきのけた。と、その下から現われたのは小さく掘った穴である。穴の底には、なにやら赤いものがちらついている。

台座の裏側から表《おもて》側へまわってきた御子柴くんは、それを見るとギョッとしたように呼吸をのんだが、すばやくあたりを見まわすと、くつのひもでも結ぶようなかっこうをして、あなのなかへギザギザのない十円玉をすべりこませた。それからまたふたりを見まわしたが、なんとなく失望したような顔色で、そそくさとそこを立ち去った。

それから、五分、十分、十五分……

いままでコックリ、コックリいねむりをしていた男が、ふと目をさましたように両手をひろげて大《おお》あくびをした。それからちらとそこに寝ている老ルンペンに目をやると、たばこの吸いがらでも拾うように身をかがめた。

すぐ足下のあなの底に十円玉がにぶい色をはなって光っている。

ほおかむりをしたルンペンは、もういちどあたりを見まわすと、右手をあなのほうへのばしかけたが、そのとたん、むっくりと身を起こしたのは、そばに寝ていた老ルンペンだ。

ほおかむりのルンペンが十円玉を拾いあげたしゅんかん、老ルンペンがぎゅっと右腕の手首をつかんだ。

「谷口大五郎《たにぐちだいごろう》だな」

「なにを！」

ほおかむりのルンペンは、腕をふりはらおうとして身をもがいたが、どうしたわけか、急に、

「ううむ！」

と、ひくくうめくと、そのままがっくりと土のうえにのめってしまった。

老ルンペンは、ルンペンにばけた谷口大五郎の右手から、ギザギザのない十円玉を取りあげると、人待ち顔にあたりを見まわしていたが、そこへ急ぎあしにやってきたのは探偵小僧の御子柴くん。

「やあ、探偵小僧、やっぱり引き返してきたな」

「あなたはだれです」

「だれでもいい、それよりこの男をきみにまかすよ」

「これはだれです」

「谷口大五郎といって、クイーン・ホテルで、青木《あおき》一郎《いちろう》という青年を殺した男だ。そのかわり探偵小僧、この十円玉はおれがもらっていく」

「だめです。だめです。それがなければねえさんが……」

「だいじょうぶだ、ねえさんはおれが助けて、あるところにかくまってある。おれがこの十円玉をもってかえると同時に自由にしてあげる」

「あなたはX・Y・Zですね」

「あっはっは、想像にまかせるよ。それじゃこの男はきみにまかせる。睡眠剤を注射してあるから、薬がさめないうちに警官にわたしてしまえ。では、さようなら！　そうそう、この十円玉の秘密は、美智子さんにききたまえ」

そういったかと思うと、怪盗X・Y・Zは風のごとく立ち去った。

その夜、ぶじにかえってきた美智子の話をきいて、探偵小僧の御子柴くんは、あまり奇妙な話なのでおどろいた。

新宮タマ子の父は新宮健造《けんぞう》といって、数年まえまで、有名な建築家だったそうだ。ところが、新宮健造は怪盗X・Y・Zによくにた人物で、わかいころいろいろな悪事を働いた。

そして、その悪事の証拠をじぶんの作った丸の内のビルディングの、正面入口のコンクリートの壁に金庫をつくり、そのなかへしまいこんだのである。その金庫のとびらは、外から見ると、ビルディング

のネーム・プレートしか見えないようになっている。そして、そのとびらをひらくかぎが、あのギザギザのない十円玉である。

それをかぎつけたのが、サングラスの谷口大五郎である。新宮健造の悪事の証拠を手にいれて、タマ子をおどかし、じぶんの妻にしようと考えたのだ。タマ子を妻にすれば、新宮健造のばく大《だい》な財産が手にはいるからである。

だが、その金庫を破ることはできなかった。なにしろ、人目の多い丸の内である。また、うっかり爆破すれば、証拠も焼けてしまうおそれがある。だから、あの十円玉を手に入れるよりほかに方法はなかったのである。

タマ子も、この秘密を知っておどろいた。そして、少し気がへんになっている父から、その十円玉を取りあげた。そして、なんとか秘密の金庫から、証拠の品《しな》を取り出して、処分してしまおうと機会をねらっているうちに、谷口大五郎に後楽園まで追いつめられたのである。谷口はむかし、父の助手をつとめたことのある男だ。

うっかりしていると十円玉を、谷口大五郎にとられてしまう。谷口にあの証拠をおさえられたら、いやな男の妻にならなければならないのだ。

そこでとっさの機転で、その十円玉を立売《たちう》りのジュース屋に払ってしまった。ところが、それがすぐツリ銭《せん》として探偵小僧の御子柴くんに払われたのに、谷口大五郎もタマ子も気がついたのである。

その話をきいて探偵小僧は、まるで小説でもよむような気持ちがしたが、その翌日、新日報社へ出勤すると、女の声で電話がかかってきた。

「わたし、新宮タマ子です。あなたにもあなたのおねえさまにも、ひとかたならぬおせわになりました。父の秘密のことはおねえさまからおききでしょうが、さいわいX・Y・Zさんのおかげで、証拠の品はかえりました。ありがとうございました。おねえさまにもくれぐれもよろしくお礼を申しあげてください」

探偵小僧の御子柴くんは、この電話をきいて、救われたようにほっとしたのだった。

第三話　大金塊《だいきんかい》

幕あいのうわさ

三津木俊助と探偵小僧の御子柴くんは、さっきから聞くともなしに、となりのテーブルの会話を聞きながら、あきれかえってものもいえないという顔色だった。

そこは春秋座《しゅんじゅうざ》の喫茶室の一《いち》ぐうである。舞台ではいよいよ呼び物の推理劇、「怪盗X・Y・Z」の第二幕めがおわったところで、喫茶室のなかは、はなやかな男女のむれで、まるで花が咲いたようである。

「それがねえ、松村《まつむら》さんの奥さま」

と、三津木俊助《みつぎしゅんすけ》と探偵小僧の御子柴《みこしば》くんが陣取ったテーブルの、となりの席では三人の中年婦人がベチャクチャ、ベチャクチャ、まるでひばりがさえずっているようなさわがしさである。そのなかのひとりの、ゴム風船みたいにふとった婦人が、気取った手つきでせんすを使いながら、ひざをのりだし、

「いまの幕でございますけれどねえ、あたし、ほんとうにゾーッといたしましたんですのよ」

「まあ、岩本《いわもと》先生の奥さま、いまの幕でゾーッとしたとおっしゃいますと…？」

と、あいてにこびるように話をうながすのは、これはまたつるのようにやせ細った婦人である。

「それが、ほら、いまの幕のカーテンのかげから、ぬうっと怪盗X・Y・Zが出てくるところがございましょう。あそこなんか、本物にそっくりでございますもの。あの晩、あたしダンスからかえってきて、おけしょう室で着がえしようとしていたんですの。いえ、着がえするまえに一服《いっぷく》と、アーム・チェアーに腰をおろして、おうぎを使っておりましたのよ。そしたら、ふいにうしろのカーテンからぬうっとあの男が出てきたかと思うと、いきなりあたしの首に手をかけて、『奥さん、この首かざりをいただいてまいりますよ』と、そういうふくみ声まで、いまの加納達人《かのうたつんど》さんの声にそっくりでございましたのよ」

「まあ、ほんとうに、さぞこわかったことでございましょうねえ」

と、おぎりにもおあいそをしめさねばならぬとば

かりに、さもこわそうにまゆをひそめたのは、きつねのような顔をした婦人である。

「そりゃもう……」

と、ゴム風船夫人はおおげさに肩をすくめて、

「でも、まあ、いまから思えばよい経験をしたと思っておりますのよ。ほっほっほ」

「ほんとうにおうらやましいこと」

と、やせ細ったつる夫人は、つるのようにとがった口をすぼめて、

「怪盗X・Y・Zというのは、とても紳士的で、また、婦人にたいしてはとてもやさしい人ですってねえ」

「そうそう、盗みはすれど非道《ひどう》はせず、ゼントルマン強盗とはあのひとのことだろうと、もっぱらの評判でございますもの。岩本先生の奥さま、あなた、そういうひとにダイヤの首かざりを盗まれたといっても、べつにおしくはないのでございましょう」

「あら、いやだ、長谷川《はせがわ》さんの奥さま」

と、ゴム風船の岩本夫人は、せんすできつね夫人をぶつまねをしながら、

「なんぼなんでも、それはひどいごあいさつでございますよ。だって、あの首かざり、時価にすると何千万円するかわからない品物でございますものねえ」

探偵小僧の御子柴くんと三津木俊助のふたりは、思わず顔を見合わせた。

それではこのゴム風船夫人こそ、この春、怪盗X・Y・Zにおそわれた、岩本卓造《たくぞう》博士の夫人だったのか。それにしてもこの夫人、まるで怪盗X・Y・Zにダイヤの首かざりを盗まれたのを、まるでてがらでもあるかのようにいばっているというのは、いったいどういうことなのだろうと、探偵小僧の御子柴くんも三津木俊助も、いかにもにがにがしげな顔色だった。

「でも、奥さま」

と、つるの松村夫人はあくまであいてにこびへつらうがごとく、

「そういうとうとい経験をお持ちのおかげで、こんど加納達人先生が、この推理劇『怪盗X・Y・Z』をおやりになるについて、あなたが舞台監督みたいな役割を、りっぱにおはたしなさいましたんでしょう」

「ええ、まあ、そういえばそうでございますけれどねえ。ほっほっほ」

ああ、なるほど、そうだったのかと、三津木俊助と探偵小僧の御子柴くんは、やっとがてんがいったように、うなずいた。

いま、この春秋座で『怪盗X・Y・Z』という推理ドラマで、大当たりをとっている新進《しんしん》劇団の座長、加納達人という俳優は、大学時代三津木俊助と同窓だった。

学生時代から演劇に興味をもち、アマチュア劇団などを組織していたが、理想と現実とはなかなかうまく一致せぬものとみえ、学校卒業後、ずいぶん長いあいだ苦闘時代がつづいたが、こんど関西のほうで新進劇団というのを組織し、久しぶりに上京してきて、この春秋座でいま評判の怪盗X・Y・Zをモデルとした、推理ドラマを上演したところ、これが大当たりに当たって、連日客止めという盛況《せいきょう》である。

三津木俊助も本物の怪盗X・Y・Zとは、多少縁《えん》があるところから、ぜひ見てほしいと招待されて、こんや探偵小僧の御子柴くんとともにきたわけだが、喫茶室ではからずもあったのが、本物の怪盗X・Y・Zにおそわれた経験のある岩本卓造博士の奥さん。

この岩本夫人が得意になっているのは怪盗X・Y・Zにおそわれたということよりも、その経験をいかして、いまや日の出の人気役者、加納達人の指導に当たったということらしいと、三津木俊助と探偵小僧の御子柴くんにも、やっとがてんがいったというわけである。

人気俳優

「やあ、加納、たいへんな人気じゃないか」

さいごの幕がおわったあとで、三津木俊助が探偵小僧の御子柴くんとともに、加納達人の楽屋へはいっていくと、せまい楽屋はこの人気俳優をとりまいて、はなやかな女性ファンでごったがえすようなさわぎであった。

「やあ、三津木か。よくきてくれたね。少し待ってくれたまえ。いま、このひとたちにサインをしてしまうから」

「あら、いやよ、先生、サインだけで追っぱらおうなんてひどいわよ」

「そうよ、そうよ、こんやはぜひお茶をつきあっていただくのよ」

と、くちびるをとんがらしているのはまだ年若い女学生である。

「あっはっは、ありがとう、ありがとう。だけどこんやはちょっとつごうが悪い」

「つごうが悪いなんてだめよ。先生はいつだってこんやはつごうが悪いって、逃げておしまいになるんですもの」

「ごめん、ごめん。だけどこんやはほんとうにつごうが悪いんだ。きみたち、しってるだろう。友遠方《えんぽう》より来たる、また楽しからずやってことばを……ここへやってきたのは、ぼくの旧友なんだ」

「あら、それじゃ、あたしたち、先生のお友だちじゃないの」

「いや、そりゃお友だちはお友だちさ。だけど、きみたちには毎日あっているじゃないか」

加納達人のことばをきいて、三津木俊助は、思わず探偵小僧の御子柴くんと顔を見合わせた。

してみると、ここにたむろする女学生たち、毎日のようにこの楽屋へあそびにきていると見える。さっきの喫茶室での中年婦人のうわさといい、いまこの楽屋でのさわぎといい、人気役者はちがったものだと、三津木俊助と探偵小僧の御子柴くんは、感心せずにはいられなかった。

「やあ、ごめん、ごめん、失敬《しっけい》したね。なにをぼんやり立っているんだ。まあ、そこへかけたまえよ」

やっと女学生たちを追っぱらった加納達人は、まだ舞台げしょうのまま、にこにこと三津木俊助のほうをふりかえった。

黒いフェルト帽にまっくろな洋服、それにおもてが黒で、裏が黒と白とのダンダラじまになった二重《にじゅう》まわし、黒い手袋に、コンダクターがもつ指揮棒のようなステッキ。……いささかキザだが、これが岩本夫人指導によるところの、怪盗X・Y・Zのふん装《そう》なのである。これで黒いマスクをつけると、怪盗X・Y・Zができあがる。

「やあ、加納、おめでとう。きみもこれでどうやら芽《め》が出たね。客席といい、楽屋といい、たいへんな人気じゃないか」

「やあ、おかげさんで。……ちかごろはばんじ推理ばやりだからね。怪盗X・Y・Zさまさまだよ」

「ときに、そのふん装は岩本夫人のご指導によるところだってね」

「あれ、だれに聞いたの、そんなこと……？」

「なあに、さっき喫茶室で岩本夫人がとくいになって、仲間の奥さん連中にふいちょうしてたぜ。あの奥さん、そうとう猛烈なきみのファンらしいね」

「いや、ぼくのファンというよりも、怪盗X・Y・Zのファンかもしれないぜ。あっはっは」

と、加納達人はあいかわらず、怪盗X・Y・Zのふん装のまま、腹をゆすってわらったが、ふとそばにいる探偵小僧の御子柴くんに気がつくと、

「おや、三津木、この小僧はいったい何者なんだい。さっきからいやにジロジロぼくの顔ばかり見ているじゃないか」

「ああ、これか。紹介しとこう。これ、御子柴進《すすむ》といって、うちの社の給仕《きゅうじ》なんだが、探偵小僧というあだ名があるくらいな、年は幼いが名探偵なんだ」

「ああ、そうそう、うわさには聞いていた。新日報社に探偵小僧という、勇《ゆう》かんな少年がいるということを。……ところで、探偵小僧くん」


と、加納達人はからかうように目をパチクリとさせながら、

「なぜ、そんなにジロジロぼくの顔ばかり見つめるんだい。ぼくの顔になにかついてでもいるのかい」

「いえ、あの、ぼく……」

探偵小僧は顔をあからめて、思わずもじもじしたをむいたが、そのとき、けたたましく鳴りだしたのは楽屋の電話のベルである。

弟子らしいのが受話器をとって、しばらく応待していたが、やがて加納のほうをふりかえり、

「先生、岩本先生の奥さんからです。こんや、どこかでご飯《はん》をさし上げたいって……」

「ことわってくれ！　そんなこと！」

と、言下《げんか》に加納達人は、ケンもホロロにどなったが、すぐ三津木俊助や探偵小僧の視線に気がついて、

「いや、ごていねいにおことわり申し上げてくれたまえ。こんやはよんどころない用事がございますからとな。あっはっは」

弟子は送話器にむかって三拝九拝《さんぱいきゅうはい》、クドクドとあやまっていたが、やっとあいてもなっとくしたらしく、受話器をおいてほっとひと息、あせをふいてい

るところへ、またジリジリと電話のベルが鳴りだした。

　弟子はチェッというように受話器をとって、ふたこと三《み》こと聞いていたが、

「先生、お電話です」

「ことわってくれ！　そんなもの！」

「いえ、岩本先生の奥さんからじゃありません。高《たか》峰《みね》早苗《さなえ》さんからです」

「なに？　早苗さんから……？」

　加納達人はまるでひったくるように、弟子の手から受話器をうばうと、

「もしもし、早苗さん……？　ぼく、加納達人です。ふむ、ふむ、はあ、はあ……」

　と、話を聞いているうちに、加納の顔がしだいにきびしくひきしまってきたかと思うと、

「よし、それではすぐにいきます。そのまま待っていてください」

　受話器をおくと加納達人は、なぜか三津木俊助や探偵小僧の視線をさけるようにしながら、

「三津木くん、すまないがきゅうに用事ができた。こんやはきみにつきあえない」

「ああ、いいよ」

　と、三津木俊助は、気がるに立ちあがると、

「どうせ人気役者のきみのことだ。ひと晩だって、きみを独占できようとは思わなかったぜ。じゃ、探偵小僧、おいとましよう」

「すまないねえ」

と、いったものの、加納達人はなぜかほっとした顔色だった。

コロサレテイル

　探偵小僧の御子柴くんは、いま、じぶんでじぶんのしていることがわからなかった。

　春秋座の楽屋口で、三津木俊助とわかれた探偵小僧の御子柴くんは、そっとあたりを見まわしたのち、こっそり楽屋口へひきかえしてきた。

　と、そのとき、外からやってきたあき自動車が、楽屋口へきてとまると、なかから運転手がおりてきて、楽屋口からなかへはいっていった。と、思うと、すぐまた楽屋口から出てきて、運転台に乗って待っている。

　探偵小僧ははっと思った。

　この自動車は加納達人が呼んだのではないか……。

　探偵小僧の御子柴くんは、春秋座の楽屋口からはなれると、いそいで空車《くうしゃ》をさがしたが、そこは有楽町《ゆうらくちょう》の繁華街である。タクシーならいくらでもつかまえることができるのだ。

「きみ、きみ」

　と、つかまえたタクシーにとびのった探偵小僧の御子柴くんは、運転手にむかって早口にささやいた。

「しばらくここに待っていて、むこうに見える自動車が出発したら、そのあとを尾行してもらいたいんだが……」

「えっ？」

と、運転手はあやしむように、バック・ミラーにうつる探偵小僧を見なおしながら、

「いったい、それはどういうんですか」

「いや、ぼく、こういうもんだが……」

と、名刺を出してわたすと、運転手もうなずいて、

「ああ、新聞社のかたですか。なにか事件があるんですか」

「いやあ、事件というほどのことじゃないが、ひょっとすると記事にならないかと思ってね」

「ああそう、わかりました。あんた、まだ子どものくせに、なかなか熱心なんですね」

運転手もなっとくしてくれたので、やっと安心した探偵小僧の御子柴くんが、春秋座からすこしはなれたところに自動車をとめて待っていると、やがて楽屋口からソワソワと出てきたのは人気役者の加納達人。

だが、ひとめそのすがたを見たとたん探偵小僧の御子柴くんは、思わずあっと目をみはった。

なんと、加納達人は怪盗X・Y・Zの舞台すがたのままではないか。しかも、自動車はそういう加納達人を乗っけたまま、いずこともなく去っていく。


「新聞社のかた、あの自動車をつけますか」

「ああ、もちろん」

探偵小僧の乗った自動車は、見えつかくれつ、まえをいく自動車を追っていく。

そういうこととはゆめにも気づかぬ加納達人、有楽町から銀座《ぎんざ》通りをつっきると、東へ東へと自動車を走らせていく。その背後から探偵小僧の御子柴くんが、はやぶさのように目をとがらせて、まえの自動車を見失うまじと、じっとからだを乗りだしている。

探偵小僧の御子柴くんは、なぜ加納達人を尾行する気になったのか、じぶんでもハッキリわからない。怪盗X・Y・Zのふん装《そう》が、あまりうまくできているためなのか……？

しかし、俳優ならばどんな役にでもふんするのがとうぜんではないか。まして岩本夫人という、じっさいに怪盗X・Y・Zにおそわれた経験をもつ婦人が指導しているのだ。怪盗そっくりに見えたところでふしぎではないはずだ。

それでは、さっきの電話を聞いたときの加納達人のようすにうたがいをいだいたのか……？

そうなのだ。

探偵小僧の御子柴くんは地獄耳《じごくみみ》をもっている。受話器からもれてくる、わかい女の悲痛なうったえの声のなかから、たったひと声、御子柴くんの耳をとらえたのは、

「コロサレテイル！」

と、いう叫び声。

探偵小僧の御子柴くんは、おのれの耳をうたがった。聞きちがいではないかと思いなおした。三津木俊助のほうを見ると、なんにも気づかぬようすであった。

それではやっぱり聞きちがいであったのかと、じぶんのそら耳《みみ》をうたがっているところへ、またしても受話器をとおして聞こえてきたのは、

「オジサマガ……オジサマガ、コロサレテイルンデス！」

と、わかい女の悲痛な叫び……しかもそれを聞いたときの、加納達人の異様におどろいた顔の表情。

三津木俊助には聞こえなかったらしいのだけれど、探偵小僧の御子柴くんにははっきりそれが聞こえたのだ。だから、いまこうして、せめて加納のいくさきだけでもつきとめておこうと、あとを尾行している探偵小僧の御子柴くんなのだ。

自動車はやがて隅田川《すみだがわ》べりへ出ると、清洲橋《きよすばし》をわたって右へまがった。くらい空にそびえているのは、セメント会社のえんとつらしい。そのへんいったいは工場地帯になっている。

加納達人を乗っけた自動車は、とある工場のまえでとまると、なかから、怪盗X・Y・Zのふん装のまま、人気役者がおりてきた。自動車はそのままいずこともなく立ち去っていく。

探偵小僧の御子柴くんも、タクシーからとびおりると、見えがくれに加納達人を追っていく……。

犯人は怪盗X・Y・Z？

時刻はもうすでに十二時ちかく。——工場地帯にちかいこのへんでは、犬の子いっぴきとおらない。

空にはどこかに月があるらしく、ほの明りがただようているが、工場の屋根はまっくらで、林立《りんりつ》するえんとつの影があたりを圧するようである。

怪盗X・Y・Zにふんした加納達人はたくみに工

場のかげからかげへとよりながら、音もなく風のように走っていく。そのうしろすがたを追いながら、探偵小僧の御子柴くんは、ふっとあやしい胸《むな》さわぎをおぼえた。

こういう足音のない歩きかたも、俳優としてのひとつの技術なのか。それはまるで話に聞く、むかしの忍者のような身軽さ、すばやさではないか。

とつぜん、探偵小僧の御子柴くんは、ぎょっとばかりに、おのれの視覚をうたがった。

加納達人のくろいすがたが、眼前五メートルほどのところで、とつぜん消えてしまったのだ。

そこは、工場と工場とのあいだにはさまれた、せまい露地《ろじ》のなかだった。怪盗X・Y・Zにふんした加納達人は、たしかにその露地のなかへはいっていったのである。

探偵小僧の御子柴くんは、たしかにそこへはいっていく、加納達人のすがたを目撃したのだ。

それにもかかわらず探偵小僧の御子柴くんが、その露地にいきついたとき、加納達人のすがたはそこに見えなかった。

探偵小僧の御子柴くんは、二度三度、おのれの目をうたがってあたりを見まわした。しかし、加納達人のすがたはどこにもなく、露地のなかはひっそりしている。しかも、そこは入口から奥まで、わずか五メートルほどのふくろ露地なのだ。

探偵小僧の御子柴くんはあたりを警戒しながらも、そろりそろりとふくろ露地のなかへはいっていく。露地のはばは約二メートル、両側には五メートルを越えるかと思われる高いコンクリートのへいがそびえている。

だしぬけにひとからおそわれないように、探偵小僧の御子柴くんは、そのへいにぴったり背中をつけ、奥へ、奥へとすすんでいく。だが五メートルもいかないうちに、その露地は両側のへいよりさらに高い、コンクリートのかべにさえぎられた。それは、どうやらどこかの倉庫のかべらしい。

探偵小僧の御子柴くんは、ポケットから万年筆型の懐中電灯を取りだして、コンクリートのかべを調べてみた。それはかたいコンクリートで、どこにも抜けられるようなところはない。

探偵小僧の御子柴くんは、さらに入念に両側のへいと、ほそうされた道路を調べた。しかし、両側のへいにもなんのしかけもなく、またあいにくのお天気つづきで、足あとを発見するのは困難だった。

しかも、両側のへいは両側とも、五メートルを越える高さである。とても人間わざでは越えられるものではない。

それでもまだあきらめかねたのか、探偵小僧の御子柴くんは、十分あまりもその露地のほとりをさがしていたが、けっきょく加納のすがたを見失って、すごすごとそこを立ち去った。

それでは加納達人は、けむりのように消えてしまったのか。

いや、いや、そうではなかった。

探偵小僧の御子柴くんが露地のなかでまごまごしているころ、左側の工場のはんたいがわのへいのうえからにょっきりすがたを見せたのは、フェルト帽の加納達人である。

加納達人はへいのうえからあたりを見まわし、あたりに人影のないのを見定めると、へいのうえにひっかけていたカギをはずした。それからスルスルとたぐりよせたのは、きぬ糸であんだ細いひもである。

そして、あらためてカギをかけなおすと、きぬひものとちゅうにつくってあるコブの段をつたって、へいのうえからすべりおりた。

見ると、フェルト帽こそかぶっているが、加納達人は黒いふつうの洋服を着ていて、一見ふつうのサラリー・マンとかわらない。

道路のうえへとびおりると、加納達人はひもをシャクッて、たくみにへいのうえのカギをはずした。そして、ひもをくるくるまるめると、それはてのひらへはいるくらいの大きさである。

加納達人はなにくわぬ顔をして、いそぎあしに、そこから十分ほど歩くと、やがて本所《ほんじょ》の大通りへ出た。加納達人はそこで流しのタクシーをひろうと、

「本郷《ほんごう》へ!」

と、たったひとことつぶやくと、ふかぶかと自動車のクッションのなかに身をうずめて、

「探偵小僧のやつ! ゆだんもすきもあったもんじゃない」

と、口のうちでささやいて、ひにくな微笑をくちびるのはしにひろげていった。

ああ、加納達人は探偵小僧の御子柴くんが、あとを尾行していることをしっていたのだ。

　それにしても、まるで忍者のような歩きかたを心得ているこの達人、また、これまたむかしの忍者の使うような、カギのついた投げひもをひそかに所持しているこの加納――。これがはたしてふつうの役者なのだろうか。

　それはさておき、そのよく朝の探偵小僧の御子柴くんは、はなはだ寝起きがよろしくなかった。

　どう考えても加納達人にまかれたことが、探偵小僧の御子柴くんには、くやしくて、くやしくてたまらないのだ。あいつはたしかにあの露地の中へはいっていったのだ。いったいどうしてあそこからけむりのように消えてしまったのか。

　探偵小僧は加納達人にたいして、つよい疑惑をかんじながら、姉がまくらもとへおいていってくれた新聞を手に取りあげた。そして、なにげなく社会面をひらいたとたん、探偵小僧の目はいまにもとび出しそうになった。

本郷弥生《やよい》町の殺人事件
犯人は怪盗X・Y・Zか？
被害者のメイ早苗嬢は語る

地獄耳

　午前十時ごろ、有楽町にある新日報社へ出社した探偵小僧の御子柴くんは、社会部のへやへとびこむなり、

「三津木さんは……？　三津木さんはいませんか」

　と、わしづかみにした新聞を、やけにふりまわしながら、かな切《き》り声《ごえ》でわめき立てると、デスクにいた記者たちが、いっせいにこちらをふりかえり、

「どうしたんだい？　探偵小僧、いやにこうふんしてるじゃないか。また、どこかに死体がゴロゴロころがっているのを見つけてきたのかい」

　と、からかうようにまぜかえすのを、探偵小僧はむきになってにらみかえすと
「じょうだんじゃありませんよ。池部《いけべ》さん、まぜっかえすのはよしてください。それより、三津木さんはどこへいったんです。どこかへ取材にいったんですか」

「いや、三津木さんならさっきまでここにいたんだが、編集局長のへやへでもいったんじゃないかな。

ああ、三津木さん」

トイレへでもいっていたとみえて、ハンケチで手をぬぐいながら、むこうからやってきた三津木俊助のすがたを見ると池部記者が、ひょうきんな声を張りあげて、

「探偵小僧がまた、死体が山のようにゴロゴロころがっているのを見つけてきたんだってさあ」

「なにをくだらないことを!」

と、三津木俊助は苦笑しながら、探偵小僧のほうをふりかえって、

「探偵小僧、なにかあったのかい?」

「ええ、ちょっと……」

探偵小僧の顔色を見て、

「ああ、そうか、じゃ、こっちへ来たまえ」

と、三津木俊助は探偵小僧の御子柴くんを、ひとけのない会議室へとつれこんだ。

「探偵小僧、そこへかけたまえ、朝っぱらからいったいなにがあったんだい。さあ、聞かせてもらおうじゃないか」

落ち着きはらった三津木俊助の顔色を探偵小僧の御子柴くんは、ふしぎそうに見まもりながら、

「三津木さんは、けさの新聞のこの記事を、ごらんになっちゃいないんですか」

と、おこったように怪盗X・Y・Zの記事ののったページをつきつけた。

「ああ、そのことか。それなら、これから出かけようと思っていたところだ。それにしても、怪盗X・Y・Zが人殺しをしたなんて信じられんな。あいつは盗みこそすれ、ひとを殺したりなんかぜったいにしない男だが……」

「三津木さん」

と、探偵小僧の御子柴くんは、いよいよふしぎそうに、あいての顔をにらみすえて、

「ここに被害者のメイの名まえを、高峰早苗とありますね」

「ああ、そうそう、それがどうかしたのかい」

「三津木さん」

と、探偵小僧の御子柴くんは、いよいよきびしい目つきをして、

「ゆうべ加納達人さんのへやへ、女のひとから電話がかかってきましたね」

「ああ、そう、それが……?」

「だれからの電話だったかおぼえていないですか」

「たしか岩本夫人からだったが、それがどうかしたのかね」

「いいえ。岩本夫人の電話は、さいしょのやつです。加納さんがそれをことわったあとで、もういちどかかってきましたよ」

「そうそう、思い出した。それで加納のやつ、あたふたととびだしていったんだが、それがどうかしたのかい」

「ああ、そう」

探偵小僧はやっとわけがわかったように、にっこり白い歯を出して笑うと、

「三津木さんはお弟子さんが取りついだ、二度めの電話のぬしの名まえを聞いていらっしゃらなかったんですね」

「そうだね。ぼくはあのときへやのはしっこにいたからね。二度めの電話のぬしの名まえがどうかしたのかね」

三津木俊助は、あくまでなにもしらないらしい。

「三津木さん」

と、探偵小僧はちょっとあたりを見まわして、

「そういえば、あのときお弟子さんは、あたりをはばかるような声でしたが、たしかにこういいましたよ。まず、お弟子さんが、先生、お電話です、といったんですね。そうしたら、加納さんが、ことわってくれ！　そんなもの！　と、どなったんです。そうしたら、お弟子さんが、いえ、岩本先生の奥さんからじゃありません。と、そういってから、うんと声をひくくして、高峰早苗さんからですって……」

三津木俊助はとつぜん、ピクンといすからとびあがった。満面にさっと朱《しゅ》がのぼって、大きく見張ったその目には、おどろきの色がいっぱいうかんでいる。

「探偵小僧！」

と、三津木俊助はしゃがれた声を、のどの奥からしぼりだして、

「そ、そりゃほんとうか」

「ほんとうです。ほんとうですとも。それに……」

「それに……？」

「これは、ぼくのヒガ耳《みみ》だったかしれませんが、電話のむこうで女の声が、二度、コロサレテイル……オジサマガコロサレテイル……と、いったように聞

こえたんです」

三津木俊助は仁王立《におうだ》ちになって、まじろぎもせず探偵小僧の顔を見すえていたが、

「チキショウ！」

と、口のうちでした打ちすると、

「よし、いこう、探偵小僧！　きさまも来い！」

と、だっとのごとくへやからとび出していった。

三津木俊助は、探偵小僧の地獄耳《じごくみみ》をだれよりもよくしっているのである。

ああ、むざん

本郷弥生町といえば、諸君もしっているであろう。弥生式土器がはじめてここの貝塚《かいづか》から発見されたことによって有名である。

探偵小僧の御子柴くんが、三津木俊助のおしりにくっついて、弥生町にある殺人現場へ到着したのは、十一時ちょっとまえだったが、その付近いったいは、やじうまでいっぱいのひとだかり。

殺人のあった家というのは、明治末期か大正の初期に建ったものらしく、赤レンガにツタのいっぱいからみついた、みるからに古色蒼然《こしょくそうぜん》たる洋館だが、そのかわり、どっしりした重量感をいだかせる、ちょっと趣味にとんだ、二階建てだった。

思うにこの洋館は、レンガ建てにもかかわらず関東の大震災にも難をまぬがれまた、空襲の厄《やく》からもたすかってきたのであろう。

そういえばなんとなく不死鳥を思わせるようなぶきみさが、さびた緑色のかわらのうえにただようている。

鉄だなのついた門柱には、これまたいちめんにからみついたツタの葉に、まるで埋もれんばかりに表札がのぞいている。表札の文字を見ると進藤英吾《しんどうえいご》。

そうすると、メイといっても高峰早苗は、ここの主人と肉親の関係ではないのだろうか。

門のなかへはいっていくと、警察官や報道関係の連中が、まるでくもの子を散らしたように右往左往《うおうさおう》していたが、とつぜん、頭のうえのほうから、

「やあ、三津木くん、探偵小僧もよくきたな」

と、太い声が降ってきたので、ふたりがひょいとそのほうを見ると、建物の側面についている、二階のバルコニーのうえに、等々力《とどろき》警部が立っていた。

警部のほかにも二、三人の人影が、いそがしそうに動いている。

「ああ、警部さん、怪盗X・Y・Zが人殺しをしたというのはほんとうですか」

三津木俊助がうえをあおいでたずねると、

「まあ、こっちへあがってきたまえ。死体を取りかたづけてしまわないうちに、見ておいたほうがいいだろう」

「ああ、そう。探偵小僧、いこう」

荘重《そうちょう》な感じのする広いげんかんからなかへはいると、右側にひろい応接室があり、正面にすりきれたじゅうたんを敷いた階段がある。

三津木俊助と探偵小僧のふたりは、階段をのぼろうとして、ふと、右側の応接室をふりかえったが、そのとたん、ふたりは、ぎょっとしたように目を見かわせた。

応接室のアーム・チェアーに、ドサッと腰をおろしているのは、ゆうべ春秋座の喫茶室であったゴム風船夫人、すなわち岩本卓造夫人である。そして、おなじ応接室のなかを、両手を背中に組んで、しきりにいきつもどりつしているのは、度《ど》の強そうなべっこうぶちのめがねをかけ、顔中にくまのようにひげをはやしている。六十くらいの紳士である。これが冶金学《やきんがく》の大家《たいか》といわれる、岩本工学博士らしいのだが、おそろしくネコ背《ぜ》である。博士はまるでおりのなかのトラかライオンみたいに、へやのなかをいきつもどりつしているのだ。

三津木俊助と探偵小僧はふっと目と目を見かわせて、たがいにうなずきあいながら、二階への階段をのぼっていった。この二階のうえに、屋根うらべやがあるらしく、二階のろうかのおくにせまい階段がついているが、ふたりが二階へあがりついたとき、その階段のとちゅうにきれいな少女が立っていた。

少女のとしは十八か九か、階段の手すりに身をよせて、二階のへやをのぞいているらしかったが、したからあがってきたふたりのすがたに気がつくと、はっとしたように身をひるがえして、そのまま屋根うらのへやへあがっていった。

手足のすくすくとよくのびた、健康そうで、いかにもスタイルのよい少女だった。ひょっとすると、これが高峰早苗というメイではあるまいか。

三津木俊助と探偵小僧のふたりは、またがいに

目と目を見かわせながら、右側にひらいているドアのなかへはいっていったが、そのとたん、へやのなかにそこはかとなくただようている、なんともいえぬ異臭《いしゅう》にはなをうたれて、おもわずふたりとも顔をしかめた。

「やあ、警部さん」

へやのなかに、おおぜい、立ちはたらいている警官たちのなかをかきわけて、三津木俊助と探偵小僧の御子柴くんが、バルコニーのほうへいこうとすると、

「おお、三津木くん、探偵小僧もよくきたな。ひとつ、その暖《だん》炉《ろ》のほうを見てごらん」

と、等々力警部はバルコニーのなかへはいってきた。

「えっ？」

と、答えて、探偵小僧と三津木俊助は警部のゆびさすほうをふりかえったが、そのとたん、思わずゾーッと背筋《せすじ》がつめたくなるような恐怖にうたれた。

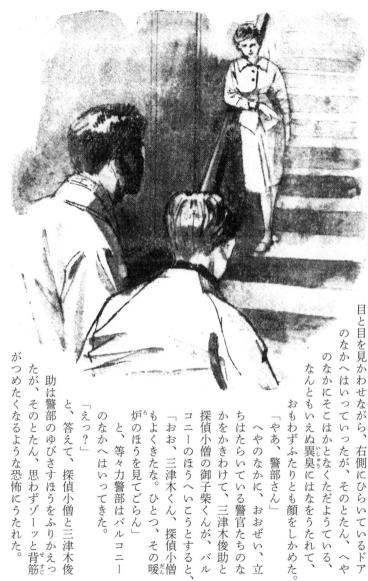

壁にとりつけた暖炉のなかに、男がひとり顔をつっこんで、うつぶせに倒れているのである。

暖炉のなかには石炭《せきたん》がいっぱいほうりこんであり、いまは水でもぶっかけたのか消えているが、男が首をつっこんだときには、まだあかあかともえていたにちがいない。横からそっとのぞいてみると男の顔はもののみごとに焼けただれて、ひとめ見ただけでも、ゾーッとするほど気味の悪い、くちゃくちゃの肉のかたまりになっている。

しかも、苦しまぎれにもがいたのか、両手も石炭のなかにつっこんでいるので、これでは顔はおろか、指紋さえ完全にわからなくなっているのではあるまいか。

探偵小僧の御子柴くんは、思わず両手にあせをにぎりしめた。

祖父と孫

「こ、これは……」

と、探偵小僧の御子柴くんは、おもわず二、三歩あとずさりした。

探偵小僧といわれるだけあって、御子柴くんはいままで、そうとうたびたび死体というものにお目にかかってきたが、これほどむごたらしいのは見たことがない。

顔がやけただれてしまっているので、はっきりしたことはいえないが、からだの肉づきやなんかからして、五十くらいの年ごろではないだろうか。

へやでくつろいでいるところを、がんと一撃やられたらしく、うしろ頭がざくろのようにはじけていて、からだにはゆるいガウンをはおっている。

凶器も暖炉のそばにころがっている火かき棒がそうだろう。火かき棒のさきに血にそまった毛髪がこびりついているのが気味悪い。

「これはだれ……?」

三津木俊助がたずねると、

「顔が、めちゃめちゃにくずれているので、ハッキリとしたことはいえないが、この家のあるじの進藤英吾氏らしいんだがね」

「なにをする人なんですか」

「いや、職業はよくわからないんだが、ばあやの古《ふる》川《かわ》トミの話によると、終戦直前に満州《まんしゅう》から引きあげてきて、ここに住みついているというんだが……」

「無職なんですか」

「どうもそうらしい。財産をもっているんじゃないか」

「満州から引きあげてきたといえば……」

と、三津木俊助はゆかを見て、

「いまこの下にいる岩本卓造博士も、たしか昨年満州からひきあげてきたのでしたね」

「ああ、そう、なんでも満州時代のしりあいらしいんだね」

探偵小僧の御子柴くんは、いまはじめてあのゴム風船夫人のおっとが、昨年満州から引きあげてきたばかりだということをしった。

満州からの引きあげ者といえば、無一物《むいちぶつ》にちかい境遇だったのではないだろうか。それが怪盗X・Y・Zにおそわれて、時価一千万円もするダイヤの首飾りを盗まれたというのは、いったいどういうわけなのだろう。

「ときに、ここに高峰早苗というメイがいるそうですが、それはここの主人とどういう関係なんですか」

「いや、それだがね」

と、等々力警部は声を落として、

「元来この家は高峰栄造《えいぞう》というものの家だったんだ。ところが進藤英吾というのは、高峰栄造の妻の兄なんだね。それが終戦直前にひとりで満州から引きあげてきて、この家へころがりこんだそうだ。ところがそれからまもなく、高峰栄造夫婦は被爆《ひばく》して死んでしまった。そこで、しぜんこの家は進藤英吾のものになってしまった。いや、いわば乗っとったかたちになっているらしい」

「なるほど、すると、高峰早苗というのは……？」

「だから、空爆で死んだ高峰栄造のひとり娘なんだ」

「すると、この家におじとふたりきりで住んでたんですか」

「いや、もうひとり栄造の父、早苗にとっては祖父にあたる、高峰岩雄《いわお》老人がいる」

「そのひとはいまどこに……？」

「屋根うらのへやにいるよ。かわりもんのがんこじいさんで、長年中風《ちゅうふう》で寝ているということだ」

探偵小僧の御子柴くんは、はっと三津木俊助の顔を見た。それでは早苗は祖父のところにいるのであろうか。

「ときに、この殺人が怪盗X・Y・Zのせいだとい

うのは……?」

「いや」

と、等々力警部は小指で小《こ》びんをかきながら、

「それというのがばあやの古川トミと、メイの早苗

がX・Y・Zのすがたを見てるんだよ。それにあれ

を見たまえ」

等々力警部の指さしたのは、マントル・ピースの

壁に、はめこみになっている鏡だが、そこにはなま

なましい血のなすり書きで、

『X・Y・Z』

と、いう字が、ぞっとするような無気味さで、タ

ラタラとしずくをたらしている。

「この被害者の後頭部から流れ出した血を、ハンケ

チかなんかにしめして、ああしてサインをしていっ

たんだね」

三津木俊助は探偵小僧と、またハッと顔を見合わ

せたが、

「それじゃ、その早苗というメイと、ばあやの古川

トミをここへ呼んでくれませんか。ちょっと話をき

きたいですから」

「いや、早苗は来まい。岩雄老人が手ばなさないか

ら。……古川トミを呼んでみよう」

古川トミというのは六十を越えた老婆《ろうば》で、目が悪

いとみえて、しきりにハンケチで、目がしらににじ

む涙をおさえていた。

その古川トミの話によると、こうである。

「あれはゆうべの十二時ごろのことでしたろうか。

このへやからお嬢さんのかな切り声《きごえ》がきこえてきた

ので、あたしがしたからあがってくると……」

と、ばあやはそこでいきをのみ、

「そこのバルコニーのところで、みょうなすがたを

した男……そら、そら、ちかごろ新聞で評判の、怪

盗X・Y・Zとやらいうどろぼうと、そっくりおな

じみなりをした男が、お嬢さんを小《こ》わきにかかえて、

いまにも下へとびおりそうなかっこうをしておりま

すでしょう。お嬢さんは、まるでわしにつかまれた

小《こ》すずめどうよう、手足をバタバタさせていました。

そこであたしがびっくりして大声あげると、X・

Y・Zはお嬢さんをそこにつきとばし、じぶんはあのケヤキの木にとびついて、そのまま猿《さる》のようにスルスルと下へおりてしまったんです」

三津木俊助と探偵小僧の御子柴くんが、バルコニーへ出てみると、なるほど、すぐ目のさきにケヤキの大木がそびえていて、枝が大きく折れていた。

三津木俊助と探偵小僧の御子柴くんは、思わず顔を見合わせた。

屋根うらの老人

高峰岩雄老人というのは、もうかれこれ七十だろう。長い白い頭髪をバラバラと顔にたらして、運動不足らしくふとった顔は、一見して栄養失調を思わせる。

からだも顔とどうようにぶくぶくと土左衛門《どざえもん》のようにふとっているが、中風《ちゅうふう》で腰から下が自由にならないらしく、車いすにすわっている。いすの両側についている車の輪を両手でまわして、それでへやのなかくらいは、どうやらいきさができるらしい。

その老人のそばに立っているのは、さっき階段のとちゅうで見た少女で、やっぱりそれが早苗だった。

等々力警部の案内で、この屋根うらのへやへはいってきた、三津木俊助と探偵小僧の御子柴くんは、思わず顔をしかめずにはいられなかった。

てんじょうのひくいそのへやは、風とおしも悪く、採光も十分でないので、うすぐらくて、いんきで、しかもなんとなくへんなにおいがただようている。それは、人間のあせのにおいらしかった。

「お嬢さん、あなたはゆうべ怪盗X・Y・Zをごらんになったそうですね」

「はあ」

と、早苗はかすかに身ぶるいをして、口のなかで小さく答えた。

「それはどういう状態のもとにですか。あなたのおじいさまの死体にいつ気がついたのですか」

「それはこうでございます」

と、早苗は小さな声で、

「きのう、あたしお友だちと、音楽会へまいりましたの。かえってきたのは十二時ちかくでございましたろうか。あたしのへやは一階なのでございますが、いつもこのおじいさまにお休みをいって、それからやすむことにしております。それで……」

「ふむ、ふむ、それで……？」

「それで、このおへやへあがってこようといたしますと、お二階のへやのドアがあいていて、なにやら物音がいたしますでしょう」

「なるほど、それで……？」

「それで、おじさまがまだ起きていらっしゃるのかと、ひょいとなかをのぞいてみました。すると……」

「ふむ、ふむ、すると……」

「はあ、へやのなかはてんじょうの電気は消えていて、マントル・ピースのまえにある、フロア・スタンドにだけ電気がついておりました。だから、そのへんだけがあかるかったのですが、ひょいと見るとそこにあのひとが立っていて……」

「あのひととは……？」

「怪盗Ｘ・Ｙ・Ｚ……」

早苗はまたかすかに身ぶるいをした。

「ふむ、ふむ、それで、怪盗Ｘ・Ｙ・Ｚは、いったいそこでなにをしていたんですか」

「そのときはよくわかりませんでしたが、あとから考えると、あのマントル・ピースのうえの鏡に、サインをしていたのではないでしょうか」

「なるほど、それからどうしました」

「あたし、びっくりして思わず大声をあげて叫びました。すると、いきなり怪盗Ｘ・Ｙ・Ｚがとびついてきて、あたしのからだをだいてバルコニーの外へひきずりだしました。あたしむちゅうで手足をバタバタさせていますと、そこへばあやがかけつけてきたので、Ｘ・Ｙ・Ｚはあたしをつきはなし、バルコニーからケヤキの木にとびうつって、そのまま逃げてしまいました」

三津木俊助と探偵小僧の御子柴くんは思わず顔を見合わせた。早苗の話は古川トミの話にそっくり符《ふ》節《せつ》があっている。

「それから、あなたどうしました」

「あたし、怪盗Ｘ・Ｙ・Ｚが、マントル・ピースのまえで、いったいなにをしていたのかと、こわごわ暖炉《だんろ》のそばへかえってくると、おじさまのあの恐ろしい……」

「あなたはあれをハッキリおじさまだと思いますか」

「まあ！」

と、早苗は大きな目を見張って、けげんそうに三津木俊助を見て、

「だって、おじさまのへやのなかで、おじさまのガウンを着て……」

「ああ、そう、わかりました。それからあなたどうしました」

「あたし、このおじいさまのことが心配だったので、あとはばあやにまかせて、このへやへとんできました。おじいさまは、あたしの声に目をさましたとかで、ベッドのなかでとても気をもんでいたんです」

そのへやのすみには、うすぎたないベッドが一台すえてある。

「なるほど。ところであなた加納達人という男をしっていますか」

「はい」

と、早苗は小さな声でハッキリ答えた。

「どういうおしりあいですか」

「どういうって、べつに……。岩本先生のところで、二、三度お目にかかったぐらいのことで、ふかいおしりあいというのでもございません」

「ゆうべ、あなた加納達人のところへ電話をかけましたか」

「あたしが……？　いいえ、べつに…」

と、早苗はふしぎそうな顔をしたが、それがほんとうの表情なのか、またいつわってそういう顔色をしているのか、それは探偵小僧にもわからなかった。

「しかし、ゆうべ高峰早苗という名まえで、加納達人くんのところへ、電話がかかってきたというものがあるんですが……」

「まあ、それはなにかのまちがいでしょう。そんなことは、ぜったいにございません」

「出ていけ！　出ていってくれ！」

とつぜん、そばからけだもののようにほえたのは、あの中風の岩雄老人である。車いすのそばにあった、太いこん棒《ぼう》を手にとると、それをブンブンふりまわしながら、

「出ていけ、こら、出ていきおらんか。わしの孫をいじめると、どいつこいつのようしゃはせんぞ！」

目をいからせ、サンバラ髪をふるわせながら、口からあわをふいて怒号《どごう》するすがたは、まるでものにくるった野獣のようなすさまじさだ。

だが、そのとき、探偵小僧の御子柴くんは、ちょっとみょうなことに気がついた。

車いすの下にひっくりかえっている、スリッパのうらについているのはドロではないか。中風でへやから出られぬはずの老人の、スリッパのうらにドロがついているというのは……？

早苗と香苗

「やあ、三津木くんか。昨夜は失敬《しっけい》、おやおや、探偵小僧もいっしょかい」

いま春秋座の「怪盗X・Y・Z」で大当たりをとっている新進劇団の座長加納達人は、芝白金台町《しばしろかねだいまち》にある高級アパート白金会館の四階三号室に、でしの音丸一平《おとまるいっぺい》といっしょに住んでいる。

三津木俊助と探偵小僧の御子柴くんが本郷弥生町の殺人現場、進藤英吾氏の邸宅《ていたく》から、とちゅうちょっと寄り道をして白金会館にまわったのは、もう午後も二時過ぎだったが、加納達人はまだベッドのなかにいた。

春秋座は一回興行で、芝居《しばい》は毎日午後六時からはじまるのだから、その点、座員一同はらくだった。

「加納、きみ、いままで寝ていたのかい」

ベッドから出てシャワーをあびて、パジャマのうえに、ガウンをひっかけたまま、ふらふらと応接室へ出てきた加納達人は、ゆうべ、夜ふかしでもしたのか、目をまっかに充血させている。

三津木俊助と探偵小僧の御子柴くんは、うたがいぶかい目を見かわせた。

「ああ、なにしろゆうべ……じゃなかった。けさ五時ごろまで、バカさわぎをしてたもんだからね」

と、加納達人は大あくびをして、それからきゅうに思い出したように、

「おい、音丸、腹がへった。朝飯《あさめし》をはやくしてくれ。おっと失礼、きみたち、飯は……？」

「なにをいってるんだ。もう午後二時じゃないか。昼飯もとっくのむかしに食べてきたよ」

「あっはっは、そうか、そうか。どうも役者という稼業《かぎょう》は、昼と夜とのくべつがつかなくていけないよ。ああ、それじゃ失敬してパクつくとするよ。音丸、お客さんにコーヒーでもいれてあげてくれたまえ」

朝飯だというのに加納達人のテーブルは、ごうせ

いなものであった。たまごを三つも使ったかと思われる大きなオムレツに、野菜サラダがふんだんに盛ってあり、バターをたっぷりぬったトーストが三枚、ほかに牛乳びん二本ぶんはいろうかという大コップに牛乳がいっぱい。それに食後のくだものが食べほうだいである。

　三津木俊助と探偵小僧の御子柴くんは、音丸がすすめてくれたかおりたかいコーヒーをすすりながら、加納達人の健《けん》たんぶりをながめていたが、やがて俊助が、そろそろ質問のほこさきを切り出した。

「加納、けさ五時までバカさわぎをしていたといったが、いったいどこでそんなさわぎをやったんだ」

「なあに、高池香苗《たかいけかなえ》のところだよ」

「高池香苗……？」

「そうさ、あれ、きみたち高池香苗くんをしらないの。ほら、ミュージカルの女王といま評判のたかい人気スターだ。ゆうべそこへわれわれみたいな連中が五、六人集まって、とうとう朝までバカさわぎをやってしまったのさ」

　三津木俊助と探偵小僧の御子柴くんは思わず顔を見合わせた。

　高池香苗なら、むろんふたりともよくしっている。歌がじょうずで踊りがうまく、おまけに芝居もできるところから、いま人気絶頂のスターである。

　だが、高池香苗と高峰早苗……？　それではゆうべの電話は高池香苗からだったのを、探偵小僧の御子柴くんが高峰早苗と聞きちがえたのだろうか。

　加納達人は、ふしぎそうにふたりの顔を見くらべながら、

「どうしたんだい、ふたりとも。何をそんなにジロジロぼくの顔を見てるんだい」

「だって、きみ、高池香苗のうちならたしか田園調布《でんえんちょう　ふ》だと聞いてるぜ」

「そうさ、だから田園調布へいったのさ」

「だけど、きみは春秋座を出ると、深川《ふかがわ》のほうへ自動車を走らせたというじゃないか」

「あれ、どうしてそんなことをしってるのさ」

「どうしてでもいい。そういう情報がちゃんとこっちへはいってるのさ。それについてひとつご説明をねがおうか」

「おやおや、それじゃ、まるで被告だね。あっはっは、まあ、いいや、ほんとのことをいおう」

ごうせいな朝食をたべおわった加納達人は、いかにも満腹したといわんばかりに、いすのなかにふんぞりかえると、探偵小僧の顔をしり目《め》にかけて、にやりとわらった。

「高池くんの注文というのが、怪盗X・Y・Zのふん装《そう》のままできてくれというんだ。それで集まったお客さんをあっといわせようというわけだね。そこで注文どおりのふん装で春秋座の楽屋口から出ていくと、なんだかへんなやつがウロチョロしてるじゃないか。そこで念のために自動車をぜんぜん反対の方角へ走らせてみたら、はたしてあとから尾行してくる自動車がある。こいつはおもしろい、ひとつからかってやれと思ったものだから、わざわざ深川まででお出ましというわけだ。わっはっは」

探偵小僧の御子柴くんは、屈辱《くつじょく》のためにまっかになった。耳たぶまでもえるようだった。三津木俊助は、鋭くあいての顔を見守りながら、

「ときに、きみ、いま起きたばかりなんだね」

「ああ、そう、ごらんのとおりだ」

「それじゃ、けさの新聞はまだ見ていないんだね」

「ああ、見ていない。なにか変わったことでも出ているのかい？」

「じゃ、ちょっとこれを見たまえ」

加納達人はふしぎそうに、突きつけられた新聞の、赤えんぴつでしるしをつけてある記事に目を落とすと、ぎょっとしたように、まゆをつりあげた。

三津木俊助は注意ぶかく加納達人の顔色をうかがっていたが、あいてが読みおわるのを待って、

「きみ、その高峰早苗というお嬢さんをしってるだろう」

「ああ、しってる。岩本博士のところで二、三度あったことがある」

「きみ、加納！」

と、俊助はするどくあいての顔を見つめて、

「ゆうべ春秋座へ電話をかけてきみを呼び出したのは、高池香苗ではなくて、この記事にある高峰早苗さんじゃなかったのか」

「バ、バカな、そんなバカな！」

と、加納達人は言葉するどく打ち消すと、

「それがうそだと思うなら、高池香苗くんに聞いてくれたまえ。ゆうべ春秋座の楽屋へ電話をかけてきたのは、たしかに高峰早苗ではなく、高池香苗のほ

うなんだ」

へいぜんとしてうそぶく加納達人の顔をみて、探偵小僧の御子柴くんは、くやしそうにくちびるをかみしめた。

高峰早苗と高池香苗と、名まえが似ているのをさいわいに、加納達人はゆうべのうちに、早苗や香苗とばんじうまく取りつくろうよう、打ち合わせておいたのではあるまいか。

なぞの金塊

「三津木くん、本郷弥生町の事件だがね、だいぶ、りんかくが、ハッキリしてきたぜ」

事件があってから、三日目のことである。

三津木俊助が探偵小僧の御子柴くんとともに、警視庁の第五調室《しらべしつ》、等々力警部担当のへやへはいっていくと、警部はいささかごきげんだった。

「はあ……どういうことですか」

「まあ、そこへかけたまえ。探偵小僧、きみにも話して聞かせてやろう」

ふたりがデスク越しに警部にむかって腰をおろすと、等々力警部は調査書類をめくりながら、

「まず被害者進藤英吾と進藤英吾の妹のおっとだった高峰栄造、すなわち戦争中爆死した早苗の父だね、それから岩本卓造博士の三人は、戦前満州でいっしょだったそうだ。しかも岩本卓造博士とこんどの事件の被害者、進藤英吾はいとこどうしで、しかもおないどしになるんだ。だから、早苗の父の高峰栄造とあとのふたり、みんなしんせきになってるわけだね」

「ああ、なるほど」

「ところが、まず高峰栄造がその妻と、当時まだあかんぼうだった早苗をつれて満州からかえってきて、本郷弥生町のあの家を買いとったのが昭和十八年、すなわち終戦より二年まえのことなんだ。そうして家を買って落ちつくと同時に、郷里九州のほうへあずけてあった岩雄老人をひきとった……」

「はあ、はあ、なるほど」

「ところが、それから一年ちょっとおくれて昭和二十年の春のはじめに、栄造にとっては義兄にあたる進藤英吾がただひとりで、しかもほとんど無一物《むいちぶつ》どうようのからだで満州からひきあげてきて、栄造の

ところへころがりこんできたんだ」

「なるほど。それから栄造夫婦が空襲で爆死したわけですね」

「そうそう、それから終戦をむかえたが、両親をうしなった早苗は祖父の岩雄老人とともに、無一文《むいちもん》になってしまった。そこであの家なども、おじの進藤

英吾の手にわたってしまったわけだね」

「しかし、進藤英吾も無一物どうようで、満州からひきあげてきたということでしたが、そういう男が、どうしてあれだけの家を買う金を手に入れたんでしょうねえ」

「そこだよ、三津木くん、問題は。あの進藤英吾という男は、以前からひそかに警察で目をつけていた男なんだ」

「警察で……？　というと、なにか悪事でも……」

「いや、それがハッキリわからないんだが、ときどき貴金属商や歯科医やなんかに金《きん》のかたまりを売りにいくんだね」

「金のかたまり……？」

「そうなんだ。終戦以来ずうっとそうらしいんだ。金にはインフレはない。物価があがれば金の値段もあがる。それを少しずつ小出しに売っていたので、去年まで警察でも気がつかなかったんだ。ところが去年の秋、そうとうの金塊《きんかい》がヤミ市場でうごいたので、はじめて

進藤英吾の名まえがうかびあがってきたんだ」

「去年の秋といえば、岩本卓造博士が満州からひきあげてきたじぶんですね」

「そうなんだ」

と、等々力警部はニヤリとわらって、

「そこになにかいわくがありそうじゃないか。岩本博士夫婦も去年の夏満州からひきあげてきたときにゃ、無一文どうようだったはずなんだ。それが夫人のいう一千万円のダイヤの首飾りというのはマユツバもんにしろ、とにかくそうとうに暮らしている。その金はいったいどこから出たかということだね」

「わかりました、警部さん」

と、そばからこうふんして叫んだのは探偵小僧の御子柴くんだ。

「進藤英吾は終戦直前に満州からひきあげてくるとき、ドッサリ金塊を盗み出して、もってかえったのにちがいありません。その秘密をいとこの岩本博士がしっていて、脅迫《きょうはく》してたんじゃないでしょうか」

「まあ、そんなところだろうな。だから怪盗X・Y・Zが目をつけるのもむりはないと思うんだ」

探偵小僧の御子柴くんと三津木俊助は、おもわずはっと顔を見合わせた。

等々力警部は進藤英吾を殺したのを、あくまで怪盗X・Y・Zと信じているようだが、探偵小僧はそれについて強い疑惑をいだいているのだ。

血ぞめの自動車

早苗のおじ、進藤英吾が殺されてから一週間になるが、捜査はいっこうにはかどらない。

警察方面では怪盗X・Y・Zを犯人とみなして、やっきとなって捜索《そうさく》しているが、それでとらえられるようでは、怪盗といわれるねうちはないだろう。

また、警察では弥生町の邸宅《ていたく》のどこかに、なぞの金塊がかくしてあるのではないかと、極秘のうちに捜索しているが、これまたいまのところ、なんの効果もあがっていない。

ところが事件が起こってから八日目のこと、ここにまたもや怪事件が突発してあっとばかりに世間の心胆《しんたん》を寒からしめたのである。

それは十一月八日の夜——と、いうよりも、九日の午前二時ごろのことだった。

隅田川にかかっている清洲橋の下を通りかかっただるま船《せん》のよこへ、バサリとなにか落ちてきたものがあった。

「おや、にいさん、橋のうえから落ちてきましたぜ」

「辰吉《たつきち》、ひろいあげてみろ」

このだるま船のぬしは近江寅蔵《おうみとらぞう》、辰吉のきょうだいで、東京と木更津《きさらづ》のあいだを往復している、一種のべんり屋みたいなものである。

兄の寅蔵がカンテラで水のおもてを照らしてみると、なにやら大きなふろしきづつみが、ぶかぶかと川のうえに浮かんでいる。

弟の辰吉がカギざおでたぐりよせて、船のうえへひっぱりあげてみると、ふろしきづつみを帯かわでしめてあった。辰吉がそのふろしきづつみをひらいてみると、なかから出てきたのはオーバーに洋服の上下、チョッキからワイシャツまでそろっていたが、

「わっ、にいさん、見てごらん。このオーバーや洋服にはぐっしょりと、血がついている……」

兄と弟は、だるま船のうえでまっさおになった。

この血ぞめの洋服は、すぐもよりの交番へとどけられたが、上着のうらにぬいつけたネームを見ると、T. Iwamoto と、ある。

このネームだけでは洋服のぬしの身もとはわからなかったが、九日の早朝になってさらに奇怪な事実が発見されて、あっとばかりに、捜査隊をおどろかせたのだ。

清洲橋をむこうへわたった深川清澄町《きよすみちょう》のみちばたに、自動車が一台乗りすててあった。通りがかりのひとがなにげなく、運転台をのぞいてみて、あっとばかりにきもをつぶした。運転台がぐっしょりと血にぬれているのである。

しらせによってかけつけてきたおまわりさんが調べてみると、ハンドルの下にぼうしがひとつ落ちていたが、そのぼうしにはあきらかに、ピストルでうたれたとおぼしいあながあいており、これまたぐっしょりと血にそまっていた。

さいわい運転台のポケットのなかに、車の検査証があったので、自動車の持ち主はすぐわかったが、それは新小川町《しんおがわまち》に住む岩本卓造博士の自動車であった。

この報告が警視庁へはいったとき、ちょうどさい

わい、三津木俊助と探偵小僧の御子柴くんもきあわせていたので、いっしょに現場へかけつけてみると、ゴム風船みたいな岩本夫人も、新小川町からかけつけていた。

「はい、これは主人の車にちがいございません。それにこの洋服もオーバーも、きのう主人が着て出たものでございます。主人はこのさきのQ・R金属工場へ勤《つと》めているのですが、きのう出がけに今夜はおそくなるからといって……」

と、あとは涙で言葉にならなかった。

岩本卓造博士はいとこの進藤英吾の初七日《しょなのか》をすませ、きのうの夕方ひさしぶりに工場へ出勤したのだが、夜の十時ごろじぶんで自動車を運転して工場を出たが、それきりゆくえがわからないのである。

「このようすでみると、岩本博士はうしろの座席へだれかをのっけたんだね。そいつがうしろからピストルで博士の脳天を狙撃《そげき》し、そのあとで博士をすっぱだかにした……」

「しかし、警部さん、犯人はなぜ博士をすっぱだかにしたんでしょう」

「そりゃ、探偵小僧、いうまでもない。博士の死体が発見されたとき、だれだか身もとがわからないようにするためさ」

「しかし、こうして血ぞめの自動車をおっぽり出しておいたら、博士になにか変わったことでもあったんじゃないかってことが、すぐわかってしまうじゃありませんか」

「いや、おそらく犯人はこの自動車も、川の底へ沈めてしまうつもりだったんだろう。それがなにか故障が起きて、車をそのままにして逃げ出したんだ」

「警部さま、そして犯人とはだれでしょう」

「奥さん、それはいうまでもありません。怪盗X・Y・Zにきまってます。いちど血の味をしったおおかみは、いまや血にくるっているのです」

地下の洞くつ

岩本卓造博士が殺害されたとおぼしい、十一月九日の夜八時ごろのことである。探偵小僧の御子柴くんが、そろそろ社をひきあげようとしているところへ電話がかかってきた。

「もし、もし、そちら新日報社ですか、探偵小僧の

御子柴くんはいますか」

と、みょうにボヤけた声である。

「はあ、御子柴ならぼくですが……」

「なあんだ。きさま探偵小僧か」

「そういうあなたはだれですか」

「おれだ、怪盗X・Y・Z……」

探偵小僧はぎょっとして、

「その怪盗X・Y・Zが、なにか用ですか」

「ふむ、きさまによいことを教えてやろうと思うんだが、三津木俊助はまだいるかい」

探偵小僧は、すばやく室内を見まわして、

「ええ、まだいらっしゃいます。三津木さんになにかご用ですか」

「いいや、きさまでいい。本郷弥生町の進藤英吾のうちをしってるね」

「もちろん、よくしってます」

「よし、それじゃ進藤のうちの東どなりに、戦災をうけてへいだけ残り、あとは廃《はい》きょみたいになってるうちがあるのを、しってるだろう」

「ええ、しってます」

「じつはあの地所も進藤のものなんだ。昭和二十二年に進藤が、もとの持ち主から買いとって、わざと廃きょのままほったらかしてあるんだ。そのわけがわかるかい」

「いいえ、わかりません。どうしてですか」

「それをしりたかったら、今夜三津木俊助とふたりで、廃きょのなかにしのんでろ。ただし、ひとにしられちゃダメだぜ。そうすりゃ、なにもかもいっさいのなぞがとけらあ。あっはっは！」

高らかな笑い声が耳底にひびいたかと思うと、ガチャンと受話器をかける音。

「探偵小僧、どうしたんだ。いったいだれからの電話なんだ」

　気がつくと、三津木俊助がそばへきている。

「三津木さん、じつは……」

と、探偵小僧がこごえでいまの話をすると、

「ようし、いってみよう。だまされたらだまされたときのことだ」

　三津木俊助と探偵小僧のふたりは、勇躍《ゆうやく》して新日報社をとびだしたが、それから三十分ののち、遠くで自動車をのりすてたふたりは、まんまと指定された廃きょのなかにしのんでいた。

　怪盗X・Y・Zも指摘したとおり、コンクリートのへいだけはきれいに残っているが、一歩なかへ踏みこむと、建物はすっかり焼け落ちて、いまだにいたるところ、がれきの山となっており、草ボウボウとおいしげっている。

　この廃きょとコンクリートのへい一つへだてたとなりが、進藤英吾の邸宅《ていたく》だ。二階のバルコニーの外に、このあいだ怪盗X・Y・Zがつたって逃げたというケヤキの大木が見えている。そのうえが、岩雄老人のいる屋根うらで、十時ごろその屋根うらの窓に、早苗らしい女の影がうつったが、それからまもなくあかりが消えたのは、早苗が祖父におやすみをいって階下へおりていったのだろう。

　三津木俊助や探偵小僧の御子柴くんにも、これからなにごとが起こるかわからない。しかし、かれらはしんぼうづよく待つことにした。廃きょの片《かた》すみのがれきの山に、ぴったりと身を伏せている。

十一時半ごろ、屋根うらの窓にぱっとあかりがついたかと思うと、三津木俊助と探偵小僧はおもわず、ぎょっと息をのみこんだ。

なんとその窓にうつった影は、怪盗X・Y・Zにそっくりではないか。だが、ふたりがあっと叫んだしゅんかん、あかりは消えて、窓はまたもや、もとのくらやみにもどった。

「三津木さん！」

「いや、もう少しようすをみていよう」

三津木俊助ははやる探偵小僧をおさえて、なおもようすをうかがっていたが、十二時ごろになって、だれやらこの廃きょへはいってきた。

くらがりのなかなので、ハッキリすがたは見えないが、黒い影はふたりのかくれているがれきの山を通り過ぎると、足音をしのばせ十メートルほどむこうにある、おなじがれきの山のかげへはいったかと思うと、そのまますがたは消えてしまった。

「おや……」

ふたりはなおも物かげにかくれたまま顔を見合わせていたが、それから三分ほどたってから、とつぜん、ピストルの音がきこえた。しかもそれは地《ち》の底からきこえたのだ。

「三津木さん！」

「探偵小僧、来い！」

ふたりがむこうのがれきの山をまわってみると、なんとそこにはポッカリと井戸のようなたてあなの口があいているではないか。しかも、そのたてあなの底のあたりで、格闘するような足音がみだれていたが、やがて、それもシーンとしずまって、あとは地獄のしずけさである。

ふたりはしばらく、だれかあがって来はせぬかと、井戸の底をのぞいていたが、五分たっても、十分たってもあがってくるものはない。

「探偵小僧！　いってみよう！」

そのたてあなには、鉄ばしごがついていた。ふたりがそれをつたってもぐりこむと、井戸の深さは五メートルあまり、底には水がなくて、そのかわり横あなの口が開いている。

ふたりは懐中電灯を照らしながら、その横あなを四つんばいになってはっていったが、いくこと約十メートル、ちょうど進藤家との中間あたりに、ちょっと広いどうくつがあり、そこにだれか人が倒れている。

「だれか！」

三津木俊助が声をかけたが返事はなく生きているのか、死んでいるのか身動きもしないのである。おそるおそるそばへよってみると、男がひとり、手足をしばられてきぜつしている。見おぼえのない男であった。

「あっ、三津木さん、あれを！」

見ると、コンクリートで固めた洞《どう》くつのかべのうえに、大きく白《はく》ボクで書いてあるのは、

『進藤英吾が満州より盗みかえりし大金塊《だいきんかい》を引き渡す。ただし謝礼として、その三分の一をもらいうけるものなり。

X・Y・Z』

そしてそこには、かまぼこがたの金《きん》ののべ棒が、山のようにつんであった。

怪盗はだれ？


「ふむ、ふむ。そして、そのどうくつでしばられてきぜつしてたのが、殺されたと思っていた進藤英吾だったんだね」

そのよく日《じつ》の正午過ぎ、白金会館へ三津木俊助と探偵小僧がたずねていくと、けさはあんがい早起きをしたとみえ、加納達人はのんきな顔でギターをひいていた。

「そうなんだ。そして、このあいだ殺されてストーブのなかへ顔をつっこんでいたのが、岩本卓造博士だったんだ」

「おやおや」

「岩本博士と進藤はおないどしのいとこ同士だから、からだつきはもとより顔もちょっとにている。しかし、岩本博士は顔じゅうにクマみたいにひげをはやしているから、だれもそれほど似ているとは気がつかなかった。そこで進藤は博士を殺して身代わりに立て、じぶんはつけひげをして、岩本博士になりすましていたんだ」

「しかし、それを奥さんが気づかなかったのかい？」

「気づかなかったといっている。しかし、これはどうだかわからない。あるいは気がついていながら、大金塊に目がくらんで、進藤の味方をしていたのか

もしれん」

「あの女ならありそうなことだ。欲の皮のつっぱった女だからな。しかし、進藤もいつまでも博士になりすましているのは困難だと思って、博士が殺されて、隅田川へ投げこまれたように見せかけたんだね」

「そうなんだ。博士には脅迫《きょうはく》される、警察の手はせまってくる。そこで博士を殺して身代わりに立て、いったん博士になりすましたのち、これまた殺されたように見せかけて、金塊をもって高とびをするつもりだったんだ」

「なるほど」

と、うなずきながらギターをかきならしている、加納達人の顔をきっと見て、

「加納、ここで告白しろ。岩本博士が殺された晩、進藤家にあらわれたX・Y・Zとはきみじゃないのか」

「あっはっは」

加納達人はゆかいそうにわらうと、

「いいじゃないか、そんなこと……」

「いいや、よくない。ほんとのことを告白しろ」

「よし、じゃ白状《はくじょう》しよう」

達人はギターをおくと、ニヤリと笑って、

「早苗さんは殺されてるのをおじだと思った。そして犯人を祖父だとかんちがいしたんだ。と、いうのは死体を発見してじいさんのへやへかけつけると、じいさんのすがたが見えなかったんだ。じいさん、中風《ちゅうふう》のまねをしているが、ほんとは歩けるんだ。そして、ときどき地下道のなかを金塊をさがしてさまよっていたんだ。早苗さんはそれをしらない。てっきりじいさんが犯人だと思って、ぼくのところへ救いを求めてきたんだ。そこであいうひと芝居《しばい》をうったというわけだ」

「だが、加納！」と、三津木俊助はするどくあいてを見つめて、

「ここにいる探偵小僧は、みょうなことをいうんだ」

「みょうなことって？」

「怪盗X・Y・Zとは新進劇団の座長、加納達人ではないかと……」

加納達人はしばらく無言でひかえていたが、だしぬけに爆発するような笑い声をあげた。

「探偵小僧！　ばくぜんたる疑惑だけでものをいっちゃいかんぞ。それならそれでちゃんと証拠をおさえてこい。あっはっは、音丸、コーヒーを三つ」

第四話　おりの中の男

真珠王

「ねえ、加納《かのう》、ここにいる探偵小僧がみょうなことをいうんだよ」

「みょうなことってなんだい」

「きみ、今月は大阪の日《ひ》の出《で》劇場へ出演したんだろう」

「ああ、そうだ、せめて正月は東京にいたかったんだが、われわれみたいなかけ出し劇団は、東京における正月興行はむりなんだね。けっきょく大阪興行ということになったが、そのかわり客はきたぜ。わあっとな」

「そりゃ、けっこうだが、きみが大阪で興行しているあいだに、むこうに怪盗X・Y・Zが出現したてえじゃないか」

「そうそう、そんなことが新聞に出てたな」

加納達人《たつんど》はニヤリと微笑をうかべたきりで、ぬくぬくとソファーに身をうずめたまま、例によって例のごとく、愛用のギターをかきならしている。ピアニストのように細くて長い、せんさいな指なのである。

その加納達人とテーブル越しに腰をおろしているのは、三津木俊助《みつぎしゅんすけ》と探偵小僧の御子柴《みこしば》くん。テーブルのうえには、でしの音丸一平《おとまるいっぺい》がいれてきたコーヒーが三つ、かぐわしい湯気を立てている。

そこは、芝白金台町《しばしろかねだいまち》にある高級アパート、白金会館の四階三号室、加納達人のへやである。

きょうは正月二十八日。

加納達人のひきいる新進《しんしん》劇団は、大阪で正月興行をすませ、おとつい東京へひきあげてきたばかりなのだ。二月興行は初日が五日で春秋座《しゅんじゅうざ》が予定されている。だから、目下《もっか》準備に大《おお》わらわだろうと思いながら、三津木俊助と探偵小僧がたずねてくると、あんにそういして、加納達人はのんきにギターをひいていた。

「しかし、おかしいじゃないか」

「おかしいってなにがさ」

「きみが大阪にいると、怪盗X・Y・Zが大阪へ現われる」

「そういうのを暗合《あんごう》というんだ。ぐうぜんだよ」

「だが、加納、ぐうぜんもたびかさなれば必然となってくる」

「そりゃ、どういう意味だね」

「探偵小僧に注意されて、ぼくは去年一年の、新進劇団の公演のあとを追ってみたんだ」

と、三津木俊助はポケットからメモを取り出すと、そのページをくりながら、

「去年、新進劇団は七か月興行しているが、そのうちの六か月は地方公演だ。まず一月が大阪、三月が神戸《こうべ》、五月がまた大阪で、七月が名古屋《なごや》、八月が九州福岡で、十月が京都、十一月が東京だが、新進劇団のいくさきざきで、怪盗X・Y・Zが活躍している……」

「それがどうしたというんだい?」

「だから新進劇団と怪盗X・Y・Zのあいだには、なにか因果《いんが》関係があるのではないか……?」

「あっはっは!」

加納達人はたからかに笑うと同時に、ギターの糸をはげしくひいて、

「三津木、きさまも大学では法律を勉強したはずだな。ただそれだけの根拠で一足《いっそく》とびに結論を出したりすると、こととしだいによっては名誉キソンで訴えられるぜ。わが新進劇団の人気にかかわることだからな。おい、探偵小僧」

「はい」

「おまえがへんなことをいい出すもんだから、おまえの兄貴分《あにき》の三津木俊助も、しょうしょう頭がおかしくなってきたんだ。つまらない考えは捨てておしまい。もしどうしてもその考えが捨てきれないのなら、れっきとした動かぬ証拠をあげてみるんだよ。あっはっは！」

こともなげに笑いとばすと、加納達人はギターをひいて、あまいメロディーを口ずさんでいる。探偵小僧の御子柴くんと三津木俊助はおもわず顔を見合わせた。

「まあ、いいや、あんまりのさばっていると、いまに怪盗X・Y・Zのやつ、きっとおれの手でしっぽをおさえてやるんだから」

「どうぞ、ご自由に――どうせわたしにゃ関係のないことですからな。あっはっは！」

腹をゆすって笑っている加納達人の顔色を、三津木俊助はさぐるように見ていたが、やがてあきらめたように肩をゆすって、

「ときに、加納、きみ、おりの中の男の話、しってるか」

「おりの中の男って、なんの話さ」

「ああ、きみはおとついまで大阪にいたので、まだ聞いてないんだな。それじゃ人魚の涙というのをしっていないか」

「なんだね、おりの中の男だの、人魚の涙って……？」

加納達人も好奇心をもよおしたとみえて、ギターをかたわらに投げだすと、身を乗りだして、コーヒーのカップに手をかけた。

「いや、きみも日本の真珠王《しんじゅおう》といわれる鬼頭大吉翁《きとうだいきちおう》はしってるだろう」

「鬼頭大吉ならしってるよ。ただし、しってるたって名まえだけだ。まだおめにかかったことはないがね」

「その鬼頭大吉翁がいま銀座《ぎんざ》の平和《へいわ》デパートの八階で、真珠の展示会をやってるって話、聞いてないかね」

「さあてね、そりゃはつ耳《みみ》だが、それがさっきいった、おりの中の男だの、人魚の涙だのと、いったいどういう関係があるんだ」

「ああ、やっぱりしらなかったんだな」

と、三津木俊助は探偵小僧と顔を見合わせ、

「鬼頭大吉翁には子どもがなくて孫娘がひとりあるきりなんだ。なくなったひとりむすこのわすれがたみで、鬼頭家にとってはあとにもさきにもたったひとりのあと取り娘だ。名まえは弥生《やよい》さんという……」

「ふむ、ふむ、それで……?」

「来たる三月五日で弥生さんは満二十才になる。つまり成人の日を迎えるわけだ。そこで孫に目のない鬼頭翁がその日の贈り物にと、すばらしい真珠の首飾りをつくりあげた。真珠ばかりじゃない、ところどころ、ダイヤモンドをちりばめてある。それらをいっさいがっさい合算すると、時価一千万円はくだるまいといわれている。鬼頭翁はその首飾りを名づけて人魚の涙……それがいま平和デパートの八階に展示してあるんだ」

おりの中の男

「ふむ、ふむ、なるほど」

コーヒーのカップをテーブルにおいて、ふかぶかとソファーにからだをうずめた加納達人は、のんきそうにタバコをふかしているが、気になるのはその目つきである。時価一千万円の真珠の首飾りと聞いたせつな、キラリと異様にかがやいたように見えたのは、探偵小僧の思いすごしであろうか。

だが、加納達人のほうでも探偵小僧の視線に気がついたのか、あわててまぶたを半眼《はんめ》に閉じたので、ひとみの異様なかがやきもいっしゅんにして見えなくなった。

加納達人はニヤリと笑うと、

「そんな高価な首飾りを、デパートに展示してあるのかい」

「ああ、おりの中にな」

「おりの中に……?」

「ああ、そうだ。平和デパートの八階へいってみたまえ。大きな鳥かごみたいなおりができていて、そ

のなかは真珠の海だ。まるで浜のまさごのように真珠がしきつめてある。もっともそういう真珠はあまり上物《じょうもの》ではないんだろうが、そのなかに人魚の涙という首飾りがかざってある。いってみたまえ。いい目の保養になるぜ」

「いつからそんなことやってるんだい。ぼくは、はつ耳だが……」

「この十五日からやってるんだ。今月いっぱいああしておく予定だそうだから、あと二十九、三十、三十一日と三日ある。まあ、鬼頭真珠の宣伝だね」

「なぜ、また、きみがそんな話を、このぼくに、話して聞かせるのかしらないが番人はいるんだろうね」

「そりゃいる。番人兼解説係がね。男と女とふたりいて、おりのなかから説明するんだ。まあ、いってみたまえ。百聞《ひゃくぶん》は一見《いっけん》にしかずというからね」

そこで三津木俊助は探偵小僧の顔を見て、片目をつぶってニヤリと笑った。探偵小僧の御子柴くんは、呼吸をつめて加納達人の顔を見ている。

加納達人はしかし、いくともいかないともいわず、またギターを取りあげるとあまいメロディーを口ずさみはじめた。

それから三日め、一月三十一日のこと、平和デパートに展示されている鬼頭真珠の展示会も、きょうが最後の日なのである。

はじめのうちは時価一千万円というねだんと、おりの中の展示会という趣向が話題をよんで、平和デパートの八階広間は、連日、押すな押すなのひとごみだったが、もう二週間もたつと人気もようやく落ち着いたとみえ、はじめほどの雑踏《ざっとう》はみられなかった。

それでも、なんにもしらずに八階へあがっていったひとびとは、このきばつな趣向に驚異の目を見張らずにはいられないだろう。

それはマンジュウを伏せたようなかっこうをした、巨大なシンチュウのおりなのだ。直径が十五メートルもあるであろうか。こうしはぜんぶシンチュウでできているから、光線のかげんでどうかすると、さんぜんとかがやきわたることがある。とんと巨人の国の黄金の鳥かごのようだ。

おりのなかには巨大な模造《もぞう》大理石のさらがある。おりの内部をすっかりしめるくらいの、大きな、美しい、模造大理石のさらである。

　さらのなかは神秘の海だ。海のなかには大小さまざまの岩がニョキニョキと頭を出している。ことにさらの中央にそびえているのは、高さ二メートルもあろうかという大きな岩だ。

　岩をかむ波はくだけて、飛んで、アラレとなって散乱している。中央の岩にはひとすじの滝。滝のふもとには、はげしいうずがまいている。岩のうえには等身大の人魚のマネキンが腹ばいになり、右手をたかくさしあげている。

　それがおりのなかにえがきだされている夢なのだ。しかし、ただそれだけならば、さほどおどろくことはない。いき人形のみせものには、これよりもっときばつなのがたくさんある。

　それにもかかわらず、ひとびとが、このおりのまえへ立つと、しばしうっとりとしてわれを忘れるというのは、そこに用いられている材料のせいなのだ。

　おりの中の巨大なさら、そのさらにもりあがっている海というのは、ことごとく真珠であった。いったいどのくらいの厚さにしきつめてあるのかしらないが、たとえそれがひとならびとしても、直径十五メートルとして、それを埋めつくしている真珠の数は、おびただしいものと思わねばならぬ。

　岩にかかった滝、くだける波、とびちるしぶき、さらに人魚のうろこから、ふりみだした緑の黒髪をつづる水玉にいたるまで、これことごとく真珠である。それらの真珠が照明の関係で、青く緑にまたむらさきにかがやくうつくしさ。

　しかし、それらのおびただしい真珠も、人魚が首にかけ、ほこらしげに指にからませている首飾りにくらべれば、ものの数ではないということだ。その首飾りこそ、時価一千万円もするだろうといわれた宝で、名づけて〝人魚の涙〟。

　これを見るひとがこうしにとりつき、たましいを天外《てんがい》にとばすのもむりはない。

　さて、このおりのなかにはタキシードを着た解説係と、そのアシスタントになる女性がいて、三十分ごとに真珠の説明をするのである。男は早川節男《はやかわせつお》といって二十七、八。女の名は松山秀子《まつやまひでこ》で二十才前後のお嬢さんである。

　さて、この真珠のおりのすぐちかくに喫茶室があり、その入口のテーブルに、ここ二、三日毎日のようにねばっているふたりづれ。いうまでもなく三津木俊助と探偵小僧だ。

　俊助はこのあいだ、加納達人にむかって挑戦状を投げつけたのだ。加納達人はきっとあの挑戦をうけて立つだろう。そうしたら、えんりょようしゃなく、怪盗X・Y・Zとしてひっとらえてくれようと、毎日このテーブルに陣取って、ふたりは真珠を見張っているのだ。

真珠の海

　時刻はまさに午前十二時。

　ちょうどおヒルの時間なので、おりの周囲はわりにすいていた。

　早川節男は腕時計を見て、

「松山くん、それじゃ、ぼくちょっと食事をしてくるよ」

「ええ、いってらっしゃい。だけ

ど半《はん》までにはかえってきてね。あたしも腹ペコなのよ」

「だいじょうぶ、もっとはやくかえってくる。だけど、松山くん、あの人魚の涙に気をつけてくれたまえよ。きょう一日……じゃない、あと半日でおしまいなんだからね」

「ほんとにこのお仕事では寿命がだいぶんちぢまったわねえ。でも、だいじょうぶよ。まわりには、こんなにおおぜいお客さまがいらっしゃるんですもの」

「ふむ、そりゃそうだけど、ぼく、けさちょっと妙なうわさをきいたんだよ」

「妙なうわさってどんなこと……？」

「怪盗X・Y・Zがあの〝人魚の涙〟をねらってるんだって」

「まあ！」

と、松山秀子もさすがにちょっとあおざめたが、

「でも、いかにあのひとが神出鬼没《しんしゅつきぼつ》の怪盗でも、まさかまっ昼間《ぴるま》……あのひとの活躍するのはいつも日が暮れ、夜がふけてからのことでしょう。さあ、だいじょうぶだから、はやく食事にいってらっしゃい。でないと、あたしの順番がまわってこないじゃないの」

「ああ、そう。じゃ、あとをたのむぜ」

このおりのドアには、大きな南京錠《ナンキンじょう》がかかっている。しかも、ドアは二重になっていて、まず早川節男が第一のドアを出て、こうし越しにそのかぎを松山秀子にわたすのである。そして、秀子がそのドアにかぎをかけるのを待って、早川節男は第二のドアをひらくのである。

こうしないと、ドアを開《ひら》いたしゅんかんに悪者がとびこんでくるかもしれないのだ。いやに用心に用心をかさねたものである。

喫茶室の入口では、探偵小僧の御子柴くんが、腕時計に目をやって、

「三津木さん、閉店までにもう六時間しかありません。X・Y・Zのやつ、あまり用心堅固《けんご》なので、手が出ないのでしょうか。それともあのひとがX・Y・Zだというのは、われわれの思いちがいだったんでしょうか」

「しっ！」

と、ひと声、俊助は探偵小僧をたしなめておいて、

いそいであたりを見まわすと、

「あんまり大きな声を出しちゃいけない。それに百里《り》のみちは九十九里をもってなかばとす、と、いう格言があるだろう」

「三津木さん、それどういう意味です」

「なあに、百里のところを旅行するとき、あとの一里がだいじだということなのさ。九十九里歩いたら、もうだいじょうぶ、やれやれと気を許しちゃいけない。九十九里歩いたからって、あともう一里歩けなければ、なんにもならない。だから、九十九里歩いて、やっと半分歩いたくらいに、気をひきしめておきなさいという意味なのだ」

「ああ、なるほど」

「時間のばあいでもおんなじだ。きのうとおとついと無事にすんで、あともう六時間足らず、やれやれなどと気を許していると、どんなことにならぬともかぎらぬ。閉店の時間がきて、あの首飾りが金庫へおさまるまで、勝負はつづいているんだからな」

「わかりました。三津木さん、それじゃ緊張しておりましょう」

ちょうど零時《れいじ》半に早川節男がおりへかえってきた。それといれちがいに松山秀子が出ていった。

かわるがわる、ふたつのドアを開いたりしめたりしたことはいうまでもない。かぎはふたつとも、るすするほうがあずかるのだ。

ところが、五分もたたぬまに秀子がかえってきた。秀子はおりの外に立って、まじろぎもせずに人魚の涙をながめている。

「松山くん、どうしたんだ、なにをそんな目をして見ているんだ」

「早川さん、ここあけて……」

と、松山秀子が力のなくような声でいった。

「どうしたんだ、松山くん、顔色が悪いが……」

そういいながらも早川節男はこうしのなかからかぎを出してわたした。秀子がそれで外側のドアをひらくとき、なんとなく手がふるえているようだった。

彼女が外のドアのなかへはいって、それをぴったりしめてかぎをおろすのを待って、早川節男が内側のドアを開いた。

「早川さん」

と、秀子は人魚のよこたわっている岩の正面までいくと、声をひそめて、

「あの首飾り、少しおかしいと思わない？」

「おかしいって、どうおかしいんだ」

早川は用心ぶかく内側のドアにかぎをかけると、秀子のそばへやってきた。

「いいえ、あの首飾りの光沢《こうたく》、たしかにおかしいわよ。それにあのダイヤも……あれ、ガラス玉みたいじゃない？」

「なにをバカなことを！」

と、たしなめたつもりでいながら、そういう早川も声がふるえている。

「いいえ、これ、あたしがいうんじゃないのよ。ほら、さっき有名な宝石商、天銀堂《てんぎんどう》さんのご主人が、支配人といっしょにあの首飾りを見にきたでしょう。そのふたりがいま七階の食堂で、ヒソヒソ話をしているのを、あたし隣のテーブルで、はからずも聞いていたのよ。あの首飾り、きのうまでの首飾りとちがうって」

「天銀堂の主人が……？」

と、早川節男がまっさおになったとき、ようすがおかしいので、三津木俊助と探偵小僧の御子柴くんが、喫茶室を出て、おりの外からようすを見ていた。

金庫の殺人

「だって、松山くん、そんなバカな話ないじゃないか。このおりにはだれもはいってこれないんだし、それにあの首飾り、時間がきたら、あの岩のなかの金庫へしまうんだから……けさもこのおりのドアにも、金庫の錠前《じょうまえ》にもなんの異状《いじょう》もなかったじゃないか」

「でも、いちおう調べてごらんになったら……？天銀堂のご主人といえば、宝石にかけては日本一の鑑定家でしょう。それに怪盗X・Y・Zがあれに目をつけているとすると……」

「松山くん、そ、そんな……」

バカなことがといいたいのだけれど、早川の声はのどにひっかかってかすれて消えた。

天銀堂の主人がこの首飾りに疑惑をもったという話が、気の小さい早川の不安を大きくかき立てたのだ。しかも、おりもおり、怪盗X・Y・Zがこれをねらっているといううわさ。……

「とにかく、早川さんいちおう調べるだけ調べてごらんになったら……？　なんともなかったら、それでいいじゃありませんか。このままじゃ、あたし、心配で心配で、ご飯《はん》ものどに通らないわ」

「よし！」と、早川はすばやくあたりを見まわして、

「だけど、松山くん、きみあんまりウロウロするな。お客さんにあやしまれると鬼頭真珠《しんじゅ》の信用にかかわる」

「ええ、それはだいじょうぶ。だから、はやくして」

　早川は巨大なさらのふちをまわって岩の背後へまわった。三津木俊助と探偵小僧の御子柴くんも、おりの外をつたってそっちへいく。

　岩の背後も真珠の海だが、そこにはとび石のようになめらかな石が配置されている。それをつたって早川は中央の大きな岩へたどりついた。そして、人魚の背後へのぼっていく。

　なにもしらぬものが人魚の涙に手をかけると、八階中にけたたましく、ベルが鳴りひびくようになっているのだが、まず、早川はそのスイッチを切った。そして、人魚の手から首飾りをはずすと、いそいで岩からおりてきた。松山秀子も岩の下へきていた。

「松山くん、やっぱりきみの気のせいだよ。この首飾りまちがいないと思うがな」

「いいえ、肉眼だけじゃたよりないわ。あの金庫のなかでねんいりに調べてみて」

「よし、じゃ、そうしよう」

　人魚の寝ている岩の下は、大きな金庫べやになっており、ゆうに人間のふたりや三人収容できるようになっているのだ。ふたりはその金庫べやへはいっていったが、あいにく、おりの外からでは、金庫のなかは見えなかった。

　うっかり金庫のドアを開《ひら》いたとき、おりの外のお客さまに、なかが見通しになってはこまるので、張りボテの岩でたくみにかくしてあるのだ。

「三津木さん、ほんとにあの首飾り、すりかえられているんでしょうか」

「さあ」おりの外で探偵小僧の御子柴くんと、三津木俊助が顔を見合わせているとき、岩の正面のほうに当たって、

「早川さん、早川さん、松山さんはどうなすって」

と、若い女の声が聞こえた。

　三津木俊助と探偵小僧がふりかえると、おりの正

面に立っているのは鬼頭大吉翁《おう》の孫娘、弥生である。弥生の背後にはごうせいな毛皮のオーバーにくるまった大吉翁もひかえている。

　鬼頭翁はことし七十五才とやらで、耳当てのついたラッコのぼうしの下からは、まっ白《しろ》な毛がはみ出しており、長いまゆ毛も、アザラシのような口ひげも、雪をあざむく白さである。さすが頑健《がんけん》なからだもよる年波に腰がすこしまがっていて、毛皮のオーバーがひきずるようだ。

　弥生の声に秀子が金庫べやからとびだしてきた。さっと顔色があおざめた。

「あら、社長さん、お嬢さま」

「おお、松山くん、人魚の涙はどうした。どうしてあそこに飾ってないのじゃ」

「はあ、あの、いま、とめ金《がね》がいたんだので、早川さんが修理していらっしゃいます」

「ああ、そうか、そうか。いやな、怪盗X・Y・Zがあの首飾りをねらってるってうわさをきいたので、心配になってやってきた。さあ

さあ、松山くん、早くここを開《ひら》いてくれんか」

「ああ、すみません。しょうしょうお待ちくださいまし。いま早川さんからかぎをかりてきますから」

　松山秀子は金庫べやからふたつのかぎをもってくると、内と外のドアを順にひらいた。そして、ふたりをなかへ通すと

「あのお嬢さま、じつは、まだあたし、お食事をしておりませんの。ちょっといってまいりますから、かぎをおあずかりねがえません？」

「あら、そう、いいわ、じゃ、いってらっしゃい」

　松山秀子はおりの外からふたつのかぎを弥生にわたすと、そそくさと七階のほうへおりていった。鬼頭翁は楽しそうに真珠の海を見まわしていたが、やがて金庫べやへはいっていった。

しばらくして出てくると、

「とめ金の修理はひまがかかるらしい、弥生や、わしはこのまにちょっと電話をかけてくる。おまえはここで番をしていておくれ」

　と、弥生の手からかぎをうけとり、ふたつのドアをひらくと、ま

たそれにかぎをかけ、

「さあ、弥生、このかぎはおまえにあずけておく。なに、じきかえってくるわさ」

と、鬼頭翁はゆうゆうと、ひとごみのなかへまぎれこんだ。

三津木俊助と探偵小僧の御子柴くんは、そのうしろすがたを見送ったのち、また金庫べやのほうをふりかえった。早川はまだ出てこない。

それから五分ののち、真珠の海のまわりを、あかず見歩いていた弥生は、ふいと腕時計に目を落とすと、

「早川さん、修理はまだできませんの」

と、なにげなく、金庫べやへはいっていったが、とつぜん、

「キャーッ！」と、いう叫び声、つづいてそこからとび出してきた弥生は、

「人殺しです！　ああ、恐ろしい、人殺しーッ」

と、気もくるわんばかりであった。

金庫べやの殺人

「お嬢さん、お嬢さん！」

と、ドアのそばへかけよったのは三津木俊助と御子柴くんだ。

「お嬢さん、どうかしたんですか。なにか、変わったことでもあったんですか」

おりの外から声をかけると、弥生は気もくるわんばかりの目つきをして、

「人殺しです！　金庫のなかで早川さんが……」

「殺されてるんですか」

「はい、心臓をひと突きにえぐられて」

三津木俊助と探偵小僧の御子柴くんはおもわず、はっと顔見合わせた。

「お嬢さん、しっかりしてください。落ち着いていてくださいよ」

こうしの外から三津木俊助がなだめるように、

「人殺しがあったからって、むやみにおりのなかにひとを入れてはいけません。このおりのなかには大きな財産が、まるで石コロみたいにころがっているのですからね」

「はあ、でも、どうしたらよろしいのでしょうか」

「おじいさまは？」

「電話をかけるといって出ていったのですが……」

「ああ、そう。それじゃおじいさまがかえってくるまで待っていてもいいのだが早川君というひとは、ほんとうに死んでるんですか」

「はあ、あの、ハッキリしません。あたしこわくてさわれないんですもの」

「ああ、そう、ぼくはこういうものだが……」

と、三津木俊助が名刺をわたすと、弥生はかれの名まえをしっていた。満面にパッと喜色《きしょく》をみなぎらせると、

「あら、新日報社《しんにっぽうしゃ》の三津木俊助先生でいらっしゃいましたの。それじゃ、そこにいらっしゃるのが探偵小僧……あら、ごめんなさい、御子柴進《すすむ》さんなんですね」

「そうです、そうです。これが探偵小僧です。お嬢さん、われわれふたりをこのおりのなかへ入れてくれませんか。なにかとお役に立てると思うんですが……」

「どうぞ、どうぞ。三津木先生、それじゃこのかぎをお使いになって」

三津木俊助と探偵小僧の御子柴くんは用心ぶかくふたつのかぎをつかって、おりのなかへはいっていった。おりの外にはヤジウマがいっぱいむらがっていて、好奇心にみちた目を光らせている。

「お嬢さん、あの岩の下ですね」

「はあ、あの岩の下が金庫べやになっております。早川さんがそのなかで……」

「お嬢さん、あなたもごいっしょに来てください」

三津木俊助と探偵小僧の御子柴くんは岩の背後へまわると、金庫べやのドアの外から、ひとめなかをのぞいたが、そのとたん、思わずその場に立ちすくんだ。

金庫べやのなかはたたみ一じょう半くらい。高さはおとなが立ってやっとはいれるくらいである。てんじょうにはだか電球がぶらさがっており、その下にもうひとつ金庫がおいてある。このおりのなかにある真珠《しんじゅ》のなかでも、とくに上等の品物は、店がしまるとその金庫のなかへしまいこまれるのだ。

金庫の手前にいすとデスクがおいてあり、デスクのうえには白熱灯《はくねつとう》が強烈な光を放っている。

白熱灯のそばにハカリや度《ど》の強い拡大鏡や、ピンセットや薬品のさらがごたごたならんでいるのは、ここで真珠やダイヤの鑑定が、ごくかんたんに行なわれるようになっているのだ。

そのデスクのまえにいすがひっくりかえっており、男がひとりあお向けに倒れている。しかも、その男の心臓にはメスのようにするどい刃物が、まるでこん虫《ちゅう》の標本をとめるピンのように、ふかぶかと突っ立っているのである。

「探偵小僧、お嬢さん、あなたがたはそこにいてください」

ふたりをドアの外に待たせておいて、三津木俊助は金庫べやのなかへはいっていった。

あお向けに倒れているのはついさっきまで、このおりのなかで元気に真珠の宣伝をしていた早川節男にちがいなかった。ねんのために俊助が脈をとってみると、むろんもうぴったりととまっていた。

「三津木先生、いかがですの？」

と、ドアの外からたずねる弥生は、ガチガチと歯を鳴らしている。

「いけません。もう絶望です」

「まあ、どうしましょう」

「三津木さん、だって、いつだれが……？」

と、探偵小僧はじぶんの目をうたがわずにはいられなかった。

三津木俊助と探偵小僧のふたりは、この男が助手の松山秀子とふたりで、この金庫べやへはいっていくところをみたのである。そして、ふたりがまだ出てこないうちに、真珠王鬼頭大吉翁と娘の弥生がやってきたのだ。

松山秀子は金庫べやから出てきてふたりのすがたを見ると、なんとなく顔があおざめたようだった。秀子はいったん金庫べやへひきかえして、ふたつのかぎをもってくると、大吉翁と弥生をおりのなかへ招《しょう》じ入れた。そして、じぶんは食事にいってくると、このおりから出ていったのである。

そのあとで大吉翁がこの金庫べやへいちどはいったが、すぐ出てきて電話をかけてくるとあたふたと、このおりから出ていったのだ。金庫べやへはいったのは大吉翁と松山秀子、このふたりしかいないのだが、大吉翁が人殺しなどするはずがないから、それでは犯人は松山秀子であろうか。

2から1ひく

「お嬢さん、あなたこのへやのものに手をつけましたか」

「いいえ。あたし、なかへはいったことははいりました。でも、早川さんのからだのうえからのぞいてみたきりで、なんにもさわらなかったと思います」

「ああ、そう。ところがねえ、お嬢さん、ぼくたちはこのひと……早川君というんですか、この早川君と助手をつとめているご婦人……」

「松山秀子さんですね」

「ああ、その松山秀子のふたりが人魚の涙を持ってこの金庫べやへはいるところを見たんです。それ以後この金庫べやへはいったのは、われわれをのぞいてはおじいさんおひとりです。それにもかかわらず、ここには人魚の涙がない」

「まあ」

殺人にまぎれて、首かざりのことを忘れていた弥生は、またあらためて青くなると、

「すると、だれかが人魚の涙をぬすむために……？」

「そうとしか思えません。だが、いまここでこんなことをいってる場合ではない。すぐ警察にしらせなきゃ……」

「三津木さん、ぼくいってきます」

「よし、それじゃとにかく支配人にしらせてきたまえ。それから警視庁の等々力《とどろき》警部に電話をかける」

「御子柴さん、すみません。それじゃさっきのかぎをお使いになって」

「お嬢さん、あなたはここにいらっしゃい。ここから外へ出るとヤジウマに顔を見られていやでしょう。探偵小僧、おれがドアを開《ひら》いてやる」

岩の下から外へ出るとおりの外のヤジウマは、さっきからみるとまた一段とかずをましている。そのヤジウマのなかに、またどんな悪いやつがまじっているかもしれないのだ。このさわぎにまぎれて、あわよくばなかへふみこもうと考えているやつがあるかもしれない。

三津木俊助はまず内側のドアを開いて探偵小僧を外へ出すと、用心ぶかくそのドアをしめてかぎをかけた。そのあとで探偵小僧はみずから、外側のドアを開いておりの外へ出ると、そのドアにかぎをかけなおして、かぎはおりのこうしごしに三津木俊助に手渡した。

「じゃ、いってきます」

「ふむ、たのんだぞ」

三津木俊助はおりの外のヤジウマを見まわしたが、鬼頭大吉翁はまだかえってこない。岩のうしろへかえってくると、弥生が青い顔をして、うずくまるように小さな岩に腰をおろしていた。

「お嬢さん、警察のひとたちがくるまえに、まずおたずねしておきたいのですが、松山秀子というのはどういう女なんですか」

「まあ！」

と、弥生は恐怖の色を目にうかべて。

「それじゃ、三津木先生は秀子さんが早川さんを殺したと……？」

「そうとしか考えられませんね。われわれ以外にここへはいったのは、あなたのおじいさまと松山秀子のふたりしきゃない。おじいさまがこんなまねなさるはずはありませんから、2引く1は1残る。松山秀子しかないじゃありませんか」

「だって、だって、あんなやさしい、あんなおとなしいひとが人殺しなんて……三津木先生、これはなにかのまちがいですわ。ええ、まちがいにきまってますとも」

「すると、お嬢さんは松山秀子という娘をよくごぞんじなんですか」

「ええ、よくぞんじております。だってうちにいるひとなんですもの」

「おうちに……？　おうちというのは紀尾井《きおい》町《ちょう》にあるおたくのことですか」

「はあ」

「すると、おたくとなにか関係のあるひとなんですか」

「あたし、くわしいことはぞんじませんの。でもおじいさまが若いころおせわになったかたのお孫さんだとかで、孤児《こじ》になって苦労していらっしゃるのを、おじいさまがどなたからかお聞きになって、去年おうちへ引き取ったんですの」

「あのひと、としはいくつ？」

「あたしより二つうえですから二十二です」

「おたくへ引き取られるまで、なにをしていたんですか」

「帝都《ていと》映画のスター養成所にいたんですの」

「じゃ、映画女優のタマゴだったんですか」

「そうそう、いまはもうすっかり人気が落ちましたけれど、帝都映画に五月《さつき》あやめさんて人気女優がいらしたでしょう。秀子さん、あのかたにとてもよく似ていらっしゃるというので、スタンド・インをしていたんですって」

　スタンド・インというのは危険な撮影やなんかの場合、スターの身がわりをつとめる役である。

「でも、三津木先生」

　と、弥生はきゅうになにか思いついたように、目をかがやかせて、

「やっぱり秀子さんが犯人であるはずはありませんわ」

「どうしてですか、お嬢さん」

「だって、秀子さんが犯人で早川さんを殺したのなら、おじいさまが死体を見ていらっしゃるはずです。そしたら、なにもおっしゃらずに電話をかけにいかれたのがおかしいじゃございませんか。あの死体をごらんになったら、なにかおっしゃるはずですわ」

「だが、そうなるとこんどおじいさまがあやしいということになりますよ」

「そんな……そんな……なにかこれまちがってるのよ。どこかにまちがいがあるんだわ。きっと三津木先生や御子柴さんの見落としていらっしゃることがあるんだわ」

　やっきとなって弥生がいいはっているとき、

「社長さま、お嬢さま」

　と、おりの外から呼ぶ声がして、

「なにか……なにかあったんですの」

　その声にハッと顔見合わせた三津木俊助と弥生のふたりが、岩の下からとび出してみると、ヤジウマ

にもまれながらおりの外に立っているのは、なんと松山秀子ではないか。

「お嬢さん、どうしたんですの。なにかまちがいでもあったんですの」

と、松山秀子はおりのこうしにとりすがっておろおろとした顔色である。

かえ玉？

「それじゃ、なにかね。きみは零時《れいじ》半に早川節男が食事からかえってくるのといれちがいに、あのおりを出ていったきり、一時過ぎまでかえってこなかったというんだね」

と、等々力警部はうたがわしそうな顔色で、目のまえに腰をおろした松山秀子の顔をのぞきこんでいる。

そこは平和デパートの八階事務室。かけつけてきた等々力警部は、この世にも異様な殺人事件に、すっかりこうふんしているのである。

むりもない。それは衆人環視のなかで演じられた殺人事件なのだ。しかも、現場は二重のドアによって守られた。まるで金庫のようにげんじゅうなおりのなかである。おまけに時価一千万円という首かざりが盗まれている。等々力警部がこうふんするのもむりはなかった。

「ここにいる三津木俊助くんと御子柴少年は、零時半にきみがあのおりを出ていったことはみとめている。しかし、五分もたたぬまに引きかえしてきて、早川とふたりで、金庫べやへはいっていったといっているんだ。きみはそれをしらぬというのかね」

「それはうそです！」

と、秀子はひざのうえでハンケチを、八《や》つざきにせんばかりにもみながら、

「いいえ、あの、うそとはもうしませんが、なにかのまちがいでございます。あたしはいまも申し上げたとおり零時半にあのおりを出て、一時ちょっと過ぎにかえってくるまで、いちどもあそこへはかえってきませんでした」

そばで聞いていた三津木俊助と探偵小僧、それに弥生の三人は、思わず顔を見合わせた。秀子の話がもしほんとうなら、零時三十五分ごろにかえってきた女は、秀子のかえ玉《だま》ということになるが、小説な

らばともかくも、じっさいの世の中にはたしてそんなことがありうるだろうか。

「しかし、松山くん」

と、そばから三津木俊助がひざをのりだして。

「われわれが見たのはたしかにきみのようでしたよ。いや、われわれはきみとそれほどしたしくないから、あるいは見あやまったのかもしれません。しかし、早川くんはきみをよくしってるはずです。その早川くんがやっぱりきみだと思いこんでいたようです。いや、いや、早川くんのみならず、鬼頭翁《おう》やここにいる弥生さんなんかも、やっぱりその女をきみだと思いこんでいたんですよ」

「でも、でも、それはやっぱりあたしではございません。みなさん、ひとちがいをなすったんです」

「じゃ、きみにはふたごのきょうだいでもあるのかい」

「いえ、あの、そんな話聞いたことございませんけれど……」

「ふうむ」

と、等々力警部はますます目にうたがいの色をふかくして、

「それじゃ、聞くが零時三十五分ごろきみはいったいどこにいたんだ。三津木くんの話によると、零時三十五分ごろ、きみはここへ引き返してきた。そして、ことばたくみに早川くんをあざむいて、人魚の手から真珠《しんじゅ》の首かざりをはずさせ、いっしょに金庫べやのなかへはいっていった。ところが、それから十分ほどして零時四十五分ごろ、鬼頭翁とこの弥生くんがやってこられた。そこできみはかぎをふたりに渡しておりを出ていったというが、それがきみでなかったとすると、じゃ、そのあいだきみはどこにいたのだ」

「あたし……あたし……」

と、秀子はハンケチをもみくちゃにしながら、

「たいへんびろうなお話ですけれど、けさからおなかのぐあいが悪くて、早川さんと交代で仕事場を出ると、すぐおトイレへかけこんで、そこに十五分ぐらいもいたでしょうか。それからひかえ室へおべんとうを食べにいったので、一時過ぎまでかかったんです」

「じゃ、きみは零時半ごろから零時四十五分ごろまで、トイレのなかにいたというんだね」

「はい」

「それについてだれか証人があるかね」

しかし、それはむりだった。デパートのトイレにひとりいたことを、証言できるような人間は、おそらくひとりもいないだろう。

三津木俊助と探偵小僧の御子柴くんはおもわず顔を見合わせたが、そのときそばからひざをすすめたのは弥生である。

「警部さま、松山さんのいってることはほんとうです。いえ、ほんとうのような気がしてきました」

「えっ？」

「こんなことをいうと、うそをいって松山さんをかばおうとしているようにお思いかもしれませんけれど、そうではなく、さっき気がつかなかったことで、いま気がついたことがあるんです」

「どういうことですか」

「みなさん、松山さんの右手のこうをごらんください。松山さん、それ見せてあげて」

「はい」

と、松山秀子がはずかしそうにさし出した右手のこうには、大きなひきつれのあとがある。

「松山さんは戦争中北海道のほうへ疎開《そかい》していらしたんです。そこでひどいしもやけにかかって、そのあとがそのとおり残ったんです。松山さんはそれをはずかしがってできるだけひとまえでは、右手のこうを見せないようにしております。ところがさっきのひとがおじいさまにふたつのかぎをわたすときあたしハッキリ右手のこうを見ました。そのとき、あたしなにげなくこう思ったのをおぼえております。あら、まあ、秀子さん、きょうはめずらしくきれいな手をしていらっしゃるわ……と」

「ほんとうですか」

と、等々力警部が半信半疑《はんしんはんぎ》の目を見張ったとき、卓上電話のベルが鳴りだした。三津木俊助が受話器をとって聞いていたが、

「お嬢さん、おじいさまからお電話です」

「あら、まあ、おじいさまから……？」

弥生は受話器をとって、大吉翁とふたことみこと話していたが、その顔はみるみるまっさおになっていく。

「な、な、なんですって？　それじゃ、さっき弥生といっしょにここへきたひとは、おじいさまじゃな

かったんですって？」

かえ玉二重奏

「あたし、きょう十時ごろ紀尾井町のおうちを出て、学校へいったんです。学校は虎《とら》の門《もん》にあります。そのときお昼におじいさまが自動車で学校へおむかえにきてくだすって、いっしょに平和デパートへいく約束でした」

自動車はいま平和デパートから、紀尾井町にある鬼頭家へまっしぐらに走っている。その自動車に乗っているのは、弥生のほかに等々力警部と三津木俊助。運転台には、運転手とならんで探偵小僧の御子柴くん。

四人ともこうふんに青白くきんちょうしているが、とりわけてこうふんときんちょうのために、いまにも気をうしないそうな目つきをしているのは弥生である。

「おじいさまは約束どおり、ちょうど十二時に自動車で、学校へむかえにきてくださいました。おじいさまは職員室へはいって、ちょっと先生がたとお話をなすったうえ、あたしといっしょに平和デパートへいらしたんです」

「ところが、それがおじいさまではなかったとおっしゃるんですね」

と、等々力警部はこうふんに目を血走らせている。

「はい、いまのおじいさまの電話によるとそういうことになります。おじいさまはけさ、ずうっと、おうちにいらしたんだそうです」

「運転手くん、運転手くん」

と、等々力警部は運転手の背後から声をかけて、

「きみはけさ紀尾井町のおたくから虎の門の学校、それから平和デパートまで鬼頭翁をお送りしたんだろう」

「は、は、はい、さようで」

「お嬢さんはいまああおっしゃるが、きみの見た目ではどうだい。それ、ほんものの鬼頭翁じゃなく、かえ玉《だま》だったのかい」

「とんでもございません。わたしは社長だとばかり思っておりましたが……」

鬼頭大吉翁は鬼頭真珠《しんじゅ》株式会社の社長をつとめているのである。

「ところが、川上《かわかみ》さん、それがそうじゃなかったらしいのよ。だれかがおじいさまにばけていたらしいのよ」

「そ、そんなバカな！」

「ええ、そりゃあたしだってそう思うわ。だけど、げんにおじいさまがさっき電話でそうおっしゃったんですもの」

「だって、そりゃ、お嬢さん、いったいどういうんです？　わたしはもう五年も社長のおせわになってるんですよ。社長はあたしにとって神様みたいなもんです。それがかえ玉にだまされるなんて？　そんなバカな！」

運転手の川上はハンドルをにぎりしめたまま、大きく息をはずませている。とても信じられないという口調である。

「だから、おじいさまもさっき電話でおっしゃったわ。弥生や川上がだまされるくらいだから、そいつはよっぽど変装の名人にちがいないって」

ああ、変装の名人！

それは怪盗X・Y・Zをおいてほかにない。それではX・Y・Zは三津木俊助の挑戦におうじて、人魚の涙に手を出したのか。

それにしてもこれはなんという奇妙な事件だろう。松山秀子や弥生の話によると、零時《れいじ》三十五分ごろ、おりにかえってきた秀子は、ほんものの秀子ではなくかえ玉だという。そして、それから十分ほどして、おりへやってきた鬼頭大吉翁も、これまたほんものの大吉翁ではなくかえ玉だという。

それではあのおりのなかでかえ玉とかえ玉とがぶつかりあったのであろうか。

「でも、お嬢さま、さっきの社長がかえ玉だったとしたら、ほんとうの社長さんはそのあいだ、どうしていられたんですか」

「それが、川上さん、電話だからまだよくわからないの。でも、おじいさまはとてもこうふんしていらしたわ」

弥生はハンケチを八《や》つざきにせんばかり気をもんでいたが、それから十分ほどのちに到着した紀尾井町の鬼頭邸《てい》は、所轄《しょかつ》警察からおおぜい警官が出張していて、上を下への大さわぎである。

「ああ、お嬢さま、まことに申しわけございません」

弥生の一団が自動車からおりると、おろおろ声で出むかえたのは、品《ひん》のよい老女である。

「まあ、お清《きよ》や、いったいどうしたというの」

「はい、お嬢さま」

と、お清は涙をふきながら、

「ついさっきのこと、ごぜんさまのお書斎《しょさい》のドアのまえを通りかかると、なかから変なうめき声が聞こえますでしょう。ごぜんさまなら十二時ちょっとまえ、自動車でおでかけになったはずだが……と、そう思いながらなにげなく、ドアを開いて書斎をのぞくと、ごぜんさまがシャツとももひき一枚のおすがたで、さるぐつわをはめられ、たかてこてにしばられて……」

「まあ！　そして、いまどこに……？」

「はい、寝室にいらっしゃいます」

一同がドヤドヤと寝室へはいっていくと、鬼頭大吉翁は頭にまいた白いほうたいもいたいたしく、ぐったりとベッドのうえによこたわっていた。その顔色からみても、ひどいショックをうけていることがわかるのだ。

アリバイ不成立

「ああ、いったいどうしたんだい、ふたりとも。いやにジロジロおれの顔を見るじゃないか。なにかおれの顔についているというのかい？」

と、大《おお》あくびをしながら寝室から出てきたのは、新進劇団の主宰者《しゅさいしゃ》加納達人。いままでねていたとみえて、パジャマのうえにガウンをはおり、まだねむそうな目をショボつかせている。口のまわりには、ぶしょうひげが、ショボショボはえていた。

「加納くんはいままでねてたのか」

三津木俊助と探偵小僧の御子柴くんは疑わしそうな目を光らせて、この人気役者の顔を見なおした。

場所は芝白金台町にある高級アパート白金会館の四階三号室、加納達人のへやである。時は一月三十一日の午後三時。紀尾井町にある鬼頭家で、鬼頭大吉翁からふしぎな災難の話をきいたふたりは、もしやとばかり車をこちらへ走らせたのである。

「ああ、いままでねていたよ。それがどうかしたのかい」

「それがどうかしたのかいって、きみ、いま何時だと思う」

「何時……?」

と、加納達人が目を走らせた飾《かざ》り棚《だな》のうえには、しゃれた置時計が三時五分前を示している。

「ごらんのとおりだ。おれに聞くよりあの置時計に聞くほうが早いだろう」

「しらばっくれちゃいけない。いかにきみが役者でも、いつもはこんなに長くねているはずはない。それにいまは芝居《しばい》も休みのはずじゃないか」

「そうさ。芝居は休みさ。休みだからこそ、こんなにおそくまでねていたのさ」

「おい、おい、じょうだんじゃない。からかうのはよせ。いったいきみは……」

「なにがいったいきみはだい。三津木俊助先生にもにあわぬ愚問《ぐもん》を発するじゃないか。芝居は休みでもけいこがある。芝居が開きゃ時間もキチッときまってくるが、けいこにゃ時間はない。はばかりながらわが新進劇団は、けいこ熱心でしられているのさ。ゆうべは徹夜で舞台げいこ、春秋座からこっちへかえってきたのは朝の八時だぜ。察してちょうだい、三津木先生、おれは夕方の五時まで眠る計算だったのさ」

「ほんとうかね、音丸くん」

ちょうどそこへかぐわしいコーヒーをいれてきた、でしの音丸一平をふりかえって三津木俊助はまだ疑わしげな顔色である。

「ほんとうですとも、三津木さん。初日まであと四日しかないでしょう。ここんところ徹夜つづきです。うそだと思うなら春秋座へいって聞いてごらんなさい」

音丸一平が断言するところをみると、ゆうべ徹夜したことはほんとうだろう。またここへ午前八時にかえってきたことも事実にちがいない。しかし、それからあとあの寝室に閉じこもって、いままでぐっすりねていたかどうかは保証できない。

「八時にかえってきて、それからどうしたのさ」

「どうもこうもないさ。バスを使って軽い食事をとり、それからベッドへもぐりこむやいなや、白河夜舟《しらかわよふね》のたかいびき。いまきみに起こされるまで前後不覚に眠っていたのさ」

「だれか証人があるかね。きみがあのベッドで眠っていたという……？」

「おや、おや、これはまたせちがらい世の中になってきたぜ。睡眠をとるのにいちいち証人がいるとは、音丸……じゃいけないんだろうな。どうせ、ぐるだとかんぐるんだろうから。とすると、アリバイ不成立ということになる。しかし……」

と、ガブリとひと口熱いコーヒーをのんだ加納達人。

「音丸、もう一《いっ》ぱいだ。まだ精神モーローとしているぜ」

と、コーヒーを追加注文しておいて、

「探偵小僧、いったいどうしたんだい。三津木先生はなにをこのように神経をたてているんだ。まるでヒステリーじゃないか」

「ひとが殺されたんです。人魚の涙が盗まれたんです。それからだれか真珠王《しんじゅおう》の鬼頭大吉翁に変装したやつがあるんです」

「な、な、なんだって！　あっちっち！」

熱いコーヒーに思わずむせた加納達人。大きな目だまをひんむいて、

「人が殺された？　人魚の涙が盗まれた？　それからだれかが鬼頭大吉翁に変装した？」

と、あなのあくほど探偵小僧を見すえていたが、やがてその目を三津木俊助のほうへもどすと、

「三津木くん、いまの探偵小僧の話はほんとうなんだろうね」

と、もうその声は冷静そのものになっていた。

「ああ、ほんとうだ」

「つまりそれで、ぼくを怪盗X・Y・Zとあやまって考えているきみたちは……」

と、そこで加納達人はニヤリと笑うと、

「ぼくがあの寝室をこっそり抜け出し、鬼頭大吉翁に変装したんじゃないかと思っているわけだね」

「まさにそのとおり」

「こいつはおもしろいや。よし、それじゃ話を聞こうじゃないか。だれが殺されて、どういうふうにして人魚の涙が盗まれて、また鬼頭大吉翁に変装しただれかが、いったいなにをやらかしたというのか……？」

三津木俊助と探偵小僧の御子柴くんは、疑わしげに視線をあつめて、二はいめのコーヒーをすすっている加納達人の顔色をうかがった。この平然たるよ

うすは仮面なのか、それともこれが真実なのか。

達人の推理

「なるほど、それじゃ弥生という孫娘といっしょに平和デパートへやってきた鬼頭大吉翁《おう》はかえだまだったというんだね」

加納達人は、でしの音丸一平が焼いてきた血のしたたるようなビフテキをほおばりながら、考えぶかそうな目つきである。

「そうなんだ。ほんものは紀尾井町の自宅でたか手《て》こ手《て》にしばりあげられていたんだね」

と、三津木俊助と探偵小僧の御子柴くんもおしょうばんのビフテキとフランスパンをつつきながら、加納の顔色をうかがっている。あいての表情のどんなささいな動きにも、目をはなすまじとばかりに。

「それで、鬼頭のじいさんはどういっているんだ。そこをくわしく話してもらいたいね」

「それはこうなんだ。弥生をさそって平和デパートへいく約束をした大吉翁は、十一時半ちょっとまえ、書斎《しょさい》を出ようとしたんだね。そしたら書斎のいっぽうにかかっているカーテンが、そよそよと動いたというんだ。おやと思ってふりかえると、カーテンが人間のからだにふくらんでいる。だれか！　と、叫んで大吉翁が、さっとカーテンをひんめくるとそこにじぶんとそっくり同じ顔をした男が、ピストル片手に立っていたというんだ」

「じぶんと同じ顔をした男がねえ」

と、達人の顔には皮肉《ひにく》な微笑がうかんだ。

「ああ、そうなんだ。大吉翁のことばによると、似るも似たりウリふたつ、まるでじぶんの顔を鏡にうつして見るようだったといっている。ところで、そんなにうまく変装できるのは、天下広しといえども、きみの親友、怪盗X・Y・Zよりほかにないはずなんだ。あっはっは」

「よけいなことはいわんでもいい。それでじいさんどうしたんだ」

「どうもこうもないさ。あいては飛び道具を持っているんだ。いうなりになるよりほかにしようがないじゃないか」

「なるほど。それで、怪盗X・Y・Z、すなわちぼくの親友とおぼしき男が、じいさんの身ぐるみをはいで、じいさんになりすまし、弥生嬢をさそい出し、平和デパートへ出向いていったというんだね」

「まさにしかり」

「そして、いっぽう鬼頭のじいさんはばあやのお清に発見されるまで、のめのめといすにしばられ、さるぐつわをはめられて、ウンウンうなっていたというわけか」

「さよう」

「じいさん、かぜをひかなかったかい。シャツともひき一枚じゃ……」

「そりゃきみ、ちゃんと、暖房がしてあるさ」

「あっはっは、そいつはうまくできてるじゃないか」

「うまくできてるとは……？」

「いやね、三津木くん。こういうことをきみにいうのはシャカに説法《せっぽう》かもしらんがね、変装というような場合だね、仮空《かくう》の人物に変装するのは、まあ、わりに簡単だ……と、ぼくは思うんだ。そいつがX・Y・Zみたいに変装の名人ならばだね。しかし……」

「しかし……？」

「しかし、ある特定の人物に変装して、しかもその近親者、この場合なら孫娘の弥生嬢、それに運転手もそうだね、そういう日ごろからふかい接触をたもっている人物と、かなりの時間、行動をともにして、しかもなおかつ見破られないということは、およそ不可能だと思うんだよ。いかに変装の名人X・Y・Zをもってしてもだね」

「じゃきみは、この事件をどう解釈するんだね」

「大吉翁がうそをついているのさ」

「大吉翁がうそを……？」

あまり大胆な推断《すいだん》に、三津木俊助と探偵小僧の御子柴くんは、おもわずあいての顔を見なおした。

「なぜまた、大吉翁がうそをつくんだ」

「怪盗X・Y・Zに罪をなすりつけるためさ」

「X・Y・Zに罪をなすりつけるため？」

三津木俊助はおもわず息をはずませて、

「そ、そんなばかな！　それじゃきみは大吉翁が人殺しをしたというのか」

「そうはいわない」

「じゃ、どういうんだ」

「松山秀子をかばうためさ」

「松山秀子をかばうため……」

「そうさ。大吉翁はじぶんと入れちがいに出ていった女を、松山秀子のかえだまだとはしらなかった。松山秀子そのひとだと思いこんでいた。だから、そのあとで早川節男が金庫べやで殺されているのを見ると、てっきり犯人は松山秀子だと思いこんだ。だから、このまま放《ほう》っておくと、かわいい孫が殺人罪で罰せられる」

「どうしてですか、加納さん」

と、そばから鋭く口をはさんだのは、探偵小僧の御子柴くんだ。

「なにもそのまま放っといても、弥生さんが殺人の疑いをうけるはずがないじゃありませんか」

「探偵小僧」

と、加納達人はいとおしむような目で、探偵小僧の顔を見ながら、

「ぼくがいま孫娘といったのは、弥生さんのことじゃないんだよ」

「じゃ、だれです」

「松山秀子さ」

「あっ!」

という鋭いおどろきの声が、期《き》せずして、探偵小僧と三津木俊助のくちびるからほとばしった。

「加納! そ、そりゃ、ほ、ほんとうか」

「うそだと思うんなら、きみじしんもういちどよく調査してみたまえ」

自信にみちた顔色に、探偵小僧と俊助は思わず顔を見合わせた。

「しかし、きみは、きみはどうしてそれを知っているんだ」

「なあに、ぼくの友人怪盗X・Y・Zがしらせてくれたんだよ」

加納達人は平然としていい放《はな》った。

ふたりの孫

「ねえ、三津木くん」

と、加納達人は食後のリンゴをむきながらおどろきの目を見はっているふたりをしりめにかけて、

「怪盗X・Y・Zがぼくの友人だというのはまあ、仮説としておいて、X・Y・Zにしろだれにしろ、仕事をしようと思うときは、いちおう目的の場所を調査するだろうじゃないか。この場合は平和デパー

トの八階のおりの中さ。まずおりのなかに働いているふたりの男女を調べてみる」

「なるほど」

「すると、早川節男のほうにはべつにこれといった不審の点はないが、松山秀子のほうは紀尾井町の鬼頭家に同居している。こいつはおかしいと調べてみる。すると、むかし、鬼頭翁が世話になった、恩人の孫だとかで去年引き取ったばかりだという」

「そうそう、それは弥生さんもいっていた」

「そうだろう。ところが松山秀子のほうではじぶんの祖父が大吉翁を、どういうふうに世話したのか知っていない。こりゃ少し……いや、少しじゃない、ひじょうにおかしいじゃないか。うちへ引き取るくらい恩をかんじているのなら世話になった当時の事情のアウト・ラインくらいは話しそうなもんだ」

「そりゃそうだね」

三津木俊助と探偵小僧の御子柴くんも、しだいにあいての話にひきこまれていく。

「そこで、なにかその間に、もう少しちがった事情があるんじゃないかと、大吉翁の過去を調べてみると、こういうことがわかってきたんだ」


と、加納達人はガウンのポケットからメモを取り出すと、

「鬼頭大吉翁には男の子がふたりあった。きみはこのあいだひとりむすことといったが、調べてみるとじっさいはふたりなんだ。それをなぜ世間でひとりむすこと誤解しているかというと、兄の敬一《けいいち》というのがわかいとき、鬼頭翁の心にそまぬ娘と結婚したので、家から追い出されてしまったんだ。その敬一の結婚あいてというのが松山和子《かずこ》という女だ」

「あっ！」

と、驚きの声を放った三津木俊助。

「そ、それじゃ松山秀子というのは……？」

「ああそう、敬一と和子のあいだにうまれた娘だ」

「なあるほど」

「ところが敬一というのがごうじょうっぱりで、おやじとけんかをして飛び出したきり、こんりんざい謝まってこようとしない。そうしているうちに戦争で死んだ。妻の和子は秀子をかかえて苦労をしたが、これまた昨年なくなった。そこで秀子が孤児《こじ》になったので、孫には罪がないというわけで、当時映画女優五月あやめのスタンド・インをしていた秀子を手

もとに引き取ったというわけさ」

「それじゃ、秀子はそれを知ってないのだろうか」

「いや、おそらく知っているだろうよ。しかし、つつしみぶかい性質のようだから、じぶんのほうからは切り出さないんだね。祖父が切り出すのを待っているんじゃないか」

「弥生さんはそれを知らないんでしょうか」

探偵小僧がたずねた。思いがけない加納の調査に、ちょっと虚《きょ》をつかれた形である。

「いや。弥生が知らないふうだったら、それはおそらく知らないのだろう」

と、三津木俊助は注意ぶかくあいての顔色を眺《なが》めながら、

「なるほど」

「それでは鬼頭大吉翁は孫娘のひとりを救おうとして、ああいう芝居《しばい》をうったというのかね」

「おそらく大吉翁はこう考えたのだろう。おなじ孫でも弥生のほうは、孫娘として天下はれてかわいがっている。しかも、来たる三月五日の誕生日に、時価一千万円もする真珠《しんじゅ》の首飾りをおくろうとしている。それをもうひとりの孫娘、松山秀子が番をさせられている。しかも秀子のほうが順序からいえば、長男の娘でもあり、しかも年令からいってもうえである。秀子としてはずいぶん心外《しんがい》なことであったろう。そこで祖父にたいする反逆と、かててくわえて偏愛《へんあい》されているいとこへの嫉妬《しっと》から、このような大《だい》それた罪を犯したのだろう。そしていとこへの贈り物として用意されていた、真珠の首飾りを盗んで逃げたのだろう。……と、こう大吉翁ははやがてんをしたんじゃないかと思うんだ」

「ああ、なるほど」

「そこでとっさの間に大吉翁の脳裏《のうり》にひらめいたのが、三津木俊助大先生のことなのさ」

「なんだって？　なぜぼくのことが大吉翁の脳裏にひらめいたんだ」

「いえね、新日報ではちかごろしきりに『人魚の涙危《あやう》し』だとか、『怪盗X・Y・Z、人魚の涙に食指《しょくし》をうごかす』とか、かってな空想記事で読者をあおっているじゃないか」

「いや、あれは必ずしもかってな空想記事じゃないさ。ある信ずべき情報にもとづいて書いているのさ」

三津木俊助はうそぶいたが、いくらか顔をあからめたのは、いささか良心にとがめたからではなかったか。

「あっはっは、いや、それならけっこうだがね。それはそれとして大吉翁だが、なんとか不幸な孫を救わねばならぬと、頭をひねったとたん思いうかんだのが新日報のあの記事だ。しかも、怪盗X・Y・Zときたら変装の名人だという伝説がある。そこであいう芝居《しばい》をうって、罪をX・Y・Zにきせようというのが、こんどの事件の真相であろう……と、いうのがこの加納達人の推理なのさ」

三津木俊助はしばらくあいての顔を見ていたが、

「ときにきみは、こんどの事件の犯人をだれだと思う」

「いや、ぼくは根拠のない空想でものをいわないことにしてるんだ。しかし、少なくとも怪盗X・Y・Zでないことだけはたしかだね。あいつはそれほどばかじゃない」

「それはどういう意味だ」

「だって、あのおりのなかの『人魚の涙』は、はじめからにせものじゃないか。本物の『人魚の涙』は、四《よ》つ葉《ば》銀行の地下金庫にげんじゅうに保管されているし、いかに怪盗X・Y・Z、変幻自在《へんげんじざい》、神出鬼没《しんしゅつきぼつ》とはいえ忍術《にんじゅつ》使いでないかぎり、銀行の地下金庫へしのびこむわけにはいかないからね、あっはっは」

さらば怪盗

事件の日からかぞえて六日め、きょうは春秋座の初日である。

新進劇団もようやく東京の観客層のあいだに根《ね》をおろしたとみえ、きょうの初日は大入《おおい》り満員、補助いすが出るほどの盛況《せいきょう》である。

あらしのような拍手《はくしゅ》のうちに、最後の幕がおろされて、上《じょう》きげんの加納達人が楽屋へかえってくると、そこに待っていたのは三津木俊助と探偵小僧の御子柴くんだ。

「やあ。来たね」

ニヤリと笑った加納達人、

「おい、音丸、おふたりになにかあたたかいお飲み物でもさしあげてくれ。おれはちょっとふろへはいってくる」

音丸がいれてくれたあつい紅茶に、ひいきからの贈り物らしいケーキをつまんでいるとまもなく舞台げしょうをおとした達人が、上気《じょうき》したほおをほてらせながらかえってきた。

「やあ、お待たせ」

「いやあ」

と、三津木俊助はケーキをほおばった口をもぐもぐさせながら、

「それはそうと、大入りでおめでとう。たいへんな人気じゃないか」

「ありがとう。どうやらこの劇団の基礎もかたまったようだ」

「それはけっこうなことだ」

「ときに、今夜はなにか用かい。また探偵小僧がへんな妄想《もうそう》をえがいているんじゃないだろうね」

「いや、なに、ちょっときみに報告したいことがあってやってきたんだ」

「なんだい？　あらたまって？」

「じつは、平和デパートのおりの中から盗まれた、真珠の首飾りが出てきたんだ」

「ほほう」

と、加納達人は目を見はって、

「どこから？」

「それが妙なところで発見されたんだ」

「妙なところとは……？」

「紀尾井町にある鬼頭邸《てい》の庭の松の木にぶらさがっていたんだ」

「鬼頭家の庭の、松の木にぶらさがっていた？」

「ああ、そう。ただし、首飾りが単独にぶらさがっていたわけじゃない」

「と、いうと……？」

「女の首にまきついて、その女が庭の松の木にぶらさがっていたというわけさ」

加納達人は無言のまま、しばらく三津木俊助と、探偵小僧の御子柴くんを見つめていたが、やがてホッとため息をつくと。

「すると、五月あやめは首をくって死んだのかね」

「ああ、そう。しかし、きみははじめから五月あやめを犯人だと推定していたのかね」

「世の中にうりふたつの人間ってそうざらにいるもんじゃない。松山秀子は五月あやめのスタンド・イ

ンをしていたんだからね」

「いや、警察でもそういう見込みで、このあいだから、ひそかにあやめのゆくえを追求していたんだが、

鬼頭邸の庭でくびれて死んでいたのには驚いたね」

「いつ発見されたんだ」

「ついさっき。いまから一時間ほどまえのことだ」

「それにしても、鬼頭邸の庭とは驚いたね。よほどくやしかったんだね」

「そう、人殺しまでして盗んだ首飾りがにせものとあっちゃあね。それでつらあてに鬼頭邸の庭を死に場所としてえらんだわけだ」

「鬼頭のじいさんもさぞ目覚めが悪いことだろうて」

「だいぶん後悔してるようだな」

「だけど、五月あやめはなぜ人殺しまでやってのけたんだろう。もっとも、ちかごろすっかり人気が落ちめになって、絶望的になってるってことを耳にしていたがね」

「いや、はじめから殺すつもりはなかったんだそうだ。じぶんでもにせものを用意していて、それとこっそ

りすりかえておくつもりだったんだそうだ」

「書き置きがあったんだね」

「ああ、そう。だから五月の計画が成功していると、にせものとにせものとのすりかえが行なわれたことになるんだ。世の中万事《ばんじ》キツネとタヌキのだましあいというわけさ」

「それが殺人にまで発展したのは？」

「いやね、それがもののはずみなんだ。早川がひとめのない金庫べやをさいわいに、五月にキスをしようとしたんだそうだ。もちろん五月を秀子とまちがえたんだね」

「そうそう、怪盗X・Y・Zの調査によると早川節男という男、そうとうのドン・ファンだったらしいね」

「そうなんだ。そこでカッとした五月あやめがあいくち一《いっ》せん、ここに密室の殺人事件が演じられたというわけさ」

それからしばらく三人は、無言のまま燃えさかるガス・ストーブの火を見つめていたが急に加納達人が立ちあがると、

「そうそう、探偵小僧、きみによいものをあげよう」

「なんですか」

「このスーツ・ケースさ。あけてごらん」

探偵小僧がスーツ・ケースを開《ひら》いてみるとなかから出てきたのはなんと怪盗X・Y・Zの衣装一式ではないか。

「あっ、こ、これは……？」

「なあに、驚くことはないよ。いつか舞台で使った衣装なのさ。きみにあげるから焼きすてるなり、ドブにたたきこむなりしてくれたまえ。さらば怪盗X・Y・Zか。あっはっは」

巻末資料

角川スニーカー文庫版解説　津守時生

スペシャルインタビュー　JET

角川スニーカー文庫版解説

津守時生《つもりときお》

　横溝正史《よこみぞせいし》といえば『犬神家《いぬがみけ》の一族』『悪魔の手毬《てまり》唄《うた》』『八《や》つ墓村《はかむら》』など、お馴染《なじ》みの名探偵金田一耕《きんだいちこう》助《すけ》を主人公にした名作が次々と思い浮かび、晩年の傑作『病院坂の首縊《くびくく》りの家』『悪霊島《あくりょうとう》』にいたるまで、長く記憶に残る作品はまさに枚挙にいとまがありません。

　ご存じの方には今更《いまさら》ではありますが、その作風を私の大好きな『獄門島《ごくもんとう》』を例に取ってお話ししますと——。

　血縁と因習《いんしゅう》に縛《しば》られた閉鎖的な土地を舞台にして、次々と起きる妖美《ようび》かつ無残な殺人事件。濃厚な人間関係が悲劇を生み、人の心と自然の闇《やみ》はあくまで昏《くら》く、血とエロスに彩られた人殺しは美意識に溢《あふ》れ、優れた推理小説でありながら同時に耽美《たんび》小説でもありました。（耽美小説っつーても、今はやりのボーイ・ミーツ・ボーイじゃないっスよ。あ、でも、友人の一番好きな『三《み》つ首塔《くびとう》』はハーレクイン・ロマンスなのだった）

　さて、この『まぼろしの怪人』。

　子供向けに書かれたこの作品は、情念に満ちた代表作とは大きく異なり、読後は爽《さわ》やかですらあります。

　大人《おとな》向けのそれは、数々の事件を解決しながら、その数だけ人の心のおぞましさと哀《かな》しさを見せつけられた金田一耕助が、悲しみと虚《むな》しさを胸に去っていくラストであるのに比べ、この物語が悪漢（ああ、レトロな言葉）を見事逮捕し、これから明るい未来の待つ少年探偵側の勝利を謳《うた》っていることも一因するでしょう。

　全部で四章から構成されている『まぼろしの怪人』は、実質的には四本の連作の短編集です。

　読んでまず思うのは「こりゃ、横溝版『少年探偵団』だね」ということ。だから、まぼろしの怪人が怪人二十面相だと解釈すれば話は早い。（ご承知のように名探偵明智《あけち》小五郎《こごろう》とその助手である小林《こばやし》少年を生んだ江戸川乱歩《えどがわらんぽ》も、大人向けには妖気漂う怪奇

幻想小説の書き手でもありました）

　主人公は、探偵小僧と仇名《あだな》される新聞社の給仕《きゅうじ》・御子柴進《みこしばすすむ》少年。え？　新聞社の社員食堂のウエイターさん？　と思ったアナタ。ちがーう。給仕とは、お茶汲《く》みや使い走りなど色々な雑用をする人のことです。お給料は当然安かったでしょうねぇ。中学を卒業して給仕になったとありますので、十五、六歳でしょう。

　明智探偵に当たるのが、新聞記者の三津木俊助《みつぎしゅんすけ》。（ところで、この物語に登場する等々力《とどろき》警部は、金田一耕助の相棒だったあの等々力警部と同一人物なのでしょうか？）

　男たちがそこはかとなくダンディなところや言葉遣《づか》いが上品なこと、描写のレトロな雰囲気などから、時代背景は昭和初期かとも思ったのですが、旧制中学とは書かれていなかった上、元侯爵《こうしゃく》夫人にチャップリンのようなサンドイッチマン――となれば、第二次世界大戦後。具体的には、新聞を検閲《けんえつ》していたＧＨＱの廃止された昭和二十七年以降から、両国《りょうごく》の花火大会が水質汚濁《おだく》で中断される昭和三十七年以前の十年間に絞られるかと思います。時の皇太子殿《でん》下《か》御成婚や御出産の祝賀ムードにも触れられていないので、昭和三十三年―四年も除外していいかもしれません。

　……はあ。手元に資料がないので、百科事典をめくって私が推理をしてしまった。

　第一章は、まぼろしの怪人が、御子柴少年の勤《つと》める新聞社社長宅にある宝石を盗み出すという予告状を送りつけてきた事件。結婚のお祝いの品を横取りしようという怪人の大人げなさが、大変ムカつきますねー。もっとも皇室の御成婚ならとにかく、姪《めい》のお祝い品の目録を公器である新聞に載《の》せる社長も、どーかと思うケド。

　怪人に身ぐるみ剝《は》がれた等々力警部は、きっとラクダのシャツと股《もも》引《ひ》きという、ジャパニーズ・オヤジのスタンダード・スタイルだったことでしょう。くすっ。

　日本人の洋館に抱くエキゾチックな妄想《もうそう》がよく判《わか》るお話です。

　第二章も、日本人の極東に対する……以下同文。今の常識から考えると、かなり無理な設定は多々あるものの、睡蓮《すいれん》がコンピュータ制御の人工物だったとしたら、それはそれで面白い趣向だと思います。

犬にも流行があって、昔のお金持ちが飼う大型犬は、シェパードかコリーでした。今ならシベリアンハスキーか、ゴールデンレトリーバーでしょうね。アフガンハウンドもゴージャスでお金持ち向き。

第三章は、両国の花火大会と見物の屋形舟《やかたぶね》を飛び移って逃げた謎《なぞ》の美少年、ダイヤモンドの首飾り細工《ざいく》職人殺し、という耽美な道具立てのお話。

まぼろしの怪人にさらわれた美少年の運命や如何《いか》に――。ついエッチな方向に妄想《もうそう》してしまうのは人間の性《さが》。でもジュブナイルだから、なんにもないっス。チェッなのっス。

大人ヴァージョン横溝正史（ひーっ、天国の先生、こんな暴言吐く私をお許し下さい。これでも一応熱烈なファンなんです～）なら、この設定でさぞ妖艶《ようえん》耽美なエッチい話を書いて下さったことでしょう。

第四章冒頭の舞台になるのは、銀座《ぎんざ》のデパートで開催されている新聞社主催の防犯展覧会。大事件の犯人の生人形《いきにんぎょう》（蠟《ろう》人形のこと？）やら犯行に使われた凶器、死体を詰めたトランクなんかが展示されているっつーんだから、こりゃエグイっ！　もー、気分は半分見せ物小屋だよん。

でも、異常快楽殺人の本がブームになっちゃう今日この頃《ごろ》、ひょっとしたらウケるかも。グロ～い、ゲロゲロ～なんて言いながらデートなんてしちゃうアベックもいるんだな、きっと。もっとも、デパートがイメージ悪化を懸念《けねん》して会場を貸すはずもなし、被害者、加害者両方の人権問題に発展するので、開催は到底無理でしょう。

この話は他の三話より長く複雑で、一番血なまぐさい事件でもあります。美女連続殺人事件とでも申しましょうか。これこそ大人ヴァージョンで読みたかったなーと思わせる、華麗な世界を背景にした情念と狂気、妄執《もうしゅう》の物語です。（だけど、まぼろしの怪人は脇《わき》に回って、ちょっとおマヌケさん。御子柴少年も人のことは言えません。困ったモンです）

美しい女性がむごたらしく殺された姿って、想像すると何故《なぜ》だかドキドキしますよね。無理矢理《むりやり》散らされた花のようで……。実際に死体を見たら、単に気味が悪いだけだっつーのも判っているんですケド。

女性たちの間に芸術がらみの禁断の愛があって、

ドロドロした葛藤《かっとう》があったりすると、なお楽しいな、ウヘヘー♡と、すぐによこしまな方向に思考は流れるのでありました。

以上、半分読書感想文のような解説ですみません。内容のサワリは書きましたので、いつも後書き等を読んで買うか否《いな》かを決める方には、多少お役に立てたかと存じます。

ところで、ふと不安になったのですが、作中の「シベリヤに抑留《よくりゅう》」や「内地《ないち》に送還」って、今の若い読者さんに意味が判るのでしょうか？　ＧＨＱも知らなかったりして？　中学も高校も、受験のせいで必ず現代史が犠牲《ぎせい》になるから、ありえる話なのがコワイ。

一世を風靡《ふうび》した横溝正史も、いまや古典に入りかけているのでしょうか？　いくらなんでも、それはちょっと早すぎる気が……しかし、私が知る角川さんの某編集さんは、現に横溝正史を知らなかったし……。うーん。

こうして新装丁で再び発行されたことでもありますし、ご存じなかった皆様はこれを機会に、せめて始めに挙げた代表作だけでも読んで頂《いただ》きたいと一ファンは願う次第にございます。

『まぼろしの怪人』（一九九五年）所収

スペシャルインタビュー

（聞き手「The Sneaker」編集部）

JET《ジェット》

――今回、JET先生はスニーカー文庫に収録される横溝《よこみぞ》先生の作品のイラストをお描きになりますよね。先生ご自身も横溝先生の大ファンということですが、横溝先生の作品との最初の出会いはいつ頃《ごろ》だったんですか？

『犬神家《いぬがみけ》の一族』が映画化されて、角川書店さんが「横溝正史《せいし》フェア」をやっていたのが最初の出会いでしたね。

それまで推理小説はずいぶん読んでたんですけど、横溝先生の作品はなぜかしら縁《えん》がなかったんです。だけど当時、横溝先生のブームがあって、どの本屋さんでも山のように先生の本が積んであったじゃないですか。それで「読んでみようかな」と思って試しに一冊読んでみたんですけど、その後はもう一気にはまりましたね。「どうしてこんなに面白い作品を今まで読まなかったんだろう、う〜ん後悔」という感じで。

――JET先生が横溝先生の作品にひかれる点というのはどういったところでしょうか？

やはり恐いところと映像的なところと、それと浪花節《なにわぶし》的なところですね。日本人の土着性を表現しているとでも言いましょうか。

先生の小説の書き方には、サービス業的な書き方というのを感じるんです。読者がちゃんと読んでくれるもの、楽しんでくれるものを書こうという気構えがうかがえるというか。読んでいて物語の状況や情景が瞼《まぶた》の裏に浮かんできますし。もしかしたら御本人はそういうつもりで作品を書いていたのではないのかもしれませんけど。

それに横溝先生の作品って当たり外《はず》れがありませんよね。どの作品を読んでも話の筋《すじ》に破綻《はたん》がなく、キッチリ構成がたててあって、ちゃんと満足させてくれる。そういった部分で先生の作品には、先生がお持ちになっていたと思われる職人気質を感じます。

――JET先生の、もっとも好きな横溝正史先生の

現在《いま》でこそ、ただの金田一ミーハーの私ですが、はじめて横溝先生の作品に接した頃は、いっぱしのミステリーマニアを気取って、つっぱっておりました(笑)。そんな心に金田一耕助、がストーンとはいりこんだのも、彼につきまとう"漂泊者"のイメージのせいでしょうか。あの頃の私も居場所を求めて餓《かつ》えてましたから…(青春の躁鬱ってヤツ。)
すっかり脳天気になってしまった今でも、名探偵としての彼より、金田一の影(?)の部分にひかれているようです…(笑)。いや単に、ホウキと化学ゾウキンとナベカマとスーパーの買物袋もって、おしかけていきたいだけなんですけどね。(あああっ!!スジガネ入りのミーハーだっ!)
・等々力け〜ぶって人はね、なんか耳大きくて(福耳)タフな親ジってカンジ。STORY的には磯川け〜ぶドノの出てくるものの方が好きなものは多いんですが。
TOKYO
・磯川け〜ぶは本当に良い人で三國連太郎さんのがすごく好きだった。
OKAYAMA

作品を五作品あげてください。

うーん、難しい質問ですね。あえて五作品をあげるというなら『獄門島《ごくもんとう》』と『悪魔の寵児《ちょうじ》』、それに『迷路荘の惨劇《さんげき》』や『悪魔の手毬唄《てまりうた》』、五本目に『本《ほん》陣《じん》殺人事件』になるのかなぁ。

『本陣殺人事件』で私の気に入ってる部分は、和室の部屋を舞台に密室トリックに挑戦したところがすごいですよね。

『迷路荘の惨劇』では、物語に出てくる犯人のキャラクターが好きなんですよ。もうあそこまで残忍非《ひ》道《どう》な犯人は他にいない、というぐらいの描写をしていますから。

『獄門島』では、物語に描かれている死体が、ストーリーを読み進めていくうちにとても綺麗《きれい》なものに思えてきて、そこが魅力ですね。凄惨《せいさん》なシーンが醸《かも》し出す美しさ、とでもいいましょうか。

――JET先生が横溝先生の作品を初めて漫画化したのはいつのことですか?

『ミステリーDX』で掲載した『獄門島』です。これは私のほうからの持ち込み企画で「横溝先生の作品、漫画化したいんですけど」と申し出たら、編集者さんもミステリー関連の本を作りたかったらしく、ちょうどニーズが合致して(笑)。それで私の描く『獄門島』を中心に雑誌を一冊作ることになったんです。でも描かなければいけないページがなんと一挙に百九十四ページ! 描いても描いても終わりませんでした。描ききった瞬間は、達成感とか充実感を味わうどころじゃなく、もうほとんど倒れてました。今はただもう眠らせてくれ、という感じで(笑)。

JET氏が漫画化した横溝正史作品から(いずれも「あすかコミックス」)

『獄門島』(90年)

『本陣殺人事件』(93年)

『睡れる花嫁』(95年)

——今回、スニーカー文庫に収録される七作品についてその見どころや、表紙イラストを描くにあたっての意気込みを教えてほしいんですが。

まず、見どころについては横溝先生の持つ、作品を作っていくうえでの構成力に注目してほしいですね。そしてこの作品で横溝作品への入門をはたしたら、長編物をはじめとするいろんな作品を読んでくれればと思います。

また意気込みとしては、私自身横溝先生の作品は大好きなので、その原作の持つイメージを壊さないように努力したいですね。

「The Sneaker」（一九九五年十二月五日発売号）掲載

編者解説

日下三蔵《くさかさんぞう》

横溝正史《よこみぞせいし》の少年少女向けミステリをオリジナルのテキストで集大成する柏書房の《横溝正史少年小説コレクション》、第六巻の本書には、一九五八（昭和三十三）年から六一年にかけて、学習研究社の学年誌に連載された三津木俊助《みつぎしゅんすけ》、御子柴《みこしば》少年ものの連作三作を収めた。

横溝正史は大正末期に才気あふれるアマチュア投稿家として活動を始めた。江戸川乱歩《えどがわらんぽ》の勧《すす》めで上京、「新青年」の版元である博文館に入社して編集者として活躍する一方、依頼に応じて様々なタイプの作品を書きまくった。推理小説、怪奇小説、ユーモア小説、コント、ショートショート、翻訳と、この時期の作品は実に多彩である。

博文館を辞して作家専業となった矢先に肺結核のために喀血《かっけつ》し、上諏訪《かみすわ》での療養生活を余儀なくされる。そこで書き上げた傑作「鬼火《おにび》」でカムバックを果たし、以後、草双紙《くさぞうし》趣味を活かした耽美《たんび》的なミステリ、由利《ゆり》先生と三津木俊助を探偵役に起用したスリラー作品、《人形佐七捕物帳《にんぎょうさしち》》に代表される時代ミステリと作品の幅を広げていった。だが、太平洋戦争の激化に伴って徐々に作品発表の場を失い、一九四五（昭和二十）年四月から一家で岡山県に疎開《そかい》するのだ。

ここまでで既に充分に波瀾万丈《はらんばんじょう》だが、横溝正史の作家活動を概観してみると、戦前を「第一期」と考えていいだろう。

戦時中にJ・D・カーやアガサ・クリスティの作品を読んで本格ミステリへの意欲を燃やしていた正

史は、戦後に作風を一変させ、論理性を重視した謎解《なぞと》きものをメインに活動するようになる。金田一耕助《きんだいちこうすけ》の初登場作『本陣《ほんじん》殺人事件』と由利先生ものの『蝶々《ちょうちょう》殺人事件』を、ほぼ並行して連載し、前者で第一回探偵作家クラブ賞（現在の日本推理作家協会賞）長編賞を受賞。さらに『獄門島《ごくもんとう》』『夜《よる》歩く』『八《や》つ墓村《はかむら》』『犬神家《いぬがみけ》の一族』『悪魔が来《き》りて笛を吹く』と金田一耕助が登場する本格ミステリを次々と発表し、著《いちじる》しい復興を遂げた戦後の探偵小説界を力強く牽引《けんいん》した。

しかし、昭和三十年代に入り、松本清張《まつもとせいちょう》らが登場して旧来の探偵小説が現代風の推理小説に変質すると、探偵小説派の大御所《おおごしょ》だった正史は次第に作品が減り、六四（昭和三十九）年を最後に新作の発表は途絶えた。ここまでが「第二期」ということになる。

六八年から戦前の探偵小説、時代伝奇小説などの大衆小説が次々と復刊され、読書界に空前のリバイバル・ブームが巻き起こる。国枝史郎《くにえだしろう》、小栗虫太郎《おぐりむしたろう》、江戸川乱歩、角田喜久雄《つのだきくお》、夢野久作《ゆめのきゅうさく》らと共に横溝作品も注目され、七〇年には講談社から《横溝正史全集》（全10巻）が刊行されている。

七一年から旧作が角川文庫に入り始めると、若者を中心に人気が沸騰《ふっとう》。七四年秋には角川文庫に入った十六点だけで累計部数が三百万部に達した。この時期、正史は新作を発表しておらず、人形佐七ものなどの旧作を改稿するだけの引退状態だったのだから、降って湧《わ》いたような横溝ブームには、著者自身も戸惑いを隠せなかった。

七四年十一月には新作長篇『仮面舞踏会』を含む《新版横溝正史全集》（全18巻）の刊行がスタート。映画化、ドラマ化との相乗効果でブームが過熱する中、『迷路荘の惨劇』『病院坂の首縊《くびくび》りの家』『悪霊《あくりょう》島《とう》』を発表し、八一年に亡くなる直前まで、新作の構想を練っていたという。この時期が「第三期」に当たるだろう。

つまり、本書に収録された三作は、第二期の末期の作品ということになる。だが、著者にしてみれば、戦争をはさんだ一期と二期が前半戦と後半戦、第三期は延長戦という気分だったのではないだろうか。

なにしろ一期と二期だけで、横溝正史の作家生活は四十年を超えているのだ。そして第三期には少年ものは書かれていないので、本書は横溝ジュブナイルの掉尾《ちょうび》を飾る一冊といえるのである。

『まぼろしの怪人』は学習研究社の学年誌「中学一年コース」に一九五八（昭和三十三）年一月号から、学年をまたいで「中学二年コース」五九年三月号まで十五回にわたって連載された。全四話からなる連作であり、各話の掲載データは、以下の通りである。

第一話　社長邸《てい》の怪事件　「中学一年コース」58年1～2月号
第二話　魔の紅玉　「中学一年コース」58年3月、「中学二年コース」4～5月号
第三話　まぼろしの少年　「中学二年コース」58年6～8月号
第四話　ささやく人形　「中学二年コース」58年9～12月号、59年1～3月号

予告や著者コメントの類はなし。連載終了後、「中学二年コース」五九年四月号付録「中学生痛快文庫」に「ささやく人形」、同じく十月号付録「中学生痛快文庫」に「魔の紅玉」が、それぞれ再録されている。

発表当時には単行本化されず、七〇年代の横溝ブームの時に初めて刊行された。

この作品の刊行履歴は、以下の通り。

まぼろしの怪人　77年2月　朝日ソノラマ（ソノラマ文庫）
まぼろしの怪人　79年6月　角川書店（角川文庫）
まぼろしの怪人　95年12月　角川書店（角川スニーカー文庫）

『まぼろしの怪人』
ソノラマ文庫カバー

『まぼろしの怪人』
角川文庫カバー

第二話「魔の紅玉」は犯人当ての懸賞小説として連載された。「中学二年コース」五八年四月号（連載第二回）の「アリ殿下《でんか》」の章のページに、以下のような囲みの告知がある。

☆懸賞問題☆
アリ殿下のパーティーの席には、たしかにまぼろしの怪人がまぎれこんでいるのです。では、まぼろしの怪人は、つぎの三人のうちのだれでしょう。

藤川外務大臣
川口支配人
道化《どうけ》服の怪人

☆解答は左記要領でおよせください☆
一、解答用紙　巻末はさみこみハガキ
一、〆切　昭和卅三年四月一日（当日消印有効）

『まぼろしの怪人』
スニーカー文庫カバー

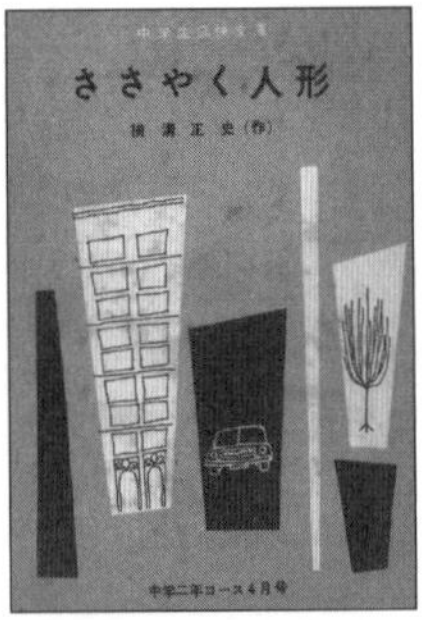

「ささやく人形」
「中学二年コース」付録

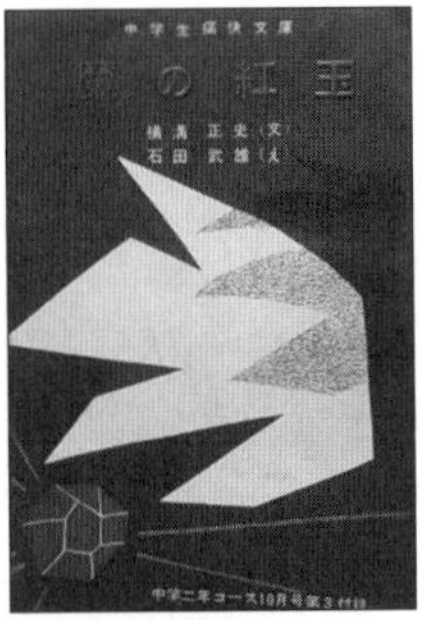

「魔の紅玉」
「中学二年コース」付録

一、**正解発表**　中学二年コース五月号
一、**正解者発表**　中学二年コース七月号（正解者多数の場合はちゅうせんを行います）
一、**送り先**　東京都大田区南千束四六　学習研究社　中学二年コース懸賞係
一、**賞品**
特等（一名）八ミリ幻灯機　トランジスター・ラジオ　ポータブル・ラジオ　三脚付望遠鏡　**一等**（五名）無線ハイヤー　高級電気機関車　置時計　牛皮ボストン　**二等**（十名）目覚時計　ナイロン・ボストン　ショールダー・バッグ　地球儀　魔法びん　**三等**（三十名）バドミントンセット　インクスタンド　卓球セット（以上中一点）**四等**（百名）えのぐ　**五等**（三百名）鉛筆　**六等**（千名）ノート

七月号には「中学二年コース四月号　〝まぼろしの怪人〟大懸賞　当選者発表」としてまるまる一ページ使って五等までの当選者の氏名が掲載された。

連載時の挿絵は石田《いしだ》武雄《たけお》。本書には初出誌から同氏によるイラスト十九葉を再録した。また、角川スニーカー文庫版の津守時生《つもりときお》さんによる解説を、巻末資料として再録させていただいた。

『姿なき怪人』は「中学一年コース」五九年四月号から、学年をまたいで「中学二年コース」六〇年四月号まで十二回にわたって連載された（五九年十一月号のみ休載）。全四話からなる連作であり、各話の掲載データは、以下の通りである。

第一話　電話の声　「中学一年コース」59年4〜6月号
第二話　怪屋《かいおく》の怪　「中学一年コース」59年7〜9月号

第三話　ふたごの運命　「中学一年コース」59年10、12月、60年1月号
第四話　黒衣婦人　「中学一年コース」60年2、3月、「中学二年コース」60年4月号

予告や著者コメントの類はなし。連載終了後、「中学一年コース」六〇年四月号付録「中学生傑作文庫」に「姿なき怪人」として「電話の声」と「怪屋の怪」が再録された。

八四年十月に角川文庫から出た『姿なき怪人』で初単行本化。角川文庫版では第一話が「救いをもとめる電話」、第四話が「黒衣の女」と改題されている。併録短篇「あかずの間」は、本シリーズでは第七巻『南海囚人塔《なんかいしゅうじんとう》』に収録予定。

『姿なき怪人』
角川文庫カバー

「姿なき怪人」
「中学一年コース」付録

また通常の解説の代わりに山村正夫《やまむらまさお》（司会）、横溝孝子《たかこ》夫人、長男の横溝亮一《りょういち》氏による「座談会・横溝正史を語る（一）」が付されていた。座談会の後篇は、八五年七月に角川文庫オリジナルで刊行されたジュブナイル作品集『風船魔人・黄金魔人』に掲載。本シリーズでは、全篇をまとめて第七巻『南海囚人塔』に付録として収める予定である。

連載時の挿絵は石田武雄。本書には初出誌から同氏によるイラスト十四葉を再録した。なお、五九年十一月号も目次にはタイトルが記載されており、著者名とページ数の代わりに（横溝先生急病のため、今月のみ休載）と告知されていた。

『怪盗X・Y・Z』は「中学二年コース」六〇年五月号から、学年をまたいで「中学三年コース」六一年四月号まで十三回にわたって

連載された（六〇年八月増刊号にも掲載）。全四話からなる連作であり、各話の掲載データは、以下の通りである。

第一話　消えた怪盗　「中学二年コース」60年5～7月号
第二話　なぞの十円玉　「中学二年コース」60年8月、8月増刊～10月号
第三話　大金塊《だいきんかい》　「中学二年コース」60年11、12月、61年1月号
第四話　おりの中の男　「中学二年コース」61年2、3月、「中学三年コース」61年4月号

連載開始に先立つ六〇年四月号には、タイトルなしで「新連載推理小説」とだけ予告があった。また、初出では第一話のみサブタイトルがなく、八四年五月に刊行された角川文庫版で「消えた怪盗」の章題が付された。著者没後の刊行であるが、一話だけタイトルなしはおかしいので、全体のバランスを考慮して、本書でもこの章題を踏襲した。

角川文庫の横溝正史作品は基本的に黒地に緑で背表紙にタイトルが入っているが、《人形佐七捕物帳》傑作選ではタイトルが赤、少年ものではタイトルが黄色で入って差別化がなされている。しかし、『怪盗X・Y・Z』は少年ものであるにもかかわらず、一般作品と同じ緑で背のタイトルが印刷されており、本棚《ほんだな》に並べた時には違和感があった。

山村正夫氏の同書解説には、刊行の経緯がこう記されていた。

> ところで、横溝先生のジュヴナイルは、これまでに「怪獣男爵《かいじゅうだんしゃく》」や「黄金の指紋」など十三冊が当社から刊行されている。実際にはまだ何作か、学年物雑誌や少年雑誌に連載された作品があったのだが、先生の手許《てもと》に残されていた切抜きのうち何回分かが欠落したままになっていたため、一冊にまと

めることができなかった。

今回、御長男の横溝亮一氏の御尽力により、その欠落部分の写しを版元で入手し、首尾を整えた作品を新たに数篇揃《そろ》え得た。

八四年から八五年にかけて、角川文庫から『怪盗X・Y・Z』『姿なき怪人』『風船魔人・黄金魔人』と、これまで未刊行だった少年ものが三冊出たのは、こうした事情によるものであった。

ただし、角川文庫版の刊行時には第四話「おりの中の男」の存在が見逃されたようで、第三話までしか収録されていない。「おりの中の男」は二〇〇八年十月に論創ミステリ叢書《そうしょ》から出た『横溝正史探偵小説選Ⅱ』に初めて収録された。

『怪盗X・Y・Z』
角川文庫カバー

『横溝正史少年探偵小説選Ⅱ』
論創社　カバー

本シリーズは角川文庫未収録の作品を大量に単行本化し、まだ現行本として購入できる『横溝正史探偵小説選』とは重複を避けて編集している。柏書房《横溝正史少年小説コレクション》七巻と論創社《横溝正史探偵小説選》五巻を揃えれば、現在、存在が確認されている横溝正史の少年少女向け小説はすべて読める、ということになるはずだ。

しかし、同一の連作であることを考えると、「おりの中の男」だけは論創社の単行本で読んでください、というのは、読者に対してかえって不親切なので、論創社編集部とも協議して、これだけは重複して本書にも収めることにした次第。読者の皆さんのご了解をいただければ幸いである。

もう一点、第二話「なぞの十円玉」に登場する「工藤英介《くどうえいすけ》」は初出では「進藤英吾《しんどうえいご》」であった。第三話「大金塊」にも「進藤英吾」が登場するが、特に同一人物という訳でもないので、混乱を避けるために角川文庫版で変更されたようだ。本書でも、この改変は踏襲した。

また、六〇年九月号の第二話「なぞの十円玉」(その三)の冒頭には、「十円玉をめぐる人々」というこれまでのあらすじをまとめた章が置かれていた。角川文庫ではカットされており、本書でもそれに倣《なら》ったが、著者自身の筆になる可能性も皆無ではないので、念のために全文を再録しておく。本文では「二階十五号室」と「十円玉をにぎった死体」の間に相当する。

十円玉をめぐる人々

ことしのジャイアンツファンはさぞ気がもめることであろう。投手陣の不調から、いまもって思わしい成績があげられない。

新日報社《しんにっぽうしゃ》の給仕《きゅうじ》、探偵小僧の御子柴くんも、ことしのジャイアンツの不振に、気をもんでいるひとりである。

ところが六月十二日、その日は日曜日だったが……探偵小僧の御子柴くんは、ひさしぶりに気持ちがはればれとした。ジャイアンツが快勝したからだ。しかも勝利投手は復調を待ちに待たれた藤田《ふじた》投手。外野スタンドでこのゲームを見ていた探偵小僧の御子柴くんは、あまりこうふんしたので、のどがかわいて、ジュースを一本買ってのんだ。

ジュース代は四十円だったが、あいにく探偵小僧の御子柴くんは、五百円札を一まいしかもっていなかったので、おつりに百円玉を四枚と、十円玉を六枚うけとった。

ところがその十円玉のなかにひとつだけ、ギザギザをけずりおとして、なにやら頭文字のようなものをきざみこんだのがあった。

水道橋《すいどうばし》の駅でその十円玉をしらべていると、

「おい、小僧、その十円玉が気にいらないのならおれのと取りかえてやろうか」

と、声をかけた男がある。

見るとさっき後楽園《こうらくえん》のスタンドで、すぐうしろで見物していたあから顔の大男で、黒いサングラスをかけている。ちょっとギャングのボスみたいなかんじの人物だった。

気味悪くなった探偵小僧が、逃げるようにして超満員の国電《こくでん》にのりこむと、スシづめの満員をよいことにして、ズボンのポケットへ手を入れたものがある。そのポケットには、さっきのツリ銭《せん》がはいっているのだ。

超満員のなかのこととて、探偵小僧が身うごきもできないでよわっていると、まえに腰をおろしていた、学者ふうの老紳士が、もっているステッキで、ポケットへつっこんだスリの手を払いのけてくれたのだ。

しかも、その老紳士は新宿《しんじゅく》駅でおりるとき、

「探偵小僧、おまえポケットになにをもっているんだ。いまのはスリのなかでも有名なやつだ。ひとつあとをつけてやる」

と、探偵小僧の耳もとでささやいた。

探偵小僧はそのときはじめて、その学者ふうの老紳士が、怪盗X・Y・Zではなかったかと気がついた。

ところが探偵小僧が吉祥寺《きちじょうじ》駅でおりると、わかいお嬢さんふうの女のひとがそばへきて、

「まことに申しわけございませんけれど夜道はぶっそうですから、とちゅうまでごいっしょねがえませんか」

と、とうとう探偵小僧の御子柴くんが姉の美智子《みちこ》といっしょに住んでいる、武蔵野《むさしの》荘というアパー

ト の表《おもて》までついてきた。

しかも、探偵小僧の御子柴くんは、その女のひとに見おぼえがあったのだ。それはたしかに後楽園のスタンドで、サングラスの男とならんでゲームを見ていた女なのだ。

探偵小僧のねえさんは、銀座《ぎんざ》の服飾店〝ミネルバ〟へつとめている、デザイナーのタマゴである。毎晩店をしまって吉祥寺へかえってくるのは、十二時前後になってしまう。

その晩も、十二時すぎにかえってくると武蔵野荘のまえの電柱のかげから、鳥打帽子《とりうちぼうし》にレーン・コートをきた男が、御子柴くんの窓をねらっていた。その男は美智子が声を立てそうにしたので、そのまま逃げてしまったが、しばらくして探偵小僧と美智子さんが、二階の窓から外をのぞいてみると、こんどはサングラスの男が電柱のかげに立っていた。

探偵小僧の御子柴くんは、あのギザギザのない十円玉とおなじ年号、すなわち昭和二十八年発行の十円玉を、ねえさんの美智子から借りうけて、にせものをひとつ作っておいた。

すると、その晩、怪しい腕が窓からのびて、探偵小僧がわざと机のうえにバラまいておいた、百円玉や十円玉のなかから、ギザギザのない十円玉をひとつ盗んで逃げた。

その翌日の夜の八時ごろ、新日報社にいる探偵小僧のところへ、ゆうべ吉祥寺でいっしょになった女から電話がかかって、きのう後楽園のスタンドで、ジュース屋から受け取ったツリ銭を、そっくりそのまま持ってきてくれたら、五万円あげるというのである。

探偵小僧はその命令にしたがって、麻布《あざぶ》のクイーン・ホテル、二階十五号室へ出向いていくと、へやのなかにだれか男が殺されていた。

探偵小僧が思わず、シーンと立ちすくんでいるとき、だれかがうしろから力強くかたをつかんだ。

連載時の挿絵は石田武雄。本書には初出誌から同氏によるイラスト十七葉を再録した。

なお、九五年十二月に角川スニーカー文庫で横溝正史の少年もの七冊が一挙に復刊されたのに合わせ、角川書店の月刊誌「The Sneaker」（95年12月5日発売号）では「大特集　横溝正史が蘇《よみがえ》る!!」と題した二十九ページにおよぶ特集が組まれているが、本書には、ここからＪＥＴ《ジェット》氏へのインタビューを再録させていただいた。

本稿の執筆及び本シリーズの編集に当たっては、横溝正史の蔵書が寄贈された世田谷文学館に多大なご協力をいただきました。また、弥生美術館、黒田明氏に貴重な資料や情報をご提供いただいた他、創元推理倶楽部分科会が発行した研究同人誌「定本　金田一耕助の世界《資料編》」の少年もの書誌を参考にさせていただきました。記して感謝いたします。

本選集の底本には初刊本を用い、旧字・旧かなのものは新字・新かなに改めました。なお、山村正夫氏編集・構成を経て初刊となった作品および単行本未収録作品については初出誌を底本としました。明らかな誤植と思われるものは改め、ルビは編集部にて適宜振ってあります。今日の人権意識に照らして不当・不適切と思われる語句・表現については、作品の時代的背景と価値とに鑑み、そのままとしました。また、挿画家の石田武雄氏のご消息を突き止めることができませんでした。ご存じの方がいらっしゃれば、ご教示下さい。

横溝正史少年小説《よこみぞせいししょうねんしょうせつ》コレクション6

姿《すがた》なき怪《かい》人《じん》

二〇二一年十二月五日　第一刷発行

著　者　横溝正史《よこみぞせいし》
編　者　日下三蔵《くさかさんぞう》
発行者　富澤凡子
発行所　柏書房株式会社
東京都文京区本郷二‐一五‐一三（〒一一三‐〇〇三三）
電話（〇三）三八三〇‐一八九一［営業］
（〇三）三八三〇‐一八九四［編集］
装　丁　芦澤泰偉＋五十嵐徹
装　画　深井　国
組　版　株式会社キャップス
印　刷　壮光舎印刷株式会社
製　本　株式会社ブックアート

ISBN978-4-7601-5389-3